불현듯
찾아온 당신

———

미묘리 장편소설

1

동아

불현듯
찾아온 당신 1권

초판 1쇄 인쇄일 | 2021년 5월 28일
초판 1쇄 발행일 | 2021년 6월 7일

지은이 | 미묘리
펴낸이 | 박성면
펴낸곳 | (주)동아

출판등록 | 제406-3960100251002007000071호
주소 | 경기도 파주시 문발로 115, 세종대학교출판부 206호
전화 | (031)8071-5201
팩스 | (031)8071-5204
E-mail | bear6370@hanmail.net

정가 | 12,800원

ISBN 979-11-6302-489-7 (04810)
       979-11-6302-488-0 (set)

불현듯— 찾아온 당신

You came all
of a sudden

미묘리 장편소설 · 1

동아

목 차

프롤로그

프롤로그

짙은 어둠이 드리워진 새벽 2시 52분경, 연남동에 위치해 있는 어느 단독 주택 앞에 경찰차와 구급차가 나란히 정차했다. 두 차에서 울리는 사이렌 소리가 어찌나 시끄럽던지 잠에서 깨어난 이웃들이 하나둘씩 집 밖으로 나와서 웅성거렸다. 차에서 내린 경찰관은 들것을 든 구급대원과 함께 단독 주택 안으로 들어갔다.

"실례합니다."

조심스럽게 안으로 발을 디디자마자 역한 피비린내가 진하게 풍겼다. 현관을 벗어나 거실로 들어서자 비릿한 냄새가 보다 더 심해졌다. 메슥거리는 냄새의 출처는 활짝 열린 안방 문 너머였다.

경찰관과 구급대원은 구역질 날 정도로 풍겨 오는 피비린내에 자신도 모르게 코끝을 찡긋하며 인상을 찌푸렸다. 이미 신고 전화로 어떠한 상황인지 파악하고 왔음에도 불구하고, 집 안 곳곳에 비린내가 진동을 하니 그들은 선뜻 현장 보기를 겁내고 있었다.

"아……."

안방으로 가까이 다가가 현장을 본 구급대원은 탄식을 금치 못했다. 안방 침대 위에 50대 중반 정도로 보이는 한 남성이 죽은 듯 똑바로 누워 있었다. 침대 밖으로 삐져나온 손목에는 붉은 혈흔으로 뒤덮인 한 줄의 상처가 보였다. 그리고 그 아래에는 채 마르지 못한, 어쩌면 몸속에 흐르고 있을 때와 같을 뜨거운 핏물이 고여 있었다.

이미 이런 상황에 익숙해질 대로 익숙해져 버린 구급대원은 현장을 보자마자 남성의 사인을 어림짐작할 수 있었다. 십중팔구는 자살. 그리고 그 현장 앞에 석고상처럼 굳어 주저앉아 있는 여자는 아마도 이 남성의 가족일 것이다.

"……괜찮으십니까?"

여자에게 천천히 다가간 구급대원은 질문이 채 다 끝나기도 전에 자신을 돌아보는 여자의 텅 빈 동공과 마주했다. 순간 온몸에 털들이 곤두서는 것 같았다. 아무런 생기도, 의욕도 없어 보이는 눈동자였다. 희망을 잃은 눈빛의 여자에게 위로의 말도 건넬 수 없었다. 그 어떠한 말도 위안이 되지 않을 것이기에.

시신은 인근 명성 대학 병원으로 이송되었다. 한편, 연락을 받고 기다리고 있던 의사들이 구급차가 세워지자마자 문을 열어젖혔다.

"이, 이게 어떻게……."

흰 천을 걷어 시신을 확인한 성해의 눈시울이 급속도로 붉어졌다. 그가 충격을 금치 못하고 자리에서 휘청거리자 곁에 서 있던 또 다른 의사가 성해의 팔을 붙잡았다.

"아버지, 괜찮으세요?"

성해는 자신의 아들인 윤건의 팔을 뿌리치며 주변을 두리번거렸다.

"슬, 슬은 어디에 있습니까?"

성해가 찾는 사람은 다름 아닌 고인(故人)의 딸이자 사건 현장의 목격자인 윤슬이었다. 구급대원은 성해에게 슬이 경찰차를 타고 이곳으로 곧 올 거라고 말해 주었다.

"하아, 이럴 수는, 이럴 수는 없다. 석현이가 그랬을 리가 없어……."

그는 다른 의사들에게 시신을 영안실로 인계할 것을 지시하고는 병원 앞에서 곧 도착할 슬을 기다렸다. 그러면서도 내내 초조한 기색을 숨기지 못했다. 연락을 받고도 한참을 멍하니 앉아 있을 수밖에 없었다.

처음에는 자신이 이름을 잘못 들었나 싶었다. 이곳에서는 하루에도 몇 번씩 수많은 사람들이 세상을 뜨기 때문에 이름이 같은 것뿐이라고, 동명이인일 거라고 믿었다. 아니, 믿고 싶었다.

하지만 흰 천을 걷어 시신의 얼굴을 확인한 순간, 성해는 절망하고야 말았다. 아닐 거라고, 아니어야 한다고 그렇게 빌고 또 빌었건만 감긴 두 눈이, 피투성이의 두 손이 말해 주었다. 내가 바로 네 30여 년 지기, 이제는 형제 같은 네 친구, 윤석현이라고.

그렇게 두 눈으로 친구의 주검을 확인했음에도 불구하고 성해는 마음껏 울 수도 없었다. 그가 남기고 간, 그가 몇 번이고 눈에 넣어도 아프지 않다고 말했던 슬을, 이제는 성해가 지켜 주어야 하기 때문이다.

"아버지."

병원 입구 쪽을 목이 빠져라 지켜보며 초조하게 기다리고 있는 성해의 등 뒤로 윤건이 다가왔다. 그는 성해의 첫째 아들로, 명성 대학 병원 응급 의학과 레지던트 3년 차 의사다. 그의 아버지인 성해 역시 해당 병원의 병원장으로 정신 건강 의학 전문의이기도 하다. 2대에 걸쳐 의사인지라 엘리트 중의 엘리트라고 칭해지기도 했다.

성해는 시선을 앞에만 고정시킨 채 꽉 잠긴 목소리로 물었다.

"석현이는?"

"영안실에 모셨습니다."

"모진 놈."

성해의 목소리가 떨리고 있었다.

"아버지……."

윤건 역시 석현을 자신의 아버지만큼이나 따랐었다. 친부인 성해에게는 할 수 없던 말도 석현에게는 술술 말할 수 있었다. 그만큼 그는 윤건을 격의 없이 대해 주었다. 그런 분이 세상을 떠났다니, 자신의 생을 버리셨다니. 윤건에게도 충격적인 일이 아닐 수 없었다.

"30여 년이다. 석현이를 만났던 때가 벌써 30년이야. 그런데 그렇게 황망하게 갈 줄은……. 나조차도 석현이의 고통을 알아주지 못했어. 그 녀석이 심각한 마음의 병을 앓고 있다는 사실을 전혀 몰랐어. 괜찮을 거라고 생각했다. 정신과 전문의인 내가 그 녀석의 마음을 보듬어 주지 못했단 사실이…… 너무 가슴 아프구나."

성해와 석현은 30년 지기 절친한 친구 사이였다. 고등학교 때 만나 같은 대학으로 진학하였고, 한 사람은 사람을 살리는 의사의 길로, 또 다른 사람은 인생의 길잡이가 되어 주는 교직의 길로 걸어갔다. 다른 인생을 살게 된 두 사람이지만 결혼을 하고 자식을 낳아서도 자주 만났으며, 그들의 자식들도 친구처럼, 가족처럼 지냈다.

그렇게 평화로운 나날이 지속되는 줄 알았건만, 어느 날 석현은 불의의 사고로 아내를 먼저 하늘나라로 떠나보내게 되었다. 그 과정에서 석현은 많이 힘들어했다. 때로는 성해를 찾아와 죽고 싶다고 말하면서도 슬이 눈에 밟히고 마음에 걸려 그럴 수도 없다고 했었다.

그때 제가 친구의 마음을 보듬어 줬어야 했다. 자신이 누구인가. 정신 건강 전문의가 아니던가. 그랬더라면 오늘 같은 일은 없었을 텐데…….

성해가 자책하는 이야기를 가만히 듣고 있던 윤건은 감히 아버지를 위로할 수 없었다. 형제 같던 친구의 죽음을 받아들여야 하는 아버지의 마음이 어떠할지 그는 감히 가늠도 할 수 없었기 때문이다.

"잠깐만요, 아버지. 경찰차 들어오는 것 같아요."

출입문을 응시하던 윤건이 다급한 목소리로 말했다. 정말이었다. 병원 입구로 경찰차 한 대가 들어와 서더니, 여경과 함께 내리는 슬의 모습이 보였다.

"슬아!"

성해와 윤건은 얼른 슬의 곁으로 다가갔다.

"보호자 되십니까?"

슬은 그들이 제 이름을 부르는 소리를 들었으나 아무 반응이 없었다. 그저 바닥에만 시선을 둔 채 아무것도 느끼지 못하는 사람처럼 서 있었다. 그녀는 패닉 상태였다.

"네, 보호자입니다. 어떻게 된 겁니까?"

경찰차에서 이곳까지 슬을 데리고 온 여경이 그녀를 대신해서 상황에 대해 말해 주었다. 석현이 안방에서 피를 흘리고 죽어 있었으며, 그녀가 사건 현장의 첫 목격자라고 말이다. 그 말을 모두 전해 듣는 성해와 윤건의 표정이 차츰 굳어 갔다.

"사인은 저희 쪽에서 확인한 결과…… 손목 자상에 의한 과다 출혈로 보고 있고, 자필로 쓰인 유서가 발견되어 아마 자살로 결론짓게 될 겁니다. 그래도 더 확실한 정황 증거를 위해서 현재 감식 조사 중입니다."

여경의 시선이 성해와 윤건을 지나 슬에게 옮겨졌다.

"이곳으로 오면서 단 한 번을 울지 않았습니다. 현장에서도 마찬가지였고요."

여경은 이곳까지 그녀를 데리고 오면서도 마음이 조마조마했다. 대개 이런 경우 정신적 충격으로 인한 2차 사고가 생길 가능성이 많다. 그래서 여경은 오는 내내 끝까지 슬에게서 시선을 떼지 않았다.

모두의 시선이 여전히 멍한 표정의 슬에게 꽂혔다. 그 누구도 선뜻 입을 열 수 없었다. 그 누구도 슬의 심정을 헤아릴 수 없을 것이다. 한순간에 아버지를 잃게 된 딸의 심정을 그 누가 헤아릴 수 있으랴.

* * *

　장례 절차는 발 빠르게 이루어졌다. 석현의 빈소는 명성 대학 병원 장례식장에 마련되었다. 상복으로 갈아입은 슬은 벽에 기대어 하염없이 석현의 영정 사진만을 바라보았다. 사진 속 석현은 환한 미소를 짓고 있었다. 그 사진을 보며 옅은 미소를 짓던 슬의 얼굴은 다시는 그 모습을 볼 수 없다는 생각에 서서히 굳어 갔다.

　그런데 이상했다. 30여 년을 명성 대학교를 포함해 여러 대학교 교수로 재직해 온 사람의 빈소인데 조문객 한 명이 없었다. 슬을 대신해서 장례를 준비하며 상제를 자처한 윤건도 그 점을 이상하게 여겼다.

　"형, 뭔가 좀 이상하지 않아?"

　석현의 부고 소식을 듣자마자 귀국한 성해의 둘째 아들, 윤성이 윤건에게 귓속말로 속삭였다. 때마침 윤건도 쓸쓸하기만 한 빈소에 이상함을 느끼고 있었다.

　"아저씨 밑에 제자가 얼마나 많은데, 그럼 알아도 벌써 알았을 거야. 그런데 어떻게 제자 한 명이 조문을 안 오냐고."

　윤성은 아무리 생각해도 무언가 잘못되어 가고 있다고 생각했다. 그러다 휴대폰 진동이 울려 잠시 자리를 비웠다.

　"슬아, 밥 좀 먹을래?"

　슬며시 슬의 곁으로 다가간 윤건이 식사를 권하자 슬이 고개를 저었다.

　"괜찮아, 오빠."

　"그래도 좀 먹어야 힘을 내서 조문을 받지."

　"……괜찮으니까 오빠나 먹어."

　슬은 어젯밤 수액을 맞고 난 후부터 아무것도 먹지 않고 있었다. 윤건은 벌써 이틀째 식음을 전폐하고 있는 슬이 무척이나 걱정스러웠다. 그녀는 전보다도 훨씬 야위어 있었다.

"형, 형! 큰일 났어!"

"왜 이렇게 호들갑이야?"

그때였다. 밖에 나갔던 윤성이 야단을 떨며 들어와 윤건의 앞으로 휴대폰을 내밀어 무언가를 보여 주었다. 화면에 떠 있는 것은 다름 아닌 오늘 오전에 투고된 기사였다.

'자살한 모 대학 교수 Y씨, 알고 보니 뇌물 교수로 알려져······'라는 자극적인 헤드라인과 함께 믿을 수 없는 내용의 기사가 실려 있었다.

지난 24일 새벽, 총장 선출 임명 후보로 내정됐던 모 대학 교수 Y씨가 자살한 채 발견되어 충격을 주고 있다.

경찰은 Y 교수의 자택에서 상당한 액수의 금품을 찾아냈으며, 이어 자살 동기를 수사하던 중에 교수 Y씨가 학생 및 임직원들로부터 청탁을 빌미로 뇌물을 받아 온 정황 증거를 발견했다고 한다. 그에 이번 총장 선출 자격 요건을 심사하던 중 뇌물 수수 의혹이 밝혀지면서 심리적 압박감을 견디지 못하고 자살한 것으로 보인다는······.

기사를 읽어 내려가던 윤건의 얼굴이 일그러지기 시작했다. 금품, 뇌물 수수에 이어 총장 선출이라니. 기사 내용은 온통 알 수 없는 단어들로 뒤섞여 있었다. 윤건은 이 기사의 내용이 사실이 아닐 거라고 믿는 만큼 기정사실처럼 작성한 기자에게 화가 났다. 진짜 사실을 모르는 사람들이 봤을 때는 충분히 자극적인 기사임에 틀림없었다.

"아저씨가 이랬을 리 없는데······. 근데 빈소가 이렇게 텅 비어 있는 걸 보면 다른 사람들은 이 기사를 믿는 눈치인 것 같아."

"알겠으니까 그 입 단단히 다물고 있어. 아무한테도 말하지 마. 특히,

슬이한테는 절대 말하지 말고."

"당연하지. 내가 슬이 곁에 딱 달라붙어 있을 테니까 형은 빨리 아버지한테나 가 봐."

윤건은 슬이 눈치채지 못하게 몰래 빈소를 빠져나와 병원장실로 달려갔다.

"아버지!"

그러나 병원장실 문을 벌컥 열어젖혔을 때, 성해는 이미 기사를 접한 뒤였다. 기사의 내용을 확인하던 성해의 눈동자에 분노가 꿈틀거렸다.

"뇌물 수수? 금품? 누가? 윤석현이? 내 친구 윤석현이 뇌물을 받고 청탁을 해 줬다고? 허 참!"

기가 막힐 노릇이었다. 제대로 된 수사 없이 제멋대로 기사를 쓰면 어쩌자는 것인지. 당장이라도 이 기사를 쓴 신문사로 찾아가고 싶었으나 그보다도 슬이 먼저였다.

"슬이는? 설마 이 기사 본 건 아니지?"

"아직 못 봤어요. 하지만 언제라도 보게 되지 않겠어요?"

"시간이 없어. 이미 기사가 포털 사이트에 죄다 올라갔어. 법무팀 불러서 알아봐야겠다. 너는 무조건 슬이 곁에 있으면서 기사 못 보게 하고. 기자들이 빈소로 올지도 모르니까. 하아. 진짜……."

"아버지."

성해는 연이어 몰아치는 불행에 머리를 짚었다. 세상에는 설상가상이라는 말이 있었다. 난처한 일이나 불행한 일이 잇따라 일어날 때 흔히 쓰는 말이었다. 지금 상황이 딱 그러했다. 하지만 이때까지만 해도 그런 불우한 일이 또 일어날 것이라고는 두 사람 모두 전혀 예상하지 못했다.

* * *

"윤슬! 슬이 어디 있냐! 윤슬!"

조용한 빈소 안으로 60대 초반으로 보이는 우락부락한 남자가 들어섰다. 슬의 이름을 고래고래 외치면서 말이다. 그 소리에 놀란 윤성이 먼저 남자의 앞으로 다가갔으나, 남자는 그를 지나쳐 슬의 앞에 다가가 섰다.

"오셨어요?"

남자를 본 슬이 자리에서 일어났다. 남자는 슬의 큰아버지였고, 석현의 형인 석주였다. 석주는 자신에게 인사하는 조카는 보지도 않고 휴대폰부터 냅다 던졌다. 행동부터가 석현과는 판이하게 다른 남자였다.

"지금 이 기사가 사실이냐? 내가 진짜 어이가 없어서!"

휴대폰에는 포털 사이트에 올라온 기사의 내용이 떠 있었다. 슬이 바닥에 떨어진 휴대폰을 주워 들었다.

"이게 뭔데요?"

휴대폰에 떠 있는 기사의 내용을 슬이 보기도 전에 윤성의 손이 화면을 가렸다.

"슬아, 아무것도 아니야. 보지 마."

"뭔데 그래?"

슬은 기어코 윤성의 손을 치워 냈고 휴대폰에 뜬 기사의 내용을 확인했다. 기사를 읽어 내려가던 슬의 동공이 지진이라도 난 것처럼 흔들렸다.

"내가 이놈 죽었다는 소식 들었을 때도 기막혔지만, 이 기사 내용을 보고 나서는 숨이 막히더라. 자살한 것도 모자라 뇌물 수수? 금품? 정말로, 정말로 이걸 받고 죽은 거야? 그래?"

석주가 소리치며 되물었지만 슬은 대답하지 않았다. 사실이 아니니까. 요즘 기자들이란 사실 확인도 안 하고 가타부타 자극적인 헤드라인과 내용으로 대중들의 관심만 끌어 모으면 되는 줄 안다. 사실이 아닌 것도 사실인 척 거짓으로 꾸며 내면 전부인 줄 아는 쓰레기나 다름없는 사람들이 쓴 기사이니 믿지 않는다. 저널리즘이라고는 눈 씻고 봐도 찾아볼 수가 없는 저따위 기사, 믿지 않아.

"야, 슬! 너 왜 대답 안 해? 사실이냐고 내가 묻잖아. 큰아버지 말도 무시하기로 작정한 거야? 그래?"

하라는 대답은 안 하고 저를 무시하는 슬에게 석주가 버럭 화를 냈다. 그러자 슬은 그런 석주를 조롱하듯 비웃었다.

"어차피 믿고 오신 거잖아요. 확인이 뭐가 필요하겠어요? 제가 아니라고 하면 믿으실 건가?"

"뭐야, 이 계집애가 말이면 다인 줄 아나? 너 뭐랬어? 큰아버지한테 이게 무슨 망발이야?"

"누가 큰아버지인데요? 말로만 가족이면 뭐 해요? 동생이 죽었다는데도 영안실에 한 번을 안 온 사람이 누군데요? 어떻게 된 일이냐, 너는 괜찮니, 빨리 못 와 봐서 미안하다, 이런 인사 한마디 없이 와서는 기사부터 사실이냐고 묻는 사람한테 무슨 대우를 해 줘요?"

결국 슬의 감정이 폭발하고야 말았다. 슬은 동생이 죽었다는데도 슬퍼하기는커녕 느지막이 찾아와서는 진위 여부부터 확인하는 석주에게 넌더리가 났다. 어쩜 저렇게 정이 없는지, 정말 제 아버지와 형제가 맞는지. 하다못해 이제는 석주가 정말 사람이 맞는지 묻고 싶을 지경이다. 겨우 감정을 추스른 슬이 석주를 비롯한 모든 사람들에게 단호히 말했다.

"단단히 말해 두는데요. 우리 아빠는 뇌물이나 받고 청탁을 해 줄 분이 아니세요. 뭐가 잘못되어도 한참 잘못된 거라고요. 내가 밝힐 거예요. 우리 아빠 명예 내가 꼭 되찾을 거예요. 그러니까 그렇게 알고 돌아가세요. 그리고 다신, 다신 찾아오지 마세요. 연락도 하지 마시고요."

슬은 이 악물고 터지려는 눈물을 참았다.

울고 싶었지만 울지 않기로 했다. 내가 울면 아빠의 명예는 누가 되찾아 줄 수 있을까. 또 내가 울면 하늘에 있을 아빠도 가슴 아파할 것이다. 그러니까 난 절대 울지 않을 것이다.

한 마디, 한 마디 맞는 말만 하는 조카 앞에서 더 이상 할 말을 찾지 못한 석주가 "그래, 아주 잘 사나 두고 보자. 나야말로 혈혈단신, 천애 고아가 된 조카 봐줄 능력 없었는데, 잘됐네. 혹 하나 덜은 셈 치지, 뭐. 에라이, 튓!" 하며 해서는 안 될 말을 덧붙인 뒤 빈소를 박차고 나갔다. 보다 못한 윤성이 석주를 따라 나가려는 것을 슬이 막았다.

"오빠, 나 좀 경찰서에 데려다주라."

"경찰서……? 거기 가서 어떻게 하려고……?"

"확인해 봐야지. 아니 사실이 아니라고 해야지. 절대 사실이 아니라고."

"슬아……."

"나 좀 데려다줘. 응?"

"그래. 알겠어."

윤성은 물론 성해와 윤건도 경찰서를 찾아가겠다는 슬을 말릴 수가 없었다. 그들도 슬이 석현을 믿고 있는 것만큼 석현을 믿었다. 그래서 경찰서에 가 사실이 아니라고 말만 하면 재수사가 이루어질 수 있을 거라 생각했다.

하지만 막상 찾아간 경찰서에서는 확실한 증거가 나온 이상 재수사는 어려울 것이라고 확언했다. 슬은 그럴 수는 없다고 울며불며 매달렸지만 경찰은 오히려 슬에게 공무 집행 방해죄로 유치장에 들어가고 싶지 않다면 나가라고 협박을 서슴지 않았다.

경찰서에서조차 쫓겨난 슬은 포기하지 않고 이번에는 석현이 재직하던 대학교를 찾아갔다.

"누구세요?"

비서는 총장실로 들어오는 여자를 보고 너무 놀라 얼굴이 굳었다. 수척한 얼굴을 한 흰 소복 차림의 여자가 들어서니 비서는 순간 자신이 헛것을 본 줄 알았다. 세상에 어느 누가 이런 꼴로 돌아다니겠나.

"총장님을 좀 뵈러 왔어요."

그제야 자신의 앞에 서 있는 여자가 귀신이 아닌 사람임을 확인한 비서가 인터폰으로 손을 가져갔다. 그러면서 눈을 살짝 치켜뜨며 여자의 머리에 꽂힌 머리핀을 보고는 출근하면서 보았던 기사를 떠올렸다. 설마…… 그 사건 당사자 가족인가? 아침부터 빗발치는 기자들의 연락 때문에 골치가 아프던 참이었는데, 귀찮은 일이 생겼다는 듯 비서의 얼굴이 살짝 구겨졌다.

"성함이요?"

"윤슬. 윤슬입니다."

슬은 바짝바짝 마르는 입술을 축이며 긴장을 놓을 수 없었다. 머릿속은 온통 어떻게든 총장을 설득해 사건을 재수사해야 한다는 생각뿐이었다. 하지만 돌아온 대답은 한 치 예상도 벗어나지 않았다.

"오늘 일정이 많으셔서요. 미리 약속을 하지 않으셨으면 만나 뵙기 힘들 것 같습니다."

이럴 줄 알았다. 이미 경찰서에서 한 번 거절당한 뒤라 여기라고 다를 거란 기대는 애초에 하지도 않았다.

하지만 슬은 돌아갈 수 없었다. 아빠의 죽음도 믿기지 않지만, 뇌물이나 청탁을 받고 극단적인 선택을 했다는 것이 더더욱 믿기 힘들었다. 이것은 틀림없는 모함이고 누군가가 작당을 하고 벌인 짓이다. 아빠의 명예를 바로잡기 위해선 아빠가 벌인 일이 아니라는 증명이 필요하다. 슬은 다시 한번 더 부탁했다.

"제발 부탁드립니다. 5분. 5분이면 돼요."

간절하게 호소하는 슬에게 비서는 고개를 저었다.

"죄송합니다."

하아. 슬은 하늘이 노래지는 것만 같았다. 세상이 어떻게 이럴 수 있을까.

파리해진 안색으로 비틀거리며 돌아서는 슬을 안타깝다는 듯 바라보던 비서가 순간 경계심을 늦추며 자리에 앉았을 때, 슬이 다시 돌아와 총장실 문을 박차고 안으로 들어갔다.

"저기요! 이러시면 안 돼요!"

뒤늦게 자신을 말리는 비서의 손길을 쳐낸 슬이 당황스러운 얼굴을 하고 있는 총장의 앞에 무릎을 꿇고 앉았다.

"총장님! 저희 아빠는 그럴 분이 아닙니다! 절대 그럴 분이 아니세요! 총장님이시라면 아시잖아요. 저희 아빠가 얼마나 청렴하고 학생들을 위했는지! 제발, 제발 재수사할 수 있도록 도와주세요. 제발요."

슬은 자존심도 버린 채 간곡히 호소했다. 지금으로서는 이들의 증언이 꼭 필요했다. 믿지는 않지만 기사대로라면 이들이 피해자다. 그렇기에 이 사건의 피해자라고 하는 이들이 증언하겠다고 한다면 경찰도 조금은 의아하게 생각해 주지 않을까, 하는 것이 슬의 생각이었다.

"우리도 윤 교수가 그런 선택을 한 것에 대해 상당히 안타깝고 유감스럽게 생각합니다."

현 명성 대학교 총장인 성찬은 제게 간곡히 호소하는 슬을 안타깝게 바라보았다. 그러면서도 그의 입에서 나온 말은 인정사정없었다.

"하지만 경찰 조사에서 밝혀진 것처럼 학생들과 임직원들의 증언도 딱 맞아떨어진 이상 우리 측에서 재수사를 요청하기는 어렵습니다. 그리고 뇌물 받은 게 한두 건도 아니고…… 우리도 피해자입니다."

"총장님!"

"그만 일어나세요. 이런다고 해서 달라질 건 없습니다."

그가 슬의 부탁을 들어줄 수 없다면서 난감한 기색을 표했다. 그러자 슬은 성찬의 바짓가랑이를 붙잡고 늘어졌다.

"그럼 저희 아빠 뇌물 증언했던 학생들이라도 만날 수 있게 해 주세요. 제발, 제발 부탁드립니다."

잡고 있던 옷자락을 놓고 기도하듯 두 손을 모아 부탁하는 슬에게 성찬은 냉정히 자신의 뜻을 전하며 자리에서 일어났다.

"미안합니다. 그만 돌아가세요."

"총장님! 제발요, 제발 총장님!"

울며불며 애원하는 슬을 귀찮다는 표정으로 내려다보던 성찬이 뒤에 서 있는 비서에게 손짓했다.

"데리고 나가요."

"총장님! 총장님!"

비서가 다가오자 다급해진 슬이 성찬의 옷소매를 붙잡았지만 부질없는 짓이었다. 성찬은 고개를 돌렸고, 슬은 마지막 희망마저 좌절된 지금 자신이 할 수 있는 일은 없다는 사실을 절절히 깨달아 버렸다.

"하아."

슬의 뺨 위로 투명한 눈물이 흘러내렸다. 이를 악물고 버티게 해 주던 의지가 한순간에 꺾이며 그녀는 그만 자리에서 쓰러지고 말았다.

* * *

한여름 태양빛이 뜨겁게 내리쬐는 백사장 아래 어떤 여자가 서 있었다. 철썩철썩. 하얗게 부서지는 파도를 뚫어질 듯 바라보던 슬의 눈에 투명한 물방울이 맺혔다. 기억 너머로 생각하고 싶지 않은 그날의 일들이 떠올랐다.

세상에 핏줄이라고는 아빠가 전부였다. 제게는 세상이나 다름없던 아빠가 싸늘한 시신으로 돌아왔다. 설상가상으로 세상은 아빠에게 뇌물 교수라는 누명을 씌웠다. 진실을 밝히려 했지만 제 뜻대로 되는 것이 하나 없었다. 아빠가 뇌물을 받았을 리 없다는 의혹은 넘쳐나는데 뚜렷한 증거는 나오지 않았다. 그가 작성한 유서에도 '미안하다, 슬아.' 이것이 전부였다.

이제는 혼란스럽다. 무엇이 진짜고, 진실인지 알 수 없는 상황에서 슬이 할 수 있는 일은 없는 듯 보였다.

무엇보다 제 세상이었던 아빠가 없는 삶은 더 이상 의미가 없었다.

한여름의 더위와 몰아치는 파도의 시원함이 뒤섞인 바람이 슬의 뺨을 스치고 지나갔다. 더는 기댈 곳도, 살 이유도 없었다.

흰색 운동화를 벗은 슬의 두 발이 흙 천지인 바닥을 딛고 섰다. 까슬까슬한 촉감이 발바닥을 간질였다. 까끌까끌, 거칠거칠. 발을 디디는 곳마다 발바닥에 닿는 모래가 그랬다. 그 사이로 날카로운 무언가가 찌르는 통증도 느껴졌으나 슬은 개의치 않았다.

그녀는 백사장을 지나 파도가 무섭게 철썩이는 바닷가로 점점 더 가까이 다가갔다. 파도가 철썩일 때마다 바닷물이 슬의 발등을 쓸고 지나갔다. 그런데도 슬은 발을 떼거나 물러나지 않고 더 가까이, 더 깊은 곳을 향해서 나아갔다.

하지만 위험 속으로 스스로 걸어 들어가는 슬을 돕는 이 하나가 없었다. 더운 여름날, 시원한 바닷가에 사람 한 명 없다는 것이 이상할 만큼. 당연한 일이었다. 그녀는 아무도 자신을 구하지 못하도록 일부러 사람이 없는 곳을 골라 왔으니까.

물이 어느덧 가슴까지 차올랐다. 땅에 발이 닿지 않은 지 오래였으나 슬은 멈추지 않았다. 죽기 위해 움직이는 것이었다. 어느 순간 걸음을 멈추자 슬의 몸이 서서히 가라앉기 시작했다. 하지만 그녀는 그저 고개만 든 채 천천히 호흡이 멎기만을 기다렸다.

그런데 바로 그때, 백사장을 가로지르며 다가온 어떤 남자가 흰 셔츠 자락을 휘날리며 바닷물로 뛰어들었다. 단 한 번의 주저함도 없이 바닷물로 몸을 던진 남자는 주변을 두리번거렸다. 그러다 멀지 않은 곳에 서서히 가라앉고 있는 슬을 발견하고는 그곳을 향해서 힘차게 나아갔다. 남자의 긴 팔과 다리는 빠른 속력을 내기에 적합했다. 남자는 물 만난 물고기처럼 재빠르게 헤엄쳐 점점 슬에게로 가까이 다가갔다.

마침내 남자가 슬의 손목을 턱 하니 붙잡았다. 그 순간, 슬의 눈이 번쩍 떠지며 남자와 두 눈이 마주쳤다. 하지만 슬은 이내 다시 눈을 감아 버렸다. 남자는 그런 슬의 허리를 한 팔로 감싼 후, 수면 위로 그녀를 데리고 올라왔다.

백사장 위에 슬을 눕힌 남자가 의식 없는 그녀의 뺨을 두드렸다. 하지만 슬은 정신을 차리지 못했다. 남자는 슬의 흉부를 압박하며 인공호흡을 했다. 그 모습이 능숙했다.

"저기요. 괜찮아요? 정신 좀 차려 봐요!"

남자는 여전히 눈을 뜨지 못하는 슬의 가슴께를 계속해서 압박했다. 그러다 코를 잡고 한 번 더 숨을 불어넣었다. 남자가 걸고 있던 목걸이가 슬의 뺨을 연이어 두드렸다. 그러다 마침내 슬의 숨이 돌아왔다.

"푸핫, 켁! 콜록, 콜록, 콜록!"

숨통이 트이자 기도에 공기가 훅 들어오면서 물과 함께 기침이 터져 나왔다. 슬은 정신없이 기침했다.

"괜찮습니까? 정신이 들어요?"

흐릿한 시야 사이로 남자의 얼굴이 들어왔다. 남자의 머리카락이며 옷이 전부 젖어 있었다. 물속에서 봤던 갈색 동공에 슬에게선 이제 사라지고 없는 생기가 반짝거렸다.

"곧 구급차가 올 겁니다. 다행이에요. 살아서……."

남자는 정말 기쁜 듯 웃고 있었다. 눈이 반달로 휘어지게 웃는 얼굴이 참 예쁜 사람이었다. 하지만 슬은 전혀 기쁘지가 않았다. 마음대로 죽지도 못하는 자신의 생이 싫었다. 이 거지같은 운명.

"하고 싶은 말이 있어요? 저기요, 괜찮아요? 호흡이, 호흡이 없는 것 같은…… 숨 좀 쉬어 봐요. 이봐요!"

이상하게도 점점 의식이 흐려졌다. 남자의 다급해 보이는 얼굴이, 급하게 흉부를 압박하는 모습이 점점 더 흐릿해졌다. 슬은 입술에 자신의 귀를 가져다 대는 그에게 몇 마디 채 남기지 못하고 완전히 의식의 끈을 놓아 버렸다. 이제는 정말 쉬고 싶었다.

제1부

기억의 부재

1. 당신 누구야?

2월의 하늘은 맑기보단 자주 흐렸고 뿌옜다. 중국에서 날아온 미세 먼지로 하늘은 꼭 비가 와 구름이 가득 낀 날 같았다. 그런 하늘 아래 명성대학 병원에서는 한창 집단 미술 치료가 진행되고 있었다.

"안녕하세요."

"네, 안녕하세요."

"어휴, 안 늦었죠? 차가 너무 막혀서."

"네. 안 늦었어요."

회의실에는 총 여섯 명의 사람들이 모여 앉아 있었다. 그들은 매주 진행되는 집단 미술 치료를 받기 위해 모인 사람들이었다. 미술 치료 프로그램은 대부분 6개월에서부터 1년의 기간을 두고 진행되기에, 벌써 두 달이나 함께한 그들은 서로가 익숙했다.

그들은 마치 매일 교실에서 만나는 또래의 친구들처럼 일주일 만에 만나는 서로서로에게 안부를 전했다. 분위기가 아주 화기애애했다. 그리고 그런 그들 틈에 슬도 앉아 있었다.

"오늘은 하나의 주제를 정해 줄 거예요. 여러분들은 정해진 주제대로 그림을 그리면 돼요."

곧이어 회의실 안으로 오늘의 프로그램을 진행할 미술 치료사가 들어왔다. 치료사는 화이트보드에 주제를 적었다. 주제는 '나의 집'이었다.

"어떤 집이든 좋아요. 자신이 원하는 집도 좋고, 지금 살고 있는 집도 좋아요. 그리고 싶은 대로 그리세요."

아무것도 그려져 있지 않은 여섯 개의 스케치북 위에 저마다의 집들이 그려졌다. 슬은 빨간 벽돌 지붕에 네모난 창문, 길쭉한 모양의 대문, 그리고 그 주변을 채운 푸릇푸릇한 잔디 정원을 그렸다.

"자, 다들 완성되었으면 한 분씩 나와서 발표해 볼까요?"

미술 치료사의 말에 반짝이는 눈으로 그림을 그리던 사람들의 고개가 전부 아래로 향했다. 이상하게 발표 시간만 되면 저마다 눈을 피하곤 했다. 그때 치료사의 시야에 눈을 말똥히 뜨고 있는 슬이 들어왔다.

"누가 먼저 해 볼까. 슬 씨가 먼저 해 볼래요?"

그 말에 슬은 자신이 그린 스케치북을 갖고 앞으로 나갔다. 일주일에 한 번씩, 매주 이 프로그램에 참여하다 보니 누군가의 앞에 서거나 작품에 대해 설명하는 일에 부담을 느끼지 않게 되었다.

물론 슬도 처음에는 다른 이들과 마찬가지로 이 활동 자체를 어색해했었다. 하지만 시간이 흐르면서 익숙해지니 이제는 그 누구의 앞에서건 자신의 감정이나 생각, 내면세계에 대해 이야기하는 것이 훨씬 편해졌다. 이것만으로도 슬의 심리 상태는 상당히 호전되었다고 볼 수 있었다.

"3년 전에 비하면 확실히 좋아졌어요. 표정이나 감정에 대해 말하는 것도 그렇고."

다른 사람들 앞에서 자신이 그린 그림에 대한 생각을 거리낌 없이 말하는 슬의 모습을, 성해와 현재 슬의 심리 치료와 더불어 명성 대학 병원에서 진행되는 심리 치료 프로그램 전반을 책임지고 있는 표재연 선생이 함께 지켜보고 있었다.

"표 선생이 보내 준 포트폴리오 봤어. 확실히 좋아졌더군."

재연은 슬의 심리 치료를 전적으로 맡아 오며 그간 진행해 온 치료의 결과물들을 성해에게 꾸준히 보고해 왔다.

"슬을 처음 만났던 날이 까마득할 정도예요."

재연은 슬의 환한 미소를 보며 머릿속으로 그녀와 처음 만났던 3년 전 일을 떠올렸다. 당시 그는 명성 대학 병원에서 정신 건강 의학 전문의로 근무하다가 따로 개인 병원을 개원하여 운영하고 있었다. 다양한 심리 치료를 연구하고 때때로 학술지에 논문을 발표하는 등 심리 치료사의 명성도 이어 가는 중이었다. 그러던 중에 병원으로 찾아온 성해를 통해서 슬과 만나게 되었다.

그때의 슬은 지금처럼 웃지도, 먹지도, 자지도 않는 심각한 우울 장애를 겪고 있었다. 그뿐만 아니라 아빠의 충격적인 자살 현장을 목격한 후에 생긴 외상 후 스트레스 장애(Post—Traumatic Stress Disorder, PTSD)와 불안증, 해리성 기억 상실증까지 앓았다. 한마디로 말해 그때의 슬은 정신적으로 많이 불안한 상태였고, 마음에 이어 몸까지 병들어 있었다.

"나도 그래. 그런 때가 있었나 싶게 밝아져서 다행인 일이다만……. 또 한편으로는 언제 기억이 되살아날까 불안해."

슬은 제 아빠가 자살이 아닌 사고사(事故死)로 목숨을 잃은 것으로 알고 있었다. 거기엔 성해의 영향이 있었다. 혼수상태에서 깨자마자 아빠부터 찾는 슬에게 성해는 거짓말을 할 수밖에 없었다.

석현의 죽음만으로도 슬에게는 더없이 큰 충격일 텐데, 그의 죽음이 어찌할 수 없는 사고가 아니라 자살이라고 한다면 그녀가 언제 또다시 제 생을 놓아 버릴지 모를 일이었다. 성해는 이제 죽은 친구보다도 그 친구가 남긴 슬을 지켜야 한다는 의무가 더 중요했다.

두 사람은 복도를 거닐며 이제는 까마득해진 3년 전을 회상했다.

"할 수만 있다면 그 애의 기억이 영원히 돌아오지 않았으면 좋겠어."

슬은 해리성 기억 상실증 중에서도, 석현의 죽음을 목격한 그때부터 바다에 빠져 죽다 살아난 그 시점까지를 기억하지 못하는 국소적 기억 상실증을 앓고 있다.

대부분의 해리성 기억 상실증은 수 시간에서 수일 내로 회복되는 경향을 보이는데, 그에 반해 슬은 무려 3년 동안이나 그때의 일을 기억하지 못하고 있었다. 소실된 기억은 대부분 자발적으로 되돌아오기 마련이건만 어째서 슬의 기억은 호전될 기미를 보이지 않고 있는지. 정확한 이유를 알 수는 없으나 아마도 슬의 무의식이 기억 회복을 막고 있는 듯하다.

"기억이 돌아온다면 그 애가 견딜 수 있을지……."

그때를 생각만 해도 가슴이 미어지는 탓에 성해의 미간에 주름이 더 깊어졌다.

"슬이 기억을 잃게 된 것은 슬이의 무의식중 방어 기제죠. 더 이상 상처받고 싶지 않으니까. 하지만 기억은 언제든 돌아와요. 아직 때가 되지 않은 것뿐. 때가 된다면 슬도 자신의 마음을 돌아보고 치료할 수 있지 않을까요?"

아직까지도 기억이 돌아오지 않는 이유. 어쩌면 슬은 아직 준비가 안 된 걸지도 몰랐다. 그 상처를 들여다보고 치료할 준비가. 기억을 잃는다는 것은 받아들이기 힘든 고통을 겪었을 때 일어난다. 기억이 돌아오는 것 역시 그 고난을 감내할 준비가 되었을 때야 비로소 가능한 것 아닐까.

재연은 그렇게 생각하며 성해의 어깨를 다독였다. 기억의 회복도, 거기서부터 시작될 상처의 완전한 치유도 온전히 슬의 몫이었다.

* * *

사람들이 모두 떠난 회의실에 유일하게 혼자 남은 슬이 뒷정리를 하고 있었다. 크레파스며 색연필이며 미술 활동에 필요한 도구들을 정리하고 있는 슬의 등 뒤로 문이 열리며 재연이 들어왔다.

"슬아?"

자신을 부르는 소리에 뒤를 돌아본 슬이 환하게 웃었다.

"선생님."

"혼자 뒷정리하고 있는 거야?"

"네, 뭐. 어차피 집에 일찍 가도 할 일이 없어서요."

3년 전 그 일로 슬은 일상생활은 물론이고 직장생활도 하기 어려워졌다. 그에 회사에 사직서를 제출했는데, 평소 슬을 신임하며 많은 기대를 걸었던 회사에서 갑작스러운 퇴사를 아쉬워했다. 특히 입사 때부터 슬을 줄곧 지켜봤던 김 부장이 그랬다.

김 부장은 개인적인 문제로 회사에 폐를 끼칠 수 없다는 슬에게, 퇴사 대신 병가 휴직으로 처리해 줄 테니 호전되는 대로 다시 돌아와 줄 것을 부탁했다. 그 덕에 슬은 언제라도 복직이 가능했다.

"슬슬 복직할 생각이라고?"

"네. 그런데 원장님 허락을 아직 못 받았어요."

슬은 아무래도 성해가 현재 제 보호자 역할을 하고 있으니 그에게도 의견을 구해야 되겠다고 생각했다. 하지만 아직 성해의 허락이 떨어지지 않은 상태였다.

석현이 떠나고 천애 고아가 된 슬에게 진짜 보호자가 되어 준 것은 성해였다. 큰아빠, 큰엄마도 아니었다. 그 사람들은 석현의 삼일장이 채 끝나기도 전에 자리를 떠났다. 어차피 그들은 석현이 남기고 갔을 보험금이나 재산이 탐이 나 슬의 보호자인 척한 것뿐, 애초에 슬은 그들의 관심 밖이었다. 하나뿐인 조카가 천애 고아가 되거나 말거나 그들의 목적은 오직 돈이었던 것이다.

"허락……해 주시겠죠?"

재연은 불안하면서도 불안하지 않은 척하는 슬의 마음을 알고는 다독여 주었다.

"생각이 많으셔서 그러신 걸 거야. 원장님 은근히 걱정 많으시잖아."

그러자 슬이 고개를 끄덕였다.

"저도 알아요. 원장님이 저를 얼마나 걱정하고 생각해 주시는지. 아니까 기다리는 거예요. 허락해 주실 때까지."

성해와 슬은 서로에게 아버지와 딸이 되어 주었다. 아무리 친구의 딸이고, 아빠의 친구라고 해도 두 사람은 엄연한 남이었다. 설사 혈연으로 묶인 가족 사이래도 서로를 죽고 죽이기까지 하는 무정한 세상이라는데, 그것이 무색할 정도로 이들은 서로를 가장 많이 아끼고 사랑해 주었다.

그런 만큼 슬은 성해의 뜻을 저버린다거나 반하는 일을 하고 싶지가 않았다. 회사 복직 문제도 성해가 생각하기에 아직은 때가 되지 않았다고 생각할 수 있었다. 그런 성해의 마음을 헤아려 슬은 그가 허락해 줄 때까지 기다릴 생각이다.

"슬이 넌, 참 속이 깊다."

재연은 괜히 코끝이 찡해져 슬의 어깨를 끌어안았다. 속이 깊은 것이 천성일 수도 있지만, 깊이를 헤아릴 수 없는 내면의 상처가 슬을 마냥 투정 부릴 수 없는 사람으로 만든 것일 수도 있다. 슬은 착하기도 했지만 그 속에는 누구도 짐작할 수 없는 깊은 상처가 자리해 있어 이따금씩 사람의 마음을 아리게 했다.

* * *

재연과 마저 정리를 끝내고 나오자 벽에 기대고 서 있는 사람의 얼굴이 눈에 들어왔다.

"오빠?"

윤건이었다. 그는 위급한 환자를 보고 나오다가 시간을 확인하고는 부리나케 회의실로 올라와 슬을 기다리고 있었다. 슬은 윤건을 보자마자 배시시 웃으며 그의 팔에 팔짱을 꼈다.

"다 끝났어?"

"응. 일단은. 앞으로 장장 4개월의 시간이 남아 있긴 하지만."

슬이 한숨을 폭 쉬며 이어서 말했다.

"4개월 동안 또 매주 한 번씩은 치료를 받아야 한다니 까마득한 거 있지? 복직하고서 다닐 수 있을지도 걱정이고……. 그래도 아저씨가 걱정하지 않으시게, 또 복직도 긍정적으로 생각하시게끔 열심히 다니려고."

윤건도 옆에서 웃으면서 가만히 슬이 하는 말을 듣고 있다가 고개를 끄덕였다.

"그래. 치료도 잘 받아야 하지만 약도 잘 먹어야 돼."

"당연하지. 그렇지 않아도 아저씨가 매일같이 전화하셔서 약은 먹었는지, 치료는 잘 받고 있는지 체크하신다니까. 아, 치료 잘 받고 있는지는 이미 알고 계시겠네, 선생님께 보고받고 계실 테니까."

슬도 성해가 재연으로부터 자신의 치료 일정을 비롯한 모든 과정을 보고받고 있다는 것쯤은 알고 있었다. 그러면서도 성해는 늘 전화로 또는 만날 때마다 치료는 잘 받고 있는지, 약은 잘 먹는지, 밥은 꼬박 챙겨 먹는지, 꿈을 꾸지는 않는지 등등 매일 확인했다.

"서운했구나."

"응?"

"아버지가 표 원장님으로부터 너에 대해서 매일 보고받고 있었다는 것 말이야."

"아……."

슬은 제 속마음을 족집게처럼 집어내는 윤건의 말에 아차 했다. 티를 내지 않으려고 했는데 목소리가 싸늘하게 나왔나 보다. 뭐라고 대답할까 고민하던 슬이 다시 말을 이었다.

"꼭 그런 건 아닌데, 오빠 말 듣고 보니까 서운함이 아예 없던 것은 또 아니었나 봐. 할 말이 없네."

"뭐야?"

슬의 솔직함과 빠른 인정에 윤건이 피식 웃음을 터트렸다. 전혀 웃을 상황이 아니었음에도 윤건은 터지는 웃음을 참을 수 없었다.

"왜 웃어? 그 말이 웃겨?"

슬은 난데없이 웃는 윤건을 이해하지 못하겠다는 듯 뚱한 표정으로 물었다. 그러자 겨우 웃음을 참은 윤건이 말했다.

"너무 솔직하잖아. 대부분의 사람들은 맞는 것도 아니라고 우기고 자존심 부리는데, 넌 너무 솔직하니까."

윤건의 말이 맞다. 사람들은 대개 자신의 마음을 부정하기에 바쁘다. 왜냐, 인정은 곧 자존심의 문제라고 생각하니까. 하지만 슬은 달랐다.

"우기긴 왜 우겨? 서운했냐고 해서 서운했다고 한 건데. 그리고 자존심은 그럴 때 부리는 게 아니지. 왜 쓸데없는 곳에 자존심을 세워?"

"그럼 어디에 자존심을 부려야 쓸데 있을까?"

"부당한 대우를 받았을 때, 또는 불의를 봤을 때. 그럴 때 써야 하는 거라고 배웠어. ……아빠한테."

당차게 말하던 슬의 목소리가 끝에서 점차 줄어들었다. '아빠'라는 말을 입에 담을 때마다 슬은 심장이 내려앉는 것만 같다. 아직도 슬에게 '아빠'는 아픔이자 고통이자 상처였다. 아빠라는 단어에서 슬의 미간이 좁혀지는 것을 본 윤건이 슬의 어깨를 감싸 안으며 전보다 더 밝게 말했다.

"우리 밖에 나가서 점심이나 먹을까? 너 좋아하는 파스타 어때? 병원 앞에 파스타집 새로 생겼는데, 우리 과 간호사 선생들이 가서 먹고는 맛있다고 노래를 부르더라. 거기로 갈까?"

"오빠 안 바빠?"

파스타가 꼭 먹고 싶은 것은 아니었지만 일부러 기분을 풀어 주려는 윤건의 깊은 마음을 헤아린 슬도 밝게 물었다. 그러자 윤건이 휴대폰과 시계를 보고는 고개를 저었다.

"안 바쁠 것 같아. 아니 안 바빠."

하지만 응급실에는 이상한 징크스가 있었다. 안 바쁘다는 말을 할 때, 꼭 바쁜 일이 생기곤 했다. 물론 지금도 예외는 아니었다.

"옷만 갈아입고 올 테니까……."

라는 말을 채 끝내기도 전에 윤건의 휴대폰이 울렸고, 역시나 응급실 콜이었다.

"아…… 슬아, 어쩌지?"

꺼지지 않은 휴대폰을 보며 시무룩한 표정을 짓는 그에게 슬은 당연한 대답을 해 주었다.

"어쩌긴 뭘 어째. 빨리 가서 아픈 사람들 살려야지. 파스타는 오늘 아니어도 먹을 수 있잖아."

"미안해. 집에 바로 갈 거지?"

"응. 바로 갈게."

"알았어. 그럼 이따가……."

"얼른 가. 이러다 환자 큰일 나겠다."

가라는데도 가지는 않고 계속 당부만 하는 윤건에게 슬이 버럭 호통을 쳤다. 그러자 윤건이 응급실 쪽으로 달려 내려가다 말고는 다시 돌아서 슬에게 전화하겠다며 손으로 전화기를 만들어 귀에 가져갔다. 슬은 알겠다고 손을 휘휘 내저었다.

"하여튼 걱정은."

투덜거렸지만 슬도 윤건이 저를 얼마나 생각하는지 잘 알고 있었다. 성해처럼 윤건도 슬에게 없어선 안 될 오빠였고 가족이었다. 하지만 슬에게 윤건은 어디까지나 오빠 그 이상도 이하도 아니었다.

* * *

병원을 나오면서 슬은 지금쯤 진료 중일 성해에게 문자를 보냈다. 곧이어 문자 수신 알림 음이 울렸다. 수신인은 당연 성해였다.

[바로 집으로 가야 한다. 전화하면 꼭 받고, 무슨 일 있으면 꼭 전화하고. 사랑한다. ―성해―]

아저씨도 참. 성해가 보낸 문자의 마지막 말이 낯간지러우면서도 내심 기분이 좋았다. 자신은 애정 표현이 서툴렀지만 그럼에도 그가 보여 주는 꾸준한 애정이 고마웠다.

"햇살이 참 따뜻하네."

병원 입구에 선 슬이 환한 햇살에 눈이 부시는지 이마에 펼친 손바닥을 갖다 댔다. 2월의 끝자락이라도 아직 봄이 완전히 오기 전인데 날씨는 이상하리만치 따스했다. 언제 이렇게 시간이 흘렀는지 벌써 봄이 오나 보다.

"아, 이 할아버지가 안 된다니까! 이건 돈이 아니라고요!"

그때였다. 이제 막 계단을 내려가던 슬의 귓가로 누군가의 노발대발하는 소리가 들려왔다. 고개를 왼쪽으로 돌리자 그곳에 웬 할아버지와 기껏 해야 40대 중반으로 밖에 보이지 않는 어떤 남자가 실랑이를 벌이고 있었다. 남자의 뒤에 택시가 서 있는 것을 보니 남자는 저 택시의 기사인 듯하다. 택시 기사와 할아버지의 싸움이라.

누가 봐도 할아버지가 저 택시 기사에게 일방적으로 당하고 있는 것 같아 슬은 그냥 지나칠 수가 없었다. 석현으로부터 자존심은 부당한 대우를 받았을 때와 불의를 봤을 때에나 부리는 것이라고 배웠다. 그러니 이 상황을 모른 척, 못 본 척할 수가 없었다. 어느샌가 슬은 걸음을 옮겨 그들에게 다가가고 있었다.

"지금 나랑 장난하자는 겁니까? 이 할아버지가 노망이 났나!"

"이놈아! 이게 왜 돈이 아니야? 시퍼런 배춧잎은 만 원, 누런 황금색은 오만 원! 밀가루처럼 하얀 것은 수표! 눈 똑바로 뜨고 봐 봐, 이놈아! 이게 왜 돈이 아니야? 네 눈깔은 해태 눈깔이냐!"

"해태 눈깔? 이 할아버지가 보자보자 하니까! 할아버지야말로 눈 똑바로 뜨고 봐 봐! 이게 돈인가! 겉만 번지르르하면 뭐 합니까? 돈 구경도 제대로 못 해 봤나, 진짜!"

"뭐, 뭐야? 돈 구경도 못 해 봐? 너야 말로 내가 누군지 알고 까불어! 내가 누군지 알면 까무러치게 놀랄 것이, 이런 못된 놈!"

"내가 당신이 누군지 알아야 합니까? 좋게 말하면 알아듣고 갈 길 가면 될 것이지 왜 이렇게 사람을 귀찮게 하는지 원! 제발 꺼져요!"

"예끼 이놈아! 꺼지긴 내가 왜 꺼져? 내가 촛불이냐, 라이터야? 이런 하극상을 보았나! 예끼! 이놈!"

"이 노인네가 진짜! 아주 날을 잡아 볼까? 어?"

급기야 택시 기사가 눈이 돌았는지 할아버지의 양팔을 붙잡고는 힘으로 밀어붙이는 것이 아닌가. 그 모습을 가만히 두고 볼 수 없던 슬이 가까이 다가가 택시 기사를 향해서 나지막이 말했다.

"잠깐만요. 잠깐 그 손 좀 놓아 보시겠어요?"

택시 기사가 슬을 위아래로 기분 나쁘게 훑어보며 쏘아붙였다.

"아가씨는 뭐야? 뭔데 놓으래?"

감정을 여과 없이 표출하는 감정적인 택시 기사와 달리 슬은 감정에 큰 동요 없이 차분히 말했다.

"아까부터 쭉 지켜봤는데 할아버지께 언성을 높이는 게 좋아 보이지 않아서요. 보아하니 의사소통이 어려운 할아버지 환자이신 것 같은데, 양해를 해 주시는 것이 어떨까요? 그리고 CCTV 때문에라도 이러면 아저씨한테 득 될 것도 없어 보이고요."

택시 기사의 눈이 슬이 가리킨 곳에 설치된 CCTV로 향했다. 그 존재를 인식한 그는 붙잡고 있던 할아버지의 양팔을 황급히 놓으며 헛기침을 했다.

"큼큼. 내가 그러려고 그런 건 아니고. 갑자기 할아버지가 뒤에 타지 뭐야. 손님인 줄 알았는데 나한테 종이 돈을 쥐여 주는 거야. 그렇지 않아도 오늘 손님 한 명 못 태워서 화나 죽겠는데 이런 장난을 치니 화가 안 나겠어!"

급기야 택시 기사가 슬에게 서둘러 변명 아닌 변명을 하기 시작했다. 조금 전까지만 해도 슬을 위아래로 훑어보며 쏘아붙여 놓고는 이제 와 일부러 그러려고 그런 것은 아니었다며 꼬리를 내렸다. 슬은 그런 택시 기사는 신경도 쓰지 않고서 할아버지에게로 시선을 돌렸다.

"할아버지, 괜찮으세요?"

슬이 자신을 지나쳐 할아버지에게 관심을 두자 멋쩍어진 택시 기사가 택시를 타고 휑하니 자리를 떴다. 그러거나 말거나 슬은 할아버지의 몸, 이곳저곳을 꼼꼼히 살폈다.

"어디 다치신 곳은 없으세요?"

"없으니까 거 좀 비켜 봐!"

하지만 할아버지는 자신을 도와준 슬에게 역정을 내며 그녀를 옆으로 툭 밀쳐 냈다.

"빨리 가야 하는데 왜 길을 막고 서 있어? 여하간 젊은 것들은 이래서 안 된다니까."

그것으로도 모자라 할아버지는 슬의 뒤에서 마치 들으라는 듯 큰 소리로 중얼거렸다. 그러더니 이번에는 다른 택시 기사에게 다가가 아까와 같은 종이 돈을 쥐여 주며 가자고 재촉했다.

"이봐, 기사 양반. 나 좀 우리 아들한테 데려다줘."

그러나 이 택시 기사도 마찬가지로 할아버지에게 내리라고 소리를 질러 댔다. 연이어 승차 거부를 당한 할아버지가 바닥에 주저앉더니 주변 택시를 향해서 노발대발 소리치고 악을 써 댔다.

"아니, 이것들이 배가 불러 환장을 했나? 돈을 준대도 이러는 이유가 뭐야? 헛배가 불렀어, 니들! 어이구, 내 팔자야! 나 죽네, 나 죽어!"

그러면서 할아버지는 손에 쥐고 있던 종이 돈을 바닥에 던져 버렸다. 그러자 종이 돈이 바람을 타고 바닥으로 사뿐히 떨어졌다. 슬은 그런 할아버지의 모습을 바라보다 다시 천천히 다가갔다.

"할아버지, 아드님 집 주소 알고 계세요?"

슬이 바닥에 떨어진 종이 돈을 주우며 할아버지에게 다시 말을 걸었다. 다시 봐도 이 돈은 진짜 돈이 아니었다.

"왜? 나 데려다주게?"

슬이 바닥에 주저앉아 있는 할아버지를 향해서 손을 내밀었다. 그러자 할아버지는 언제 역정을 냈냐는 듯 어린아이처럼 밝게 웃으며 슬의 손을 맞잡았다. 그 손을 당겨 할아버지를 부축한 슬은 할아버지의 바지에 묻은 흙까지도 모두 털어 주었다.

"그런데 할아버지, 혹시 성함이 어떻게 되세요?"

"응? 내 이름?"

"네. 할아버지 성함이 궁금해서요."

그러면서 슬은 할아버지가 입고 있는 옷에 시선을 두었다. 할아버지는 환자복이 아닌 평상복을 입고 있었다. 베이지색의 베레모와 체크무늬 코트, 정장 바지와 구두까지. 누가 봐도 멋진 신사의 모습이었다. 그러나 그의 행동은 다른 할아버지와는 조금 달랐다. 특히 어린이들이 갖고 노는 종이 돈을 진짜 돈이라고 착각하고 있는 모습을 보면, 아마도 이 할아버지는 치매를 앓는 듯했다.

"내 이름? 아······ 내 이름은······ 그러니까······."

할아버지는 자신의 이름조차도 기억하지 못했다. 이름도 까먹을 정도면 증상이 꽤 심각하다는 뜻인데······. 슬이 이토록 치매 증상에 대해 잘 아는 이유가 있었다. 슬이 입원해 있던 병동에는 치매를 앓고 있는 할머니들이 환자의 대부분이었기 때문이다.

"몰라! 갑자기 내 이름은 왜 묻고 그래?"

이름이 도저히 기억나지 않는지 할아버지가 짜증을 냈다. 아마도 할아버지는 슬이 이름마저 떠올리지 못하는 자신을 바보라고 생각하지는 않을까 부러 짜증을 내는 것 같았다. 이에 슬은 그가 그런 생각을 하지 않도록 자신의 탓으로 말을 돌렸다.

"아, 어른의 성함을 묻기 전에 제 소개를 먼저 했어야 하는데, 죄송해요. 할아버지."

그러자 할아버지가 환해진 얼굴로 물었다.

"그럼 아가씨 이름은 뭐야?"

"제 이름은 윤슬이에요. 윤슬."

"윤슬? 흐음, 윤슬······. 윤······슬. 윤슬. 예쁘네, 이름."

할아버지는 슬의 이름이 퍽 마음에 들었는지 몇 번이고 되뇌었다.

"감사합니다. 할아버지. 그런데 할아버지, 혹시 같이 오신 분은 없으세요?"

벌써 몇십 분을 병원 입구에서 할아버지와 이야기를 나누고 있는데도 보호자라며 나타나는 사람이 없었다. 할아버지는 일반 환자도 아니고 치매 환자였다. 그런데 왜 이 할아버지 곁에는 아무도 없는지, 설마 보호자가 없는 것은 아닌지 슬은 걱정이 되었다.

"같이 온 사람 없어. 나 혼자야. 원래 혼자서도 잘 돌아다니는 사람이야, 내가."

할아버지가 혼자서도 잘 돌아다닐 수 있음을 강조하며 스스로를 치켜 세웠다. 그는 아마도 치매를 앓고서부터 줄곧 누군가의 도움을 받으며 지낸 것에 자존심이 많이 상한 모양이었다.

"정말요? 여기까지 혼자 오신 거예요? 와, 대단하세요. 저도 혼자는 잘 못 돌아다니는데."

슬은 그런 할아버지의 마음을 헤아려 호응했다. 그러자 그도 기분이 좋은 듯 더욱더 환하게 웃었다. 그건 그렇고 할아버지 보호자는 어떻게 찾아 드리지? 한참을 생각하던 슬이 휴대폰을 떠올리고는 그에게 휴대폰을 갖고 있는지를 물었다.

"이거 말하는 거야?"

할아버지는 주머니에서 무언가를 주섬주섬 꺼내 슬에게 보여 주었다. 할아버지가 내민 것은 다름 아닌 휴대폰이었다. 휴대폰도 할아버지의 옷차림처럼 최신형이었다.

"네, 맞아요. 그거 잠깐 저 좀 보여 주시면 안 될까요?"

"왜? 나 잡아가라고 신고하려고?"

꼭 그런 것은 아니지만 보호자한테 연락하려는 뜻과는 일치해서 슬은 괜히 뜨끔했다. 역시 보통 할아버지가 아니었다.

"아니요. 할아버지 휴대폰이 너무 좋아 보여서요. 구경 좀 하면 안 될까요?"

할아버지가 휴대폰을 주면 전화번호 목록에서 보호자를 찾아 연락할 생각으로 슬은 그에게 손바닥을 펼쳐 내밀었다. 그러면서도 슬은 내심 할아버지가 전처럼 제 속마음을 꿰뚫어 보면 어떡하나 조마조마해했다. 아니나 다를까 그는 휴대폰을 주는 척하면서 도로 품에 감추더니 대뜸 택시부터 잡으라고 했다.

"택시부터 잡아. 그럼 이 휴대폰 줄게."

역시나 방금 느낀 것처럼 이 할아버지는 보통이 아니다. 하다하다 거래까지 걸어 올 줄은 상상도 하지 못했다. 결국 슬은 할아버지의 뜻대로 택시부터 잡아타기로 했다. 그런 다음 넘겨받은 휴대폰으로 보호자한테 연락해서 행선지로 가는 동안 자신이 할아버지 곁에 있으면 되겠다고 생각했다.

택시를 타자마자 할아버지는 택시 기사에게 주소가 적힌 메모지를, 슬에게는 주기로 한 휴대폰을 넘겼다.

"기사 양반, 빨리 가자고. 우리 아들이 기다려서 말이야."

그렇게 말하는 할아버지의 표정이 햇살처럼 환했다. 아들을 보러 가는 것만으로도 행복한 듯 보였다. 슬은 그런 할아버지를 보다가 휴대폰 전화번호 목록을 뒤졌다. 다행히도 휴대폰에는 잠금장치 하나 설정되어 있지 않아 보호자의 연락처를 찾기가 훨씬 수월했다.

"이건가?"

할아버지의 휴대폰에 저장된 연락처는 달랑 두 개뿐이었다. 그중 한 연락처 이름이 굉장히 독특했다.

"'언제 철들래?'"

이런 말은 분명 아버지가 아들한테나 할 법한 말이었다. 슬은 이 번호가 할아버지의 아들이라고 생각해 번호를 눌렀다. 하지만 신호음만 갈 뿐, 상대는 전화를 받지 않았다. 나머지 한 개의 번호 역시 전화를 받지 않았다.

"뭐야, 왜 전화를 안 받아?"

황당해진 슬이 창가로 시선을 돌렸다. 그러자 할아버지가 슬의 손에서 휴대폰을 잽싸게 빼앗아 갔다.

"구경 끝났으면 이제 줘. 난 내 거 딴 사람한테 준 적 없어. 줄 마음도 없고. 다 우리 아들 거야."

그러고 보니 할아버지는 병원 앞에서 만난 내내 아들에 대한 사랑을 드러내고, 아들 자랑만 했다. 지금도 그는 아들 이야기만 하고 있었다.

"우리 아들이 얼마나 잘생겼는데. 똑똑하긴 또 얼마나 똑똑하다고."

슬은 가만히 할아버지가 하는 이야기를 들었다. 아들 이야기를 하는 할아버지의 눈이, 표정이 그 어느 때보다 맑아 보여 무어라 말을 얹을 수가 없었다.

"그런데 내가 다 망쳤어. 아들이 나를 기다리고 또 기다렸는데 내가 못 갔어. 바쁘다고 놀아 주지도 못했어. 그래서 아직도 그게 미안해."

그랬던 할아버지의 표정이 급격히 어두워졌다. 안 좋은 기억이라도 떠오른 모양이었다. 슬은 그런 할아버지를 안심시키려 다른 화젯거리를 찾았다.

"할아버지, 아드님이 얼마나 잘생기셨는데요? 막 그림 같고, 모델 같고 그래요?"

슬이 아들의 외모를 묻자 할아버지의 표정이 다시금 환해졌다. 그러고는 아들 자랑을 쉴 새 없이 늘어놓았다. 택시가 목적지에 도착할 때까지도 할아버지의 아들 자랑은 계속되었다.

"할아버지, 제 손 잡고 내리세요."

택시 요금은 카드로 계산한 뒤에 할아버지를 부축해 차에서 내린 슬의 눈이 휘둥그레졌다. 대체…… 여기가 어디야? 그러나 할아버지는 놀란 슬과는 달리 한가득 신이 난 표정이었다.

"할아버지, 여기가 아드님 댁 맞으세요?"

"그럼. 여기가 우리 아들네 집이야. 내가 얻어 준 집. 신혼살림 차리라고 내가 마련해 줬지."

"여기가…… 신혼집이라고요?"

슬은 눈을 감았다 떠 봐도 믿을 수 없었다. 할아버지가 아들 신혼집으로 사 줬다는 집은 아무도 살지 않는, 아니 아무도 살 수 없는 폐가였다. 높은 담 위에 자리한 2층짜리 단독 주택은 형체를 알아볼 수 없을 정도의 폐가로 변해 있었다. 이런 폐가를 사 줬다니? 슬은 도무지 믿을 수 없다는 눈으로 흉가 같기도 한 높은 담 위에 폐가를 올려다봤다.

"들어가자. 우리 아들이 날 기다리고 있을 거야."

할아버지는 마치 이 집이 보기만 해도 깨소금 내가 풀풀 풍기고 사랑이 가득한 집처럼 느껴지는지 차고 옆 대문으로 슬을 이끌었다. 하지만 슬은 할아버지를 만나고 처음으로 그를 말렸다.

"잠깐만요. 할아버지. 잠깐만……."

바로 그때였다. 슬과 할아버지 곁으로 번쩍번쩍한 외양의 외제 차 한 대가 빠르게 다가와 서더니 안에서 훤칠한 키에 배우라고 해도 믿을 만큼 잘생긴 외모의 남자가 내렸다. 그러더니 슬과 할아버지에게로 성큼성큼 걸어왔다. 오후의 높은 태양이 남자의 머리 위에서 찬란하게 빛났다.

그 빛을 본 순간 슬은 택시에서 들었던 할아버지의 아들이란 사람이 떠올랐다. 설마…… 저 사람이 할아버지의 아들인가? 하지만 그렇다고 하기엔 저 사람은 너무 젊다.

"혹시……."

할아버지의 아들이냐고 묻기도 전에 남자가 할아버지의 팔을 붙들고 있던 슬의 손목을 강하게 잡아챘다.

"당신, 뭐 하는 사람이야?"

가까이 다가온 남자는 멀리서 봤던 것보다 훨씬 더 잘생겼다. 아니, 그보다 훨씬 날카롭고 예민해 보였다. 마주친 눈에는 어쩐지 혼란과 복잡함이 얼기설기 얽혀 있었다.

"내가 묻잖아. 당신, 대체 누구야?"

슬과 남자의 시선이 맞부딪치며 강렬히 서로를 끌어당겼다. 알 수 없는 긴장감과 혼란이 두 사람을 에워싸고 있었다.

* * *

그날 당일.

초고층 빌딩 최상층에 자리해 있는 한 사무실, 통창으로 만들어 놓은 외벽 앞에 누군가가 등을 보이고 서 있었다. 남자는 생각에 잠긴 듯 낮게 가라앉은 눈빛이었다.

'태승아……'

3년 전, 할아버지의 부름을 받고 미국에서부터 한국으로 귀국한 태승에게 청천벽력과도 같은 말이 날벼락처럼 날아들었다.

'나에게 남아 있는 시간이 그리 많지 않을 것 같구나……'

일찍 부모님을 사고로 여읜 그에게 할아버지는 유일한 가족이었고 전부였다. 어릴 적부터 할아버지 손에서 자란 자신이기에 언젠가 할아버지도 부모님처럼 제 곁을 떠날 수 있다는 사실을 잊었던 것 같다. 어리석게도.

잠시 과거의 일을 회상하던 태승은 떠오른 기억을 물리치려 눈을 감았다 떴다. 그러고는 등을 돌려 넓은 사무실을 빙 둘러봤다. 흰 대리석 바닥에 고급스러운 사무용 가구들이 빈틈없이 채워져 있었다. 그것들을 휙휙 넘겨보던 태승의 시선이 넓은 사무용 책상 위에 놓인 크리스털 명패에 머물렀다.

〈유일 퍼스트 사장 류태승〉

그 명패에 새겨진 자신의 이름은 볼 때마다 낯설다. 언젠가 할아버지의 뒤를 이어 회사를 경영할 것을 알고 있었고 마음의 준비도 해 두었다고 생각했다. 그러나 유일 그룹 계열사 중 외식 사업을 전적으로 도맡고 있는 이곳, 유일 퍼스트의 본부장으로 첫 발령을 받고 나서야 깨달았다. 자신은 아직 기업을 이어받기에 나이도, 경험도 부족할뿐더러 자신의 인생을 책임지기에도 벅차다는 것을 말이다.

하지만 그에게 선택의 여지란 없었다. 하루가 다르게 기억을 잃어 가는 할아버지와, 할아버지가 한평생을 일궈 놓은 기업을 지켜 내야 했기에 강해질 수밖에 없었고, 강해져야만 했다. 그렇게 하루하루를 살다 보니 어느새 그는 한 기업을 책임지는 사장 자리에 올라 있었고 그럴수록 마음의 구멍은 커져 갔다.

"네, 태승입니다. 할아버지는 좀 어떠세요?"

다시 시선을 창가에 둔 태승은 주머니에서 휴대폰을 꺼내 본가로 전화를 걸었다. 그러자 본가에서 할아버지의 케어를 맡아 주고 있는 입주 간병인이자 가사 도우미인 남희가 전화를 받아 들었다.

─어, 태승이구나. 회장님 오늘 컨디션 아주 좋으셔. 아침도 잘 드셨고 어제보다는 짜증도 덜 내시고 기분도 좋으신지 방금 전에는 네 혼사 걱정도 하시더라.

"그런 걱정도 하셨어요?"

자신의 이름과 직업, 나이, 집 주소 등의 신상 정보와 옛날의 기억은 또렷했지만, 물건의 이름이라든지 사용법 등은 기억하기 어려워하는 할아버지가 자신의 혼사 걱정을 했다니. 이에 태승이 반색했다.

─네 혼사 걱정은 매번 하셨어. 마음씨 곱고 착한 아가씨랑 짝지어 줘야 한다고 그게 본인 소원이시라면서. 재벌이랑은 상관없이 그저 마음씨 착하면 된다고 그러시던걸.

"그러셨어요?"

태승은 제 할아버지라면 응당 그러셨으리라 생각했다.

"병원 잘 다녀오시고, 오늘은 일찍 퇴근하도록 할게요."

어제도 정시에 퇴근하려 했지만 밤새 일을 하느라 들어갈 수가 없었다. 지금의 업무도 많은데, 할아버지의 일까지 맡아서 하려다 보니 야근이 불가피했다.

─류 사장 바쁜 거야 잘 알지. 일찍 퇴근하는 것도 좋은데 너무 무리하지는 마. 내가 밥이라도 잘 챙겨 주면 좋으련만.

남희가 그렇게 해 주지 못하는 것에 대해 미안해하자 태승이 대답했다.

"아닙니다. 충분히 잘해 주고 계세요. 감사합니다, 이모님."

오히려 감사한 사람은 태승이었다. 할아버지를 모시고 살겠다고 결심해 놓고 거의 집에 들어가지 못하고 있으니.

─바쁜 사람 시간 너무 뺏었네. 그만 일 봐. 무슨 일 생김 연락할게. 이제 병원 가 봐야 해서, 나도.

"네. 병원 잘 다녀오시고 연락 주세요."

알겠다는 말과 함께 전화가 끊겼다. 휴대폰을 내려놓으니 밖에서 노크 소리와 함께 문이 열리며, 미국에서부터 함께 동고동락한 학교 후배이자 이제는 그의 비서가 된 재호가 들어왔다.

"사장님, 벌써 나오셨……."

일찍 나온 줄 알았던 자신의 사장이 또 하룻밤을 지새운 것을 알게 된 재호가 이맛살을 구겼다.

"또 야근하신 거예요?"

재호는 결재 서류며 회의록이며 회계 장부들로 가득 쌓인 태승의 책상을 보며 연거푸 한숨을 쉬었다. 3년 사이에 그의 친구, 태승은 지독한 일중독 자가 되어 있었다. 게다가 매사에 천진하고, 정답고, 유쾌하기만 했던 그의 성격도 점차 예민해지고 독하게 변해 갔다. 물론 그럴 만한 이유가 있긴 하지만.

"내 정장은?"

그러나 태승은 재호가 한숨을 쉬거나 말거나 갈아입을 정장부터 찾았다. 앞으로 한 시간 뒤에 중요한 회의가 있기 때문이다. 이에 재호는 태승의 개인 재단사인 안 실장의 숍에서 가지고 온 슈트 케이스를 들어 보였다.

"숍 들러서 챙겨 오라고 할 때부터 알아봤습니다."

"그러니까. 알면서 왜 자꾸 물어."

그러면서 태승은 넥타이를 마저 풀어헤치고 구겨진 와이셔츠의 단추도 풀었다.

"아침은요?"

그는 대답 대신 구겨진 셔츠를 벗었다. 그러자 조각이라고 해도 믿을 수 있을 만큼의 완벽한 상체가 드러났다. 직각으로 딱 떨어지는 넓은 어깨와 탄탄한 가슴 근육, 여섯 개의 복근이 완벽히 자리 잡힌 몸은 같은 남자가 보기에도 부러울 정도였다.

재호에게서 새 셔츠를 건네받은 그가 사무실 한쪽에 놓인 전신 거울 앞에 서서 단추를 채웠다. 아래에서부터 단추를 하나씩 채워 올리는데 가슴 부근에 매달려 있는 목걸이가 빛에 반사되어 반짝거렸다.

"오늘 오후 일정 싹 다 비워 줘."

와이셔츠 깃을 빳빳하게 세우고 넥타이를 매는 솜씨가 능숙했다.

"아, 일찍 퇴근하시려고요?"

재호가 그에게 재킷을 입혀 주며 물었다.

"어. 어제도 못 봤는데 오늘은 뵈어야지."

재킷을 입은 그가 잠시 풀어 뒀던 은색의 메탈 시계를 왼쪽 손목에 다시 채웠다. 그러고는 거울에 자신의 모습을 비춰 보며 흐트러진 부분은 없는지 마지막 옷매무새를 점검했다. 흐트러짐은 곧 허점이 될 수 있었다.

"가자."

재호와 함께 사장실 밖으로 나오자 데스크에 앉아 있던 비서가 일어나 태승을 향해서 묵례를 했다. 그러자 태승도 맞서 답 목례를 해 준 뒤에 복도로 걸어 나왔다. 서당 개도 3년이면 풍월을 읊는다는데, 그는 아직도 이곳 생활에 익숙해지지 않았다.

* * *

유일 그룹 본사 대회의실에는 각 계열사별 임원들이 모여 있었다. 오늘 회의는 계열사별 사업 부문 경영 현안에 대해 논의하는 자리로, 주재자는 유일 퍼스트 류태승 사장이었다.

"바쁘신 와중에 모여 주셔서 감사합니다."

본래 회의를 주재하던 류 회장은 병환이 깊어져 자택 근무가 불가피하다는 진단을 받았다. 하여 태승이 업무를 일임받아 회의를 진행하게 되었으나, 분위기는 냉랭하기만 했다. 임원들은 회사를 경영하기에 어린 나이며 경험 부족 등의 이유로 태승을 신뢰하지 않았기 때문이다. 특히 임원들은 후계자로 박중열 사장을 찍어 놓았기에 보이지 않는 곳에서의 반발은 여전했다.

"유일 바이오컴 박중열 사장님, 현재 개발 중인 바이오 신약은 어디까지 진행되고 있습니까?"

평사원에서 계열사 사장으로까지 오른 박중열은 능력과 인맥이 출중했지만 그만큼 목표를 위해서라면 수단과 방법을 가리지 않는 인물이기에 여러모로 예의 주시가 필요했다.

"네, 저희는 현재 개발 중인 바이오 신약 UIB512에 대한 신약 임상 1상에 들어갈 예정입니다."

"모집은 끝난 겁니까?"

"예. 약 80여 명 정도의 소수의 건강한 사람들에게 바이오 신약 UIB512가 투여될 예정이며 기간은 약 삼 개월 정도로 보고 있습니다."

"계획에 차질이 없게 진행 잘해 주세요. 이어 유일 퍼스트 이범영 부사장님, 유일 플레이스 오픈 준비 잘 되어 가고 있습니까?"

"예. 오픈 일에 맞춰 유명 스타들과의 오픈 행사 및 이벤트를 진행 중에 있습니다."

이어지는 범영의 보고를 들은 태승은 고개를 끄덕이며 이같이 지시했다.

"이범영 사장님께서는 유일 플레이스 오픈식이 성황리에 끝마칠 수 있도록 최선을 다해 주시고, 각 계열사마다 공채 준비에도 각별히 신경 써 주시길 부탁드립니다. 잘 알고 계시겠지만 공개 채용 시즌 때마다 채용 비리나 청탁 채용으로 물의를 빚는 일은 없어야 할 겁니다."

각 부서별로 명확한 지시를 내리는 태승에게서 망설임이라고는 찾아볼 수 없었다. 임원들은 그가 주재하는 회의에서 눈에 불을 켜고 꼬투리 잡을 거리를 찾았지만 소용없는 짓이었다. 그의 행동, 어투 하나하나 준비되지 않은 것이 없었다.

"그런데 회장님께서는 언제쯤 회사로 나오실 수 있는 겁니까?"

경영 현안 보고 및 회의가 끝날 때쯤 기다렸다는 듯 민감한 질문 하나가 태승 앞에 툭 던져졌다.

"따로 찾아뵌 지가 6개월 전이었는데, 회사에 나오신 모습을 뵌 적이 없어서 말입니다."

유일 리테일 김영호 사장이 덧붙인 말 한마디에 모든 이들이 그제야 수군거리기 시작했다. 생각해 보니 언젠가부터 회사에서 회장님 얼굴을 뵙기 어려워졌다. 혹시 단순한 병환이 아닌, 질병에 의한 혼수상태 혹은 사망이 아니냐며 하나둘 의심하는 탓에 회의실 안이 순식간에 시끄러워졌다. 그 시끄러운 소리가 대회의실 밖으로까지 새어 나갔다. 대기하고 있던 재호는 눈이 휘둥그레지며 안에서 무슨 일이 벌어지고 있음을 직감했다.

"류 사장, 우리도 회장님 안부를 알 권리가 있습니다. 이제라도 숨기고 있는 것이 있다면 말해 주는 게 인지상정 아니겠습니까?"

모든 이들의 시선이 태승에게로 향하자 영호가 다소 우쭐대는 표정을 지었다. 태승은 그의 얼굴을 확실히 보았다.

역시 김영호 사장은 단순히 회장의 안부가 궁금해서 부재에 대한 이유를 물은 것이 아니었다. 마치 태승이 불순한 의도를 갖고 부재의 사유를 숨긴 것처럼 말하며, 그를 곤란하게 만들었다. 하지만 영호의 압박에도 불구하고 태승은 표정 변화 하나 없이 침착하게 대처했다.

"숨기고 있다는 말이 참 듣기 거북하네요. 제가 사장님들 앞에 숨기고 있을 게 뭐가 있겠습니까? 회장님 부재가 길어지는 이유를 모르고 계시는 분들이 계십니까? 계신다면 손 한번 들어 보시죠?"

이에 영호는 당당히 손을 들었으나 그 외에 다른 임원들은 손을 들지 않았다. 생각지 못한 결과에 당황한 영호가 자신의 옆에 앉은 박중열 사장을 바라보았다. 영호는 박중열 사장만큼은 자신의 편에 서 줄 것이라고 생각한 모양이었다. 하지만 박중열 사장 역시 영호의 행동이 무리수라고 판단한 후였다.

태승은 이 두 사람의 모습 또한 눈여겨보았다. 역시나 김영호가 무리하게 행동한 뒷배에는 박중열 사장이 있었다.

"김영호 사장님께선 손을 드신 겁니까, 안 드신 겁니까?"

그렇게 자신하던 영호마저 손을 든 것도 아니요, 안 든 것도 아닌 어중간한 태도를 보이고 있었다. 이에 태승은 피식 웃으며 말했다.

"아시다시피 회장님께서는 노환으로 인해 가급적 외출을 자제하라는 주치의의 소견대로 자택 근무를 하고 계십니다. 물론 회장님의 부재가 길어지고 있는 것은 사실이라, 그렇지 않아도 회장님께서 곧 열릴 중역 회의에는 참석하신다는 뜻을 전해 오셨습니다."

이로써 모든 의혹이 해소가 되자 모든 임원들이 고개를 끄덕였다. 반면 김영호 사장의 얼굴은 벌겋게 달아올라 있었다.

"김영호 사장님?"

"네? 네."

대뜸 자신의 이름이 불리자 영호가 화들짝 놀라 대답했다. 영호는 어쩐지 태승의 부름이 마뜩잖았다.

"어떻게, 주치의 소견서라도 받아 드릴까요?"

그렇게 말하면서 태승이 웃자 다른 이들도 따라 웃었다. 하지만 영호만은 웃지를 못했다. 그를 자극하려다 오히려 자신이 당한 꼴이었다. 그것도 아주 대놓고 농락당했다. 그리고 그런 영호만큼이나 웃을 수 없는 이도 있었다. 겉으로는 웃음을 짓고 있으나 눈빛만큼은 표독스럽기 그지없는 남자, 바로 박중열 사장이었다.

회의를 끝낸 태승이 복도로 나오자 재호가 얼른 따라 붙었다. 차에 오른 태승의 표정과 분위기에서 어쩐지 불편한 기색이 가득했다. 그의 살벌한 냉기에 괜히 주눅이 든 재호가 조수석에 앉아 눈치만 살폈다.

다시 회사로 돌아와서도 태승은 유리창 앞에 꼼짝도 않고 서서 내내 창밖만을 응시하고 있었다.

'태승아, 회사는 꼭 네가 지켜야 한다.'

할아버지는 병을 앓기 전까지만 해도 나에게 회사를 물려줄 생각이 없다고 하셨다. 하지만 한국에 귀국하면서부터 나에게 회사를 지켜야 한다고 말씀하셨다. 그때는 할아버지의 말씀이 이해 가지 않는 부분이 많았지만 이제는 안다. 할아버지가 하셨던 말씀이 무슨 의미였는지를.

똑똑, 노크 소리에도 인기척이 없자 재호가 문을 열었다. 역시나 통창 앞에 서 있는 그의 뒷모습이 보였다. 회의에서 분명 무슨 일이 있었던 것이 틀림없었다. 재호가 다시 문을 두드렸다.

"점심 드시죠, 사장님?"

"……먹고 와."

"아침도 안 드셨잖아요."

태승은 쳐다보지도 않고 답했다. 그러자 재호가 한숨을 푹 내쉬며 반협박조로 말했다.

"사장님 안 드시면 저도 안 먹겠습니다."

"먹고 오라니까."

점심 먹고 오라는데도 말을 듣지 않는 재호를 보던 그가 소파에 벗어 둔 재킷을 다시 입었다. 그러자 재호가 빙긋 웃었다.

* * *

한편, 태승이 회의실에서 주도권을 굳히고 있던 그때.

남희는 새파랗다 못해 하얗게 질린 안색으로 병원 이곳저곳을 돌아다녔다. 마치 누군가를 찾는 듯한 모습이었다.

"아버님! 아버님! 대체 어디를 가신 거야? 어휴, 정말 큰일 났네, 큰일 났어!"

용무를 보고 온 김 기사가 병원 로비로 들어왔다가 누군가를 찾는 남희와 맞닥뜨렸다.

"김 기사, 혹시 아버님, 아니 회장님 못 봤어?"

"회장님을 왜 저한테 찾으세요? 같이 계신 거 아니었어요?"

"없어지셨어! 잠깐 화장실 다녀온 사이에 사라지셨다고! 그렇지 않아도 정신이 온전치 못하신데. 아이고, 큰일 났네. 이걸 어째! 어떻게 하냐고! 아이고, 아이고, 아버님! 아버님!"

"예?"

깜짝 놀란 김 기사도 남희와 함께 병원 곳곳을 돌아다니며 류 회장, 일만을 찾아다녔지만 그 어디에서도 일만의 모습은 보이지 않았다.

이러다 회장님을 영영 못 찾게 되는 것은 아닌가. 가끔 신문 기사에서 봤던 치매 환자의 실종, 교통사고 소식 등이 떠오르자 순간 눈앞이 노래진 남희는 바닥에 주저앉아 버리고 말았다. 김 기사는 일만을 찾다 말고 달려와 남희를 부축했다. 그는 사태의 심각성을 깨닫고서 얼른 태승에게 전화를 걸었다.

때마침 점심을 먹고 식당에서 나오던 태승은 걸려온 김 기사의 전화를 받아 들었다.

"네, 무슨 일 생겼습니까?"

김 기사는 일만의 전담 수행 기사다. 그런 만큼 전화를 받을 때부터 무슨 일이 있음을 직감하긴 했지만, 그런 태승도 할아버지의 실종 소식을 듣게 될 거라고는 예상하지 못했다. 순간 머릿속이 멍해졌지만 그는 이내 침착함을 되찾고 김 기사에게 지시를 내렸다.

"지금 바로 갈게요. 김 기사님은 13시부터 13시 30분 사이에 병원 CCTV 확인해 주세요."

전화받는 태승의 표정이 심각해지자 재호가 물었다.

"왜요? 회장님께 무슨 일이라도 생겼어요?"

하지만 태승은 재호의 물음에 대답해 줄 겨를이 없었다. 아침에 남희에게 전해 듣기로 오늘 일만의 컨디션은 아주 좋다고 했었다. 자신의 혼사 걱정까지 할 정도면 기억을 하신다는 건데…….

태승은 빠르게 GPS를 확인했다. 이런 일이 벌어질 것을 예상해 예전에 달아 뒀던 것이지만 이렇게 도움받을 줄은 몰랐다.

"영등포……?"

위치 추적기가 알려 준 일만의 위치는 영등포였다. 태승의 부모님이 신혼을 보냈던 곳, 이제는 폐허가 되어 버린 곳…….

재호가 여러 번 태승을 불렀으나 그는 대답도 하지 않고 운전석에 올라 곧장 차를 출발시켰다. 도로의 차들을 앞지르며 무서운 속도로 내달리는 태승에게 김 기사가 전화를 걸어 왔다.

—병원 CCTV 확인 결과 13시 26분경에 회장님과 어떤 여자가 택시 타는 모습이 찍혔습니다.

"여자요?"

—네. 처음 보는 얼굴이었어요.

설마, 기자인가? 태승의 미간이 한껏 좁아졌다. 태승은 전보다 더 속력을 올렸다. 과속으로 경찰차가 따라 붙는다고 해도 상관없었다.

할아버지가 사라졌다. 게다가 얼굴도 알지 못하는 낯선 여자와 함께. 대체 누가 치매 노인을 데려갔단 말인가. 설마 할아버지가 유일 그룹 회장이라는 사실을 알고 데려간 걸까? 그렇다면 누구의 사주를 받은 것일까? 고모부일까, 김영호일까? 아니면 그 여자의 단독 범행? 무엇을 위해서?

하지만 이 중에서 확실한 것은 아무것도 없었다. 그저 심증일 뿐. 누가 들으면 그가 오버하는 것이라고 생각할 수 있겠으나, 일만의 병을 비밀로 해야 하는 그에게는 긴급 상황이었다.

—사장님?

불러도 대답이 없자 김 기사가 한 번 더 그를 불렀다.

"그 영상 지금 내 휴대폰 번호로 전송해 줘요."

—네. 지금 보냈습니다. 그런데 경찰에 신고 안 해도 될까요?

"신고는 안 됩니다. 그리고 회장님 계신 곳 찾았으니까 걱정하지 않으셔도 된다고 이모님께 전해 드려요."

—네. 알겠습니다. 사장님.

전화를 끊자마자 갓길에 차를 세운 태승은 김 기사가 보내 준 CCTV 동영상을 재생했다. 동영상 속에서 일만이 어떤 여자와 함께 택시에 타는 모습이 찍혀 있었다. 태승은 영상 속 여자의 얼굴을 뚫어질 듯 바라봤다. 그러나 영상이 선명하지 않아 여자의 얼굴은 잘 보이지가 않았다. 제기랄, IT 강국이라면서 영상은 또 왜 이렇게 흐릿한 거야.

어느덧 GPS에 잡히는, 일만이 있다는 장소에 다다랐다. 천천히 서행하며 할아버지의 위치와 가까워지던 태승의 시야로 그들의 모습이 들어왔다.

대문 앞에 선 두 사람의 뒷모습을 보자마자 차를 세우고 내린 태승이 빠른 걸음으로 그들에게 가까이 다가갔다. 그러자 인기척을 느낀 여자가 뒤를 돌아봤다. 드러난 얼굴을 본 태승의 미간이 사정없이 일그러졌다.

저 여자…… 낯이 익다, 그것도 아주 많이.

"혹시……."

여자의 입술이 벌어지던 순간 잠시 멈췄던 태승의 걸음이 빨라졌다. 한달음에 달려가 순식간에 그들에게 가까워진 태승이 일만의 손을 붙잡고 있던 여자의 손목을 강하게 움켜잡았다.

"당신 뭐야? 대체 누구야?"

윽박지르며 몰아세우는 태승 때문에 놀란 여자가 휘둥그레진 눈을 여러 번 깜빡였다.

"내가 묻잖아. 당신 대체 누구냐고!"

혼란스러웠다. 어떻게 이 여자가 제 앞에 있는지, 또 이 상황은 무엇인지.

할아버지의 팔을 붙들고 있는 이 여자를 본 순간 태승의 동공은 지진이라도 난 것처럼 흔들렸다. 이 여자는…… 3년 전 안면도 바다에서 자신이 구한 그 여자가 틀림없었다.

생각난다. 이 여자의 텅 빈 눈동자, 힘겹게 내뱉은 몇 마디 말에서 느껴지던 고통이, 슬픔이, 온 힘을 다해 내지른 그 절규가. 단 한 순간도 잊은 적이 없다. 매일같이 귓가에 맴돌았다. 그때 그 여자의 한 맺힌 울음소리가…….

'……좋겠다, 당신은. 반짝반짝 빛나서.'

* * *

슬은 다짜고짜 제 팔목을 붙들고 언성을 높이는 남자를 황당한 눈길로 바라보았다. 그러다 이 남자가 이렇듯 불같이 화를 내는 이유가 할아버지의 보호자이기 때문이라는 생각이 들었다. 정말로 이 남자가 할아버지의 보호자라면 이렇듯 흥분한 모습을 보이는 것이 당연했다.

그런데 어째서인지 이 남자가 이토록 흥분해 있는 이유가 따로 있는 것만 같은 느낌이 자꾸만 들었다. 남자의 흔들리는 동공에서 알 수 없는 혼란과 복잡한 감정들을 봤기 때문일까? 어느새 슬도 남자와 같은 혼란을 느끼고 있었다.

"그러는 당신은 누군데요?"

흥분해서 감정이 격해진 태승과 달리 슬은 지나치다시피 차분한 어조로 물었다. 남자가 누구인지 짐작이 가긴 했지만 어디까지나 추측일 뿐이라 물은 것인데, 어째서인지 남자의 얼굴이 살짝 굳었다. 꼭 뭐에 충격이라도 받은 표정 같았다.

"이렇게 화를 내는 걸 보면 할아버지 보호자는 맞는 것 같은데, 이 손부터 좀 놓아줄래요?"

아까부터 남자에게 붙잡힌 손목 부분이 욱신거렸지만 말할 타이밍을 계속 놓쳤다. 슬이 아픔을 호소하자 태승도 그제야 슬의 손목을 붙잡고 있었던 사실을 깨닫고는 손을 놓았다. 얼마나 세게 잡고 있었는지 손목에 남자의 손자국이 선명했다. 슬은 저린 팔목을 주무르다가 어떻게 된 일인지 궁금할 그에게 자초지종을 설명하기 시작했다.

"병원 앞에서 어떤 택시 기사와 실랑이 하고 계셔서 도와 드렸는데 아드님 댁에 가고 싶다고 하셔서 여기까지 왔네요. 아무리 그래도 보호자한테 먼저 연락했어야 하는데, 할아버지가 택시 잡기 전에는 휴대폰을 줄 수 없다고 하셔서⋯⋯. 미안해요."

슬은 자신이 할아버지를 모시고 있는 동안 사라진 그를 애타게 찾아다녔을 눈앞의 남자에게 고개 숙여 미안함을 전했다. 어쨌거나 그녀의 책임이 컸다.

물론 할아버지가 휴대폰을 빌미로 협박 아닌 협박을 하긴 했지만 그 요구를 순순히 응한 것도, 택시에서 보호자한테 연락하면 되겠다고 안일하게 생각한 것도 모두 자신이었다. 더구나 할아버지는 치매를 앓고 있는 상태가 아니던가. 치매 노인이 병원에서 갑자기 사라졌으니 보호자가 얼마나 놀랐을지. 그들의 심정을 헤아리지 못한 자신의 책임이 가장 커 보였다.

"그런데 할아버지가 아드님 얘기 많이 하시던데, 할아버지 아드님 맞으세요?"

차에서 내리는 그를 처음 보자마자 아들은 아닌 것 같다는 생각을 했지만, 그래도 혹시나 하고 물은 말이었다. 하지만 질문이 불쾌했는지 남자는 대답을 하지 않았다. 미안해진 슬이 다시 사과했다.

"이런 질문이 실례일 수도 있겠네요. 죄송⋯⋯."

슬의 사과가 채 끝나기도 전에 묵묵부답으로 일관하던 태승이 입을 열었다.

"아들 아니고 손자입니다."

슬은 아까와는 다른 태승의 차분한 목소리에 깜짝 놀랐다. 직전까지는 감정이 격해져 있던 때라 표정만큼이나 목소리에서도 위압감이 느껴졌는데 지금은 그런 느낌이 없는 것을 보니 그의 화가 많이 누그러진 듯하다.

"아…… 손자시구나."

이제야 궁금증이 풀린 슬이 연신 고개를 끄덕거렸다. 그러다 문득 이야기하느라 잊고 있던 할아버지를 떠올리고는 옆으로 고개를 돌렸다.

"어? 할아버지?"

이제까지 옆에 있는 줄만 알았던 할아버지는 어느새 대문 앞에 서서 초인종을 누르고 있었다.

"일한아! 류일한! 아빠 왔어! 어서 이 문 좀 열어 봐! 일한아!"

그는 오랫동안 사용하지 않은 탓에 녹이 슬어 버려 제대로 눌리지도 않는 초인종을 누르며 애타게 누군가의 이름을 부르고 있었다.

류일한? 그 이름이 할아버지 아드님 이름인가? 류일한, 류일한……. 어디서 많이 들어 본 것 같은 이름인데, 하며 골몰히 생각하는 슬의 귀로 나직한 태승의 목소리가 들려왔다.

"아버지입니다. 돌아가신 내 아버지."

고개를 옆으로 돌리자 그의 잘생긴 옆모습이 눈에 들어왔다. 아버지라고 말하는 그의 목소리에서는 흔들림이 없었지만 할아버지를 바라보고 있는 눈동자만큼은 요동치고 있었다.

생각해 보면 이곳으로 오는 동안에도 할아버지는 줄곧 아들 이야기만 했다. 이야기의 반이 아들 자랑이었지만 아들에게 미안했던 점을 말할 때는 표정이 급격히 어두워지곤 했었다. 한데 그 이유가 아들을 먼저 떠나보냈기 때문이었다니.

감히 짐작도 하지 못한 슬픈 사연에 슬의 표정에도 그늘이 드리워졌다. 아들과 아버지를 잃은 그들의 슬픔이 슬에게도 온전히 느껴졌기 때문이다. 슬도 사랑하는 가족을 잃어봤기에 그 아픔에 공감할 수 있었다.

"일한아! 삐친 거야? 삐쳤구나, 우리 아들. 아빠가 미안해. 매일 돈 번다고 바빠서 우리 아들 생일도 못 챙겨 주고, 아버지가 많이 미안해! 미안해, 아들."

할아버지는 계속해서 아무도 없는 텅 빈 집에 대고 소리쳤다. 아들이 살아 있는 동안 잘해 주지 못한 점, 돈 번다고 가족들에게 소홀히 했던 점을 아무도 없는 집에 대고 연신 사과하고 있었다. 아마도 할아버지의 잃어 가는 기억 속에는 아들에게 해 주지 못했던 것만 남아 있는 듯하다. 우리네 아버지들이 그러하듯 돈 버느라 혹은 바빠서 가족들과 많은 시간을 보내 주지 못한 것에 대해 지독한 후회를 하고 있었다.

그 모습이 안타까웠던 슬은 잠시라도 할아버지의 마음을 달래 줄 방법이 없을까 고민했다. 그러다 아주 잠시라도 저 문을 열고 안으로 모시고 들어가는 것은 어떨까 싶어, 옆에 선 태승을 불렀다.

"저기요. 혹시 저 대문 열 수 있는 방법 알아요?"

그러자 방법은 알지만 왜 그러냐는 듯 물어보는 그의 표정에 대고 슬이 대답했다.

"잠깐이라도 안으로 모시고 들어가면 할아버지 마음이 좀 나아지지 않을까 하는데."

꽤 좋은 방법이라고 생각했던 그녀와 달리 태승은 딱 잘라 거절했다.

"안 됩니다, 그건."

"왜요?"

그의 거절을 이해할 수 없던 슬이 되묻자 그가 손가락으로 폐가를 가리켰다.

"아, 폐가라서."

할아버지는 지금 저 집에 아들이 산다고 철석같이 믿고 있는 상황이었다. 그런 상황에서 폐가인 집을 보여 드렸다가는 할아버지는 분명 쇼크를 받을 수도 있었다. 물론 이 아래에서 저 폐가를 보고도 할아버지는 깨소금 풀풀 나는 아들 내외의 신혼집이라고 믿고 계시긴 하지만, 막상 안에 들어가서도 그렇게 생각할지는 아무도 모르는 일이었다. 그렇기에 그는 슬의 제안을 딱 잘라 거절한 것이다. 고개를 주억거리는 슬에게 태승이 덧붙였다.

"저 폐가는 부모님이 사셨던 신혼집이었습니다. 할아버지는 현재의 기억을 잊고 아버지가 떠오르실 때마다 이 집을 찾아오곤 하세요."

슬은 처음 이곳에 할아버지를 모시고 왔을 때가 생각났다. 할아버지는 이 집을 올려다보며 마치 아들 내외가 살고 있을 것처럼 흐뭇해하셨다. 지금도 안에 들여보내 달라고 초인종을 누르고 대문을 치고 있는 것으로 보아, 할아버지는 정말 이 집에 아들이 살고 있다고 믿고 있는 것이다.

몰랐던 할아버지의 속사정을 알게 된 지금에서야 바라보는 할아버지의 뒷모습은 전과는 또 다른 느낌이었다. 아들이 살았던 신혼집에 와서 아들에게 미안하다 외치며 빌고 있는 그의 모습이 초라하면서도 짠해서 가슴 언저리가 저릿해졌다. 온전하지 못한 기억 속에서도 아들에게 가지고 있는 할아버지의 미안함은 꽤 깊이 뿌리박힌 듯했다. 그런 할아버지를 보고 있노라니 생전에 아빠 모습이 떠올라 슬의 눈가도 촉촉이 젖어 들었다.

"왜……."

무심코 시선을 돌려 촉촉해진 슬의 눈가를 본 태승이 더는 묻지 못하고 입만 벙긋거렸다. 분명 운 것 같은데 눈에 힘을 주고 있는 모습이 눈물을 애써 참고 있는 듯해 못 본 척해 주었다.

"잠깐, 잠깐만요."

북받쳐 오르려는 감정을 애써 누른 슬이 할아버지에게 다가가려는 그를 불러 세웠다.

"내가 할게요. 할아버지 모시고 가려는 거잖아요."

울지 않으려 버티는 와중에도 이 여자는 자신이 무엇을 하려는지 다 보고 있던 모양이다. 그녀가 말한 것처럼 태승은 할아버지를 모시고 가려던 참이었다. 그러려면 이곳에 아들이 산다는 할아버지의 믿음을 무너트리지 않으면서 모시고 나갈 좋은 묘안이 필요했다.

불행하게도 태승에게는 더 이상 남은 마땅한 방법이 없었다. 할아버지는 아버지가 생각나실 때마다 이곳을 찾으셨다. 그러니 방법이란 방법은 모두 써 버린 지 오래다. 또 눈치는 어찌나 빠른지, 이게 거짓말인지 아닌지를 전부 꿰뚫어 보는 통에 이제는 거짓말도 통하지 않았다.

그래서 태승은 좋은 방법이 있다는 슬의 말을 일단 믿어 보기로 했다. 하지만 과연 그녀의 방법이 할아버지에게 먹힐지는 미지수였다.

2. 비밀 유지 서약서입니다

슬은 초인종을 누르다 이제는 굳게 닫힌 대문을 쾅쾅 치고 있는 할아버지의 귀에 대고 속삭였다.

"할아버지, 아무래도 아드님이 화가 많이 난 것 같아요. 그렇죠?"

그러자 시무룩한 표정의 할아버지가 힘없이 고개를 끄덕이셨다.

"저도 친했던 친구한테 잘못을 한 적이 있었거든요. 그래서 저도 할아버지처럼 매일 집 앞에 찾아가서 미안하다고 했었어요. 그런데……."

이야기를 계속해 나가던 슬이 말을 멈추자 뒷이야기가 궁금해진 할아버지가 물었다.

"그런데? 그런데 어떻게 했어? 친구가 용서해 줬어?"

할아버지는 내심 친구가 용서를 해 줬으면 하는 눈치였다. 희망으로 반짝이는 할아버지의 눈동자를 본 슬은 그런 할아버지가 안쓰러우면서도 귀여워서 웃음 짓다가 서둘러 말을 이었다.

"아니요. 더 싫어하더라고요. 자꾸 와서 귀찮게 하니까 더 안 열어 주고 쳐다보지도 않더라고요."

"……쳐다보지도 않아? 문도 안 열어 주고?"

희망이 한순간에 절망으로 바뀌자 할아버지의 표정도 점차 울상이 되어 갔다. 슬은 그 표정을 보며 잠시 멈췄던 말을 다시 이어 갔다.

"그런데요, 할아버지. 전 끝까지 사과했어요. 대신 이렇게 찾아와서 귀찮게 하지 않고 그 친구가 용서해 줄 때까지 기다렸어요."

"기다려?"

그것이 정말이냐는 듯 쳐다보는 할아버지를 향해서 슬은 고개를 끄덕였다. 일만은 슬의 말에 일리가 있다고 생각했다. 이렇게 자주 찾아오는 것이 어쩌면 아들을 귀찮게 하는 걸 수도 있겠다는 생각이 들자, 일만이 슬의 팔을 붙잡았다.

"그럼 가자. 가서 기다리지, 뭐."

슬은 선뜻 집으로 가자는 할아버지를 모시고 태승이 있는 곳으로 천천히 걸음을 옮겼다. 자신의 의지로 돌아서 걸어가면서도 일만은 미련이 남아 자꾸만 뒤를 돌아봤다. 아들의 얼굴이 무척 보고 싶었지만 그렇다고 해서 아들을 괴롭힐 순 없다. 자신이 참으면 아들이 언젠가는 꼭 용서해 줄 것이다. 우리 일한이는 착한 아들이니까.

한편, 재호와 통화하던 태승은 일만을 모시고 되돌아오는 슬을 보고는 서둘러 전화를 끊었다.

놀라웠다. 갖은 방법을 다 써 봐도 이렇듯 쉽게 일만의 마음을 되돌릴 수는 없었다. 거짓말도 해 봤고, 사정도 해 봤고, 심지어 병원의 도움을 구한 적도 있었다. 그래야만 일만을 이곳에서 데리고 나올 수 있었는데, 이 여자는 단 5분 만에 일만의 마음을 되돌린 것도 모자라 스스로 걸어 나오게 만들었다. 태승은 기상천외한 마술쇼를 관람하고 나온 사람처럼 놀라고 신기해했다.

"어떻게 한 겁니까?"

두 눈으로 똑똑히 보고도 믿기지 않아 그가 슬에게 그 묘안에 대해 물었다. 하지만 슬은 그의 물음에 대답하지 않고 멀뚱히 자신을 보고만 있는 그에게 뭘 보고만 있냐는 듯 퉁명스럽게 말했다.

"가서 차 문이나 좀 열죠?"

슬은 조금 전과 다르게 새침해져 있었다. 아까부터 자신을 뚫어질 듯 쳐다보고 있는 남자의 시선 때문이었다.

사실 처음 봤을 때부터 느낀 것이지만 태승은 지나칠 정도로 잘생겼다. 왼쪽, 오른쪽 가릴 것 없이 어느 각도에서건 높은 콧대와, 깎아 놓은 듯 날카로운 턱선은 흠잡을 데가 없었다. 그런 사람이 제 얼굴을 빤히 쳐다보고 있으니 괜히 신경이 쓰였다.

"열려 있습니다, 문."

"……아."

미처 차 문이 열려 있는 것을 보지 못했던 슬은 태승의 말에 양 뺨이 붉게 달아오르는 것 같았다. 여기서 붉어진 얼굴마저 그에게 들킨다면 벌거숭이가 된 임금님의 심정을 알게 될 것 같아, 그것만은 막고자 서둘러 뒷좌석 차 문을 열고 그 자리에 일만을 앉혔다.

하지만 이미 태승은 귀까지 달아올라 있는 옆모습을 보고는 그녀가 몹시 당황하고 있음을 알아차렸다. 세상 호기롭던 여자가 당황이라니. 내내 무표정하기만 했던 그의 얼굴에 잠시 미소가 머무르다 사라졌다.

"벨트가 왜 이렇게 안 되지?"

일만에게 안전벨트를 해 주기 위해 당기는데 설상가상으로 그것 역시 슬의 말을 듣지 않았다. 괜히 약 올라 안전벨트한테 신경질을 부리고 있는데, 어느새 다가온 태승이 그녀의 양 어깨를 부드럽게 감싸 안았다. 깜짝 놀란 슬이 뒤를 돌아보자 코앞에 와 있는 그의 얼굴이 보였다. 그런데 하필이면 먼저 보이는 곳이 그의 입술이라니. 슬은 재빨리 시선을 피했다.

"내가 하죠."

슬을 한쪽에 세워 둔 태승은 허리를 굽혀 뒷좌석으로 들어가 당겨지지도 않던 안전벨트를 손쉽게 당겨 와 일만의 몸에 단단히 고정시켜 주었다. 그러고는 문을 닫으려는데 일만이 그 문을 막고서 슬에게 말했다.

"윤슬! 타! 타고 가자. 다 큰 아가씨가 이런 으슥한 데 돌아다니다가는 큰일 나. 얼른 타."

"어후, 아니에요. 괜찮아요, 할아버지. 전 그냥 버스 타고 가면 돼요."

슬은 같이 타고 가자는 일만의 말에 학을 떼며 손사래를 쳤다. 방금 그 창피를 당해 놓고 차까지 같이 타고 가면 숨 막혀 죽을 수도 있었다. 그러느니 차라리 버스를 타고 가는 편이 훨씬 마음이 편했다.

하지만 그런다고 해서 포기할 일만이 아니었다. 일만은 슬이 이 차에 탔다가는 무슨 큰일이라도 날 사람처럼 한사코 승차를 거부하자 옹고집을 부리기 시작했다.

"해도 떨어졌어. 무슨 큰일 날 소리를 하고 그래. 얼른 타. 안 그럼 나도 안 가."

휴대폰을 빌미로 택시부터 잡으라고 협박할 때부터 알아봤지만 일만은 슬이 아는 보통의 할아버지가 아니었다. 그야말로 고집불통에, 권모술수가 능한 할아버지였다. 이럴 때 보면 치매를 앓고 있는 분 맞나 싶다.

태승이 타고 갈까, 말까 그 사이에서 곤란해하는 그녀를 가만히 지켜보다가 조수석 문을 열어젖혔다. 그 소리를 들은 슬의 시선이 태승에게 향했다.

"타요. 어차피 할 말도 있고, 해도 졌는데."

조수석 문을 열어 둔 채 운전석으로 돌아가던 태승이 손가락으로 하늘을 가리키자 슬의 고개도 따라 올라갔다. 맑았던 하늘이 어느새 어두워져 있었다. 아직 봄이 오지 않은 2월의 해는 짧았고 어둠은 길었다. 그런 어둠 아래 자리해 있는 음산하기 짝이 없는 폐가는 딱 공포 영화에 나올 법한 모습이었다. 순간 오금이 저려 온 슬은 두 번 고민할 것도 없이 냉큼 조수석에 올라탔다. 태승은 슬이 타자마자 차를 출발시켰다.

세 사람을 태운 차는 거침없이 도로를 내달려 목적지를 향해 가고 있는 반면 안에서는 묵언수행 하듯 모두 말이 없었다. 아니, 보다 정확히 말하자면 일만은 많이 고단했는지 이미 잠에 든 뒤였다. 입을 다물고 있는 것은 앞에 앉은 둘이었다. 딱히 싸운 것도 아닌데 이상하게도 두 사람 사이에는 알 수 없는 냉한 기류가 흐르고 있었다.

창밖으로 스쳐 지나가는 풍경만 감상하고 있던 슬이 뒤를 돌아 잠들어 있는 할아버지를 바라봤다.

"할아버지…… 잠드셨네요."

이에 태승도 룸 미러에 비친 일만을 들여다보았다. 곤히 잠든 할아버지의 모습을 돌아보느라 살짝 틀어졌던 몸을 바로잡은 슬이 정적을 참지 못하고 다시 그에게 말을 붙였다.

"아프시기 전에 할아버지는 무슨 일 하셨어요?"

순전히 궁금해서 물은 말이었다. 할아버지가 입고 계신 옷이며 모자, 시계는 명품이라고는 대표적인 브랜드 몇 개밖에 모르는 문외한인 그녀가 봐도 꽤나 값비싸 보이던 것들이었다. 또한 하는 행동도 예사 분은 아니셨다.

"……그건 왜요?"

"그냥 평범한 분은 아닐 것 같아서요."

태승이 순간 흠칫하면서 슬을 살폈다. 그녀는 아무것도 모르는 눈치였다. 하지만 그동안 할아버지의 병세가 알려지는 것을 막기 위해 온갖 매스컴을 막아 왔다. 여기에서 변수를 만들 수는 없었다.

"그런데 할 말이란 게 뭐에요? 서로 볼일이 더 남았나요?"

이 차에 오르기 전에 그가 했던 말을 떠올린 슬이 물었다. 하지만 아무리 생각해도 서로에게 남은 용건은 없었다. 미안하다고 사과도 했고 어떻게 된 상황인지에 대해서도 설명을 했는데 더 이상 남은 볼일이 뭐가 있단 말인가. 그러다 문득 떠오른 생각에 슬이 덧붙였다.

"아, 나한테 고맙다는 말 하려는 거예요? 처음 보자마자 소리 지르고 윽박질러서 미안하다고 말하려는 거죠?"

슬은 그의 옆얼굴을 바라보며 대답을 기다렸지만 그는 묵묵히 운전만 할 뿐이었다. 이것도 아닌가? 그럼 남은 할 말이 뭐가 있어? 조용한 태승의 모습에 슬은 답답했다.

하지만 태승 또한 답답하고 고민스러운 건 마찬가지였다. 그녀가 여기저기 떠벌릴 사람으로 보이진 않았지만 주의에 주의를 기울여야 했다. 최소한의 방어선을 만들어야 했다.

"그런 말이라면 여기서 해요. 그리고 나는 역 앞에 세워 주면 되는데……."

그녀가 뒷말을 흐리며 그의 옆모습을 바라보았다. 여전히 그는 말이 없었다. 분위기 역시 조금 전과 사뭇 달라져 있어 불안함은 점점 증폭되어 갔다.

"이봐요. 지금 어디 가는 거예요?"

창문 너머로 지하철역이 보였지만 애초에 내려 줄 생각도 없었다는 듯 그 앞을 쌩하니 지나쳐 가자 슬이 다소 격앙된 목소리로 물었다. 설마 이게 말로만 듣던 신종 납치인가? 아픈 할아버지를 이용해서 나를 꼬드긴 건가? 급기야 별의별 안 좋은 생각들이 떠오르면서 점점 더 불안해졌다.

"이봐, 당신. 내가 묻잖아. 정말 할아버지와 한패인 거야? 아니면 할아버지도 나처럼 납치한 거야?"

납치라니 그건 또 무슨 말인가. 태승은 그녀의 말처럼 그럴 생각도, 마음도 없었지만 어쩌면 그녀가 느끼기에는 그럴 수도 있겠다는 생각이 들었다. 물어도 대답은커녕 직진만 하니 그녀로서는 어디론가 끌려간다는 느낌을 받을 수도 있을 것이다. 그렇다면 이것이 납치가 아니고 무얼까.

"이봐요!"

깊은 생각에 빠져 있던 그가 불안으로 점철된 그녀의 흔들리는 동공을 바라보며 말했다.

"병원으로 갈 겁니다. 가서 확인할 것도 있고, 할 이야기도 있어요. 해코지 안 합니다. 납치도, 한패도 아니에요."

마주 본 그의 눈동자가 깊었다. 그 속에 자리해 있는 갈색 동공은 전에 봤던 때처럼 흔들리지도 않았다. 확고하리만치 단언하는 그의 말에 슬은 이상하게 안심이 되었다. 불과 1분 전까지만 하더라도 별의별 의심으로 그를 몰아세워 놓고 이제 와 안심이 된다니, 스스로도 어이가 없었지만 정말 그랬다.

"진즉에 말해 주면 좋았잖아요."

샐쭉해진 그녀가 고개를 아예 창 쪽으로 돌렸다.

"……다르지 않을 것 같아서요."

슬은 옆에서 힘없이 중얼거리는 그의 목소리를 들었지만 기분이 상한 탓에 묵살했다. 다시 차 안에는 정적이 흘렀다. 이번 적막은 그 누구도 쉽사리 깨지 못했다.

창문 너머로 병원 전경이 보이자 불안했던 마음이 언제 그랬냐는 듯 말끔히 해소되어 슬은 퍽 난감했다. 무슨 말이라도 해야 할 것 같은데 무슨 말을 어떻게 꺼내야 할지도 모르겠고 괜히 민망하기도 했다. 어찌할 줄 몰라 내리지 않고 옆을 바라보니, 먼저 차에서 내리고 있는 그의 뒷모습이 보였다. 이에 슬도 얼른 따라 내렸다.

"오셨습니까?"

병원 앞에는 태승의 연락을 받고 기다리고 있던 재호가 인사를 건넸다. 정확히는 태승에게 인사한 것이지만 함께 있던 슬에게도 인사를 건넸다. 엉겁결에 같이 인사를 하게 된 슬은 여전히 이 상황에 대해 감도 잡지 못하고 있었다. 태승에게 가까이 다가간 재호가 속삭였다.

"회장님은 댁으로 모시겠습니다. 그리고 1층 회의실에 자리 마련해 두었습니다."

태승은 재호에게 차 키를 넘긴 뒤 멀찍이 떨어져 있는 슬에게로 가까이 다가갔다.

"가죠."

앞장서 걷는 태승의 뒤를 슬이 따라갔다. 그는 앞모습만큼이나 뒷모습도 아주 훌륭했다. 족히 186센티미터는 되어 보이는 큰 키에, 모델이라고 해도 믿을 만큼의 길쭉한 팔과 다리, 넓은 등까지. 신이 앞면만 정성을 들인 것이 아니라 뒷면, 옆면 고루 신경 쓴 것처럼 어느 곳도 완벽하지 않은 곳이 없었다. 신은 공평하다는데 그를 제외한 모든 인간에게만 공통된 말이었나 보다.

회의실 앞에 도착한 태승이 걸음을 멈추자 따라 걷던 슬도 멈춰 섰다.

"여기는…… 왜?"

그가 멈춘 곳은 오전에 슬이 미술 치료를 받았던 바로 그 회의실이었다. 대체 이곳에서 무슨 할 이야기가 있다는 건지 정말 모르겠다.

"들어가죠."

그 말을 끝으로 태승은 닫혔던 문을 활짝 열어젖혔다. 그러고는 슬이 안으로 들어갈 때까지 그 문을 잡고 서 있었다. 자신이 들어갈 때까지 붙잡고 있을 태세라, 슬은 굳어 있는 태승의 얼굴을 힐끗 보다가 조심스레 안으로 발을 들여놓았다.

회의실 안으로 들어와 이곳에 무엇이 있는지를 본 슬의 눈동자가 데구루루 굴렀다. 넓은 회의실에는 정사각형 책상 하나와 마주 보고 있는 빈 의자 두 개, 그리고 그 옆에 비스듬히 비켜 서 있는 웬 낯선 남자가 있었다.

회의실에 책상과 의자가 있는 것은 이상하지 않았지만 머리를 뒤로 싹 올린 양복쟁이의 남자는 아주 이상했다. 화음이 하나도 맞지 않아 귀를 아프게 하는 불협화음 무대를 보는 것처럼 기분이 몹시 좋지 않았다.

"사장님, 오셨습니까."

게다가 남자가 난데없이 태승을 사장님이라 부르며 허리까지 숙이자 슬의 동공이 커졌다. 사장은 또 뭐고, 저 남자는 또 누구란 말인가. 이 게 대체 무슨 상황인지 알 길이 없어 혼이 나간 듯 서 있으니 책상 앞 으로 다가간 그가 맞은편 빈자리를 가리켰다.

"앉아요."

하지만 슬은 앉지 않고 그 자리에 선 채로 물었다.

"지금 이게 뭐 하는 거예요?"

"할 말이 있어서요."

"그 할 말이 뭔데요?"

"……일단 앉아요. 그래야 할 수 있는 이야기예요."

할 이야기가 있다면서 하지는 않고 앉으라는 말만 하니 슬은 답답해서 돌아 버릴 지경이었다. 하는 수 없었다. 슬은 대체 할 말이 무엇인지 들어 나 보자는 심정으로 그의 맞은편으로 가 앉았다.

"말해요, 이제."

태승이 속내를 알 수 없는 눈으로 슬을 바라보다가 고개를 끄덕였다. 그 러자 옆에 서 있던 웬 남자가 노트북을 가져와 슬에게 보여 주었다. 노트북 에는 할아버지와 슬의 모습이 찍힌 CCTV 동영상이 재생되고 있었다.

"이걸 왜 나한테 보여 주는 거예요?"

동영상에는 택시 기사와 실랑이하고 있는 할아버지를 도와 택시를 타고 가는 모습까지의 과정이 찍혀 있었다. 이걸 왜 갑자기 보여 주는 것인지 영문을 알 수 없던 슬이 차 안에서 그가 했던 말을 떠올렸다.

"아까 확인할 게 있다는 게 이거였어요? 내 말이 사실인지 거짓말인지 확인하려고?"

말하면서도 슬은 출처를 알 수 없는 배신감을 느끼고 있는 스스로를 믿을 수 없었다. 사실 그의 입장에서 보면 충분히 그럴 수 있었다. 오늘 처음 봤을 뿐 아니라 할아버지와 함께 사라졌던 여자의 말을 어떻게 믿겠는가. 그렇게 생각하면 백 번이고 천 번이고 이해할 수 있지만 이상하게도 마음은 그렇지가 않았다.

"후, 그래요. 그럴 수 있죠. 그다음 할 말이란 건 뭔데요?"

깊은 숨을 내쉬는 것으로 마음을 다스리던 슬이 다시금 물었다. 그러자 이번에는 태승이 아닌, 그 옆에 서 있던 남자가 슬의 앞으로 명함 하나를 내밀었다.

"제 소개가 늦었습니다. 장형문 변호사입니다."

"변호사요?"

이곳에 왔을 때부터 궁금했던 남자의 정체를 알게 됐는데 오히려 생각은 더 복잡해지고 많아졌다.

"오늘 윤슬 씨가 도와주신 분은 사실 유일 그룹, 류일만 회장님이십니다."

"잠깐만요. 누구라고요? 류일만 회장님?"

이건 또 무슨 소리인가 싶어서 슬의 동공이 더욱더 커졌다. 유일 그룹과 류일만 회장은 떼려야 뗄 수 없는 관계로, 자신과도 아무 연관이 없지는 않아서 기함할 수밖에 없었다. 놀라움을 금치 못하는 슬을 앞에 두고, 태승은 저런 반응일 거라고 예상한 듯 여전히 담담했다.

"내가 오늘 도와 드린 그 할아버지가 류일만 회장님이라는 거죠?"

말도 안 된다는 표정을 짓던 슬은 할아버지가 애타게 부르던 일한이라는 이름을 떠올리고는 탄식했다. 유일 식품으로 시작해 대한민국에서 내로라하는 대기업으로의 성장을 이끈 현 유일 그룹 총수 류일만 회장과, 그의 아들이자 유일 식품 류일한 사장은 대한민국 사람들이라면 모를 수가 없는 사람들이었다.

류일만, 류일한……. 그들의 이름 앞 글자에도 힌트가 있었는데, 그것을 알아차리지 못했다니.

충격에 넋이 나간 슬의 앞으로 서류 하나가 내밀어졌다.

"비밀 유지 서약서입니다."

"비밀 유지라뇨?"

그 서류를 보고도 어리둥절해 있는 슬에게 이번에는 변호사가 아니라 태승이 입을 열었다.

"윤슬 씨도 봤듯이 회장님 상태가 좋지 않습니다. 정확한 병명은 알츠하이머로 3년 전부터 지금까지 투병 중이세요."

그의 말처럼 일만은 현재 알츠하이머를 앓고 있었다. 슬도 처음 일만을 봤을 때부터 그의 병을 짐작하고 있던 터라 이에 대해서는 놀라지 않았다. 다만, 회장님의 병환이 지금 이 상황과 무슨 관계가 있을지 그것이 궁금할 뿐이다.

"그런데 그게 지금 이 비밀 유지 서약서와 무슨 상관이 있는 건데요?"

슬은 정말 모르겠다는 표정이었다. 태승은 그런 슬을 이해했다. 작은 약속 하나에도 책임을 지고, 큰일과 관련해서는 반드시 서류로 남겨 둬야 하며, 일이 틀어졌을 경우를 대비해 플랜 비를 항상 염두에 두어야 하는 것. 그게 바로 태승이 살고 있는 세상이었지만 다른 평범한 사람들에게는 그렇지 않았다. 당연히 그녀는 모를 수 있었다.

"요 근래에 뉴스에서 회장님과 관련된 소식을 들은 적 있습니까?"

뜬금없이 웬 뉴스 이야긴가 싶었지만, 슬은 그래도 곰곰이 기억을 더듬어 봤다. 그리고 보면 최근 일만에 관련된 뉴스 소식은 들어 본 적이 없었다.

"없을 겁니다. 단 하나의 기사도 내보낸 적이 없거든요."

그 말은 그가 뉴스 보도를 통제해 왔다는 뜻이었다. 유일 그룹이 내로라 하는 그룹인 것은 맞지만 언론까지 제압하고 있었을 줄은 몰랐다. 누군가 그랬다. 현실이 드라마나 영화보다 더하면 더했지 덜하지 않는다고. 다만 그 현실을 우리 같은 보통 사람들은 모를 뿐이라고.

그런데 왜 나한테 그런 말을 하는 것일까? 언론까지 장악하고 있을 정도로 회장님 기사를 내보내지 않고 있는 이유는 무얼까? 또 내 앞에 내밀어진 이 비밀 유지 서약서는 뭘까?

하나도 아니고 여러 개의 문제들이 한꺼번에 쏟아져 들어오면 과부하가 걸리는 것처럼 슬의 머릿속 또한 그러했다. 여러 의문들로 머릿속이 복잡했다. 그러니 정리가 될 때까지 기다려 줬으면 좋겠는데. 그럴 시간이 없는 것인지 아님 그럴 마음이 없는 것인지 태승의 말은 계속 이어지고 있었다.

"단도직입적으로 말하죠. 윤슬 씨가 회장님 병을 알게 된 이상 당신은 이 일과 관련 없는 사람이 될 수 없습니다. 그렇기에 난 윤슬 씨 입을 막아야 할 의무가 있고요."

그는 둘러말하지 않고 직설적으로 말했다. 그 말에 점차 슬의 표정이 굳어 가는 것이 보였다. 굳게 다물린 입과 살짝 찡그린 미간에서 적대감이 느껴지는 듯도 했다. 그런 그녀의 표정에 이상하게 가슴이 술렁거렸지만, 태승에게는 다른 선택지가 없었다.

"……그러니까."

일단 슬은 정리가 필요했다. 순서대로 정리해 놓은 서류들을 품에 안고 걸어가다가 누군가와 부딪쳐 떨어트린 탓에 순서고 뭐고 뒤죽박죽이 된 기분이라 하나하나 되짚어 생각할 필요가 있었다.

"그러니까 한마디로 말해 회장님의 병환을 비밀로 해 달라는 거네요?"

그가 말하는 의도는 알 것 같았다. 대기업의 회장이 알츠하이머라니 그것만큼 물어뜯기 좋은 먹잇감이 어디 있겠는가. 더욱이 그 사실을 알게 된 예기치 못한 시한폭탄까지 나왔으니 어떻게든 막고 싶었을 거다. 그런 손자의 마음은 충분히 이해하지만, 생전 처음 보는 남자에게 예견하지 못했던 걸림돌 취급을 받는 건 아무래도 기분 나빴다.

"이 비밀 유지 서약서는 그쪽 말처럼 내 입을 막기 위한 수단인 거고요?"

장 변호사가 보기에 슬은 그 의미를 정확히 이해한 듯했다. 태승도 그녀의 말에 고개를 끄덕였다. 이제 그녀가 순순히 사인만 해 주면 끝날 일이었다. 그렇게 모든 일이 수월하게 끝날 줄 알았으나 슬은 그의 예상을 벗어나는 대답을 했다.

"내가 왜 그래야 하죠?"

예상치 못한 대답에 장 변호사의 표정이 굳어졌다. 이 일을 어떻게 해야 할까. 다른 방법을 구상해야 하나 싶어 고민에 휩싸인 형문과 달리 태승은 태연자약했다. 입을 꾹 다문 채 슬의 얼굴을 빤히 바라보는 그의 표정에서는 아무 뜻도 읽을 수가 없었다.

"나는 그러고 싶지 않은데요."

기분이 나빠진 슬은 받았던 서류를 다시 돌려주었다. 그녀가 할아버지를 도운 것은 순전히 노인 공경을 위해서였을 뿐, 불순한 의도는 어디에도 없었다. 또한 이 서류는 곧 이들이 뉴스 보도를 통제했던 것처럼 저 역시 제어하겠다는 뜻이기도 했다. 생전 처음 보는 이들에게 언제 어느 때 터질지 모를 시한폭탄에, 심지어 그에게는 거짓말쟁이 취급까지 받았는데 여기에 통제까지 당할 순 없었다.

그리고 무엇보다 자신에게 회장님은 그냥 할아버지였을 뿐, 할아버지가 회장이라고 해서 그의 병을 여기저기 떠벌리고 다닐 일도 없었다.

"그러지 마시고 한 번 더 생각을 해 주셨으면……."

받은 서류를 다시 내밀며 형문이 재차 부탁했다. 법으로 하면 쉬울 일이지만 그렇게 하면 오히려 역효과가 날 수 있다는 것을 잘 알기 때문이었다. 그러나 슬은 단호히 형문의 제안을 거절했다.

"아니요. 걱정되어서 그러시나 본데 이 일을 어디에 떠들고 다닐 일도 없지만 그럴 생각은 더더욱 없습니다. 그러니까 이 서류 다시 돌려받으시고 피차 서로 못 본 걸로 하죠. 그게 더 깔끔할 것 같은데."

차라리 모르는 사람으로 돌아가면 쉬울 일이었다. 어차피 그녀는 이 남자의 이름도 몰랐다. 그녀에게 통성명도 하지 않은 사이는 생면부지의 관계나 마찬가지였다. 그렇게 말하며 돌아서서 나가려고 하자, 태승이 슬을 붙잡았다.

"깔끔한 사이를 만드는 건 말이 아니라 돈이죠. 난 말뿐인 거래는 하지 않습니다."

정말 경악스러운 말이 아닐 수 없었다. 불붙은 화로에 기름을 끼얹는 것과 매한가지인 말에 형문은 기함하며 슬의 반응을 살폈다. 살얼음판이 따로 없었다.

"지금 뭐라고 했어요?"

처음부터 그에게 화가 났지만 이런 사람들에게 화를 내 봤자 뭐 하나 싶어서 감정을 꾹 눌러 온 슬이었다. 그런데 기어코 그가 슬의 선을 넘은 것이다. 제가 들은 것이 사실이 아니길 바라며 되물었으나 돌아온 대답은 여지없이 같았다.

"비밀 유지 서약서에 사인만 해요. 돈이든 뭐든 다 해 줄 거니까."

그 말에 슬은 기가 찼다. 걸어 다니는 시한폭탄, 거짓말쟁이 취급에 이어 돈이나 밝히는 꽃뱀 취급까지. 그가 꽤 괜찮은 사람이라고 생각했던 자신이 후회되는 순간이었다.

"그쪽한테는 내 말이 돈 달라는 말로 들렸어요?"

"깔끔한 사이를 원한다면서요."

"그러니까 그쪽한테는 깔끔한 사이가 곧 돈이다?"

날카롭게 대립하는 두 사람의 시선이 허공에서 맞부딪치며 불꽃이 파바박 튀었다.

"……네, 그렇습니다."

조금 늦긴 했지만 그의 대답에 슬은 헛웃음이 나왔다. 그러다가도 조금은 그가 불쌍하기도 했다. 그는 재벌이니 그럴 수도 있겠다는 생각이 들어서였다. 그들에게는 만 원 단위의 돈은 돈이 아닐 수도 있었다. 수백,

수천 억이 왔다 갔다 하니 적은 액수의 돈은 그만한 가치가 없다고 느낄 수도 있었다.

그래서 슬은 그가 안타까웠다. 그의 말은 곧 사람에 대한 신뢰가 없다는 뜻도 되니까 말이다. 사람에 대한 신뢰가 없으니 사람이 하는 말을 믿지 못하고 눈에 보이는 서류나 돈을 더 믿는 것 아니겠는가.

"난 사업하는 사람입니다. 사업가는 말로만 하는 거래는 하지 않아요. 윤슬 씨가 한 말은 거래가 아닙니다. 거래는 말이 아니라 돈으로 하는 거거든요. 그러니까 여기에 사인해요. 그럼 원하는 건 무엇이든 주겠습니다."

그가 서류를 다시 슬이 서 있는 방향으로 돌리며 그 위에 펜을 올려 두었다. 이 정도까지 했으면 그만 순순히 사인하라는 뜻이었다. 하지만 여전히 슬의 생각엔 변함이 없었다.

"이봐요."

"류태승입니다. 이봐요, 그쪽이 아니라."

아까부터 그녀가 부르는 호칭이 신경 쓰였다. 이봐요, 그쪽, 저쪽. 어느 누구에게도 그렇게 불려 본 적이 없기도 했지만 이상하게 싫었다.

"그래요, 류태승 씨. 당신이 어떤 세상을 살아왔는지 내가 모르는 바는 아니에요. 당신한테는 사람 말이라는 게 아무 짝에도 쓸모없겠죠. 눈에 보이는 것만 믿으며 살아왔을 테니까."

슬은 스스로도 너무 심하게 말한 것 같아 살짝 신경이 쓰였지만, 어쨌든 자신의 기분을 상하게 만든 쪽은 제 쪽이 아닌 저쪽이라 그런 걱정은 거둬 들였다. 이런 일은 거래를 할 게 아니라 부탁을 했어야 했다. 그랬더라면 이렇게 기분이 상하지는 않았을 거다.

마찬가지로 태승도 그녀의 기분이 어떨지 짐작이야 했지만 자신의 인생을 잘 알지도 못할 사람이 멋대로 추측하고 말하니 기분이 몹시 언짢았다. 그녀의 충고가 마치 네 인생 알 만하다는 뜻으로도 들려, 그의 심기는 점점 더 사나워지고 있었다.

"하지만 세상에는 눈에 보이는 것보다 안 보이는 것들이 훨씬 더 많아요. 그리고……."

슬이 이어서 덧붙이려는 말 위에 그의 목소리가 얹혔다.

"이를테면요?"

생뚱맞은 물음에 슬이 되물었다.

"이를테면이라뇨?"

"세상에는 눈에 보이는 것보다 안 보이는 것들이 훨씬 많다면서요."

다른 곳에 시선을 두었다가 다시 슬에게로 향한 그의 눈빛이 서늘했다. 의자에 기대앉은 모습이나 말투, 겉으로 보이는 행동에서는 그런 분위기를 느낄 수 없었으나 슬은 알 수 있었다. 뚫어질 듯이 자신을 쳐다보고 있는 그의 눈빛에서 전에 없던 분노가 느껴졌다.

"이를테면 어떤 것들이 눈에 안 보이는 것들인지 궁금해서요."

다소 당황스러운 물음이었지만 대답하기 어려운 질문은 아니었다. 슬이 그에게 하고 싶었던 말은 믿음이었다. 아까도 말했지만 그에게는 사람에 대한 믿음이 없어 보였다. 아무도 신뢰하지 않는 것 같아 사람에 대한 믿음을 가져 보라는 충고를 해 주고 싶었다.

"믿음이요. 내가 보기엔 그쪽은 사람을 믿어 본 적이 없었던 것 같아서요. 사람에 대한 믿음을 먼저 가져 봤으면 좋겠네요."

허를 제대로 찔린 태승의 미간이 살짝 구겨졌다가 다시 원래대로 돌아왔다.

"사람에 대한 믿음을 가져 봐라, 재미있네."

슬은 순간 자신의 눈과 귀를 의심했다. 꽤 괜찮은 남자라고 생각했던 제 생각이 틀렸음을 방금 완전히 깨달아 버렸다. 자신의 말을 되짚어 말하듯 비꼬는 남자의 목소리와 비틀린 웃음이 슬의 신경을 날카롭게 했다. 더 이상 이곳에 앉아 있고 싶지가 않아졌다. 어떻게 해서든 이 자리를 벗어나고 싶은데, 그러려면 방법은 하나밖에 없었다.

"줘요, 종이."

"예?"

남자가 아닌 옆에 있던 변호사 형문이 놀라 되물었다. 그러자 슬은 다소 신경질적이게 말했다. 자조적인 비소를 짓던 태승의 입매도 다시금 딱딱하게 굳었다.

"사인할게요. 그러니까 줘요. 서약서인가 뭔가."

"아. 예. 예."

형문은 왜 여자가 마음을 바꾼 것인지 몰랐지만, 또 변심하기 전에 얼른 비밀 유지 서약서와 만년필을 건넸다. 종이 맨 하단에 이름을 적어 다시 건넨 슬은 만년필을 서류 위에 탁 소리가 나도록 올려놓았다. 그러자 모두의 시선이 그녀에게로 향했다. 특히, 그녀를 바라보는 태승의 시선이 유독 뜨거웠다.

"사인했고 앞으로도 어디에 회장님 병환에 대해서는 일절 말하지 않을 테니까 걱정하지 않아도 돼요. 난 지킨다면 지키는 사람이니까 믿든 안 믿든 그건 류태승 씨 알아서 해요. 그럼 이만 갈게요."

여자는 시원시원했다. 안 해 줄 것같이 굴더니, 종이에 사인을 하고 자리에서 일어나기까지 너무 쉽고 빨랐으며 간단했다. 무어라고 말할 사이도 없이 일어나더니 그녀는 문 쪽으로 단숨에 걸어갔다. 그러다 여자는 무언가가 생각난 듯이 뒤돌아 단호히 일렀다.

"다신 마주칠 일 없었으면 좋겠네요, 류태승 씨."

그 말과 함께 여자가 나간 뒤 문이 달칵 소리를 내며 닫혔다. 그녀가 머문 자리에는 윤슬이란 이름 두 글자가 선명히 새겨진 비밀 유지 서약서만이 덩그러니 남아 있었다. 태승은 여자가 앉았던 앞자리에 시선을 고정시킨 채 말이 없었다. 어째 분위기가 이상해서 일단 나가야겠단 생각에 형문도 서류를 챙겨 자리를 떴다.

아무도 없는 텅 빈 방에 그, 혼자만이 남게 되었다. 적막함이 흐르는 이 무거운 분위기에서 여자가 했던 말이 그의 마음을 서걱서걱, 긁었다.

'내가 보기엔 그쪽은 사람을 믿어 본 적이 없었던 것 같아서요. 사람에 대한 믿음을 먼저 가져 봤으면 좋겠네요.'

그 여자의 눈에도 보였나 보다. 사람에 대한 믿음을 잃은 자신이, 한없이 냉정해지고 까칠해진 자신이.

그렇게 많이 변했나, 내가? 그런 생각도 들었다. 여자가 했던 한 마디, 한 마디가 그를 자각시켰다. 그래서 화가 났다. 다른 사람들 앞에서는 척이 됐는데, 그 여자 앞에서는 아무것도 하지 못하고 꿰뚫렸다는 것을 인정하고 싶지 않았다.

부탁을 했더라면 들어줬을 거라는 것을 알고 있다. 이런 식이 아니었어도 여자는 제 요청에 흔쾌히 응했을 거다. 그럼에도 그는 부탁이나 회유가 아닌 직구로 여자를 도발했다. 한마디로 말해 선제공격을 날린 것이다. 비겁하게, 쩨쩨하게.

'다신 마주칠 일 없었으면 좋겠네요, 류태승 씨.'

그러니까 그 말을 들어도 싸다. 그런데 기분은 왜 이럴까. 이기자고 선수를 친 건데, 왜 기분은 이렇게 한없이 가라앉고 또 가라앉는 걸까.

언제, 어떤 일이 있어도 단정함을 잃지 않았던 그가 답답한 듯 넥타이를 풀어헤쳤다. 모든 것을 다 잃은 기분이었다.

* * *

"사람 그렇게 안 봤는데……."

로비를 지나 병원 밖으로 나온 슬의 얼굴이 화가 다 가라앉지 않은 듯 붉었다. 사람 겉만 보고는 모른다더니 옛말 틀린 것이 하나 없었다. 새삼 세상이, 사람들이 달리 보일 지경이었다.

오히려 사람에 대한 믿음을 잃게 생긴 사람은 자신일지도 모르겠다, 슬은 그렇게 생각했다. 류태승인지 뭔지 그 사람 한 명 때문에 여태껏 믿어 온 사람도 한 번쯤은 의심해 봐야겠단 생각이 들기도 했다. 이게 뭐람. 선행 한번 했다가 뒤통수만 여러 대 맞은 기분이라 영 찝찝했다.

"이제 나오세요?"

택시를 잡아타려던 슬에게 재호가 알은척해 왔다. 반면 슬은 자신에게 다가오는 재호를 알아보지 못하다가 이내 생각난 듯 어정쩡하게 대답했다.

"아, 네. 안녕하세요."

슬에게 한 발 더 다가간 재호는 명함 케이스에서 자신의 명함을 꺼내 건네었다.

"아까는 경황이 없어서 인사 못 드렸는데, 전 유재호라고 해요. 류 사장님, 비서실장입니다."

얼결에 명함을 받아 든 슬은 네모난 종이에 반듯하게 적힌 이름과 직급을 한 번 더 확인했다. 명함에는 유일 그룹의 비서실장, 유재호라고만 적혀 있을 뿐 정확히 어느 소속이란 회사명이 적혀 있지 않았다.

"윤슬입니다. 명함은 아직 복직하기 전이라 없어요."

"아, 복직하기 전이시구나. 없어도 괜찮습니다. 저도 명함 새로 판 지 얼마 안 됐어요."

"네?"

"농담이었는데, 하하하. 하나도 안 웃기죠?"

명함이 없다는 슬이 멋쩍어 할까 봐 농담을 한 것이었는데, 슬은 그의 농담을 전혀 알아들을 수가 없었다. 그러자 오히려 민망해진 재호가 호탕한 웃음을 지으며 뒷머리를 긁적거렸다.

"기분이 안 좋아 보이셔서요."

"아…… 네."

과한 농담이었음을 깨달은 재호가 수습을 해 보려 했지만 이 또한 무리수였다. 상황은 보다 더 악화되어 어색한 분위기가 되어 버렸다.

안에서 어떠한 일이 있었는지, 앞서 나온 형문을 통해 재호도 전해 들은 바였다. 대충 형문은, "말도 마. 아주 살얼음판이 따로 없었어. 숨 막혀 저 세상으로 하직할 뻔했다고, 내가. 둘 다 성격이 장난이 아니야. 사장님이야 뭐, 늘 얼음장 같고 차가운 분이시라지만 저 여자분도 더하면 더했지 덜하지는 않아. 둘이 무슨 기 싸움을 하는지 눈에서 레이저 나오더라니까." 하면서 고개를 절레절레 흔들었다.

　그 말을 하던 형문의 표정만 보아도 그곳 분위기가 어땠을지 충분히 알 수 있었다. 그래서 들어가야 하나 말아야 하나 고민하던 찰나에 재호의 눈앞으로 슬이 모습을 드러낸 것이다.

　"타세요. 제가 댁까지 모셔다드릴게요."

　슬은 확 짜증을 내려다 멈칫했다. 마주친 그의 눈빛에서 진심 어린 사죄가 느껴졌다. 사실 잘못한 건 태승 쪽이니 마냥 호의를 거절하는 것도 예의는 아니었다.

　"그럼…… 부탁드리겠습니다."

　"네. 제가 안전히 모셔다……."

　드리겠다는 재호의 말이 슬의 휴대폰 벨 소리에 묻혀 버렸다. 슬은 가방에서 휴대폰을 꺼내 들고는 속으로는 안도했다. 여기서 벗어날 수 있는 방법이 이 휴대폰에 있었기 때문이다.

　"잠시만요."

　"네. 편히 받으세요."

　재호에게 정중히 양해를 구하며 좀 떨어진 거리에서 전화를 받아 들었다.

　"네, 아저씨."

　건너편에서 들려온 목소리는 성해였다.

　—어디니? 집이야?

　"아니요. 잠깐 밖에 나와 있어요."

　—밖? 밖은 왜? 바로 집으로 간다고 하지 않았어?

밝았던 성해의 목소리에는 다소 걱정이 섞여 들어 있었다. 슬도 성해의 심경을 목소리만으로도 알아듣고는 한 톤 낮춰 말했다.

"이제 가려고요. 잠깐 나온 거예요. 바로 들어갈 거예요. 아저씨는 어디세요?"

—아직 병원이야. 곧 퇴근할 건데 밖이면 이리로 올래? 같이 들어가자. 저녁도 먹고.

"아, 그럴까요? 마침 병원 근처거든요. 바로 갈 수 있어요."

슬은 마침 이곳에서 벗어날 수 있는 좋은 명분을 만들어 준 성해가 무척이나 고마웠다. 한시라도 빨리 이곳에서 빠져나가고 싶었는데 적당한 핑곗거리가 없어 난감한 찰나였기 때문이다.

—정말? 그럼 바로 와라. 기다리고 있을 테니.

슬에게 그런 뜻이 있는 줄도 모르고 바로 갈 수 있다는 그녀의 말에 성해의 목소리가 한 옥타브 위로 올라갔다. 전화를 끊은 슬의 표정이 아까와 다르게 생기를 띠었다. 다시 재호에게로 돌아선 슬이 미안한 표정을 지었다. 그런데 그 표정이 왜인지 모르게 하나도 미안하지 않아 보였다.

"죄송해요. 약속이 생겨서 안 데려다주셔도 될 것 같아요."

"아. 아닙니다. 괜찮아요. 아쉽지만 다음이 있겠죠. 다음번엔 꼭 기회 한번 주세요."

슬은 속으로는 그럴 기회는 없을 거라고 생각했지만 말로는 그러겠다는 대답을 했다.

"네. 그럴게요."

"그럼."

재호에게 꾸벅 고개를 숙여 보인 뒤 슬은 바로 뒤돌아서 다시 왔던 길을 되돌아갔다. 재호도 숙였던 고개를 들어 멀어져 가는 슬의 뒷모습을 쓸쓸한 표정으로 바라보았다. 맛있는 음식을 먹어 놓고도 뒷맛이 개운하지 않고 오히려 텁텁해져 괜히 생돈만 날린, 그런 기분이었다.

* * *

"하아. 다행이다."

20층 버튼을 눌러 놓고 엘리베이터 벽에 등을 기대고 서 있는 슬이 안도의 한숨을 푹 내쉬었다. 성해가 아니었더라면 꼼짝없이 유재호라는 사람 차에 올라탔어야 했다. 그럼 장장 30분 정도를 같이 타고 갔어야 했을 건데, 그럼 정말 그 30분이라는 시간이 무척이나 숨 막혔을 것 같다. 정말 불편한 것은 딱 싫었다. 유재호라는 사람이 잘못한 것은 없지만 그래도 그 남자의 비서이니 아예 연관이 없는 것은 아니지 않은가.

슬은 오늘만큼은 그 남자, 아니 앞으로도 평생 그 남자와는 엮일 일 없으니 그만 떨쳐 버리자고 생각하며 엘리베이터가 20층에 다다르기만을 기다렸다.

땡, 하는 소리와 함께 엘리베이터가 멈추었다. 슬은 곧바로 걸음을 옮겨 원장실 문을 노크했다. 그러자 가운을 벗고 정갈한 슈트 차림을 한 성해가 문을 열고 나왔다.

"왔니?"

슬이 안으로 들어서자 성해는 부드럽게 미소 지으며 원장실 문을 꼭 닫았다.

"아직도 퇴근 안 하신 거예요?"

"처리해야 할 일이 좀 있었어."

"어떤 건데요?"

슬과 나란히 걷던 성해가 손을 허리춤에 얹고서 팔과 옆구리에 빈틈을 만들어 보였다. 자신에게 팔짱을 끼라는 뜻으로 한 행동임을 알아차리고, 슬은 웃으며 성해의 팔에 팔짱을 꼈다.

"우리 병원에 VIP 환자분이 계셔. 그분이 통원 치료를 받으러 오셨다가 병원 앞에서 사라지셔서 한바탕 난리가 났지 뭐니. 찾아서 다행이긴 하다만 못 찾았으면 정말…… 내가 다 눈앞이 캄캄해지더구나."

"……아, 네."

이야기를 듣다 보니 아무래도 오늘 일만의 일을 말하는 것 같아, 슬은 더 이상 묻지 못했다.

"그분…… 많이 아프신 거예요?"

"알츠하이머로 3년째 와병 중이신데, 진행이 빨라지셨어. 근데 그분보다도 그분 손자가 고생이 많지. 건실한 청년인데 참 안됐어. 일찍 부모를 여의고 할아버지 손에서 자랐다고 하는데 손자한테는 할아버지가 세상의 전부겠지. 그런 할아버지마저 잃게 되면……."

할아버지 상태에 대해 묻다 보니 그 남자의 이야기도 자연스레 듣게 되었다. 부모를 잃었다는 것은 그에게 직접 전해 들어 알고 있었다지만, 다른 이에게 그에 대한 이야기를 들으니 또 다른 느낌이었다. 그가 말해 주었을 때는 워낙 담담히 이야기를 꺼내는 통에 그렇게 와닿지 않았는데. 지금은 그가 좀 안쓰럽다는 생각이 들었다.

일찍이 부모를 여의고 할아버지 손에서 자랐다는 그에게 할아버지는 어떤 존재였을까. 자신에게 아빠가 그랬던 것처럼 그에게 할아버지는 그의 전부이지 않았을까. 그런 할아버지를 잃게 된다면 그는…… 세상 전부를 잃게 되는 것과 마찬가지일 것이다.

"네가 심각할 건 없어 보이는데?"

"네? 아, 네. 그렇죠. 제가 심각할 건 없죠."

분위기가 아까와 다르게 살짝 가라앉는 것 같았는지 성해가 농담을 건넸다. 그러자 성해의 농담 섞인 말에 슬이 살짝 미소 지어 보이며 에둘러 말했다.

하지만 아까 그에게 퍼붓고 나온 말이 신경 쓰였다. 그는 어쩌면 할아버지를 지키고 싶었던 것일 수도 있는데. 가족을 건드리면 그 누구든 용서하지 않는 것이 사람인데, 그도 그래서 날을 세웠던 것은 아니었을까.

괜한 말로 상처를 준 것은 아니었을까. 이런저런 생각으로 슬의 머릿속이 잠시 어지러웠다.

"저녁 뭐 먹을까?"

"아저씨 좋아하는 해물찜 어떠세요?"

"해물찜? 나야 좋지만 난 너 좋아하는 걸로 먹으려고 했는데."

"아니에요. 저도 오늘은 해물찜 먹고 싶어요."

"그래. 그럼 그 집으로 가자. 우리 단골집."

"네. 좋아요."

성해와 슬은 정다운 부녀처럼 도란도란 이야기를 나누며 병원을 빠져나갔다.

캄캄했던 집 안에 따스한 주황색 불빛이 은은하게 켜져 주변을 밝혔다. 슬은 침대에 가방을 내려놓고 엉덩이를 붙이고 앉았다. 아침부터 밤늦게까지 여기저기 돌아다녀, 짙게 느껴지는 피곤함에 마른세수를 했다. 그러다 또다시 생각 너머로 그 남자가 불쑥 찾아들었다.

성해와 함께 따뜻한 저녁을 먹어도 순간순간 마음이 불편해졌다. 성해의 마지막 말을 듣지 못했더라면 이토록 찜찜한 기분은 아니었을 텐데, 하는 생각도 들었지만 꼭 그 말을 듣지 않았더라도 마음에 불편함은 내내 남아 있었을 거다.

이래서 누구한테든 상처 주지 않으려고 손해 보며 살았던 건데. 그냥 참을 것을……. 거짓말쟁이, 시한폭탄에 이어 꽃뱀 취급까지 받으니 억울해서, 화나서 했던 말이 부메랑처럼 다시 되돌아온 느낌이다.

오히려 도발한 사람은 따로 있는데 내가 왜 불편해야 하는 거야? 그럼에도 억울한 것은 억울한 거였다.

* * *

늦은 밤, 오랜만에 집에 온 태승이 제일 먼저 들어간 방은 일만의 침실이었다. 캄캄한 침실 안에 작은 불빛이 새어 들었다. 넓은 침대에 곤히 잠들어 있는 일만의 곁에 그가 조심스럽게 앉았다.

가만히 할아버지를 바라봤다. 눈가에, 손등에 세월의 흔적이 고스란히 남아 있었다. 산처럼 컸던 할아버지의 풍채는 자신보다도 훨씬 작아진 지 오래였다.

마음이 아프다. 할아버지의 작아진 몸도, 켜켜이 쌓인 세월의 흔적도, 하나둘 잊혀 가는 기억들도. 전부 붙잡고만 싶어진다. 조금만 더, 조금만 더 제 곁에 있어 달라고 아이처럼 울며불며 누구한테라도, 부모가 먼저 세상을 떠나던 날부터 믿지 않던 신께라도 빌고 싶다. 평생을 척하며 살아도 좋으니 할아버지만은 제 곁에 있어 주었으면…….

왜 몰랐을까요. 내가 커 갈수록 할아버지는 늙고 병들어 간다는 걸. 어른이 되지 말 것을 그랬어요. 아무것도 모르던 아이일걸. 그렇게 평생을 아이처럼 살아간다면 할아버지는 내 곁에 오래 있어 줄 수 있을까요? 세상을 모르고 싶어요. 이제라도 다시 과거로 돌아가고 싶어요. 할아버지와 함께 행복했던 그때로 돌아가고 싶어요.

그렇게 한참을 일만을 내려다보던 태승이 침대에서 엉덩이를 떼고 일어났다. 그가 깰까 봐 걱정되어 조용히 문을 닫고 나갔다. 다시 어두워진 조용한 침실에 홀로 남은 일만이 슬며시 눈을 떴다. 그는 손자가 잠시 왔다 갔다는 것을 알고 있다.

불쌍한 내 손자. 세상 착하고 순진한 놈. 할아버지를 생각하면 마음이 저릿한 태승처럼 일만도 손자 생각만 하면 눈앞이 캄캄해져 온다. 눈에서 눈물이 비처럼 쏟아진다. 할아버지를 생각하는 태승의 마음이 아무리 크다 한들 손자를 생각하는 할아버지의 마음보다 클까. 세상 모든 부모의 마음은 자식의 마음보다 훨씬 크다. 그러니 자식을 위할 수밖에 없는 것이 부모인 것이다.

　　　　　　　　　* * *

　위이이잉, 위이이이잉.

　이른 아침, 거실에서부터 요란한 소리가 온 집 안에 울려 퍼졌다. 청소
기 때문이었다. 이 집은 로봇 청소기가 매일 거실이며 안방까지 방바닥을
돌아다녀 굳이 나서지 않아도 깨끗함을 유지했다. 그럼에도 슬은 구석진
곳까지 청소하고 또 청소했다. 마음이 불안할 때마다 슬이 늘 하는 일이
었다. 오늘은 새벽부터 이상한 꿈을 꾸고 잠을 설쳤기에 더욱 바삐 움직
였다.

　드디어 청소기를 제자리에 갖다 놓은 슬이 이번에는 걸레를 집어 들었다.
어디를 닦을까 생각하는 것도 잠시, 지체하지 않고 방바닥과 가죽 소파를
벅벅 문질렀다. 가죽 소파는 굳이 닦지 않아도 되건만 가죽까지 벗겨 낼
기세로 세게 문지르는 모습이 꼭 청소에 원수라도 진 것처럼 보였다.

　걸레도 다시 빨아 놓고 정갈하게 놓인 그릇들도 다시 꺼내 닦으니 어느
덧 시간이 점심시간을 지나 있었다. 이른 아침부터 시작된 대청소는 오후
2시가 되어서야 끝이 났다. 샤워를 하고 젖은 머리를 헤어드라이어로 말린
후 화장도 깔끔하게 마친 슬은 최대한 단정해 보이는 옷으로 갈아입었다.
오늘은 회사에 복직 신고도 할 겸 지난 3년 동안 자신의 편의를 봐줬던 김
부장에게 감사 인사를 하러 갈 생각이다.

　"이 정도면 말끔해 보이네."

　슬은 침실 한곳에 놓인 전신 거울로 제 모습을 요리조리 비춰 보며 제
모습을 살폈다. 봄 날씨에 어울리는 분홍색 슈트를 차려입었고, 길게 흘러내
린 머리도 하나로 묶어 올렸다. 다소 촌스러울 수 있는 그 슈트를 멋지게
소화한 슬은 세상 환해 보였다. 마지막으로 가방에 휴대폰과 복직 서류들,
그리고 늦은 저녁쯤에 봄비가 온다는 소식에 우산도 잊지 않고 챙겨 넣고는
집을 나섰다.

집 앞 대로변으로 나온 슬은 곧장 택시에 올라 기사에게 목적지를 말했다. 그러자 총알같이 목적지로 달려온 택시가 높다란 빌딩 앞에 멈춰 섰다.

"감사합니다."

감사 인사도 잊지 않고 택시에서 내린 슬은 목을 젖혀 빌딩을 올려다보았지만 쏟아지는 햇빛 때문에 시선을 다시 앞으로 돌려야 했다. 이렇게 환한 날씨에 비가 온다고? 우산을 괜히 가져온 것 같다고 생각하며 슬은 빌딩 안으로 걸음을 옮겼다.

유일 퍼스트 본사 로비를 지나 데스크 앞으로 다가간 슬은 자연스레 직원에게 마케팅 1팀 김상철 부장님을 만나러 왔다고 전했다. 그러자 직원이 약간 고개를 갸웃하더니 물었다.

"아, 김상철 이사님 뵈러 오신 거예요?"

그제야 슬은 새삼 3년간의 공백을 실감할 수 있었다. 그때는 상철이 부장이었지만 3년이 지난 지금, 그의 직급이 같을 리가 없었다. 3년은 꽤나 긴 시간이었고 그는 능력이 출중한 인재이니 말이다.

슬은 데스크 직원을 향해서 고개를 끄덕였다.

"네. 김상철 이사님 뵈러 왔는데, 안에 계시나요?"

그러자 약속을 했냐는 질문이 되돌아왔다. 복직 신고도 할 겸 왔다고 답하니 그제야 직원은 안내를 해 주었다.

상철이 이사로 있는 층은 부장 시절에 지냈던 7층과 동일했다. 슬은 출퇴근 단말기의 출입문을 지나 복도에 서서 지하에 가 있는 엘리베이터가 올 때까지 기다렸다. 잠시 후, 엘리베이터가 도착해 열린 문 안으로 들어가 숫자 7을 눌렀다.

7층 마케팅 부서로 발을 옮기니 이곳만의 익숙한 냄새가 콧속으로 훅 들어왔다. 3년 전만 해도 매일같이 드나든 곳이었다. 그래서 이곳이 익숙하면서도, 오랜 공백기로 인한 낯섦이 공존해 기분이 묘했다.

곧 마케팅팀 김상철 이사의 방 앞에 선 슬은 잠시 주저했다. 괜히 옷매무새 한번 다듬고서 이사실 문을 두드렸다. 그러자 안에서 익숙한 음성이 들려왔다.

"네."

조심히 문을 열고 들어가자 모니터에 시선을 고정하고 있던 김 이사가 고개를 앞으로 돌리며 슬을 알아봤다.

"어? 이게 누구야? 윤 주임 아니야?"

"안녕하셨어요? 부장님? 아니, 이사님?"

하도 부장님, 부장님 하면서 지냈던 터라 이사님이라는 호칭이 입에 잘 붙지 않았다. 하지만 상철은 그녀가 자신을 어떻게 부르든 상관 않고 오랜만에 만난 슬을 반기기만 했다.

"이야. 반가워. 정말 반가워."

만면에 환한 웃음을 띠운 채 다가온 상철이 그녀 앞으로 오른손을 내밀며 악수를 청했다. 그러자 슬도 환하게 웃으며 두 손으로 그의 손을 맞잡았다.

"얼마 만이야, 이게?"

그는 슬에게 소파에 앉을 것을 권하며 상석에 앉았다. 슬도 그의 왼편에 앉았다.

"3년 만이죠. 건강하셨죠?"

"보다시피. 아주 건강해. 윤 주임은? 건강 많이 회복된 건가?"

반가움도 잠시, 상철은 걱정스러운 표정을 하고 물었다. 자신도 들은 바가 없어 정확히는 모르지만 3년 동안 복직할 수 없던 것만 봐도 건강이 어땠을지 대충 짐작은 갔다. 하지만 이렇게 만나고 보니 슬은 꽤나 건강해 보였다. 그래서 다행이었지만 그래도 슬에게 직접 호전되었다는 말을 듣고 싶었다.

"네. 아주 많이 회복되어서 복직 신고하려고 왔습니다."

"하하. 정말 다행이네. 잘됐어. 그렇지 않아도 요즘 마케팅팀 인력 충원 중이었거든. 신입 공채 본격적으로 들어갈 건데 윤 주임 자리를 어떻게 해야 하나 걱정하고 있던 찰나였어. 아주 나이스 타이밍이야. 하마터면 자리 뺏길 뻔했다고."

진담 같지만 농담인 상철의 말에 슬이 웃음을 터트렸다. 언제 보아도 그는 유쾌한 사람, 좋은 상사였다.

"부장님이야말로 좋아 보이세요. 늦었지만 승진 축하드립니다, 이사님."

"승진 축하를 받기엔 늦어도 너무 늦었다."

상철의 농담에 슬도 배시시 웃었다. 그러다 왜 아직도 그가 7층에 자리해 있는지가 궁금했다. 직급이 이사면 임원이었고, 다른 임원들은 모두 최상층에 사무실이 있다. 반면 상철이 있는 사무실은 마케팅팀들이 모여 있는 7층에 있었다. 슬의 질문을 받은 상철은 평이한 표정으로 대답했다.

"여기가 편하더라고, 난. 어차피 마케팅 기획부 소속이고 하니까 오고 가고 하기도 편하고. 나는 그렇지만 사원들이 불편해하려나?"

"조금? 농담이에요."

슬과 상철은 3년 만에 조우하는 것이었지만 바로 어제 만난 사이처럼 편안했고 정다웠다. 상사와 부하 직원이 이렇게까지 친밀하게 지낼 수 있을까 싶을 만큼 그들에게는 격의가 없었다.

"하하하. 아, 내가 차 한 잔 대접해야 하는데 깜빡했네. 잠깐만 기다려 봐."

자리에서 일어난 상철은 사무실 한쪽 자리에 마련되어 있는 테이블에서 직접 티백을 꺼내 머그잔에 넣고 커피포트에서 끓인 물을 부어 가져왔다.

"얼그레이 티야. 내가 요즘 꽂혀 있는 티인데, 맛이 아주 좋아."

상철이 슬의 앞으로 머그잔을 놓아 주며 말했다.

"잘 마실게요, 부장님."

슬은 이미 익숙한 듯 컵을 제 입가로 가져가 티 한 모금을 입 안에 머금었다. 그러자 향긋한 얼그레이 향이 입 안 가득 퍼졌다. 대개 이런 경우에는 밑에 사람이 몸 둘 바를 몰라 하는데, 이 두 사람은 전혀 그렇지 않았다. 과거 둘 사이에 위계질서가 있었음에도, 동등한 관계처럼 보이기도 했다.

"그럼 출근은 다음 주 월요일부터 어때? 너무 이른가?"

"아니요. 저도 좋아요. 될수록 빠른 시일 내에 복귀하는 게 좋을 것 같아요, 저도."

"나도 그렇게 생각해. 신입 및 인턴직도 내달부터 공채 들어가니까 그 전에 들어와서 자리 채워 주면 좋을 것 같아서. 아, 직급은 휴직하기 전과 동일하게 주임인데, 괜찮겠어?"

다소 조심성이 짙게 묻어나는 물음이라 슬은 오히려 의아했다. 휴직하기 전과 동일하게 주임이라는데 그게 왜 괜찮지 않은지 슬로서는 이해가 되지 않아서였다. 아무래도 다른 동기들을 생각한 상철의 걱정스러운 물음이었으리라.

"괜찮아요, 부장님. 전 3년을 쉬었으니까 당연히 그 전과 동일한 주임이어야죠. 그리고 제가 만년 주임일 거라고 생각하시는 건 아니시죠?"

슬은 행여나 전과 다름없이 주임이라도 다른 동기들보다 낮은 직급에 자신이 서운해할까 걱정하는 상철에게 위트 있는 농담을 건넸다. 그러자 상철이 웃음을 터트리며 고개를 끄덕였다. 자신감, 배포, 그리고 당찬 모습의 슬은 3년 전과 다를 바 없이 여전했다.

"당연히 아니지. 윤 주임 성격에 그 자리 가만히 있을 사람 아니라는 거 내가 또 잘 알지. 그렇지 않아도 마케팅팀 전부 긴장 타고 있어야 할 거라고 소문 다 났다고."

농담 같지만 진담이 대부분인 말이었다. 3년 전, 슬은 마케팅 부서에서 일 잘하기로 소문난 워커홀릭이었다. 신입 공채 수석으로 입사해 능력을 마음껏 발휘하던 인재 중 인재였고, 같이 입사했던 동기들 중 가장 빠른 승진으로 회사 내에서도 인정받던 빛나는 사원이었다.

만약 슬이 병가 휴직으로 3년의 공백기를 갖지 않았더라면 마케팅팀을 이끄는 팀장이 되어 있었을 것이다. 그래서 그녀의 상사로 있던 그때, 상철의 아쉬움은 누구도 달랠 수 없을 만큼 컸다.

"자리는 마케팅 1팀에 마련해 둘게. 3년간의 공백기 마음껏 털어 봐."

"네. 부장님. 아니, 이사님."

"말이 잘 안 붙지? 나도 그래. 이 자리가 무지 어색하더라고."

"잘 어울리세요. 그리고 부장님 아니면 누가 저희 마케팅 기획부를 이끌어 주시겠어요."

"어쭈, 꼿꼿하기만 하던 천하에 윤 주임이 아부도 많이 늘었어?"

"놀리지 마세요. 그리고 부장님이니까 아부도 하는 거고 그런 거예요. 제 아부는 아무나 받을 수 있는 게 아니라고요."

"그럼 난 선택받은 게 되는 건가? 하하하."

한동안 두 사람의 대화는 끝이 나지 않고 계속됐다. 오후 4시가 넘어서야 상철의 사무실에서 나오니, 이번에는 기획 1팀의 김민지 대리가 사무실을 뛰쳐나와 슬에게로 달려왔다. 그러더니 슬의 어깨를 덥석 잡고는 와락 안았다.

"야, 윤슬! 온다면 온다고 말을 하고 와야지! 나 안 보고 가려고 했어?"

민지가 슬의 등을 아프지 않게 때리며 나무랐다. 슬도 웃으며 민지의 등을 토닥거렸다.

"우리 한 달 전에도 봤거든? 누가 보면 3년 내내 얼굴도 못 본 친구랑 간만에 보는 건 줄 알겠다."

"그래도 한 달 만이잖아. 그리고 회사에서 진짜 오랜만에 보는 거거든? 근데 회사는 어쩐 일이야? 복직 신청하러 온 거야?"

"응. 커피 마실 시간 돼?"

"당연하지. 안 돼도 상관없어. 일단 가자. 1층 로비 카페테리아 매장 싹 다 바뀌어서 커피 진짜 맛있거든. 이 언니가 쏜다."

슬은 민지를 따라 카페테리아로 내려갔다. 방금 전에도 이곳을 지나쳐 오긴 했으나, 민지와 다시 와 보니 그대로인 듯 보이면서도 조금씩 변한 모습들이 눈에 들어왔다. 특히나 매일 아침마다 이곳에 와서 시원한 아이스 아메리카노나 라테를 테이크아웃 해 가곤 했던 옛날이 떠올라 느낌이 이상했다.

"뭐 마실래? 아메리카노?"

"응. 시원한 걸로."

주문을 하고 창밖이 보이는 자리로 가 앉은 두 사람은, 한 달 만에 봤어도 할 이야기들이 잔뜩 쌓인 듯 일상 이야기를 쉴 틈 없이 주고받았다.

"아저씨는 아셔? 너 복직하는 거 반대하셨잖아."

사실 그것이 가장 큰 문제였다. 아직 복직하겠다고 운만 띄워 놓았을 뿐 제대로 된 이야기를 꺼내지 못했다. 표정이 어두워지는 슬을 보고 아직 말을 하지 못했다는 것을 눈치챈 민지가 위로하듯 말했다.

"걱정이 워낙 많으신 분이잖아. 그리고 누구보다 너를 아껴 주는 분이시니까 이해해 주실 거야."

슬이 힘없이 고개를 끄덕였다. 곧이어 주문한 음료가 나왔고 슬이 테이크아웃 잔 두 개를 가지고 왔다.

"요즘 회사는 어때?"

"어떻다니? 일말이야?"

"뭐 그것도 그렇고 분위기 말이야. 뒤숭숭하다거나 그런 일 없냐고."

"뒤숭숭한 일? 글쎄. 그런 건 없는데……."

민지가 뒷말을 살짝 늘이듯 말하자, 그 모습을 바라보고 있던 슬의 표정에 긴장감이 어렸다. 아무리 일만의 병을 비밀에 부치고 있다고 해도 언젠가는 모두가 알 일이었다. 특히 회사 직원들이라면 다른 일반인들보다 먼저 듣게 될 수도 있다. 세상에는 완벽한 비밀이 없다는 것쯤 슬도 잘 알고 있었다.

"사장 바뀐 거 알아?"

"사장?"

뜬금없는 민지의 질문에 긴장으로 굳어 있던 슬의 표정이 풀어졌다. 아무래도 회사 사원들은 아무도 모르고 있는 것 같다. 그나마 참 다행인 일이었다. 그런데 왜 내가 안도하고 있는 거지? 하는 생각이 들었지만, 슬은 애써 모르는 척 의문을 한쪽으로 몰아 두었다.

"그 사장이 왜?"

일만의 병을 아무도 모른다는 것을 알아차린 슬은 사장이 누구든지 간에 관심도, 일면식도 없었지만 민지가 이야기하고 싶어 하는 것 같아 예의상 물었다.

"엄청 미남이거든. 미남도 보통 미남이 아니야. 내가 여태껏 봐 왔던 이 지구상 모든 남자들 중에 제일이야. 아주 미쳤다니까. 키도 엄청 크고 얼굴은 무슨 야구공처럼 작고, 턱선은 베일 것처럼 날카로운데 눈빛이 또 죽음이야. 그냥 보고만 있어도 황홀해지는 얼굴이랄까?"

민지는 사장이란 사람의 외모를 입이 마르도록 칭찬하고 또 칭찬했다. 원래 그녀는 잘생긴 거라면 사족을 못 쓰는 스타일로, 남자를 만나도 잘 생기지 않으면 마음을 주지도 않았다. 좋아하는 연예인도 잘생긴 사람들만 골라 가며 좋아하곤 했는데 이번에 꽂힌 사람은 연예인도 아닌 일반인인 사장인 듯하다. 이렇게 칭찬하는 걸로 보아 일반인들 중에서도 정말 잘생겼나 보다.

잘생긴 것으로 따지면 어제 봤던 그 남자도 빠지지 않는데…‥. 민지가 말하는 사람처럼 그 남자도 키가 엄청 컸는데. 크기만 했나, 다리도 모델처럼 길고, 넓은 어깨에, 턱선은 베일 것처럼 날카로웠지. 반면에 눈은 정말 슬퍼 보였지만…….

어느덧 슬은 머릿속으로 그 남자를 떠올리느라 민지의 말은 하나도 듣지 않았다. 그런 것도 모르고 민지의 찬양은 계속되고 있었다.

"그 얼굴 좀 자주 볼 수 있으면 좋겠는데 같은 회사를 다녀도 코빼기를 볼 수가 없어. 그게 살짝 아쉽다니까. 그래도 류태승 사장 덕분에 회사 다닐 맛은 좀 나지. 어딜 가나 잘생긴 남자를 볼 수가 없었는데……."

계속해서 민지의 말을 흘려듣던 슬이 언뜻 들려온 낯설지 않은 이름 석 자에 놀라 되물었다.

"……응? 뭐라고?"

평온하게 말을 잇던 민지가 소리 지르며 되묻는 슬에게 놀라 잠시 말을 잊었다.

"뭐야. 왜 갑자기 큰 소리를 내고 그래?"

"누구라고 했어, 방금? 누구?"

"뭐, 뭐가. 내가 뭐랬는데?"

"사장, 여기 사장 이름 뭐라고 했느냐고."

자신이 잘못 들은 게 아니라면 분명히 민지는 류태승이라고 했다. 여기 사장 이름이 류태승이라고.

3. 나랑 밥 먹을래요?

　설마……라는 생각을 하긴 했지만 그 남자가 류 회장님의 손자라면 말이 안 되는 것은 아니었다. 아니, 오히려 정확히 맞아떨어진다. 회장님 손자라면 당연히 유일 그룹 계열사 중 한 곳을 맡아 회사를 운영하고 있을 것이 분명하다.

　더군다나 그 남자 아버지, 류일한 사장은 바로 여기 유일 퍼스트를 이끌던 사람이었다. 그의 아들이라면 당연히 이 회사를 물려받는 것이 자연스러웠다. 게다가 그때 같이 있던 모두가 그 남자를 사장님이라고 부르던 기억도 떠올랐다.

　하아…… 이렇게 둔할 수가 있나. 내가 이렇게 둔한 여자였단 말이야?

　슬의 얼굴이 하얗게 질려 가자 걱정이 된 민지가 물었다.

　"윤슬. 슬아? 왜 그래? 너 괜찮아?"

　"어…… 아니, 괜찮아."

　어느 틈에 민지가 물을 가져와 슬의 손에 물컵을 쥐여 주었다. 그 물을 모두 받아 마시고서야 슬은 안정을 되찾을 수 있었다. 새로운 사실, 아니 예정된 사실을 뒤늦게 깨달은 슬은 충격이 가시지 않은 듯 보였다. 그러면서도 괜찮을 거라고, 회사에서 마주칠 일은 없을 거라며 스스로를 다독거렸다. 민지가 회사 내에서 그 남자를 코빼기도 보지 못했다고 했으니 자신도 그럴 것이라고 여겼다.

하지만 한편으로는 불안하기도 했다. 다시 만나게 되면 어떻게 하나. 다신 만나지 말자고 했었는데 이렇게 마주하게 되면 그것만큼 창피한 건 없을 것 같았다.

여기까지 생각한 슬은 문득 억울해졌다. 자신인들 이런 우연을 예상이나 했을까. 그저 치매를 앓고 계신 할아버지를 도왔을 뿐인데 그 할아버지가 대한민국 정재계를 이끌고 있는 유일 그룹의 회장이라고 하지를 않나. 자신을 거짓말쟁이, 천하에 꽃뱀 취급 하던 남자가 자신의 상사라고 하지를 않나.

어떻게 이런 일이 연이어 터지냔 말이야. 이런 우연이 누구에게나 일어나는 일반적인 일이라고 볼 수 있을까?

그러다 어제 일이 슬의 머릿속에 또 떠올랐다.

'……그러니까 이 서류 다시 돌려받으시고 피차 서로 못 본 걸로 하죠. 그게 더 깔끔할 것 같은데.'

그깟 서류에 사인 한 번 해 줬으면 되는 일이었다.

'깔끔한 사이를 만드는 건 말이 아니라 돈이죠. 난 말뿐인 거래는 하지 않습니다.'

'그쪽한테는 내 말이 돈 달라는 말로 들렸어요?'

'깔끔한 사이를 원한다면서요. 난 사업하는 사람입니다. 사업가는 말로만 하는 거래는 하지 않아요. 윤슬 씨가 한 말은 거래가 아닙니다. 거래는 말이 아니라 돈으로 하는 거거든요. 그러니까 여기에 사인해요. 그럼 원하는 건 무엇이든 주겠습니다.'

남자의 그 마지막 말을 흘려들었으면 되는 일이었다. 사인해 주고 돈은 안 받으면 되는 거였다.

'그래요, 류태승 씨. 당신이 어떤 세상을 살아왔는지 내가 모르는 바는 아니에요. 당신한테는 사람 말이라는 게 아무 짝에도 쓸모없겠죠. 눈에 보이는 것만 믿으며 살아왔을 테니까.'

그랬더라면 주제넘게 그 남자가 살아온 인생이 어떻다고 말하지 않았을 것이고.

'믿음이요. 내가 보기엔 그쪽은 사람을 믿어 본 적이 없었던 것 같아서요. 사람에 대한 믿음을 먼저 가져 봤으면 좋겠네요.'

그런 말로 상처를 주는 일은 하지 않았을 것이다. 비록 그 남자가 먼저 도발하듯 날카롭게 말하긴 했지만, 잘 알지도 못하면서 그런 말을 했으면 안 되었다. 그렇게 말해 놓고 집에 와서 후회하면 무얼 할까. 물론 그 남자와 다시는 마주칠 일은 없을 거라는 가정하에 한 말이긴 해도, 이렇게 다시 만나게 될 거였다면 그런 같잖은 충고 따위는 하지 않았을 것인데…… 하는 후회가 밀물처럼 밀려들었다. 왜 하필이면 상사인 거냐고.

슬의 표정이 이번에는 한껏 구겨지자 민지가 조심스레 물어 왔다.

"너 진짜 아직도 어디 안 좋은 거야?"

민지도 슬의 사정을 익히 들어 알고 있긴 하지만 어디까지나 말뿐이라 그녀의 어디가 아픈지 자세히 알지는 못했다. 그런데 이렇듯 표정이 순간 순간에 따라 확확 변하니 걱정이 될 수밖에 없었다.

"아니. 안 좋은 곳은 없는데 그냥 내가 한심해서."

"한심해? 뭐가? 왜 한심한데?"

"……내가 누구한테 유치하게 굴었거든. 정말 유치했어."

그러면서 슬은 속으로 중얼거렸다. 누군 이럴 줄 알았느냐고……. 일이 엎친 데 덮쳤다는 말처럼 딱 그런 기분이라, 슬이 의자를 뒤로 밀어내며 자리에서 일어났다. 민지도 자리에서 엉겁결에 일어나 슬과 마주 봤다.

"오늘은 이만 갈게. 아저씨한테도 가 봐야 하고, 처리할 일도 좀 있고."

"그래. 얼른 가 봐. 집에 가서 푹 쉬고."

"응. 저녁이라도 같이 먹으려고 했는데 나중에 먹자."

"알았어. 조심하고."

"응. 갈게."

만나서 이야기한 지 20분도 채 되지 않은지라 민지와 헤어지기가 아쉬웠으나 슬은 어서 빨리 이곳을 벗어나고 싶었다. 그렇다고 그 남자와 마주칠까 일부러 피한 것은 아니었다. 그저 복직하기 전에 밀린 일도 처리해야 하고, 성해를 만나서 담판을 지어야 했으니 단지 그뿐이었다. 하지만 회사를 나가는 슬의 뒷모습은 꼭 누군가를 만날까 부러 피하는 듯한 모습이었다.

* * *

오랜만에 집에서 잠든 태승은 평소보다 조금 늦게 잠에서 깨어났다. 어젯밤 내내 할아버지 걱정과 더불어 그 여자 생각에 마음이 뒤숭숭해 늦게 잠들었더니 딱 그만큼 잠에서 늦게 깬 것이다.

샤워를 하고 나온 그는 평소와 다른 편안한 복장으로 2층 계단을 타고 내려와 1층 거실과 주방을 두리번거리며 살폈다. 할아버지를 찾기 위해서였다.

"류 사장 일어났어?"

뒤에서 들려오는 목소리에 돌아보니 현관에서 빨래 바구니를 들고 들어오는 남희가 보였다.

"안녕히 주무셨어요?"

그가 먼저 공손히 아침 인사를 건네자 남희가 인자하게 웃으며 고개를 끄덕였다.

"아침 먹어야지. 국만 데우면 되니까 와서 앉아."

"네. 그런데 할아버지는요?"

"안방에 계셔. 그런데 같이 계셔."

"누가 와 계신데요?"

의아한 물음에 남희가 대답하려는 그때, 안방 문을 열고 나오는 어떤 여자에게로 모두의 시선이 쏠렸다. 50대라고 하기엔 다소 젊어 보이는 여자는 지나치게 화려한 치장을 한 채 시끄러운 하이 톤의 목소리로 태승을 반겼다.

"태승이 일어났니?"

여자를 본 태승의 표정이 살짝 굳어졌다.

"고모를 보는 조카의 표정이 어딘가 많이 불편해 보인다? 근 한 달 만에 보는 건데?"

반기는 인사 한마디 없이 굳은 표정으로 자신을 보는 조카가 불편했는지 혜명이 언짢은 기색을 여과 없이 표출하며 은근히 잔소리를 했다. 그제야 태승이 고개만 까딱하며 인사를 건넸지만, 쌩하니 여자를 지나쳐 남희를 뒤따라 다이닝 룸으로 들어서는 그의 행동은 얼음장처럼 차가웠다.

"하여튼 간에 살가움이라고는 눈곱만큼도 찾아볼 수가 없지."

혜명은 자신을 반가워하지도 않는 조카를 따라 들어와서는 기어이 맞은 편 자리에 엉덩이를 붙이고 앉았다. 태승은 남희가 따뜻하게 데워 준 국과, 그릇에 봉긋하게 퍼 담은 고슬고슬한 쌀밥이 차려진 한 상 앞에 앉아 평온함을 유지하려 했다. 그러나 여자가 움직일 때마다 역하게 풍기는 짙은 향수 냄새가 코를 찔러 와 순간순간 이맛살이 구겨지곤 했다.

"아버지 뵈러 왔는데 넌 늦잠이나 자고 있고. 아버지를 돌볼 사람이라고는 나뿐이니 이참에 아버지 모셔 가야 하나 싶다."

6개월 만에 겨우 하루 늦잠을 잔 것뿐이었는데, 혜명은 기어코 그 일을 꼬집어 사람 속을 뒤집기 시작하고 있었다.

"1년 중 6개월 이상을 해외로 여행 다니기만 하는 고모가 할아버지를 어떻게 모실 수 있나 싶은 생각이 드네요."

다른 것은 다 참을 수 있어도 할아버지 부양 문제만큼은 참을 수가 없는 그가 한마디를 덧붙이자 혜명이 살짝 발끈했다.

"뭐야? 너 지금 내가 여행 다니면서 놀고먹기만 한다고 뭐라고 하는 거니?"

어떻게 생각하면 그 말을 그렇게 들을 수가 있을까. 어릴 때부터 공주처럼 커 온 혜명은 아무리 좋은 말이라도 자기 기분에 따라 받아들이곤 했다. 지금도 조카의 말을 자기 기분대로, 생각대로 판단하고 있으니까 말이다. 물론 그가 혜명의 말을 비꼬듯 뱉은 말이긴 했지만.

"하여튼 아버지 그새 많이 마르셨던데 너야말로 아버지 잘 돌보고 있는 거야? 회사 일에만 빠져서 아버지 모시는 일에 소홀히 하는 건 아닌지 고모가 무척 신경이 쓰여서 말이야."

혜명은 밥 한 숟가락을 크게 떠 입에 넣고 국을 떠먹으며 묵묵히 밥에만 신경을 몰두하고 있는 태승이 아니꼬웠는지 부러 들으라는 듯 이번에는 남희를 걸고넘어졌다.

"입주 간병인도 말이야. 왜 군이 전문적인 사람은 안 쓰고 고작 몇 년 간병인 경력 가진 사람을 쓰고 있는지 난 도통 모르겠다."

주방에 있던 남희가 혜명의 말을 듣고서 끓어오르는 화를 참으려 했지만 뜻대로 되지 않아 시끄럽게 설거지를 하고 있는데도 그녀는 말을 멈추지 않았다.

"돈 놔뒀다가 국 끓여 먹을 것도 아니고. 너 젊은 애가 그렇게 돈 안 쓰고 짠돌이처럼 굴면 여자들 다 도망간다?"

결국 밥 반 공기도 채 다 비우지 못하고 태승이 숟가락을 탁 소리가 나게 내려놓았다. 그러더니 의자를 뒤로 쭉 밀며 일어났다.

"다 먹은 거야? 더 먹지 않고?"

밥이 반이나 남은 태승의 밥그릇을 보고 남희가 속상함에 물으니 그가 살짝 미소 지으며 공손히 대답했다.

"다 먹었어요. 그리고 오늘 장은 제가 볼 테니까 이모님은 신경 쓰지 마시고 자유 시간 보내고 오세요. 할아버지 곁에는 고모가 있을 거예요."

그의 말에 혜명이 놀라 토끼 눈을 뜨곤 그를 올려다보았다. 하지만 그는 혜명에게는 눈길 한번 주지 않은 채 남희하고만 이야기를 나눴다.

"아, 정말? 오늘 일 없어?"

"네. 아, 오후에 잠깐 외출할 일이 있는데 5시까지 들어와 주실 수 있으세요?"

"그럼. 사실 나도 자유 시간이라고 해 봤자 별일 없어서 류 사장 나가기 전까지는 올 수 있지. 근데 내가 나가도 되려나 모르겠네. 이 간병하는 일이 여간 힘든 일이 아니라서 말이야."

남희가 곁눈질로 은근히 고소해하면서 혜명을 내려다보자 누구에게 지기 싫어하는 혜명이 코웃음을 치며 당당히 말했다.

"아줌마도 하는데 나라고 못할 것 같아? 이거 왜 이래, 나 류혜명이야. 혜명 갤러리 류혜명이라고!"

큰소리 떵떵 치는 고모를 보고 태승은 그저 피식 웃었다. 곱게 자란 그녀가 간병 절차나 알지 의문이었다.

"잘됐네요. 고모가 집에 있으면서 해 주세요. 전 장을 좀 보고 와야 해서, 그럼."

더불어 태승까지도 얄미운 소리를 하고 쏙 빠지려 하자 혜명의 얼굴이 붉으락푸르락 변해 갔다.

"야. 야! 류태승!"

제 분에 못 이겨 버럭 소리쳐 봤지만 태승은 뒤도 돌아보지 않고 안방으로 들어갔다. 그런 그녀의 뒤에서 남희는 킥킥 웃음이 터지려는 것을 꾹 참으며 입고 있던 앞치마를 벗어 식탁 의자에 걸어 두었다. 그리고 혼잣말하듯 큰 소리로 말하며 혜명을 지나쳐 현관 바로 옆 자기 방으로 들어갔다.

"나는 외출 준비나 좀 해야겠네. 후후."

혼자 남겨진 혜명은 약이 바짝 올라 씩씩거리기 바빴다.

태승이 안방으로 들어가자 일만이 책상에 앉아 책을 읽고 있는 모습이 보였다.

"할아버지."

일만은 태승이 자신을 부르는 소리를 듣고 고개를 들어 그를 보았다가 다시 책으로 시선을 돌리며 근엄하게 물었다.

"밖이 왜 이리 시끄러워?"

그 말 한마디에 오늘 일만의 컨디션이 좋다는 것을 알아차린 태승이 웃으며 대답했다.

"고모가 오늘 할아버지 곁에 있겠다고 해서요. 그런데 무슨 책 읽고 계신 거예요?"

일만이 읽고 있던 책은 그냥 책이 아니었다. 또, 읽고 있던 것이 아니라 무언가를 하염없이 적고 있었다. 하지만 태승의 물음에 솔직하게 답해 줄 수 없던 일만은 적고 있던 노트를 덮어 두곤 다른 화제로 급히 돌렸다.

"책은 무슨. 그냥 이것저것 적어 두는 거야. 그건 그렇고 너야말로 왜 여기 있어? 회사는?"

시계를 보아하니 11시가 넘어가고 있었다. 그럼에도 태승이 집에 있자 일만이 물었다. 이에 태승은 그에게 혼이 날 것을 알면서도 솔직하게 말하며 평소에는 부리지 않던 투정을 부려 보았다.

"오랜만에 할아버지와 저녁 같이 먹으려고요. 일하러 나갔다가는 저녁 시간에 맞춰 올 수가 없을 것 같아서요. 그래서 어제 밀린 일처리까지 하느라 오늘 좀 늦게 일어난 거예요."

그러면서 혼만 내지 말라는 듯 말하는 손자가 귀여웠는지 일만도 더 이상 회사를 가지 않은 이유에 대해 묻지 않았다. 그저 피식 웃고 말 뿐이었다.

할아버지의 미소를 아주 오랜만에 보게 된 태승은 기분이 좋았다. 오늘은 그의 컨디션이 정말 좋은 듯해 보였다. 이렇듯 집에 있으면 할아버지의 웃는 모습을 자주 볼 수 있을 것 같은데 그동안 왜 그렇게 하지 않았는지 스스로가 살짝 미워졌다.

때때로 태승은 자기 자신을 자주 채찍질하며 벼랑 끝으로 몰고 가곤 했다. 자신이 뉴욕에 가 있는 동안 할아버지의 외로움과 힘듦, 괴로움을 알아주지 못했다는 생각에 끊임없이 자책했었다. 지금도 자신의 안위와 행복보다는 할아버지의 고통을 조금이라도 덜어 줄 생각만 했다. 그래서 그는 자신의 마음이 텅텅 비어 가고 있음을 조금도 눈치채지 못하고 있었다.

아니, 어쩌면 알면서도 할아버지를 고통 속에 살게 했다는 죄책감에 자신 스스로에게 호된 벌을 주고 있는 것일지도 모른다.

"태승아."

자신이 그런 생각을 하고 있다는 것을 할아버지에게만큼은 들키지 않기 위해 기꺼이 가면을 쓴 채 살아가고 있는 그였다. 오늘도 태승은 아파도 아픈 내색 하나 않고 저를 부르는 일만에게 미소를 지어 보였다.

"혹시 내가 어제 또 정신을 놓쳤니?"

그 물음에 그의 낯빛이 살짝 어두워졌으나 아무것도 아닌 일이라는 듯 의연하게 대답했다.

"아니요. 그런 일은 없었어요."

"그렇담 다행인 일이다만……."

일만은 어제 일이 전혀 기억나지 않았지만 이상하게도 느낌상 아주 중요한 무언가를 잊어버린 듯한 기분이 들었다.

"어제 기억나시는 게 있으신 거예요?"

이에 태승이 놀라 물으니 일만은 도리어 고개를 저었다.

"그런 건 전혀 없구나. 그냥 그런 느낌이 든다는 거야. 아주 중요하게 무언가를 까먹은 듯한 기분이 들어서 말이다."

혹시나 했지만 역시나 태승의 얼굴 위로 그림자가 스치듯 지나갔다. 속마음으론 실망이 컸으나 일만의 앞에서는 전혀 내색하지 않고 괜찮다는 듯 고개를 끄덕였다.

"괜찮아요, 할아버지. 아무 일 없었어요."

"그래. 알았다."

일만이라고 손자의 속마음을 알지 못하는 것은 아니었다. 일만은 제 손자가 자신으로 인해 얼마나 가슴을 졸이며 고단한 삶을 살고 있는지를 잘 알았다. 부모를 잃은 것으로도 모자라 할아버지마저 잃게 될까 노심초사하는 것에 더불어 만 명이 넘는 사원들의 생계까지 책임지고 있으니 얼마나 부담감이 클지도 너무 잘 알았다.

지금도 언뜻언뜻 보이는 손자의 고생에 가슴 언저리가 묵직해지며 코끝이 찡해진다. 하지만 설사 그렇더라도 자신은 해 줄 수 있는 것이 없었다. 그래서 일만은 손자를 걱정시키는 일은 하고 싶지 않아 모든 것을 다 알면서도 아무것도 모른다는 가면을 쓴 채 고개를 주억거렸다.

"이제 나가는 거야?"

오후 5시가 되자 외출하기 위해 현관으로 나서던 태승을 남희가 불러 세웠다.

"네. 저녁 먹기 전까지는 올 수 있게 할게요."

"그래. 행여 시간 못 맞춰도 회장님께는 내가 잘 말할게."

"네. 감사합니다, 이모님. 모처럼 휴가 드리고 싶었는데 죄송합니다."

일만의 방에서 나와 보니 혜명은 이미 도망을 가고 집 안 가득 혜명이 남기고 간 잔향만이 감돌고 있었다. 그 덕분에 남희는 자유 시간이고 휴가고 간에 회장님 곁에 남아 있어야 했다. 그 미안함을 표현하니 남희가 푸근한 미소를 지으며 태승의 팔뚝을 두드렸다.

"괜찮아. 어차피 나가도 할 일 없었어. 갈 곳도 없고. 그냥 집에 있는 게 세상 편하니까 걱정 말고 다녀와."

"네, 감사합니다. 다녀올게요."

"응, 그래. 차 조심하고."

"네."

남희의 배웅을 뒤로한 채 태승이 차를 타고 유유히 본가를 떠났다.

* * *

오후 5시가 조금 넘은 시각에서야 명성 대학 병원으로 온 슬은 부리나케 원장실로 향했다. 오기 전에 빵집에 들러 성해가 좋아하는 단팥빵과 자신이 좋아하는 소보로빵을 손에 한가득 들고 갔다.

이것은 그냥 선물이 아니라 성해에게 자신의 복직을 허락해 달라는 일종의 뇌물이었다. 슬 딴에는 이런 거라도 들고 가야 성해가 조금이라도 자신의 복귀 의지를 높이 사 줄 것이라고 생각해서 산 것이었다. 윤건이 조언해 준 것이기도 했다.

"미리 언질을 드릴 걸 그랬나. 또 내 멋대로 했다고 야단치시는 거 아니야?"

그러면서도 내심 제 복직을 허락해 주지 않을까 조마조마한 마음을 안고 원장실 문 앞에 섰다.

"후흡, 하아."

노크하기 전, 슬은 크게 심호흡을 하곤 문고리를 잡아 돌리며 문을 열었다.

"아저씨, 저 왔어……."

왔다는 말을 하기도 전에 슬의 동공이 놀라 커졌다. 눈앞에 전혀 생각지도 못한 사람이 앉아 있었기 때문이었다. 태승이었다.

마침 찻잔을 입으로 가져가던 태승의 시선이 위로 향하더니 슬과 두 눈이 마주쳤다. 그 여자였다. 어제도, 오늘도, 그리고 지난 3년 내내 제 머릿속에서 떠나지 않던 여자가 눈앞에 서 있었다.

이런 걸 우연이라고 해야 할까, 아님 운명이라고 해야 할까. 그 어떤 일도 이유 없이 일어나는 일은 없었다. 이 일 역시 이유 없이 일어나는 일은 아닐 것이다. 그렇다면 이건 필연일까?

세상일은 그 무엇도 장담할 수 없다지만, 태승은 이 여자와의 일만큼은 예외라는 생각을 했다. 앞으로도 계속 이런 식으로 이 여자와 엮이게 될 거라는 강렬한 예감도 들었다.

슬은 태승과 만나지 않으려고 기를 쓰고 그곳에서 벗어났는데 전혀 뜻하지 않은 곳에서 만나게 되어 기이했다. 기이하다는 말밖에는 설명할 길이 없었다. 서로를 바라보는 두 사람의 시선이 강렬히 얽혀 들고 있었다.

문고리를 붙잡고 있던 슬의 손에 절로 힘이 들어갔다. 생각지도 못한 만남에 한 번 놀라고, 강렬히 저를 쳐다보고 있는 그의 시선에 한 번 더 놀란 슬은 성해에게 인사하던 것도 잊은 채 그와 눈빛을 주고받고 있었다.

"슬이구나?"

갑작스레 열린 문 밖으로 슬의 모습이 보이자 성해가 반가운 기색을 띠며 인사했다. 어제도, 그제도 매일같이 보는 사이였지만 아직도 성해는 슬만 보면 기쁘고 좋았다. 뒤늦게 늦둥이를 얻게 된 아버지의 마음이 이런 마음이라면 딱 이럴 것이다.

"아…… 어, 네. 그런데 손님이…… 계셨네요. 죄송해요. 나가서 기다리고 있을게요."

꼭 다른 사람 몰래 맛있는 것을 먹다 들킨 사람처럼 당황하며 다시 문을 닫으려 하는 슬에게 성해가 말했다.

"아니야. 들어와 있어도 돼. 그러지 말고 인사들 해. 내가 소개시켜 주고 싶은 사람이 있어."

보아하니 성해는 그를 굉장히 마음에 들어 하는 것 같았다. 바라보는 눈빛에서 그 마음을 엿볼 수 있었다.

그런데 성해와 달리 슬은 어서 빨리 이 자리를 벗어나고 싶다는 생각만 들었다. 굳이 소개받지 않아도 그가 누구인지 직접 보기도, 듣기도 했고, 또 진즉 성해로부터 짧은 이야기를 들어 알고 있었다. 더구나 다시는 보지 말자고까지 하고 나온 사이에 다시 마주친 것도 당황스러운데, 모르는 척 연기까지 할 순 없었다. 자신은 그 정도로 뻔뻔한 여자는 아니었다.

"아…… 아, 저, 아니 원장님, 중요한 이야기를 하고 계신 듯해서요. 아무래도 전 나가 있는 것이 좋을 것 같아요."

완강한 슬의 태도에 오히려 당황한 사람은 성해였다.

"어어…… 그, 그럴래?"

단칼에 거절하는 슬의 말에 살짝 서운했지만 지금 그녀의 행동은 어딘가 이상했다. 평소의 그녀답지 않았다.

"네. 말씀 편하게 나누세요. 전 먼저 나가 있을게요."

말만 들었을 때는 정중하게 들렸겠지만 행동은 전혀 아니었다. 그저 여기서 빨리 나가고 싶단 생각만이 가득해서 허둥지둥하는 모습이라 영문을 모르는 성해만이 오늘따라 슬이 이상하다고 여길 뿐이었다.

그런데 이제 막 원장실을 나가려는 슬의 등 뒤로 티 테이블에 찻잔을 내려놓는 소리가 들렸다. 그리고 슬은 그 소리에서 미세한 감정의 변화, 파동을 느꼈다. 짐작하건대 저 남자 나 때문에 화가 난 거다. 그런데 내가 뭘 잘못했다고 화가 나?

이대로 계속 여기 있다가는 성난 저 남자에게 어떤 봉변을 당할까 싶어 슬이 문고리에 손을 가져가는 순간, 지하를 뚫고 내려갈 것 같은 저음의 목소리가 들려왔다.

"인사가 늦었습니다. 류태승입니다."

자신을 소개하는 그의 목소리를 듣자마자 슬은 잡았던 손잡이에서 손을 떼고 뒤를 돌아봤다. 저 남자 대체 뭐 한 거야, 지금?

그가 자신을 마치 모르는 사람 대하듯 하고 있다는 것을 보았으면서도 슬은 자신이 뭘 들었는지 믿지 못하겠다는 표정으로 태승을 바라봤다. 반면에 태승은 아무것도 읽을 수 없는 표정으로 계속해서 처음 만난 사이인 척 연기했다.

"중요한 이야기를 나누고 있던 것도, 방해한 것도 전혀 없었습니다. 그러니까 굳이 피하지 않아도 돼요."

이어지는 뒷말에 슬이 흠칫 놀랐다. 그는 지금 연기를 하고 있는 것이 아니었다. 자신을 가지고 놀고 있는 것이었다. 너야말로 알은척하지 말라고 경고하고 있는 것이었다.

하지만 그의 경고가 슬의 정신을 깨웠다. 생각해 보면 자신이 잘못한 것은 하나 없었다. 오히려 화를 내야 할 사람은 처음부터 끝까지 자신이라는 생각이 들었다. 그러니 이제부터는 그에게 조금의 미안한 감정도 느끼지 않겠다고 다짐했다.

"그럼 초면에 실례하겠습니다."

이에는 이, 척에는 척으로 맞대응하는 것이라고 배웠다. 이번에는 아빠가 아니라 아빠 같은 성해로부터 배운 것이었다. 아빠가 떠나고 혼자 남겨졌다는 생각에 빠져 불행 속에 살고 있던 제게 성해가 해 준 말이었다. 너에게 시련을 안겨 준 세상에게 당하고만 있지 말라면서 강해지라고도 했다. 그 덕분에 슬은 과거의 트라우마로부터 나아질 수 있었다.

비록 지금은 그때 그 상황과 많이 다르고, 또 그에게 퉁명스럽게 대하는 것이 다소 유치하단 생각은 했으나 왠지 지고 싶지 않았다. 이 역시 평소 슬다운 행동은 아니었다. 슬은 나가지 않고 보란 듯이 그의 맞은편 소파로 가 앉았다.

한 공간에 세 사람이 모여 앉아 있었다. 하지만 방 안은 아무도 없는 것처럼 적막하기만 했다. 오가는 대화 한마디 없어 숨 쉬는 소리까지 다 들릴 지경이었다.

보기만 해도 숨이 턱 하고 막히는 공간 속에서 태승과 슬, 이 두 사람은 이미 서로에게 감정이 상해 침묵을 지킬 수 있다 하더라도 성해까지 입을 딱 다물고 있을 필요는 없었다. 그런데도 성해는 굳이 이 견딜 수 없는 침묵에 같이 동참하는 중이었다. 이 공간 안에 낮게 깔려 있는 적막이 이 두 사람 때문에 생겨난 것 같은 느낌을 버릴 수가 없었기 때문이다. 그래서 가만히 지켜만 보았다.

분위기로 봐서는 이 두 사람은 분명히 서로를 알고 있었다. 그러니 한 사람은 한쪽으로 꺾인 고개가 아플 법도 한데 꼼짝하지를 않고, 다른 한 사람은 맞은편에 앉은 사람만을 뚫어질 듯 쳐다보고 있는 것 아니겠는가. 하지만 그 누구도 쉽사리 입을 열지 않을 것은 분명해 보여 성해가 이 침묵을 깨기로 했다.

"……방금 통성명한 걸 보긴 봤는데 아무래도 납득이 안 돼서. 혹시 두 사람 서로 아는 사이인가?"

물음이 채 끝나기도 전에 슬이 먼저 단호히 대답했다.

"아니요."

이번에는 성해의 고개가 반대편으로 돌아갔다. 하지만 태승은 대답하지 않았다. 그저 슬에게 붙박아 둔 시선을 떼지 않고 있었다. 슬은 그 시선이 얼마나 집요하고 강렬한지 신경이 무척 쓰였지만 애써 모른 척했다.

"흐음, 뭐. 한쪽에서만 통성명을 한 거니까 이쪽에서도 소개를 안 할 순 없지. 이쪽은 내 딸 같은 딸, 슬이야."

굳이 말하지 않아도 다 아는 사이였지만 성해가 자신을 소개하니 인사를 안 할 수 없던 슬이 대답을 했다.

"윤슬이에요."

인사하는 데 눈을 안 보고 할 수 없어 그에게로 고개를 돌리니, 태승이 여태껏 시선을 떼지 않고 있었는지 슬은 그 순간 그와 두 눈이 마주쳤다. 전에도 느꼈지만 그의 눈동자에는 아무것도 보이지 않고 알 수 없는 어둠이 있었다. 갈색빛이 감도는 예쁜 눈동자였지만 생기가 전혀 없어 늘 피곤해 보이는 그늘이 드리워져 있었다. 그러면서도 많은 감정이 담겨 있었다.

피해야 했지만 그럴 수가 없게 만드는 눈이라 슬은 꽤나 오래 그를 바라보고 있었다. 그러다 들려온 성해의 목소리에 정신 차리고는 다시 고개를 다른 곳으로 돌려 시선을 피해 버렸다.

"소개는 이쯤으로 해 두고. 슬이, 넌 무슨 일로 온 거니?"

너무 훅 들어온 질문에 슬이 당황하며 말을 더듬었다.

"아…… 어…… 같, 같이 저녁 먹으려고요. 또 이것도 전해 드릴 겸."

회사 사장인 그의 앞에서 차마 복직 이야기를 꺼낼 수 없던 슬이 대충 말을 얼버무리며 가지고 온 빵 봉투를 내밀었다.

"이게 뭔데? 빵이네?"

"네, 아저씨 좋아하시잖아요."

성해는 자신이 좋아하는 게 무엇인지 정확히 알고 사 들고 온 슬이 고마웠고 예뻐 보였다. 그는 이어 함박웃음을 지으며 단팥빵과 소보로빵을 처음 보는 사람처럼 각각 들어 보이기까지 했다.

"소보로빵도 있구나, 네가 좋아하는."

굳이 그런 말까지는 하지 않아도 되건만 성해는 진심으로 기뻐하고 있었다.

"아주 맛이 좋구나. 성일 빵집에서 샀니?"

"아, 네."

껍질을 뜯은 성해가 밤하늘에 떠 있는 보름달 같은 단팥빵을 베어 먹다 말곤 태승에게도 단팥빵 하나를 건넸다.

"류 사장도 하나 먹어 봐. 이 빵집이 빵을 정말 잘 만들거든. 특히 단팥빵에 들어가는 이 앙꼬가 정말 달고 고소하니 맛있어. 팥을 직접 삶아서 손수 만든 거라 맛이 아주 좋아. 우리 식구들은 다 성일 빵집에서만 사 먹어. 나중에 슬이 네가 그 빵집 좀 소개시켜 줘."

느닷없는 성해의 마지막 말에 슬이 깜짝 놀라 눈을 크게 떴다. 빵집 이야기를 하다가 왜 말이 여기로 튀는지 모르겠다. 그냥 예의상 하는 말 같긴 한데 아까부터 소개시켜 주고 싶었다고 하지를 않나, 빵집을 소개해 주라고 하지를 않나.

어쩐지 대놓고 잘해 보라는 뜻 같아서 슬은 굉장히 당황스러웠다. 안 그래도 그에 대한 감정이 좋지 못한 상태에서 그런 말을 들으니 기분이 썩 좋지 않았다. 그래서 자신도 모르게 미간을 살짝 구겼다. 감추고 있어 야 하는 속마음이 겉으로 드러난 것이다. 그 모습을 본 태승이 픽 웃음을 흘렸다.

왜 웃는 거지?

그가 웃는 모습을 본 슬은 자신을 비웃는 것 같다는 생각이 들어 정말로 기분이 확 상해 버렸다.

"슬아, 너도 좀 먹어. 점심은 먹었어?"

또 훅 들어온 성해의 질문에 슬이 조금 늦게 대답했다. 아까부터 느낀 것이지만 이 남자와 마주하고서부터 슬은 성해에게 집중하지 못하고 있었다. 처음에는 이 남자가 여기 와 있을 줄은 꿈에도 몰랐기에 당황하여 그럴 수 있었지만 지금은 아니었다. 그런데도 슬은 계속해서 처음 태승과 맞닥뜨렸을 때처럼 태연자약하지 못하고 불편해했다. 태승도 그런 슬의 감정 변화를 느 끼고 있었다.

슬은 입맛이 없었지만 성해의 권유에 소보로빵 봉투를 뜯어 억지로 한 입 베어 물었다. 그러다 살짝 눈을 치켜떴는데, 순간 하필이면 그의 눈과 마주치고 말았다. 그는 줄곧 이곳에 시선을 두고 있었던 듯했다. 그 눈빛에 슬은 그녀답지 않게 살짝 놀라 눈꺼풀이 옅게 떨렸다.

또다. 또 자신을 바라보는 그의 눈빛이 깊었다. 말이 많은 스타일이 아니라는 것은 겪어 봤기에 알고 있었다. 그는 말 대신 눈으로 말을 하는 사람이었다.

영롱히 반짝이는 갈색 동공을 가진 그의 눈은 확실히 많은 생각을 하고 있는 듯했다. 하지만 아직은 그게 무엇인지, 그가 무슨 말을 하려는지 보이지도, 들리지도 않았다. 그저 많은 감정이 담겨져 있다는 것만 알았다. 그리고 그 감정들은 하나같이 깊고 묵직해 보였다.

"아, 나한테 볼일이 있다고 했지, 참."

그때 성해가 태승에게 질문을 했다. 덕분에 서로에게 향해 있던 두 사람의 시선이 다른 곳으로 흩어졌다. 성해가 아니었다면 두 사람은 내내 서로를 뚫어질 듯 바라보고 있었을 거다.

"네."

짧게 대답하는 그를 향해 성해가 눈치를 채곤 슬쩍 물었다.

"회장님 일인가?"

태승이 자신을 찾아올 일은 그것밖엔 없었다.

"네."

또 한 번 짧게 대답한 태승이 시선을 슬에게 두었다. 슬은 그가 자신을 쳐다보고 있는 것도 알아차리지 못한 채 생각에 잠겨 있었다.

회장님 일로 왔다니, 그때보다 상태가 더 심각해지기라도 한 걸까? 굳은 표정으로 그가 하는 말에 다시 귀를 기울여 보려는데 그와 눈이 마주치고 말았다. 깜짝 놀란 슬은 급히 시선을 회피했다. 왠지 더는 이 자리에 앉아 있으면 안 될 것 같았다.

"저는 잠깐 나가 있을게요. 편히 이야기 나누세요."

슬은 자리를 피해 나왔고 태승은 그녀가 나갈 때까지 등 뒤를 의식하고 있었다. 문을 닫고 나온 슬은 왜 때문인지 마음이 뒤숭숭했다. 회장님의 상태가 어떤지도 궁금하고, 또⋯⋯.

여기까지 생각하던 슬이 고개를 세차게 한 번 흔들었다. 어차피 남의 일이었다. 겨우 한 번 봤을 뿐인 할아버지고, 매스컴까지 통제할 만큼의 잘난 손자가 있는데 알아서 잘하겠거니 그렇게 생각하기로 했다. 그런데 왜 이리 마음이 싱숭생숭하냐고. 생각과 다르게 슬은 쉽게 원장실 문 앞을 벗어나지 못했다.

* * *

"회장님께서 중역 회의에 참석하셔야 한다고?"

"네. 언론은 통제가 가능하지만 임원들의 눈과 귀는 막기 어렵습니다."

그의 말에 성해가 동의한다는 듯 고개를 끄덕였다.

"가장 최측근이 속이기도 어려운 법이니까. 하지만 최근 회장님 증세를 봤을 때, 심상치 않은 건 사실이야. 배회 증세도 그렇고. 주치의나 나도 입원을 고려해야 한다는 소견이긴 해. 그렇게 되면 아마 언론을 막기란 불가능해지겠지."

이곳에 와서 도움을 청하기 전에도 이럴 거라는 예상을 하긴 했지만, 막상 불가능하다는 말을 듣게 되니 생각보다 훨씬 더 참담했다.

"참석하지 않을 순 없는 건가?"

그는 대답 대신 묵묵부답을 택했다. 그렇다는 것은 긍정이란 뜻이었다. 참석을 하고 말고의 문제가 아니라, 반드시 참석해야만 하는 문제란 소리였다.

"……유감이야, 류 사장."

가능한 한 참석하지 말라는 말보다도 더 확고한 의사 표현이라, 순간 태승은 정신이 멍해졌다. 이루 말할 수 없이 참담한 심정이라. 그 스스로는 희망이 있을 거라고 생각한 모양이었다. 본래 희망은 누군가에게는 살아갈 힘을 주기도 하지만 그만큼 절망을 안겨 주기도 한다.

확연히 굳어진 태승의 얼굴이 못내 안타까웠던 성해가 미안한 목소리로 말했다.

"나도 방법을 더 찾아보도록 할게. 자네도 참석 외에 다른 방법은 없을지 생각해 보고."

"……네, 알겠습니다. 감사했습니다."

그가 정중히 인사하자 성해가 이번 인사는 받을 게 못 된다며 고개를 저었다.

"별 도움이 되지 못해서 오히려 미안해."

마지막까지 예의를 잃지 않은 태승이 원장실을 빠져나왔다. 문제 해결은 바라지도 않았고 그저 다른 방도를 찾고 싶었을 뿐이었다. 그러나 하기도 전에 맥부터 빠지는 느낌이었다. 참석하지 않는 것 외엔 뚜렷한 방법이 없는 건가. 그의 얼굴에 근심이 가득했다.

잠시 화장실에 갔다가 원장실로 돌아오던 슬은, 문 앞에 서 있는 태승의 뒷모습을 보고 걸음을 멈추었다. 뒷모습이라 표정을 볼 수는 없었지만 아까보다 어깨가 살짝 처진 게 뭔가 일이 잘 풀리지 않은 것 같았다.

"정말 할아버지한테 무슨 큰일 생긴 거 아니야?"

신경을 쓰지 않으려고 하는데도 자꾸만 신경이 쓰였다. 사정을 몰랐으면 몰랐지 알게 된 이상 모른 척하기가 쉽지 않았다. 그렇다고 다가가기도, 모른 척하기도 어렵기만 한 슬의 등 뒤로 누군가가 빠르게 다가왔다.

"윤슬? 슬아!"

처음에는 자신을 부르는 소리를 듣지 못하다가 한 번 더 부르는 소리에 고개를 돌리니 흰 가운을 걸쳐 입고 환하게 웃으며 자신을 향해 걸어오고 있는 윤건이 보였다. 그제야 슬은 윤건을 알아보고는 대답했다.

"어, 어. 오빠."

병원에서 윤건을 마주칠 일이 아예 없는 것은 아니었지만 하필 이때

만날 줄은 몰랐기에 한껏 당황하고야 말았다. 죄를 지은 것도 없는데 말이다.

"어쩐 일이야? 아버지 뵈러 왔어?"

윤건은 그저 반갑다는 듯 환한 웃음을 띠었다.

"응. 이제 막 뵙고 나오는 길이야."

"집에 가려고?"

"으응, 집에 가려고. 오빠는 안 바빠?"

슬은 대답하면서도 신경은 줄곧 뒤에 있는 태승에게 쏠려 있었다.

"어, 지금은 좀 한가하네."

좀 바빴으면 해서 물은 말이었는데. 그가 한가하다고 하니 할 말이 없어졌다. 잠시 대화의 틈이 벌어지자 슬은 슬쩍 뒤를 돌아보았고, 그 자리에 있을 줄 알았던 그가 사라지고 없는 것을 확인했다. 슬은 주변을 두리번거리며 눈으로 그를 좇았지만 그는 어디에도 보이지 않았다. 언제 간거야?

"슬아. 슬. 윤슬?"

이런저런 생각으로 잠시 윤건을 잊고 있던 슬이 자신을 부르는 소리에 놀라 퍼뜩 대답했다.

"어? 어? 나 불렀어, 오빠?"

무슨 생각을 그렇게 하는지 사람이 불러도 대답을 않나 싶었지만 윤건은 굳이 묻지 않기로 했다.

"같이 저녁이나 먹자고. 너 좋아하는 파스타 먹으러 갈까 싶은데?"

"아, 파스타? 어 괜찮은데, 괜찮지. 좋아. 근데 오빠 좀 바쁘⋯⋯."

바로 그 순간, 흰 가운에 넣어 둔 윤건의 휴대폰이 울렸다. 무언가 일이 생겼다는 감이 온 그가 인상을 찌푸리며 주머니에서 휴대폰을 확인했다. 역시나 응급실 콜이었다. 꼭 바쁘지 않다, 한가하다는 말을 할 때마다 이렇게 일이 생기고 만다.

"나 가야겠다. 파스타는 다음에 먹자. 아님 안 바쁘면 조금만 기다릴래? 오빠가 금방……."

또 말을 다 끝내기도 전에 이번에는 병원 내에 코드 블루를 알리는 방송이 들려왔다. 어쩔 수 없이 윤건은 슬에게 인사도 다 하지 못한 채로 비상구 계단을 향해 달려갔다.

윤건을 보내고 난 뒤, 슬은 다시금 주변을 두리번거리다가 그가 완전히 갔음을 알고는 터덜터덜 엘리베이터를 타고 1층으로 내려갔다.

한편, 화장실에 들렀다가 나온 태승은 답답함에 담배라도 피워 볼까 싶어 옥상으로 가려고 방향을 틀었다. 그러다 반대편 복도에서 누군가와 정답게 이야기를 주고받고 있는 슬을 발견하고는 그 자리에 멈춰 섰다.

무슨 이야기를 나누고 있는지는 거리가 꽤 있어 잘 들리지 않았지만 마주 보고 서 있는 거리가 가까운 것으로 보아 상대와 굉장히 친밀한 듯 보였다. 게다가 옅게 미소 짓고 있는 그녀의 얼굴이 편안해 보였다.

자신과 있을 때는 늘 부어 있는 얼굴 아니면 화난 얼굴이곤 했는데, 그녀가 저런 표정을 지을 줄도 안다니 괜스레 놀라웠다. 그런 생각을 하면서 태승은 왜 그녀가 자신에게만 그런 표정을 짓는 건가 싶어져 괜히 씁쓸해졌다. 물론 자신이 저렇게 편안하게 웃으며 이야기할 수 없는 상황으로 만들었지만 말이다.

그렇게 슬을 보던 태승의 시선이 자연스레 그녀 앞에 서 있는 남자에게로 옮겨졌다. 남자는 흰 가운을 입고 있었고 얼굴이 굉장히 하얬으며 자신과 비슷한 키를 갖고 있었다. 그리고 무엇보다 표정이 밝았다. 그늘이나 어두움 없이 평탄하게 살아온 사람 같아 보였다.

누구에게나 인생의 굴곡이 있겠지만, 순탄치 않은 삶을 겪어 온 태승의 눈에는 윤건이 그렇게 보일 수밖에 없었다. 씁쓸함을 지울 수 없던 태승은 그들과 정반대 편을 향해서 긴 다리로 성큼성큼 걸어갔다.

* * *

　이대로 집에 갈 생각으로 1층을 향해 내려가려던 슬이 방향을 틀어 향한 곳은 재연의 방 앞이었다. 무턱대고 찾아온 터라 진료 중이면 어쩌나 싶었지만 다행스럽게도 진료가 모두 끝난 후였다. 문을 열고 들어가자 재연이 슬이를 반갑게 맞이해 주었다.

　"어서 와. 커피 한잔 마실래?"

　"네, 좋아요."

　재연이 곧이어 향긋한 커피를 담은 흰 머그잔 두 개를 가지고 와 슬이에게 한 잔 건네고는 맞은편 자리에 앉았다. 두 사람은 일단 커피부터 한 모금씩 입 안에 머금었다.

　"음, 맛이 좋아요. 어디 거예요?"

　향이 좋아도 너무 좋아서 커피 원두의 원산지를 물으니 재연이 기다렸다는 듯 대답했다.

　"맛 정말 좋지? 이거 사실 내가 직접 로스팅한 거야."

　그러자 슬이 놀라 물었다.

　"선생님이 직접이요? 어디에서 하신 건데요?"

　"내가 자주 가는 커피숍이 있는데, 거기에서 진행하는 커피 클래스 가서 직접 배워 온 거야. 그런데 너무 재미있어서 수업이 없는 날에도 가서 배우고 있어. 지금은 핸드 드립 배우고 있고."

　커피 클래스에 대해 이야기하는 재연의 표정이 세상 밝아 보여 슬까지도 기분이 좋아졌다. 취미로든 직업으로든 무언가를 배운다는 것은 꽤나 즐거운 일이었다. 항상 반복되는 일상의 에너지를 충전시켜 줄 수 있고 활력도 얻을 수 있으니까 말이다.

　"나중에 핸드 드립 다 배우면 그때 또 만들어 줄게."

　"네. 기대하고 있을게요."

"그렇다고 너무 큰 기대는 하지 말고."

동시에 웃음 짓던 두 사람이 커피를 한 모금 더 입에 머금었다가 삼키고는 이곳에 온 이유에 대해 묻고 답하기 시작했다.

"실은 제가 묻고 싶은 게 있어서요."

"그게 뭔데?"

"제가 아는 분이 계신데, 그분이 알츠하이머라는 병을 앓고 계세요."

"음, 그런데?"

"그런데 그 병이 약물 치료 말고는 다른 방법은 없는 건지 알고 싶어서요."

슬이 왜 이런 걸 묻는지 알 수 없었지만, 타인에 대한 궁금증 역시 그녀가 나아지고 있다는 신호일 수도 있기에 재연도 진지해졌다.

"현재까지 밝혀진 알츠하이머의 치료는 약물 치료 말고는 없어. 이 약물 치료 역시 그저 병의 진행과 속도를 늦추기 위함이지 완치의 목적을 두고 있지도 않아. 약물 치료 효과도 개인의 상태나 의식, 기저 질환이 있는지 없는지에 따라 다 다르고. 앞으로의 결과를 예상할 수도 없는 게 알츠하이머이기도 하고."

알츠하이머가 어떤 병인지 입원했던 병동에서 할머니들을 봐 와서 이미 어렴풋이 알고 있긴 했으나 이렇듯 의사에게 직접적으로 들으니 정말 막막한 기분이었다. 조금 전 그가 느꼈을 참담함, 암담함이 어느 정도였을지 조금은 아주 조금은 이해할 수 있었다.

"환자분 나이가 어떻게 되는데?"

"음…… 정확히는 모르고 70대 중후반쯤 되실 거예요."

"그 나이 대라면 진행이 빠르진 않을 거야. 사람의 몸이 늙어 갈수록 장기들이며 뼈며 근육이며 다 퇴행되어 가거든. 이 질환도 퇴행성 뇌질환이라 크게 다르지 않아. 발병 시기는?"

"3년이요. 3년 전부터라고 들었어요."

"3년이면 꽤 됐네. 기억력 감퇴에 배회 증상, 시간과 장소에 따른 인지 능력도 상당히 소실되었을 거고. 그분 가족들은 계셔?"

"네, 손자가 있어요."

가만히 슬의 이야기를 듣던 재연이 안타깝다는 표정을 지었다.

"그 손자분이 굉장히 많이 힘들겠네."

"……그렇겠죠?"

슬의 표정에도 먹구름이 끼었다.

"알츠하이머는 쉽게 말해 뇌가 죽어 가는 병이잖아. 기억력도 그렇고, 감각, 인지, 행동 능력 모든 것들이 다 소실되어 가는 건데, 무엇보다 사람을 사람답게 하는 기관들이 제 기능을 잃어 가는 거라 환자보다도 주변 사람들이 힘들지. 함께했던 추억, 기억 다 잊혀 가는 거니까."

재연의 말을 듣고 보니 그가 얼마나 힘들지 말하지 않아도 모든 것들이 다 느껴지는 기분이었다. 사랑하는 사람의 기억 속에 함께한 추억이, 기억이 사라져 간다니. 그런 모습들을 때때로, 어쩌면 시시때때로 보게 될 것인데, 그때마다 얼마나 절망하고 참담할지 가늠이 되지를 않았다.

재연의 방에서 나온 슬은 괜한 이야기를 물은 걸까 고민이 되었다. 사실 재연에게 말하기까지 많은 고민을 하긴 했다. 쉽게 묻지도, 그렇다고 안 물을 수도 없어 그 갈림길 사이에서 고심했다. 그러나 결론은 방법을 찾아 주고 싶다는 거였다. 하지만 방법을 찾기는커녕 오히려 마음이 무거워져 괜한 것을 묻고 들은 건 아닐까 후회도 되었다.

터덜터덜, 아까보다 더 힘없이 병원 밖으로 나오니 어디서 많이 본 듯한 넓은 등판이 보였다. 남색 슈트 차림으로 바지 주머니에 한쪽 손을 찔러 넣고 서 있는 남자의 뒷모습이 오늘따라 어딘가 외롭고 쓸쓸해 보였다.

"여기에서 뭐 하고 있어요?"

성해의 방에서 갖고 있던 감정 상태였다면 태승에게 말도 걸지 않고 쌩하니 지나쳤을 것이다. 그러나 재연을 통해서 그 병에 대해 듣고 온

직후라 간접적으로나마 그의 심정이 어떨지 가늠할 수 있게 된 탓에 그마저도 쉽지 않았다.

옆에서 낯익은 목소리가 들렸지만 설마 슬이 저에게 먼저 말을 걸 것이라고는 생각지 못한 그가 조금 늦게 대답했다.

"……그냥. 이런저런 생각이요. 노을도 보고."

슬이 그의 말을 듣고 천천히 하늘 위로 시선을 옮겼다. 그의 말대로 어스름한 하늘을 붉게 물들인 노을이 정말 예뻤다. 하지만 그 노을을 바라보는 이 두 사람의 표정은 그리 밝지 않았다.

하늘을 보던 슬이 이번에는 고개를 돌려 반대편에 있는 그를 보았다. 그는 하늘을 올려보고 있어 슬의 시선에는 그의 옆얼굴, 높은 콧대만이 보였다.

보고 또 봐도 드물게 잘생긴 얼굴이었지만 지금은 그런 생각보다는 그냥 마음이 무거웠다. 괜히 밥 사 주고 싶고, 어깨라도 다독여 주고 싶은 그런 측은지심이 들었다. 슬은 그런 자신이 스스로도 이상하게 느껴졌으나 그저 인간애라고 생각하기로 했다.

얼마나 노골적으로 쳐다보고 있었던지 태승에게도 그녀의 시선이 느껴졌다. 그녀가 보고 있는 옆얼굴이 상당히 뜨거웠지만 굳이 고개를 그쪽으로 돌리지 않은 이유는 그녀가 자신을 어떤 눈으로 보고 있을지 알게 될 것만 같아서였다.

그러나 잠시 후, 슬의 입에서 태승이 그녀를 향해 고개를 돌릴 수밖에 없도록 만드는 말이 나왔다.

"……나랑 밥 먹을래요?"

그 말이 끝나기 무섭게 그의 시선이 슬에게 향했다.

"흠흠. 밥, 밥때니까 그냥 물은 말이었어요. 먹기 싫음 안 먹어도 돼요."

태승이 그녀를 내려다봤으나, 그녀는 자신만큼이나 상당히 당황스러워하고 있었다. 실제로 슬은 자신이 내뱉고도 믿기지 않다는 듯 눈을 크게 뜨곤 연신 끔벅거렸다. 속에 있던 말이 입 밖으로 튀어나올 줄은 몰랐던 것이다.

"나도 그렇게까지 배가 고픈 것은 아니니까."

그가 대답은 않고 저를 뚫어져라 바라보기만 하니 슬은 더 민망해져 안 먹어도 된다는 변명거리를 갖다 붙였다. 하지만 그러면 그럴수록 더 창피 해지는 사람은 슬, 본인이었다. 그녀도 그것을 아는지 점점 더 시무룩해지 던 그때, 배 속에서 알람이 울리고 말았다. 이런.

꼬르륵, 꼬르륵.

기막힌 타이밍이었다. 어쩜 배 속 알람은 타이밍도 기막히게 맞추는 능 력을 갖추고 있는지 모르겠다. 시기적절하게 울려 주는 알람 소리 덕분에 최근 크게 웃을 일이 없던 태승의 얼굴에 웃음꽃이 활짝 폈다.

양 입꼬리를 올리고 하얀 치아를 드러내며 하하, 크게 웃음을 터트리는 그를 보며 그 알람의 주인인 슬은 어찌할 바를 몰라 했다. 왜 하필이면 이 때 배꼽시계가 울리고 난리인지. 눈치 없이 울린 제 배꼽을 탓할 수도 없어 난처한 표정이 됐다. 다른 이도 아니고 하필이면 이 남자 앞에서. 그가 자 신을 빈틈 많은 여자라고 생각하지는 않을지 퍽 난감해졌다.

그러나 태승은 앞선 일로 그녀를 겪으면서 그녀가 어떤 사람인지 알 수 있었다. 그녀는 누구에게나 친절하며, 특히 곤경에 처한 사람에게는 마음 이 약하고 자신의 잘못에 대해서는 인정할 줄 아는 사람이었다. 때때로 화도 잘 내지만 한번 한 약속은 끝까지 지키는 사람이며, 마음씨 곱고 인 정도 많은 착하고 순수한 여자라는 것 또한.

"너무 그렇게 웃지 마요. 아우, 진짜."

태승의 웃음은 끊길 줄을 몰랐다. 슬은 너무 대놓고 웃는 그를 나무랐지 만 박장대소하는 모습을 보니 이상한 안도감이 생겼다. 그리고 입을 다문 모습도 멋지지만 웃을 때 만화 캐릭터처럼 입꼬리를 휘며 시원한 입매를 드러내는 것이 반할 만큼 멋지다는 것 역시 오늘에서야 알게 되었다.

"하하하. 타이밍이라고 하기엔 너무 잘 맞아서요. 설마 날 웃겨 주려고 일부러 그런 건 아니죠?"

"뭐라고요?"

얼마나 웃었는지 양쪽 눈꼬리에 눈물이 다 맺히는 것 같다. 태승은 할아버지가 아프기 시작한 날부터 이렇게 웃어 본 적이 없었다. 웃으면 안 될 것 같아서 일부러 웃지 않는 날도 있었다. 되도록 할아버지 앞에서 많이 웃으려고 했고 다른 사람들 앞에서는 미소조차 짓지 않았다. 그럴 만큼 삶이 벅차고 힘들기도 했으나 웃음을 잃었다는 표현이 더 적확한 표현일 것이다.

"웃을 줄도 아네요."

그를 따라 미소를 짓던 슬이 활짝 웃는 그를 보며 말하자 반달처럼 휘어졌던 눈과 입꼬리가 제자리를 찾아갔다.

"자주 웃어요. 웃으면 복이 온다잖아요."

"······위로하는 겁니까?"

위로라고 해도 좋고 아니라고 해도 좋을 참이었다. 그러나 그녀가 전한 말은 뜻밖에도 두 방향이 모두 아니었다.

"진심이에요."

그녀가 웃었다. 아까처럼 활짝 웃는 그런 표정이 아니라 어느 그 누군가에게 보여 줬던 평온하면서도 온화한 그런 미소였다. 그녀가 자신의 앞에서도 그런 미소를 보인 것에 태승은 진심으로 기뻤다. 더불어 슬이 전한 진심이 마음속 깊이 와 닿았다.

"밥 먹어요."

이번에는 그가 말했다. 진심을 말한 그녀에게, 진심을 담은 화답의 말을 전하며. 웃으라던 그녀의 말처럼 부드럽게 웃었다. 그 웃음과 진심 어린 대답에 슬의 얼굴이 다른 의미의 당황으로 물들어 갔다. 심장이 이상하게도 쿵쾅거렸다.

몸의 온도가 점점 올라가는 듯한 그녀와 달리 그가 몸을 정면으로 틀며 한 번 더 말했다.

"먹고 싶어졌어요, 나도."

온화하게 웃으며 그녀를 내려다보는 그와, 그런 그를 당황한 표정으로 올려다보는 그녀 사이에 시리고 찬바람이 아닌, 적당히 따뜻하고 올라간 온도를 식혀 줄 바람이 스쳐갔다.

어느새 그들에게 남아 있던 좋지 않은 감정들이 따스한 봄기운에 눈 녹 듯 사라졌다. 추운 겨울이 가고 어느덧 봄이 와 있었다.

* * *

태승이 그녀를 데리고 들어간 곳은 서울에 있는 어느 이태리 레스토랑이 었다. 딱히 이곳으로 가자고 이야기한 것도 아니었고 좋아하는 음식이 파 스타라는 사실을 말한 적도 없었다. 그런데 이를 어떻게 알았는지 태승은 슬을 데리고 이탈리안, 그것도 아주 고급스러워 보이는 레스토랑으로 안내 했다. 처음 와 보는 이곳의 분위기는 무척이나 품위 있어 보였다.

"여기 앉아요."

태승은 웨이터의 안내도 물린 채 자신이 직접 의자를 빼 주며 슬에게 앉을 것을 권했다. 그는 그런 매너가 몸에 배어 있는 남자인지 몰라도 슬은 그런 매너가 익숙하지 않았다. 그녀는 살짝 당황했으나 곧 아무렇 지 않은 척 그가 마련해 준 의자에 앉았다. 테이블에 두 사람이 마주 앉 자마자 기다리고 있던 웨이터가 메뉴판을 가져왔다.

"윤슬 씨는 어떤 메뉴가 좋겠어요?"

웨이터에게 건네받은 메뉴판을 보며 아무 말도 하지 않고 있는 슬에게 그가 먼저 말을 붙였다. 하지만 슬은 그가 묻는 질문에도 여전히 꼼짝 않고 메뉴판에만 시선을 두고 있었다.

사실 이곳에 올 때부터 슬은 정신을 차리지 못하고 있었다. 이렇게 분위기 좋은 레스토랑이 처음이기도 했고, 이 남자와 단둘이 마주 앉아 밥을 먹게 될 줄은 더더욱 몰랐다.

무엇보다 자신이 먼저 밥을 먹자 제안했는데, 막상 이렇게 있으니 무슨 말을 어떻게 해야 할지 막막했다. 지금은 메뉴판으로 두 눈을 가리고 있어 다행이지, 이 메뉴판까지 없다면 어떻게 두 눈을 마주 봐야 할지 정말 눈앞이 캄캄해져 온다.

"윤슬 씨, 메뉴 골랐어요? 윤슬 씨?"

그가 자신을 부르고 있다는 것도 다 아는데 선뜻 대답할 수가 없어서 일부러 못 들은 척 있었다. 그러자 그가 붙잡을 사이도 없이 순식간에 슬의 손에 들려 있던 메뉴판을 휙 가져가 버렸다. 덕분에 눈앞이 환해지며 슬은 자신을 응시하고 있는 그의 깊은 눈동자와 마주하게 되었다. 그 눈빛에 다시금 이상한 감정이 일었지만, 내색하지 않고 태연하게 답했다. 아니, 태연하려 애를 쓰고 있다는 게 더 맞는 표현이었다.

"봉골레로 할게요."

메뉴판에 봉골레가 있었는지도 잘 기억나지 않았지만 이태리 레스토랑이니까 응당 있을 거라고 생각해 말한 것이었다. 하지만 그 자리에 같이 있던 웨이터가 당황하는 모습이 보였다. 사실 이 레스토랑의 메뉴에는 봉골레가 없었다. 그걸 몰랐던 슬은 웨이터가 왜 자신을 보며 당황해하는지 영문을 몰라 했다. 그 짧은 몇 초가 꽤 길게 이어지던 순간 그가 메뉴판을 웨이터에게 다시 돌려주며 말했다.

"같은 걸로 줘요."

그는 행여나 슬이 이를 알고 무안해하지 않도록 같은 메뉴로 주문을 했다. 그제야 웨이터가 그의 말뜻을 이해한 채 그들에게 목례하며 돌아갔다. 웨이터는 주방장에게 센스 있게 추천 메뉴로 봉골레를 주문했다.

주문을 받은 웨이터가 주방으로 돌아간 후에도 이 공간에 미묘히 흐르고 있는 공기는 쉽게 바뀌지 않고 있었다. 이상하게도 슬은 자꾸만 그가 의식이 되었다. 의식하지 않으려 해도 저 남자의 깊고 깊은 눈동자를 보고 있으면 저도 모르게 빨려 들어가는 기분이 들었다.

그리고 그가 밥이 먹고 싶어졌다면서 식사를 하자던 말 때문인지 모르겠지만 어쨌든 평소보다 조금 더 신경이 쓰이는 것은 사실이었다. 그래서 슬은 괜히 레스토랑 곳곳을 두리번거리며 마치 의식하고 있지 않다고 온몸으로 표현하고 있었다. 그런데 그 모습이 그의 눈에도 상당히 어색해 보였는지 대뜸 그가 말했다.

"걱정 마요. 천장 안 무너져요."

뜬금없는 말에 당황한 것도 잠시 그가 왜 그런 말을 했는지 이해한 슬이 속으로는 창피해도 겉으로는 내색하지 않고 맞장구쳤다.

"네? 아…… 딱 보기에도 튼튼해 보여요."

그러자 그가 갑자기 진지하게 이 레스토랑 구조에 대해 열변을 토해 내기 시작했다.

"그럴 거예요. 이 레스토랑 건물 지을 때, 엄청난 자금이 들었거든요. 여기에 들어간 나무나 벽돌, 하다못해 작은 부속품 하나까지 허투루 한 것들이 없었으니까. 내진 설계까지 완벽히 끝낸 레스토랑이라 천장이 내려앉는 일은 없어요. 세상이 무너지는 일이 없는 한."

그의 설명이 끝나자마자 순간의 정적이 이 두 사람을 감쌌다.

"……."

"……."

이걸 무어라 해야 할까. 지금 이걸 농담이라고 하는 걸까 아님 진짜로 내가 천장이 무너질까 무서워서 주변을 두리번거리고 있는 것으로 보고 안심하라는 뜻에서 한 진심일까. 무엇이 진짜인지 혼란스러워진 슬이 두 눈을 연신 깜빡거렸다. 그러자 그가 이 상황에서 그녀의 혼란을 잠재울 수 있는 말을 이어 했다.

"농담이었는데······."

역시나 그가 한 말은 농담이었다. 그런데 무슨 농담이 이렇게 재미가 하나도 없을 수 있지? 재미없는 농담의 일인자를 가리는 대회가 있다면 당연히 그가 1등을 할 것이라고 슬은 확신했다.

"혹시나 했는데 역시나. 정말 재미없는 거 알아요? 진지한 사람의 농담은 이렇다 대표하는 것도 아니고. 정말 놀랍네요."

적나라한 표현에 그가 멋쩍어 헛기침을 하며 물잔을 들었다. 그러면서 작게 중얼거렸다.

"나도 놀라는 중이에요. 내게 이런 재능이 있을 줄은 정말 몰랐으니까요."

"재능이요?"

슬은 자신이 잘못 들은 것은 아닌지 깜짝 놀라 되물었다. 그러자 그가 순진한 얼굴로 고개를 끄덕이며 말했다.

"유머로 사람을 열받게 하는 재능 말이에요. 열받았잖아요, 지금."

그가 손가락으로 화난 그녀를 콕 집어 가리켰다. 재미없는 말에 살짝 짜증이 난 것은 맞지만 대놓고 열받았다고 하니 황당해진 슬이 고개를 창가로 돌렸다가 그곳에 비친 제 모습을 보고는 푸핫, 웃음을 터트렸다. 제 표정이 제대로 열받은 상태라 웃음이 터지지 않을 수 없었다. 참을 수 없이 새어 나온 웃음이라 소리가 무척 경망스러웠지만 상관없었다. 지금 웃지 않으면 참다가 얼굴이 뻥 하고 터져 버릴지도 모를 일이었다. 그 정도로 웃겼다.

"앞으로 상대방을 열받게 해야 할 일이 있을 땐 유머를 해야겠어요."

그는 무척이나 진지한 얼굴을 하고서 계속 농담을 했다. 분명 그의 농담은 웃기지 않는데 이상하게 행동은 웃음을 연발하고 있었다. 시종일관 표정 없이 진지하게 하는 말이 상대방에게는 웃음을 자극하는 코드로 통했다.

어느새 두 사람 주변을 둘러싸고 있던 어색함과 정적은 감쪽같이 사라졌다.

"아, 그만해요. 너무 웃기잖아요."

"안 웃기다면서요? 내 농담에 오히려 열받아 놓고는."

"열 다 내렸어요. 화난 거 없다니까요, 이제."

얼마나 웃었는지 두 뺨이 욱신거릴 정도였다. 하늘로 승천할 것처럼 올라간 광대를 다시 원래 자리로 돌아가게 하느라 슬의 두 손이 바삐 움직였다. 그러는 동안 태승도 입꼬리를 한껏 올린 채 손바닥으로 올라간 광대를 마사지하듯 누르고 있는 그녀의 말간 얼굴을 이마에서부터 요목조목 뜯어보고 있었다. 그러다 슬이 뚫어질 듯 자신을 바라보고 있던 그의 시선을 느끼고는 얼굴을 문지르던 손을 천천히 내리며 물었다.

"왜요? 내 얼굴에 뭐 묻었어요?"

설마 내 웃는 얼굴이 이상해서 보는 건가? 생각이 거기까지 미친 슬이 황급히 두 손을 양 뺨에 갖다 댔다. 하지만 그런 슬의 걱정과는 전혀 상관없이 지금 태승의 눈에는 오로지 그녀만이 보였다. 반짝이는 샹들리에도, 잔잔히 흐르는 음악 소리도, 주변에 앉아 도란도란 이야기를 나누며 식사하는 다른 사람들도 하나둘씩 사라져 가고 오직 그녀만이 시야에 꽉 들어차서 아무것도 보이지 않았다. 쉽게 말해 그녀 외에는 보이는 것이 없었다.

"아니요. 아무것도요."

"네?"

뭐에 홀린 사람처럼 중얼거리는 그가 이상해서 슬이 되물었다. 그런데도 그는 계속 쳐다보기만 할 뿐이었다.

"왜 그러는데요?"

갑자기 왜 이럴까. 정말 얼굴에 뭐라도 묻은 건가 싶어서 핸드백에서 거울이라도 꺼내 볼 참이었다. 옆 빈자리에 놓아둔 핸드백에서 파우치를 꺼내려는 그때, 심장을 울리는 그의 목소리가 들려왔다.

"그때는…… 미안했어요."

그 말에 슬이 하던 행동을 멈추고 앞에 앉은 태승을 바라보았다. 아마도 제게 비밀 유지 서약서를 내밀며 했던 말과 행동에 대한 사과를 하는 것 같았다.

"막무가내로 굴어서."

내내 마음에 걸렸었다. 내색하지는 않았지만 원장실에서 예기치 않게 만났을 때도 무척 신경이 쓰였다. 아니, 다시 만났을 때부터 줄곧.

"괜찮아요. 그쪽 상황을 내가 모르는 것도 아니고. 이해해요."

이런 자리에서 사과를 받을 줄 몰랐던 슬은 살짝 당황했다.

"그때도 봐서 알겠지만 상태가 좋지 않으세요. 요새 들어 본인 이름도, 나이도, 사는 집까지 잊고 배회하는 증상이 잦아지고 있어요. 그렇다 보니 나도 신경이 늘 곤두서 있고요. 사실 그렇게까지 할 필요는 없었는데…… 미안합니다."

연이은 그의 진심 어린 사과에 몸 둘 바를 몰라 하던 슬도 그때는 몰랐던 그의 진심을 듣고는 점차 마음을 열었다.

"아녜요. 보호자로서 충분히 그럴 수 있죠. 나도 이해 못 하는 건 아니니까 너무 마음 쓰지 말아요."

슬은 괜찮다며 살짝 웃어 보였고 이에 태승도 전보다는 마음이 한결 가벼워짐을 느꼈다. 그리고 또 한마디를 덧붙였다.

"그리고 무슨 상황인지는 모르겠지만 도울 수 있는 건 나도 도울게요. 그게 뭐든."

슬은 정말 그를 돕고 싶었다. 무엇보다 할아버지의 상태를 그녀도 직접 보았기 때문에 더 마음이 쓰였다. 태승은 그녀가 전한 진심이 고마웠다. 누구도 그렇게 말해 준 이는 없었다. 그 말 한마디가 천군만마를 얻은 것처럼 든든했다.

4. 반짝반짝 빛나요, 당신이

드디어 주문한 봉골레가 각자의 앞에 놓였고 슬은 먹음직스러운 음식이 담긴 접시에서 눈을 떼지 못했다.

"맛있게 먹어요."

"맛있게 드세요."

태승의 말에 슬도 화답하며 포크를 들어 부드러운 파스타 면을 몇 번 휘감아 한입에 넣었다. 소스에 잘 버무려진 파스타는 굉장히 부드러웠으며, 해산물의 깊은 맛과 올리브오일의 고소한 맛이 어우러져 입 안에선 행복이 아우성쳤다.

가장 좋아하는 음식이 파스타라 자주 먹으러 다녔건만 이토록 맛있는 봉골레는 처음이었다. 면을 씹을 때마다 면발이 쉽게 허물어지지 않았고, 질기지 않은 탱탱함이 혀끝에서 느껴졌다. 와아. 이래서 사람들이 고급 레스토랑을 찾아다니고 이토록 맛있는 음식을 맛보여 준 셰프를 불러 감사 인사를 하는구나.

그녀가 표정에서부터 감탄하고 있음을 본 태승은 속으로 웃음을 삼키느라 힘들었다. 겨우 음식일 뿐인데 감탄하고 또 감탄하는 슬이 귀엽기도 했다.

"어때요? 입맛에 맞아요?"

알면서도 확인받고 싶은 것이 사람의 심리였다. 슬은 고개를 끄덕이며 그 질문을 기다렸다는 듯 말했다.

"네. 너무 맛있어요. 이렇게 맛있어도 되나 싶을 만큼."

"다행이네요. 입맛에 맞다니."

슬이 또 한 번 웃어 보이니 태승에게 아까처럼 주변의 모든 것이 한둘씩 시야에서 사라지는 현상이 일어났다. 그녀의 주변이 하얗게 흐려지며 오직 슬만이 그의 두 눈에 가득히 들어왔다. 깐 달걀처럼 고운 얼굴로 환하게 웃는 그녀를 보며 난생처음 심장이 진동하고 있는 것도 느껴졌다.

이상했다. 눈도, 심장도. 방금 그녀가 말한 진심에 감동해서 그런 거라고 하기엔 마음이 이토록 요동치고 그녀만 보이는 게 아무래도 이상했다. 그리고 왜 그때가 떠올랐는지 모르겠다.

태승은 한동안 그녀를 넋 놓고 바라보았다. 맛있는 음식에 집중해 있던 슬도 그의 시선을 느끼곤 먹던 걸 멈추고 시선을 들어 올려 그를 마주 보았다.

어쩐지 그 눈빛이 아까와 같아서 또 왜 그러냐고 슬이 물으려 했으나, 그러기도 전에 그의 말이 먼저 들려왔다.

"반짝반짝 빛나요, 당신이."

그는 전에 그녀가 했던 말을 되풀이했다. 제 눈앞에 앉은 그녀의 얼굴이 생기로 가득해 반짝이고 있었다. 그리고 무엇보다 그녀가 자신을 기억해 주었으면 하는 마음이 생겼다. 3년 전, 그때처럼.

그 말을 듣자마자 순간적으로 슬의 얼굴이 멍해졌다.

"내 앞에서 빛나니까 정신을 못 차리겠어요, 지금. 내가."

멍하니 흐릿했던 슬의 시야가 환해지며 그와 시선이 마주쳤다. 순간 슬의 동공이 잔잔한 파동을 일으켰다. 설렘이 찾아들고 있었다. 심장이 두근거렸고 양 뺨이 붉게 달아오르는 그때, 머릿속에서 강한 울림이 느껴졌다. 우뇌와 좌뇌가 조여드는 것처럼 극심한 고통과 함께 귀에서 손톱으로 칠판을 긁는 듯한 듣기 싫은 이명이 삐익 하고 울렸다.

'왜, 왜 이러지? 왜 갑자기 이렇게 머리가 아픈……, 으윽.'

처음에는 한 손가락이, 그다음에는 다섯 손가락이 날카롭게 손톱을 세워 칠판을 긁어내리는 이명이 이어졌다. 이내 슬이 참다못해 괴로운 숨을 토해 냈다.

"윤슬 씨? 윤슬 씨?"

슬이 한 손으로 이마를 짚으며 거칠게 숨을 쉬자 이상함을 느낀 태승이 일어나 그녀의 곁으로 다가갔다.

"괜찮아요? 윤슬 씨?"

하지만 슬은 정신을 차릴 수 없었다. 사방이 뿌연 안개 속에 갇힌 것처럼 흐릿해서 앞이 보이지 않았다. 자신을 부르는 그의 목소리도 이상하리만치 멀리 있는 것처럼 들렸고, 정신이 자꾸만 아득해졌다. 그리고 알 수 없는 소리들이 겹쳐 들렸다.

"……괜찮아요, 괜찮습니까? 윤슬 씨, 저기요? 정신 차려요, 정신 좀 차려 봐요!"

그가 하는 말과 누군가의 목소리가 함께 들리니 더욱 죽을 맛이었다. 사방이 어지럽고 바닥이 울퉁불퉁하게 느껴지는 지경에까지 이르자 도저히 참을 수 없는 메스꺼움에 슬이 자리를 박차고 일어났다.

"자, 잠깐……! 나 화장실 좀 다녀올게요."

그 와중에도 슬은 가방을 챙겨 들고 화장실로 부리나케 달려갔다.

반면에 그는 점차 사색이 되어 가는 그녀를 보며 애가 타 죽을 것 같은 얼굴을 하고 있었다. 왜 갑자기 안색이 창백해지며 괴로운 신음을 흘렸는지 그는 알 길이 없어 답답했다. 이대로 앉아 있자니 답답하고 불안해서 태승도 결국 자리를 박차고 그녀가 뛰어 들어간 화장실 앞으로 빠르게 걸어갔다.

여자 화장실 칸막이로 들어가 변기 뚜껑을 열고 안에 있던 모든 것들을 쏟아 낸 슬이 비틀비틀 세면대로 걸어가 입 주변을 흐르는 물에 씻은 뒤 가방을 뒤적거렸다. 화장품 파우치에서 두통약을 꺼내 물과 함께 마시고 나서야 거울에 비친 제 모습이 보였다.

안색이 하얗다 못해 파랗게 질려 있었다. 이렇듯 고통스러운 두통은 6개월 만에 처음이었다. 호전되어 가고 있다고 생각했는데 왜 갑자기 고통이 시작된 걸까. 그가 한 말 때문인가. 하지만 그가 한 말이라고는 빛난다는 말뿐이었는데…….

똑똑.

아까의 일들을 하나하나 되짚어 가던 슬이 갑작스레 들려온 노크 소리에 깜짝 놀라 문 쪽을 응시했다. 조용히 귀를 기울이니 그의 목소리가 들려왔다.

"괜찮습니까? 윤슬 씨? 안에 있어요?"

'아…….' 슬이 속으로 탄식했다. 하필이면 그의 앞에서 이런 모습을 보였으니 태승도 많이 놀랐을 것이 분명했다. 어떡하지, 어떡한담. 하지만 고민한다고 해서 해결되는 것은 아무것도 없다는 것을 잘 안다.

슬은 일단 문부터 열었다. 그러자 문밖에 서 있는 태승의 모습이 시야에 들어왔다. 그의 안색도 자신만큼이나 하얗게 질려 있었다.

"……괜찮아요?"

그의 목소리엔 안부를 묻기에도 미안한 감정이 가득했다. 슬이 고개를 끄덕이며 화장실 문을 닫고 나오자 그가 들고 있던 가방을 빼앗아 들며 그녀를 조심스레 부축했다. 평소 같았으면 오버하지 말라고 했을 테지만 지금은 그럴 수 있는 상황이 아니었다. 어지러움이 아직 남아 있었다.

그가 자신을 식당이 아닌 밖으로 데리고 가려 하자 슬이 그를 붙잡아 물었다.

"어디 가려고요?"

"병원 가야죠. 안색이 아주 안 좋아요."

"아니요. 거기까지는 안 가도 돼요. 이 정도로는 괜찮아요."

의사를 봐야 할 것 같은데 한사코 가지 않겠다는 그녀를 억지로 끌고 갈 수도 없어 태승은 다시 식당으로 들어왔다. 그들이 다시 레스토랑 안으로 들어와 자리에 앉자 주변에 앉아 있던 사람들이 수군거리기 시작했다. 순식간에 동물원 원숭이라도 된 듯해서 슬이 미안한 웃음을 지으며 말했다.

"미안해요. 괜히 나 때문에. 분위기도, 시간도 다 망쳐 버렸네."

"아니요. 미안해할 거 없어요. 분위기든 시간이든 어차피 윤슬 씨랑 있으면 그런 것들은 다 내게 무의미하니까."

그 뒷말이 또 한 번 슬의 심장을 찌르르 울렸지만 애써 모른 척했다. 지금은 그보다 이런 모습을 그에게 보였다는 것이 더 부끄러웠기 때문이다.

"정말 괜찮은 겁니까? 지금이라도 병원 갈래요?"

그가 조심스레 다시 권유했지만 슬은 사양했다.

"아니요. 정말 괜찮아요. 약 먹었더니 괜찮아졌어요."

"안색이 너무 안 좋아요. 창백하다 못해 파리하다고, 당신."

정말이었다. 태승의 눈에 그녀는 금방이라도 쓰러질 사람처럼 핼쑥해 보였다. 게다가 몸은 또 얼마나 야위었는지, 그는 그녀의 어깨를 힘 있게 붙잡지도 못했다. 그랬다가는 부서져 버릴 것 같아서, 사라져 버릴 것 같아서.

"아, 그럼 나 지금 다 엉망이라는 건데……. 잠깐 얼굴 좀 돌리고 있으면 안 돼요? 나 자꾸 쳐다보지 말고……."

슬은 엉망이 된 제 얼굴을 계속 그가 바라보자 이 모습을 보이는 것이 부끄러워져 시선을 피했다. 추한 모습을 연이어 보여 줄 순 없었다. 여자로서 그에게 그런 모습을 보이기가 싫었다. 그래서 쳐다보지 말아 달라고 한 거였는데 그는 오히려 반대로 행동했다.

"윤슬 씨는 모르나 보네요. 당신은 이미 내게 더할 나위 없이 예쁘다는 걸."

세 번째였다. 오늘따라 유독 심한 그의 립 서비스가. 그런데 슬은 그게 다 립 서비스라는 것을 뻔히 다 아는데도 설레고 있었다.

태승은 여전히 자신을 똑바로 보지 못하는 그녀에게 그가 가까이 다가갔다.

"갑시다."

"어디를요?"

예상치 못한 그의 말에 그녀가 놀라 쳐다보며 대꾸했다.

"병원……."

그 말에 슬이 인상을 팍 쓰자 그가 얼른 덧붙였다.

"……은 가기 싫다고 했으니까 그럼."

"집에 데려다줄래요? 혼자는 도저히 못 가겠는데."

이번에는 그녀가 그의 뒷말을 이었다. 그는 집에 데려다 달라는 말에 퍽 기분이 좋았다. 그리고 이어지는 말도 꽤나 좋았다. 오늘뿐일 수도 있지만 지금 이 순간만큼은 그녀가 자신을 의지하고 있다는 뜻 같아서. 태승은 그 기쁨을 참지 못하고 자리에서 막 일어나려는 슬을 번쩍 안아 들었다. 졸지에 그에게 안기게 된 슬이 당황스러워 두 눈을 크게 뜬 채 연신 깜빡거렸다.

"으왓! 지, 지금 뭐 하는 거예요?"

"혼자 보낼 생각은 애초에도 없었고, 걸어 올라가게 둘 생각도 없었다는 걸 몸소 실천하는 중인데."

"내, 내려 줘요. 걸어갈 수 있다고요."

슬이 그에게 안긴 채로 두 다리를 버둥거리자 그가 그녀를 공중에 붕 떠올릴 것처럼 모션을 취했다.

"엄마!"

그러자 깜짝 놀란 슬이 얼른 그의 목에 팔을 둘러 태승을 꽈악 감싸 안았다. 행여나 그가 떨어트릴까 봐 슬은 두 눈을 질끈 감고 있었다.

그는 말과 달리 자신에게 매미처럼 찰싹 달라붙어 있는 슬이 귀여워 픽, 웃음을 터트렸다. 그의 웃음소리를 듣고 놀란 슬이 질끈 감았던 눈을 떠 자신이 지금 어떤 상태로 그에게 안겨 있는지 두 눈으로 똑똑히 확인했다.

"상황 파악됐으면 지금처럼 딱 달라붙어 있어요. 가방도 챙기고."

슬이 얼른 가방을 손에 꼭 쥐고는 다시 그의 품에 딱 철썩 붙었다. 태승이 귀엽다는 듯 옅게 미소 지으며 그녀를 안은 채로 레스토랑 밖으로 나갔다. 슬은 그의 목덜미를 꼭 끌어안고서 움직이지 않았다. 고개를 들기라도 하면 그와 눈이 마주칠 것 같아서였다. 그의 얼굴이 너무나 가까이 있었기에 그것만은 피하고 싶었다. 지금 이렇게 꼭 붙어 있는 것만으로도 온몸에 피가 도는 속도가 무서울 정도로 빨라지고 있는데 그와 마주 보기라도 하면 심장이 터질지도 모른다.

그나저나 내려다보이는 바닥과 자신과의 거리가 꽤 있어서 무섭기도 했다. 그의 키가 180은 넘어 보였는데, 정말 이렇게 안겨 있어 보니 그가 월등히 크다는 것이 느껴졌다. 게다가 이렇게 어깨에 얼굴을 파묻고 있어도 길이가 남을 정도이니, 역삼각형 모양의 널따란 그의 상체가 체감되었다. 그리고 무엇보다 잠이 올 정도로 그의 품은 무척이나 따뜻했다.

긴장한 것도 잠시, 곧 편안함을 느끼는 슬과 달리 태승은 온몸에 느껴지는 열기 때문에 곤란했다. 얼굴부터 뜨거워졌던 슬과는 전혀 딴판으로 그는 아래에 가장 큰 열이 몰렸다. 처음에는 몰랐는데 제 품에 안긴 그녀가 꼼지락

꼼지락 움직일 때마다 가슴 부분에서 큰 자극이 느껴졌다. 그 자극은 그를 꽤나 아찔하게 만들 정도였다. 애초에 이럴 생각으로 그녀를 안은 게 아니었는데, 자신이 이토록 엉큼한 남자였나 싶을 정도로 열망이 생겨 스스로가 실망스러울 지경이었다.

"머리 조심해요."

그가 레스토랑 앞에 주차해 놓은 차 조수석에 그녀를 조심히 앉힌 후, 안전벨트까지 꼼꼼히 매 주었다.

그러고 보니 슬은 불현듯 그때가 떠올랐다. 그와 처음 만났던 그날 말이다. 그때도 그가 할아버지의 안전벨트를 이렇게 꼼꼼히 매 주었었는데, 지금은 그가 제 것을 꼼꼼히 손봐 주고 있으니 기분이 뭔가 이상했다. 새롭다고 해야 하나?

어느새 안전벨트를 다 정돈해 준 그가 조수석 창에 두 손을 기댄 상태로 슬을 내려다보고 있었다. 잠시 다른 생각을 하다가 그와 두 눈이 마주친 슬이 깜짝 놀라자 그가 말했다.

"누워서 가는 게 어때요?"

"네? 네?"

갑작스러운 말에 놀란 그녀와 달리 태승은 태연하게 시트를 뒤로 눕혀 주며 말을 이었다.

"이렇게 가면 머리가 덜 아플 겁니다."

"날 너무 환자 취급하는 거 아니에요."

배려해 주는 것은 좋지만 이렇게까지 하는 것에 대해 불만스러워진 슬이 뚱하게 대답했다.

"지금은 내 말대로 해요. 윤슬 씨 아프지 않게 하는 게 내 주 목적이니까."

순간 또 심장이 철렁한 슬이었지만 매번 자신만 설레는 것 같아 억울하기도 해서 아닌 척하기로 했다.

"추울 수도 있으니까."

어느새 그는 뒷좌석에서 담요까지 꺼내 와 그녀의 무릎 위에 덮어 주기까지 했다. 여기에서 슬은 또 한 번 그의 섬세함에 감탄했다. 30대 초중반의 남자 차에 담요까지 있다니. 새삼 이것에 신기해하는데, 때맞춰 운전석에 탄 그가 묻지도 않은 질문에 대답해 주었다.

"차에 웬 담요가 있냐고 오해할까 봐 말해 두는 건데 할아버지 겁니다, 그 담요."

괜히 찔린 슬이 어물쩍 대답했다.

"누, 누가 물어봤어요?"

그러자 그가 어깨를 으쓱이며 차를 몰았다.

"워낙 이상한 데다 자존심 세우기도 하고 또 묻지도 못하고 끙끙거릴까 미리 말해 두는 겁니다. 난 뭐든 확실히 하기를 좋아하는 사람이기도 하고요."

그의 통찰력은 정말 기막힐 정도였다. 고작 몇 번 되지도 않은 만남에 제 성격까지 꼼꼼히 파악해 두고 있다니. 그 깊은 눈으로 말을 걸어올 때부터 슬도 그를 알아봤다. 보통 남자는 아니라는 것을.

"자지는 말아요."

시트에 눕혀 놨더니 부쩍 말이 없어진 그녀에게 그가 말했다.

"자라고 눕혀 놓은 거 아니었어요? 그래 놓고 자지 말라고 할 건 또 뭐예요?"

"주소는 말해 주고 자요. 안 그럼 우리 집으로 갈 수밖에 없으니까."

이 남자가 아까부터 아슬아슬한 농담을 하고 있는데, 여기에 맞장구를 쳐야 하나 말아야 하나 고민하고 있는 슬에게 그가 다시 나직하게 물어왔다.

"어디 살아요?"

"……연남동에 살아요. 은하 아파트 1301동이고요."

연남동이면 지금 이곳과 그리 멀지 않았다. 다리 하나만 건너면 바로 연남동에 닿을 수 있는 거리였다. 태승은 내비게이션에 그녀가 읊어 준 주소를 찍고 올렸던 속도를 조금 늦추었다. 그러면서 계속 질문을 이어 갔다.

"거기에서 오래 살았어요?"

"아니요. 연남동에서는 오래 살았지만 그 아파트에 산 지는 2년 정도밖에 안 돼요."

"아, 동에서 동으로 이사 간 거구나."

"……네."

"가족들과 같이 살아요, 아님 혼자?"

"혼자 살아요. ……지금은."

"그럼 전에는 누구랑 같이 살았는데요?"

그는 운전을 하고 있느라 그녀가 지금 어떤 표정으로 질문에 대답을 하고 있는지 모르고 있었다. 그가 질문을 할 때마다 슬의 낯빛은 점점 더 어두워져 갔다. 머리가 아파서가 아니었다.

연남동이라는 동네 이름만 들어도 슬은 가슴이 철렁였다. 그에게 했던 말처럼 지금은 은하 아파트에서 혼자 살고 있지만 3년 전에는 연남동 주택에서 아빠와 단둘이 살고 있었다. 아빠가 명성 대학교 교수로 부임하고서부터 쭉 연남동 그 주택에서 살았으니 그곳이 슬의 고향이라고 할 수 있었다. 그래서 슬은 아빠를 보내고 나서도 그 동네를 떠나지 못하고 떠돌고 있었다. 차마 아빠가 없는 그 주택에서 살 수가 없어 이사를 했음에도 말이다.

"류태승 씨, 미안한데 도착하면 나 좀 깨워 줄래요? 졸려서 그래요."

"아, 네. 그래요. 좀 자요."

슬이 고개를 반대편으로 돌려 눈을 감았다. 그의 질문에 그 이상 대답하기가 곤란해서였다. 또다시 그때 기억들이 떠오를 것 같아 슬은 더 이상 자신이 없었다. 그래서 이번에도 슬은 그 질문에 대한 답을 하기보다는 회피하기를 택했다.

"고마웠어요. 오늘. 데려다준 것도 고마워요."

"아니에요. 들어가서 푹 쉬어요."

"네. 안녕히 가세요."

은하 아파트 1301동 앞에 차를 세우고 태승과 슬이 마주 보며 인사를 건넸다. 슬은 태승에게 인사를 한 뒤에 아파트 입구로 몸을 감추었다. 슬이 들어간 모습을 보고나서야 그도 차에 올라 그곳을 천천히 되돌아 빠져나갔다. 계단 창문을 통해 그의 차가 되돌아 나가는 것을 보고서야 슬도 13층 자신의 집으로 들어갔다.

몸이 너무 고단해서 이대로 씻지 않고 잠에 들고 싶은 마음이 굴뚝같았다. 그래서 슬은 불도 켜지 않은 채 깜깜한 방 안 제 침대에 널브러져 천장을 바라보았다. 긴 한숨이 흘러나왔다. 너무도 긴 하루였다.

돌아가는 차 안, 열린 창문턱에 팔을 걸쳐 놓은 그도 깊은 생각에 잠겨 있었다. 그녀는 분명 자신의 말을 듣고 머리의 통증을 느꼈다. 처음 만났을 때도 그녀는 자신을 전혀 알아보지 못했다. 그게 상황 때문이 아니라면 정말 기억을 잃은 걸지도 모른다는 생각이 들었다. 그러면서 동시에 그녀에게 어떤 일이 있었던 것인지 궁금해졌다. 분명 예삿일은 아닐 거라는 짐작이 들기도 하지만 한편으로는 예삿일이었으면 좋겠다는 생각도 했다.

* * *

새벽 3시. 깊은 밤, 새근새근 잠들어 있던 슬의 미간이 조금씩 꿈틀거리기 시작했다. 무슨 좋지 않은 꿈이라도 꾸는 듯 이마에 송골송골 식은땀도

맺혔다. 시간이 지날수록 미약했던 움직임은 격렬해졌고 기도가 막혀 숨을
쉴 수 없는 사람처럼 끅끅 소리를 내며 버둥거렸다. 이러다가는 정말이지
죽을 것 같다는 느낌이 들 때 즘, 슬의 두 눈이 번쩍 떠졌다.

"흐어어억! 컥, 컥, 케, 콜록, 콜록, 콜록!"

삼킨 물이라도 뱉어 낼 것처럼 연달아 기침을 하는데 정작 나와야 할
물은 나오지 않았다. 슬은 아직도 정신이 차려지지 않아 사방을 둘러보
다가 이곳이 물속이 아닌 제 침실, 침대 위라는 사실을 깨닫고는 안도
했다.

며칠 전부터 이상한 꿈을 꾸긴 했지만 이 정도로 생생하진 않았었다.
그런데 왜 갑자기 이렇게 생생한 꿈을 꾸게 된 것이고, 왜 이리 찜찜한
것일까. 궁금했지만 이마저도 슬은 회피하기에 급급했다.

고개를 들어 창밖을 보니 어느새 동이 터 있었다.

* * *

출근하기에는 조금 이른 시각에 일어난 슬은 욕실로 들어가 샤워부터
하고 나왔다. 화장대 앞에 앉아 토너와 로션을 얼굴에 발라 톡톡 두드리
다 문득 간밤에 꾸었던 꿈이 떠올랐다.

아무것도 보이지 않는 물속에 자신이 서서히 가라앉고 있었다. 어떻게든
물위로 올라가려 발버둥을 쳐 보아도 늪처럼 더 깊이 가라앉을 뿐이었다.
물이 주는 공포는 상상을 초월했다. 숨을 쉴 수 없다는 게 얼마나 고통스러
운 일인지를 간접 체험한 기분이기도 했다. 며칠 전에도 꿨던 꿈이라 마냥
꿈이라고 치부하기에는 기분이 이상했다.

마침 울리는 휴대폰 벨 소리에 생각에 잠겨 있던 슬이 얼른 전화를
받아 들었다.

"응, 민지야."

―어디야?

"아직 집. 이제 출근하려고."

오늘은 슬이 회사로 복직하는 날이었다.

―잘됐다. 그럼 30분 후에 내가 너희 집으로 갈게. 같이 출근하자.

"정말? 난 좋은데 네가 피곤하지 않겠어?"

―상관없어. 3년 전에는 늘 했던 일이잖아. 다시 이렇게 같이 출근할 수 있다는 게 얼마나 기쁜 일인지 너 모르지? 내가 그동안 얼마나 외로웠다고.

"알았어. 그럼 와. 내가 샌드위치 만들어 놓을게."

―응. 바로 간다. 샌드위치에 양상추 듬뿍, 치즈 두 개. 알지?

"알지. 아주 잘 알지. 운전 조심하고."

전화가 끊기자마자 슬은 출근 준비를 서둘렀다. 어제 꿨던 꿈에 대해서는 더 이상 생각하지 않기로 했다. 그저 단순히 반복된 것이라고 생각하기로 했다.

정확히 30분이 되자 초인종이 울리고 현관문이 열리며 민지가 안으로 들어와 슬을 와락 끌어안았다. 3년 만에 같이 출근할 수 있게 된 것이 민지는 무척이나 기쁜 모양이었다.

"맛있다. 역시 이 맛. 진짜 이게 몇 년 만이야."

민지가 식탁에 놓인 샌드위치를 덥석 집어 입에 넣으며 우물거렸다. 이 맛을 얼마나 그리워했는지 모르겠다.

처음 슬의 아버지 부고 소식을 듣고 놀라 사색이 되어 빈소로 달려간 사람도 민지였다. 민지는 슬픔에 빠진 친구를 꼭 끌어안고 제 일처럼 슬퍼했다. 울고 싶어도 눈물이 말라 버려 울지 못하는 친구가 안쓰러워 그 자리에서 울고 또 울기도 했다.

슬이 상실의 아픔에 결국 회사를 그만둘 때도, 한 달에 한 번 주기적으로 찾아가 그녀를 위로하고 아낌없이 마음을 쓴 이도 민지였다. 그런 친구이기에 민지는 슬과 예전처럼 같이 출퇴근을 할 수 있게 된 것이 무척 기뻤다. 또 그만큼 슬이 회복되었음을 뜻하는 것이기도 했다.

"그런데 성해 아저씨한테는 말씀드렸어? 지난번에 말씀드리러 간다고 했잖아?"

회사로 가는 차 안에서도 민지는 슬이 싸 준 샌드위치를 우물거리고 있었다.

"응. 그랬는데 일이 있어서 말씀 못 드렸어."

"언제 하려고? 오늘?"

"해야지. 오늘이든 내일이든."

"빨리 말씀드리는 게 좋지 않겠어? 나중에 말씀드리는 것보다 좋을 것 같은데."

"나도 그러는 게 좋을 것 같다고 생각해. 오늘 말씀드려야지."

"퇴근하고 하면 되겠다."

"응. 그래야지."

차가 잠시 멈춘 사이에 슬이 창가로 시선을 옮겼다.

성해에게 아직 말하지 않은 것들이 많았다. 그날 회장님을 모시고 갔던 사람이 자신이라는 것도, 태승과 아는 사이라는 것도 다 말하지 못했다. 무엇보다 오늘부터 다시 회사로 복직하게 됐다는 사실도 말하지 못했다. 아마 멋대로 회사에 복귀한 것에 서운해하실 것이다. 그날 말했어야 했는데 태승에게 신경을 쓰느라 자꾸만 기회를 놓쳤다.

그러고 보니 회사에 그도 있을 것이다. 같은 회사이니 건물도 같을 것이고 우연이라도 마주치게 될 확률이 컸다. 만약, 회사에서 그와 마주치기라도 한다면 어떻게 인사를 해야 할까? 무슨 말을 해야 하지? 그러다가도 슬은 터무니없는 고민이라며 웃었다. 생각해 보니 그는 사장이고 자신 같은 부하 직원은 신경도 쓰지 않을 것인데 참으로 무의미한 고민 같았다.

어느덧 회사 주차장에 차가 멈춰 섰다. 다시 오늘부터 일하게 된다. 3년 전, 그때처럼 일상을 사는 것이다. 3년의 공백기를 가지는 동안 많은 변화가 있었을 것이다. 그중 가장 많은 변화를 겪은 사람은 자신이겠지만 그럼에도 다시 돌아온 것은 전처럼 살아가고 싶어서다. 아빠가 없다고 해서 더 이상 울지 않고 버텨 볼 것이다. 견뎌 볼 것이다. 인생을.

"뭐 해? 안 가?"

잠시 다른 생각에 빠져 있던 사이에 엘리베이터가 도착해 있었다.

"어, 가야지."

먼저 타고 있던 민지의 곁으로 슬이 발걸음을 옮겼다. 그녀의 표정에는 어느새 두려움과 걱정이 말끔히 사라져 있었다.

* * *

꽉 막힌 도로 한복판에 흰색의 차 한 대가 서 있었다. 그 차 뒷좌석에 앉은 태승은 아까부터 내내 휴대폰만 쳐다보고 있었다. 정확히는 전화번호부에 저장되어 있는 슬의 휴대폰 번호를 누를까, 말까 망설이고 있었다. 어제는 잘 들어갔는지, 아파 보였는데 몸은 좀 괜찮아졌는지 안부라도 묻고 싶어 전화를 걸어 보려다가도 자꾸만 망설여졌다.

이상한 일이다. 어제 만나 함께 밥을 먹고 시간을 보냈던 사이로서 전화 한 통 거는 게 이토록 어려운 일이라니.

고민 끝에 그가 통화 버튼을 누르고 휴대폰을 귓가로 가져갔다.

"뚜르르, 뚜르르."

하지만 통화 연결 음만이 이어질 뿐 그녀의 목소리는 들려오지 않았다. 순간 걱정이 되었지만 아침이니 바쁠 거라고 생각해 휴대폰을 다시 안주머니에 넣었다. 그때를 맞춰 운전석에 앉은 기사가 그를 불렀다.

"사장님, 도착했습니다."

차에서 내린 그가 로비를 지나 가장 꼭대기 층으로 올라갔다. 그에게 인사를 건네는 비서를 지나쳐 사장실로 들어가자 재호가 그를 맞이했다.

"오셨습니까, 사장님?"

태승은 입고 있던 재킷의 단추를 푸르고 자리에 앉았다. 그러고는 그를 따라 들어와서는 아무 말도 하지 않고 자신만 보고 서 있는 재호가 이상해 물었다.

"왜? 무슨 일 있어?"

그러자 재호가 뚱한 표정으로 대답했다.

"아니요. 일은 무슨 일이 있겠습니까? 그냥 표정이 밝아 보이셔서요."

"내 표정이?"

"네. 아주 꿀잠 잔 사람 표정 같아서요."

내 표정이 어떻다는 거야? 의아해하며 손으로 자신의 맨얼굴을 쓸던 태승이 그제야 재호의 말뜻을 알아듣고는 픽 웃었다.

"그래. 아주 잘 쉬었다. 그게 그렇게 배가 아팠으면 너도 연차 써. 처리해 줄 테니까."

"됐어요. 제가 바본 줄 아세요? 그 말을 믿게."

누구는 금요일부터 토요일까지 근무했건만 태승은 금요일부터 토요일, 일요일까지 아주 푹 쉰 사람의 얼굴이라 그런지 때깔부터 달라 보여서 하는 말이었다. 재호는 연차가 잔뜩 쌓여 있었지만 하루라도 연차를 썼다가는 그다음 날이 힘들어진다는 것을 알기에 차라리 안 쓰는 편이 더 나았다.

재호의 대답에 태승이 한 번 더 픽 웃었다. 그 웃음을 본 재호는 평소보다 더 자주 웃는 것 같은 그를 조금은 의아하게 생각했다.

"회장님께서는요? 괜찮으세요?"

"응, 괜찮으셔."

"그나저나 곧 중역 회의 있으신데, 어떻게 하실 생각이세요?"

"생각 중이야."

"참석을 안 하시는 건……."

"그럼 그들에게 의혹만 얹혀 주는 셈이 돼. 그리고 이미 참석은 불가 피한 상황이고."

"방법이 없는 거네요."

"……찾아봐야지."

이제라도 회장님의 병환을 고백하는 건 어떻겠느냐는 제안을 하려던 재호가 그의 책상 옆에 쌓인 서류들을 보며 입을 다물었다.

그에게는 짊어져야 할 것들이 너무나도 많았다. 그의 인생은 가족과 회사가 전부였다. 스스로를 돌볼 시간도 없이 살아가고 있는 그가 무척이나 버거워 보였지만 별다른 방법이 없었다.

태승이 아니라면 이 회사를 책임질 수 있는 사람이 없다. 그의 친척들조차 이 회사를 빌미로 어떻게 해서든 자신들의 배만 불릴 생각으로 가득차 있었다. 그런 사람들로부터 그는 할아버지를, 아버지를 지키고 있었다. 혼자서 말이다.

"저도 찾아보겠습니다. 그리고 오늘 오전까지는 일정 조정해 놓겠습니다. 편하게 일 보세요."

서류를 들춰 보던 그가 재호의 마음을 느끼고는 씩 웃어 보였다.

"그렇게 안 해도 되는데."

그러자 재호도 그의 농담에 응수하며 픽 웃었다.

"그럼 일정 꽉꽉 채워 드려요?"

"아니. 나가 봐."

그가 손짓하자 재호도 웃으며 사무실을 나갔다. 재호의 농담 덕분에 기분은 전보다 확실히 나아졌지만 걱정은 여전히 남아 있었다. 중역 회의까지 일주일도 채 남지 않았다. 그때까지 확실한 방법을 찾아야 하지만 사실상 방법은 없었다. 그저 할아버지가 그 순간만이라도 정신을 놓치지 않는 것뿐, 사실상 운에 맡겨야 할 일이었다.

자리에서 일어난 그가 창가를 바라본 채 섰다. 창 너머 세상은 누군가의 바쁨이나 걱정, 불행, 초조함과는 상관없이 그저 흘렀다. 시간이, 세월이 물 흐르듯 자연스럽게 흘러갔다. 아직 낮도 되기 전인 이른 시간, 창 너머 세상을 바라보는 태승의 눈동자가 고민으로 깊어 갔다.

* * *

"반갑습니다. 오늘 부로 다시 마케팅 1팀으로 복직하게 된 윤슬입니다."

사무실로 복귀한 슬이 팀원들에게 인사를 했다. 그러자 다른 직원들이 모두 슬을 웃으며 반갑게 맞이해 주었다. 그러면서 팀원들 한 명, 한 명의 소개가 이어졌다.

"안녕하세요. 바이럴 담당 하주연입니다."

"안녕하세요. 영상 광고 담당 임주승입니다."

"반갑습니다, 선배님. 저는 언론을 맡고 있는 송이에요. 김송."

"안녕하세요. 기획 및 섭외를 담당하고 있는 신윤호입니다."

팀원들 한 명, 한 명과 눈을 맞춰 인사하던 슬의 앞으로 오른손 하나가 내밀어졌다. 고개를 들어 보니 오른손을 건넨 사람은 짧은 머리에 붉은 립스틱이 입술 선 바깥까지 칠해져 있어 유난히도 입술이 두드러져 보이는 30대 중반의 어떤 여자였다.

인상이 너무도 강렬해서 잠시 넋을 잃었던 슬이 정신을 차리고는 여자의 오른손을 마주 잡았다. 그러자 붉은 입술이 천천히 벌어지며 강렬한 첫인상과 다른 아주 여성스러운 목소리가 흘러나왔다.

"반가워요. 마케팅 1팀 팀장, 송건주예요. 윤 주임 이야기는 평소 차장님께 익히 들어 알고 있었어요. 입사부터 실력 꽤나 알아줬다고 하던데, 그래서인지 기대하는 바가 아주 큽니다."

시작부터 압박하는 것 같았지만 단순한 인사일 거라고 생각하며 슬이 말했다.

"열심히 하겠습니다, 팀장님."

"아니. 난 열심히보다는 잘하는 팀원을 더 원하는 주의라. 열심히는 기본이니 잘해 주길 바라요, 윤 주임."

건주가 싱긋 웃는데 슬의 몸에서는 왠지 모를 소름이 오스스 돋았다. 그것은 압박이 맞았다.

"여기가 선배님 자리."

슬의 자리 안내는 건주가 아닌 둥근 안경이 꽤나 잘 어울리는 송이 해 주었다. 의자까지 빼 주며 친절을 베푸는 송은 이리 봐도, 저리 봐도 착함이 얼굴에 적혀 있는 순한 후배였다. 그래서 슬도 거리낌 없이 송이 마련해 준 의자에 앉았다. 그리고 앞으로 송과 아주 친하게 지내고 싶다는 생각을 했다.

"그리고 이 파일들은 저희가 현재까지 진행해 왔던, 진행하고 있는 기획 자료예요. 한번 쭉 살펴보시면 금방 파악할 수 있으실 거예요. 그리고 한 시간 뒤에 전체 회의가 있어요. 회의도 함께 참석하시면 이해하시기 훨씬 수월하실 거예요."

"고마워요, 송이 씨."

슬이 부드럽게 웃으며 말하자 송이 부끄러워했다.

"저도 꼭 뵙고 싶었어요. 민지 언니가 선배님 이야기 엄청 했었거든요. 곧 돌아오신다고 그러셨는데 이렇게 뵙게 되어 너무 좋아요."

송은 대학 졸업 후 입사한 지 이제 겨우 1년 된 아직은 햇병아리에 불과했다. 처음 입사해 모든 것들이 생경하고 불안했던 송이에게 친근하게 다가와 준 사람은 같은 팀원도 아닌 기획팀의 민지였고, 민지는 송을 만날 때마다 슬의 이야기를 하곤 했다.

그래서인지 송은 슬이 불편하지 않았고, 오히려 어제 만났던 사이처럼 친근했다. 모든 면에서 털털하고 시원시원한 민지와 달리 슬은 섬세하고 부드러웠다. 송은 슬을 처음 봤을 때부터 그녀가 인형 같다고 생각했다.

인형처럼 작은 얼굴에 또렷한 이목구비, 옥구슬 굴러가듯 여리지만 단단한 목소리까지 모든 면에서 민지와 다르다고 느꼈지만 그래서 친구가 된 게 아닐까 생각했다.

"민지와도 잘 아는 사이예요?"

송이 민지를 언니라고 부르는 것을 보면 보통 친한 사이는 아닌 것 같았다.

"네. 제가 처음 회사 입사했을 때부터 엄청 잘해 주셨어요. 타 팀이긴 해도 우리 팀이랑 기획팀은 떼려야 뗄 수 없는 사이니까."

"그건 그렇죠. 민지랑 친하다고 하니까 덩달아 나도 친근해지려고 하네."

"저도 선배님이 낯설지가 않아요. 오히려 친근하다고 해야 할까요? 앞으로 잘 부탁드릴게요."

"나도 잘 부탁해요."

송은 환하게 웃으며 제자리로 총총 돌아갔다. 이로써 친한 언니가 둘씩이나 생겨 송은 너무도 행복했다.

송이 가고 드디어 혼자 정리할 시간을 갖게 된 슬은 전임자가 놓고 갔다는 인수인계 파일을 훑어보기 시작했다. 인수인계 파일에는 현재까지 진행해 왔고 진행 중인 프로젝트와 세부 기획서, 세부 진행 내역서 등등이 꼼꼼하게 정리되어 있었다. 이것만 보아도 전임자가 얼마나 섬세하고 책임감 있게 일을 해 왔는지 알 수 있었다.

그런데 왜 일을 그만두게 된 것일까? 문득 궁금해졌으나 대수롭지 않게 생각하고는 다시 서류에 집중했다.

한 시간 후, 회의실에 마케팅 1, 2팀 전 직원이 모두 모여 회의가 시작되었다. 건주의 주도로 이루어진 회의는 전적으로 무겁고 진지했다.

"유일 플레이스 오픈 초대장 제작 시안은 준비됐나?"

오늘 회의의 주요 안건은 곧 있을 유일 플레이스 오픈 기념 이벤트에 관한 것이었다. 건주와 다른 직원들은 현재 진행 중인 과정에 대해 이야기를 나누고 있었다. 이제 프로젝트에 합류하게 된 슬은 그저 팀원들과 건주가 주고받는 이야기를 묵묵히 듣고 있었다.

"네. 시안은 외주 디자인 업체를 섭외했고 일정 조율 중에 있습니다. 이번 주 수요일까지 마칠 수 있을 것 같습니다."

"그럼 목요일에 최종 시안 결정하는 것으로 하고. 초대받을 분들 명단은 확보됐어?"

"네. 명단 넘겨 드렸던 분들에서 몇 분 더 추가했습니다. 이 명단입니다."

건주가 넘겨받은 명단을 한 번 눈으로 슥 훑어보더니 그다음 진행 중인 안건으로 넘어갔다.

"이벤트 준비는 어떻게 됐어?"

그런데 슬은 회의 시작부터 지금까지 팀원들에게 질문하는 건주의 태도와 반말이 상당히 거슬렸다.

"시식회 및 시음회, 각 매장 할인 이벤트 등 기획했던 대로 준비하고 있습니다. 특히 시식회는 요즘 가장 핫한 인기를 끌어가고 있는 유은호 셰프님으로 섭외할 예정이고요. 마지막 조율 중이며, 그쪽에서도 긍정적으로 생각하고 있습니다."

"흐음, 뭐 나쁘지 않은데 왜 하필 유은호야?"

"네?"

난데없이 훅 치고 들어온 건주의 질문에 이번 오픈 기념식 행사 초대자 명단과 셀럽 섭외를 맡은 윤호가 반문했다. 그러자 건주가 정말 마음에 안 든다는 듯 개인적인 사심을 담은 이야기를 꺼내며 회의의 본질을 흐리기 시작했다.

"유은호 요즘 연애한다고 본업 제대로 신경 안 쓰잖아? 내가 알기론 그렇게 알고 있는데. 그리고 무엇보다 얼굴이 좀…… 별로지 않아?"

"아…… 네."

윤호의 표정이 굳어졌고 회의실 분위기가 급속도로 냉각되어 갔다. 다른 팀원들이 곁눈질로 윤호의 표정을 살피며 눈살을 찌푸렸다. 정말이지 상상조차 하지 못한 이유로 섭외 맨 마지막 단계에 있는 시식회 진행자를 잘라낼 줄은 몰랐다. 전까지만 해도 좋다고 당장 섭외하라고 할 때는 언제고 이제 와 마음에 안 든다니.

이대로 물러날 순 없었고, 물러나서도 안 되었지만 이 정도까지 말이 나온 걸 보면 다른 진행자를 찾아봐야 했다. 이건 건주의 거절이었다. 아주 명백한 거절.

"기간은 아직 좀 있으니까 섭외 다시 서둘러 봐."

"……네, 알겠습니다."

하지만 지금 이 상황이 가장 이해가 되지 않는 사람은 슬이었다. 자신이 알기로는 이번 오픈 기념행사가 한 달이 채 남지 않은 것으로 알고 있다. 그 시간 안에 다른 진행자를 찾는 것은 말도 안 되는 일이었다. 지금 섭외 막바지로 조율 중인 진행자가 돌이킬 수 없는 사건이나 사고로 사회적 물의를 빚고 있다면 당연히 진행자를 바꿔야 맞지만, 이건 단순한 개인적 사심으로밖에는 보이지 않았다.

무엇보다 이번 오픈 기념행사의 취지와도 맞지 않았다. 이번 오픈 행사의 중점은 오롯이 고객이 되어야 맞다. 유일 플레이스를 찾아와 줄 잠재적 고객에게 타깃층을 맞춰야지, 셀럽의 유명세가 전부가 되어서는 안 되었다.

출근한 지 이제 겨우 두 시간 정도가 지난 지금, 슬은 앞날이 너무도 뻔히 보였다. 하지만 팀원들이 모두 지켜보는 자리에서 건주의 잘못된 점을 짚어 내기에는 무리가 있다고 생각했다. 우리 팀을 이끌어 갈 수장에 대한 예의가 아니었다. 일단은 참고 기획을 더 살펴본 다음 말하는 게 우선이었다.

"그럼 오늘 회의 끝내죠."

건주가 회의실을 나가자마자 팀원들의 한숨이 이어졌다. 특히나 윤호의 표정이 좋지가 않았다. 한숨을 연거푸 내쉬는 모습을 보면서도 팀원들은 위로의 말도 건네지 못했다. 지난 몇 개월을 잠도 못 자고 매달렸고 마지막 조율만 끝내면 되는 일이었는데, 한 사람의 개인적 사심으로 인해 수포로 돌아갔으니 그 심정이 오죽하랴.

팀원들 모두 윤호의 눈치만 보고 있는데 한숨만 푹푹 내쉬던 그가 말도 없이 회의실을 박차고 나갔다. 담배라도 하나 피워야겠다고 생각한 모양이다.

"어깨가 축 처졌네, 처졌어."

윤호가 나간 문을 보며 주연이 혼잣말로 중얼거리자 고요했던 침묵이 깨지며 팀원들이 하나둘 입을 떼기 시작했다.

"왜 안 그렇겠어. 유은호도 겨우 섭외한 건데."

"말이 한 달이지. 유은호 섭외할 때도 거의 3개월 걸리지 않았나? 매달리고, 사정하고."

"설마 얼굴 때문에 자를 줄은 몰랐다. 미친 거 아니야?"

주승이 아까 팀장이 했던 말을 되뇌며 흥분하니 옆에 앉은 주연이 그를 툭 치며 주의를 주었다. 그때 하필이면 주승의 시선이 정면에 앉은 슬과 마주쳤고, 슬은 우연찮게 그들이 자신을 어떻게 생각하고 있는지를 알게 되었다.

"먼저 나가 볼게요."

팀원들이 불편해할 것을 알고는 슬이 먼저 자리에서 일어났다. 그러자 송이도 따라 일어나 회의실 밖으로 나왔다. 나오면서도 슬은 기분이 썩 좋지 않았다. 팀원들 눈에 자신이 어떻게 비춰지고 있는지를 알게 되니 씁쓸하기도 했다.

하지만 어쩔 수 없었다. 3년간의 공백이 있었고, 그 공백만큼 팀원들과도 벽이 존재할 수밖에 없었다. 팀원들과의 유대 관계는 시간이 가면 해결해 줄 것이다. 그런데도 기분은 한없이 밑으로 가라앉고 있었다.

"주임님, 이따 점심 먹고 카페테리아에서 커피 한잔하실래요?"

회의실에서부터 줄곧 상황을 지켜봐 온 송은 슬의 기분을 풀어 주려 살갑게 말을 붙여 왔다. 송의 마음을 아는 슬이 슬며시 웃으며 다시 기운을 냈다.

"그럴까요? 카페테리아 커피가 특히 맛이 예술이던데."

"드셔 보셨어요? 아, 드셔 봤겠구나. 근데 카페테리아보다 요 앞에 커피숍 커피가 더 맛있어요. 디저트도 맛있고."

"디저트 좋아해요?"

슬은 송과 함께 이야기를 주고받으며 천천히 사무실을 향해 걸어갔다.

* * *

점심시간. 12시가 되자 직원들이 하나둘 컴퓨터를 절전 모드로 바꾼 다음 사무실을 나섰다. 슬도 송과 함께 사무실을 나오자 기다렸다는 듯 민지가 다가와 슬의 팔짱을 꼈다.

"엇? 그러고 보니 둘이 그새 친해진 거야?"

민지가 슬의 팔에 팔짱을 끼고 있는 송을 보더니 놀리기 시작했다.

"그럼. 같은 팀인데."

"같은 팀끼리 서로 감싸 준다 이거지? 같은 팀 아닌 사람 서러워 살겠나."

슬이 송을 감싸자 민지가 서운하다는 듯 입술을 삐죽거렸다. 그러자 송이가 민지 옆으로 가 팔짱을 끼우며 애교를 부렸다.

"내 팀, 네 팀이 어디 있어? 기획이나 마케팅이나 다 같은 팀이지. 안 그래? 그리고 오늘 주임님이랑 같이 요 앞 카페 가기로 했는데, 같이 갈 거지?"

"당연한 거 아니야? 그리고 웬 주임님? 우리끼리 있을 땐 그냥 언니라고 불러, 슬이한테도."

"에이, 그래도. 오늘 처음 뵙는데 바로 그러는 건……."

"그게 무슨 상관이야? 오늘이나 내일이나 봤으면 된 거지. 슬이 넌 얘가 언니라고 부르는 거 싫어?"

민지의 말에 슬이 고개를 저었다. 그러면서 송이에게 말했다.

"난 오히려 그렇게 부르는 게 더 좋을 것 같은데. 송이 씨는 어때요?"

"송이 씨가 뭐야? 너도 그냥 송이라고 부르고, 너도 슬이한테 언니라고 부르고 서로 그렇게 지내라고. 오케이?"

역시나 세상 쿨한 여자답게 민지는 깔끔하게 두 사람의 관계를 정리해 주었고, 두 사람도 오케이를 외쳤다. 그렇게 서로서로 언니, 동생 사이가 된 세 사람이 함께 식사를 마치고 로비로 들어오는데, 때마침 태승도 로비를 가로지르고 있었다. 그 모습을 가장 먼저 본 민지가 너무도 신난 목소리로 외쳤다.

"어? 사장이다."

그 말에 슬의 두 눈이 반사적으로 그를 찾았다. 그러다 민지가 보고 있는 방향에 태승이 걸어가고 있는 모습이 보였다.

태승은 멀리서도 확실히 눈에 띄는 남자였다. 키가 너무 커서 그를 보려면 고개가 꺾이도록 올려 봐야 했고, 두 팔로 감싸 안을 수도 없게 어깨가 넓었으며, 작은 얼굴에 높은 콧대, 귀를 기울이고 싶게 만드는 낮은 중저음의 목소리까지 나무랄 데가 없었다. 완벽한 신체 조건 덕분인지 정장이 참으로 잘 어울렸고 어디를 가나 모든 이의 주목을 받았다. 지금도 그가 지나갈 때마다 여직원들의 황홀한 시선이 따라 다녔다.

"이야, 아주 오늘도 얼굴이 열일 하네, 열일 해. 아! 슬이 넌 처음 보지? 우리 사장."

다른 여직원들처럼 민지도 한껏 흥분해서는 슬에게 물었다. 그러자 슬이 두 눈으로 회사를 나가는 태승의 뒷모습을 좇으며 대답했다.

"어…… 처음……이지."

로비 밖으로 나간 태승은 앞에 주차되어 있는 차에 올랐고, 차는 곧장 멀리 사라져 갔다. 그 모습을 끝까지 지켜보던 슬은 기분이 이상해졌다. 어제까지만 해도 그는 무척이나 친근한 사람이었다. 가깝지도 멀지도 않은 사이였지만 그래도 그가 먼 사람은 아니라고 생각했다.

하지만 지금 보는 그는 무척이나 낯설었고 먼 사람 같았다. 한마디로 말해 자신과는 전혀 다른 세상 속에 살아가는 사람 같다고 해야 할까? 아니, 솔직히 말하면 그는 다른 세상 사람이 맞다. 저렇게 많은 사람들을 거느리고 평생을 살아야 하니 그게 맞는 거다. 이제야 현실이 보여서 슬은 더없이 쓸쓸해졌다. 기분이 정말 이상했다.

* * *

계열사 사장들과의 오찬을 위해 한식당으로 가는 길, 태승은 별로 원하지 않는 자리였지만 어쩔 수 없이 가야만 하는 곳이었다. 점심을 먹기도 전인데 벌써부터 속이 더부룩해진다.

"속 안 좋으십니까, 사장님?"

룸 미러에 비친 그의 안색이 좋아 보이지 않는지 기사가 물었고, 그는 고개를 저었다.

"괜찮습니다."

기사는 대신 속도를 늦추며 최대한 움직임 없이 이동하기 위해 운전에 집중했다. 반면에 그는 고개를 창가로 틀었다가 휴대폰을 꺼내 본가로 전화를 걸었다.

"접니다, 이모님."

이제 막 점심 식사를 끝낸 남희가 설거지를 하려다 말고 그에게 걸려 온 전화를 받았다.

"점심은 드셨어요? 할아버지는요?"

―점심 잘 드셨고 지금 양치하는 중이셔. 오늘 컨디션도 아주 좋으시니까 너무 걱정 말고. 류 사장 점심은? 먹었고?

"네. 먹었습니다."

아직 먹기 전이지만 남희가 걱정할까 부러 거짓말을 하는 그였다. 사실 완전한 거짓말도 아니었다. 지금 먹으러 가는 길이었으니까. 휴대폰 너머로 들려오는 차 소리를 들은 남희가 서둘러 전화를 끊으려 했다.

―지금 이동하는 중인가 보네. 어여 일 봐. 무슨 일 있음 바로 연락할 테니까.

"네. 알겠습니다. 들어가세요, 이모님."

―응. 그래.

태승은 남희가 전화를 끊을 때까지 정중함을 잃지 않았다. 끊긴 휴대폰을 잠깐 들여다보다가 주머니에 넣으려던 그가 다시 어디론가 전화를 걸었다. 이번에는 망설이지 않았다. 하지만 상대방은 여전히 묵묵부답이었다. 아쉽게 전화를 내려놓은 그가 힘없이 중얼거렸다.

"바쁜가……."

아님 설마 내 전화를 부러 피하는 건가?

아침부터 지금까지 전화를 받지 않는 상대방 때문에 그의 낯빛이 아까보다 더 어두워졌다.

* * *

한식당 앞에 도착하니 이미 검은색 세단 차량들이 줄지어 서 있는 것이 보였다. 차에서 내리자 다른 계열사 사장들도 같이 내렸다. 그들은 태승을 보자마자 악수를 청해 왔고 그는 그 악수에 화답하며 함께 한식당 안으로 들어갔다. 한 걸음, 한 걸음 내딛는 그의 발걸음이 쇳덩이를 얹은 것처럼 무겁기만 했다.

"어이쿠, 류 사장님. 어서 오십시오."

한복을 곱게 차려 입은 직원이 열어 주는 문 안으로 들어가자, 긴 테이블에 모여 앉아 거나하게 낮술을 마시고 있는 계열사 사장들이 보였다. 그리고 그들 가운데 섞여 앉아 있는 그의 고모부, 중열도 보였다. 중열은 술잔을 기울이며 시선을 줄곧 태승에게 두었다.

그중 가장 바깥쪽에 앉아 있던 유일 테크의 이성하 사장이 그를 맞이했다.

"오랜만에 뵙습니다, 류 사장님."

"오랜만입니다, 이 사장님. 건강은 괜찮으십니까?"

성하를 보는 것은 정말 오래간만이었다. 그가 건강이 좋지 않다는 사유로 병가를 신청했던 때가 6개월 전이었으니, 약 반년 만에 보는 것이었다.

"그럼요. 괜찮습니다. 어서 올라오시죠."

룸이라 신발을 벗고 문턱을 밟고 올라가자 직원들이 그가 벗어 놓은 구두를 가지런히 놓고서는 양쪽 문을 닫아 주었다. 성하는 태승을 데려가 중열이 앉은 상석 왼편에 앉혔다.

얼결에 가장 불편한 자리에 앉게 된 태승은 고모부인 중열에게 목례해 보이고는 눈앞에서 벌어지고 있는 술판에 눈살을 찌푸렸다. 이제 막 12시가 지난 시각이었고 점심시간이 끝나면 각자 회사로 업무 복귀를 해야 했다. 그런데도 이들은 낮술을 부어라, 마셔라 하고 있으니 태승으로서는 한심한 처사가 따로 없었다.

"제 잔 한 잔 받으시죠, 류 사장."

평소 같으면 거절했을 테지만 유일 테크의 이 사장이 주는 잔이라 태승은 거절하지 않는 대신 받아만 두었다. 이어 성하의 잔에 소주를 따라 주자, 그가 잔을 높이 들며 건배사 준비를 했다.

"류 사장도 왔으니 다시 본격적으로 식사해야 하지 않겠습니까? 그런 의미에서 류 사장님께서 한 말씀 하시죠."

"아, 아닙니다. 그냥 맛있게 식사하는 것으로 하죠. 약주는 조금만 드시고요, 이 사장님."

"네, 그러겠습니다."

태승은 정중히 식사하는 것으로 대신하자고 제안한 뒤에 성하의 건강을 염려했다.

어느덧 식사 자리는 무르익어 갔고 테이블 끝에 앉아 있던 성하가 태승의 바로 곁에 앉아 이런저런 담소를 나누게 되었다.

"회장님은 좀 어떠세요? 많이 안 좋으신 겁니까?"

"아니요. 많이 좋아지셨습니다. 정정하세요."

"다행입니다. 회장님이 통 안 보이셔서 걱정이 많았는데, 한번 따로 찾아뵈어야겠어요."

"언제든 오세요. 회장님께서도 이 사장님 보심 기뻐하실 거예요."

두 사람은 무척이나 다정해 보였다. 그런 그들을 유심히 지켜보고 있던 중열이 끼어들었다.

"저한테는 회장님 안부 안 물어보시더니, 류 사장한테는 바로 물어보시네요, 이성하 사장님."

자신도 유일 그룹의 사위이고 가족인데 회장님 안부를 태승에게만 물으니 그것이 아니꼽던 모양이다. 비꼬듯 꼬집는 중열의 말에 성하도 언짢았지만 티 내지 않고 정중히 대답했다.

"꼭 그런 이유 때문만은 아니었습니다. 류 사장과 오랜만에 만나서 물은 말이었어요."

하지만 중열은 이미 한번 삐뚤어진 터라 무슨 말을 한다 한들 그의 귀에 들어오지 않았다. 그렇지만 그런 마음을 내색하는 자체가 하수이므로 중열도 부드럽게 웃는 가면을 쓴 채 대꾸했다.

"농담이었습니다. 바로 정색하실 것까지야. 부러워서 잠깐의 질투를 한 것이니 이해해 주세요, 이 사장님."

화통하게 웃은 중열이 성하의 잔에 술을 따라 주고 이어 태승에게도 한 잔 건네었다. 하지만 태승은 이번에도 한결같이 거절했다.

"회사에 다시 들어가 봐야 해서요."

그러자 중열이 멋쩍게 웃으며 성하에게 한풀이하듯 말했다.

"하여튼 멋대가리가 없어요, 이 녀석은. 요즘에는 융통성 없는 사람들을 이렇게 부르더라고요. FM이라고. 제 조카 녀석이지만 FM이에요."

그가 굳이 하지 않아도 될 말까지 해 보이는 이유는 자신이 이 융통성 없는 조카 놈의 고모부라는 사실을 은연중에 알리고 싶어서라는 것을 성하는 용케 알 수 있었다. 마찬가지로 태승도 성하가 생각하는 그대로를 느끼고 있었다. 중열 역시 그들이 제가 하는 말의 뜻이 무엇인지를 간파하고 있을 거라고 생각했다.

결국 챙, 하며 경쾌한 울림을 주는 잔은 성하와 중열의 잔뿐이었다. 중열은 술잔을 입에 가져가면서도 두 눈만은 여전히 표독스러웠다.

"저도, 저도 끼워 주십시오."

이번에는 유일 리테일의 김영호 사장이 그들 틈으로 끼어들어 빈 잔을 내밀었다. 그런데 의아한 점은 빈 잔을 중열도, 성하도 아닌 태승에게 내밀었다는 것이다.

"오늘은 왠지 류 사장에게 술을 받고 싶은데, 어떻게 안 되겠습니까?"

약간 당황스러운 것은 사실이지만 안 될 이유는 없었다. 태승이 소주병을 들어 영호의 잔에 술을 채워 주었다.

"저도 따라 주고 싶은데."

영호가 소주병을 들어 보이며 아직 다 비우지 못한 잔을 보고 말했다.

"아니요. 업무가 남았습니다."

이번에도 거절했으나 이미 술에 취해 버린 영호는 막무가내 식이었다.

"한 잔 정도는 괜찮지 않습니까? 그리고 지난번 일도 사과할 겸 따라 주고 싶은 건데 굳이 이렇게 거절을 하시면…… 제 손이 부끄럽지 않겠습니까,

류 사장?"

정말 마시고 싶지 않았는데 한사코 거절하기도 어려워 결국 그가 잔에 채워진 소주를 단번에 털어 넣었다. 그러고는 빈 잔을 내밀자 영호가 취기에 손을 떨며 소주를 채웠다.

"이 한 잔에 그때 남은 앙금 모두 털어 버립시다, 류 사장? 자, 그럼 건배!"

영호가 잔을 부딪치며 잔에 든 소주를 한 입에 털어 마셨고, 그도 채워진 소주를 모두 비워 냈다. 술이 들어가서인지 아까보다 더 한층 목소리가 커진 영호가 이번에는 그의 연애사에 참견하기 시작했다.

"아니, 류 사장은 애인 없나? 회장님께서 말씀 안 하셔?"

이것이 화근이 되고야 말았다. 영호의 한마디에 너도, 나도 한마디씩 거들기 시작하더니 급기야 주변에 소개시켜 줄 참한 여자가 없는지 알아보겠다며 자리가 떠들썩해졌다.

"류 사장 외모야 연예인 저리 가라 아닌가? 그 외모면 여자들이 줄을 설 것인데, 왜 여자들이 매력을 못 느낀대?"

"떼, 그런 말 하면 못 쓰지. 류 사장이 어디가 못 나서 여자를 못 만나겠어? 안 만나는 거면 모를까? 근데 왜 여자를 안 만나, 류 사장?"

"설마 혼자 살 건 아니지? 남자는 자고로 결혼을 해서 가정을 이뤄야 남자인 거야. 그리고 앞으로 중한 일이 얼마나 많은데. 그럼 좋은 가문의 여자와 결혼을 해야지."

그렇지 않아도 불편하고 따분한 자리, 한시라도 더 있고 싶지 않아진 그가 자리에서 일어나려는데, 그 순간에 잠자코 있던 중열이 그들을 중재하기 시작했다.

"자자, 남의 연애사는 그만 떠들고. 왜 당신들이 난리야, 난리가? 우리 가문에서 다 알아서 어련히 할까."

"어련히 안 하니까 문제인 거지. 박 사장이야말로 조카를 너무 신경 안 쓰는 거 아니야? 이제라도 좀 알아봐서 좋은 가문의 여자와 인연을 만들어 줘 봐."

얼큰하게 취한 사장들은 자신들이 지금 무슨 말을 하고 있는지도 모르고 있을 것이다. 아마 내일 아침이면 땅을 치며 후회하게 될지도 모른다. 취했다는 이유 하나만으로 이들은 잊을 수 없는 흑역사를 하나씩 만들고 있었다.

"그렇지 않아도 조만간 자리 만들려고 했어. 이런 자리에서는 굳이 말 안 하려고 했는데 하게들 만드는구먼."

"그게 무슨 소립니까? 자리라뇨?"

이제까지 잠자코 앉아 침묵만을 지키고 있던 태승이 처음 반응을 보였다. 그러자 중열은 속으로 쾌재를 부르며 겉으로는 난감하다는 듯 답했다.

"이런 자리에서 할 이야기는 아니지만 류 사장도 가정을 꾸릴 때가 됐잖아. 그래서 혜명이가 알아보고 있던 모양이야. 하나뿐인 조카 좋은 가문의 여자 만나게 할 거라고. 회장님께서도 허락하셨고."

"할아버지가 허락하셨다고요?"

"그럼. 언제 우리가 회장님 허락 없이 움직이는 거 봤어? 허락하셨으니까 혜명이가 찾아보고 있는 거지. 우리한테는 아들이 없잖아. 딸 하나 있는데, 유학 가 있는 상태고. 신경 쓸 사람이라고는 류 사장뿐인데 좋은 혼처 알아보는 일은 우리가 해야지. 그게 또 먼저 간 형님에 대한 예의고."

할아버지에 이어 아버지까지 들먹이며 조롱하듯 말하는 중열에게 이가 갈렸지만 태승은 또 한 번 참는 길을 택했다. 지금은 때가 아니었다. 언젠가 이 수모를 모두 갚아 줄 때가 올 테니까.

그리고 어차피 그는 결혼과 여자를 생각하고 살지 않았다. 그에게 결혼과 여자는 그저 필요에 의한 조건부 정략, 그 이상도 이하도 아닌 것이었다. 그저 필요에 의해 맺어질 것이었으니까 말이다. 그런데 왜 한 번도 생각해 본 적 없고 고민해 본 적 없던 결혼이 망설여지는 걸까. 왜, 도대체 왜 다른 여자와 하게 될 결혼이 싫을까.

왜 그 여자가 생각날까.

"먼저 일어나 보겠습니다."

뒤도 돌아보지 않고 식당을 나온 태승은 곧장 차에 올랐다. 기사도 태승이 걸어 나오는 것을 보며 얼른 차에 올라 식당을 빠져나와 도로를 내달렸다.

"어디로 갈까요, 사장님?"

식당을 나와 도로를 내달리는 동안에도 그는 휴대폰을 손에서 놓지 않았다. 누군가에게 계속 전화를 거는 그의 모습이 어딘가 초조해 보이고 조급해 보였다. 난생 처음 보는 생경한 모습이었다.

"연남…… 여보세요? 윤슬 씨?"

그녀가 사는 연남동으로 가자고 말하려던 그가 휴대폰 너머로 들리는 낯익은 목소리에 표정이 밝아졌다.

"어딥니까, 지금?"

슬이 휴대폰을 가방에 넣어 놓고 이제껏 까먹고 있다가 갑자기 울린 진동음에 서둘러 받은 전화였다. 목소리를 듣자마자 태승이라는 것을 알게 된 슬이 움찔했다. 하지만 이내 마음을 가다듬고 담담히 답했다.

—무슨 일인데요?

"……만났으면 해요. 지금."

—지금은 좀 곤란한데요. 무슨 일이시죠?

지나치게 차분하고 차가운 목소리였지만 상관없었다. 그는 지금 당장 그녀를 보는 것이 더 먼저였다.

"무슨 일 없어요. 없는데 만나야겠어요."

만나요도 아니고 만나야겠다는 단호함이 묻어나는 목소리에 슬의 심장이 다시금 요동쳤다. 위험하다. 이 상태대로라면 아주 위험하다.

"무슨 일이 있어도, 없어도 만나고 싶어요. 만나요, 지금 당장."

그가 지금 어떤 얼굴을 하고 있고 어떤 심정인지 알 것만 같다. 아니, 느껴진다. 그의 목소리에서 다급함, 조급함이 슬에게까지 와 닿았다. 하지만 슬은 아니었다. 아니어야 한다. 자꾸만 제게 다가오려는 이 남자를 밀어내야만 한다. 그런데 그게 쉽지가 않다. 그가 하는 말, 내뱉는 숨소리 하나하나에 떨리고 있었다.

—지금 당장은 곤란하다니까요.

"그럼 기다릴게요. 당신이 올 때까지."

—이봐요.

"……보고 싶어요."

화를 내야 했다. 더 이상은 곤란하니까 더는 다가오지 말라고……. 그러나 보고 싶다는 그의 말에 슬은 무너지고야 말았다. 심장이 펑 하고 터져 버릴 것 같았다.

5. 나랑 연애할래요?

슬은 끊긴 전화를 내려놓고 평정심을 되찾으려 길게 심호흡을 했다. 하마터면 그 달콤한 말에 넘어갈 뻔했다. 애당초 넘봐서는 안 될 남자다. 방금 그가 어떤 사람인지를 알고도 또 설렜다니.

지난번에도 그렇고 오늘도 그렇고 그런 말을 서슴없이 막하는 스타일인가? 아무 여자들한테나 막 그래? 그 생각이 들자 잠시 찾았던 평정심이 사라지려고 한다. 그러다가도 그새 풀이 죽었다. 하긴 내가 뭐라고, 질투? 웃겨.

한참 곱씹어 보던 슬은 다시금 업무에 집중하기 시작했다. 하지만 글자가 눈에 들어오질 않았다. 자꾸만 머릿속에 그 남자가 불쑥불쑥 떠올랐다. 그 얼굴로, 달콤하기까지 하다니. 정말 위험한 남자다.

오후 6시, 퇴근 시간이 되자 사무실에 있던 모든 사원들이 우르르 몰려나갔다. 아직 할 일이 남은 슬은 듀얼 모니터를 뚫어져라 보고 있었다.

"선배님, 퇴근 안 하세요?"

퇴근한 줄 알았던 송이의 목소리에 슬이 조금 놀라 대답했다.

"아직 할 일이 좀 남아서요. 송이 씨 끝났으면 먼저 퇴근해요."

짧게 대답한 뒤 다시 일에 집중하려는데 송이 슬금슬금 다가왔다.

"많이 남으신 거예요? 그런 거 아니면 같이 퇴근해요, 선배님."

"아녜요. 먼저 퇴근해요."

"에이, 그래도 선배를 두고 어떻게 먼저 가겠어요, 제가. 같이 가요."

송이의 끈질긴 설득에 잠시 고민하다 어차피 태승 때문에 머리도 복잡하니, 빠른 퇴근이 낫겠다 싶어 슬도 자리에서 일어났다.

한창 퇴근 시간이라 지하철 안은 사람들로 북적거렸다. 퇴근하는 사람들 사이에 끼인 슬은 꼼짝도 할 수 없이 겨우 숨만 쉴 수 있었다. 그렇게 30분을 달려서야 역 앞에 내린 슬이 한숨을 폭 내쉬었다. 이 짓을 다시 해야 한다니, 끔찍했다.

계단을 타고 올라오니 가방에 넣어 둔 휴대폰이 울렸다. 혹시나 그 사람은 아닐까 했지만 전화를 건 사람은 다름 아닌 윤건이었다.

"응. 오빠."

대답하는 슬의 목소리에는 기운이 하나도 없었다.

─어디야?

"퇴근하는 길. 오빠는? 병원?"

─아니. 오늘 비번이라 집이야. 근데 퇴근하는 길이라니? 복직한 거야, 벌써?

성해에게 말하지 않았으니 당연히 윤건도 모르고 있는 일이었다. 복직할 거라는 이야기는 들었어도 이렇게 빨리 복귀했을 줄은 몰랐다는 듯 윤건의 목소리가 커졌다.

"응. 오늘이 첫 출근이었어."

─아버지는 아시고? 말씀드렸어?

"아직. 말씀드리려고 했었는데 타이밍을 놓쳐서."

—그래도 했어야지. 아버지 걱정 많으신 거 알면서.

"알지. 아는데 타이밍을 계속 놓쳤어."

—하아. 너도 참. 언제 말씀드릴 건데?

"내일이나 모레쯤에 찾아뵐 생각이었어."

—그럼 내일 병원으로 와. 나랑 같이 있을 때 말씀드려. 내가 아버지껜 살짝 귀띔할 테니까.

"응. 고마워, 오빠."

—고맙긴. 우리가 남도 아니고. 저녁은 먹었어?

"아니. 가서 먹어야지. 오빤 먹었겠네? 뭐 먹었어?"

—나도 아직이야. 지금 먹을 참이고. 그냥 아예 지금 올래? 같이 먹자.

"아니야. 오늘은 그냥 쉴래. 피곤해."

—약은 잘 챙겨 먹지?

"응. 잘 먹고 있으니까 걱정 마. 내가 한두 살 먹은 애도 아니고."

통화를 하다 보니 어느덧 집 앞 현관에 다다랐다. 그제야 통화를 끝낸 슬이 터벅터벅 바닥에만 눈길을 둔 채 걸어갔다. 그런데 바로 앞에 못 보던 구두 한 켤레가 눈에 들어왔다.

검은색의 반질한 구두코를 보다가 천천히 시선을 들어 올리자 자신을 내려다보고 있는 태승이 보였다. 깜짝 놀란 슬이 "엄마야!" 하며 뒷걸음질 치려다 뒤로 넘어가려는 것을 그가 얼른 허리를 받쳐 주었다. 얼결에 그의 품에 안기게 된 슬이 태승의 눈을 똑바로 쳐다보며 두 눈을 크게 떠 깜빡거렸다. 어, 어떻게 이 남자가 여기에 있는 걸까?

"늦었네요."

그만의 부드러운 음성이 슬의 귀를 타고 심장까지 전해져 찌르르 울림을 냈다. 목소리를 듣는 것만으로도 심장이 요동치고 있었다.

"왜, 왜 여기에 있는 거예요?"

"아까 말했는데, ……보고 싶다고."

"내가 보고 싶어서 온 거라고요? 여기까지? 우리 집 주소는 어떻게 알고요?"

"기억 안 나요? 지난번에 내가 데려다준 적 있는데. 그나저나 언제까지 이러고 있을 거예요?"

그제야 슬이 그에게 안긴 상태로 대화를 나누고 있었다는 것을 알아차리고는 몸을 바로 했다. 그러자 등 뒤에 닿아 있던 그의 온기가 사라져갔다.

"어디 다녀오는 겁니까?"

"퇴, 퇴근하는 길이죠."

"아. 그래서 곤란하다고 했던 거구나."

그는 그녀가 혹시라도 자신이 불편해서 만남을 피하는 줄만 알았는데 그게 아니어서 다행이라며 피식 웃었다. 반면에 슬은 그가 왜 갑자기 웃는지 몰라 물었다.

"왜 웃는 거예요?"

"윤슬 씨가 날 피하는 것 같았거든요. 내가 싫어서 그런 줄 알았는데 회사 일 때문이라니까 다행이다 싶어서요."

태승의 말에 슬은 살짝 찔려 했다. 일부러 피한 게 맞으니까. 그가 어떤 사람인지를 자각하게 된 이상 곁에 있어서는 안 되겠다고 생각했으니까. 그래서 일부러 피한 건데 그걸 느끼고 있었다니. 하긴 그는 본래 통찰력 있고 촉이 좋은 남자였다.

"그런데 여긴 언제 온 거예요? 내가 언제 올 줄 알고…… 설마 그때부터 기다린 거예요?"

"언제부터요? 아까 전화한 그때부터 기다렸는지 묻는 거예요?"

여기에서 그때부터라는 것은 태승이 슬에게 보고 싶다고 말한 순간부터인지를 묻는 말이었다. 슬은 그걸 다 알면서 굳이 짓궂게 되묻는 태승이 얄미웠다. 알면서 꼭 놀리고 싶을까?

"그, 그래요. 설마 그때부터 기다린 건 아니죠?"

"그렇다고 하면 밥이라도 주나?"

그 말에 슬이 화들짝 놀라며 눈이 토끼처럼 커져서는 큰 목소리로 물었다.

"진짜 그때부터 기다린 거예요? 그때가 3시 좀 넘었을 때였으니까……
세 시간을?"

태승은 깜짝 놀란 얼굴로 그렇게 오래 기다렸냐고 묻는 슬이 귀여웠다.
이런 얼굴도 있었구나. 계속 보고 싶을 만큼 사랑스러운 얼굴이었다.

"정확히는 세 시간 반 정도? 너무 오래 기다렸더니 배도 고프고 다리도
아프고……."

그렇게 오래 기다린 것은 아니었다. 그도 제 볼일을 마치고 온 터라 기다
려 봐야 고작 30분 정도밖에 되지 않았다. 그런데 왜 거짓말을 한 걸까?
아마도 그는 그녀의 이런 표정을 보고 싶었던 듯하다. 놀라면 눈이 커지고,
당황하면 말을 더듬고, 흥분하면 귀여워지는 그녀의 생생한 표정을 보고
싶어서 자꾸 놀리고 싶어지나 보다. 그런데 이런 반응은 예상하지 못했다.

"지금 장난해요? 세 시간 반을 내리 기다리는 사람이 어디 있어요?
휴대폰은 장식품이에요? 전화를 하든가, 어디 가서 기다리든가. 안 오면
그냥 가든가. 날 왜 기다려요?"

그녀의 투명한 눈망울에 굵은 눈물이 방울방울 맺히더니 투두둑 뺨 위로
흘러내리고 있었다. 그 눈물을 보는 순간 그의 가슴 한구석이 마구 저려
왔다. 자신의 짓궂은 장난이 결국 그녀를 울리고야 만 것이다.

"왜 울고 그래요, 윤슬 씨?"

그녀가 울자 그는 어쩔 줄을 몰라 했다. 여자를 만나 본 적이 없으니
울면 어떻게 달래야 하고 무슨 말을 어떻게 해 줘야 할지도 모르겠다.
일에 있어서는 철두철미하게 냉철함을 잃지 않고 어떻게 해서든 이익을
따 내던 남자는 사랑 앞에서, 우는 여자 앞에서는 어쩔 줄 모르는 바보
였다.

"울지 말아요. 내가 잘못했어요."

태승이 다가가 그녀를 살포시 품에 안았다. 우는 여자를 달래는 방법은 진심밖에 없었다. 한 품에 쏙 들어오는 그녀는 무척이나 작고 여려서 안으면 부서질 것 같아 세게 끌어안지도 못하겠다.

제 앞에서도 굴하지 않고 당당했던 여자였다. 부당한 대우를 받는 것에 있어 자존심을 내세울 줄 알고 아무리 좋지 않은 인연으로 묶인 사이라 해도 따뜻하게 위로를 건넬 줄 아는 선한 여자였다.

그런 여자가 제 품에 안겨 울고 있으니 이상하게도 감싸 주고 싶고, 안아 주고 싶고, 마음이 쓰였다. 그래서 저도 모르게 그는 그녀를 감싸 안은 팔에 힘을 줘 좀 더 꽉 당겨 안았다. 그제야 슬이 정신을 차리고는 그의 가슴팍을 밀쳐 냈다.

"됐어요. 누가 멋대로 안으래."

처음부터 그를 밀어냈어야 하지만 그가 내준 품이 무척이나 따뜻했다. 그가 그 오랜 시간을 내리 기다리고 있을 줄은 상상도 하지 못한 일이라 당황스러웠고, 그 시간 내내 저는 그를 밀어낼 생각만 하고 있었던 것이 미안해서 눈물이 났다. 이런 일에 쉽게 눈물을 흘릴 만큼 약하지 않은데, 그에게만큼은 약하게 보이고 싶지 않은데 결국 눈물을 보이고 말았다. 그 것이 창피하기도 하고 어색하기도 해서 슬은 그를 퉁명스럽게 대했다.

"오래 기다리지 않았어요. 나도 내 볼일 다 보고 온 거예요. 윤슬 씨 기다린 건 고작 30분도 채 안 됐어요."

"그럼 그렇게 말을 했어야죠. 왜 장난을 치고 그래요?"

세 시간 반을 기다렸다는 게 거짓말이었다니. 더 억울해진 슬이 소리치자 그가 옅은 미소를 지으며 미안한 얼굴로 대답했다.

"모르겠어요. 이상하게 윤슬 씨만 보면 장난치고 싶고 그래요. 웃게 만들어 주고 싶다고 해야 하나?"

그의 표정이 다시금 진지해졌다.

"……류태승 씨가 웃고 싶은 건 아니고요?"

슬은 그의 말이 그렇게 들렸다. 자신을 웃게 해 주고 싶다기보다는 자신이 웃고 싶다는 소리로. 그래서 되물으니 그가 씁쓸한 미소를 띠며 고개를 끄덕였다.

"그럴지도 모르죠. 아니, 맞아요. 내가 웃고 싶어서 윤슬 씨한테 자꾸 장난을 거는 것 같아요. 근데요, 나 아무한테나 그러지 않아요. 윤슬 씨니까. 당신이니까 장난치는 거예요."

그가 눈을 맞추며 이야기하는데 또다시 심장이 떨려 왔다. 왜 이렇게 저를 떨리게 하는지 모르겠다. 어디 달달한 말 배우는 학원을 다니나 싶을 정도로 그가 내뱉는 한 마디, 한 마디가 슬을 설레게 했다.

"내가 만만해서 그러는 건 아니고요?"

아직은 그에게 넘어가고 싶지 않은 마음이 커서 또다시 슬은 선을 긋듯 조금은 냉랭하게 물었다. 그럼에도 태승은 웃으며 고개를 끄덕였다.

"윤슬 씨가 만만한 것도 없지 않아 있고."

"뭐라고요?"

슬이 앙칼지게 째려보니 태승이 웃으며 바로 옆에 정차해 둔 조수석 차문을 열어 주었다.

"타요. 밥 먹어요, 우리."

여기까지 와 주고 기다린 사람을 돌려보낼 순 없어 슬이 그가 열어 준 조수석 시트에 엉덩이를 붙이고 앉았다. 머리는 그를 밀어내라 하는데 몸과 마음은 그를 따르고 있었다. 이 정도면 앞으로 그와 거리를 두는 것이 쉽지 않을 것 같다.

아니, 애당초 그런 마음이 있긴 한 걸까 싶다. 그냥 이대로, 마음 가는 대로 그를 좋아하는 것도 좋지 않을까. 그가 잡히기 어려운 사람이라도 이대로 같이 있기만 해도 되지 않을까.

창밖을 보며 다른 생각에 빠져 있던 슬이 창문을 반쯤 열어 손을 뻗어 보았다. 손끝으로 아직은 시린 밤바람과 공기가 스쳐갔다. 밤바람, 밤공기, 그리고 지금 그와 함께 있는 이 순간이 참으로 좋다는 생각을 했다.

* * *

"또 이탈리아 레스토랑이에요?"

이번에도 그가 데리고 온 곳은 이탈리아 레스토랑이었다. 처음 밥 먹었던 날에도 이탈리아 레스토랑이더니, 오늘도 또 이탈리안 식당에 온 것이 의아해서 물으니 그가 자리에 앉으며 답했다.

"파스타 좋아한다면서요."

어느새 다가온 웨이터에게 외투와 가방을 맡기던 슬이 놀라 물었다.

"그걸 어떻게 알았어요? 난 그런 말 한 적 없는 것 같은데. 그럼 그때도 일부러 데려가 준 거였어요?"

"병원에서 하던 이야기 들었어요. 어떤 키 큰 남자 의사랑."

그때도, 지금도 다 우연이 아니었다니. 그보다 그가 말하는 남자는 아무래도 윤건 오빠를 말하는 것 같았다.

"그 말을 들었단 말이에요? 그때 거기 있었어요? 이상하다, 내가 뒤쫓아 갔을 땐 이미 없었는데."

병원에서 다정히 이야기 나누는 두 사람 모습이 심상치 않아 보였다. 그때도 태승은 살짝 질투 아닌 질투의 감정을 느꼈었는데 지금 와 돌이켜 보니 그때 감정은 질투가 맞았다. 그런데 그녀가 저를 뒤쫓아 나왔다니, 그 남자의 정체보다 슬의 말이 더 먼저였다.

"나를 뒤쫓았어요? 그때, 병원에서?"

순간 속마음을 들킨 것 같아 슬이 시선을 다른 곳에 돌리며 헛기침을 했다. 그녀의 뺨이 서서히 붉게 물들어 가는 것이 보였다. 부끄러워도 할 줄 아네. 오늘 슬의 여러 모습을 보는 것 같아 그는 기분이 무척 좋았다.

"몰라요. 자꾸 묻지 마요."

그가 피식 웃었다. 웃을 때마다 보이는 흰 치아가 가지런한 게 동그란 입술 모양도 참 예뻤다.

"이 집은 봉골레 파스타가 특히 맛있어요. 그때 거기도 맛있었는데 이 집이 특히 더 맛있어요. 다른 걸 먹어도 좋고."

메뉴를 보니 오일 파스타와 크림 파스타 두 분류로 딱 나뉘어져 있었고 그 아래 각기 다른 메뉴들이 적혀 있었다. 그의 말대로 이 집은 오일 파스타가 맛있다고 하니 슬은 이번에도 봉골레 파스타를 주문했다. 그녀와 달리 그는 기본 중 기본이라 할 수 있는 토마토 파스타를 주문했다.

"머리 아팠던 건 괜찮아요?"

태승이 지난 일을 떠올리곤 걱정스레 물었다.

"괜찮아요. 그때는 피곤해서 그런 거라."

잠시 그때 일이 떠올랐지만 오늘은 그러지 않을 거라고 다짐하며 잔에 담긴 물을 홀짝 마셨다.

"걱정했었어요. 괜찮아졌다니 다행이에요."

잠시 후, 주문한 파스타가 각자의 앞에 놓였다. 포크와 숟가락으로 면을 돌돌 말아 입에 넣은 슬이 우물우물 씹다가 눈을 동그랗게 떴다. 입 안에 확 퍼지는 풍미가 대단히 좋았다. 이렇게 맛있는 봉골레 파스타는 처음이라 정말 눈이 번쩍 떠졌다.

"입맛에 맞나 보네요."

슬의 표정을 본 그가 작게 소리 내어 웃었다. 좋으면 좋다, 싫으면 싫다, 맛있으면 맛있다고 표정을 숨길 줄 모르는 그녀가 귀여웠다.

"류태승 씨 것은 어때요? 맛있어요?"

슬이 귀엽게 포크를 입에 물고는 그의 앞에 놓인 토마토 파스타를 빤히 쳐다보며 물었다. 누가 봐도 먹고 싶다는 눈빛이었다. 붉은색의 토마토 파스타가 그녀의 눈엔 참으로 맛있게 보이는 모양이다.

아무래도 그녀가 시킨 것이 오일 파스타이다 보니 조금은 느끼해진 것이겠지. 그렇다고 남의 것을 탐내다니. 사실 그는 식탐이 없는 사람이라 그녀가 이것을 먹는다고 해도 상관없었다. 하지만 왠지 그러기가 싫었다. 장난을 치고 싶었다고 해야 할까?

"맛있어요. 근데 뺏어 먹을 생각은 하지 마요. 그럴 생각 없으니까."

그라면 한 입 먹어 보라고 줄 줄 알았는데 예상과 다른 말이 나오자 슬이 입술을 비죽였다.

"됐어요. 나도 뺏어 먹을 생각 없었거든요?"

그렇게 말해 놓고 슬은 속으로 "치사하네. 먹을 거 가지고." 하며 뾰로통해했다. 슬의 아이 같은 모습을 또 한 번 보게 된 태승이 파스타를 먹다 말고는 그녀를 빤히 응시했다. 새초롬하게 토라진 얼굴도 그렇고, 비죽이는 입술 모양도 그렇고 예쁘지 않은 곳이 없었다.

그러고 보니 이 두 사람은 서로가 함께 있을 때만 다른 모습을 보이고 있었다. 무겁고 진지하고 어딘가 그늘이 있어 보였던 두 사람의 이미지가 함께 있으니 달라졌다. 본연의 모습을 되찾은 사람들 같았다. 밝았고 따스했고 유쾌했고 천진난만했다. 그래서인지 그들을 둘러 싼 공기가 가볍고 산뜻했다.

어느새 파스타 면으로 가득했던 접시가 깨끗하게 비워졌고, 잔에 담겼던 와인도 바닥을 드러내고 있었다. 붉은 토마토 파스타 접시는 어느새 슬의 앞에 놓여 있었다. 그가 양보해 준 덕이었다. 깔끔하게 두 접시를 비운 슬이 와인이 아닌 물을 들이켰다. 태승이 보기에 슬은 정말 잘 먹는 여자였다.

"이 집 파스타 정말 최고인 것 같아요. 너무 잘 먹었어요."

"내가 보기에도 잘 먹은 것 같아 보여요."

"칭찬인 거죠?"

"설마 비아냥이겠어요?"

설마라고 하지만 표정은 그와 반대였다. 슬은 그것이 미심쩍었지만 그냥 넘어가기로 했다. 그도 살짝 웃더니 다시금 슬에게 물어 왔다.

"윤슬 씨는 무슨 일 합니까?"

물을 마시려고 잔을 입에 가져다 대던 슬의 손이 멈칫했다. 드디어 올 것이 오고야 말았다. 틀림없이 물어볼 거라고 생각하긴 했다만 지금 이 순간일 줄이야. 하지만 언젠가는 말해야 할 것이고, 설령 지금 말하지 않는다고 해도 회사에서 마주칠 확률도 높았다. 아무리 사장과 부하 직원이라지만 같은 공간에서 같이 근무하는 사이이니 언제라도 한 번은 부딪칠 일이 생길 것이다.

마음의 준비를 하기 위해 슬은 들고 있던 잔에 담긴 생수를 모두 비워 냈다. 그러고는 잔을 테이블에 소리 나게 올려놓았다. 그 소리에 태승이 그녀를 보았다. 그런데 그녀의 표정이 사뭇 진지하고 비장해 보이기까지 해서 자신이 괜한 것을 물은 건가 의아했다.

"음…… 솔직히 말하면 내가 그동안 말 못 한 게 하나 있어요."

"그게 뭔데요?"

"어, 그러니까 너무 놀라지 말고. 나도 놀라긴 했어요. 근데 오히려 신기할 수도 있고."

"뭔데 설명이 장황해요? 말해 봐요. 안 놀랄 테니까."

설마 불법적인 일을 하는 건가? 싶었지만 그럴 사람은 아니었다. 하지만 표정이나 설명하는 모습이나 쓸데없이 장황해서 그도 이상하게 긴장이 되었다.

"그러니까 내가 다니고 있는 곳이…….'

지나치게 뜸을 들이다 말고 슬이 이내 결심한 듯 입을 열었다. 그런데 바로 그때, 어디선가 난데없이 태승을 부르는 우렁찬 남자들의 목소리가 들려와 슬의 목소리가 묻혀 버렸다.

"설마 류태승?"

"태승이 아니야?"

"얌마, 류태승!"

하필이면 그때 태승의 친구들로 보이는 남자 네 명이 레스토랑 안으로 들어오고 있었다. 태승을 먼저 발견한 그들은 목청껏 그를 불렀고, 그 소리에 뒤돌아본 태승은 네 명의 친구들을 보고 반가움보다는 당혹스러워했다.

"아, 어. 오랜만이다."

조금 전까지만 해도 밝았던 태승이 표정을 싹 굳히고 자리에서 일어나 친구들과 대충 인사했다. 그러고는 그들이 슬에게 접근하지 못하도록 그녀를 등지고 섰다.

"여기서 뭐 해? 아, 혹시 데이트 중?"

그보다 키가 작은 친구 하나가 어깨 너머로 빼꼼히 고개를 내밀어 보며 물었다.

"너 설마 연애해? 여자라고는 만나지도 않더니. 근데 진짜 미인이시다. 인형 같아."

그 옆에 또 다른 친구 하나가 태승의 등 뒤에 있는 그녀를 보고는 중얼거렸다. 그 짧은 시간에도 그는 슬의 머리부터 발끝까지 훑어보고 있었다. 그 말을 들은 태승의 미간이 살짝 구겨졌다. 이 새끼 눈알을 당장에라도 파 버릴까 싶었지만 슬의 앞이라 화를 내는 대신 뒤돌아 그녀에게 말했다.

"일어나요. 나갑시다."

슬은 태승의 친구들이라고 해서 인사라도 하려 했지만 분위기가 영 아닌 듯해 그를 따라 자리에서 일어났다. 그러자 친구들이 그가 자신들을 무시한다고 느껴졌는지 불편한 기색을 여과 없이 드러냈다.

"야. 간만에 봤는데 이러기야? 그리고 우리가 네 여자 친구 잡아먹냐? 왜 이래, 태도가?"

"꼴에 너도 남자라고 여자 앞에서 자존심 좀 세워 보고 싶은 거야? 요즘에 그런 거 안 통해."

기어코 상황을 악화시키고 싶은지 다른 친구 하나가 분위기 파악을 못하고 슬에게 다가가려 하자, 그는 앞을 또다시 막아서며 그 친구를 내려다봤다. 별 다른 행동을 보이지도 않았는데 바라보는 시선만으로도 그가 얼마나 분노했는지 느껴졌다. 옆에 있던 남자가 슬며시 눈치를 보며 되도 않는 헛기침으로 시선을 피했다.

"어깨에 먼지가 묻었네. 털어 주려고."

그 둘은 자신들이 상대하기에도 태승이 벅찬 상대라는 것을 잘 아는 듯해 보였다. 태승은 큰 키와 넓은 어깨를 가지고 있어 그들과의 체격에도 차이가 났지만, 무엇보다 그에게는 눈빛만으로도 상대를 제압하는 능력이 있었다. 특히나 이렇듯 뭣 모르고 날뛰는 것들에는 가차 없었다.

"가요."

태승이 한 손에는 슬의 외투와 가방을, 다른 한 손에는 슬의 손목을 단단히 붙잡고 그들을 지나쳐 가려는 순간, 처음부터 끝까지 함께 있었으면서도 한쪽에서 지켜보기만 하던 남자가 그를 불러 세웠다.

"오랜만인데 이렇게 가니 섭섭하네, 태승아."

그 소리에 태승이 걸음을 멈추자 슬도 따라 멈춰 섰다. 대체 이게 무슨 상황인지 알 수 없었으나 그가 이 자리를 피하고 싶어 하는 것으로 보아 이들과 좋지 않은 관계라는 것은 알 수 있었다.

"곧 너희 회사 오픈식이지? 그때 보자."

그러더니 이번에는 남자의 시선이 태승의 옆에 서 있는 슬에게 향했다.

"잘 가요. 그때 보면 또 인사해요, 우리."

참다못한 태승이 살짝 뒤를 돌아보았는데, 그 눈빛이 정말 살벌해서 겁을 먹은 슬은 그의 손목을 붙잡았다. 이대로 그냥 뒀다가는 큰 사달을 만들 것 같았다. 그에게 그런 얼굴이 있을 거라고는 상상도 하지 못했다. 슬이 제 손을 한 번 더 잡는 것을 보며 그가 발길을 밖으로 돌렸다.

슬은 그에게 끌려 나오면서 잠깐 뒤를 돌아본 순간, 또 보자며 인사했던 남자가 자신을 똑바로 쳐다보고 있는 것을 보았다. 그런데 그 눈빛이 예사롭지 않았다. 묘하게 기분 나쁜 남자였다.

"류태승 씨. 태승 씨. 잠깐만요."

태승은 다짜고짜 슬의 손목을 끌고 인근 공원으로 데리고 갔다. 태승이 한 걸음 내디딜 때마다 슬은 두세 걸음은 더 걸어야 해서 거의 끌려가다시피 걷는 중이었다. 하지만 아무리 불러도 그는 무슨 생각에 사로잡혀 있는 것인지 도무지 멈출 기미를 보이지 않았다. 그러다 공원 가장 안쪽에 들어서서야, 그가 걸음을 멈추고 뒤를 돌아 슬의 양 볼을 감싸 쥐며 자신을 똑바로 보게 했다.

"잘 들어요. 앞으로 저 새끼들이 슬 씨 앞에 또 나타나면 무조건 나한테 전화해요. 만약에 내가 없으면 도망가거나 차라리 경찰을 불러요. 절대 저 자식들이랑 같이 있으면 안 돼요. 알았죠?"

슬은 그 말보다는 제 양 뺨을 그러쥐고 있는 그 때문에 눈앞이 핑핑 돌기 직전이었다. 심장이 세차게 뛰었고 얼굴이 벤치를 비추고 있는 가로등 불빛처럼 붉어지기 직전이라 얼른 얼굴을 감추고 싶었다. 하지만 대답하기 전까지는 놓아주지 않을 작정인 듯해 일단 슬이 고개를 끄덕였다.

"알, 알았어요. 그리고 내가 또 저 사람들을 마주칠 일이 있겠어요? 그럴 일 없을 거니까 이 손 좀 놓아줘요."

"미안해요. 나도 모르게 그만."

그제야 그가 두 볼을 그러쥐고 있던 손을 놓았다. 슬이 화끈거리는 뺨을 손으로 가리며 친구들 앞에서 왜 그렇게 과하게 행동했는지를 물었다. 그러자 그가 고개를 저었다.

"질이 나쁜 녀석들이라 그래요. 될 수 있음 안 마주치는 게 좋은 녀석들이라."

"친구들 아니에요?"

"아니요. 사업 때문에 가끔 보는 사이일 뿐, 친구들은 아니에요."

"그럼 태승 씨 친구들은 어떤 분들이에요?"

"난 친구 없어요."

"없다고요?"

슬은 말도 안 된다는 듯 의아한 얼굴로 쳐다보았다. 착하고, 정 많고, 웃을 때 천진한 미소가 보기 좋은 사람인데 그런 그에게 친구가 없다니 믿기지가 않았다. 태승은 생각에 골몰하는 그녀를 빤히 쳐다보다가 입을 열었다. 붉은 가로등 불빛 아래 두 사람이 그림처럼 서 있었다.

"아, 있다."

태승의 말에 슬은 그럴 줄 알았다는 듯 고개를 끄덕였다.

"거봐요. 친구가 없을 리가 있나. 어떤 친군데요?"

태승은 궁금하다는 듯 초롱초롱한 눈으로 자신을 올려다보는 슬이 무척 귀여웠다.

"있잖아요. 여기."

응? 여기? 슬의 눈이 놀라 커졌다.

"어디요? 여기 어디에 있다는 거예요?"

슬이 주변을 두리번거리다가 이곳에 자신 말고는 아무도 없다는 것을 자각하고는 그를 올려다봤다. 그러자 태승이 부드럽게 웃으며 눈을 맞추고는 말했다.

"그래요. 여기, 당신."

슬의 눈꺼풀이 파르르 떨렸다. 그에게 좋은 친구는 바로 자신이었다. 그런데 그에게 나는 좋은 친구이기만 한 걸까? 문득 그런 생각이 들어 그를 올려다보자 그가 그녀의 속마음을 읽고는 대답해 주었다.

"윤슬 씨, 나랑 연애할래요?"

"……네?"

예견한 말이긴 했으나 막상 들으니 어안이 벙벙했다. 슬이 되묻자 그가 다시금 진지하게 고백을 해 왔다. 그의 심장이 미친 듯이 두근거리고 있었다.

"솔직히 말하면 난 윤슬 씨랑 친구 말고 애인 하고 싶어요. 처음 봤을 때부터 그러고 싶었어요. 그리고 정말 용기 내서 하는 고백이에요. 그러니까 나랑 연애합시다."

붉은 가로등이 깜빡거렸다. 깜빡깜빡 불빛이 흔들리다가 다시 번쩍 켜졌다. 내내 어둡기만 했던 두 사람의 마음에도 이런 따뜻하고 은은한 주황 불빛이 환하게 켜졌다. 떨렸고 설렜던 만큼 예견된 고백이었다. 앞으로도 이 남자를 밀어낼 수 있으리란 보장은 없었다. 무엇보다도 이제는 그러고 싶은 마음이 사라졌다. 그럴 이유도 없을 것 같았다. 이 남자가 다른 세상 사람이라고 해도 감당해 보고 싶었다.

따스한 밤바람이 두 사람을 감쌌다.

* * *

은하 아파트 앞으로 차 한 대가 부드럽게 정차했다. 차를 멈춰 세운 그가 운전대에 손을 얹어 놓은 채로 고개만 옆으로 돌려 슬을 바라봤다. 안전벨트를 풀어낸 슬도 그와 눈을 맞추며 미소 지었다.

"들어가요."

"네. 운전 조심해요."

서로의 눈을 마주 보며 건네는 인사가 무척이나 다정했다. 슬이 차에서 내리려 문을 여는데 그가 생각난 듯이 말했다.

"아, 잠깐만요."

그러더니 먼저 차에서 내려 슬의 차문을 열어 주었다. 하마터면 그녀 혼자 내리게 할 뻔했다. 그의 배려로 차에서 내린 슬이 차 문을 닫는 그의 뒷모습을 보며 생각했다.

전에도 이런 친절을 받아 본 적이 있었다. 처음 그와 함께 밥을 먹으러 간 자리에서도 그는 먼저 의자를 빼 주며 신사적 매너를 보였었다. 그때도 물론 그의 친절이 다소 과하고 불편하게 느껴졌는데 지금은 불편함이 다른 종류의 불편함으로 느껴졌다. 예를 들면 그의 이런 친절이 나에게만 해당되는 것인지 아니면 다른 이들에게도 마찬가지인지가 몹시 신경 쓰였다. 그렇다고 바로 지금 물어볼 수도 없고……. 고민하고 있는 게 표정으로도 나타났는지 그가 물었다.

"왜 그래요? 어디 불편합니까?"

그 물음에 물어볼까 하다가 생각을 접은 슬이 살짝 웃으며 고개를 저었다.

"아니요. 얼른 가요. 운전 조심하구요."

태승은 가지 않고 가만히 그녀를 내려다봤다. 공원 가로등 불빛 아래에 서 있었을 때도, 그리고 지금도 별이 그녀인지 아님 그녀가 별인지 자꾸만 헷갈렸다. 아, 같은 말인가. 태승은 속으로 했던 말이 무슨 말인지도 헷갈려 하며 정신을 차리지 못하고 있었다.

"왜, 왜요? 뭘 그렇게 빤히……?"

그의 노골적인 시선을 느낀 슬이 당황하며 물었다. 그렇지 않아도 생각지 못한 그의 고백과 달라진 분위기에 긴장해 있는 상태인데, 그림같이 잘생긴 남자가 자신을 뚫어지게 쳐다보고 있으니 심장이 팔딱팔딱 뛰었다. 당장이라도 얼굴이 터질 것처럼 화끈하게 달아오르는 것이 느껴졌다.

"믿기지 않아서요."

"뭐가요?"

태승이 손을 뻗어 그녀의 손을 가만히 잡았다. 자신의 손보다도 훨씬 작다. 그 작은 손을 자신의 큰 손으로 마주잡고는 천천히 고개를 들어 올려 그녀와 눈을 맞추었다. 두 사람의 눈동자에 서로가 담겼다.

"모두 다. 다 꿈만 같아요. 당신과 함께 있다는 게, 이렇게 손잡을 수 있을 정도로 가까이 있다는 게."

그의 말처럼 슬에게도 지금 이 순간은 꿈만 같았다. 아니, 꿈일지 몰라 두렵기까지 했다. 그를 만날 때마다 심장이 뛰었다. 심장은 원래 뛰지만 이 남자의 앞에 있을 때는 평소와 확연히 달랐다. 알 수 있었다. 그냥 느껴졌다.

아, 내가 이 남자를 좋아하는구나. 좋아하고 있구나. 그래서 밀어내려 했지만 그럴 수 없었다. 자꾸만 제게 다가오려는 이 남자를 멀리할 수 있을 만큼 마음에 빈자리가 남아 있지 않았다. 이 남자가 이미 자신의 마음을 점령하고 있었다.

"그래서 보는 겁니다. 보고 있어도 믿겨지지 않아서, 계속 봐야 이게 꿈이 아니라는 걸 확인할 수 있으니까."

그의 진실한 고백이 계속될수록 슬의 심장은 멈출 방법을 잊은 것처럼 뛰었다. 왼쪽 가슴에 굳이 손을 대 보지 않아도 느껴질 만큼 아주 거세게. 이렇게 가다가는 심장이 펑 하고 터질 것 같은데 급기야 그가 한 걸음 더 가까이 다가왔다. 아까보다 더 가까워진 거리감에 슬의 눈동자가 진동했고, 그녀는 그와 눈을 마주치지 못했다.

그녀가 떨려 하고 있다는 것이 그의 눈에 보이지 않을 리 없었다. 자신이 고백하면 할수록, 가까이 더 가까이 다가갈수록 그녀의 눈동자가, 표정이 모든 진실을 말해 주고 있었다. 떨리고 있다고, 당신 때문에 미치겠다고.

어쩜 이리도 순수할 수 있을까. 내가 당신을 좋아하게 된 이유 가운데 당신의 순수함도 있겠지. 하지만 당신이 이래서 좋다는 뜻은 아니다. 순수한 당신이라서 좋다는 뜻도 아니다. 그냥 당신이 좋으니까, 순수한 당신도 좋은 것이다. 그냥…… 당신이 윤슬이라 좋은 것이다.

"좋아해요. 아주 많이 좋아합니다."

그가 또 고백을 해 온다. 저와 눈을 맞추고 옅은 미소를 띤 채 그 진중하고도 울림 있는 목소리로. 진동하느라 눈을 마주치지 못하던 슬이 그와 두 눈을 맞추었다. 가로등 불빛이 아까처럼 깜빡거리지 않았다. 그녀의 마음 역시 혼란으로 깜빡이지도 않았다. 이곳에서가 진짜였다. 슬은 마음을 다잡았다. 그가 용기를 내었으니 저 역시 용기를 내야 한다. 기다리는 그에게 다가가야 한다.

"나도…… 좋아해요, 정말로."

쉽사리 떨어지지 않는 목소리로 용기 내어 말했다. 처음이었다. 이런 감정도, 이런 말도.

그가 웃었다. 아주 환하게, 저 가로등 불빛보다도 더 환히 웃었다. 그러고는 천천히 고개를 숙여 왔다. 그의 입술이 아주 천천히 다가와 슬의 입술에 뜨겁게 닿았다. 옅은 숨결이 강렬히 들어와 온 마음을 뒤흔들었다. 그가 심장이 떨리고 감정을 주체할 수가 없어 자꾸만 흔들려 주저앉으려는 그녀를 받친 후 더 깊이 입을 맞추었다.

입 안으로 뜨겁고 더운 숨결이 들이닥쳤으며, 혀를 휘감는 그의 움직임은 무척이나 부드러웠다. 그것은 아주 조심히, 그렇지만 열렬히 그녀를 묵직하게 흔들어 놓았다. 점점 더 깊어져 가는 키스에 슬의 호흡이 가빠 오자 태승이 입술을 떼었다. 눈을 뜨고 바라본 그의 갈색 동공에 진한 감정이 가득했다.

"태승……."

슬이 그를 부르기도 전에 허리를 감싸고 있던 그가 손을 뻗어 그녀의 두 뺨을 그러쥐고 당겼다. 다시금 입술이 닿았고 벌어진 입술 안으로 그의 혀가 들어왔다. 깊어진 감정만큼이나 진한 키스였다.

뱉은 말보다 맞닿은 입술 사이로 더 많은 말과 감정이 오고 갔다. 입에서 입으로 전해지는 말이 더 깊고 진했다. 또다시 숨이 가빠 왔지만 오히려 슬은 그에게 깊이 안겼다. 떨어지고 싶지 않았다. 그리고 키스하면서 알았다. 자신이 태승을 이토록 좋아하고 있다는 사실을.

"하아."

"하."

입술을 떼고 이마를 맞댄 두 사람이 벅찬 숨을 골랐다. 꽤 오래 키스한 탓에 두 사람의 입술이 퉁퉁 부어올라 있었다. 이 모습이 서로에게 민망함과 동시에 웃음을 주었다.

마주 보며 웃던 그가 그녀를 품에 끌어안았다. 이제야 한참 가까워진 느낌이 든다. 거짓말 같고 꿈같던 일이 현실처럼 느껴진다.

"전화할게요."

조수석 창을 내리고 말하는 그를 향해서 슬이 고개를 끄덕였다. 그녀는 그의 차가 천천히 멀어져 가는 뒷모습을 바라보고 서 있다 아파트로 들어갔다.

백미러로 그녀가 들어가는 모습을 보던 태승도 다시 앞을 주시하며 달렸다. 이런 기분, 이런 감정 처음이다. 어둡던 그의 삶에 한 줄기 빛이 그것도 아주 찬란히 밝혀 주는 것 같다.

집으로 들어온 슬은 소파에 주저앉아 멍하니 있었다. 방금 전까지 그와 마음을 고백하고 나눴던 일들이 그 순간에는 현실처럼 느껴졌는데 지금 와서 보니 꿈만 같다. 믿겨지지 않아 손을 뻗어 자신의 입술을 만져 봤다. 이게 꿈인지 현실인지 확인이 필요했다. 그런데 손끝에 닿은 입술이 잔뜩 부풀어 있는 것을 알고는 새된 비명을 내지르며 소파에 얼굴을 묻었다.

"꺄아아악!"

슬은 소파를 팡팡 때리며 몸부림치다가 키스하던 순간이 떠올라 고개를 퍼뜩 들고서는 황급히 욕실로 들어갔다. 머리가 쨍할 만큼 차가운 물로 세수해야 정신을 차릴 수 있을 것 같았기 때문이다.

* * *

저택으로 향해 가던 태승은 운전대에서 손을 떼고 제 입술 끝을 매만져 봤다. 표면이 거칠고 전보다 더 도톰해져 있었다. 그러면서 머릿속으로 방금 전 그녀와 했던 키스를 떠올렸다. 처음 입술이 닿는 그 순간 주저앉으려는 그녀를 받쳐 안고 더 깊이 입을 맞대었다. 그녀와 눈을 맞추고 다시 입술이 닿았을 때, 그녀가 더 깊이 안겨 왔었다. 그때를 상기하는 것만으로도 다시금 심장이 뛰었다.

제게 사랑은 사치였고 여자는 필요조건일 뿐이었다. 그랬던 자신에게 지켜 주고 싶고, 사랑하고 싶고, 마음을 나누고 싶은 여자가 생겼다. 사랑은 불현듯 찾아온다고 하던데, 정말이었다.

백사장에서 하염없이 바다를 보며 서 있던 여자의 뒷모습이 떠올랐다. 그 뒷모습은 눈을 뗄 수 없을 정도로 불안해 보였다. 점차 기억을 잃어 가는 할아버지를 속수무책으로 지켜볼 수밖에 없던 자신이 저 여자에게 투영되어 보였다.

그리고 그녀는 길을 잃은 것 같아 보였다. 길을 잃어서 길을 찾아 헤매는 게 아니라, 길을 찾지 않고 포기하려는 것처럼 보였다. 그래서 달려갔다. 아니, 정신을 차리고 보니 그 여자를 구하고 있었다. 필사적으로.

그러다 3년 만에 다시 만났다. 그 여자를 처음 본 순간 느꼈던 그것은 연민이나 동질감이 아니라 어쩌면 사랑이었을지 모른다. 그때 여자를 구한 이후로 그 여자가 했던 말과 눈빛이 머릿속에서 떠난 적이 없었다.

왜? 매일같이 생각했으니까.

왜? 되새기고 또 되새겼으니까.

그녀가 제게서 떠나지 않은 게 아니라 자신이 그녀에게서 떠나지 않았던 것이다. 그렇지 않고는 이 감정이 설명되지 않는다.

어느새 저택에 도착한 태승이 초인종을 눌렀다. 잠시 후, 남희가 문을 열어 주었다. 현관으로 들어서자 잠옷 입은 남희가 서 있는 모습이 보였다.

"늦었네?"

"아직 안 주무셨어요?"

"이제 막 잠들 참이야. 저녁은?"

"먹었어요. 할아버지는 주무세요?"

"응. 오늘은 일찍 주무시네. 내일 문안드려."

"네. 주무세요."

"그래. 류 사장도 그만 들어가 자."

"네."

계단으로 향하려던 그가 문득 일만의 방을 건너보다가 2층으로 올라갔다. 자신의 방으로 들어간 그가 옷도 갈아입지 않고 침대에 누웠다. 천장을 보고 있으려니 자연스레 슬이 떠올랐다. 그녀의 둥근 눈매와 오뚝한 콧대 그 아래 뭉툭한 코끝, 그리고 붉은 입술이 선명하게 떠올라 심장이 거세게 뛰었다.

그렇게 한참을 미소 짓던 그가 문득 3년 전 그녀의 얼굴을 떠올렸다. 그러자 그의 얼굴에서 미소가 점점 사라졌다.

3년 사이에 그녀에게 무슨 일이 있었던 걸까, 왜 기억하지 못하는 걸까? 그의 머릿속은 온통 그녀에 대한 의문으로 가득했다.

* * *

씻고 침대에 누운 슬의 머릿속에도 태승이 돌아다녔다. 온종일 생각하고도 또 생각하다니. 네가 미쳐도 단단히 미쳤구나. 그렇게 자신을 나무라기도 하지만 슬의 얼굴에는 내내 미소가 사라지지 않았다.

슬은 옅은 미소를 띤 채 베개를 안고 엎드려 휴대폰만 뚫어져라 보고 있었다. 분명 그가 전화한다고 했었는데. 시계를 쳐다보니 너무 늦었나 싶은 걱정이 되기도 했고, 그가 벌써 잠든 것은 아닌지 하는 생각도 들었다.

기다리다 못해 잠에 들려던 찰나, 진동음이 거하게 울려 슬은 화들짝 놀라 잠에서 깼다. 발신인을 보니 내내 기다리고 있던 그였다. 놀란 그녀가 "아아." 목소리를 가다듬고는 서둘러 받았다. 하지만 표정만큼은 새초롬하게, 마치 기다리지 않았다는 듯이 물었다.

"네, 여보세요?"

—나예요. 자고 있었어요?

"이제 막 자려고요. 집이에요?"

—방이에요. 지금은 침대에 누워 있고.

"잘 갔으면 됐어요. 피곤할 텐데 얼른 자요."

—난 괜찮은데, 슬이 씨는 피곤해요?

"약간요. 그렇게 많이 피곤하지는 않아요."

—……나도. 많이 피곤하지는 않아요. 하루 종일 일할 때는 몰랐는데 지금 기분 같아서는 당장 일하라고 해도 일할 수 있을 것 같아요.

슬이 그의 능청에 웃음을 터트렸다. 휴대폰 너머로 그녀의 웃음소리가 들려오자 그도 미소 지었다.

—슬 씨.

"네."

—잘 거예요?

"……졸려요."

그의 목소리를 들으니 이상하게 잠이 몰려들었다. 한동안 기분 나쁜 악몽에 시달려 깊은 잠을 이루지 못했는데 오늘은 푹 잠들 수 있을 것 같다. 점점 더 무거워지는 눈꺼풀을 이기지 못한 그녀가 천천히 얕은 잠에 빠져들고 있었다. 휴대폰 너머에서 새근새근 들려오는 숨소리에 그가 귀엽다는 듯 작게 웃음을 터트리다 들릴 듯 말 듯 속삭였다.

—잘 자요. 좋은 꿈만 꿔요.

태승이 전화를 끊으려 잠시 머뭇거리다 이내 까맣게 꺼지는 휴대폰을 가만히 내려놓았다. 그의 만면에 미소가 가득했다. 살면서 이렇게 행복을 느껴 본 적은 처음이었다. 이 행복이 계속되기를 마음속으로 간절히 빌었다.

　철썩철썩. 하얗게 부서지는 파도와 철썩이는 파도 소리, 발바닥에서부터 느껴지는 까슬까슬한 모래자갈. 여기는 어디지? 백사장 같은데……. 주변을 빙 둘러보는 그의 시선에 무언가가 얼핏 걸렸다. 그쪽을 바로보자 어떤 여자의 뒷모습이 보였다.

　'여자……?'

　그런데 여자의 뒷모습과 이곳의 배경이 낯설지 않고 익숙하다는 느낌이 든다. 여기…… 바다, 파도 소리, 그리고 여자. 여자? 윤슬?

　그가 커다래진 눈동자로 여자가 있는 곳을 다시 쳐다봤지만 그 어디에도 여자의 뒷모습이 보이지 않는다. 불안함에 사방을 둘러보자 여자의 뒷모습이 다시 시야에 들어왔다. 그런데 그녀는 매우 흔들리고 있었다. 이에 그의 동공도 함께 흔들렸다.

　그 순간 여자는 저 멀리 바다 속으로 점점 더 깊이 들어갔다. 망설이지 않고 그도 바다에 몸을 던져 힘차게 헤엄쳐 그녀에게 다가갔다. 그가 물속으로 아예 잠겨 버린 그녀를 찾자 그의 움직임을 따라 그의 주변으로 파동이 출렁거린다.

　그는 속으로 그녀의 이름을 부르며 그녀를 찾다가 온몸에 힘을 푼 채 서서히 가라앉고 있는 그녀를 발견하고는 다가가 손을 뻗어 붙잡으려 한다. 하지만 이상하게도 잡으려고 하면 할수록 손에 잡히지 않고 미끄덩미끄덩 빠져나갔다.

　'안 돼, 안 돼. 제발, 제발 내 손 잡아요. 잡으라고!'

　간절한 외침과 함께 드디어 여자의 힘없고 가녀린 손목이 잡혔다. 그대로 뭍으로 여자를 데리고 나온 그가 축 늘어져 있는 그녀의 흉부를 압박하고 숨을 불어넣으며 소리친다.

　"윤슬 씨! 윤슬 씨! 눈 떠 봐요. 눈 뜨라고!"

한 번 더 숨을 불어넣으니 그녀가 물을 토하며 슬며시 눈을 떠 그를 바라본다.

"하아. 하. 대체 뭐 하는 거예요? 왜, 왜 이러는 거예요? 당신, 죽을 뻔했다고!"

그런데 여자의 눈빛이 텅 비어 있다. 그 눈동자에는 아무것도 담겨 있지 않고, 심지어 그녀를 보고 있는 그도 담겨 있지 않다. 그녀는 텅 빈 눈으로 알아들을 수 없게 입만 벙긋거린다.

"뭐라고요?"

귀를 그녀의 입술 가까이 갖다 대자 힘없이 더듬거리는 목소리가 들려왔다. 곧이라도 숨이 멎을 사람처럼 한 마디, 한 마디 힘겹게 뱉어 낸다.

"날…… 왜 살렸어요?"

"……뭐라고요?"

"당신은…… 나를 살리지 못……해요……. 아무도 나를 살리지 못해……."

"윤슬 씨? 윤슬 씨? 눈 떠요. 눈 뜨라고, 제발!"

그녀의 눈꺼풀이 완전히 닫히며 고개가 옆으로 떨어졌다. 죽는 듯한 그 모습을 보는 순간 그가 깨어났다. 외마디 비명과 함께.

"하아. 하. 하아."

이마에서부터 땀이 송골송골 맺혀 있었다. 자신의 방을 휙휙 둘러보는 그의 눈동자에 겁이 가득했다. 그러다 곧 방금 그 환영이 꿈이라는 사실을 깨닫고는 안심했다. 그것도 잠시, 휴대폰을 찾은 그는 몇 없는 즐겨찾기 목록에서 그녀의 번호를 찾아 전화를 걸었다.

신호음이 얼마 가지 않아 그녀가 전화를 받아 들었다.

—여보세요? 태승 씨?

너무 이른 아침에 걸려 온 그의 전화에 슬이 놀라 물었다. 하지만 전화를 걸었으면 들려와야 할 그의 목소리가 한참이 지나도록 들려오지 않는다.

―태승 씨? 왜 그래요? 태승 씨?

다행이었다. 그녀의 목소리가 평소와 다를 바 없이 같아서. 명랑하기만 한 슬의 목소리를 가만히 귀 기울여 듣던 태승이 안도감과 함께 이마를 짚었다. 그녀가 한 번 더 대답 없는 그를 불렀다.

―태승 씨? 전화를 걸어 놓고 왜 말을 안 해요? 태승 씨?

"……나예요."

불렀는데 이번에도 대답이 없으면 당장 달려 나가려고 했다. 하지만 평소와 같은 그의 목소리에 슬도 안도했다.

―뭐예요? 말도 없고. 무슨 일 있는 줄 알고 놀랐잖아요.

놀란 가슴을 쓸어내리다 그새 뾰로통해진 그녀가 툴툴거렸다. 생생히 귓가를 울리는 그녀의 목소리에 놀라서 뛰던 심장이 차츰차츰 느려졌다.

"……지금 어딥니까?"

―집이죠. 출근 준비하는 중이었어요.

그제야 시간을 확인할 수 있었다. 오전 7시. 평소보다 더 늦은 시간이었다. 보통 6시에 일어나 출근 준비를 하는데 오늘은 완전히 늦어 버렸다. 그의 반듯한 이마에는 아직 닦지 못한 식은땀이 맺혀 있었다.

―태승 씨는요?

"나도 이제 씻으려고요."

―늦잠 잔 거예요?

슬이 배시시 웃음을 터트렸다. 그의 일상을 다 아는 것은 아니지만 평소 그의 성격을 보면 딱 FM 스타일일 것 같은데, 그런 사람이 늦잠을 잤다고 하니 그의 새로운 모습을 보게 된 것 같아 웃음이 나왔다.

"그런 것 같아요."

눈 뜨자마자 자신의 얼굴이 떠올라 전화한 건가 싶어져 슬의 입가에 잔잔한 미소가 지어졌다.

―그런데 일어나자마자 바로 나한테 전화한 거예요? 꿈이라도 꿨나?

그래. 그것은 꿈이다. 현실이 아닌 꿈. 꿈이니까 그녀 목소리가 이토록 생생하지. 속으로 생각한 그가 말했다.

"같이 출근할까요?"

—네?

화장대에 앉아 휴대폰을 어깨 사이에 끼고 메이크업을 하던 슬이 두 눈을 크게 떴다. 아직 그에게 말하지 못한 것이 있다. 그와 같은 회사에 다니고 있는 중이라는 사실. 그런데 그가 어떻게 알고 같이 출근하자고 한 것일까? 설마 제가 모르는 사이에 알게 된 건가 싶어 슬은 깜짝 놀랐다.

"윤슬 씨 회사 앞까지 데려다줄게요."

역시나 그는 모르고 있었다. 그래, 같이 출근하게 되면 자연스레 말할 수 있을 것이다. 어차피 언젠가는 말해야 했기에 슬은 그와 함께 출근하는 편이 나을 거라고 생각했다.

"기다리고 있을게요."

그 말 한마디에 태승은 빠르게 욕실로 들어가 윗옷부터 벗었다.

그가 올 때쯤 현관에서 스니커즈를 신으려던 슬이 신발장에서 구두 한 켤레를 꺼냈다. 평소였다면 볼 것도 없이 스니커즈나 운동화를 신었을 테지만 오늘은 아니었다. 입고 있는 옷 스타일도 달라졌다.

슬은 흰색 블라우스에 베이비핑크의 스커트를 입고 신발장 옆에 놓인 전신 거울로 제 모습을 비춰 보았다. 그 모습은 스스로가 봐도 너무도 예뻤다. 적당한 굽의 검은 구두를 신으니 그렇지 않아도 길고 쭉 뻗은 다리가 더 길어 보였다.

그런 제 모습을 보며 슬은 만족한 미소를 지었다. 그러다 신발장 위에 놓인 사진에 시선이 갔다. 사진 속에 양복 차림을 한 석현과 그의 뒤에서 목을 꼭 끌어안은 채로 환하게 웃고 있는 슬이 있었다. 그녀는 아빠의 사진을 보며 행복한 듯 웃어 보였다.

"아빠, 잘 다녀올게요."

언제나 그 자리에 있는 사진 속 아빠에게 인사를 한 슬이 문을 열고 밖으로 나갔다.

* * *

준비를 모두 마친 태승이 계단을 내려와 안방으로 걸음을 옮겼다. 아무리 바빠도 할아버지께 문안 인사를 잊지 않는 것이 그였다.

"……이거 놔! 내 아들, 우리 아들한테 갈 거라고!"

그런데 안방 근처에 다가가자 안에서부터 할아버지가 누군가와 옥신각신하고 있는 소리가 들려왔다. 그는 곧장 방문을 벌컥 열어젖혔다.

"할아버지!"

문을 열자 바닥에는 옷들이 여기저기 널브러져 있었고 일만이 자신을 말리는 남희의 손을 억지로 떼어 놓으려 안간힘 쓰고 있는 모습이 보였다. 할아버지의 두 번째 발작이 시작되고 있었다.

"안 돼요. 회장님! 이러시면……!"

"할아버지, 그만하세요. 할아버지!"

그는 남희를 밀어 쓰러트리는 일만을 한 번에 제압했다. 야윈 몸이지만 한때는 장정이라고 불렸을 만큼 힘이 좋아서, 약한 남희는 그의 상대가 되지 못했다. 하지만 자신보다도 훨씬 크고 덩치가 좋은 손자의 앞에서 일만은 속수무책일 수밖에 없었다. 대번에 제압당해 화가 날 대로 난 일만이 자유로운 두 다리를 버둥거렸지만 그러면 그럴수록 힘이 빠지는 쪽은 오히려 자신이었다.

"네가 이런다고 내가 가만히 있을 것 같으냐? 네가 이럴수록 난 더 난리 칠 거야! 알긴 알아, 이놈아! 캬악, 퉤!"

정신을 놓친 일만이 급기야 제 손자를 알아보지 못하고 입 안에 있던 가래침을 모아 태승에게 뱉었다. 끈적끈적하고 뜨끈뜨끈한 가래침은 일만의 바람대로 그의 안면에 정통으로 날아와 오른쪽 눈가에 끈적끈적하게 달라붙었고, 이에 남희가 경악하며 일만을 나무랐다.

"회장님! 지금 이게 무슨 짓이에요? 태승아, 태승아, 괜찮니? 아이고 이 일을 어째!"

남희가 휴지를 가져와 그의 얼굴에 달라붙은 가래침을 닦아 주었다. 하지만 얼굴에 붙은 가래침을 닦아 낼 수는 있어도 그의 뇌리에 박혀 버린 할아버지의 발작은 떨어지지 않고 오히려 더욱 선명히 새겨졌다.

"크크큭, 그러게 내가 그만두랬잖아! 이거 놓으라고 했잖아! 내가, 내 아들한테 가겠다는데, 네놈이 무슨 상관이야? 네가 뭔데? 뭔데!"

일만은 세상을 뜬 아들 얼굴만 기억할 뿐, 눈앞에 망연자실한 표정으로 서 있는 손자를 알아보지 못했다. 태승의 기분이 더욱더 엉망이 되었다. 정신을 놓는 할아버지의 모습을 수도 없이 봤고, 이번이 두 번째 발작인데도 좀처럼 익숙해지지가 않는다.

시간이 갈수록 할아버지의 기억은 뒤죽박죽이 되어 버린다. 10년 전의 일이 바로 어제 일처럼 생생해지고 어제 일이 10년 전처럼 까마득해진다. 지금 제 할아버지는 정확히 20년 전의 일을 어제 일처럼 기억하고 있다. 미칠 것 같다. 할아버지의 기억이 엉망이 될 때마다 변해 가는 그의 모습을 보고 있기가 괴롭다. 태승은 엉망진창이 되어 가는 할아버지 기억에서 자신이 서서히 사라져 가는 것 같아 견디기가 힘들었다.

"이거 놔! 나 갈 거야, 갈 거라고! 내 아들한테 갈 거야! 갈 거라고!"

일만은 손자에게 붙잡힌 두 손목에 힘을 주고 끝까지 가겠다며 고집을 부렸다. 하지만 생각만큼 따라 주지 않는 몸은 힘없이 바르작거리기만 할 뿐이다. 그게 싫었던 일만이 이마에 내천(川)자의 주름을 가득 잡은 채 이를 악물고 소리를 질렀다.

"이봐, 이봐요! 동네 사람들! 나 좀, 나 좀 살려 줘요! 이 어린놈이 힘없는 노인네를 잡아 죽이네, 이봐요! 동네 사람들······!"

"날 봐요! 똑바로 보라고!"

태승이 붙잡고 있던 일만의 팔목을 자신 쪽으로 확 끌어당겨 두 눈을 마주 보게 한 채 버럭 고함을 질렀다. 그 소리에 놀란 일만이 눈을 휘둥 그레 떴다. 그는 할아버지의 눈을 똑바로 응시하며 말했다.

"내가, 내가 누구예요?"

일만에게 자신이 누구냐며 소리치는 태승의 동공이 지진이라도 난 것처럼 흔들렸다. 기억이 뒤죽박죽 뒤섞인 할아버지가 손자를 기억할 리는 만무했다. 그렇지만 그가 적어도 자신만큼은 알아봐 주기를, 기억해 주기를 바랐다. 그 바람이 제발 헛되지 않았으면 하는데, 이상하게도 겁이 난다. 이렇게 다그쳤음에도 할아버지가 기억하지 못할까 봐. 자신을 그저 아픈 노인에게 험상궂게 대하는 예의 없고 정신 나간 놈으로 볼까 봐.

"당신한테 난 대체 뭐냐고······."

마주 본 눈동자에서 혼란스러워하는 할아버지를 본 태승의 눈시울이 순식간에 붉어졌다.

그들의 모습을 숨죽여 지켜볼 수밖에 없던 남희의 눈시울도 뜨거워졌다. 일만은 끝내 대답하지 못했고 오히려 옆에 서 있던 남희에게 도움을 요청해 왔다. 그제야 남희가 태승의 어깨에 손을 올렸다.

"그만 가 봐······. 이제 괜찮으실 거야."

태승이 꿇었던 무릎을 짚고 자리에서 느리게 일어났다.

"······병원장님께 연락드려 놓겠습니다."

그 와중에도 할아버지 걱정뿐이다. 비록 할아버지는 손자를 기억하지 못해도 손자는 알고 있다. 할아버지는 영원한 자신의 할아버지라는 것을.

방을 지나쳐 현관으로 걸어가는 태승의 뒷모습이 무척이나 지쳐 있었다. 문을 닫고 나오자 아침부터 뜨겁게 내리쬐는 태양빛이 그의 얼굴에 드리워졌다. 태양 빛 때문인지 감은 그의 눈 사이로 눈물이 뺨을 타고 흘러내렸다. 무너지지 않으리라 수백 번 다짐했건만 그 다짐이 오늘 수포로 돌아갔다. 앞으로 얼마나 더 많은 일들이 있을지 모르고, 얼마나 더 제 곁에 있어 주실지도 모르는데…… 좀만 참을 것을.

"……미련한 새끼."

잊혀 가는 기억보다 더 붙잡고 싶은 것은 할아버지, 당신이다.

* * *

[미안해요. 퇴근하고 봐요. 전화할게요.]

집밖에서 서성이던 끝에 받은 문자 한 통.

보고 있던 휴대폰을 내려놓은 슬이 터덜터덜 버스 정류장을 향해서 걸어갔다. 바쁜가, 아님 무슨 일이 있나. 한순간에 기분이 하늘 높이 날아올랐다가 다시 바닥으로 추락한 기분이다. 하루에도 몇 번씩 평온하던 감정이 오르락내리락한다. 연애가 원래 이런 건가.

"하아아."

자신도 모르게 일을 하다가 중간중간 한숨을 내쉬었던 모양이다. 송이가 불쑥 달달한 믹스 커피 한 잔을 슬의 앞으로 건네었다.

"선배님, 무슨 걱정 있으세요?"

"응? 아니. 고마워요."

믹스 커피를 받아 든 슬이 웃으며 커피 한 모금을 홀짝거렸다. 으음, 달달한 게 들어가니 기분이 좀 나아지네.

"아침부터 계속 한숨 쉬고 계시잖아요."

"내가? 내가 그랬어요?"

그제야 슬은 자신이 계속 한숨을 쉬고 있었다는 것을 자각했다. 내가 그랬었나. 응. 그랬구나. 내가…… 그랬어.

"별일 없어요. 그냥 아주 오랜만에 일하려니까 힘들어서 좀 그랬나 봐."

"그럴 때는 이 믹스 커피가 짱이에요. 믹스 커피 한 잔이면 우울했던 것도 싹 잊혀요."

"고마워요. 그래도 나 챙겨 주는 사람 송이 씨밖에 없네."

"헷. 뭘 이 정도로."

"덕분에 기분이 훨 나아졌어요."

"정말 무슨 일 있었던 거예요?"

"아니. 그냥…… 좀 신경이 쓰인 것뿐이야."

그런데 좀 많이 신경이 쓰이네. 한 모금 더 커피를 홀짝이던 슬의 시선이 컴퓨터 옆에 놓아둔 휴대폰으로 향했다. 여전히 그에게서는 연락이 없다. 정말 무슨 일이 생긴 건가, 아니면 벌써 질린 건가……?

점심시간. 시곗바늘이 정확히 숫자 12를 가리키자 사무실에 있던 사원들이 한두 명 자리에서 일어났다. 주연과 주승, 윤호도 자리에서 일어나 슬에게 맛있게 식사하라며 한마디 하고는 자기들끼리 사무실을 나갔다.

전이라면 왜 자신과 어울리려고 하지 않을까 고민하고 걱정했겠지만 이제는 그럴 필요가 없었다. 점심시간에라도 서로 친한 사람들끼리 함께 점심을 먹으며 상사 욕이라도 씹어야 하지 않겠나. 굳이 불편한 사람들끼리 같이 있을 필요는 없으니까. 그들에게도 자신은 뒤늦게 복직해 조금은 껄끄러운 상사일 테니 피해 주는 것이 나았다.

"가요, 선배님."

무엇보다 슬에게는 살가운 송이가 있으니까. 오늘은 안타깝게도 민지가 외근차 밖에 나가 있어 송이와 단둘이서 식사를 해야 했다. 슬은 근처 김치찌개 잘하는 곳이 있다며 송이 이끄는 대로 따라 나가는 중이었다. 정문으로 걸어가는 그때, 송이가 걸음을 멈추며 어딘가를 향해서 중얼거렸다.

"어? 사장님이다."

그 소리에 슬이 반사적으로 고개를 돌렸다. 그곳엔 태승이 걸어가고 있는 것이 보였다. 바로 옆에서 그가 스쳐 지나가는데 행여나 그와 마주치지 않을까 싶어 슬이 고개를 돌려 얼굴을 감추었다. 그러다 슬쩍 눈만 내밀어 그를 지켜보았다.

양복 주머니에 양손을 찔러 넣은 채로 비서와 함께 걸어가고 있는 태승은 독보적인 존재감을 내뿜고 있었다. 그가 걸어가는 자리마다 사람들이 서서 인사를 했고, 그는 그 인사에 고개를 끄덕이는 것으로 화답했다. 그런 그의 모습이 생소하다.

보고 또 봐도 그는 자신과는 영 다른 세상 사람 같아 보였다. 얼굴은 낯익은데 표정이 낯설다. 지독하리만치 무표정한 것이 나른하고 예민해 보인다. 그래서 선뜻 다가가기가 어렵다. 이제 그는 제 연인임에도 말이다. 그가 정말 제 연인이 맞나 싶어서 그의 모습이 사라질 때까지 슬은 계속 두 눈으로 그를 좇았다.

"언니, 뭐 해요? 안 가요?"

송이가 부르지만 않았더라면 그를 따라 뒤쫓아 갔을 것이다. 이제라도 가서 솔직하게 다 털어놓을까? 하지만 슬의 걸음은 다른 곳을 향해 가고 있었다.

"어. 가. 가야지."

이미 정문을 나가 밖에 서 있는 송이에게 가자 그녀가 슬의 팔에 제 팔을 끼우며 식당으로 이끌었다. 하지만 슬은 아까 스치듯 본 그에게 온 신경이 쏠려 밥이 입으로 들어가는지, 코로 들어가는지 모를 지경이었다.

이렇게 신경 쓰이다니. 아침이 아니라 지금 출근한 건가? 문자라도 해 볼까? 아니지. 바쁜 것 같은데, 바빠서 연락을 안 한 건가? 자꾸만 슬이 휴대폰을 힐끗거리자 그 모습을 본 송이 물었다.

"언니. 왜 그래요? 어디 연락 올 데 있어요?"

"어? 아니. 아무것도 아니야."

"아까부터 휴대폰만 보잖아요. 아침에도 이상하더니."

"아니야. 밥 먹자. 이 집 김치찌개 맛집이야? 너무 맛있다."

애써 걱정스러운 표정을 숨긴 채 김치찌개를 맛보며 더욱 오버했지만, 이미 슬의 머릿속에는 그로 가득 차 있었다.

"언니, 커피 한잔하고 갈까요?"

김치찌개도 먹는 둥 마는 둥 하고 나와서도 슬은 다른 곳에 신경이 가 있어 송이의 물음을 듣지 못했다.

"언니. 언니?"

"아. 송이 씨."

"언니, 대체 왜 그래요? 아까부터."

도저히 안 되겠다. 도둑이 제발 저리다는 말처럼 떳떳하게 말하고 발 뻗고 자는 게 나을 것 같다.

"……미안한데, 송이 씨, 나 먼저 들어가 볼게. 급한 일이 생각나서. 이따 사무실에서 봐요!"

슬은 이미 저만치 앞서 뛰고 있었다. 정신없이 뛰어가 건물 안으로 들어간 슬이 그가 지나갔던 그 동선을 똑같이 따라 걸어갔다. 걸음이 점차 빨라지며 임원용 엘리베이터를 지나 비상구 계단도 지나치려는데, 그 안에서 누군가가 슬의 손을 낚아채 끌고 들어갔다.

툭, 벽에 슬의 등이 부딪쳤다. 아니, 정확히는 슬의 등이 벽과 부딪칠 것을 예상하고 미리 받치고 있던 두툼한 손과 부딪쳤다. 너무도 순식간에 끌려 들어와 반사적으로 감았던 눈을 뜬 슬이 두 눈을 더 크게 떴다. 바로 앞에 그가 있었기 때문이다.

"태, 태승 씨……?"

"내가 모를 줄 알았습니까?"

눈앞에 그는 싸늘한 표정을 짓고 있었다. 눈빛도 매서웠다. 화가 많이 난 듯 보여서 슬은 아까보다 더 경직되었다.

"일부러 그러려고 그런 건 아니었어요. 타이밍을 자꾸 놓쳐서……."

일부러 그런 건 아니지만 아까도 피한 건 사실이니까……. 미안함에 슬의 목소리가 자꾸만 기어들어 갔다. 그는 말없이 슬이 하는 말을 가만히 들었다.

"정말이에요. 일부러 속이려고 한 건 아니었다고요. 그냥 어쩌다 보니까……."

슬의 말소리가 점점 더 작아졌다. 어쭙잖은 변명보다는 미안하다는 말이면 될 것 같았다. 이럴 때는 변명보다는 솔직한 사과가 먼저여야 했다. 그래서 슬은 그의 깊은 눈동자를 똑바로 응시하며 말했다.

"미안해요. 다 내가 잘못한 거예요. 미리 말했어야 했는데 안 한 내 잘못이 커요. 그러니까……."

"그럼 가만히 있어요. 내가 그만할 때까지."

그 말이 다 끝나기도 전에 그가 입술을 부딪쳐 왔다. 처음 가로등 불빛 아래에서 낭만적이었던 입맞춤과는 사뭇 다른, 거칠고 집요한데 무언가를 갈망하는 그런 입맞춤이었다. 혀를 넣고 입 안을 헤집으며 혀를 찾아 얽는 행동이 마치 이미 손에 쥐고 있는데도 무언가를 찾고 있는 행위 같았다.

집요하게 끊임없이 무언가를 찾고 또 찾기 위해 하는 키스에 슬은 당황스러웠다. 이걸 어떻게 받아들여야 할지. 그와 키스를 하는데도 슬펐다. 그의 집요한 입맞춤이 아팠다.

그가 슬의 양 뺨을 그러쥐다가 허리를 받쳐 안고 집요하게 파고들며 혀를 휘둘렀다. 그 움직임이 점점 더 거칠어지는 것 같아 그를 받아들이기가 힘에 부쳤다.

그리고 이곳은 회사 비상구 계단이었으니 지금 이러는 행동은 상당히 위험했다. 그러다 들키기라도 하면 어떻게 하려고! 그 생각이 들자 번쩍 정신이 든 슬이 그를 힘껏 밀어냈다. 그대로 떨어진 그가 풀린 눈으로 자신을 응시했다. 그 눈빛이 어딘가 슬퍼 보였다.

제2부
퍼즐(puzzle)

1. 그 자리에 항상 있어 줄 것 같은 사람

"무슨 일…… 있었던 거예요?"

마주 본 눈빛이 젖어 있었다. 물기를 가득 머금은 듯해 물으니 그가 고개를 저었다.

"미안해요. 나 때문에 놀랐죠?"

태승은 정신이 들었을 때, 그녀가 바로 앞에 있어서 놀랐다. 감정에 휘둘리지 말았어야 하는데 뜻하지 않게 상처를 준 것 같아 미안했다.

"무슨 일인데요?"

그가 아무 일 아니라는 듯 고개를 내저었지만 알 수 있었다. 이제는 그의 표정만 보고도 그에게 무슨 일이 있었는지, 기분은 괜찮은지, 어디가 아픈 건 아닌지 알아챌 수 있다. 태승은 감정이 늘 오르락내리락하는 사람이 아니었다. 그가 이처럼 평정심을 잃는 건 일만이 관련된 때였다. 슬은 혹시나 하며 그를 쳐다보았다.

"회장님께 무슨 안 좋은 일이라도 생긴 거예요?"

그가 잠깐 멈칫했다. 역시, 일만에게 무슨 일이 생긴 것이 틀림없었다.

"태승 씨, 말해 봐요. 무슨 일인지."

그가 슬의 눈을 가만히 응시했다. 그녀의 부드러운 목소리가 불안해하는 그의 마음을 진정시키며, 평온한 그녀의 두 눈이 말을 걸어온다. 숨김 없이 모두 말해 보라고. 나에게만큼은 그래도 된다고.

슬의 진실된 두 눈을 바라보던 태승의 눈동자가 일렁였다.

그 누구에게도, 설령 가족들에게도 숨겨야 했던 할아버지의 비밀을 그녀는 알고 있었다. 그는 지난 3년을 누구에게도 말하지 못하고 상의조차 하지 못한 채 혼자 속으로 앓아야 했다. 아픈 할아버지보다 아프지 않은 사람이 더 힘들 수는 없다. 그럼에도 조금씩 기억을, 추억을 잊어 가고, 자신조차 잃어 가는 할아버지를 보고 있으려니 매 순간순간이 고통스러웠고, 할아버지를 지켜야 한다는 중압감이 항상 그를 짓눌러 왔다.

그래서 태승은 완전히 다른 사람이 될 수밖에 없었고 또, 다른 사람이 되어 갔다. 할아버지를, 그리고 할아버지와 그의 아버지가 평생을 바친 이 기업을 지켜야 했다. 그것이 그의 소명이었다. 그에게 그 일 외 다른 것은 생각할 수도, 생각해서도 안 되는 일이었다.

그랬던 그에게 이제 할아버지에 대한 비밀을 공유할 수 있는 사람이 생겼다. 혼자 고군분투하고 보이지 않는 싸움을 하며 지쳐 가던 그에게도 이제 자신을 위로해 주고 곁을 내주며 고민을 나눌 수 있는 든든한 아군이 있다.

말하지 않아도 알아주는 사람이 있다는 것이 이렇게 큰 위로가 될 수 있다니. 서른이 넘은 인생을 살며 한 번도 느껴 보지 못한 감정이었다. 이런 마음을 뭐라 말해야 할까. 벅차다고 해야 할지, 감격스럽다고 해야 할지. 그는 그녀를 감싸 안는 것으로 순간 북받쳐 올라오려는 것을 숨겼다.

슬은 더 이상 묻지 않았다. 그저 가만히 그에게 안겨, 그의 넓은 어깨에 기대어 연신 등을 토닥거려 주었다.

끌어안은 사람은 그였으나 정작 자신보다도 훨씬 작은 그녀 품에 안긴 사람은 바로 그였다. 눈앞의 여자는 몸집만 작았을 뿐이지 바다처럼 넓은 마음을 가진 여자였다. 태승은 슬의 품에 안겨 가만히 눈을 감았다. 이렇게 포근할 순 없었다. 상처받은 마음에 새살이 돋듯 더는 아프지 않았다.

* * *

다시 사무실로 돌아온 슬은 일에 집중하다가도 잠시 다른 생각에 빠져들었다. 비상구에서 그가 남긴 말이 마음에 걸렸다.

'잠깐 다녀올 곳이 있어요.'

'어딘데요?'

'병원.'

'회장님, 많이 안 좋으세요?'

'……아침에 발작이 있었어요.'

발작이라면 처음 있는 일은 아니었다. 처음 만났던 날에도 그의 병세는 겉보기에도 심각해 보였다. 과거 기억에 갇혀 현재의 기억을 잃는다, 아무도 없이 폐허가 되어 버린 집인데도 마치 사람이 사는 것처럼 허상을 본다, 같은 곳을 배회한다. 이 모든 증상은 갑자기 혹은 서서히 나타났을 것이다. 그리고 그 시간이 자그마치 3년이나 되었다. 게다가 또 한 번의 발작까지.

어쩌면 일만의 시간이 그리 오래 남아 있지 않을 수도 있다……. 그 말은 곧 가족들과 헤어질 날이 머지않았다는 뜻이었다. 태승에게도, 일만에게도 서로 함께할 수 있는 시간이 얼마 남지 않았다는 것.

'촤르륵.'

책상 한쪽에 아슬아슬하게 놓인 서류철이 바닥으로 떨어져 서류들이 쏟아져 나왔다. 그 덕에 모든 이들의 시선이 슬에게 쏠렸다. 그럼에도 슬은 여전히 사념에 빠져 있었다.

그래도 다행이다. 누가 들으면 이상하다고 생각할 수도 있지만 함께 웃을 날도, 서로 눈물 흘릴 날도 남아 있다는 것은 참으로 다행인 일이다. 누군가는 그럴 시간조차 갖지 못했으니까.

분명 그날은 여느 날과 다를 바 없이 평온했다. 슬은 아빠와 함께 아침을 먹었고, 출근 준비를 했고, 그를 먼저 배웅했었다. 본래 출근 시간대는 슬이 더 빨랐지만 그날따라 그는 회의가 있다며 먼저 가야 한다고 했었다. 먼저 출근하는 아빠를 배웅하고 슬은 곧바로 나와 버스를 타고 회사에 갔다. 오전 미팅을 끝내고 동료들과 함께 커피를 마시며 일을 했고 퇴근을 했다. 버스에서 내려 집으로 가는데, 가는데…….

"……배님, 서배, 선배?"

순간적으로 뿌예진 시야에 놀란 송의 얼굴이 들어와 슬이 정신을 차렸다.

"아…… 어…… 어, 송이 씨."

"왜 그러세요? 어디 안 좋으세요?"

"아, 아니. 잠깐 딴생각하느라고. 그런데 왜? 무슨 일이야?"

"서류가 떨어져서요. 모르고 계셔서. 여기요."

"아, 고마워. 고마워요."

"그런데 정말 괜찮으신 거예요? 아까 점심때부터 계속 표정이 안 좋으셔서."

"아니야. 괜찮아. 멀쩡해요."

주변을 둘러본 슬이 사람들의 의아한 시선을 퍼뜩 느끼고 화장실로 향했다. 거울 속 자신의 모습을 본 슬은 정신을 차리자 타일렀다. 세수를 하고 메이크업까지 하니 다시 정신이 번쩍 들었다. 정리하고 나가려던 차에 슬은 주머니 속 진동을 느끼곤 휴대폰을 꺼내 들었다.

[회사로 복귀했어요. 잠깐 얼굴 보고 싶어 마케팅팀 사무실 들러 봤는데, 자리에 없어서 그냥 올라왔어요. 어디예요?]

"아."

슬은 저도 모르게 그의 문자를 보며 탄성을 질렀다. 잠깐 화장실에 와 있을 때 그가 사무실에 다녀간 모양이다. 픽, 웃음이 새어 나오려다 말고 슬이 답장을 보냈다. 자판을 누르는 손이 무척 빨랐다.

[화장실이에요. 그리고 그렇게 티를 내면 어떻게 해요? 아까도 봐 놓고 뭘 또 보고 싶다고…….]

그렇게 보내 놓고 1분도 되지 않아 그에게서 답문이 왔다.

[보고 있어도 또 보고 싶은 걸 어떡합니까? 아예 내 사무실에 자리를 만들고 싶은 심정이에요. 데려다 놓고 보고 또 보게.]

"어머. 이 사람이 미쳤나 봐."

이번에는 탄성이 아니라 감탄이 흘러나왔다. 이런 말도 할 줄 아는 그가 신기해서 나온 감탄이었다. 그런 닭살 돋는 멘트는 전혀 할 줄 모른다고 생각했는데. 하긴 사귀기 전에도 그는 듣기에도 달콤한 말을 곧잘 하곤 했었다.

[아까는 속였다고 화내 놓고는.]

괜히 뾰로통하게 답장해 놓고 슬은 그가 어떤 답문을 보낼지 기대했다. 그런데 아무리 기다려도 감감무소식이라 슬은 휴대폰 액정을 껐다 켰다 반복했다. 그래도 여전히 그에게서 아무런 답장이 오지 않자 시무룩해진 슬이 휴대폰을 손에 꼭 쥐었다. 아무래도 그에게 일이 생긴 모양이었다.

그대로 화장실 밖으로 나가려는데 벽 모퉁이에서 무언가가 쑥 튀어나왔다. 깜짝 놀란 슬이 중심을 잃고 뒤로 넘어지려고 하자 누군가가 급히 몸을 숙여 한 손으로 그녀의 허리를 받쳐 들었다. 바닥에 엉덩방아를 찧을 걸 예감하고 감았던 눈을 도로 뜬 슬은, 바로 앞에서 걱정스러운 얼굴을 하고 있는 태승을 보고는 휘둥그레졌다.

"미안해요. 이렇게 놀라게 하려던 건 아니었는데, 괜찮아요?"

태승은 경솔했던 자신을 탓했다. 함부로 사람을 놀라게 하면 안 되는 건데, 평소답지 않은 자신의 행동이 섣불렀던 것 같아 슬에게 미안했다.

"어디 다친 곳은 없어요?"

그가 걱정스러운 눈빛으로 제 몸을 훑을 동안 슬은 난감하기만 했다. 크게 다칠 수도 있었던 것보다 그에게 안겨 있는 이 상황이 더 당황스러웠다.

무엇보다 제 허리에 감겨져 있는 그의 단단한 팔과 가까이에서 느껴지는 그의 숨소리가 의식되어 자꾸만 심장이 두근거렸다. 게다가 넘어지려는 자신을 그가 받쳐 안은 탓에 하필이면 제 손이 그의 상체를 짚고 있었다. 그 손을 재빨리 뗐어야 했는데 타이밍을 놓친 탓에 자꾸만 그의 단단한 상체 근육이 느껴졌다.

"슬이 씨, 괜찮은 거죠?"

그제야 퍼뜩 정신을 차린 슬이 그의 상체에서 손을 떼어 내고는 몸을 일으켰다. 태승은 혼자서 일어나기 어려울 그녀를 위해 등을 살짝 밀어 주었고 그 반동으로 슬은 바닥을 딛고 설 수 있었다.

괜히 옷매무새를 매만지던 슬이 아직도 두 눈에 걱정이 가득한 그에게 말했다.

"괜찮아요. 덕분에 다친 곳도 없어요."

"하아. 다행이에요. 정말 미안해요."

그가 깊은 심호흡으로 놀란 가슴을 진정시켰다. 그러면서 그는 점차 원래의 평온한 얼굴을 되찾아 갔지만 슬은 순간 설렌 마음을 가라앉히기 어려웠다. 설마 제 표정에도 그 마음이 고스란히 드러날까 싶어 얼른 다른 화제로 그의 관심을 돌렸다.

"그런데 이건 뭐예요?"

그의 손에 들린 컵을 가리키자 그가 해사하게 웃으며 말했다.

"아메리카노. 좋아하잖아요."

아직 식지도 않은 뜨겁디뜨거운 아메리카노 한 잔이 그녀 손에 쥐어졌다. 이제야 주인에게 돌아간 테이크아웃 잔을 보며 그가 싱긋 웃었다. 그의 해맑은 얼굴을 보니 슬도 웃음이 터져 나왔다. 어느덧 두 사람은 서로를 마주 보며 웃었다. 회사 복도라 크게 소리를 낼 순 없었지만 그래도 좋았다. 그녀는 다시 기운을 차린 그를 볼 수 있어서. 그는 보고 있어도 또 보고 싶은 그녀를 매일같이 볼 수 있어서.

그러다 마침 그들이 서 있는 복도로 그림자 하나가 다가오는 것이 보이자 둘은 황급히 떨어졌다. 그림자의 주인은 지나가던 사원 중 하나였다. 사원이 태승에게 인사를 하자 그도 짧은 목례와 함께 서둘러 자리를 벗어났다. 슬이 멀어져 가는 태승의 뒷모습을 하염없이 바라보고 있는데, 다른 손에 쥔 휴대폰 진동이 울렸다. 태승의 문자였다.

[혼자 퇴근하지 말고 같이 퇴근해요. 6시 10분까지 회사 앞 커피숍에서 봐요. 데리러 갈 테니까.]

알겠다는 답문을 보낸 슬이 싱긋 웃으며 그가 조금 전에 걸어갔던 그 길로 걸음을 옮겼다.

그는 엘리베이터로, 슬은 사무실로. 각자 가는 방향은 달랐으나 마음은

한길이었다. 일방통행 아닌 쌍방 통행. 그들에게 서로를 향해 직진하는 길에
브레이크란 없었다.

* * *

〈원장, 정성해〉

팻말이 붙어 있는 문을 열고 안으로 들어온 윤건이 자리에 아직 식지
않은 찻잔이 놓여 있는 것을 보고는 그 앞에 앉았다.

"누가 다녀갔어요?"

"어. 너도 알지? VIP 병동, 류일만 회장님."

"아. 알죠. 그분. 그런데 오늘 진료 보시는 날 아니잖아요. 그분 병세
많이 안 좋아요?"

"오늘 아침에 연락이 왔었어. 발작을 일으키신 모양이더라고. 아까 오
셔서 진료받고 가셨고."

"발작이 처음은 아닌 거죠?"

심각한 표정으로 성해가 고개를 끄덕였다. 윤건 역시 그분의 증세가
심상치 않음을 직감했다.

"증세가 나날이 심해지고 있어. 그런 와중에 곧 중역 회의에 참가해야
한다고 하더구나."

"보호자가 힘들겠네요."

"그렇지 않아도 나날이 수척해지고 있지. 3년 전보다 더 많이 안 좋아
졌어. 표정도, 분위기도. 참 밝았던 친구였는데."

"……안타깝네요. 입원하지 않는 이유는 여전히 같고요?"

"응. 입원했다가는 기자들에게 알려지는 건 한순간일 테니까."

"가족들이 잘 버텨 줘야 하는 병이잖아요. 그래서 무서운 병이고요."

"……그렇지. 근데 혼자 고군분투하고 있으니. 그래서 더 마음이 무거워."

"혼자라고요? 그 회장님 딸도 있는 걸로 알고 있는데."

윤건이 고개를 갸웃했다. 그러자 착잡한 표정의 성해가 말을 이었다.

"회장님 병을 아는 사람은 그 친구 혼자야. 딸도 몰라. 사위는 더더욱."

"네? 아니, 어떻게 아버지 병을 가족이 모를 수가 있어요? 설마, 그 친구가 숨긴 겁니까? 자기 고모한테?"

전에 태승에게 물은 적이 있었다. 고모부는 몰라도 고모에게는 말하는 것이 좋지 않겠느냐고. 그때 태승은 이렇게 대답했었다.

'고모는 약해요. 모든 일에 있어 자기가 중심이어야 하고 멋대로 살아야 직성이 풀리는 사람이에요. 결정적으로 고모에게 할아버지는 버팀목이었어요. 지금도 할아버지가 영원히 곁에서 버팀목으로 있어 줄 거라고 믿고 있고요. 그런 고모가 이 사실을 알게 된다면 틀림없이 무너질 겁니다.'

"그럴 수밖에 없던 거지. 우리야 그 친구 속사정을 알 길이 있나. 한데 가족에게조차 비밀로 할 수밖에 없는 일이라면 그만한 이유가 있겠지. ……우리가 슬이에게 말하지 않은 것처럼."

이해하지 못하겠다는 표정을 짓던 윤건이 성해가 덧붙인 말 한마디에 입을 꾹 다물었다.

맞다. 누구에게나 털어놓지 못하는 저마다의 속사정이라는 것이 있다. 그 속사정을 말하지 않는 이유는, 말하지 못한 이유는 모두 같다. 상대에게 상처 주고 싶지 않기 때문이다. 상대가 알면 안 되는 일이고, 알면 상처받고 마음 아파할 테니까.

그러나 가끔은 그런 의문도 든다. 과연, 그 일을 숨긴다고 해서 영원히 숨겨질까? 과연, 상대에게 말하지 않는 것이 진정으로 상대를 위하는 일일까? 그런데도 윤건과 성해, 또 태승은 말하지 않는 것을 선택했다. 상대를 지키려는 이유에서였다.

그러다 퍼뜩 슬이 생각이 난 성해가 그간의 서운함을 윤건에게 호소하며 하소연했다.

"그런데 요즘 슬은 뭐 하는 거니? 전화도 안 하고 말이야. 집에 오라고 해도 오지도 않고."

아무래도 슬이 아직 성해에게 회사 복직 소식을 알리지 않은 듯하다. 괜히 자신도 모르게 찔린 윤건이 마른침을 삼키며 성해를 지켜봤다. 혹시라도 눈치를 챈 것은 아닐까 했지만 정작 성해는 다른 쪽으로 머리를 굴리고 있었다.

"얘가 혹시…… 연애하나?"

그러자 윤건이 요란하게 부정하며 대꾸했다.

"예에? 말도 안 돼요. 그런 거 아니에요. 연애는 무슨."

"근데 왜 네가 그렇게 팔짝 뛰고 그래? 뭐 찔리는 거라도 있어?"

강한 부정은 강한 긍정이라는 말이 있듯 성해가 괜히 떠들썩한 윤건을 떠봤다. 성해는 거짓말을 못하는 아들의 성격을 잘 알고 있었다. 그는 거짓말만 하면 행동이며, 말투며 부자연스러워졌다. 지금이 딱 그랬다. 슬이 연애라니. 말도 안 되는 소리였다. 윤건은 한 번도 생각해 보지 않은 부분이라 놀랐다.

"연애는 무슨. 그런 거 없어요. 걔가 무슨 연애를 해요?"

"왜? 할 수도 있지. 안 하는 게 더 이상하지. 우리 슬이가 어디 뭐 하나 빠지는 곳이 있어야지. 머리 좋지, 예쁘지, 상냥하지, 다정하지, 무엇보다 너무 귀엽고 사랑스럽잖아. 어릴 때부터 얼마나 예뻤다고. 그렇게 예쁜데 주변에 남자 한 명이 없겠어?"

생각해 보니 그랬다. 슬은 예쁘다. 쌍꺼풀 진 눈에 별 박은 듯 반짝이는 눈동자, 높은 콧대며 붉은 입술, 게다가 착하다. 웃으면 온 세상의 빛을 혼자 다 밝히는 듯 선하고 예쁘다. 그런 슬에게 대시하는 남자가 없을 리는 없다. 다들 눈이 삔 것이 아니라면. 고심하던 윤건의 표정이 점점 더 심각해졌다.

"근데 애 진짜 뭐 있는 거 아니야?"

"바쁜가 보죠."

"아무래도 집엘 좀 찾아가 봐야겠어. 집에 가서 밥도 좀 먹이고 그래야지."

"……네. 그러세요."

"아니 일단 통화부터 해 보고……. 너 일 없어?"

성해가 눈은 여전히 휴대폰에 가 있는 상태에서 윤건의 얼굴은 곁눈질로 보며 물어봤다. 하지만 들려오는 대답이 없어 고개를 돌리니 성해의 시야로 넋이 나가 있는 그의 표정이 보였다. 아까보다 부쩍 말수가 적어진 게 영 이상했다.

"왜 그래, 갑자기?"

"……아니요. 그만 나가 볼게요."

원장실을 나온 윤건은 몇 걸음 채 가지도 못하고 보호자 대기 의자에 앉았다. 여전히 표정은 심각했다.

어느 순간부터 윤건은 자신이 슬에게 남다른 마음이 있다는 사실을 자각했다. 그러나 슬은 자신을 온전히 친오빠로 여겼다. 이 선을 넘었다가는 어색해질 것이 두려워 줄곧 이 관계를 유지해 왔다. 그런 슬에게 남자가 생길 거라곤 미처 생각하지 못했다. 아님 생각하기 싫었던 것일 수도. 윤건은 슬에게 자신 외에 남자가 생긴다는 걸 상상하는 것만으로도 한숨이 나왔다.

* * *

"다녀오셨습니까?"

사무실로 돌아왔더니 아무도 없는 텅 빈 책상 앞에 서 있는 재호가 보였다. 마주친 눈에서 추궁하는 듯한 시선을 느낀 태승이 고개를 돌렸다. 병원에 갔다가 재호만 들여보내고 슬의 사무실에 잠깐 들러 아이스아메리카노만 전해 주고 온다는 것이, 생각보다 많이 지체되어 미팅 시간을 한참 넘긴 것이다.

"미팅은?"

자리에 앉기도 전에 재호의 따가운 시선이 느껴졌다.

"덕분에 문 이사님과 제가 땀을 뻘뻘 흘렸죠. 그나마도 두 시간 미룬 미팅이었는데 그것마저 나타나지 않으셨으니 상대도 무척 당황스럽고 화가 나지 않겠어요? 우리가 그쪽보다는 갑이니까 별말 않고 다음에 미팅 날짜 잡아서 다시 만나자고 했지만, 아마 우리가 을이었더라면 미팅은 날아갔겠죠. 그럼 당연히 투자도 물 건너갔을 테고요."

재호의 말 한 마디, 한 마디에서 적잖은 분노가 느껴졌지만 그렇다고 뭐라고 말할 수 없는 입장이라 태승은 입을 꾹 다물었다. 이럴 때는 침묵이 답이었다.

"내가 전화해서 날짜 다시 잡을게."

"됐습니다. 미팅 시간 제대로 안 지킨 건 우리 잘못이지만 갑을 관계는 분명히 해야죠. 스케줄 조정하는 일은 제 소관이니까 제가 알아서 하겠습니다."

말투는 정중했으나 다시 말하면 너도 공과 사를 구분하라는 뜻이라 태승이 픽 웃었다. 그가 웃자 더 기분이 나빠진 재호가 퉁명스레 대꾸했다.

"왜 웃으세요? 제 말이 어디 틀렸습니까? 대체 어디 갔다 오신 겁니까?"

재호는 그동안 그에게 궁금한 것이 많았는지 무려 3연타의 질문을 쏟아냈다. 아직 재호는 그때 만났던 슬이 이 회사에 근무하고 있다는 사실을 모르고 있었다.

"회장님 편에 서 줄 수 있는 이사들이 몇이나 될 것 같아?"

"네? 그게 무슨 뜻이에요?"

태승이 묻는 말에 대답해 줄 사람이 아니라는 건 알았지만 이런 생뚱맞은 질문을 할 줄은 더더욱 몰랐다. 표정이 싹 바뀐 재호가 그 의중을 물었다. 그 역시 표정이 좋지 않았다.

"반대로 박중열 이사 편에 서 줄 이사들은 몇이나 될까?"

"사장님."

재호의 눈빛이 마구 흔들렸다. 그 말의 뜻을 자세히 묻지 않아도 알 수 있었다. 이제 슬슬 준비를 해야 한다는 뜻이었다. 회장님의 병환을 세상에 알려야 할 준비. 이는 동시에 이별해야 할 준비를 뜻했다.

"이제 그 고민을 좀 해 봐야 할 것 같아. 시간이…… 별로 없다."

그가 쓰게 웃었다. 의자를 크게 돌린 태승이 재호를 등진 채 통유리에 비친 서울 하늘을 내려다보았다. 작게 한숨을 내쉰 그의 눈시울이 붉었다.

* * *

오후 6시 정각에 맞춰 일을 끝낸 슬은 서둘러 듀얼 모니터 화면을 끄고 가방을 챙겨 아직 남아 있는 사무실 동료들과 팀장에게 인사를 건넸다. 그러고는 서둘러 사무실을 나와 왼쪽 손목에 찬 시계로 시간을 확인하며 초조한 듯 엘리베이터를 기다렸다.

잠시 뒤, 사무실에서 송이가 헐레벌떡 뛰어나와 슬의 팔에 팔짱을 척 꼈다. 깜짝 놀란 슬이 송의 얼굴을 보고는 당황했다. 분명 송이는 같이 가자고 할 것이고 그럼 그와는 같이 퇴근할 수가 없게 된다. 이를 어쩐담. 송이를 어떻게 떼어 낼까 고민하고 있는 슬과 달리 송은 너무도 태연스런 얼굴로 조잘거렸다.

"같이 퇴근해요, 선배."

역시나. 예상과 너무 똑같아서 슬은 그만 대답을 잊고 말았다.

"근데 선배 아까 사장님 오셨을 때 어디 계셨어요? 선배도 자리에 있었으면 사장님 얼굴도 뵙고 좋았을 건데."

"어? 아, 어. 화, 화장실."

송이 갑자기 오늘 사무실에 들러 커피를 나눠 줬던 태승의 이야기를 꺼냈다. 그 덕에 놀란 슬이 당황해서 말을 더듬었다.

"진짜 아깝다. 이토록 가까이에서 본 건 오늘이 처음이었는데 역시 멀리서나 가까이에서나 조각은 조각이더라고요."

송이 오늘 낮에 봤던 태승의 외모를 칭찬하자 슬이 흐뭇한 미소를 지었다. 그러다 자신도 모르게 고개를 끄덕거렸다. 누가 봐도 그는 정말 멋진 남자였다. 멋지다는 말로도 다 표현할 수 없는 사람이 그였다. 큰 키에 떡 벌어진 넓은 어깨, 반듯한 이마와 날카롭고 예민해 보이는 긴 눈매와 오뚝하게 솟은 콧대, 그 아래 도톰한 입술까지. 송이 한 말처럼 그는 멀리에서도, 가까이에서도 그림같이 잘생긴 남자였다.

"그랬어?"

"그런데 원래 사장님이 그런 스타일이 아니시거든요? 부하 직원들 잘 챙기시기는 하지만 정도라는 걸 지키시는 분인데 오늘 저희 사무실에 오셔서 정말 깜짝 놀랐어요. 계속 두리번거리시고."

"두리번거렸다고?"

계속되는 송이의 이야기에 슬은 어찌할 줄 몰라 귀만 열어 놓고 다른 곳에 시선을 두고 있다가 그제야 되물었다. 슬과 눈을 맞춘 송이 고개를 끄덕였다.

"네. 누굴 찾는 것 같았어요."

아무래도 태승은 자리에 없던 저를 찾고 있던 모양이다. 그 모습이 상상되어 괜히 웃음이 나 슬은 활짝 미소를 지었다.

"하여튼 배도 고픈데 밥이나 먹고 갈까요?"

주저리주저리 말을 잇던 송이 화제를 돌려 저녁까지 같이 먹고 가자며 재촉했다. 약속이 있다고 거절해야 했지만 그러기엔 늦은 것 같았다. 슬은

송이 이끄는 대로 따라 걸었다. 그에게 오늘은 힘들 것 같단 문자를 해야
겠다고 생각해 옆에 메고 있던 가방 안으로 손을 집어넣는데 송의 휴대폰
이 울렸다.

"잠깐만요. 선배."

송이 잠시 전화받는 틈을 타 슬도 그에게 문자를 했다.

[태승 씨, 오늘 만나기는 힘들 것 같⋯⋯.]

빠른 손놀림으로 문자를 작성하고 있는 슬에게 어느새 송이 다가와 말
했다.

"선배, 갑자기 집에 일이 생겨서 지금 가 봐야 할 것 같아요."

슬이 핸드폰을 만지던 손을 멈추고 송을 보자 그녀는 정말 미안하다는
표정을 짓고 있었다. 슬은 작성하던 문자를 삭제하고는 휴대폰을 도로 가
방에 넣었다.

"괜찮아. 다음에 먹으면 되지. 얼른 가 봐."

"죄송해요. 언니 먼저 갈게요."

정말 급한 일이었는지 송은 지나가던 택시를 잡아탔다. 슬은 송이 탄
택시를 보다가 돌아서 왔던 길을 되돌아갔다. 태승에게 전화를 걸었으나
그가 받지 않아 이내 뛰기 시작했다. 마음이 급했다. 그가 행여나 그곳에
서 자신을 기다리다 갔을까 봐. 그는 분명 그 자리에서 자신을 기다리고
있을 거라는 것을 알면서도 걸음을 멈출 수 없었다. 한 발, 두 발 그를 향
해 뛰고, 또 뛰었다. 만나기로 했던 장소가 이리도 멀었던가. 돌아가는 길
이 멀게 느껴졌다. 그리 먼 거리가 아니었음에도 저 끝에 그가 있다는 생
각을 하니 천 리 길 같았다.

코너를 막 돌아 나온 슬이 회사 건물 아래 서 있는 태승을 발견하고는
서서히 걸음을 멈추었다. 그의 차가 길가에 세워져 있었고, 그가 주변을

두리번거리며 휴대폰으로 누군가에게 전화를 걸고 있었다. 곧이어 메고 있던 가방 속에서 진동이 느껴졌다. 그에게 걸려 온 전화였을 것이다. 안 봐도 알 수 있었다.

그가 자리를 뜨지 않고 그곳에 서서 자신을 기다리고 있다는 사실에 이상한 안도감이 들었다. 그는 이 자리에 항상 있어 줄 것 같다. 어디도 가지 않고 이곳에 가만히. 슬이 걱정 가득한 표정의 그를 불렀다.

"태승 씨!"

어디선가 낯익은 목소리가 들려와 태승이 고개를 돌려보니 슬이 웃으며 자신을 향해 뛰어오고 있었다. 냉큼 달려온 슬이 그의 품에 와락 안겨 들었다. 갑자기 달려드는 슬의 힘 때문에 그의 몸이 살짝 뒤로 밀려났다.

태승의 넓은 가슴팍에 얼굴을 묻은 슬이 숨을 골랐다. 여기가 회사 앞이라는 사실도 까맣게 잊었다. 사랑하면 아무것도 보이지 않는다는 말이 사실이었나 보다. 지금 슬의 시아에 태승 말고는 아무것도 들어오지 않았으니까. 자신을 기다리고 있는 그를 본 순간 슬의 심장이 미친 듯이 펌프질을 해 대며 뜨거운 감정이 올라와 주체할 수 없었다. 벅차다고 해야 할까, 북받친다고 해야 할까. 형용할 수 없는 감정이었다. 말로는 다 표현할수가 없었다.

그래서 슬은 냅다 뛰어 그의 품에 안겨들었다. 두 팔로 그의 허리를 감자 그도 그녀를 꼭 안아 등을 토닥여 주었다. 그의 품에서 천천히 숨을 내쉬던 슬이 말했다.

"나 태승 씨한테 하고 싶은 말이 있어요."

"뭔데요?"

그가 슬의 뒷머리를 가만가만 쓰다듬으며 물었다. 그러자 슬이 그의 품에서 살짝 떨어져 그와 두 눈을 맞추고는 말을 이었다.

"……사랑해요."

진심을 다해 고백하는 슬을 응시하던 태승의 동공이 흔들렸다. 그녀에게서 사랑한다는 말을 듣게 될 줄이야. 그녀에게 좋아한다는 말을 들었을 때보다 더한 감동이 밀려들었다. 더군다나 예상치 못한 장소에서 뜻밖에 사랑 고백을 들으니 가슴이 벅차올랐다.

3년 전, 차가운 바다 속에 가라앉고 있는 그녀를 구하게 될 줄도, 3년 이 지나 다시 만나게 될 줄도, 그러다 좋아하게 될 줄도 몰랐다. 인생이 아무리 한 치 앞을 볼 수 없다고 해도 그녀와 다시 만나 사랑하게 될 줄은 정말이지 꿈에도 그리지 못했다. 그랬는데, 믿기지 않는 일이 눈앞에서 벌어졌다. 머릿속에서 떠나지 않았던 그녀가 지금 자신의 앞에 서 있었다. 한마디로 말해 꿈만 같은 일이 일어나고 있었다.

그가 그녀의 머리카락을 부드럽게 쓸어 넘기다 천천히 고개를 숙여 살짝 입을 맞추었다. 입술을 머금다 떼어 낸 그가 붉어진 눈시울로 그녀를 바라보았다. 슬의 눈에도 눈물이 고여 반짝이고 있었다. 벅찬 감정을 누르지 못한 그의 목소리가 떨렸다.

"나도 사랑해요."

그의 대답에 슬이 환하게 웃었다. 그러다 천천히 다가오는 그에게 맞춰 두 눈을 스르륵 감았다. 지금 여기가 어딘들 상관이 없었다. 서로가 중요했고 차오르는 감정은 주체되지 않았다. 이 마음을 숨기고도 싶지 않았다. 이 제는 더 이상은 감출 필요가, 이유가 없었다. 서로를 사랑하기 때문이다.

* * *

캄캄한 방 안, 주황색 등이 흔들리며 좁은 베드에 마주 보고 앉아 있는 두 사람을 비추었다. 그들의 등 뒤 창가에는 은은한 빛의 보름달이 둥글게 떠 있었다.

태승이 슬의 뒷목을 부드럽게 잡고는 더 깊이 입술을 머금었다. 두 입술이 맞물렸고 혀가 얽히고설키며 서로를 당겼다. 그는 깊게 입을 맞추다

숨이 차오를 즈음 다시 고개를 틀어 입술을 물었다. 입술 끝이 살짝 닿았다가 떨어지고 다시 닿았을 때는 더 깊게 맞물렸다. 맞닿은 입술이 데일 것처럼 뜨거웠다.

곧이어 그의 붉은 혀가 입술을 가르고 들어와 슬의 고른 치아를 훑으며 여린 점막을 쓸어 댔다. 첫 키스 때와는 전혀 다른 느낌이었다. 부드럽지만 강렬하고, 강렬한데 또 부드럽다. 점막을 쓸며 입 안을 휘젓던 그의 혀가 이번에는 슬의 혀를 휘감고 입술을 빨았다. 슬은 황홀한 그의 움직임에 자신도 모르게 신음을 냈다. 하지만 그 작은 소리는 새어 나오지 못하고 서로의 입 안에서 삼켜졌다. 뜨거운 숨결이 오고가는 만큼 방 안의 온도도 높아져 갔다.

축, 하고 떨어진 두 사람의 입술은 부풀어 있었다. 여전히 아쉬운지 입술이 다시 닿았다가 떨어졌다. 두 사람은 눈을 떠 서로를 바라보았다. 사방이 막힌 공간은 두 사람이 뿜어내는 열기로 공기의 온도가 한껏 올라가 있었으며, 서로를 응시하는 시선 역시 뜨거웠다.

오늘은 그와 함께하고 싶었다. 회사 앞인 것도 잊은 채 그에게 몰두해 입을 맞췄던 그 순간에도 이 생각뿐이었다. 그와 오늘 밤을 보내고 싶다. 그에게 안겨 온전한 그의 여자가 되고 싶다. 슬은 처음이었다. 자신이 남자에게 사랑한다고 고백하며, 남자와 자고 싶다고 생각한 것이. 그리고 그도 같을 거라고 생각했다. 자신이 그에게 안기고 싶은 만큼 그도 자신을 안고 싶을 거라고.

하지만 막상 그 상황이 되고 보니 긴장되어 그의 눈을 보는 것이 힘들었다. 뜨거운 욕망으로 점철되어 있는 그와 시선을 맞추려니 심장이 터질 듯 뛰어서 숨을 쉬기가 어려울 정도다. 무슨 말이라도 해야겠는데 떨려서 입이 떨어지지 않는다. 이토록 수줍어하는 슬과 달리 태승은 오로지 한곳에만 시선을 두고 있었다.

그는 시선을 맞추지 못하고 요리조리 피하며 어쩔 줄 몰라 하는 그녀를 더 빤히 쳐다보았다. 입술은 잔뜩 부풀어 있는데 발그레해진 두 뺨은 또 귀여웠다. 격렬했던 키스 탓에 입고 있는 흰색 블라우스는 잔뜩 구겨졌고 그 사이로 언뜻 보이는 쇄골과 희고 고운 목덜미, 살짝 당겨 올라간 치마 아래로 늘씬하게 뻗은 다리 라인이 그의 욕정을 건드리고 있었다.

엉망인 채로 헝클어진 슬의 모습은 태승에게 위험했다. 실은 그는 어마어마한 자제력으로 곧 터지려는 제 욕망을 꾹 눌러 참고 있는 중이었기 때문이다. 이제 그 자제력도 얼마 남지 않았다. 그런데 아무것도 모르는 그녀는 자꾸만 그를 자극했다. 그것이 그에게 얼마나 크게 다가오는 줄도 모르고.

그러나 슬도 그와 마찬가지로 참고 있는 중이었다. 아무 말도, 행동도 하지 않은 채 계속 자신을 바라보고 있기만 하는 이 남자 때문에 미칠 것 같았다. 그는 언제나 말끔하고 매너를 잃지 않는 남자였다. 매사에 흐트러짐 없이 옷매무새 또한 깔끔했고 정갈했다. 그런 사람이 지금은 잔뜩 엉망이었으니 이토록 섹시할 수가 없었다.

침대에 무너지듯 기대앉아 있는 자세며, 평소와 달리 한껏 풀어 헤쳐진 넥타이, 그리고 흰색 와이셔츠만 입고 있는데도 나체인 것처럼 훤히 드러난 탄탄한 상체 라인이 보는 이를 넋 놓게 만들었다. 거기다 항상 유지하던 포마드 스타일이 망가져 이마를 다 덮을 만큼 내려와 있는 모습이 강아지 같기도 해 귀여웠다. 그렇게 귀여운 얼굴과 대조적으로 그의 자세와 옷차림은 잔뜩 엉망인지라 더욱 치명적이었다. 남자가 이렇게 섹시할 수 있을까 싶을 만큼. 옆모습은 또 어떻고. 베일 것만 같은 턱선과 남자답고 굵은 목, 한껏 도드라진 성대, 그리고 넓은 어깨 라인이 예술품을 보는 듯 환상적이었다.

슬은 긴장했는데 긴장하고 있다는 걸 들키고 싶지 않아 그의 집요한 시선을 피해 다른 곳을 응시했다. 그러자 말 한마디 없던 그가 그녀를 진득하게 보다가 손을 들어 뺨에 갖다 대었다. 놀란 슬이 그제야 시선을 돌려 그와 두 눈을 마주하니 그가 다가와 그녀를 꼭 안아 주었다. 그는 슬이 긴장하고 있다는 걸 알고 포옹으로 그녀의 긴장을 풀어 주려고 한 것이다. 그가 엄청난 자제력을 발휘하여 그녀를 안고 싶은 걸 참는 이유는 그녀에게 상처를 주고 싶지 않아서였다.

그에게 안기니 정말 신기하게도 슬의 떨렸던 몸과 마음이 점차 안정되었다. 그가 뒷머리를 가만히 쓰다듬어 주자 슬은 자신도 모르게 순간 긴장감을 풀고 그의 넓은 어깨에 포근히 기대었다. 긴장으로 뻣뻣했던 몸도 한결 부드러워졌다.

"태승 씨……."

슬이 나긋한 목소리로 그를 불렀다. 그러자 그가 등을 토닥거려 주었다.

태승의 품은 잠이 들 만큼 포근했다. 그의 널따란 가슴팍에 얼굴을 파묻고 두근두근 뛰는 그의 심장 소리를 들으니 마음이 편안해졌다. 그런데 태승도 긴장이 되기는 마찬가지였는지 박동 소리가 조금 빨랐다. 그 소리에 슬이 웃음을 터트렸다.

"태승 씨, 심장 소리 너무 빨라요."

그러자 그도 작게 미소를 짓다가 품에서 그녀를 떼어 내고는 뺨을 어루만졌다.

"당신 덕분이에요."

뜬금없어 보이는 태승의 대답에 슬이 되물었다.

"뭐가요?"

"당신으로 인해 내 심장이 뛰고 있으니까. 당신을 만나지 못했더라면 난 아마 평생을 굳은 심장을 갖고 살았을 거예요. 아무에게도 뛰지 않았을 거예요."

슬의 눈시울이 점점 붉어져 갔다. 그의 진실한 마음이 고스란히 전해져 왔기 때문이었다. 그는 단 한 번도 저에게 진심이 아니었던 적이 없었다. 그는 늘 온 마음을 다해 자신을 사랑해 주고 있었다. 슬이 제 뺨에 닿아 있는 태승의 손등을 작은 손으로 덮어 감쌌다.

"나도 같아요. 당신을 만나지 못했더라면 나도 사랑한다는 게 어떤 건지, 어떤 감정인지 평생 모르고 살았을 거예요. 고마워요. 사랑한다는 게 어떤 건지, 어떤 감정인지 알게 해 줘서."

"나도 고마워요. 굳은 내 심장을 뛰게 해 줘서."

슬의 두 눈에 맺힌 눈물이 후두둑 떨어져 뺨 위로 흘러내리자 태승이 눈물을 닦아 주었다. 그러고는 그가 고개를 내려 슬의 붉은 입술을 바라보았다. 잠시 동안 입술을 지그시 응시하던 그가 다시 시선을 올려 슬과 눈을 마주했다. 볼 때마다 느끼는 것이지만 그의 눈은 많은 말을 하고 있는 듯했다. 입으로 뱉는 말보다도 눈으로 전달하려는 것이 많았으며, 그 정도가 깊었다. 그의 다갈색 동공을 바라보고 있노라면 그 속에 곧 빨려 들어갈 것 같았다. 그래서 그가 가만히 자신을 바라보고 있을 때면 심장이 뛴다. 지금처럼.

"태승 씨……."

태승의 얼굴이 가까워지며 뺨 위로 그의 숨결이 느껴졌고 곧 입술이 닿았다. 슬은 눈을 감고 제 입술 사이를 가르고 들어오는 그의 혀를 받아들이며 목에 두 팔을 감았다. 머릿속이 점점 새하얘졌다. 오직 그밖에 보이지 않았다. 그녀는 자신의 등을 쓸어 만지며 더 깊이 혀를 얽는 그에게 맞춰 더 가까이 몸을 밀착시켰다. 그와 숨을 나누고 온전히 하나가 될 이 행위에 집중하고 싶었다. 아무것도 신경 쓰지 않고 오직 그와 자신만 생각하고 싶다.

태승은 더 적극적으로 몸을 붙여 오는 그녀의 가는 허리를 끌어안고 반대로 고개를 꺾어 입술을 맞대고 혀를 밀어 넣었다. 그러고는 뜨겁고 물컹한 슬의 혀를 얽으며 치열을 고루 핥다가 볼이 움푹 파이도록 그녀의 입술을 빨아들였다. 부드럽던 키스가 순식간에 거칠어지며 두 사람의 호흡도 점점 더 가빠졌다. 하지만 두 사람은 딱 붙어 떨어지지 않았다. 숨

쉬는 것이 버거워지는데도 입술을 떼지 않고 서로에게 완전히 몰입해 있었다.

"하아. 하."

태승이 입맞춤을 멈추고 턱을 지나 목덜미로 입술을 옮겨 가니 슬이 턱을 추켜들며 가쁜 호흡을 내뱉었다. 하얗게 드러난 가는 목선을 따라 잔잔히 입술을 맞추던 그가 가빠진 호흡으로 오르락내리락 하는 그녀의 가슴 부근에 멈추어 블라우스 단추를 먼저 풀었다. 하나둘 단추를 끌러 내는 그의 손길이 점점 더 빨라지며 이내 태승이 블라우스를 완전히 벗겨 냈다.

블라우스 자락이 침대 아래로 떨어지자 슬은 캐미솔 하나에 의지한 상태가 되었다. 몸에 딱 달라붙는 캐미솔의 소재가 워낙 얇아서인지 둥근 가슴 라인과 매끈한 아랫배까지 여실히 드러났다. 그 모습에 순간 태승은 뜨거운 피가 하반신 한곳으로 몰리는 기분이 들었다. 벗은 몸을 본 것보다 살짝 가려진 실루엣 사이로 언뜻언뜻 보이는 그녀의 매끈한 몸매가 더 자극적이었다.

자신을 바라보는 그의 노골적인 눈빛이 뇌쇄적이라 슬은 자신도 모르게 긴장해 몸이 더 뻣뻣해졌다. 방 안의 기온이 더 높아진 것도 같았다. 몹시 더웠다.

말 한마디 오가지 않아 적막이 감도는 침실에서 이번에는 슬이 그의 와이셔츠 단추를 끌렀다. 하나둘 단추가 풀어질 때마다 벌어진 셔츠 사이로 단단한 가슴 근육이 드러났다. 살색보다는 더 진한 색이었고 손끝에 닿는 상체는 무척 단단했다.

이내 더 이상 풀어낼 단추가 없어지자 태승이 셔츠를 단번에 벗어 냈다. 그러자 철갑을 두른 것같이 단단한 상체 근육이 완전히 드러났다. 그는 조각 같은 얼굴도 모자라 다비드 조각상이라도 믿을 만큼 아름다운 근육질 몸매를 가지고 있었다. 얼마나 운동을 많이 하면 이런 몸이 될 수 있는지 경이롭기까지 했다.

슬이 그의 몸매에 넋을 놓고 있으니 태승이 다가와 그녀의 이마에 짧게 키스했다. 그러고는 차례로 코와 뺨에 입을 맞추고 다시 입술을 머금었다. 이에 슬도 기울인 그의 두 뺨을 감싸고 적극적으로 혀를 얽으며 무릎을 세워 그의 다리에 올라앉았다. 태승도 그녀를 자신의 무릎에 앉히고는 더 깊이 혀를 밀어 넣었다. 그렇게 태승과 슬은 집요한 키스를 이어 갔다.

입술을 한참 맞대던 태승은 슬의 캐미솔 안으로 손을 뻗어 가는 허리와 등을 쓰다듬었다. 그가 허리를 감싸자 슬의 몸이 점점 더 뜨거워졌다. 그녀 역시 태승의 맨살을 쓰다듬으며 등 라인을 쓸어내렸다. 온몸이 근육질인지라 등을 더듬어도 울퉁불퉁한 것밖에 만져지지 않았다.

"하아."

"하."

붙어 있던 입술이 잠시 떨어지자 두 사람은 차올랐던 숨을 골랐다. 그러다가도 또다시 입을 맞추었다. 이번에는 그가 슬이 입고 있던 캐미솔까지 벗겨 내고는 검은 브래지어 사이로 손을 넣어 둥근 가슴 둔덕을 감싸 쥐었다. 태승의 거친 손에 가슴 살갗과 젖꼭지가 쓸리니 슬은 온몸에 난생 처음 겪는 이상야릇한 느낌이 들어 부딪친 입술을 떼어 내고는 신음했다.

"하웃."

그는 멈추지 않고 등 뒤로 손을 올려 거치적거리기만 하는 브래지어 버클을 아예 풀어 버렸다. 속옷마저 바닥으로 떨어지자 아래로 처짐 없이 딱 올라붙은 가슴과 꼿꼿이 선 분홍색 젖꼭지가 함께 드러났다.

"아!"

태승은 왼쪽 가슴을 한 손으로 세게 쥐고는 주무르며 슬의 입술을 찾아 혀를 뒤섞었다. 하응. 슬의 잇새로 새어 나오는 신음이 밖으로 표출되지 못하고 다시 안으로 삼켜졌다. 슬은 그가 자극을 줄 때마다 머릿속이 엉망이 되는 것 같았다. 가슴이 그의 손바닥 안에서 뭉개지고 짓이겨지는데 아프다기보다는 묘한 쾌감이 더 강해서 당혹스럽기도 했다. 섹스라는 게 원래 이런 느낌인 건가. 이러다가 심장이, 머릿속이 터질 것 같았다. 슬은 덜컥 겁이 나다가도 본능대로 그가 주는 자극에 반응했다.

태승은 슬의 가슴을 터트릴 듯 쥐고 주무르는 것만으로는 성에 차지 않았다. 참고 참았던 욕정이 이제는 감당할 수 없을 만큼 커져 멈추기에 늦어 버렸다. 자신이 만질 때마다 슬이 온몸을 움찔거리며 당혹스러워하고 있다는 것을 알고 있는데 몸은 뜻대로 움직여 주지 않았다. 살살해야지, 그녀가 놀라지 않는 선에서만 해야지 이런 건 머릿속으로 생각만 할 뿐이다.

"하읏!"

그가 한쪽 가슴을 거세게 그러쥐고 다른 쪽 가슴의 정점을 한 입 가득 크게 베어 물자 슬이 신음을 참지 못하고 터트렸다.

"태, 태승 씨…… 하읏! 으읏!"

태승이 한쪽 가슴을 집요하리만치 깨물고, 빨고, 혀를 내어 핥자 슬은 젖꼭지가 떨어져 나갈 것 같아 애가 탔다. 그녀가 조금만 살살 하라는 듯 그를 불렀는데도 그는 아랑곳하지 않고 다음 애무를 이어 갔다. 태승은 제 허벅지에 올라앉아 있는 슬의 치마를 걷어 올려 허벅지를 쓸어 만졌다. 그러다 치마를 아예 팬티가 보일 정도까지 걷어 올려 엉덩이를 감싸 쥐었다. 깜짝 놀란 슬이 두 눈을 크게 뜨고 쓰다듬던 손을 붙잡자 그가 애무하던 젖꼭지에서 입술을 떼었다.

"아…… 미안해요. 너무 놀라게 했죠? 나도 모르게……."

분위기가 상당히 어색해져 버렸다. 그러려고 그런 것은 아니었는데……. 자신이 너무 당황했던 것은 사실인지라 슬은 이 상황에서 어쩔 줄 몰라 했다. 그가 엉덩이를 붙잡는 순간 이제 진짜 시작인 것 같아서……. 그를 맞아들일 준비가 되었다고 생각했는데 아직 몸이 준비가 되지 않은 모양이다.

"괜찮아요. 괜찮아요."

자신보다도 더 놀랐을 사람은 태승일지도 모른다. 키스를 하고 애무까지 받아들였다는 것은 그다음 단계로 가도 된다는 것을 허락한 것인데 갑자기 분위기를 흐렸으니 말이다. 오히려 미안한 쪽은 그가 아닌 슬, 자신이었다. 그런데도 그는 오히려 그녀를 다독이고 있었다. 슬은 그런 그를 보다가 다시금 마음을 추슬렀다.

"아니요. 해도 돼요. 나도…… 하고 싶어요, 당신과."

내가 이런 말까지 입에 담고 있다니…….

표정은 단호했고 결연한 의지가 담겨 있었으나 목소리는 한껏 떨리고 있었다. 그렇게 선뜻 나서지 못하면서도 용기를 내고 있는 슬의 모습이 안쓰러우면서도 귀여워 태승은 그만 소리를 내어 웃었다. 갑작스런 그의 웃음에 슬이 놀라 물었다.

"왜 웃는 거예요?"

눈을 동그랗게 뜨고 묻는 모습이 꼭 토끼처럼 귀여워서 그가 그녀의 뺨을 쓰다듬으며 달콤하게 속삭였다.

"귀여워서요."

그 말이 얼마나 제 가슴을 떨리게 하는지 그는 모를 것이다. 슬의 기분이 곧 날아갈 것처럼 가벼워졌다. 긴장되었던 마음이 푸슉 바람 빠지는 소리를 내며 풀렸다.

"그런데 이제는 못 물러요. 안 물러날 겁니다. 울어도 소용없어요. 지금 죽도록 참고 있는 중이거든요. 내 자제력에도 한계가 있어서."

그 말을 듣기 전에는 몰랐는데 그러고 보니 지금 자세도 그렇고 상태도 그렇고 상당히 자극적이기는 했다. 상체는 이미 속옷도 없이 훤히 드러나 있는 상태였으니까 말이다. 당장이라도 쥐구멍에 들어가 숨고 싶은 심정이었는데 그가 허벅지를 두 팔로 누르고 있어 오도 가도 하지 못했다.

오히려 태승은 슬을 지그시 올려보다가 그녀의 뒷목을 부드럽게 감싸 쥐고 다시금 끌어당겨 입술을 맞춰 오고 있었다. 슬도 못 이기는 척, 이제는 어쩔 수 없음을 실감하고는 다가오는 입술에 입을 맞대었다. 입술이 맞물리며 벌어졌고 그가 혀로 입 안을 휘저으며 깊은 숨을 불어넣었다. 슬도 다시 그의 목을 두 팔로 감싸 안은 채 그를 받아들였다. 그렇게 두 사람은 아까보다 더 진한, 농도 짙은 키스를 주고받았다.

태승이 다시 슬의 가슴을 움켜잡고 주무르다가 젖꼭지를 손가락 마디 사이에 끼워 비틀었다. 그 생경한 느낌에 슬이 몸을 가늘게 떨었다.

"하음."

아까와는 달리 슬은 그의 손길을 서서히 느끼고 있었다. 직전까지 뾰족하게 느껴졌던 쾌락의 통증도 이제는 부드러웠다.

집요하리마치 가슴을 애무하던 그가 허벅지를 쓰다듬던 다른 한쪽 손을 점점 올려 통통한 엉덩이를 감싸 쥐었다. 그러면서 슬을 살피자 이번에는 그녀도 놀라지 않고 침착하게 그의 부드러운 머릿결을 쓰다듬었다. 그녀의 반응이 나쁘지 않다는 것을 알고는 태승이 다시금 페팅을 이어 갔다. 전희를 길게 가져갈수록 그녀는 아프지 않게 자신을 잘 받아들일 수 있을 것이다. 그래서 그는 아래쪽에 피가 몰려 터질 것 같은데도 그녀의 몸을 부드럽게 만드는 것에 정성을 기울였다.

"하응."

태승은 슬의 둥근 가슴 둔덕에 얼굴을 묻은 채 혀만 내밀어 양옆의 젖꼭지를 번갈아 빨았다. 자극하면 자극할수록 슬의 정점은 꼿꼿하게 솟아올랐다. 가슴만 집중적으로 유린하니 이제는 그의 혀가 쓸리기만 해도 자극이 통증으로 느껴졌다. 그런 상태가 돼서야 태승은 입술을 목덜미 안쪽으로 옮겼다. 희고 고운 살 위에 입술을 깊게 파묻은 상태에서 빨아 당기자 그 부위가 붉은 장미 잎이 물든 것처럼 벌게졌다. 슬은 키스 마크가 잔뜩 새겨진 상태에서 끙끙대면서도 그의 애무를 마다하지 않았다.

"하아. 핫."

태승은 그녀의 가느다란 허리를 끌어안고서 목덜미에 한참 동안 입술을 지분거리다가 다시 슬의 입술을 찾아 입을 맞추었다. 슬도 그의 혀를 핥고 빨며 목을 꺾은 채로 더 깊이 밀어 넣었다. 그와 키스하면 할수록 타들어 가는 듯한 갈증이 느껴져 멈출 수가 없었다. 그가 자신을 안고 만지고 애무하고 있음에도 태승이 더욱더 자신을 안아 주었으면 싶다. 슬도 이런 자신이 당황스러웠다.

"하아. 태승 씨."

슬이 턱을 들자 태승이 입술을 미끄러트리며 턱과 그 아래 목덜미로 자잘한 입맞춤을 했다. 애원하는 듯한 그녀의 목소리에 이성을 잃은 그가 그대로 슬을 눕혀 입술을 찍어 눌렀다. 그러고는 혀를 내밀어 그녀의 목젖 끝까지 밀어 넣고서 마구잡이로 휘둘렀다. 한꺼번에 표출된 욕망이 그녀를 더 깊이 몰아붙였다.

"하아. 하응."

계속되는 강도 높은 자극에 힘이 들 법한데도 슬 역시 채워도 채워지지 않는 갈증을 느끼고 있었다. 혀와 혀가 얽히고 얽혀 타액으로 입술이 번들거렸으며 몸에서는 진득한 땀이 맺혀 실내 공기마저 텁텁해지고 있었다.

입술이 잔뜩 부풀어 오르고서야 입술을 떼어 낸 태승이 슬의 골반에 걸쳐져 엉덩이만 겨우 가리고 있는 치마와 속옷을 한 번에 벗겨 냈다. 땀이 난 허벅지와 둔부를 차가운 바람이 휩쓸자 슬은 소름이 오스스 돋았다.

이제부터가 진짜 시작이었다. 그가 욕망으로 점철된 눈을 한 채 무릎만 세워 정장 바지 버클에 손을 가져다 댔다. 태승이 버클을 풀고 지퍼를 내리는 모습을 지켜보던 슬은 마른침을 꼴깍 삼켰다. 바지가 내려가며 탄탄한 허벅지와, 드로어즈를 입은 그의 전신이 드러나자 슬이 살짝 눈을 가렸다. 속옷 앞섶이 볼록하니 커질 대로 커져 있는 그의 페니스를 차마 두 눈으로 볼 수가 없어서였다. 보는 것만으로도 심장이 떨려 왔다. 태승은 입고 있던 드로어즈까지 벗어 던졌다.

"슬이 씨."

눈을 감고 있어 그가 올라오는 모습이 보이지 않았음에도 침대의 흔들림으로 그가 바로 앞에 있다는 것을 알 수 있었다. 그의 부름에 슬이 눈을 뜨자 정말로 태승이 눈앞에 있었다. 그가 그녀의 몸을 뒤덮은 채 그녀를 내려다보고 있었다.

"네, 태승 씨."

그가 그녀의 이마에 붙은 머리카락을 떼어 정돈해 주며 속삭였다.

"아플지도 몰라요."

"……괜찮아요. 참아 볼게요."

흐릿한 미소를 지은 그가 그녀의 이마에 입을 맞추었다.

"살살 할게요. 최대한 아프지 않게."

슬이 고개를 끄덕거렸다. 이 모든 행위가 아프다고 해도, 아프지 않다고 해도 물러날 생각은 없었다. 나신이 된 상태에서 더 이상 물러날 곳도 없었고, 그러고 싶지도 않았다. 어서 빨리 그와 한 몸이 되고 싶을 뿐이다.

태승은 자신의 눈만 바라보는 슬을 보며 천천히 몸을 낮춰 가볍게 입을 맞췄다. 한 번 닿았다 떨어지고, 또 닿았다 떨어지고, 그러다 서로 입술을 빨며 혀를 얽고 진하게 입을 맞추었다. 슬도 어느새 긴장을 풀고는 자연스레 그의 목에 두 팔을 두른 채 키스에 몰입했다. 와중에 그가 허벅지 사이로 손을 넣자 슬이 먼저 다리를 넓게 벌려 태승의 허리에 척 하니 감았다. 허락이었다. 부드럽게 풀어진 몸에 본능적으로 그가 자신에게 들어올 것을 알고 두 다리로 그를 당겨 안은 것이다. 동시에 이제는 물러서지 않겠다는 뜻이기도 했다.

연신 입을 맞추던 태승은 손가락으로 그녀의 질 입구를 문질러 보았다. 젖어 있긴 했지만 지금 들어가면 고통스러워할 것이 뻔했다. 태승은 그녀의 입술과 혀를 진득하게 빨아들였다가 놓으며 천천히 아래로 내려갔다. 그의 행동에 갑자기 어리둥절해진 슬이 태승의 움직임을 따라 고개를 아래로 내렸다.

어느새 허리에 둘려져 있던 두 다리가 벌어져 그에게 다리 사이를 훤히 내보이고 있었다. 그제야 그가 무엇을 하려는지 알고 슬이 잽싸게 다리를 오므리려 했지만 이미 태승이 그 사이에 얼굴을 묻고 난 후였다.

"태, 태승 씨……! 하읏!"

태승을 부르려다가 아래에서부터 느껴지는 생경한 감각에 슬이 새된 비명을 질렀다. 그가 혀를 내밀어 젖어 든 꽃잎 사이를 가르고 그러다 못해 쯥쯥 소리를 내며 빨기 시작한 것이다. 경악스러웠지만 이상하게도 싫지 않고 오히려 좋다는 느낌이 더 컸다. 그가 혀를 뾰족하게 세우고 클리토리스를 자극하다가 질 입구 쪽을 건드리는데 머리가 빙글빙글 돌 것 같았다. 슬은 시트를 잡아 뜯다 못해 몸을 이리저리 비틀었고, 입에서는 아찔한 비명인 듯 비명 아닌 신음이 연이어 터져 나왔다.

"하윽! 흐읏! 그, 그만! 그만…… 하앙!"

"쯔읍, 쯥, 쯔으읍!"

그만하라고 하는데도 그는 멈추지 않았다. 그렇게 한참 동안 빨리니 다리 사이가 그의 타액으로 축축해졌다. 슬은 아까보다 더한 본능이 속에서 아우성치고 있음을 느꼈다. 멈춰 달라고 했던 것이 무색하게 어느새 그가 빨리 넣어 주었으면 싶다는 생각이 든 것이다. 차마 입술이 떨어지지 않아 그 말을 속으로 삼키는데 몸은 이미 본능대로 따르고 있었다. 태승이 위로 올라와 제 몸을 덮어 오자 슬이 다시금 다리를 벌려 그의 허리를 감았다. 그러면서 잔뜩 젖은 눈망울로 그를 보며 말했다.

"이제 그만……해 줘요."

그 말은 그만하라는 말이 아니었다. 넣어 달라는 뜻이었다. 그것을 알아들은 태승이 눈물로 젖어 든 슬의 뺨을 닦아 주며 답했다.

"슬이 씨, 그 말이 얼마나 자극적인지 모르죠……?"

그 말을 하면서 아까부터 넣고 싶은 걸 얼마나 참았는지, 그 마음을 터 트리듯 성급하게 콘돔을 끼운 태승이 제 페니스를 슬의 다리 사이로 꽂아 넣었다. 뜨거운 불기둥 같은 것이 제 안을 찢고 들어오는데, 충분히 젖어 있었음에도 그 고통이 꽤나 커서 순간 슬의 몸에 힘이 팍 들어갔다. 그러 자 질 안쪽이 바짝 오므라들며 안에 들어찬 그의 페니스를 세게 조였다.

"흐읏!"

"하악!"

아래에서 한 번도 느껴 보지 못한 이물감이 느껴져 아팠지만 멈추고 싶 지는 않았다. 슬은 오히려 더 하고 싶다는 이상한 생각에 휩싸이며 다시 다가오는 태승의 입술을 받아들였다. 몰캉한 혀가 입 안을 거침없이 헤집 는데, 밑에서는 그가 움직이는 것이 느껴졌다. 동시에 고통과 함께 엄청난 쾌감이 밀려들어 정신이 순간 아득해졌다. 입술이 떨어지고서야 슬은 참 았던 숨을 뱉었고, 신음이 절로 쏟아져 나왔다.

"하으응. 흐읏! 흐응!"

태승도 더는 참기 어렵다는 듯 바튼 신음을 내는 슬의 허벅지를 쓰다듬 으며 동시에 허리를 움직였다. 안에 박혔던 길고 큰 기둥 하나가 조금씩 밀려 나가더니 다시 들어와 박히며 내벽을 긁었다. 슬은 쾌감이 밀려갔다 가 다시금 몰려오는 통에 정신을 차릴 수가 없었다.

턱, 턱, 턱.

태승이 나갔다 다시 들어올 때면 몸이며 침대며 모든 것들이 덜컹거리 며 흔들렸다. 그는 슬의 허벅지를 잡고 피스톤 운동을 하며 쉴 새 없이 허리를 움직였다. 그의 어깨며 팔뚝에서는 땀이 맺혀 흘렀다. 슬은 처음에 는 고통이었던 이 행위가 점차 쾌감으로, 희열로 다가와 머릿속이 어지러 웠다. 그가 나갔다 들어와 다시 박을 때마다 얼마나 짜릿한지, 숨이 막혀 죽을 것 같아서 슬은 몸을 뒤채며 한껏 흥분했다.

"하응. 흐읏. 항. 하앙!"

자신이 이런 야살스러운 소리를 낼 줄이야, 이런 행위를 하고 있을 줄이야. 언젠가 이런 날이 올 줄은 알았다만 그 남자가 이 남자일 줄은, 자신이 그와 섹스하고 있을 줄은, 그와 섹스를 하고 싶어 할 줄은 몰랐다. 너무 좋다. 이 섹스가, 이 남자가. 그에게 안기는 지금 이 순간이 황홀하게 느껴진다.

땀으로 잔뜩 젖어 든 슬이 헉헉 소리를 내며 허리 짓을 하는 그의 목덜미를 끌어안고 입을 맞췄다. 허리를 쉴 새 없이 움직이던 그가 그녀의 엉덩이를 받쳐 안아 올렸다. 갑작스레 자세가 바뀌니 슬이 깜짝 놀라 토끼 눈을 뜨고는 깜빡거렸다. 그러자 그가 땀에 젖어 이마에 붙은 머리카락을 떼어 주며 말했다.

"움직여 봐요."

"내, 내가요?"

그가 고개를 끄덕였다. 어, 어떻게 움직이라는 거지? 당황스러워하는 그녀와 달리 그는 태평한 얼굴로 두 손을 그녀의 엉덩이를 잡고 양껏 주무르며 허리를 튕겼다.

"이렇게. 이렇게."

"항. 하읏."

그가 한 번 허리를 튕길 때마다 천장에 닿을 듯 몸이 튀어 올라갔다. 그러면서 다시 태승의 허벅지에 앉을 때마다 그 뜨거운 기둥이 꽂히며 질 내벽을 긁었다. 그 쾌감이 얼마나 짜릿한지 어느새 슬도 허리를 조금씩 앞뒤로 움직였다. 그 움직임이 반복적으로 이어지자 그가 그녀의 엉덩이에서 손을 떼고는 뒤를 짚어 몸을 뒤로 젖혔다. 그 광경이 심히 자극적이었다.

"하응. 항. 하읏."

슬이 앞뒤로 열심히 몸을 흔들며 안을 비비는데 태승은 피가 한곳에 몰려

페니스가 다시금 터질 듯한 기분을 느꼈다. 이러다가는 사정할 것 같아 꾹 참은 채 아직은 아니라며 그녀의 허리를 끌어안고 움직이는 행위에 맞춰 출렁이는 젖가슴을 베어 물었다. 그러고는 꼿꼿하게 솟은 젖꼭지를 핥고 혀를 돌려 자극했다.

"흐응. 항. 하앙."

양쪽 가슴을 자극하던 태승이 점차 절정에 달해 가는지 슬을 다시 눕히고는 자세를 갖췄다. 그는 그녀에게 입을 다시 맞추더니 슬의 다리를 올려 끌어안도록 했다. 무릎이 그녀의 가슴에 붙여진 자세가 되자 밑이 훤하게 드러났다.

낯선 자세에 당황한 슬의 동공이 지진 난 것처럼 흔들리는데 태승이 다시금 페니스를 꽂아 넣었다. 전보다 더 뜨겁고 커진 기둥이 들어차자 슬의 눈에서 눈물이 흘렀다. 이내 다시금 태승의 페니스가 나갔다 다시 들어왔다. 이제 고통은 없었다. 다만 미칠 듯한 환락만이 머릿속을 점령해 빙글빙글 돌았다. 슬의 다리에는 더 이상 힘이 들어가지 않았고, 그의 페니스가 탁탁탁 꽂힐 때마다 슬이 비명 지르듯 신음했다.

"하응. 하읏! 하으응! 하으으응!"

태승의 움직임이 커질수록 그녀의 신음도 더욱더 높아져 갔다. 정말이지 슬의 질 안은 너무 비좁았다. 게다가 힘을 줄 때마다 바짝 조여드는데 그게 그렇게 좋을 수가 없었다. 너무 좋아서 욕지거리가 나오려는 걸 제가 얼마나 참고 있는지 그녀는 모를 것이다.

태승은 어금니를 물었다. 제 페니스가 자극이 가해질 때마다 안에서 터질 것처럼 부풀어 올라 참을 수 없었다. 이제 한계였다. 마음껏 사정하고 싶은 마음뿐이다. 리드미컬하게 움직이던 태승이 허리에 힘을 준 채 박는 속도를 더 높였다.

그가 미간을 좁히며 헉헉 소리를 내는데 그 소리가 더욱 커져 가며 움직이는 허리 짓이 더욱 빨라져 갔다.

"흐응. 하응."

턱, 턱, 턱.

"태, 태승 씨! 하으의! 흐응!"

슬이 허리를 활처럼 휘며 비명 소리 같은 신음을 뱉어 냈다.

치달음이 절정을 향해 갈 때 태승의 엉덩이에 힘이 바짝 들어가며 마침내 팽창했던 페니스에서 정액이 분출돼 성기가 천천히 가라앉았다. 그러면서 슬과 태승의 머릿속이 하얗게 부서졌고 긴장했던 몸도 한순간에 턱하고 풀어졌다. 서로의 몸을 부둥켜안은 귓가로 가쁜 호흡 소리만이 선연했다.

땀으로 젖어 든 몸은 두 사람이 얼마나 열정적인 정사를 나눴는지 알수 있는 증거였다. 태승은 힘이 풀려 가쁜 호흡만 내뱉는 슬을 내려다보다 점차 호흡이 안정돼 감을 확인하고는 다시 입을 맞췄다. 그렇게 한참동안 서로의 입술을 빨고 빨아 당기다 떼어 내고는 속삭였다.

"사랑해요."

"나도 사랑해요, 태승 씨."

그가 그녀의 이마에 입을 맞추었다. 그러자 슬의 뺨 위로 눈물이 흘렀다.

이 순간이 이토록 달콤할 수는 없었다. 사랑을 하는 일이 이렇게도 행복할수 있다니. 누군가 그랬다. 사랑하는 일이 훨씬 더 좋고 즐겁다고. 정말 그렇다. 웃고 싶지 않은 날에도 웃음이 나고 굳이 나서서 찾지 않아도 행복이, 즐거움이 넝쿨째 굴러 들어온다. 이런 게 사랑이 아니고 무얼까. 사랑을 해서, 사랑해서 정말 행복하다. 여기에서 조금만 더 바라는 것이 있다면 이 행복이 오래 계속되었으면 좋겠다.

2. 미완성으로 남은 기억

　반쯤 열린 창문 틈새로 밝은 햇살이 쏟아져 들어왔다. 어느덧 여름이 가고 가을이 찾아오면서 하늘은 더 파랗고 그 빛은 더 강렬해졌다. 눈부신 햇빛에 눈을 가늘게 뜬 슬이 눈동자를 굴려 방 안을 살피다가 어제 일을 떠올리고는 뺨을 붉혔다. 온 세상이 별빛으로 가득했던 밤이었다. 머리에서 폭죽이 터지는 것같이 강렬했던 쾌감과 말을 잇지 못할 충만감은 처음이었다. 어쩌면 어젯밤이 자신의 인생에서 가장 행복했던 밤이었는지도 모른다.

　꼭 감았던 눈을 다시 뜨니 그제야 그의 팔을 베고 누워 있는 자신의 모습을 볼 수 있었다. 간밤에 꿈도 꾸지 않았다. 매일 반복되던 꿈이 거짓말처럼 사라졌다. 이렇게 푹 잠이 들다니. 놀랍게도 슬은 아빠를 그렇게 보내고 난 뒤 단잠을 좀처럼 자지 못했다. 그러나 바로 어제 그의 품에서 다디단 잠에 들었다. 말 그대로 깊은 숙면에 든 것이다. 3년 만에 처음으로.

슬은 고개를 들어 아직 자고 있는 태승의 얼굴을 빤히 응시했다. 그는 잠자는 모습도 참 멋진 남자였다. 빨려 들어갈 것 같은 깊은 동공을 감추고 고른 호흡 소리를 내며 곤히 잠든 얼굴이 멋지기도 하지만 아기 같기도 해서 배시시 웃음이 터져 나왔다.

행여나 그가 깨기라도 할까 웃음을 꾹 눌러 참은 채 슬은 손가락으로 그의 뺨을 콕 찔렀다. 손가락 끝에 닿는 그의 피부 결은 남자라고 하기에는 너무도 보드라웠다. 귀에서부터 턱 아래까지 이어지는 턱선 또한 감탄할 만큼 예술이었고, 그 아래로 떨어지는 넓은 어깨와 운동으로 다져진 가슴 근육은 또 남자다워서 다시금 심장이 뛰었다.

입술은 또 어떻고. 웃을 때 입매도 예쁜데 입을 맞추면 폭신하니 도톰해서 더 설레었다. 슬은 무언가에 이끌리듯 손가락으로 그의 입술을 톡 건드려 보다가 입을 맞추려 고개를 숙였다. 그 찰나, 그의 목소리가 먼저 들려왔다.

"흠……. 잘 잤어요?"

아직은 잠결이라 목소리 톤이 평소보다도 더 낮았다. 그 나른한 목소리에 슬의 심장이 또 쿵, 했다. 아무 대답도 돌아오지 않자 졸린 눈을 힘겹게 뜬 그가 자신의 팔을 베고 누워 두 눈만 깜빡이고 있는 슬을 내려다봤다.

"못 잤어요?"

태승이 또다시 나른한 목소리로 물었다. 슬은 심장이 또 떨어질 것 같았으나 애써 침착한 척 대답했다.

"아, 아니요. 잘 잤어요. 태승 씨는?"

하지만 이미 대답하는 슬의 목소리는 작게 떨리고 있었다. 어제 그렇게 열정적인 정사를 나눴는데 얼굴에 철판을 깔고 있지 않은 이상 아무렇지 않을 수는 없었다.

"나도. ……아주 오랜만에 단잠이었어요."

아주 미약했지만 그의 목소리가 아까보다 더 나른했다. 태승도 슬과 마찬가지로 단잠을 잔 적이 없었다. 태산보다도 더 높고 강인했던 할아버지가 알츠하이머라는 병을 진단받고 하루하루 기억을 잃어 가며 야위는 모습을 지켜봐야만 했기에 단 하루도 단 잠을 잘 수가 없었다.

벌써 3년이다. 불면증에 쉽게 잠을 이루지 못한 날들이. 그런데 어제는 깊은 잠에 들었고 깨어 보니 그녀가 있었다. 슬을 안고 잠에 들었을 뿐인데 잠이 그렇게 달콤할 수 없었다.

"배 안 고파요?"

"고파요."

"뭐 해 줄까요? 태승 씨 좋아하는 음식 있어요?"

"……계란프라이?"

"계란프라이? 알겠어요. 씻고 와요. 해 줄게요."

밥도 밥이지만 일단 일어나야 하는데 둘 다 옷을 홀딱 벗고 있으니 몸을 일으킬 수가 없었다. 아무리 어젯밤 다 본 사이라고 해도 말이다. 슬의 의도를 파악한 그가 보기만 해도 심장이 철렁이는 미소를 지으며 고개를 끄덕였다. 더 누워 있고 싶지만 그럼 그녀가 해 주는 계란프라이를 맛볼 수 없을지도 몰라 그가 살짝 몸을 일으켰다.

그러다 다시 허리를 숙여 슬의 분홍빛 입술에 입을 맞추었다. 쪽 하는 소리와 함께 입술이 잠시 떨어졌다가 다시 맞닿았다. 한 번으로는 아쉬웠는지 두 번째는 뽀뽀로 끝나지 않고 진한 키스가 되었다. 태승이 그녀의 입 안으로 밀어 넣은 혀를 휘두르다 한참 만에 입술을 떼고는 침대에서 온전히 벗어났다.

용케 욕실을 찾아 들어간 태승의 뒷모습은 여전히 나체였다. 아무것도 걸치지 않은 몸으로 욕실 문을 열고 들어가는데 환한 아침에 보니 그는 뒷모습도 화가 나 있었다.

온몸이 근육이라는 걸 어제 확인했는데도 밝은 곳에서 두 눈으로 직접 탄탄한 몸을 보니 감탄하지 않을 수 없었다. 어제도 했던 생각이지만 얼마나 운동을 하면 그런 몸이 될까? 그런 몸과 넓고 탄탄한 가슴을 가진 남자가 나와 하루를 보냈다니. 그것도 아주 격정적으로.

슬은 저도 모르게 어제 일을 다시 떠올리며 두 뺨을 붉혔다.

* * *

태승이 욕실에서 씻는 동안 슬은 방 정리를 했다. 잔뜩 흐트러져 있는 침대를 정리하고 바닥에 떨어져 있는 옷가지도 주워 자신이 입었던 옷은 욕실 옆 바구니에 넣고 그의 셔츠와 정장 바지, 재킷은 고이 다림질해서 옷걸이에 걸어 두었다. 아무래도 그가 입을 옷을 몇 벌 사다 두는 것이 좋겠다는 생각이 들었다. 그가 또 여기에서 자고 갈 일이 생길까 싶지만 그래도 사람 일은 모르는 거니까. 그러고는 깨끗한 수건과 언젠가 사다 뒀던 남성용 팬티 하나를 꺼내 욕실 앞에 놓아두며 노크했다.

"태승 씨, 속옷이랑 수건 앞에 놓아뒀어요."

그러자 물소리가 줄어들며 그의 목소리가 들려왔다.

"고마워요."

슬은 싱긋 웃으며 끈으로 머리를 대충 묶고는 그가 먹고 싶다는 계란프라이를 하기 위해 프라이팬을 꺼냈다. 그러고는 냉장고에서 달걀 세 개를 꺼내와 싱크대에 놓고 먼저 팬을 뜨겁게 달군 후 달걀을 깨트려 계란프라이를 했다. 노릇노릇 바삭하게 튀겨지는 계란프라이가 팬에 눌러 붙지 않도록 뒤집개로 살살 긁고는 노른자가 터지지 않도록 온전히 익지 않은 반숙 상태로 만들려 공을 들였다. 평소라면 아무렇게나 해 먹었을 계란프라이가 아주 먹음직스레 익어 각각의 접시에 담겼다.

샤워를 마치고 나온 태승은 슬이 곱게 다려 놓은 제 옷을 다시 걸쳐 입었다. 회색의 정장 바지를 입고 셔츠 단추도 마저 잠근 그가 방 곳곳을 둘러봤다. 그녀가 살고 있는 집에 와 본 것은 어제와 오늘이 처음이었다. 처음 온 곳답지 않게 정겹기도 하고 익숙하기도 해서 기분이 참 묘했다.

그는 그의 큰 키와 몸에 비하면 턱없이 작은 침대와 그 옆에 벽을 보고 앉는 책상, 조금은 낡은 옷장을 눈으로 훑어보다가 방을 나와 거실로 갔다. 주방 겸 거실에는 TV와 붙박이장, 갈색의 빛바랜 소파가 놓여 있었고 중앙에는 작은 테이블이 있었다.

작지만 있을 건 다 갖추어져 있었고 그 모습이 따뜻하게 느껴지기도 했다. 이 집이야말로 정말 사람이 살고 있는 집 같았다. 넓고 휑하기만 한 자신의 집과 판이하게 달랐다. 넓지는 않지만 곳곳에 살아온 흔적이 묻어 있었다. 낡아 보이지만 물건 하나하나에도 이야기가 담겨 있는 듯했다.

태승이 다시 그녀가 있는 주방으로 가려는데, 그의 시선이 현관 벽에 딱 붙어 있는 신발장 위에 머물렀다. 그쪽으로 가까이 다가간 그가 액자 하나를 집어 들었다. 그 액자에는 슬과 석현이 함께 있었다. 사진 속 슬은 뒤에서 석현의 목을 꼭 끌어안고 환하게 웃고 있었다. 그 모습을 보다가 태승은 이어 석현을 쳐다보았다. 누가 보아도 두 사람은 부녀지간으로 보일 만큼 꼭 닮아 있었다.

'이분이 슬 씨 아버지시구나.'

한 번도 뵌 적은 없지만 어디서 본 적이 있는 것처럼 낯이 익었고, 그의 인상이 참 좋다는 생각이 들었다. 슬의 동그란 눈매가 누구를 닮은 건가 궁금했는데 아버님을 닮은 거였구나.

"태승 씨? 뭐 해요?"

욕실에서 나온 지 한참 된 것 같은데 아무 소리도 들리지 않자 슬이 주방에서 나와 태승이 있는 곳으로 가까이 다가오며 물었다.

"사진 보고 있었어요."

"사진이요? 아……."

무슨 사진이냐며 의아해하던 슬이 신발장 위 액자를 보곤 납득했다.

"아버님이 굉장히 좋으신 분 같아요."

태승이 액자를 집어 들고는 석현을 응시하며 말했다. 슬이 고개를 끄덕였다.

"좋은 분이셨어요. 다정하고 사려 깊고."

그 말을 하는 슬의 눈이 슬퍼졌다. 3년이 지난 일이지만 아직도 그때가 눈에 선하다. 아빠와 헤어졌던 그날이. 평소와 다름없던 그날이 말이다. 그리고 전해 들은 충격적 소식……

순간 눈앞이 흐려진 슬이 재빨리 고개를 반대쪽으로 돌렸다. 슬의 눈에서 눈물이 툭툭 떨어져 뺨을 타고 흘러내렸다. 태승의 앞에서 생뚱맞게 우는 모습을 보이고 싶지 않았는데.

"슬 씨."

돌연 슬이 눈물을 흘리자 태승이 나직하게 그녀를 불렀다. 더 흐르려는 눈물을 애써 꾹 참은 슬이 손등으로 눈가를 닦아 낸 후 다른 말로 화제를 돌렸다.

"배고프지 않아요? 내가 얼른……"

그 순간에 그가 그녀의 손을 잡고 당겨 안았다. 태승의 넓은 가슴팍에 슬의 뺨이 닿았고, 가까운 곳에서 다정한 그의 목소리가 들려왔다.

"울고 싶을 땐 우는 거예요. 참는 게 아니라."

너무도 다정한 목소리로 자신을 다독이는 그의 품이, 마음이 따뜻해서 참았던 눈물이 왈칵 터져 나왔다. 슬은 아빠가 돌아가신 후 아무것도 생각할 수 없었다. 그 어떤 것도 떠오르지 않아 울고 싶어도 울 수가 없었다. 그저 아빠와 여느 날과 다를 바 없이 지냈던 그날의 기억만이 선명할 뿐.

그런데 그가 자신을 안아 주고 다정히 위로하며 등을 토닥이자 슬은 그제야 마음을 놓고 울 수 있었다. 그동안 참아 왔던 모든 감정이 폭발되는 듯 그녀는 한참을 흐느꼈다. 태승은 그저 그녀가 다 울 때까지 한참을 서서 그녀의 등을 도닥여 줄 뿐이었다.

* * *

태승은 울다 지친 그녀를 두고 집으로 돌아가는 길이 멀게 느껴졌다. 옆에 있어 주고 싶었지만 할아버지 때문에라도 집에 들러야 하기에 어쩔 수 없이 돌아가는 길이었다.

운전대를 잡은 그가 깊은 상념에 잠겼다. 그 언젠가 그녀를 집에 데려다주며 물었던 말이 떠올랐다. 전에 누구랑 살았느냐고 질문했을 때, 슬은 대답하지 않고 회피했었다. 그 이후로도 슬에게서 가족에 대한 말을 들어 본 적이 없었다. 명성 대학 병원 정성해 원장과 그때 봤던 응급 의학과 의사인 정윤건도 그녀의 가족은 아니었다. 신발장 위 액자와 살짝 연식이 있어 보이는 남자 옷 등등 집 안 곳곳에 남아 있는 아버지에 대한 흔적으로 추측해 보건대 아마도 그녀의 아버지는 세상을 떠난 것 같았다.

"그럼 그때 그 사고도 아버지와 관련된 건가?"

3년 전, 그는 바다에 몸을 던졌던 한 여자를 구한 적이 있었다. 물에서 꺼내 심폐 소생술 끝에 살려 낸 그 여자가 했던 말이 아직도 그의 뇌리에 선명히 박혀 있었다.

'날…… 왜 살렸어요?'

'……뭐라고요?'

'당신은…… 나를 살리지 못……해요……. 아무도 나를 살리지 못해…….'

아무도 자신을 살릴 수 없다고 말했었다. 왜 살렸느냐 원망하는 그 말이 가슴에 박혀 나가지 않았었다. 태승이 처음 그녀를 맞닥뜨린 순간 알아볼 수 있었던 것도 그녀가 했던 말이, 원망하던 눈빛이 단 한순간도 그에게서 떠나가지 않았기 때문이다. 정작 그녀는 아무것도 기억하지 못하지만.

'반짝반짝 빛나요, 당신이.'

'⋯⋯좋겠다, 당신은. 반짝반짝 빛나서.'

이 말은 그녀가 3년 전에 했던 말이었다. 그 말을 끝으로 정신을 잃은 그녀와 3년이 지나 다시 만나게 되었을 때, 그녀가 자신을 기억해 주길 바라서 그가 했던 말이었다. 하지만 그녀는 전혀 기억하지 못했고 그때의 긴박한 상황을 상기하며 그도 대수롭지 않게 넘겼었다.

그런데 이제 와 생각해 보니 어딘가 석연치 않은 점이 분명 있었다. 그녀는 그도, 그때 그 사고도 전혀 기억하지 못하는 듯하다. 아직은 확신할 수 없으나 분명한 것은 퍼즐 조각이 꼭 맞춰지지 않았다는 것이다. 어딘가 조각조각 흩어져 미완성된 그림으로 남아 있었다.

* * *

집에 혼자 남은 슬은 그의 말대로 뒤늦은 출근을 하려 했지만 너무 울어서인지 머리가 띵하니 어지러워 도저히 출근할 수 없었다. 팀장에게 연락해 죄송하다는 말과 함께 월차 처리를 한 뒤 좀 더 쉬었다.

한참을 쉬다 보니 문득 성해가 떠올랐고 그제야 아차 싶었다. 복직했다는 말과 함께 찾아가 뵈었었어야 하는데 그만 깜빡하고야 만 것이다. 분명 서운해하실 텐데. 뒤늦게 아저씨를 떠올렸다는 생각에 슬이 인상을 찌푸렸다. 바보같이 아저씨한테만큼은 늘 먼저 연락하고 신경 써야 한다는 것을 연애하느라 깜빡하다니. 그녀는 이래서 자식은 키워 봤자 소용없다는 말로 스스로를 꾸짖었다.

침실에서 나와 소파에 앉은 슬이 휴대폰 액정을 두드렸다. 그러자 가장 먼저 그에게서 온 문자가 보였다.

[집에 잘 도착했어요. 오늘은 될 수 있으면 집에서 쉬어요. 이따 전화할게요.]

그는 참으로 사려 깊은 사람이었다. 굳이 묻지 않아도 그때그때 연락을 먼저 해 주니까 말이다. 걱정할 여자 친구를 생각해 미리 행선지를 말해 주고, 바쁠 텐데도 틈틈이 먼저 연락을 해 주니 어떻게 그를 사랑하지 않을 수 있을까. 그게 더 어려운 일이다.

슬이 빙긋 웃으며 답 문자를 보냈다.

[알겠어요. 그렇지 않아도 오늘은 집에 있다가 잠깐 병원에 다녀오려고 해요. 알죠? 정성해 원장님이요. 내가 복직했단 사실을 아마 윤건 오빠 통해서 알고 계실 것 같은데 서운해하고 계실 거예요. 미리 말씀을 못 드렸거든요. 잘 다녀올 테니까 내 걱정은 하지 말고 할아버님 잘 뵙고 출근도 잘해요. 그리고 많이 보고 싶어요.]

보고 싶다는 문자를 하는데도 가슴이 설레었다. 사랑을 하니까 마음이 이토록 편안할 수가 없다. 그 누구에게도 해 본 적 없는 말이 술술 나올 줄도 몰랐다. 그래서 변한 자신이 어색하지만 익숙해질 것이다. 사랑하니까. 숨길 수 없을 만큼 그를 사랑하게 되었으니까.

곧이어 태승에게서 답장이 왔다.

[나도 보고 싶어요.]

슬이 배시시 웃고는 윤건의 전화번호를 찾아 통화 버튼을 눌렀다. 그런데 통화음만 이어질 뿐 정작 그의 목소리는 들려오지 않았다. 보통 세 번 정도의 통화음이 울리면 그가 전화를 받곤 하는데, 연결음만 길어지니 조금 이상했다. 바쁜가 싶어서 끊고 한 번 더 통화 버튼을 눌러 보았지만 윤건은 받지 않았다.

이상한 일이었지만 슬은 바쁜가 보다 하고 대수롭지 않게 여기며 외출 준비를 서둘렀다.

* * *

택시를 타고 명성 대학 병원 앞에 도착한 슬이 높은 건물을 올려다보다
가 천천히 안으로 발을 내디뎠다. 분명 화가 나 있을 성해를 생각하니 숨
이 턱하고 막혔다. 자초지종을 설명해도 어쩐지 그는 반대부터 할 것 같
다는 생각이 든다. 이미 멋대로 복직한 상태였지만 말이다.

슬이 제 아빠를 잃은 후, 성해는 그녀에게 극도로 예민하게 대했다. 슬
이 혼자 지내겠다고 했을 때도 반대했고, 이번 복직 문제에 대해서도 뜻
을 굽히지 않고 완강했다. 그랬기에 원장실로 향하는 슬의 발걸음이 무거
울 수밖에 없었다.

오랜만에 보는 간호사의 안내를 받고 도착한 원장실 앞, 크게 심호흡을
한 번 내쉰 슬이 용기 내어 노크했다.

똑똑.

문을 두드리자 안에서부터 성해의 목소리가 들려왔다. 조심스레 문고리
를 잡고 내리니 검은 가죽 소파에 기대 앉아 맞은편의 누군가와 이야기
중인 성해의 모습이 보였다.

"아저씨."

성해는 문이 보이는 곳에 앉은 덕에 슬이 들어오는 모습을 바로 볼 수
있었다. 그가 자신을 부르는 슬의 목소리에 반사적으로 환히 웃어 보였으
나 다시 입을 꾹 다물고 근엄한 표정으로 고개를 돌렸다. 성해의 맞은편
에 앉아 있던 이도 뒤를 돌아보고는 밝게 미소 지으며 그녀를 반겼다. 재
연이었다.

"슬아."

"선생님."

재연을 본 슬도 환하게 웃으며 소파로 가까이 다가갔다.

"원장님 뵈러 왔구나?"

슬이 병원에 오는 이유는 딱 두 가지였다. 한 달에 한 번 있는 정기 검진, 그리고 성해를 보러 오는 것. 재연이 알기로 슬의 정기 검진은 다음 주로 예약된 상황이니 오늘 병원에 온 이유는 성해를 만나기 위함일 것이다. 그런데 딸이라면 사족을 못 쓰는 성해가 슬을 거들떠도 보지 않는 것을 보니 아무래도 복직 문제가 이들 사이의 걸림돌이 된 모양이다. 이를 눈치챈 재연이 슬그머니 자리에서 일어났다. 성해의 눈치를 살피며 슬의 곁으로 온 재연은 눈을 찡긋했다.

"이야기 나눠. 가기 전에 한번 보고 가고."

"네, 그럴게요."

재연이 슬의 어깨를 다독인 후 원장실을 나가자 공기가 무겁게 가라앉아 숨이 막힐 것 같았다.

"아저씨."

슬이 소파로 다가가니 성해가 자리에서 일어나 등을 돌리고 섰다.

"바쁠 텐데 굳이 올 필요 없다."

냉정하고 차가운 말에 슬의 몸이 석고상처럼 굳어 버렸다. 성해의 냉정한 반응에 슬은 적잖이 당황했다. 한 번도 본 적 없는 싸늘함에 심장이 쿵하고 떨어졌다.

"그만 가 봐."

성해는 여전히 등을 돌린 채 눈 한번 마주치지 않고 있었다. 그 모습에 슬은 어찌할 바를 몰라 했다. 많이 화가 나 있을 거라는 생각은 했지만 이 정도일 줄은 몰랐다. 항상 웃는 얼굴로 다정하게 챙겨 주던 분이었다. 그래서 의지했고, 좋아했고, 이제는 아버지 같기도 했다. 그랬던 성해가 이토록 냉정하고 차가워지니 슬은 또 한 번 아버지로부터 버림받은 느낌이었다. 아빠도 그렇게 떠났는데 이제는 아버지라고 여겼던 사람까지도 멀어지는 것 같아서 심장이 철렁했다.

"……죄, 죄송해요. 흐흑."

눈물이 왈칵 쏟아져 나온 슬이 흐느끼기 시작했다. 그 소리에 오히려 놀란 성해가 슬의 곁으로 달려왔다.

"슬, 슬아? 슬아?"

화가 나기도 했다. 그런데 슬이 자신의 허락을 먼저 구하지 않고 멋대로 복직한 것에 화가 난 것은 아니다. 슬이 복직한다는 데 자신이 막을 이유는 없었다. 다만 어떤 일이든 자신과 의논하지 않고 걱정이라는 명목으로 나중에서야 알리는 슬에 대한 서운함 때문이었을 뿐, 정말 슬이 미워서가 아니었다. 그런데 슬이 우니까 성해가 더 다급해졌다. 그녀가 쉽게 우는 모습은 별로 본 적이 없었는데, 이렇게 바로 눈물을 흘릴 줄 몰라 당황했다.

"흑, 흐흑. 죄송, 죄송해요. 아저씨."

"아니. 아니다. 내가 일부러 그런 게 아니야. 네가 미워서 그런 건 더더욱 아니고. 그저 네가 먼저 연락도 하지 않고 말도 하지 않아서 단지 서운했던 것뿐이야. 그래서 그런 건데 울지 마라. 슬아, 울지 마. 네가 울면 아저씨 맘은 더 아파."

"아저씨. 흐흑. 흐흐흐흑. 죄송해요. 정말 죄송합니다."

"울지 말라니까. 아저씨가 더 미안해. 미안하다, 슬아."

흐느껴 우는 슬을 성해가 꼭 안았다. 슬이 울 때마다 성해의 가슴은 천 갈래 만 갈래로 찢기는 듯했다. 석현이 떠나고 하나밖에 남지 않은 이 아이가 행여나 잘못될까, 기억이 되살아나 또다시 그때의 고통을 반복하게 될까 노심초사하던 그였다.

그 마음은 슬이 심리 치료를 받으면서도 기억만은 다시 떠오르지 않기를 바라는, 그 두 방향으로 나뉘었다. 그래서 성해가 슬의 치료를 맡을 수가 없는 이유이기도 했다. 의사이면서도 가족이기에 그런 이중적인 마음으로는 온전한 치유의 목적을 두고 그녀를 치료할 수가 없기 때문이다.

"아저씨."

"그래. 그래, 슬아. 아저씨 여기 있어. 아무데도 가지 않아. 아저씨가 미안해."

슬이 성해의 옷자락을 꼭 쥐었다. 아빠에 이어 아저씨까지 보낼 수 없다는 마음이 힘주어 옷깃을 붙잡는 슬의 손에서 여실히 느껴져 또 한 번 성해의 마음이 무너졌다. 이 아이 마음에 깊이 자리 잡은 내면의 상처는 치유되지 못하고 여전히 그 안에 고스란히 새겨져 있었다.

"차 마셔라. 마음이 좀 진정이 될 거야."

성해가 정성껏 우려낸 차를 마시니 슬의 불안정했던 마음이 조금씩 안정되었다.

"이제 조금 진정이 되니?"

슬이 고개를 끄덕거렸다. 아직 눈가가 붉었지만 한편으로는 속이 시원하기도 했다. 아침에도 아빠 생각이 나 태승의 품에서 한참을 울었음에도 덜 풀린 느낌이었는데, 성해의 품에서 또 한바탕 울고 나니까 그제야 응어리가 사라진 듯 속이 후련해졌다. 이래서 울고 싶을 땐 실컷 눈물을 흘리라고 하나 보다.

"저 때문에 많이 당황하셨죠? 죄송해요."

"아니야. 아저씨가 생각이 짧았어. 네 마음을 더 헤아려 주고 다독여 주어야 하는 건데 미안해."

"아니에요. 미리 말씀드리지 않은 건 제 잘못이에요."

"그래. 이야기는 들었다. 윤건이가 전해 주었는데 섭섭해서 그랬던 거야. 난 뭐든 네가 나와 상담하고 의논하고 했으면 했는데 그러지 않은 것에 대해 섭섭했던 거지. 네가 미워서가 아니야."

"알아요. 아저씨 마음. 그런데 그 순간에는……."

슬이 인상을 살짝 찡그리며 왜 그렇게 눈물이 났는지를 말하려고 했다.

이 마음을 솔직히 표현하고 싶은데 말이 선뜻 나오지 않아 에둘러 말했다.

"사실 잘 모르겠어요. 왜 눈물이 났는지. 그냥 무서웠어요."

슬이 무슨 말을 하는지 성해는 알 수 있었다. 슬도 모르겠다던 그 순간의 감정이 성해는 너무도 잘 느껴졌다. 그녀가 붙잡았던 옷깃이 아직도 구겨져 있었다.

"알아. 아저씨는 다 알아. 그래서 괜찮아. 걱정하지 않아도 돼."

성해가 다정히 웃으며 슬의 손을 잡았다. 슬도 그제야 마음껏 웃을 수 있었다. 불안했던 마음이 안정을 되찾을 수 있었던 것은 차 때문이 아니었다. 떠나지 않는다는, 그러니 걱정하지 않아도 된다는 성해의 말 때문이었다.

은연중에라도 슬은 누군가를 잃는 것에 공포를 느끼고 있었다. 슬도 그 마음이 무엇인지 알지만 인정하기 싫은 것이다. 그건 곧 아직도 마음의 상처가 그대로라는 것을 시인하는 것과 같으니까.

원장실을 나온 슬의 표정이 한결 가벼워 보였다. 성해와의 오해가 풀렸으니 마음이 불편할 이유가 사라진 셈이었다. 사실 그동안에도 성해만 생각하면 마음이 무거워지곤 했다. 성해라면 분명 자신의 마음을 더 알아주고 헤아려 줄 사람이라는 걸 알고 있었으면서도 선뜻 입을 떼기가 어려웠다. 성해에게 걱정을 끼치고 싶지 않았기 때문이다. 그런데 그 마음이 오히려 오해를 만든 것 같다. 슬은 앞으로는 무슨 일이든 성해와 의논하리라 스스로에게 다짐하며 재연의 방을 찾았다.

"선생님, 계세요?"

"어, 들어와."

방으로 들어가니 재연이 웃으며 슬을 맞이했다. 두 사람은 모락모락 김이 나는 향긋한 차를 각각의 앞에 두고 마주 앉았다.

"원장님과 오해는 잘 해결했어?"

재연이 차를 한 모금 입에 넣고 음미하다가 물었다. 슬도 재연이 내준 차를 마시다 잔을 내려놓고는 대답했다.

"네. 제가 아저씨 걱정 끼치지 않으려고 했던 행동이 오히려 오해를 불러일으켰던 것 같아요. 죄송하다고 말씀드리고 앞으로는 누구보다도 먼저 의논하려고요."

"그래. 원장님은 항상 네 편이야. 나 역시도 마찬가지고."

"네, 알고 있어요."

두 사람이 서로를 향해 따뜻한 미소를 지어 보였다. 그러다 무언가 생각난 듯 재연이 물었다.

"요즘은 어때? 무언가 떠오르거나 꿈을 꾸거나 하는 건 없니?"

슬이 가만히 생각에 잠겼다. 딱히 기억이 떠오르거나 하는 일은 없지만 꿈을 반복해서 꾼 적은 있다. 그러나 요 며칠 반복되던 꿈을 어제는 꾸지 않아서 별 의미가 없다고 생각해 고개를 저었다.

"아니요. 없어요."

내심 걱정했는데 재연이 안도하는 표정으로 고개를 끄덕였다.

"그래. 꼭 평소와 다른 점이 있으면 나나 원장님께 말해야 한다."

"그럼요. 꼭 그럴게요."

"그리고 네가 아시는 분 상태는 어떠셔?"

"누구요?"

"그때 물어봤던 할아버지, 알츠하이머를 앓고 계시다는 그분."

재연이 묻는 알츠하이머를 앓고 계신 분, 바로 태승의 할아버지였다.

"아……. 상태가 많이 안 좋다고 들었어요. 차도가 없으신데 발작이 있으셨다고……."

슬이 말끝을 흐리며 그때 태승의 안색을 떠올렸다. 할아버지가 발작을 일으켰다고 하던 날에 그의 얼굴은 하얗게 질려 있었다. 애써 웃는데도 평소와는 분위기도, 표정도 많이 달라서 알 수 있었다. 그가 얼마나 불안해하고 있는지를. 내색하지 않지만 알 수 있다. 가족을 잃는다는 게 얼마나 큰 고통인지를.

"발작까지 있으셨다면 더 안 좋아졌다는 건데. 약으로도 늦출 수 없는 지경에까지 이르렀다는 거라 안타깝네."

"방법이 없는 건가요? 완전히 치유될 수 없다면 늦추는 방법이라도."

슬은 어떻게 해서든 그의 곁에서 할아버지를 붙잡아 두고 싶었다. 그에게 남은 유일한 가족인 할아버지를 이대로 잃도록 놓아둘 수는 없다. 그런데 시간은 차츰 헤어질 날을 예고하고 있었다. 하나의 희망이라도 있기를 진심으로 바라지만 돌아온 재연의 대답과 표정은 어두웠다.

"없어. 그저 하루라도 더 같이 있어 드리는 것밖에."

* * *

집에 돌아온 태승이 현관을 이제 막 벗어나 거실로 들어서니 혜명이 소파에 앉아 있는 모습이 보였다. 그가 제 고모를 보고도 별말 않고 할아버지가 있는 방으로 향하려는데, 뒤도 돌아보지 않고 소리만으로 그의 행동을 짐작한 혜명이 쏘아붙이듯 말했다.

"너한테 난 투명 인간이니? 고모를 보고도 모른 척하게?"

그러자 태승이 마지못해 인사했다.

"오셨어요."

"엎드려 절 받는 것도 아니고. 인사는 됐고 너 어제 외박했더라?"

혜명이 들고 있던 찻잔을 내려놓고 우아한 몸짓으로 가까이 다가왔다.

"이 시간까지 뭐 하고 온 거야?"

"제가 그런 사소한 것까지 일일이 말씀드려야 합니까?"

"아버지 혼자 두고 쏘다니니까 하는 말이지. 내가 설마 너 걱정돼서 하는 말일까 봐?"

꼭 말을 해도 밉게 하는 혜명이었다. 어릴 때도 부모를 여의고 혼자가 된 조카에게 살가운 말 한마디, 포옹 한번을 하지 않던 그녀였다. 그녀는 늘 조카가 제 인생에 걸림돌이라도 된 듯 눈엣 가시처럼 여겼다. 유학 후에 다시 귀국하던 날에도, 사장으로 취임하던 날에도 냉정하고 차가웠다. 따뜻한 눈길 한번 준 적 없이 냉랭했던 태도는 지금도 여전했다. 그러니 남보다도 못한 사이가 될 수밖에.

"……하."

혜명을 마주하고서도 내내 굳게 다물어져 있던 태승의 입꼬리가 이내 비틀리며 그가 작은 탄성을 질렀다. 그러자 혜명의 표정이 서서히 굳어 갔다. 두 사람 사이에 아까보다 더 심한 냉기가 흘렀다.

"그 표정 뭐니, 지금?"

그녀는 분명 조카의 표정에서 경멸을 보았다. 어이없다는 듯 조소하며 멸시하는 눈빛이 보여서 혜명은 겉으로는 기막혀 했지만 속으로는 적잖이 당황하고 있었다.

"참 한결같으세요, 고모는."

"뭐, 뭐야?"

그 말에는 많은 뜻이 함축되어 있었다. 굳이 해석하지 않아도 뜻을 헤아릴 수 있는 말이었다. 그래서 혜명은 기막히면서도 낯이 뜨거워졌다. 그녀는 맞받아칠 말도 찾지 못한 채 열이라도 오른 듯 붉게 달아오른 얼굴에 손부채질만 연신 해 댔다.

"하. 참 나. 진짜. 너 말, 말이면 다인 줄 알아? 야, 야!"

급기야 흥분한 혜명이 교양 없이 태승에게 손가락질을 하며 버럭 성을 냈다. 그러자 밖에서부터 들리는 혜명의 고함 소리에 놀란 중열이 안방 문을 열고 나왔다. 때마침 그쪽으로 들어가려던 태승과 밖으로 나오던 중열이 마주쳤다.

"오랜만에 본다, 태승아."

극존칭을 쓰던 회사에서와 달리 집에서의 중열은 태승을 친조카 대하듯 편하게 대했다.

중열이 여유로운 미소로 반갑게 알은척을 해 왔지만 태승의 시선은 안방으로 향했다. 혜명에 이어 중열까지 집에 와 있을 줄은 몰랐다. 게다가 그가 일만이 머무르는 방에서 나오니 태승의 표정이 한순간에 굳어질 수밖에 없었다.

"왜 그러고 서 있어?"

중열이 거실 한가운데에서 씩씩거리고 있는 혜명에게 묻자 표정을 싹 바꾼 혜명이 태승과 있던 일을 고자질하듯 투정했다.

"눈을 얼마나 무섭게 떴는지 몰라. 아주 고모를 잡아먹으려고 안달이야. 자기가 못 봐서 그러는데 나를 아주 경멸하더라니까."

그러자 중열이 태승을 나무랐다.

"고모한테 그러면 쓰나. 아무리 그래도 고모인데. 더욱이 하나밖에 없는 고모 아니야?"

들으라는 듯이 '하나밖에 없는 고모'를 강조하고 있었으나 태승은 전혀 개의치 않았다. 태승의 신경은 오직 한 곳에 가 있었다. 중열과 일만, 단둘이서 있었다면 중열은 분명 눈치를 채고도 남았을 것이다. 태승이 안방 문고리에 손을 대려던 찰나에 이를 본 중열이 그를 불렀다.

"장인어른 주무셔. 많이 피곤하셨는지 아까부터 주무시더라고."

그 말에 태승이 살짝 열린 문틈에서 새근새근 자고 있는 일만의 모습을 보고 소리 나지 않게 살짝 문을 닫고 돌아 나왔다. 정말로 그는 잠들어 있었다. 그렇다는 것은 중열이 아무것도 알아차리지 못했다는 뜻. 다행이었다. 그러나 중열은 속이기 쉬운 혜명과 달리 약삭빠른 데다 눈치도 빠르고 두뇌까지도 비상해 쉽게 볼 상대는 아니었다.

"잠깐 와서 앉아 봐. 할 이야기도 있고 오랜만에 가족끼리 얼굴도 보고."

방으로 올라가려다 발길을 돌린 태승이 중열의 앞에 앉았다. 이어 중열의 옆에 앉은 혜명이 저를 쏘아보고 있었지만 그는 이 또한 개의치 않았다. 아무리 사납게 표정을 짓고 노려보아도 그녀는 범이 될 수 없는 고양이였다.

"차 마셔야지. 혜명아, 주방에서 차 좀 내줄래?"

중열이 태승과 단둘이서만 이야기하고 싶었는지 혜명에게 차를 내 달라 부탁했다. 그러자 눈치 없는 혜명이 건넛방에 있던 남희를 불렀다.

"아줌마. 아줌마!"

어찌나 목소리가 큰지 옆에 앉은 사람도, 건넛방에 있던 사람도 고막이 찢어질 것 같았다. 곧이어 남희가 거실로 나왔고 혜명은 늘 하던 대로 아랫사람 부리듯 명령했다.

"차 좀 내와요. 나는 루왁 커피, 우리 자기는 얼그레이 티, 얘는 그냥 녹차. 그렇게 준비해 줘요."

혜명은 취향도 확고했고 어릴 때부터 공주처럼 키워져 한결같이 철이 없었다.

"루, 루왁 뭐요?"

이곳에 그런 고급 커피가 있을 리 없는데도 혜명은 자기 취향대로, 또 남들 커피도 자기 취향대로 주문하고는 남희가 알아듣지 못하자 오만 신경질과 짜증을 내며 자리에서 일어나 큰 몸짓으로 주방을 향해 쫄쫄 걸어갔다.

"이놈에 집구석에는 루왁 커피도 없어? 그런 것 하나 좀 사 놓고 그래야지, 아줌마!"

주방에서 남희에게 소리치는 소리가 여기까지 들려왔다. 그 소리가 어찌나 시끄럽던지 태승의 미간이 살짝 구겨졌다. 그 표정을 본 중열의 미간에도 주름이 잡혔다.

"좀 많이 시끄럽지?"

맞은편에서 들려온 소리에 귀를 기울인 태승이 중열을 빤히 응시했다. 중열은 이해한다는 듯 고개를 끄덕이며 말을 이었다.

"집에서도 그래. 뭐 하나 자기 마음에 안 들면 그날 하루는 완전 공친 거나 다름없지. 까다롭고 예민하고 매사에 신경질적이고."

중열이 신세 한탄하듯 혜명의 흉을 보자 그의 미간이 또다시 구겨졌다. 그 모습을 본 중열이 속으로는 비웃으며 겉으로는 호탕하게 웃었다.

"내가 조카 앞에서 별소리를 다 했네. 그래도 하는 짓이 밉지 않아. 오히려 귀여울 때가 더 많다니까."

서둘러 수습한 중열이 멋쩍게 웃었다. 하지만 태승은 별 반응 없이 가만히 중열만 응시하고 있었다.

"요즘 회장님 건강은 어떠셔? 많이 안 좋으신 건가? 하루 종일 주무시네."

결국 그의 본심은 이것이었다. 어차피 태승은 혜명을 따라 장인어른을 뵈러 왔다는 그의 말은 처음부터 믿지 않았다. 호시탐탐 왕좌의 자리를 넘보는 그에게 있어 여적 그 자리를 지키고 있는 할아버지는 눈엣가시였을 것이다. 하지만 하이에나는 동물의 왕국에서 왕이 될 수 없다. 그것이 변하지 않는 진리다.

"피곤해서 그러신 걸 테니 너무 걱정하지 마세요."

"그래도 걱정이네. 체력도 많이 약해지신 것 같고. 곧 중역 회의인데 말이지. 그때 회장님께서 건재함을 보여 주셔야 다른 이사들도 별말이 없을 테고……."

"그 부분도 걱정하지 않으셔도 됩니다. 무리 없이 참석하실 테니까요."

"그래야지. 꼭 그러셔야지."

중열이 말끝을 흐리며 잠시 다른 생각에 빠졌다.

오늘도 내리 잠만 자는 늙은 호랑이의 상태가 심상치 않음을 느꼈으나 별다른 성과를 얻지 못해서 머릿속이 복잡했다. 그런 와중에 새파란 조카는 만만치 않은 상대였다.

뒷방 늙은이는 이미 이빨 빠진 호랑이라 그나마 쉬운데 호랑이 축에도 들지 못하던 새끼 호랑이가 어느새 다 커서 늠름한 덩치를 뽐내니 눈에 거슬렸다.

게다가 알게 모르게 자신을 견제하며 무언가를 숨기고 있는 것 같기도 하다. 그런데도 그게 무엇인지 알 길이 없으니 답답했다. 그렇다고 아둔한 혜명이 이들이 숨기려고 하는 비밀을 알아낼 일은 더더욱 없고.

하아. 이를 어쩐담.

먼 곳을 응시한 채 다른 생각에 빠져 골몰하느라 새파랗게 어린 조카가 자신을 뚫어질 듯 쳐다보고 있다는 사실을 전혀 눈치채지 못하는 중열이었다.

태승은 중열이 심상치 않음을 느꼈다. 태승에게 있어 중열은 고모부이기 전에 적이었다. 눈앞의 하이에나는 절대 왕이 될 수 없음에도 못 올라갈 나무를 쳐다보고 있는 어리석지만 마냥 쉽지만은 않은 상대였다. 언제라도 배신하고 말 사람이라는 것을 알고 있었다.

눈앞의 중열을 내내 응시하고 있다가 태승은 곧 주방에서 혜명이 나오는 소리에 얼른 다른 곳에 시선을 두었다. 그녀가 신경질적으로 터벅터벅 걸어와 중열의 옆에 앉았고 뒤이어 남희가 얼굴이 하얗게 질린 채로 차를 내왔다. 태승이 얼른 남희가 들고 온 쟁반을 들어 테이블에 내려놓고는 물었다.

"이모님, 안색이 너무 안 좋으세요. 괜찮으신 거예요?"

"어? 아, 어 그럼. 괘, 괜찮지."

얼마나 안에서 시달렸는지 남희의 얼굴이 하얗게 떠서는 또록또록하던 목소리에도 힘이 하나도 없었다. 걱정이 된 태승이 남희를 얼른 방으로 데리고 들어갔다. 이를 본 혜명이 그들의 등 뒤에 대고 들으라는 듯 툴툴거렸다.

"아주 상전 나셨네. 상전 나셨어. 누가 보면 갑을 관계가 아니라 모자 관계인 줄 알겠네."

등 뒤에서 혜명이 하는 말을 모두 들은 태승은 자신도 모르게 남희의 어깨에 두른 팔에 힘을 주었다. 그러자 남희가 자신을 침대에 앉히는 태승의 손을 끌어다 꼭 잡아 주었다.

"난 이미 모두 흘려들었어. 천성이 나쁜 사람은 아니잖아. 살아온 환경이 그랬을 뿐이지. 그리고 질투가 나서 그런 거야. 네가 나랑 더 친하니까. 그러니까 너도 너무 마음 쓰지 마라, 태승아."

가끔 남희가 엄마 같을 때가 있었다. 처음 봤을 때부터 류 사장, 류 사장 부르면서도 가끔씩 태승아 불러 주는 모습에서 때때로 느낀 감정이었다.

어머니가 살아 계셨더라면 이러지 않았을까. 너무 어릴 적에 돌아가셔서 이제는 얼굴마저도 흐릿해졌지만 다정히 이름을 불러 주던 그 목소리는 잊지 않았다. 그래서인지 제 이름을 부르는 남희를 볼 때마다 엄마가 겹쳐 보였다. 그래서 더 마음이 갔고, 모르는 사이에 그녀에게 아들처럼 대할 때가 많았다.

"죄송합니다. 그리고 고맙습니다."

"그래. 어서 나가 봐. 난 좀 쉬면 괜찮아지니까."

"네, 좀 쉬세요."

남희가 눕는 모습까지 보고 방을 나오자 여전히 소파에 앉아 중열과 다정히 대화를 나누며 희희낙락하고 있는 혜명의 모습이 보였다. 그 모습을 보자 또다시 화가 치밀었지만 남희가 이른 대로 꾹 참고 방으로 올라가려고 했다. 그러자 이를 눈치챈 혜명이 태승을 불러 세웠다.

"잠깐 와서 앉아 봐. 할 말 있으니까."

또 무슨 말로 사람 속을 뒤집어 놓을지 몰라서 귓등으로 넘겨 듣고 다시 올라가려는데 혜명이 한 옥타브 낮춰 타이르듯 말했다.

"날 선 소리 더는 안 할 테니까 와서 앉아 봐. 진짜 할 말이 있어서 그래."

태승은 어쩔 수 없이 발길을 돌려 마주 보고 싶지 않은 사람들 앞에 앉았다.

"하고 싶은 말씀이 뭔데요?"

아까 남희를 대할 때와 확연히 다른 태승의 퉁명한 말에 혜명이 또 한 번 욱했지만 옆에 앉은 중열이 눈을 부라리자 더는 큰소리 내지 않고 본론부터 꺼냈다.

혜명은 고급스러운 원목과 대리석으로 잘 짜인 소파 테이블 위로 웬 사진 한 장을 올려놓았다.

"해송 그룹 알지? 우리 유일 그룹에 비하면 아직 재계 순위 밖이긴 하지만 끗발이 아예 없는 건 아니지. 무엇보다 우리에게는 없는 분야가 이곳에는 있으니까. 서로 윈윈하기에 더할 나위 없고, 앞으로 사업할 때도 요긴하게 쓰일 수 있는 집안이기도 하고."

사진 속에는 겉보기에도 곱게 자라 구김살 없는 예쁜 여자가 찍혀 있었다. 그 사진 속 인물을 가리키며 해송 그룹에 대해 이야기하는 것을 보아하니 그녀가 그의 맞선 상대임이 틀림없었다.

"요즘 결혼할 남자를 찾고 있는 모양이야. 마담뚜 김 여사가 이 여자 남편감을 찾고 있다고 해서 내가 냉큼 물어 왔지. 명색이 유일 그룹 류일만 회장 손자이자 이 류혜명의 하나뿐인 조카인데 아무 여자나 앉힐 수야 없지 않겠어?"

혜명은 자신이 생각해도 기특했는지 한껏 우쭐대며 말했다.

해송 그룹은 IT 업계에서 명성 있는 기업이었다. 재계 순위 10위 안에 드는 유일 그룹보다는 못하지만 앞으로의 전망을 보았을 때 틀림없이 도움이 되리라 생각했다. 게다가 자신이 잘 아는 여자를 들여보내 조카에게도 영향력을 지금보다 더 많이 행사할 수 있을 것이다. 이미 마담뚜한테 큰소리 쳤는데 거절당하는 것은 면이 서지 않으니 그녀는 필사적으로 태승을 설득해야 했다.

"아차차, 내가 이름도 말을 안 해 줬네. 너도 사석에서 몇 번 봤을 거야. 앞전에 우리 창립 기념일 때도 왔었는데. 해송 그룹 외동딸, 박은 하 양……."

이라고 말하기 무섭게 태승이 딱 잘라 거절했다.

"전 선 안 봅니다."

"뭐라고?"

너무 기막혀서 말도 나오지 않는지 잠깐 벙쪄 있던 혜명이 다시 물었다.

"뭘 안 봐? 대체 왜?"

"선을 볼 마음도 없고 더군다나 모르는 이 여자의 남편감 후보가 되고 싶지 않아요."

"야, 류태승!"

설마 했지만 진짜 거절할 줄이야. 다시 생각해도 마담뚜 김 여사의 높은 콧대를 꺾으면 꺾었지 꺾이고 싶지는 않았다. 이런 일로 망신당하고 싶지 않다.

"결혼만큼은 제가 사랑하는 여자와 할 겁니다."

"그래. 누가 사랑하지 말래? 이 여자랑 하면 되잖아."

"고모는 사랑이 그렇게 쉽습니까?"

"누가 쉽대? 그러는 너야말로 왜 이렇게 예민해? 이제껏 여자 한 명 만나지도 않고 수도승처럼 살더니?"

"이제까지는 수도승처럼 살았을지 몰라도 이제는 아닙니다. 더 이상 제 결혼 이야기로 왈가왈부하지 마세요."

"너 설마 여자 있니? 그래?"

"그만 일어나겠습니다."

자리에서 일어나 2층에 있는 방으로 올라가는 태승의 뒤에 대고 혜명이 쉴 새 없이 막말을 쏟아 냈다.

"야! 너 이 자리가 어떤 자리인지 알고 이러는 거야? 해송 그룹이야,

해송 그룹! 이 기회가 얼마나 좋은 기회인데, 안 만나? 이 여자 남편감 후보가 되고 싶지 않아? 네가 왜 후보야? 네가 나간다고 하면 저쪽에서는 오호라, 쾌재를 부르고도 남을 건데, 야! 류태승! 어떤 여자야? 대체 어떤 년이야!"

혜명은 이제 아예 체통도 잊었는지 한 번 본 적도 없는 태승의 여자에게 욕을 하기 시작했다. 흥분해도 너무 흥분한 혜명의 화를 가라앉히려는 중열의 목소리가 1층에서부터 들려왔다. 하지만 태승은 모른 척 셔츠 단추를 몇 개 풀다가 휴대폰으로 슬에게 문자를 보내 놓고는 방만 한 샤워실로 들어갔다.

* * *

재연의 방을 나오는 슬의 발걸음이 무거운 추를 매단 것처럼 무거웠다.
'없어. 그저 하루라도 더 같이 있어 드리는 것밖에.'
재연이 했던 그 말이 마음속에 걸려 내려가지를 않았다. 류일만 회장님과는 아무 사이도 아닌 자신도 이리 마음이 쓰이는데 당사자인 할아버지와 손자인 그의 마음은 오죽할까 싶어 가슴이 저릿했다. 정말로 방법이란 없는 걸까? 전문가들조차 방법이 없다고 말하는데 자신이 어떻게 그 방법을 찾을 수 있을까. 찾을 수 있다고 해도 불가능에 가까워 발걸음만큼이나 마음도 무거워졌다. 그때 휴대폰이 울렸다. 액정을 켜 보니 그의 문자가 와 있었다.

[원장님은 잘 만나 뵀어요?]

그가 보낸 문자를 보다가 한 글자, 한 글자 답장을 썼다. 자신보다도 더 마음이 무거울 법한데도 그는 내색 한번을 하지 않았다. 오히려 슬, 자신이 더 걱정할까 봐 입을 다물었을 수도 있다. 그의 성격대로라면 틀림없이 그럴 것이다.

문자를 완성한 슬이 전송을 하려다 말고 통화 버튼을 눌렀다. 몇 번의 짧은 신호음 끝에 조금은 놀란 태승의 목소리가 들려왔다.

─전화를 할 줄은 몰랐는데, 어디예요?

"병원이에요. 아저씨는 잘 만나 뵀고 사과도 드렸고 잘 풀었어요. 아저씨도 이해해 주셨고요."

─다행이네요. 내심 걱정했었잖아요. 그래도 원장님은 아량이 넓으신 분이시니까 그럴 줄 알았어요.

"네. 좋은 분이세요. 과분할 정도로 저를 아껴 주시는 분이에요. 그런데 태승 씨는 어디예요? 회사?"

휴대폰 너머로 간간이 차 소리가 들려오는 것을 보니 회사에 가는 길인 듯했다.

─지금 가는 길이예요. 한 10분 정도면 도착할 것 같고요.

"그럼 운전 중이겠네요? 운전하면서 통화하면 사고 나요. 이만 끊어야겠어요."

슬이 서둘러 전화를 끊으려 하자 그가 붙잡았다.

─이렇게 끊으면 안 되죠. 더군다나 회사에서도 못 보는데, 오늘 월차 냈잖아요.

"어차피 회사에 있어도 못 보는 건 똑같잖아요."

서운한 목소리로 투정부리는 그가 낯설면서도 싫지 않아 슬의 입가에 배시시 웃음이 어렸다. 그러면서 어느덧 자신도 태승에게 투정 섞인 애교를 부리고 있었다.

─그건 그렇지만……. 그래도 지금 끊지 마요. 회사 도착하기 전까지만 통화해요. 목소리 들으면서 가게.

"알겠어요. 전화해요."

정작 통화하자고 한 그는 말이 없었다. 잠시 침묵이 이어지다가 왜 말을 안 하느냐고 물으려던 찰나에 그의 나직한 목소리가 들려왔다.

—……내가 지켜 줄게요.

대뜸 지켜 주겠다는 말에 슬이 어리둥절해했다.

"네?"

—무슨 일이 있어도 지켜 줄게요, 내가.

"태승 씨……."

왜 갑자기 그런 말을 하는지 모르겠지만 목소리만 듣고도 태승이 어떤 표정을 짓고 있는지 알 것 같았다. 결연한 의지가 목소리에서도 느껴졌기 때문이다. 그럴 일이 생길지 모르겠으나 한 치 앞도 가늠할 수 없는 것이 사람의 인생이라 했다. 그런 만큼 자신의 인생도 어떻게 될지 몰랐다. 그래서 그가 하는 말이 의지가 되었다.

"고마워요. 정말 고마워요."

괜히 코끝이 찡해진 슬이 에둘러 작은 핑계를 대며 전화를 끊었다. 까매진 액정을 손으로 연신 문지르며 붉어진 코를 살짝 문지른 슬은 병원 복도를 빙 둘러보다가 천천히 앞을 향해 걸어갔다.

교차로에서 신호를 받고 대기하던 태승이 전화가 끊긴 휴대폰을 가만히 보다가 창에 팔을 얹고는 이마를 문지르다 다시 핸들을 붙잡았다. 아까보다 더 많은 생각들이 머릿속을 돌아다녔다. 슬과 통화를 하는데 문득 3년 전, 그녀가 했던 말이 떠올라 자신도 모르게 속에 있던 말을 하고야 말았다.

지난 3년 간 잊지 않고 묻어 뒀던 말들이었다. 세상을 떠나려 스스로 바다에 목숨을 던진 여자를 구하고도 좋은 소리를 들을 거라고는 생각지 않았었다. 그런 말을 들으려 구한 것도 아니었다.

그저 들렸을 뿐이다. 물에 빠져 죽으려 작정한 사람에게서 작지만 간절한 외침이 들렸었다. 살려 달라고. 제발 자기 마음에 난 상처를 알아 달라고.

그렇게 물에 뛰어들어 천천히 가라앉길 기다리고 있는 여자의 손목을 붙잡고 물으로 데리고 나오고서야 그 말을 정확히 들을 수 있었다.

왜 살렸느냐는 말이, 아무도 자신을 살릴 수 없을 거라는 그 말이 그 누구도 자신의 아픔을 알 수 없고 이해할 수 없을 거란 뜻으로 들렸다.

그 말은 반대로 같은 아픔을 가진 사람이라면 자신의 마음을, 자신의 아픔을 알고 이해할 수 있다는 말이었다. 태승은 왜 그 말이 제 머릿속을 떠나지 않고 맴돌았는지, 심장 한곳에 박혀 빠지지 않고 더 깊이 파고들었는지 이제야 알 것 같았다. 그녀에게는 자신과 같은, 어쩌면 자신보다도 더한 지독하리만치 깊은 상처가 자리하고 있을지 모른다고 말이다.

신호가 바뀌고 좌회전을 하자 높은 빌딩이 모습을 드러냈다. 건물 앞에 차를 천천히 멈춰 세우자 연락을 받고 대기하고 있던 기사가 운전석에서 내리는 태승을 보고는 꾸벅 인사했다. 태승은 기사에게 차 키를 넘겨주고 급히 회사로 들어가 임원 전용 엘리베이터에 올라탔다. 가장 꼭대기 층으로 올라가자 비서가 일어나 정갈한 자세로 인사를 했다. 급한 와중에서도 목례로 답한 태승이 문을 열고 들어가 재호를 호출했다. 그러더니 밖에 있던 비서에게 지시했다.

"마케팅 1팀 전 직원 인사 기록 카드 준비해 줘요."

곧이어 재호가 들어왔고, 비서 또한 마케팅 1팀 직원의 인사 기록 카드를 들고 따라 들어왔다.

"고마워요."

태승은 비서가 내미는 것을 건네받고 슬의 기록을 찾았다. 그 모습을 보며 재호가 황당한 눈길로 물었다.

"뭐 하시는 겁니까, 사장님?"

재호의 물음에도 아랑곳 않고 태승은 슬의 인적 사항이 적힌 인사 기록 카드를 넘겨주었다.

"알아봐 줘야 할 게 있어. 이분. 이분에 관련된 모든 정보가 필요해. 아무도 모르게 긴밀히 알아봐."

엉겁결에 받아 든 인사 기록 카드에는 윤슬의 사진과 이름, 가족 사항이 적혀 있었다. 그런데 태승이 말하는 '이분'은 슬이 아닌 가족 사항에 적혀 있는 슬의 아버지였다. 재호는 한층 더 궁금해진 목소리로 물었다.

"그런데 왜 윤슬 씨가 아니라 윤슬 씨 아버지입니까?"

"내가 알아야 할 게 있어. 그 여자 지키려면 내가 알아야 해."

"네? 그건 또 무슨 소리입니까?"

재호가 반문했다. 벌써 그의 곁에서 그를 보필해 온 지 3년이 훌쩍 넘었건만 도통 그가 무슨 생각을 하고 무슨 말을 하는지 모르겠는 때가 많았다. 3년 전에도, 3년이 지난 지금도 그는 영문을 알 수 없는 행동으로 때론 당황을, 때론 황당함을, 때론 어이없음을 선물하며 감정의 널뛰기를 선사하곤 했다. 바로 지금처럼.

"그리고 박중열 사장이 무얼 하는지도 알아야겠다."

오늘 중열이 일만을 찾아온 것은 단순히 건강을 염려해서가 아니었다. 왕좌의 자리가 건재한지 아닌지를 확인하려고 온 것이었고, 그를 확인하지 못해 답답해했으며, 골몰하는 태도로 봐서는 의심을 품기 시작한 것 같았다. 일만을 지키려면 박중열 사장의 의중을 알아야 할 필요가 있었다. 거기에 약점까지 잡으면 더 좋을 일이고. 그렇기에 이 방법을 동원하는 것이다.

태승이 누군가의 뒤를 캐는 일을 좋아하지 않아 그동안 미루고 미뤄 왔던 일이건만 이제는 피할 수 없었다. 냄새를 맡기 시작한 사냥개들에게 고깃덩이를 던져 줄 수는 없다. 미끼를 던져 포획해야 한다. 먼저 선수를 쳐야 한다. 먹이 사슬 가장 위에 있는 자가 바로 사람이 아니던가. 호시탐탐 왕좌를 노리는 하이에나에게 동물의 왕인 사자가, 먹이라면 사족을 못 쓰는 사냥개들에게 사람이 당할 수는 없지 않은가.

결연한 표정의 태승을 가만히 보던 재호가 조심스레 물었다.

"본격적으로 시작하시는 건가요?"

이 게임은 단순한 게임이 아니었다. 어쩌면 피 튀기는 전쟁일지도 모르며, 이곳은 전장이 될 것이다. 그 누구도 한 치 물러섬이 없을 것이다. 바로 뒤가 낭떠러지라 할지언정, 물고 뜯다 한 사람이 죽을지언정 끝을 봐야 하는 게임이었다. 본래 왕좌의 자리는, 왕관의 무게는 그런 것이었다. 아주 오래 전부터 그랬고 그래 왔다.

"다 알아 와. 뭐든 상관없어. 박중열 사장이 무슨 뜻을 가지고 움직이고, 무얼 의심하고 있는지, 무얼 원하고 있는지까지 전부. 거기에 약점까지 더해지면 더 좋고."

"알겠습니다. 수단과 방법을 동원해서라도 꼭 알아 오겠습니다. 그런데 이분에 대해서는 무얼 조사하면 될지……."

박중열 사장이야 워낙 감춰 둔 것이 많아 파 보면 솜사탕보다도 더 큰 먼지가 나올 것이 분명한데 정작 윤석현이라는 자는 무얼 건드려야 하는 것인지 도통 감이 오지 않았다. 그러자 박중열 사장을 말할 때는 결연했던 태승의 눈동자가 석현을 말할 때는 확 풀어지며 부드러워졌다. 아니, 슬퍼 보이기도 했다.

"돌아가신 것 같아. 그런데 언제, 어느 때, 어떤 연유로 세상을 떠나셨는지 그걸 모르겠어."

"그럼 물어보시면 되잖아요, 그분께. 그럼 되는데 왜 굳이 이렇게 뒷조사를 하시는 건지."

"……기억을 못 하는 것 같아서."

"네?"

"아님 슬 씨가 모르는 다른 이유가 있을지도 모르고."

도통 무슨 말을 하는 것인지 모르겠어서 잔뜩 인상을 찌푸리고 있는데, 이내 태승이 한 번 더 입단속을 시켰다.

"이 일은 너와 나의 비밀이야. 그 누구도 알게 해서는 안 돼. 특히 윤슬 씨가 알면 안 된다."

"일 한두 번 해 봅니까? 다 알아요. 게다가 그분은 사장님 애인……이 시잖아요. 아닙니까?"

"맞아. 그러니까 모르게 하라고. 알게 되더라도 내가 용서를 구할 거 야."

"네. 알겠습니다."

"나가 봐."

재호가 나가고 빈 사무실 책상 앞에 앉은 그가 작게 한숨을 쉬었다. 짐작해 보건대 분명 슬이 모르는 다른 이유가 있을 것이다. 그 이유가 알기 끔찍한 것은 아닐지 걱정스러웠다. 보통 그런 일을 당사자에게 숨겨야 하는 경우라면 결코 좋은 일은 아닐 것이 분명하니까.

돌아앉은 태승이 통 유리창 너머로 펼쳐진 어지러운 서울의 야경을 내려다봤다. 그러면서도 그의 머릿속에서는 그녀가 내려다봤을 푸르디푸른 바다가 펼쳐졌고, 그 앞에 서 있는 슬이 그려졌다. 그 바다를 하염없이 내려다보며 그녀는 무슨 생각을 했을까. 그녀는 왜 그 차디찬 바다에 몸을 내던졌을까. 잃어버린 기억 속에 어떤 끔찍한 기억을 갖고 있던 걸까. 아직도 갖고 있을 그 상처는 어디에 숨어 있는 걸까. 그 말간 얼굴에서 언뜻언뜻 보이던 그늘이 잃은 기억 속 상처에서 비롯된 걸까?

해결되지 않은 수많은 의문들이 머릿속을 더욱 복잡하게 만들었으나 단 하나의 결론은 있었다. 바로 무슨 수를 쓰든 그녀를 지켜 내겠다는 것. 이 하나만은 절대 변하지 않을 것이다.

3. 귀여운 질투

병원을 다녀와서인지 많이 울어서인지 저녁도 거른 채 슬이 소파에 널브러져 있었다. 그녀는 집에 오자마자 소파에 드러누웠는지 휴대폰도 미처 내려놓지 못하고 한 손에 꼭 쥔 채 잠들어 있었다. 베란다 문에 비친 푸르렀던 하늘은 이제 노을이 지고 어둠이 드리워 달이 환하게 빛을 밝히며 떠 있었다. 그런데도 슬은 꼼짝도 않고 잠에 빠져 있었다. 거실에 새근새근 고른 숨소리만이 가득하더니 이상한 신음 소리가 들리기 시작했다.

숨 쉬는 소리 같기도, 신음 소리 같기도 한 이상한 소리가 슬의 입에서 간헐적으로 새어 나왔다.

"흐, 흐으. 흐으."

잠을 자는 내내 곧게 펴져 있던 미간이 한껏 구겨져 순한 인상이 곧 사나워졌다. 악몽을 꾸는 것인지 슬은 고개를 좌우로 흔들며 괴로워했다. 또다. 또 그 꿈이다. 어제는 꾸지 않던 그 악몽이 다시 시작되고 있었다.

그런데 이번에는 조금 달랐다. 평소의 꿈은 눈을 뜨면 사방이 안개가 낀 듯 뿌옇고 입을 벌려도 목소리가 나오지 않았으며, 한 번에 많은 양의 물이 들어와 기도를 막은 탓에 숨이 턱턱 막혔었다. 그러나 이번에는 시야가 환했으며 언뜻 보이는 것들도 있었다.

대체 이게 무슨 꿈인지, 아니 꿈인지 현실인지 분간도 되지 않았다. 눈을 떴을 때, 눈앞에 푸른 물이 펼쳐져 있었다. 햇빛이 얼마나 강렬한지 파도가 넘실거리는 물에 빛이 비추어 눈이 부셨다. 그녀는 가늘게 뜬 눈으로 사방을 둘러보고서야 자신이 바다 앞에 서 있음을 깨달았다.

바다구나. 근데 내가 왜 바닷가 앞에 서 있지?

다시 주위를 살펴보는데 이상하게도 발이 점점 더 물속으로 파고드는 듯했다. 그러더니 자신은 어느새 바닷물에 몸을 던지고 있었다.

어? 어어? 하는 순간 바닷물에 온몸이 적셔졌고, 숨을 쉬는 순간 코와 입으로 바닷물이 양껏 들어왔다. 순간 기도가 막힌 슬이 팔과 다리를 허우적거렸지만 그러면 그럴수록 몸은 바다 속 깊은 곳으로 가라앉고 있었다. 살려 주세요, 살려 주세요! 소리치던 끝에 점점 정신이 아득해졌다.

이대로 죽는 건가? 하고 생각할 즈음에 누군가가 헤엄쳐 오더니 손목을 턱 하고 붙잡았다. 그럼 자신은 깨어나야 했다. 이것이 꿈이라면 그래야 맞는 거다. 그런데 다시 눈을 떠 보니 햇빛에 반사된 누군가가 자신을 깨우고 있었다.

아득히 먼 곳에서 들려온 목소리는 분명 남자였다. 누굴까? 이번 꿈은 확실히 달랐고 선명했으며 미약했지만 목소리도 들려왔다. 누가 나를 구한 걸까? 정신을 차리려고 해도 자꾸만 아득해진다.

"……이봐요! 이봐요! 정신 좀 차려 봐……."

그런데 분명 들어 본 목소리다. 얼굴을 좀 보려는데 햇빛 때문에 그림자가 져서 까맣게 보일 뿐이었다. 눈에 힘을 주려 할수록 자꾸만 눈꺼풀이 감기고 정신이 아득해지면서 까무룩 눈앞이 흐려졌다. 그리고 번쩍, 눈을 뜬 슬이 벌떡 자리에서 일어나 사방을 두리번거렸다.

그러다 슬은 이곳이 곧 자신의 집 거실임을 깨닫고, 이것이 현실이고 방금 꾼 꿈은 허상이라는 것을 깨달았다.

이번에는 소리를 지르고 고통스러워하며 꿈에서 깨어나지 않았다. 다만, 항상 보았던 장면에서 물에 몸을 던지기 전과 그 이후 누군가에게 구해진 상황으로 꿈이 더 이어졌다는 것이 달랐다.

"꿈이 이럴 수도 있는 건가? 이어질 수도…… 있나?"

그 어떤 사람에게도 꿈을 이어서 꾸거나 꿈이 더 이어졌다는 이야기는 들어 본 적이 없었다. 게다가 자신은 여전히 이것이 꿈인지 현실인지 분간조차 할 수 없다. 이는 꿈이 곧 환상이 아닐 수도 있다는 것이다. 실제로 겪은 일을 꿈으로 꾸고 있는 것일 수도 있다.

그런데 자신은 단 한 번도 그런 바닷가를 간 적이 없었다. 기억조차 나지 않는 곳에서 물에 빠지는 것으로도 모자라 스스로 몸을 내던진다니. 있을 수도 없는 일이다. 대체 내가 왜, 왜…….

"꿈이야. 이건 단순한 꿈일 뿐이라고. 꿈은 원래 환상인 거잖아. 환상을 꿈꾸는 거잖아."

그렇게 되뇌고 되뇌었지만 그런 환상조차도 어떠한 계기가 있지 않고서야 만들어질 수 없다. 게다가 그게 왜 하필 자살인 거냐고. 그러니 더 말이 안 되는 거다.

"이건 꿈이야. 다 꿈이라고…….."

수천 번을 되뇌며 급히 꿈 해몽을 찾았지만 성과는 없었다. 오히려 더 복잡해졌다. 꿈에 나타나는 환상은 무의식 때문일 수 있다고 했다.

나도 모르는 나의 무의식이 그런 환상을 만들어 낸 걸까? 왜 나의 무의식은 죽는 순간을 꿈에서 보여 준 걸까? 대체 왜…….

무서워진 슬이 무릎을 당겨 안고는 고개를 파묻었다.

* * *

이튿날, 회사에 갈 모든 준비를 마치고도 선뜻 나설 수 없던 슬은 식탁 의자에 멍하니 앉아 있었다. 그 꿈을 꾸고 나서부터 정상적으로 생각할 수도, 생활할 수도 없었다. 마냥 정신을 빼놓고 있기 일쑤였다. 어떻게 아침에 일어나 씻고 화장을 하고 옷을 갈아입었는지 전혀 기억나지 않았다. 그저 어제 꿨던 꿈만 떠올리고 있었다.

그때 잠자코 있던 휴대폰 벨 소리가 울렸다. 넋을 놓은 채 앉아 있다가 깜짝 놀란 슬이 휴대폰 액정에 뜬 이름을 보고는 후다닥 받아 들었다. 그의 전화였다.

"네."

슬의 목소리가 침울했다.

—어디예요? 아직 집이에요?

"이제 나가려고요."

자리에서 일어난 슬이 현관으로 나가 신발장에서 흰색 스니커즈를 꺼내 신었다.

—잠깐 기다려요. 나도 막 나갈 참이라…….

슬이 그의 말을 끊고 대꾸했다.

"그럼 회사에서 봐요. 어차피 같은 회사인데, 서로 같이 타고 가면 괜히 의심받아요."

생각이 많았다. 굳이 데리러 오겠다는 사람에게 거절하고 싶지 않았지만 머릿속이 복잡해서 어차피 태승을 만나도 그의 말에 집중할 수 없을 것 같았다. 그리고 제가 이렇게 말했다고 해서 그가 기분 나빠 할 사람이 아니란 사실을 너무 잘 알고 있었다.

태승은 슬의 말이 조금은 의아했지만 이내 알겠다고 하고 전화를 끊었다. 끊긴 휴대폰을 가만히 내려다보던 태승이 고개를 갸웃했다. 전화를 받는 슬의 목소리가 어딘가 침울해 보였는데 자신이 모르는 다른 걱정이 있는 것은 아닐까 걱정이 되었다.

똑똑.

그때 밖에서 노크 소리와 함께 문이 열리며 남희가 들어왔다.

"네, 이모님."

"류 사장, 회장님께서 부르시네. 오늘은 컨디션이 아주 좋으셔."

"그렇습니까?"

태승이 반색하며 얼른 열린 문으로 나가 단숨에 1층으로 내려가 안방 문을 열어젖혔다. 그러자 안경을 낀 채 휠체어에 앉아 있는 일만이 한달음에 달려온 태승을 올려다봤다.

"아직도 출근을 안 한 게야?"

일만이 침실 벽에 붙은 벽시계를 힐끗 보고는 못마땅하다는 듯 물었다. 그러자 태승이 무릎을 굽혀 그와 눈높이를 맞추었다.

"괜찮으신 거예요, 할아버지?"

이 얼마 만에 보는 할아버지의 건강한 모습인가. 두 번째 발작까지 했던 그였다. 기억을 점차 잃어 가는 모습을 보는 것으로도 모자라 까무룩 정신을 놓는 일만의 모습을 보고 태승은 시간이 얼마 남지 않았음을 느꼈다. 여전히 할아버지를 보낼 마음도, 자신도 없지만 시간은 점차 다가오고 나날이 증상은 심해지니 슬슬 마음의 준비를 하려던 참이었다.

그런 상황에서 일만이 다시 이전의 모습으로 돌아온 모습을 보자 그의 마음이 다시금 요동쳤다. 물론 지금 이 상태가 얼마 동안 이어질지는 아무도 모르는 일이다. 이전엔 짧게는 몇 시간, 길게는 하루나 이틀 정도 간적도 있었으나 요새는 지속 시간도, 주기도 짧아지고 있었다.

"내가 언제 아팠었니? 흰소리 하지 말고 어서 출근해. 높은 자리에 있을수록 모범이 되어야 하는 거야. 어디 그 자리가 쉬운 자리인 줄 알아?"

일만의 정신은 다시 본 상태로 돌아와 있었으나 본인이 아팠던 기억은 잊은 모양이었다.

"네, 그럴게요. 할아버지 말씀 명심할게요."

태승의 입가에 잔잔한 미소가 흘렀다. 퉁명하게 손자를 대하던 일만도 표정을 풀며 막 나가려는 태승을 재차 불렀다.

"태승아."

"네, 할아버지."

"중역 회의 준비 잘해라. 네가 곧 나고, 내가 곧 너다. 잊지 마라."

할아버지 입에서 중역 회의라는 말이 나오자 태승의 표정이 잠깐 굳었다가 풀어졌다. 이내 그는 고개를 끄덕였다. 그러고는 웃으며 대답했다.

"네. 걱정하지 않도록 준비 잘하겠습니다."

그대로 돌아 나온 그가 닫힌 안방 문에 대고는 살짝 미소 지었다. 일만이 온전한 정신을 갖고 있는 것은 아니었지만 그래도 다행이었다. 불투명했던 중역 회의 참석도, 일만의 건강 상태도 이대로만 좋아지진 않아도 더 나빠지지 않기를. 무엇보다 할아버지마저 떠나보내야 할 일이 없기를 바랄 뿐이다.

* * *

매주 금요일마다 진행되는 아침 회의에 모든 마케팅 1팀 직원들이 모였다. 지난 회의 때와 달리 이번 회의는 팀으로 진행되었다. 가장 상석에 앉은 건주를 비롯해 양 옆자리에 윤호와 주승이 앉았고 그 맞은편에 주연과 송, 그리고 슬이 앉았다.

건주는 다리를 꼬고 앉아 곧 있을 유일 플레이스 오픈 기념행사 이벤트 진행 현황을 듣고 있었으나, 그녀의 표정은 좋지 않았다. 상사의 불편한 심기가 여실히 드러난 얼굴을 보고 있자니 다른 팀원들은 죽을 맛이었다. 꼭 시한폭탄을 들고 있는 기분이랄까. 언제 터질지 모르는 송건주 팀장의 똘끼를 모두가 노심초사하며 지켜보고 있었다.

"시식회 및 시음회 준비는 어떻게 진행되고 있어?"

건주는 회의 내내 반말로 진행 상태를 체크하고 있었다. 이에 다른 직원들이 또 시작됐구나 싶어서 쥐 죽은 듯 조용히 하고 있는데, 오직 슬만이 반응을 보였다. 슬은 부하 직원들이 친구도, 동생도, 가족도 아닌데 반말하는 그녀의 태도를 전부터 상당히 거슬려했다.

"유은호 셰프 제외하고 여러 유명 셰프들 섭외해 놓은 상태입니다. 계속 제안을 넣고 있고 그중에서 서민우 셰프님이 연락을 주셨으며, 스케줄 확인 중에 있습니다. 최종 조율 후에 보고드릴 예정이었고요."

은호가 자신에 찬 목소리로 그간의 진행 상황에 대해 보고했다. 그 말을 가만히 듣던 건주가 또다시 말도 안 되는 이유로 시동을 걸고 있었다.

"서민우? 서민우가 누구야?"

예상하지 못한 반응에 은호가 말을 더듬었다.

"네, 네? 아, 아. 요즘 '요리하는 남자'로 구독자 수백만 찍고 있는 요리 유튜버인데, 섭외 요청을 드렸더니 흔쾌히 스케줄 맞춰 보시겠다고 하셨습니다."

윤호의 말에 건주가 대번에 얼굴을 찌푸렸다. 이에 윤호가 멈칫하며 눈치를 보았다.

"신윤호 씨, 나조차도 서민우가 누군지 모르겠는데, 그 누가 서민우를 알겠어?"

"네, 네?"

"나는 서민우가 누군지도 모른다고. 그런 사람을 어떻게 우리 행사에 섭외를 해? 트렌드에 누구보다 민감한 내가 모르는데 그 누가 서민우를 알겠냐고. 그럼 홍보 효과는 누가 낼 건데? 어?"

급기야 건주의 목소리가 높아졌다. 이로써 애써서 섭외한 서민우까지 까일 판이었다.

"됐어. 더 이상 논할 가치도 없는 일이야. 얘도 아웃."

역시나. 예상했던 일이었으나 막상 벌어지고 나니 눈앞에 보이는 게 없어진 윤호를 옆에 있던 주승이 참으라고 다독였다. 그러나 윤호의 마음에서는 현재 마그마를 품은 활화산이 펄펄 끓고 있었다. 이 모습을 슬은 그저 가만히 지켜보았다.

"이렇게 없단 말이야, 유명 셰프가?"

행사까지의 남은 시간은 겨우 3주였다. 그 안에 누구를 섭외하기에는 시간이 너무도 촉박했다. 한 달을 남겨 두고 섭외를 시도해도 될까 말까 했다. 특히나 유명 셰프의 경우에는 늦어도 두 달 안에는 섭외 요청과 스케줄 조율을 끝마쳐야 한다. 행사 시일이 가까워 올수록 그들의 몸값도 높아지기에 그들을 섭외하는 데에 드는 비용도 아끼지 못하게 되는 것이다.

게다가 이번 행사 준비로 얼마나 많은 이들의 땀과 노동이 들어갔던가. 슬이 합류하기도 전에 이들은 이번 행사 준비에 시간과 노력, 땀을 쏟아붓고 있었다. 그런데 그들의 노고를 팀원을 이끄는 팀장이 자기 취향이 아니라고 해서 까고, 까고, 또 까는 것은 있을 수 없는 일이었다.

"어쩔 수 없지. 그럼 그냥 처음부터 하기로 했던 유은호가 하는 걸로 하는 수밖에."

이 모든 것을 두 귀로 똑똑히 들은 모든 팀원들의 눈과 입이 더 벌어지려고 해도 벌어질 수 없을 만큼 떡 벌어졌다. 말도 안 되는 이유로 거절해 놓고 이제 와 다시 하자고 한다고? 유은호는 사람도 아니야? 감정도 없어? 그리고 그 사람이 무슨 이유로 우리가 하자고 하면 하고, 하지 말자고 하면 말아? 세상에나.

입을 떡 벌린 채 건주를 보던 팀원들의 시선이 일제히 윤호에게로 향했다. 이번 행사 기획 및 섭외를 맡아 그동안 마음고생, 몸 고생 해 온 사람이 바로 윤호였기 때문이다. 그는 더 이상 참을 수 없었다. 입사한 지 이제 겨우 1년 차, 대기업에 취직했다고 온 동네가 떠나가라 잔치를 벌였던 부모님을 생각해 거지같은 상사 밑에서도 이 악물고 버티고 왔던 그였다.

그러나 그가 이대로는 제 명에 못 살 것 같아 자리를 박차려는 순간, 잠자코 있던 슬이 드르륵 의자를 밀며 일어났다. 그러자 팀원들의 시선이 다시금 윤호에게서 슬로 옮겨졌다.

"그럼 유은호 씨로 하는 건가요?"

대뜸 묻는 말에 어안이 벙벙해진 건주가 이내 정신 차리고는 고개를 끄덕였다.

"그렇지. 내가 방금 그렇게 하라고 했으니까 하는 거지."

"그런데 방금 팀장님께서 하신 말을 듣고 보니까 한 가지 모순이 있더라고요."

"모순?"

이건 또 무슨 말인가. 건주의 표정이 알쏭달쏭해졌다. 마찬가지로 팀원들도 슬이 무슨 말을 할지 궁금해졌다.

"방금 서민우 씨를 모른다고 하시면서 홍보 효과는 누가 내느냐고 하셨죠?"

"그랬지."

왜 했던 말을 또 되묻는 건지 알 수가 없어 건주가 갸우뚱해했다. 슬의 반박은 계속 이어졌다.

"그럼 유은호 씨의 홍보 효과는 누가 내나요?"

순간 장내가 싸해졌다. 이 질문은 오히려 동문서답하는 것이나 다름없었다. 슬이 나서자 내심 기대했었던 팀원들의 얼굴에 실망이 어렸다. 슬은 1팀의 주임으로 복직했으나 송을 제외한 다른 팀원들은 그녀를 주임으로 인정하지는 않았었다. 오래 쉬었다가 돌아온 슬이 어색하기도 했고 그녀의 능력을 본 적이 없기에 인정하기 어려웠다는 게 더 맞았다. 그런 마당에 그녀가 이토록 생뚱맞은 질문을 하니, 팀원들은 그저 고개를 반대편으로 돌릴 뿐이었다.

"하, 이봐, 윤 주임. 그걸 지금 질문이라고 하는 거야? 그건 당연히 유은호가 하겠지."

건주가 정말 어이없다는 목소리로 한껏 잘난 척하며 답했다. 그러자 슬이 의기양양한 표정을 짓는 건주를 향해서 조용히 직언했다.

"그런가요? 그럼 뭐가 다른 거죠? 말단 주방 보조로 시작해 유명 셰프로 인기를 누리고 있는 유은호 셰프나, 요리하는 남자로 구독자 수백만을 찍고 있는 서민우 셰프나 어느 쪽으로든 두 명 모두 홍보 효과는 확실히 할 수 있을 것 같은데. 왜 유은호는 되고 서민우는 안 된다는 거죠? 섭외 기준이 정확히 뭔가요, 팀장님?"

슬은 자신이 품었던 의문에 대해 차분히 물었다. 두 사람 모두 유명한 셰프였기에 홍보 효과는 당연히 보장되는 것이었다. 그러니 건주의 기준이 너무나 모순적이란 생각이 들 수밖에 없었다. 유은호는 되지만 서민우는 안 된다. 그 판단이 누가 더 홍보 효과를 보장할 수 있느냐가 아닌, 지극히 개인의 주관적 입장에서 나온 것이기 때문이다.

그 부분을 정확히 꼬집자 곧 건주의 얼굴이 벌겋게 달아올랐다.

"그…… 그건……."

"구독자 백만이면 엄청난 수치입니다. 게다가 저도 서민우란 이름을 많이 들어 봤습니다. 충분히 일반인에게도 홍보 효과가 있을 거라 생각됩니다."

"……이, 일단 자료 정리해서 다시 보내 줘요. 검토해 보게. 그리고 우선 회의는 마무리합시다."

회의는 이상하게 끝이 났다. 건주가 끝마무리도 제대로 짓지 않고 자리를 떴기 때문이다. 회의가 끝나자마자 팀원들은 회의실을 나가지도 않고 슬의 주변으로 우르르 몰려들었다.

"선배 진짜 멋져요. 정말 최고였어요. 상사에게 대적하는 부하 직원이라니!"

송이 흥분해 소리쳤다. 그러자 옆에 있던 주연이 맞장구치며 말했다.

"저도요. 그동안 주임님을 좀 다르게 생각했었는데 정말 죄송했어요. 이렇게나 저희를 생각해 주시는 분인 줄도 모르고……. 죄송해요."

슬이 미안해하는 주연에게 아니라고 손을 내저었다. 이번에는 윤호가 말을 이었다. 어떻게 보면 슬이 나서 준 덕분에 큰 위기를 모면한 이는 윤호였다.

"정말 감사합니다, 주임님. 저도 늘 답답했는데 답답한 곳을 누가 속 시원히 긁어 준 기분이었어요. 카타르시스 대박! 앞으로 주임님을 슬다르크라고 부르며 절대 충성하겠습니다!"

슬은 윤호가 자신을 백 년 전쟁에서 프랑스를 구원하고 열세한 상황에서도 강인하게 세상을 바꾼 위대한 여성의 잔 다르크로 칭하며 떠받들자 난색을 표하며 말했다.

"잘못된 일을 잘못됐다고 말하는 게 이상한 일도 아닌데, 그만해요."

당연한 일을 했을 뿐인데 모두가 마치 나라를 구한 영웅처럼 비유하니 어떤 표정을 짓고, 어떤 말을 해야 할지 몰라 슬은 당황스러워했다. 하지만 슬의 기분과는 상관없이 팀원들이 모두 기뻐하고 통쾌해하니 그녀도 더 이상 하지 말라는 말을 하지 못했다. 그저 팀원들과 같이 웃으며 즐거운 시간을 보내다 업무에 복귀했을 뿐이다. 그들은 차츰 슬을 인정하기 시작했고 건주는 이날 퇴근하기 전까지 팀장실에서 나오지 않았다.

퇴근하기 5분 전, 마무리하고 있는 슬에게 주승이 조용히 다가와 물었다.

"오늘 저희끼리 술 한잔하러 가실래요?"

슬은 복직하고 나서 사람들과의 이런 자리가 처음이라 기쁜 마음으로 그의 제안을 수락했다. 잠시 후, 퇴근 시간이 되자마자 자리에서 일어난 송이 슬의 팔에 팔짱을 척 꼈다.

"얼른 가요, 언니."

그러자 주연도 슬의 다른 쪽 팔에 팔짱을 끼며 은근슬쩍 감춰 뒀던 속내를 비췄다.

"저도 언니라고 부르고 싶은데 그래도 될까요, 언니?"

처음부터 데면데면했던 주연이 친근하게 다가오는 것이 뜻밖이었지만 슬은 흔쾌히 그러라고 말했다.

"그래요. 나도 편하게 대할게."

"감사해요, 언니."

그렇게 슬을 포함한 팀원들이 한데 뭉쳐 회사 로비를 가로지르고 있었다.

그런데 그때, 1층 로비로 누군가가 내려왔다. 마침 퇴근하던 사원들이 한두 명씩 걸음을 멈추고 꾸벅 고개를 숙였다. 앞서 걷던 이들 역시 그런 사람들을 보다가 의아한 눈으로 뒤를 돌아보고는 그제야 머리를 까딱했다. 슬의 시선도 사원들 한 명, 한 명의 인사를 받는 주인공에게 가 머물렀다. 태승이었다.

"퇴근하는 길입니까?"

태승이 부드러운 미소와 함께 슬과 눈을 맞추었다. 슬은 살짝 놀랐지만 곧 표정을 감춘 채 살짝 고개를 숙였다. 이어 주승이 대답했다.

"네. 사장님께서도 퇴근하십니까?"

전에 양손 가득 커피를 들고 마케팅 1팀 사무실에 들렀던 태승에게 고맙다며 인사를 건넸던 이도 바로 주승이었다. 주승은 그때나 지금이나 태승을 무척이나 편하게 생각하고 있는 듯했다. 물론 처음에는 사장이라는 직위와 자리로 인해 쉽게 다가가지 못했다. 그런데 어느 기점에서부터 그의 표정이 유해졌기에 주승은 더욱 편안하게 그를 대할 수 있었다.

"다 같이 퇴근하는 겁니까?"

팀원들끼리 아무리 사이가 좋아도 다 같이 퇴근하는 일은 드물었다. 그래서 물으니 그냥 집에 가는 길은 아니라는 대답이 돌아왔다.

"저희 같이 식사하러 가는 길인데, 사장님도 같이 가실래요?"

그가 등장한 이후 내내 뒤에서 아무 말도 않고 있던 송이 대뜸 태승에게 제안을 했다. 옆에 있던 주연도 한술 더 떠 그가 거절할 수 없도록 만들었다.

"오늘 저희 팀끼리 하는 첫 회식이나 마찬가지거든요. 윤 주임님 정식 환영회도 못 했는데 마침 오늘 시간이 다 맞아서 저녁 한 끼 하러 가는 건데, 사장님께서 자리를 빛내 주심 좋을 것 같아요."

주연이 그렇지 않아도 큰 눈을 더 크게 깜빡거렸다. 태승은 그 시선이 몹시 부담스러웠지만 나쁘지만은 않은 제안이었다. 이 자리에는 슬도 함께였으니 말이다. 슬은 눈썹을 꿈틀거리며 그에게 무언의 대화를 시도하고 있었으나 태승은 애초에 거절할 마음이 없었다.

"윤 주임님 복직 소식은 김 차장님 통해서 익히 들어 알고 있었는데 축하 인사도 못 했네요. 그럼 오늘 회식은 제가 낼 테니 같이 가죠."

"아, 정말요? 좋아요, 좋아!"

마케팅 1팀 사원들은 좋다고 그를 따랐다. 하지만 슬만은 마냥 기뻐할 수 없었다. 행여나 그와 사귀는 사이가 들통날까 조마조마한 심정이었다. 그는 뭐가 그렇게 좋은지 입이 귀에 걸린 채 주연과 송보다 앞서 걸어갔다.

슬이 그 뒤에서 조마조마한 마음을 안고 홀로 걷고 있는데 옆에서 한 목소리가 들려왔다.

"오랜만에 뵙습니다, 윤 주임님."

소리가 나는 곳으로 고개를 돌려보니 재호가 있었다. 그때 이후로 처음 얼굴을 보는 재호에게 슬이 반가이 웃으며 인사했다.

"안녕하세요. 그때는 너무 경황이 없어서……. 죄송했어요."

그날 데려다주겠다는 재호의 성의를 무시한 것에 대한 사과였다. 어찌 됐건 그의 호의를 거절한 것은 사실이니까 말이다. 그러자 재호가 괜찮다며 호탕하게 그녀의 사과를 받아 주었다.

"그날은 저도 이해합니다. 충분히 그러실 수 있어요. 그러니까 사과하지 않으셔도 돼요."

"고마워요. 이해해 주셔서."

잠시 대화가 끊겼다가 재호가 먼저 말을 이었다.

"이런 말 좀 그렇지만 저희 사장님 잘 부탁드립니다."

"네?"

슬이 놀라 묻자 재호가 물끄러미 저만치 앞에서 걷고 있는 태승을 바라보았다.

"저런 표정 정말 오랜만이거든요."

재호의 시선이 향한 곳으로 슬도 고개를 돌렸다. 그곳에는 환하게 웃고 있는 태승이 있었다.

"3년 만이세요. 회장님께서 알츠하이머 진단을 받으신 이후로 한 번도 편하게 잠을 자 본 적도, 웃어 본 적도, 심지어 누군가에게 곁을 내준 적도 없으셨어요. 늘 홀로 고군분투하며 모든 짐을 혼자 짊어지려고 하셨는데, 요즘 가장 사람 같아 보여요."

"……사람이요?"

그럼 그전에는 사람 같지 않았다는 말인가 싶어 되묻자 재호가 시선을 옮겨 슬의 눈을 응시했다.

"네. 사람이요. 류태승이라는 사람이요. 저희 사장님은 원래 잘 웃는 사람이었어요. 매사에 진취적이고, 활발하고, 잘 웃고. 말수도 적고 식욕도 없는 건 지금도 똑같은데 여태 웃지를 않았어요. 웃음을 잃어버린 사람처럼. 어떻게 웃어야 할지 모르는 사람 같았어요."

슬이 곰곰이 생각에 잠겼다. 재호가 하는 말을 듣고 보니 정말 그런 것 같았다. 처음 만났을 때도 그랬다. 갑자기 나타나 난데없이 화를 내며 누구냐고 묻지를 않나, 혼란스러워하는 표정으로 쳐다보지를 않나, 얼음장 같은 표정으로 칼날 같은 비수를 서슴없이 꽂던 사람이었다. 그랬던 사람이 지금은 표정부터가 달랐다. 늘 어두웠던 얼굴이 차츰 밝아졌다. 변한 것이 아니라 본래 그 사람다운 사람이 된 것이다.

"그러네요, 정말."

슬이 하얀 치아를 드러내며 환하게 웃는 태승을 바라보며 중얼거렸다. 재호도 태승을 쳐다보았다. 그러고는 다시 슬에게로 시선을 돌려 말했다.

"이 모든 게 다 윤 주임님 덕분입니다. 저희 형, 다시 웃게 해 주셔서 정말 감사해요."

진심을 다해 고맙다고 말하는 재호에게 어떤 말을 해야 할지 몰라서 슬은 그냥 고개만 끄덕이며 웃었다. 그러다 다시 고개를 돌려 그를 바라보았다.

생각해 보면 그만 변한 것이 아니었다. 그녀도 그를 만나 처음으로 사랑을 하고, 사랑을 받고, 여자로서, 또 사람으로서 많은 위로와 행복을 받았다. 사랑하는 사람이 주는 믿음은 가족이나 친구에게서 받는 것과는 차원이 달랐다. 더 크고 더 충만했다. 그가 주는 사랑으로 슬은 충분히 행복하고 충분히 평안했다. 그가 그다운 사람이 된 것처럼 슬도 슬다운 사람이 된 것이다.

슬이 빤히 쳐다보고 있는 것을 느꼈는지 태승이 천천히 뒤를 돌아보았다. 마침 그를 보고 있던 슬과 눈이 마주치자 태승이 환하게 웃었다. 그러더니 그녀를 보며 한쪽 눈을 찡긋했다. 그의 윙크를 본 슬이 웃음을 터트리자 그도 웃으며 다시금 고개를 앞으로 돌렸다. 그러고는 다시 주연, 송이와 함께 쉴 새 없이 대화를 주고받으며 걸어갔다. 무슨 이야기를 하는지 세 사람의 입가에서는 미소가 떠나지를 않았다.

슬은 그런 그의 모습을 보는 것만으로도 즐거웠다. 웃는 그가 무척이나 눈부셨다.

그런데 그 순간 머릿속에서 강한 통증이 일었다. 순식간에 휘어져 있던 슬의 눈가가 찡그려졌고 미간이 좁아졌으며, 그녀는 제자리에 멈춰 설 수밖에 없었다.

으.

"읍."

강한 통증에 눈앞이 순식간에 흐려졌으나 슬은 신음 소리를 내지 않으려고 숨을 죽였다. 주변에서 들려오던 소음은 점점 사라지고 귓가엔 가쁜 호흡 소리만이 아른거렸다.

"하아. 하아. 하."

그러더니 머릿속에서 조각조각 흩어져 있던 기억 하나가 톡 튀어 올랐다.

'……좋겠다, 당신은. 반짝반짝 빛나서.'

순간 어떠한 목소리가 귀로 흘러 들어오자 슬은 정신을 차리지 못했다.

이건 누구의 목소리일까, 아니 들리는 목소리는 분명 내가 맞는데. 내가 언제 그런 말을 했지? 이건 대체 뭐지? 대체 나는 뭐야……?

고막을 찢을 듯한 통증은 점점 사라졌고 숨소리 말고는 아무것도 들리지 않던 귓가가 한순간에 뻥 뚫리며 온갖 소음들이 들려왔다. 슬은 그제야 자신을 부르는 재호의 목소리도 들을 수 있었다. 흐릿한 시야 속에 놀란 표정의 재호가 보였다.

"괜찮으세요? 당장 사장님께 전화드릴게요, 잠시만."

"아, 아니요. 괜찮아요. 괜찮으니까 전화 안 해도 돼요. 잠깐, 어지러웠을 뿐이에요."

"정말 괜찮으신 거예요? 순간 휘청거리시면서 주저앉으시는데 쓰러지신 줄 알고 얼마나 놀랐게요."

"죄송해요. 제가 평소에도 가끔 두통이 있어서요."

"하, 놀라라. 일어날 수 있으시겠어요?"

많이 놀랐는지 자기 가슴을 쓸어내리는 재호의 얼굴이 혼비백산이었다.

그를 너무 당황시킨 것 같아 미안해진 슬이 부축하려는 재호의 팔을 붙잡고 자리에서 일어났다. 통증도, 귓가에 들리던 이명도 사라졌지만 의문만은 슬의 머릿속에 강하게 꽂혀 있었다.

여전히 혼란스러운 슬이 정신을 추스르고 있는 동안 재호가 걸려 온 전화를 받아 들었다. 당연 태승의 전화였다.

"네. 잠깐 윤 주임님께서……."

어디냐고 묻는 태승에게 슬의 이야기를 하려다 말고 재호와 슬의 눈이 마주쳤다. 슬은 당연히 말하지 말라고 입가에 손가락을 갖다 대며 쉿 하는 제스처를 취했고, 그 뜻을 알아들은 재호가 다른 핑계를 댔다.

"여기 근처 식당에 계시대요. 빨리 오라고 하시는데 피곤하시면 차라리 집으로 모셔다 드릴까요?"

"아니요. 정말 괜찮아요. 얼른 가요."

"그래도……."

한사코 말리는 그에게 슬은 당부하고 또 당부했다.

"그 사람한테는 말하지 말아 주세요. 그냥 잠깐 어지러웠던 거니까 괜한 걱정을 하게 만들고 싶지 않아서요."

재호도 태승에게 딱히 걱정거리를 더 얹어 주고 싶지 않았고, 그녀의 부탁도 있어 고개를 끄덕였다.

"알겠습니다. 얼른 가시죠. 이러다 더 걱정하시겠어요."

더 지체된다면 분명 걱정이 되어 밖으로 뛰쳐나와도 백번은 더 뛰쳐나올 그였다. 그래서 슬도, 재호도 걸음을 재촉해 그들이 있다는 식당 안으로 들어갔다.

* * *

팀원들이 선택한 곳은 소고기가 아주 맛있기로 소문난 맛집이었다. 큰 테이블을 정중앙에 둔 채 태승과 직원들이 둘러앉았다. 의도한 건 아니지만 그와 딱 마주 보는 자리에는 슬이 앉게 되었다.

"이제 주문을 좀 해 볼까요?"

일단 사장과 오긴 왔는데 같이 식사를 하는 것은 처음인 만큼 다들 어떻게 해야 할지 모르는 분위기였다. 그리고 생각보다 가격대가 좀 있어서 그저 눈치만 보던 중이었다. 대충 이곳의 분위기를 읽은 태승이 주머니에서 자신의 블랙 카드를 꺼냈다.

"신경 쓰지 말고 편히 먹어요. 계산은 내가 합니다."

그 말에 사람들이 환호성을 지르며 편하게 고기와 술을 주문했다. 직원들이 즐거워하는 모습을 보고 태승도 덩달아 환하게 웃었고, 그런 그의 모습에 슬도 기뻐했다. 이내 경쾌한 건배 소리와 함께 술자리가 무르익어 가기 시작했다.

태승은 평소에는 거의 없었던 식욕이 폭발하는 것을 느끼며 자신의 앞 접시에 놓인 고기를 비워 나갔다. 잔이 빌 때마다 윤호가 채워 준 소맥도 모두 마셨다. 슬은 그가 평소보다 너무 많이 먹고 마시는 것 같아 슬슬 걱정이 되었다. 이러다 취하면 어쩌나, 혹시 자신이 모르는 사이에 무슨 일이라도 있는 걸까 등등의 걱정을 하고 있는데 별안간 빈 접시에 고기 한 점이 놓였다. 다른 곳에 시선을 두고 있다가 놀란 슬이 앞을 바라보았다.

"왜 안 먹어요?"

태승이 슬의 접시에 고기를 놓아 준 것이었다.

"아, 먹고 있어요. 아니, 먹고 있습니다."

평소 그에게 쓰던 말투로 말하다가 이곳이 둘만 있는 자리가 아니라는 걸 깨닫고는 얼른 딱딱한 경어체로 바꾸어 말했다.

"아침에 무슨 일 있었어요?"

아침이라면 출근 준비할 때를 말하는 듯했다. 슬이 그에게 걸려 온 전화를 그렇게 끊어 버려서 걱정을 했던 모양이다. 슬은 옆에서 술을 마시며 떠들고 있는 다른 사원들이 알아차리지 못하게 고개를 작게 저었다.

"얼른 더 먹어요. 아니면 먹고 싶은 걸로 골라 볼래요?"

"괜찮아요. 이거면 충분……."

잠시 슬의 말이 끊기며 그녀의 시선이 옆으로 옮겨 갔다. 앞에 있는 슬에게만 고정돼 있던 태승의 고개도 자신의 앞으로 내밀어진 빈 잔으로 내려갔다.

"술 한 잔만 따라 주시겠어요, 사장님?"

간드러지는 목소리로 눈을 게슴츠레하게 뜬 주연이 태승에게 자신의 잔을 내밀고 있었다. 이 자리에 있는 그 누구도 몰랐겠지만, 아까부터 주연의 시선은 한 사람에게 꽂혀 있었다. 그녀는 태승이 멀리서 멋지게 걸어와 퇴근하는 길이냐고 물어보던 그때부터 이 자리에서 그를 내내 지켜봐 왔다. 그리고 이렇게 자리가 가까워진 김에 용기를 한번 내 보기로 했다.

"사장님께 술 한 잔 받고 싶어서요. 직원한테 술 한 잔 정도는 따라 줄 수 있는 거잖아요?"

용기 내어 내민 술잔에 술은커녕 여전히 요지부동인 그에게 주연이 거절할 수 없는 말을 덧붙였다. 내키지는 않았지만 그때까지도 주연의 시커먼 속내를 알지 못한 태승이 그녀에게 맥주를 따라 주었다.

"건배?"

주연의 큰 눈이 다시 여러 번 깜빡였다. 사원이 사장에게 하는 행동치고는 꽤 당돌했지만 거절할 수도 없는 노릇이라 태승은 그녀의 잔에 자신의 잔을 부딪칠 수밖에 없었다.

그 반면 슬은 이 상황이 당황스러웠다. 갑자기 주연이 훅 치고 들어온 탓에 설마 둘이서 나눈 이야기를 들었을까 걱정했으나 그녀는 오히려 전혀 다른 상황을 전개하고 있었다. 그에게 당돌하게 술을 따라 달라고 하지를 않나, 건배를 하지를 않나. 술잔을 들고 마시면서도 묘하게 그를 바라보는 주연의 시선이 평소와 너무 달라서 이상했다.

하지만 그것이 다였다. 더 이상 무슨 일이 생기지 않고 다시 즐겁게 분위기가 무르익어 갔다. 어느덧 이야기의 화제가 하나가 되어 오늘 있었던 일에 대한 열띤 성토가 이어졌다.

"이런 자리에서 할 이야기는 아니지만 오늘 오전 회의 때 진짜 장난이 아니었습니다, 사장님."

"그게 무슨 말입니까?"

술이 한 잔 들어가니 회식 자리는 그동안의 팀 내에서 일어났던 크고 작은 일에 대해 털어놓는 자리가 되었고, 그 모든 일 중심에는 언제나 송건주 팀장이 있었다.

"송 팀장님이 얼마나 우리 윤호를 괴롭히던지요. 저희 이번에 오픈하는 유일 플레이스 오픈 기념식 때 시식회 및 시음회 하지 않습니까? 그때 유명 셰프님을 섭외하려고 했다가 죄다 퇴짜 맞고. 겨우 한 분 모셨더니 퇴짜 놨던 사람으로 다시 섭외하라고 생억지를 부리지 않나. 그런 갑질이 따로 없었다니까요."

"그랬습니까?"

순간 태승의 이맛살이 구겨졌다. 그간 당해 왔던 일들에 대해 늘어놓는 주승의 표정도 태승처럼 잔뜩 구김살이 가 있었다.

"그동안 당했던 것도 많았지만 팀장님이라서 참았던 거죠. 아니었으면 오늘 제가 송건주 팀장님을 받아 버렸을지도 몰라요."

이번에는 윤호가 술에 취해 꼬부라진 발음으로 몸동작까지 해 가며 오늘의 울분을 터트렸다. 송 팀장의 갑질은 이번만이 아니었다. 그녀는 늘 자신의 중심대로 일을 처리했고 그렇지 않을 때면 히스테릭함을 보여 주곤 했다. 그 고난을 겪지 않기 위해서라도 팀원들은 송 팀장이 마음에 들 때까지 맞춰 주어야 했다. 그렇게 진행된 것이 한두 개가 아니었던 것이다.

그제야 마케팅팀에서 보고가 올라올 때마다 섭외가 늦어지고 있는 정확한 이유를 알게 된 태승의 표정이 어두워졌다.

"그랬는데 오늘 일이 터진 거죠."

송이 운을 뗐고, 윤호가 말을 이었다.

"오늘 이 자리에 송건주 팀장님이 참석하지 않은 이유가 있어요."

그리고 보니 태승은 회식이라면서 송 팀장이 자리에 보이지 않아 그 이유가 단순히 참석하지 못할 다른 개인 사정이 있겠거니 생각했는데, 그 사정이란 게 이들과 관련이 있는 듯했다. 슬은 윤호가 말을 하지 않았으면 했으나, 그 입을 막을 만한 방법이 없어 화장실 핑계를 대며 자리에서 일어나려 했다. 그러나 송에게 손목을 잡혀 버렸다.

이 어수선한 상황에서 태승의 관심은 오로지 윤호에게 가 있었다.

"윤 주임님께서 송 팀장을 아주 케이오시켜 버리셨거든요."

"처참한 완패셨죠."

"완패라뇨?"

태승의 시선이 슬에게 꽂혔다. 그 순간 슬은 벌게진 얼굴을 숨기려 고개를 푹 숙였다. 부끄러움에 차마 그의 시선을 마주할 수 없었다.

"어떻게 완패를 시키셨다는 거예요?"

재호가 궁금함을 참지 못하겠다는 듯 조급히 물어 왔다. 다시 태승의 시선이 윤호에게 돌아갔다.

"윤 주임님께서 조목조목 따져 물으셨거든. 왜 유은호는 되고, 왜 서민우는 안 되는지에 대한 의문을 논리정연하게 집어내면서 당신의 섭외 기준은 처음부터 잘못된 것이라는 걸 스스로가 깨닫게 했다는 거 아니겠어요? 진짜 저는 잔다르크가 살아 돌아온 줄 알았잖아요."

"이 시대의 잔다르크가 따로 없었죠. 그래서 저희는 윤 주임님을 앞으로 윤다르크라고 부르기로 했어요."

윤호가 그때 느낀 카타르시스가 다시 찾아온 듯 몸을 부르르 떨며 과장

된 반응을 했다. 덩달아 주승도 슬을 잔 다르크라 칭하며 치켜 올린 엄지
손가락을 내려놓을 줄을 몰랐다. 후배들이 엄지를 들며 침이 마르도록 칭
찬하는 탓에 슬은 몸 둘 바를 몰라 했다. 거기다 태승의 뜨거운 시선까지
받으려니 얼굴에 불이라도 나는 듯 벌게져서 그녀는 자리에서 일어나 화
장실로 뛰어갔다.

태승은 슬이 화장실을 찾아 나가는 뒷모습을 곧장 뒤따르려다 말고 다시
시선을 앞으로 돌렸다.

여자 화장실로 뛰어 들어온 슬은 세면대에 물을 틀어 놓고는 화끈화끈
해진 뺨에 살짝살짝 물을 적셨다. 그렇지 않아도 다른 팀원들과 함께하는
회식 자리에 그가 있는 바람에 온갖 신경이 쓰여 미치겠는데, 태승이 자
꾸만 그런 뜨거운 시선으로 바라보기까지 하니 아주 죽을 맛이었다.

뜨거웠던 뺨에 차가운 물이 닿으니 온도가 내려가는 듯했다. 슬은 휴지
로 묻은 물기를 닦아 내고는 갖고 나온 파우치에서 쿠션을 꺼내 톡톡 두
드려 화장을 수정해 주었다. 립스틱을 다시 바르고 얼굴이나 치아에 립스
틱이나 음식이 끼었는지도 확인한 뒤 문을 열고 나오는데 앞에 검은 그림
자가 져 있었다.

"아, 깜짝이야. 놀랐잖아요."

아무 생각 없이 나갔다가 앞에 서 있는 태승을 보고는 슬이 놀라 그를
타박했다. 슬이 나가고 잠시 주변이 시끄러워진 틈을 타 밖으로 나온 그
는 화장실 앞에서 그녀가 나오기만을 기다리고 있었다.

"어떻게 나온 거예요? 다른 사람들은요?"

"안에 있어요. 내가 나온 것조차 모르고 있으니까 걱정 안 해도 돼요."

다행히 가게 문밖에 있는 화장실 앞에는 태승 말고 그 누구도 없었다.

"오늘은 하루 종일 못 만나나 했어요."

태승이 슬의 손을 잡으며 오늘 이 자리가 아니었으면 얼굴도 보여 주지

않을 작정이었냐 타박하듯 물었다. 그러자 슬이 코를 찡긋하며 배시시 웃었다. 그의 투정에도 애정이 몽글몽글 섞여 있었다.

"어차피 회사에서 볼 거잖아요."

"오다가다 목 빠지게 기다려도 안 보이던데?"

"오늘은 좀 바빴어요. 회의도 있었고."

"회의……는 나도 있었는데."

희고 작은 슬의 손을 조몰락조몰락 만지던 태승이 나른하게 말했다. 평소와는 다른 말투와 목소리라 슬이 넌지시 자신을 내려다보고 있는 그를 올려보았다.

"아까 회의실에서 있었던 일 말인데요."

"아……."

그가 오늘 회의실에서 있었던 일에 대한 이야기를 꺼내자 슬이 작게 탄식하며 시무룩해했다. 그 표정을 본 태승이 물었다.

"왜 그래요?"

그 당시에는 팀원이 부당한 대우를 받고 있다는 생각이 들어 다른 건 생각하지 못했다. 아무리 그래도 다른 팀원들이 다 있는 자리에서 팀장의 잘잘못을 가리는 건 옳지 못한 행동이었다.

"오늘 일은 내 잘못도 있어요. 암만 그래도 팀장한테 그랬으면 안 됐는데……."

그래서 슬은 오히려 스스로를 자책하고 있었다. 자신의 옳은 지적에 더는 할 말을 찾지 못하고 급히 회의를 마무리하는 건주의 표정이 내내 마음에 남아 있었다.

점점 더 표정이 어두워지는 그녀의 모습을 본 태승이 서둘러 말했다.

"뭐라고 하려고 말 꺼낸 건 아니에요. 오히려 칭찬하려고 꺼낸 거지. 팀원을 보호하려고 그랬던 거잖아요."

태승은 오늘 있었던 일은 슬의 잘못이 아님을 정확히 짚어 주며 그녀를 위로했다. 그의 따뜻한 말 한마디에 무거웠던 슬의 마음도 한결 가벼워질 수 있었다. 그러자 태승은 기특하다는 듯 살짝 삐져나온 슬의 옆머리를 귀 뒤로 넘겨 주었다. 다정한 그의 손길에 슬의 뺨이 붉어졌다.

"그런데 괜찮아요? 술 많이 마신 것 같던데."

슬이 시간이 지날수록 점점 더 붉어지는 그의 안색을 살피다가 태승의 손을 잡고 끌었다. 그런데 오히려 슬이 그의 힘에 끌려왔다. 힘이 얼마나 강한지 속절없이 당겨 온 슬이 그의 넓은 품에 폭 안겼다. 깜짝 놀란 슬이 눈을 크게 뜨고 품에서 나오니 태승의 흰 셔츠에 자신의 립스틱이 묻어 있는 것이 보였다. 하필이면 셔츠일 건 또 뭐람.

"아, 어떡해요. 립스틱 묻었어."

손으로 셔츠를 벅벅 문대도 새겨진 립스틱은 지워지지 않았고 오히려 더 번져 갈 뿐이었다. 태승이 이 셔츠를 그대로 입고 나갔다가 사원들에게 이 립스틱 자국이 발각된다면 분명 오해를 살 것이다. 어떻게 해야 좋을지 빨간 립스틱 자국을 보던 슬의 고민이 깊어져 갔다.

"하필이면 여기에 묻을 건 또 뭐야."

이걸 벗으라고 할 수도 없고 어떡하지? 슬이 어찌할 줄 몰라 고뇌하고 있는데 순간 고개가 위로 들렸다. 그가 슬의 턱을 쥐고 자신을 보게 만든 것이다.

"태승 씨."

또 그때의 눈이다. 잔뜩 흐트러진 모습으로 퇴폐적인 분위기를 품은 채 사람을 옴짝달싹하지 못하게 하던 그때 그 눈과 같았다. 그래서 슬은 숨을 쉴 수가 없었다. 눈을 느릿하게 내리깔고서 사람을 보는데 심장이 펄떡펄떡 뛰었다. 행여나 태승에게 심장 소리가 들릴세라 감추고 싶었지만 이미 그가 너무도 가까이에 있었다.

"여기에서 이러면 안 돼요……."

태승이 얼굴을 천천히 기울이며 입술이 닿을 듯 말 듯 가까이 다가왔다.

여기서 이러면 안 된다는 생각이 들어 슬이 손으로 그의 가슴팍을 밀어내는데 그의 힘 앞에서는 미약한 바르작거림일 뿐, 태승은 미동도 하지 않았다.

"아까부터 참았어요. 더는 못 참아."

그는 아까부터 슬의 입술에 입을 맞추고 싶은 마음을 꾹꾹 참아 왔다. 자신의 셔츠에 묻은 제 립스틱 자국을 지우려 벅벅 문대는 그녀의 손이 하필이면 가슴 부위라 자극이 되었다. 그래서 그녀가 지금 둘 사이가 회사에 소문이라도 날까 걱정하는 것을 알면서도 취했다는 핑계를 대고 입을 맞추고 싶었다. 아니, 맞춰야 살 것 같았다.

그래서 태승은 슬의 턱을 쥐고 들어 올려 고개를 기울였다. 입술 새로 새어 나오는 단 숨을 모조리 빨아들여 헐떡이게 만들고 싶었다. 붉은 기가 감도는 혀가 보일 때마다 뽑힐 정도로 빨고 싶었고, 여린 속살도 모두 제 것으로 만들어 아무도 넘볼 수 없게 만들고 싶었다. 왜 이렇게 가학적인 생각만 드는지, 목이 바짝바짝 타들어 가는지 모르겠다. 이 모든 감정이, 욕정이 술 때문인가 싶었다. 아니, 아무도 모를 자신의 깊은 어둠 안에 그러한 욕망이 꿈틀대고 있는 걸지도. 태승은 허기진 욕정을 억누른 채 붉은 열매가 자리한 입술로 가까이 다가갔다.

이제는 한계임을 깨달은 슬이 가까워져 오는 그의 입술을 보며 두 눈을 꼭 감았다. 천천히 입술을 맞대려는 순간 등 뒤로 말소리가 들려왔다. 그 소리를 듣고 놀란 슬이 눈을 번쩍 뜨는데 태승이 먼저 그녀의 손을 잡고 바로 옆에 있는 남자 화장실로 끌고 들어갔다. 화장실로 몸을 숨긴 두 사람은 문을 잠그고 바깥 소리에 귀를 기울인 채 숨을 죽였다. 소리는 아까보다 더 선명히 들려왔다. 바로 앞에 사람이 서 있는 듯했다.

"응. 엄마. 나 이따 한 10시에서 11시 사이면 집에 갈 것 같은데. 어."

소리가 점점 더 가까워지자 슬이 본능적으로 붙잡은 손에 힘을 꼭 주며 미간을 살짝 찌푸렸다.

"이따 갈 거야. 걱정하지 말라니까……."

가까이에 있어 크게 들리던 소리가 점점 멀어지다가 완전히 사라지자 그제야 한시름을 놓은 슬이 꾹 참았던 숨을 훅 내쉬었다. 슬이 십년감수한 표정으로 뒤를 돌아보자 태승이 그녀의 코앞으로 그가 다가가 입을 맞추었다.

푹신하게 맞물린 입술 사이로 알코올 향이 깃든 숨결이 훅 불어 닥치며 혀가 미끄러지듯 들어와 입 안을 헤집었다. 그 움직임에 순간 슬의 머릿속이 아찔해졌다. 늘 다정했던 입맞춤이 지금은 상상할 수 없을 정도로 거칠었다. 그가 쩍쩍 갈라진 사막에서 오아시스를 만나 허겁지겁 물을 삼키며 목을 축이는 사람처럼 성급히 그녀의 두 볼을 감싸 쥐고 입을 맞춰 오는데, 그런 태승을 감당하기가 힘에 부쳤다.

슬의 허리를 바짝 끌어안고 입을 맞추던 태승이 잠시 입술을 떼고 숨을 골랐다. 공기 한 점 들어오지 못하도록 맞물렸던 입술이 떨어지자 산뜻한 공기가 훅 들어찼고, 슬이 공기를 다 마시기도 전에 다시 그가 다가와 입술을 틀어막았다.

"하음. 으흠."

벽에 내몰린 채 폭풍우같이 쏟아지는 그의 입술 폭격에 슬이 자신도 모르게 신음했다. 혀로 입술 안쪽 연한 살갗을 쓸다가 슬의 혀를 옭아매며 깊은 키스를 몰아붙이던 그가 급기야 슬에게 하체를 딱 붙인 후 뭉근히 비비며 그녀의 블라우스 자락 사이로 손을 넣었다.

맨살에 거친 남자의 손이 쓸리자 비로소 정신이 든 슬이 그의 가슴팍을 살짝 밀쳤다. 이대로 더 가다가는 이 정도로 끝나지 않을 것 같았다. 밀어내도 꼼짝 않던 태승이 이내 입술을 떼고 눈을 떠 그녀를 내려다봤다. 참았던 숨을 몰아쉰 슬이 흐트러진 머리와 옷매무새를 정리하며 말했다.

"먼저 나갈게요. 사람들이 같이 들어가면 오해할 수도 있으니까. 좀 이따가 나와요."

슬이 먼저 화장실을 나갔다. 혼자 남은 태승은 힘없이 벽에 기대어 머리를 흐트러트렸다. 자신도 모르게 이성을 잃었었다. 이번이 두 번째다. 왜 자꾸 그녀만 보면 정신을 놓고 덤벼드는지 모르겠다. 다른 그 어떤 여자에게도 그러지 않았었다. 오히려 이상할 정도로 아무 감정도 느끼지 않았다. 딱히 그런 행위를 해야 한단 생각도 들지 않았다.

그런데 이상하게 그녀만 보면 안고 싶고, 키스하고 싶고, 그녀의 모든 것을 차지하고 싶단 생각이 든다. 본능만이 들끓는 짐승 같다는 생각이 들 때도 있다. 왜 이럴까 머리를 굴려 보지만 이유는 딱 하나다. 그녀를 미친 듯이 사랑하기 때문이라는 것이다.

화장실에서 나와 식당으로 돌아오니 술자리가 다 끝나 있었다. 모두들 갈 분위기인지 한 사람, 한 사람 자신의 가방을 들고 일어서 있었다. 송이 이제 막 화장실에서 나온 슬에게 왜 이제야 왔느냐 물었다.

"아…… 잠깐 밖에 서 있었어. 취기가 오르는 것 같아서."

슬이 제 뺨을 두 손으로 감싸 쥐며 취기가 오른 사람처럼 행동했다. 그러자 송이 고개를 끄덕이며 자리에 놓인 슬의 가방을 건네주었다. 가방을 받아 든 슬의 옆으로 송이 자리를 옮긴 후 그녀의 팔에 팔짱을 척 끼며 나가자고 했다. 이제 다들 2차를 갈 거라고. 하지만 슬은 집에 가고 싶었다.

"선배도 2차 갈 거죠?"

"아, 미안. 나도 그러고 싶은데 취기도 좀 오르고 해서 집에 가는 게 나을 것 같아."

"내일은 주말인데 모처럼 맞은 불금, 같이 놀아요, 선배."

"아니야. 난 가는 게 좋을 것 같아. 다들 같이 가서 놀아요. 나 신경 쓰지 말고."

"그래도……."

슬은 아쉬워하는 송과 다른 팀원들을 다독인 뒤 서둘러 식당을 빠져나왔다. 데려다주겠다는 재호의 말도 거절한 채 그녀는 무작정 식당을 나와 걸었다. 뺨이 화끈한 게 열이 오르는 것 같았다. 거리를 걷다 보니 금요일이라 그런지 사람들이 삼삼오오 모여 거나하게 취해 2차를 위해 다른 곳으로 이동하고 있었다. 슬은 그런 사람들을 지나쳐 무작정 걷다가 오는 택시에 몸을 실었다.

택시는 슬의 집인 은하 아파트가 아닌 그 근처 빨간 벽돌로 지어진 단독 주택 앞에 멈춰 섰다. 주택 앞에 선 슬이 그곳 주변과 골목을 둘러보며 옛 생각에 잠겼다.

퇴근하는 길이면 어김없이 전화를 하며 집 앞 골목에 서서 자신을 기다리고 있던 아빠가 떠올랐다. "아빠." 하고 부르면 그는 골목 끝에서 서성이다가 소리가 나는 쪽으로 고개를 돌리며 환하게 웃곤 했다. 그런 아빠가 이제는 세상에 없다는 것이 믿기지 않았다. 지금도 "아빠." 하고 부르면 나올 것 같은데, 저 끝에서 자신을 기다리고 있을 것 같은데.

그런 아빠가 지금은 없다. 아무데도 없다. 이 세상에 더 이상 아빠는 존재하지 않는다. 그 생각을 하니 슬의 눈가가 붉어졌다. 울지 않으려 눈을 부릅떠 보지만 그럴수록 눈앞이 흐릿해지면서 눈물이 가득 차올랐다. 오늘따라 아빠가 참 보고 싶은 밤이다.

골목을 걸어 은하 아파트가 있는 언덕을 오르는데 바로 앞에 차 한 대와, 그 차에 기대 서 있는 한 사람의 그림자가 보였다. 멋진 슈트를 입은 채로 주머니에 양손을 꽂고 아파트 앞을 서성이고 있는 한 사람, 바로 태승이었다.

"태승 씨?"

어떻게 자신보다도 더 먼저 와 있는 것인지 슬은 의아했다. 그녀가 가까이 다가가며 그의 이름을 부르자 뒤를 돌아본 태승이 언덕에서 올라오고 있는 그녀를 보고는 주머니에 꽂은 양손을 빼내었다.

"이제 오는 거예요?"

태승은 슬이 먼저 집에 갔단 소리를 재호에게서 전해 듣자마자 차를 타고 그녀의 집 앞까지 내달려 왔다. 한데 아파트 앞에 도착해 층수를 올려다보니 그녀의 집에 불이 꺼져 있었다. 평소라면 바로 전화를 했을 건데 아까 일이 떠올라 그는 선뜻 통화 버튼을 누르지 못하고 그녀가 올 때까지 서성거렸다.

그 키스가 뭐라고 태승은 이렇게까지 고민했던 걸까. 자신이 언제 올 줄 안다고. 그 이야기를 듣던 슬은 괜히 그가 미련한 짓을 한 것 같아 태승을 나무랐다.

"그렇다고 전화도 안 하고 무작정 기다려요? 그러다 내가 안 오면?"

그러자 태승이 희미하게 웃으며 대답했다.

"왔잖아요. 이렇게."

집 앞에 서성이고 있던 그가 순간 아빠와 겹쳐 보였다. 그때 그 골목은 아니었지만 늘 자신을 기다렸던 아빠의 모습과 지금 이 상황이 너무나 닮아 있었다. 슬은 놀랐지만 곧 현실을 깨달았다. 그녀의 아빠는 이제 이 세상에 없다.

"슬이 씨."

슬이 아무 말이 없자 혹시 아까 일 때문에 그런가 싶어 태승이 그녀의 이름을 부르니 슬은 그제야 고개를 들고 씩씩하게 물었다.

"이제 술 다 깬 거예요?"

목소리도 다시 돌아왔고, 반말을 하다가 다시 말을 높이는 것을 보니 그는 술이 다 깬 듯 보였다. 그의 술버릇이 반말하는 거였나 보다.

"막 나한테 반말하더니, 이제 다시 존댓말 하네요?"

술 때문이라는 걸 알면서도 괜히 놀리고 싶어져 슬이 장난을 치자 태승이 고개를 푹 숙였다. 그의 얼굴과 귀가 시뻘게져 있는 걸 보니 부끄럽긴 한가 보다.

"술 먹이면 안 될 것 같아. 막 반말하고, 저돌적으로 달려들고."

그러면서 푸하하, 웃음을 터트리자 태승이 숙였던 고개를 들어 한참

웃는 그녀를 빤히 응시했다.

"왜, 왜 그렇게 봐요?"

자신을 너무 빤히 쳐다보는 시선이 느껴지자 슬이 웃음을 멈추고는 흠칫 물었다. 그러자 별안간 태승이 큰 보폭으로 걸어오더니 그녀의 눈앞으로 얼굴을 쑥 들이밀었다. 깜짝 놀란 슬이 뒤로 한 걸음 물러났다.

"너 나보다 두 살이나 어리잖아."

갑작스러운 반말에 이어, 순간 다가온 얼굴에 슬의 심장이 또 한 번 쿵, 했다. 사실은 그가 술에 취해 반말하는데 그 모습이 그렇게 섹시할 일인가 싶었다. 늘 다정하고 상대를 존중하던 사람이 갑자기 잔뜩 흐트러져서는 제게 달려들어 입을 맞추는데 어떤 여자가 안 넘어갈까. 이렇게 잘생겼는데, 이렇게 매력적인데.

"슬이 씨. 슬아."

아주 사람을 녹이려고 작정을 했는지 말투에서부터 온몸이 스르르 흘러내릴 것 같았다. 그에게 항상 슬이 씨, 슬 씨, 윤슬 씨라고만 불려 봤지 "슬아." 하는 다정한 호칭은 들은 적이 없어 심장이 터질 듯했다.

"슬아, 왜 그래? 윤슬."

"그 이름……."

너무 다정해서 심장이 내려앉을 것만 같다. 그는 자신이 그 이름을 얼마나 다정하게 부르고 있는지 모르는 걸까? 그런 말투와 목소리로 다른 여자의 이름을 부르거나 한다면? 그런 생각을 하자 회식 자리에서 태승과 주연이 묘한 시선을 주고받던 일이 떠올라 기분이 확 나빠졌다.

영문을 모르겠단 표정을 짓고 있는 그에게 슬이 버럭 했다.

"그 이름, 그 목소리 나한테만 들려줘요."

대체 이건 무슨 뜬금없는 소리일까. 그가 도무지 그 말의 의미를 알아듣지 못하겠단 표정을 짓고 있자 슬이 아까 회식 자리에 있었던 일을 꺼냈다.

"하주연 씨 말이에요. 하주연 씨가 술 따라 달라고 해도 따라 주지 말고 쳐다보지도 말라고요."

난데없는 질투에 그가 피식 웃음을 터트렸다.

"왜 웃어요? 내가 얼마나 기분 나빴는데. 지금도 생각난다고."

"질투하는 거예요? 아까 내가 하주연 씨 잔에 술 따라 줘서?"

"그래요. 질투라면 질투해요. 질투는 당연한 거 아닌가? 어떤 여자가 자기 애인한테 여우짓 하고 있는 걸 보고 질투를 안 해요? 다 하지."

"여우짓? 그런 말도 할 줄 알아요?"

태승은 아까보다 더 크게 소리 내어 웃었다. 자신은 심각한데 왜 웃는 건지. 슬의 미간이 잔뜩 구겨져 펴질 줄 몰랐다.

"왜 웃어요? 남은 심각한데."

슬이 뾰로통해서 입술을 쭉 내밀고 토라졌다. 그러자 그가 묘한 시선으로 슬을 내려다보다가 중얼거렸다.

"큰일 낼 여자네, 이 여자가."

"네?"

"여우짓을 누가 하고 있는데."

"누가 하고 있다니요?"

설마 내가 하고 있다는 거야, 그 여우짓을? 눈을 부릅뜨고 물으니 그가 픽 웃으며 가만히 저를 응시하는데, 그가 보는 곳이 꼭 입술 같아서 슬의 심장이 다시 방망이질을 치기 시작했다. 이대로 또 있다가는 또다시 아찔한 상황이 이어질 것 같아 슬이 다른 곳으로 화제를 돌렸다.

"그런데 술 마셨으면서 운전해 온 거예요?"

"……아니. 대리 불러서 왔죠."

"잘했네요. 그럼 얼른 가요. 늦었어."

벌써 12시를 넘긴 시각이었다. 내일이 아무리 주말이라지만 너무 늦은 시간이었다. 집에 또 회장님 혼자 계실 건데 빨리 들여보내야 회장님 걱정도 줄어드실 테고……. 의미 없는 핑곗거리만 잔뜩 쌓여 가는데, 그가 돌연 조수석 문을 열어젖히며 말했다.

"타요. 조금만 더 있다 가요. 술 깰 때까지만."

태승은 이미 술은 다 깼지만 그 핑계로 슬과 더 있고 싶었다. 슬도 마찬가지로 그가 이미 술이 다 깼다는 것도 알고 그 말이 핑계라는 것도 알지만 적당히 속아 넘어가 주기로 했다. 슬도 그와 더 같이 있고 싶었으니까.

그의 차 조수석에 올라탄 슬의 얼굴에 환한 웃음이 어렸다. 그녀를 태우고 운전석에 오른 태승의 얼굴에도 웃음꽃이 활짝 피었다. 밤은 깊었고 아무도 없이 가로수 불만이 반짝하고 켜진 거리에 둘만이 오붓하니 함께였다.

4. 당신은 내게 불가항력인 사람이에요

"춥지 않아요? 날씨가 많이 쌀쌀해졌는데."

그가 자동차 열선 시트 버튼을 눌렀다. 그렇지 않아도 갑작스레 추워진 날씨가 영 적응하기 힘들었다.

"옷도 왜 이렇게 얇게 입었어요. 좀 든든히 입지."

태승이 재킷을 벗어 치마 입은 슬의 다리를 덮어 주었다.

"난 괜찮은데."

"내가 안 괜찮아요. 내일부터는 바지 입어요."

그는 전부터 짧은 치마만 입는 슬의 스타일이 영 마음에 들지 않았다. 늘씬한 다리는 저에게만 보여 줘도 충분하건만 남들의 눈에도 보이는 게 싫었다.

"바지도 잘 입는데요?"

슬은 평상시에 주로 바지를 입었고, 가끔 그를 만날 때에만 스커트를 입었다. 그에게 잘 보이고 싶었고 예쁘게 보이고 싶었기 때문이다.

3년 전만 해도 슬의 스타일은 오직 바지에 고정되어 있었다. 심지어 민지가 슬에게 치마 좀 입고 예쁜 얼굴도 꾸미고 좀 다니라고 잔소리를 해 댈 정도였으니 말이다. 하지만 지금의 슬은 여느 회사원들보다도 더 예쁘게, 더 스타일리시하게 하고 다녔다. 늘 입던 옷도 다 버리고 새로 싹 다 장만했을 만큼 보이는 모습에 신경을 썼다. 이 모든 노력이 태승 때문이라는 것은 그만 모를 것이다.

"난 한 번도 본 적 없는데, 윤슬 씨 바지 입는 모습."

"며칠 전에도 입었거든요? 나한테 관심이 별로 없나 봐요. 그런 기억도 못 하는 걸 보니."

"아닌데. 관심 엄청 많은데."

"피, 됐어요."

슬이 또 입을 삐죽 내밀었다. 그 모습이 왜 이렇게 귀여운지 모르겠다.

"입술 그만 집어넣죠. 안 그럼 나 오해해요. 키스해 달라고 하는 줄 알고."

태승이 차의 히터를 조정하며 무심히 말했다. 그러자 슬이 볼을 발갛게 물들이며 고개를 옆으로 돌렸다.

"그런 말 좀 그만해요. 그 생각밖에는 없는 사람 같잖아."

"당신이 좀만 덜 매력적이었어도 그런 생각은 안 할 수 있었을 텐데."

그는 표정 하나 안 바뀌고 그런 낯 뜨거운 말을 서슴없이 잘도 했다.

"또 내 탓하는 거예요?"

"탓하는 게 아니라 사실을 말하는 건데. 지나치게 매력적이에요, 윤슬 씨가."

그렇게 말하는 태승과 두 눈이 마주친 순간, 슬은 차 안이 후끈해진 듯해서 손으로 연신 부채질을 해 댔다.

"히터 좀 줄여요. 더운데."

"줄인 거예요. 윤슬 씨 몸이 더워진 거지."

"오늘따라 한마디를 안 지는 거 알아요?"

"그런가."

"어후, 얄미워."

슬이 눈을 흘기니 그가 피시식 웃으며 무릎에 놓여 있던 손을 잡아 자신 쪽으로 끌어당겼다.

"왜 이래요, 놀리기만 하더니."

좋은데도 괜히 투정이 부리고 싶었다. 손을 놓으라고 하는데도 그는 오히려 손에 깍지를 꼭 끼고는 손등을 쓰다듬었다. 마주 닿은 그의 손은 언제나 따뜻했다.

"나한테 여자는 윤슬 씨, 하나뿐이에요. 당신 말고는 아무도 나한테 여자일 수 없어요."

부드럽게 눈을 맞춰 오는 태승을 보며 슬이 고개를 끄덕였다. 알고 있다. 그에게 여자는 자신뿐이라는 것을.

"내가 말했죠. 내 얼어붙은 심장을 뛰게 한 여자가 바로 당신이라는 거. 그러니 그 어떤 여자도 내게 여자가 될 수 없어요. 이건 그 누구도 할 수 없거든. 당신이 내게 불가항력인 사람이란 뜻이에요."

불가항력. 본래 뜻과는 다르지만 태승은 슬을 그렇게 불렀다. 자신의 힘만으로는 어찌할 도리가 없이 이끌리는 사람. 그에게 있어 슬은 불가항력으로 이끌릴 수밖에 없는 사람, 그런 사랑이었다. 그렇기에 그의 마음은, 심장은 오로지 슬의 것이었다.

"기억해요. 난 언제나 당신의 것, 당신의 편이라는 걸."

"내…… 편?"

슬은 가진 것이 별로 없었다. 그나마 가졌던 것도 하늘에 모두 빼앗겼다. 엄마도, 아빠도. 처음 가졌던 게 컸으니 잃은 것도 컸다. 가족을 잃은 것이 슬에게는 가장 큰 아픔이었고 상처였다. 그렇게 속수무책으로 빼앗겨 남은 거라고는 하나 없던 슬의 삶에 큰 것 하나가 생겼다.

"난 언제나 당신의 편이예요. 하늘이 두 쪽 나도, 세상이 바뀌어도, 죽어서도……."

태승은 붉어진 눈으로 자신을 바라보는 슬을 보며 그녀의 손등에 입을 맞추었다. 그러고는 그 말을 심장에 새겼다.

'당신에게 어떠한 일이 있었는지 알게 되어도 난 당신을 떠나지 않을 거야. 설령 당신이 날 떠난다고 하더라도 내가 널 먼저 떠나는 일은 없을 거야. 널 끝까지 지킬 거야, 난.'

슬은 죽어서도 자신의 편이라고 말해 주는 그가 고마워서, 또 그런 말은 처음 들어 봐서 감동했다. 감정이 복받쳐 오른 나머지 이내 그렁그렁 맺혀 있던 눈물이 톡하고 떨어져 내렸다. 뺨을 타고 흘러내리는 눈물을 태승이 조심스럽게 닦아 주자, 슬은 그런 그의 손을 제 손으로 감쌌다. 심장이 두근거렸고 벅찬 감정을 주체할 수 없었다. 이 마음을 혼자 삭혀 내기에는 힘들 듯했다.

슬이 그의 뺨을 두 손으로 그러쥔 후 태승을 끌어당겨 비스듬히 고개를 꺾은 채로 입을 맞추었다. 두 입술이 부드럽게 포개어졌다 멀어졌을 때, 두 사람은 눈을 떠 서로를 바라보았다. 태승이 짙어진 눈으로 슬의 희고 고운 얼굴을 보다가 뺨을 어루만지더니 더는 참을 수 없다는 듯 뒷머리를 감싸 쥐고 끌어당겨 다시 입술을 맞췄다.

그가 슬의 아랫입술을 물자, 슬은 그의 윗입술을 물었다. 두 사람은 엇갈리게 입술을 맞대고는 서로의 입술을 빨고 비비며 혀를 얽었다. 그러다 잠시 입술을 떼어 내고 숨을 몰아쉰 뒤 다시 입술을 부딪쳤다.

뒷목을 붙잡고 강하게 입술을 빨던 그가 혀를 안쪽 깊숙이 밀어 넣고는 거칠게 휘둘렀다. 태승이 모든 것을 흡입할 듯 강하게 빨아들이는 바람에 슬의 혀가 그의 움직임을 따라 쏙 입 안으로 들어갔다. 그때를 놓치지 않고 그는 그녀의 혀를 옭아매고 비비다 다시 입술을 빨았다.

폭풍우가 휘몰아치듯 입 안을 헤집는 태승 때문에 슬은 정신에 이어

혼까지 아득해질 판이었다. 그럴 정도로 그가 선사하는 키스는 환상적이었다.

정신이 나갈 만큼 거친 키스를 퍼붓는 그가 버거웠지만 슬도 더하면 더했지 덜하지 않았다. 몸을 사리지도 않았고 부끄러워 피하지도 않았다. 오히려 더 적극적으로 그의 목을 두 팔로 끌어안고 그의 입술을 탐했다. 좁은 차 안은 태승과 슬이 내뿜는 열기로 뜨거워졌다.

입술을 떼어 내고 숨을 고르면서도 두 사람의 시선은 서로에게서 딱 고정되어 떨어지지 않았다.

"태승 씨."

슬이 가슴 속에 담아 왔던 말을 꺼냈다.

"나도 당신 편이라는 거 알죠?"

그 말을 해 주고 싶었다. 늘.

그의 인생 역시 순탄치만은 않다는 것을 안다. 수만 명의 사람들을 거느린 호화로운 인생이지만 그것은 남이 보는 그의 모습일 뿐, 화려함 속엔 늘 어둠이 있기 마련이다. 보이고 싶지 않은, 보여서는 안 될 그런 어둠. 그의 눈동자가 깊은 것은 그 어둠이 있기 때문이다. 한 줌의 빛도 보이지 않는 깊고 깊은 내면의 상처로 비롯된 그런 어둠 말이다.

"그 누가 당신을 이해하지 못한다 해도 나는 이해할게요. 당신이 그래야만 했던 틀림없는 이유가 있을 테니까. 나는…… 나만은 당신을 이해하고 믿을게요."

슬의 말에 조용히 귀 기울이고 있던 태승이 그녀를 끌어안았다. 품에 쏙 들어올 만큼 작고 가녀린 슬은 강인했고 단단했다. 언제나 그녀는 그에게 위안이 되어 주었다. 자신보다도 크고 강한 남자를 그 작은 품으로 기꺼이 안아 주곤 했다. 태승에게 그녀의 품은 안식처였다. 더 이상 그녀 없는 삶을 꿈꿀 수도 없었다.

"고마워요."

그가 그녀의 귓가에 부드럽게 속삭였다. 그러자 슬도 그의 넓은 가슴을 꼭 끌어안았다. 그러다 그녀를 다시 품에서 떼어 낸 태승은 슬의 말간 눈동자를 응시하다가 고개를 기울여 다시금 입을 맞췄다. 슬도 두 눈을 지그시 감고서 숨결과 함께 안으로 들어오는 말캉한 그의 혀를 맞이했다.

뒷목을 한손으로 받치고 부드럽게 입술을 빨아들인 그가 다른 손으로는 차 시트를 조정했다. 시트가 뒤로 당겨지며 좁았던 공간이 비교적 넓어졌다. 슬은 그가 지휘하는 대로 따르며 조금도 물러서지 않았다. 오히려 적극적으로 그의 목을 끌어안고 등을 쓰다듬었다. 그 여린 손길이 얼마나 자극적인지 태승은 제 페니스가 팽팽하게 당겨지는 것을 느꼈다.

고개를 반대쪽으로 돌려 다시 입을 맞춘 태승은 슬의 얇은 블라우스 위로 부푼 가슴을 쥐었다. 그러고는 봉긋하게 솟은 가슴을 움켜쥐며 입을 벌려 그녀의 작은 입술을 통으로 머금었다. 혀를 빨며 손으로는 옷자락 위로 느껴지는 꼿꼿이 솟은 젖꼭지를 문질렀다.

슬은 그가 주는 자극 때문에 가슴이 부풀고 아랫배가 간질이는 본능적인 감각이 일자 몸을 가만히 두지 못했다. 그녀도 과감히 그의 와이셔츠 단추를 모두 끌러 내렸다. 그러자 그 사이로 단단한 그의 흉부가 드러났다. 짙은 색을 한 그의 젖꼭지도 슬의 것처럼 잔뜩 솟아 있었다. 손바닥으로 그의 맨살을 쓰다듬던 슬이 꼭 산봉우리같이 울퉁불퉁한 팔뚝을 스치듯 만지고는 다시 태승의 목덜미를 끌어안았다.

태승은 혀를 뒤섞으며 손으로는 곧 슬의 블라우스 단추를 끌어 내렸다. 하나둘 풀어내다가 급한 나머지 블라우스를 잡고 뜯었다. 한 번에 블라우스가 벗겨지자 슬의 희고 납작한 배와 그 위 검은색의 브래지어만이 드러났다. 입술을 떼어 낸 그가 목덜미에 얼굴을 묻고는 자잘한 입맞춤을 하며 내려갔다.

"하웃."

그가 브래지어 안으로 손을 넣어 봉긋 솟은 가슴을 감싸 쥐며 주물럭대자 슬의 입에서 신음이 터졌다. 양 가슴을 터트릴 듯 주무르던 그가 브래지어마저 벗겨 내고는 혀를 내밀어 분홍빛 유륜 주위를 배회하다가 젖꼭지를 톡톡 건드렸다.

"하앗."

그 아찔한 감각에 슬이 몸을 움찔거렸다. 슬의 떨림을 눈으로, 또 몸으로 느낀 그가 한층 더 짙어진 눈빛으로 발딱 서 있는 젖꼭지를 응시하다가 한껏 베어 물었다. 속살이 한없이 뜨거운 입 안으로 빨려 들자 슬이 참을 수 없다는 듯 거친 신음성을 내었다.

"하웃. 하앙."

그는 젖꼭지를 잘근 씹다가 혀를 내밀어 핥고, 그러다 다시 빨아들였다. 그러면서 그녀가 느끼는 모습을 두 눈에 담았다. 그의 눈동자에는 열망이 가득했다.

한참 동안 가슴을 번갈아 가며 괴롭히던 그가 스커트 사이로 손을 내렸다. 그는 길게 쭉 뻗은 다리를 쓰다듬다가 허벅지 안쪽 연약한 살 위로 서서히 손을 움직였다. 그의 손길을 느끼던 슬이 본능적으로 다리를 오므렸지만 태승은 아예 스커트를 걷어 올렸다. 이내 그가 스타킹과 팬티 사이로 갈라진 곳을 느슨히 문질렀다.

"흐응."

그 노골적인 움직임에 슬의 다리가 배배 꼬이며 그녀의 발가락도 말려 들어 갔다. 참을 수 없는 흥분이 몸을 점점 지배하고 있었다.

"흐흥. 흐읏! 흑! 흐으으으으응!"

스타킹을 찢고 팬티마저 무릎 아래까지 끌어 내린 그가 검은 수풀 사이에 손을 넣고 둥글게 솟은 클리토리스를 빠르게 문질렀다. 그러자 슬이 찢어질 듯한 교성을 내지르며 한껏 흥분하다가 한풀 꺾여 축 늘어졌다. 동시에 밑에서는 울컥울컥 진득한 애액이 흘러 그의 손과 시트를 적셨다.

그녀가 절정에 이른 모습을 하나도 놓치지 않고 눈에 담던 그가 셔츠를 마저 벗었다. 그러고는 좁은 차 안에서 버클을 풀어 바지를 벗었다. 그는 팬티만 입은 채로 그녀가 반쯤 눕혀져 있는 조수석으로 가 그녀의 몸을 자신의 몸으로 뒤덮었다. 슬의 목을 받치고 다시 입술을 삼킨 태승이 또 한 번 그녀를 절정의 늪으로 이끌었다.

조금씩 감각이 되살아나기 시작한 슬이 그의 맨살을 쓰다듬으며 입을 맞추었다. 입술을 물고 혀로 그의 입 안을 유영하다가 손을 아래로 내려 그의 드로어즈 안에 잔뜩 흥분해 팽팽해져 있는 페니스를 움켜잡았다.

"윽."

그러자 그의 미간이 좁아지며 잇새로 신음이 흘러나왔다. 그 소리가 얼마나 섹시한지 자꾸만 그를 자극하고 싶단 미친 생각이 그녀의 머릿속을 가득 채웠다. 잔뜩 흐트러져 인상 쓴 얼굴로 자신을 안는 그가 보고 싶었다. 그래서 슬은 과감히 팬티 겉면을 문지르며 제 손길에 따라 한껏 부풀어 오르는 기둥을 쓰다듬었다. 그럴수록 태승은 미간을 좁히며 이를 악문 신음을 터트렸다. 그 얼굴이 보고 싶었던 슬이 고개를 기울여 입술을 맞췄다.

"흐읍."

분명 그를 자극하고 싶었던 건 슬이었는데, 지금은 그 반대가 되어 버렸다. 자세를 바꿔 그녀를 무릎에 앉힌 그가 슬의 두 볼을 한 손으로 잡고 입을 벌려 끝까지 혀를 밀어 넣고 마구 휘저었다. 그는 타액이 입가에 번들거릴 정도로 한 마리의 맹수가 되어 그녀의 입술을 맛보고 빨았다. 거친 입맞춤을 계속하던 그가 입술을 목덜미로 옮겨 가더니 곧바로 가슴을 한껏 베어 물며 혀로 주위를 핥았다.

"하으응. 하응."

슬은 그의 넓은 어깨를 짚으며 고개를 젖히고 숨을 헐떡였다. 안은 이미 땀으로, 타액으로, 애액으로 엉망이 되어 젖어 갔다.

"하읏! 흐읏! 하!"

이내 끝이 뭉툭한 귀두가 갈라진 틈 사이로 꺼떡꺼떡 들어갔다. 그 좁은 틈으로 그의 성기가 서서히, 그러나 깊이 들어오니 슬이 자신도 모르게 하체에 힘을 잔뜩 주었다. 그 힘으로 인해 그가 바튼 신음을 흘렸다.

"하악!"

그녀가 숨넘어가는 소리와 함께 두꺼운 그의 하체 위로 천천히 내려 앉았다. 검붉은 핏줄이 솟아 있는 뜨겁고 두꺼운 기둥이 그녀의 질벽을 거칠게 긁어 대며 안으로 제 모습을 완전히 감추었다.

"태승 씨…… 하아, 하…….."

품고 있는 것만으로도 힘에 부치는데 움직이기까지 한다면……. 그 뒤가 어찌 될지 상상이 되었다. 아마 꼼짝도 할 수 없을 것이다. 그랬는데…… 그렇게 생각했는데…… 어느새 슬의 몸이 천천히 앞뒤로 움직이고 있었다.

"하응. 하앙."

슬은 그의 단단한 어깨에 두 손을 짚고 아찔한 교성을 내질렀다. 태승은 그런 슬의 엉덩이를 꽉 부여잡고 이를 세워 그녀의 젖꼭지를 잘근잘근 깨물었다.

"하앙. 하응. 흐응. 흣. 후응."

그녀가 느릿하게 허리를 돌리는데 맞물려 있는 다리 사이가 터질 듯 부풀었다. 그 느낌이 어찌나 좋은지 태승은 머리를 시트에 기댄 채 그녀의 엉덩이를 주무르며 말을 타듯 움직이는 그녀에게 제 몸을 맡겼다.

"태, 태승 씨…… 하. 빨, 빨아 줘요."

흥분이 머리까지 어떻게 해 버렸는지 슬은 자신의 입에서 그런 야한 소리가 나올 줄은 몰랐다. 깜짝 놀라 휘둥그레졌지만 입은 이미 외설스러운 소리를 뱉고 난 후였다. 태승이 미간을 좁히며 그녀의 목을 끌어당겨 입을 맞췄다. 농염하게 혀를 빠는 소리와 숨소리만이 가득했다.

두 사람의 열정적인 사랑 나눔으로 좁은 차 안의 열기는 점점 더 후끈해져 갔다. 태승은 격렬한 움직임 끝에 먼저 지쳐 버린 그녀를 꼭 끌어안은 채 땀에 젖어 든 이마에 입을 맞추었다.

슬은 무슨 말이라도 하고 싶었으나 체력의 한계로 그에게 꼭 안겨 있었다.

* * *

그날 새벽, 무슨 정신으로 집에 왔는지 기억이 나지를 않았다. 그저 몸이 꼭 구름 위를 둥둥 떠다니는 듯했고, 손에는 단단한 벽이 만져지는 듯했다. 코끝으로는 어디서 많이 맡아 본 향이 흘러 들어왔고, 그것이 무엇인지 파악하기도 전에 포근한 이불에 파묻힌 채 정신없이 잠에 빠져들었던 것 같다.

슬며시 눈을 떴을 땐, 시야에 크고 넓은 가슴팍이 들어왔다. 영문을 몰라 고개를 들자 곤히 잠들어 있는 태승의 얼굴이 보였다. 슬은 그제야 이 가슴팍의 주인공과, 잠들기 전 겪었던 단단한 촉감의 근원이 무엇이었는지 알게 되었다. 그가 자신을 안고 집에 들어와 침대에 눕힌 뒤 같이 잠들었나 보다. 하나하나 곱씹어 보던 슬이 어제의 행위로 몸 구석구석에 생긴 통증을 이기지 못하고 다시 눈을 스르륵 감았다.

그렇게 몇 시간이 지났을까. 새근새근 아기처럼 잠이 든 슬의 미간이 살짝살짝 찌푸려졌다.

그녀가 눈을 서서히 뜨자 그 앞으로 뿌연 안개와 함께 흐릿한 인영이 보였다. 또다시 그녀가 꾸는 꿈속이었다. 슬이 눈을 여러 번 깜빡거렸다. 그러다 눈을 뜰 수 없을 만큼의 환한 빛이 들어와 그녀의 시야를 가렸다.

'뭐, 뭐지?'

순간 눈앞이 캄캄해진 슬은 당황스러웠다. 앞이 보이지 않자 오히려 주변 소리가 더 잘 들렸다. 얼핏 누군가가 부르는 소리가 귓가를 맴돌았다.

가만히 그 소리에 귀를 기울이자 이번에는 소리가 더 정확하게 들렸다. 굵직하면서도 조금은 앳된 목소리는 분명 남자의 것이었다.

"……기요. 괜찮아요? 정신 좀 차려 봐요."

남자의 말이 고막을 쟁쟁 울렸다.

"괜찮습니까? 정신이 들어요?"

누구를 향해 하는 말일까? 설마…… 나인가?

"곧 구급차가 올 거예요. 다행이에요. 살아서……."

살아서……, 라니? 살아서? 내가 그럼 죽었다는 말인가? 곧이어 멀리서 구급차의 요란한 사이렌 소리가 들려왔다. 그런데 왜 이렇게 시야가 환한 걸까? 빛인가 아님…… 이 남자 얼굴인가?

너무 눈부셔서 슬이 눈살을 잔뜩 찌푸린 채 눈을 뜨려 안간힘을 쓰다가 자신도 모르게 남자를 향해서 묻고 말았다.

"누구예요, 당신……?"

흐렸던 시야가 점점 선명해지기 시작하자 슬이 또 한 번 물었다.

"나는 또 누구예요?"

하지만 남자는 아무런 말이 없었다. 눈앞이 완전히 분명해지자 무언가가 눈에 들어왔다. 그것은 은색의 펜던트 목걸이였다. 이게 무엇일까 싶어 슬이 고개를 들어 올리자 굵직한 남자의 목이 보였다. 한데 그의 얼굴은 어째서인지 보이지 않았다. 그저 환한 태양빛이 남자의 목에 걸려 있던 펜던트 목걸이에 반사되어 눈이 부셨을 뿐, 시야에 들어오는 것이 아무것도 없었다.

슬이 눈을 손으로 가린 후 정신을 차렸을 때에는 자신의 방 천장이 보였다. 지금 자신이 누워 있는 곳이 자신의 방이라는 사실을 깨달은 슬은 또다시 꿈을 꾼 것이라는 것을 알아차릴 수 있었다.

"대체…… 뭐야."

슬은 그의 품에서 빠져나와 원인을 알 수 없는 혼란 때문에 멍하니 혼잣말을 중얼거렸다. 그러다 애써 정신을 추스르고는 화면이 까매진 휴대폰을 켜 시간을 확인했다.

오전 9시. 평소보다 두 시간이나 더 늦잠을 자 버렸다. 그럴 만한 게 어제는 정말 체력의 한계까지 다다른 탓에 눈을 뜰 수가 없었다. 그러니 이런 이상한 꿈을 꾼 것이라 치부하며 슬은 곤히 잠든 그의 얼굴을 보다가 이불을 덮어 주었다.

"자는 모습도 참 잘생겼네."

짙은 눈썹과 그 아래 자리한 쌍꺼풀 깊은 두 눈, 오뚝한 코와 붉은 입술, 날렵한 턱선까지. 눈을 감고 있는 모습도 잘생겨서 한참을 바라보다가 조심히 침대에서 내려온 슬은 부리나케 욕실로 들어갔다. 그에게 이미 민낯을 보여 주긴 했지만 그렇다고 무방비하게 그와 아침을 맞이하고, 마주 앉아 밥을 먹고, 그를 배웅하고 싶지 않았다. 어느 정도의 긴장감은 있어야 한다는 게 슬이 생각하는 연애였고 관계였다.

세면대에 물을 틀어 놓고 멍하니 정신을 놓고 있던 슬이 수도를 잠그고 양치를 했다. 이를 모두 닦은 후 받아 놓은 물로 세수를 하는데 또다시 머릿속에서 불쑥 남자의 목소리가 들려왔다.

'저기요, 괜찮아요? 정신 좀 차려 봐요.'

대체 그 남자는 누굴까, 누군데 나에게 정신을 차려 보라고 하는 걸까? 나는 대체 왜 거기에 누워 있었을까?

도리질하며 남자의 목소리를 애써 무시한 슬이 이번에는 욕조에 물을 받기 시작했다. 세수만으로는 정신이 들지 않을 것 같아서였다. 그리고 어제의 그 격렬했던 행위로 인해 온몸이 끈적거리기도 했다. 투명한 물이 욕조를 가득 채우는 모습을 가만히 보던 슬의 머릿속에 문득 어느 기억 하나가 톡 튀어 올랐다.

하얗게 부서지는 파도를 멍하니 바라보다가 망설임 없이 뛰어들던 자신의 모습이 그려졌다. 거친 파도가 몰아치는 차디찬 바다 속으로 들어가 아무런 미동도 없던 자신이, 스스로 바다에 몸을 던진 채 살고 싶은 원초적 본능마저도 일지 않았던 자신이. 슬은 그때 느꼈던 물의 공포가 되살아나자 소스라치게 놀라 뒤로 넘어졌다.

바닥에 엉덩이를 쾅 찧은 슬은 두 눈을 크게 뜨고 콸콸 쏟아지는 물줄기 때문에 물이 흘러넘치고 있는 욕조를 응시했다. 그 물은 넘쳐 욕실 바닥에 흥건했고, 이내 찰박찰박할 정도로 차올라 슬의 바지를 적시기 시작했다. 그녀는 수도를 잠글 생각도 하지 못하고 점점 범람하는 물을 보며 환시에 사로잡혀 몸부림을 치고 소리를 지르기 시작했다.

"싫, 싫어. 싫어. 싫다고 싫어!"

투명했던 물은 어느새 새빨갛고 끈적끈적한 혈흔이 되어 슬의 양말부터 바짓단까지 서서히 물들이기 시작했다.

슬이 싫다고 몸부림치는데도 그 붉은 물방울은 멈추지 않고 흘러 그녀의 발을 묶고 놓아주지 않았다. 이제는 그 새빨간 피가 그 피를 뒤집어쓴 무언가의 물체로 보이기 시작하자 슬은 악을 쓰기 시작했다. 온몸에 잔털이 솟을 만큼 소름이 돋았다.

아주 먼 데서 들리던 비명 소리가 점점 크게 들리자 태승이 몸을 꿈틀거리며 손을 뻗어 제 옆자리를 더듬었다. 그는 곧 그녀가 자리에 없다는 것을 깨닫고는 몸을 번쩍 일으켰다. 그때, 화장실에서 자지러지는 소리가 들렸고, 그는 그것이 그녀의 목소리라는 것을 알아차리고는 쏜살같이 달려 나갔다.

화장실 주변 바닥은 이미 안에서부터 흘러나온 물이 가득했고, 그가 문을 열자 바닥에 주저앉아 자지러질 듯 소리치고 있는 그녀가 보였다.

"슬이 씨!"

깜짝 놀란 그가 황급히 들어가 물부터 잠그고는 슬의 어깨를 잡아 눈을 마주 봤다.

"나예요, 슬이 씨. 나라구요."

하지만 슬은 그를 보고 있지 않았다. 그녀는 어딘가를 보며 소리를 지르고 몸부림쳤다. 이대로 더 있다가는 큰일이라도 날 듯싶어 그가 슬의 두 팔을 강하게 붙잡고는 그녀의 이름을 불렀다.

"슬 씨, 나 봐요. 그쪽 보지 말고 날 봐요. 날 보라고."

그제야 멍하니 욕조를 응시하던 슬이 고개를 돌려 그를 바라봤다. 태승이 천천히 그녀의 머리칼을 쓰다듬으며 다독였다.

"나 여기 있어. 나 말고는 여기 아무것도 없어. 그러니까 무서워하지 않아도 돼. 그래도 돼."

그 손길에 아무것도 들리지 않는 상태로 한곳에 사로잡혀 있던 슬의 정신이 돌아왔다. 그제야 그의 얼굴이 보였다. 그러자 온몸에 힘이 쫙 풀리며 눈에서 투명한 눈물이 뚝뚝 떨어졌다.

"하아. 하. 하흑. 흐흐흑. 흑. 흐흐흑."

안쓰러운 눈으로 슬을 내려다보던 태승이 그녀를 꼭 안았다. 슬은 그의 품에서 서러운 눈물을 쏟아 냈다.

슬이 옷을 갈아입을 동안 태승은 소파에 앉아 있었다. 그는 소파 팔걸이에 팔을 얹고 허공을 응시한 채 생각에 빠져 있었다.

생각해 보면 슬은 단 한 번도 가족에 대한 이야기를 하지 않았다. 신발장 위에 있던 액자에 대해 물었을 때도 울기만 할뿐 그에 대한 말을 해준 적이 없었다. 부러 피하는 것도 같았다. 바다에 빠져 자살 기도를 하던 그녀를 구한 사람이 자신이었기에 태승은 대충 어떠한 상황이었는지 짐작만 할뿐이다. 슬에게 굳이 묻지도 않았다. 그날 일을 기억조차 하지 못하는 그녀에게 애써 잊은 기억을 끄집어내고 싶지 않다.

그런데 오늘, 그녀는 욕조에 받아 놓은 물을 보며 기함했다. 이건 잊힌 기억이 돌아오고 있다는 걸까?

침실에서 들리는 인기척 소리에 태승이 소파에 기댔던 등을 떼어 내며 자리에서 일어났다.

"여기 앉아 있어요."

슬은 무슨 말부터 해야 할지 몰랐다. 왜 화장실 바닥에 주저앉아 있었는지, 왜 그렇게 소리를 질러 댔는지 자초지종을 설명해야 하는데 어디에서부터 어떻게 시작해야 할지 고민이 되었다. 원래도 물에 대한 공포가 있긴 했지만 이렇게까지 크게 놀란 적은 없었다. 무엇보다도 물에 대한 공포가 그토록 심해진 이유를 그녀 자신도 몰랐기에 그에게 설명할 수가 없었다.

"물 좀 마셔요."

어느새 그가 정수기에서 물을 한 컵 떠와 그녀에게 건넸다. 태승이 건네준 물을 받아 마신 슬이 제 곁에 앉은 그에게 물었다.

"아까 많이 놀랐죠?"

많이 당황스러웠을 것이다. 그는 자신이 실성한 사람처럼 악을 써 대고, 헛것을 보며 바닥을 기어 다니는 모습을 정면에서 전부 보았다. 그랬기에 분명 놀랐을 것이고 궁금할 것이다. 그런 추한 모습까지 보였으니 정이라도 떨어졌으면 어떡하나, 싶기도 했다. 슬의 걱정이 얼굴에서도 묻어났는지 태승이 나직하게 말했다.

"놀라긴 했지만 어디까지나 상황에 놀란 거지, 슬이 씨 모습 보고 그런 건 아니에요. 걱정하지 마요."

"미안해요. 못난 모습 보여 줘서."

"그런 말 하지 마요. 누구나 그럴 만한 사정은 다 있는 거니까. 전혀 개의치 않으니까 걱정하지 말아요."

"네, 고마워요. 이해해 줘서."

슬이 힘없이 웃으니 그도 아무렇지 않다는 듯 씩 웃어 보였다. 그런데 그 웃음에도 걱정은 별개였나 보다. 그의 표정에 언뜻언뜻 자신을 우려하는 것이 보였기 때문이다. 그 얼굴을 보는데 이제 더는 숨길 수 없겠다는 생각이 들었다.

"물 더 떠다 줄까요?"

슬은 컵을 들고 다시 일어나려는 그의 손을 붙잡았다. 슬을 내려다보는 그에게서 미소가 거둬졌다. 슬이 자신에게 무슨 말을 하려 한다는 것을 본능적으로 깨달은 그는 그녀가 이끄는 대로 제자리에 앉았다.

"태승 씨, 내가 여태껏 하지 않았던 말이 있었어요. 아니, 사실은 말하고 싶지 않았어요. 그런 말까지 내 입으로 하기엔 감당이 안 될 것 같았거든요."

"……군이 ……하지 않아도 돼요."

"그런데 이제 말을 해야 할 것 같아요. 이런 모습까지 다 보여 준 사람한테 더 숨겨서 뭐 할까 싶기도 하고. 그리고…… 태승 씨는 이런 나를 이해해 줄 수 있을 것 같거든요."

"그럼 해요. 나한테 다 해요. 다 들어 줄게요. 그게 뭐가 됐든."

"고마워요, 정말."

그 말을 끝으로 한참 말이 없던 슬이 심호흡을 몇 번 하더니 입을 열었다. 그러나 차마 쉬이 말이 나오지 않는 듯 몇 번을 망설였다. 그 모습을 보던 그가 슬그머니 그녀의 손을 잡아 오자 슬도 그를 한 번 올려다보고는 천천히 입을 열었다. 그녀의 목소리와 눈꺼풀이 쉴 새 없이 떨리고 있었다.

"나, 나는…… 3년 전의 기억이 없어요. 없어졌어요."

고개를 돌린 슬의 시야가 일순 아득해지며 그녀의 눈앞에 그날의 일들이 펼쳐졌다.

* * *

3년 전, 사고 당일 날 아침.

가스레인지위에 올려놓은 뚝배기에서 된장찌개가 보글보글 끓고 있었다. 여느 날과 다를 바 없이 슬은 아침 식사를 준비하고 있었다. 그녀는 출근 복장으로 갈아입고서 앞치마를 맸다.

"아빠, 식사 준비 다 됐어요."

슬이 안방을 향해서 소리치자 슬의 아빠인 석현이 거실로 나왔다. 그역시 출근 준비를 마치고 나와 아침이 준비되어 있는 식탁에 앉았다.

"아빠가 좋아하는 두부 된장찌개."

뚝배기에 담긴 구수한 냄새의 된장찌개가 식탁 정중앙에 놓였다. 물론 슬에게도 매일 아침을 준비하는 것이 쉽지만은 않았다. 그러나 슬은 매일 같이 가족들의 아침 식사를 준비했던 엄마의 모습을 보고 자라서인지, 엄마를 잃은 후에도 아빠의 아침 식사만은 꼭 챙기려 노력했다. 그게 지금의 습관이 되어 버렸고. 밥은 그 전날에 해 놓고 찌개만 간단히 끓이는 정도였지만 늘 식탁에는 두 사람이 풍족하게 먹을 만큼의 푸짐한 식사가 차려졌다.

"드세요, 아빠."

"그래."

슬은 고슬고슬한 쌀밥을 한 숟가락 가득 퍼 입에 넣었다. 이어 된장찌개도 한 입 떠먹었다. 두 음식의 조합은 언제나 찰떡궁합이었다. 입 안 가득 퍼지는 풍미에 군침이 돌아 다시 수저를 들려던 슬의 시선이 마주 앉아 있는 석현에게로 향했다. 이상하게 그날따라 석현은 골똘히 생각에 잠긴 채 밥을 먹는 듯 안 먹는 듯 하고 있었다.

"아빠? 왜 안 드세요? 입맛에 안 맞으세요?"

"어? 아니. 아니야. 아무것도."

"흐음, 계란프라이라도 해 드릴 걸 그랬나. 지금이라도 해 드려요?"

아침을 꼭 먹어야 출근해서도 피곤하지 않고, 배도 곯지 않고 일도 잘할 수 있다던 석현이 오늘은 입맛이 없는지 음식을 입에도 대지 않자 슬은 시무룩해졌다. 뭐라도 더 해 올까 싶어 자리에서 일어나려는데 석현이 대뜸 물었다.

"슬아, 우리 이사 갈까?"

"이사요? 왜 갑자기 이사를 가요? 어디로요?"

갑작스러운 이사 제안에 황당해진 슬이 되물었다. 그러자 석현이 조금은 다급히 말했다.

"여기보다 좀 멀리. 지방으로 내려가도 좋고. 아님 아주 해외로 나가도 좋고."

"에에? 아빠 학교는 어떡하고요? 제 직장도 여기 있는데 어디로 이사를 가요."

"학교야, 뭐…… 정리해도 되는 거고. 네 직장은 또 거기에서 구하면 되고. 아니면 너라도 먼저 나가 있는 건 어떨까? 너 전부터 공부하고 싶어 했잖아. 나가서 공부하고 있으면 나중에 아빠도 가고…… 안 되려나? 그건 좀 힘들까?"

딸의 반응을 살피던 석현이 다른 방안을 내놓았다가 그녀가 시큰둥해하니 다시 수긍하며 물었다. 그러자 슬은 안 된다며 단호히 답했다.

"여기로 이사 온 것도 순전히 아빠 학교 때문이었는데 이제 와서 멀리 가자고요? 안 되죠. 그리고 아직 대출금도 다 못 갚았는데 또 이사 가면 남는 게 없다니까요. 저 혼자 가는 건 더더욱 무리고요. 아빠가 여기 계신데 제가 어딜 가요?"

"그러려나?"

"네. 아직은 안 돼요. 가려거든 좀 더 있다가. 내년이나 내후년쯤? 왜요, 아빠? 학교에 무슨 일 있어요?"

생각해 보니 참 이상한 일이었다. 이 집, 연남동 주택으로 이사를 온 것도 순전히 그의 학교 때문이었는데 이제 와 이사를 가자니. 이상하다는 생각이 들었다.

"아니, 일은 무슨. 아무 일 없어. 그냥 한번 해 본 소리야. 어서 밥 먹자. 늦겠다."

서둘러 수저를 드는 그가 이상했지만 슬은 석현이 그저 고향 생각이 나 그런 거라 여기고 더 묻지도, 생각하지도 않았다.

식사가 끝나고 밥공기를 싹 비운 슬과 달리 석현의 밥은 그대로 남아 있었다.

"아빠, 왜 이렇게 안 드셨어요?"

여태 밥도 안 드시고 무슨 생각을 그렇게 하신 거지? 밥이 그대로인 밥그릇을 들어 보이며 묻자 석현은 어느새 외투를 걸치고 신발장으로 나가 있었다.

"왜 이렇게 일찍 나가세요?"

석현을 따라 나온 슬이 벽에 걸린 시계를 확인하고는 의아한 듯 물었다.

"오늘 아침 회의가 있어서. 먼저 간다."

그러더니 석현은 문을 열고 밖으로 나갔고 슬은 그의 모습을 보며 배웅했다.

"네, 잘 다녀오세요."

문 닫히기 전에 보이는 아빠의 뒷모습이 그날따라 유독 쓸쓸해 보였지만 슬은 그저 기분 탓이라고만 생각했다. 그날 밤, 그런 일이 벌어질 줄은 상상도 하지 못했으니까.

"아빠가 오늘따라 좀 이상하시네."

슬은 석현이 나간 문을 보며 고개를 갸웃하다 시간을 확인하고는 외투를 입고 밖으로 나갔다. 골목을 돌아 버스 정류장에 가까워지니 저 멀리서 타야 할 버스가 오고 있는 것이 보였다.

서둘러 뛰어간 슬은 다행히 버스를 놓치지 않고 탑승했으며, 창가로 쏟아져 들어오는 따뜻한 햇볕 또한 만끽할 수 있었다. 오전에 있는 미팅도 수월하게 끝낸 뒤 점심엔 동료들과 맛있는 밥과 차를 즐기고, 오후에는 요청이 들어오는 것도 없어 여유로운 퇴근을 했다.

여기까지 이야기를 끊은 슬이 천천히 그날을 되짚어 가며 말을 이었다.

"그날은 유독 날도 좋고 일도 수월했어요. 하루에 한 번은 꼭 일이 터지곤 했는데 그날은 그렇지 않았어요. 그래서 기분이 좋았어요. 그런데 정말 끔찍한 일이 그날 밤에 일어났어요."

일을 마친 슬은 시간 맞춰 퇴근하려 했으나, 그날따라 동료 모두들 일이 정시에 끝난 덕에 회식 자리를 가졌다. 밤 11시, 회식이 끝난 후 그녀는 일찍 일어나려 했지만 상황이 여의치 않아 조금 늦게 집에 가게 됐다.

혹여나 아빠가 안부를 물을까 싶어 집으로 가는 막차 버스에서 전화를 걸었지만 들려오는 대답은 없었다. 너무 늦어서 주무시나? 버스에서 내려 다시 전화를 걸어 보았지만 딱딱한 기계 음성만이 또렷이 귀에 들려올 뿐이라 슬은 발걸음을 서둘렀다.

한 발, 두 발 집으로 향해 걸어가는 길. 이제 골목을 돌기만 하면 집 담벼락이 보일 것이다. 늦은 시각이라 집 앞 골목길이 많이 어두워 슬이 빠른 걸음으로 골목 어귀를 걷는데, 휴대폰이 요란하게 울렸다.

"아, 깜짝이야."

느닷없이 울린 휴대폰 소리에 깜짝 놀란 슬이 휴대폰을 꺼내 받아 들려다 멈칫했다. 뭔가 느낌이 이상했다. 늘 듣던 휴대폰 벨 소리였고, 늘 걸어갔던 집 앞 골목이었는데 그날따라 그 소리와 골목길이 낯설었다. 극히 찰나였지만 아주 나쁜 생각도 들었다.

그러고는 휴대폰 액정을 확인하는데 화면에 떠 있는 번호는 아빠가 아닌 성해의 것이었다. 평소에도 자주 연락하고 얼굴도 보는 사이여서 그의 전화 또한 이상하다고 느낄 게 없었다. 그런데 그날은 성해의 전화도 뜬금없다는 생각이 들었다. 생각을 접어 두고 전화를 받아 드니 성해의 다정한 목소리가 들려왔다.

"네, 아저씨."

—어. 나다, 슬아. 너무 늦은 시간에 미안하구나.

"아니에요. 근데 무슨 일 있으세요?"

통화를 하며 멈추어 섰던 슬이 걸음을 다시 옮겼다. 한 걸음, 두 걸음. 이제 바로 앞이 슬의 집이었다. 담벼락 위 불 꺼진 집을 올려다보던 슬이 다시금 제자리에 서 성해의 목소리에 귀를 기울였다.

—네 아빠 집에 왔니? 연락이 통 안 되어서 말이야.

"아빠요? 연락이 안 돼요?"

—응. 오늘 점심때? 그쯤부터 연락했었는데 신호만 가지 정작 받지를 않아서. 무슨 일이 있나 싶어 전화했다.

"아니요. 아무 일 없는데요. 제가 연락해 볼게요."

—그래. 집에도 없어?

"네. 저도 이제 막 집에 와서. 지금 들어가려는 중인데, 집에 불이 꺼져 있는 걸 보니 아직 안 들어오셨나 봐요."

—그래. 알았다. 먼저 연락해 보고 다시 연락해 줘라.

"네. 들어가세요."

대문을 지나 계단을 올라 현관 앞에 선 슬이 가방에서 열쇠를 꺼내 잠금을 해제하려는 순간, 문이 자동적으로 열렸다. 옛날 집이라 현관문을 열려면 열쇠로 열어야 하는데. 어쩐지 예감이 좋지 않았다.

슬은 설마 집에 도둑이라도 들었나 싶어 숨을 죽인 채 조심히 문을 열고 들어갔다. 심장이 방망이질을 했지만 도둑일 경우 신고하면 그만이라 생각했다. 그녀는 중문을 열고 신발장 옆에 놓인 골프채를 집어 든 뒤, 최대한 태연한 척하며 거실로 발을 들여 놓았다. 머릿속엔 오만 걱정과 상상들로 난무했지만 애써 아무렇지 않은 척, 모르는 척하며 석현을 불렀다.

"아빠. 아빠 오셨어요?"

거실 중앙까지 들어와 주변을 두리번거렸지만 거실에는 아무런 인기척도 느껴지지 않았고, 사람의 그림자도 보이지 않았다. 그저 캄캄한 어둠만이 드리워져 있을 뿐이었다. 소파에 골프채를 놓아둔 슬이 중얼거렸다.

"뭐야, 아무도 없잖아."

이상해서 다시 주변을 두리번거리다가 자연스레 아빠가 지내는 안방으로 발길을 돌리던 순간 슬의 귀에서 이명이 들려왔다.

삐이이이이이익- 하는 소리와 함께 머리가 깨질 듯이 아파 와 슬이 눈을 꼭 감고 괴로움에 인상을 팍 구겼다.

"그, 그날 무슨, 무슨 사고가……. 으윽!"

"슬이 씨. 슬이 씨."

슬의 말에 귀를 기울이고 있던 태승이 깜짝 놀라 머리를 감싸 쥐고 괴로워하는 슬을 흔들었다.

"하아. 하아. 하. 윽. 으윽."

머리가 깨질 것 같았다. 누군가가 머릿속에 들어가 대못을 망치로 쾅쾅 치는 것 같은 통증이 일었다. 그녀가 고통을 못 이겨 어금니를 악물자 슬의 두 뺨에 힘이 들어갔다. 그 모습을 본 태승이 슬의 입을 억지로 벌려 나무젓가락을 찾아와 입에 물렸다. 그러고는 약상자를 찾아와 슬의 옆에 놓고는 찾으며 물었다.

"약 어디 있어요? 약, 약 어디 있어?"

상자 안에는 약이 너무 많아 뭐가 뭔지 알 수가 없었다. 다급함에 약상자를 뒤집어 털자 약병들이 우르르 쏟아져 바닥에 굴러다녔다. 그것들을 헤집는데도 슬의 약을 도무지 찾을 수가 없어 태승의 속이 바짝바짝 타들어 갔다.

"가방? 가방에 있다고?"

슬이 겨우 정신을 차리고는 손가락으로 가방을 가리켰고, 그는 바로 옆에 있던 가방에서 플라스틱 통에 담긴 진통제 약을 찾아와 그녀의 입에서 젓가락을 빼내고는 알약을 넣어 주었다.

물과 함께 알약 두 알을 삼킨 슬이 차오르는 숨을 몰아쉬었다. 으으으. 아직도 통증은 가시지를 않았고 이마에는 이미 식은땀이 흥건했다. 뒷목에도 땀이 맺혀 있었다. 머리카락도 젖어 이마와 뺨에 달라붙었다. 그 머리카락을 떼어 주는 태승의 얼굴도 새하얗게 질려 있었다.

사랑하는 사람이 아파하는 모습을 정면에서 마주하게 되었으니 얼마나 놀랐으랴. 이미 태승의 심장은 바닥에 떨어져 있었다. 떨어진 심장을 줍지도 못하고 고통스럽게 숨만 내쉬는 슬만을 안타까운 눈으로 보고 있을 뿐이다.

"으으으. 으흑."

고통은 쉽게 슬을 놓아주고 있지 않았다. 누군가가 머릿속을 뒤죽박죽으로 만들어 놓는 것 같은 기분 나쁜 통증이 계속되자 끙끙 앓던 슬이 울기 시작했다. 잔뜩 흐느끼는 소리에 태승의 심장이 또다시 주저앉았다.

"안 되겠어요. 병원 가요. 병원 가야 돼."

태승이 자리에서 일어나 슬을 번쩍 안아 들었다. 그의 목을 끌어안을 수도 없이 지쳐 버린 슬이 그의 품에서 축 늘어졌다. 그 모습에 태승의 얼굴이 한껏 구겨졌다. 그는 곧바로 집을 나와 차 조수석에 그녀를 앉히고는 운전석에 올라 시동을 걸고 병원으로 차를 몰았다.

얼마나 빠르게 운전을 하는지 차가 꿀렁꿀렁 좌우로 움직였다. 약 때문인지 깨질 것 같은 통증이 서서히 멀어지며 흐릿했던 시야도 천천히 선명해졌다. 그러자 운전하는 그의 옆모습이 눈에 들어왔다. 한 손은 핸들을 잡고 있고 다른 한 손은 제 손을 잡고 있는 모습이. 손등을 뒤덮은 그의 따스한 손에서 온기가 전해져 왔다.

빵빵, 여태껏 들어 본 적 없는 클랙슨 소리와 함께 그의 입에서도 거친 말이 튀어나왔다. 태승은 자신이 낼 수 있는 최대한의 속력으로 서울 한복판 도로를 맹렬히 질주하고 있었다. 그러면서도 옆에 앉아 거친 숨을 몰아쉬고 있는 제 여자의 손을 꼭 붙들어 안도감을 주었다.

"여기요. 여기 좀 봐 주세요!"

명성 대학 병원 응급실에 도착하자마자 주차장도 아닌 곳에 차를 세운 태승이 조수석에 거의 눕다시피 앉아 있는 슬을 안고는 안으로 냅다 달렸다. 그는 간호사가 안내해 준 응급 베드에 슬을 눕히고는 우르르 달려오는 의사와 간호사들 사이에서 어찌할 줄을 모르고 서 있었다.

그녀를 진찰하던 의료진들이 호흡과 맥박, 산소 등 바이털이 불안정하다며 슬의 입에 호흡기를 끼웠고, 가느다란 팔목에는 여러 주삿바늘을 꽂았다. 그 모습을 곁에서 모두 지켜보며 애가 탄 태승의 눈가가 벌게졌다. 심장이 내내 거세게 뛰었고, 마음이 찢어질 듯 아파 한마디로 미칠 것 같았다. 할아버지가 쓰러졌을 때와 비슷한 통증이 일어 그를 고통스럽게 했다.

침대에 누워 응급조치를 받던 슬은 내내 태승만 바라보고 있었다. 그가 어떤 표정을 짓고, 어떤 행동을 하고, 얼마나 괴로워하는지 그 모습을 전부 눈에 담았다.

할아버지에 이어 아픈 여자 친구까지 감당해야 하는 그의 괴로움이 얼마나 클지 마음이 너무 아팠다. 가까이 오지도 못하고 멀리서 주삿바늘을 꽂고 산소 호흡기를 쓴 채 두 눈만 멀뚱히 뜨고 있는 여자 친구를 보기만 해야 하는 그의 마음이 어떨지 그의 표정과 눈을 보면 다 알 수 있었다. 그래서 마음이 아팠고, 가여웠고, 미안했다.

"빠른 조치로 바이털은 안정되었지만 조금 더 지켜봐야 합니다. 환자 기록을 보니 담당 주치의분이 따로 계시더라고요. 연락드렸으니 곧 내려오실 겁니다."

응급 의학과 선생이 다녀간 후에도 아무 말도 않고 빨개진 눈으로 서성 거리기만 하는 태승에게 슬이 손을 내밀었다. 심장 박동을 체크하는 기계가 꽂힌 손으로 슬이 손짓하자 그제야 가까이 다가간 그가 그녀의 손을 꼭 부여잡았다.

"괜찮대요. 이제. 더 아프지 않을 거라고 했어. 그러니까 너무 걱정하지 말아요."

가여운 사람. 나보다도 자신이 더 놀랐으면서…….

슬은 호흡기가 끼워져 있는 탓에 말하기가 자유롭지 않아 고개만 끄덕거렸다. 같이 고개를 주억이던 태승이 허리를 숙여 슬의 손에 제 이마를 갖다 대었다. 차마 슬의 얼굴을 마주할 수가 없었다. 그렇지 않아도 그녀의 하얀 얼굴이 더 하얗게 질려 있었으며, 그녀는 입술이 새파래진 채로 자신이 아픈 것보다 그가 아픈 것을 더 걱정하고 있었으니까. 스르륵 감은 그의 두 눈에서 눈물이 툭툭 떨어져 내렸다.

* * *

"슬아. 슬!"

슬이 응급실에 와 있다는 연락을 받은 재연은 이 사실을 곧바로 성해에게 알리고는 함께 내려왔다. 성해는 응급실에 오자마자 슬의 이름을 부르며 그녀를 찾았고, 곧 당직 선생의 안내를 받고는 슬이 누워 있는 베드로 달려왔다.

그들이 다가오자 태승이 자리에서 일어나 한 발 뒤로 물러났고, 성해와 재연은 슬의 베드 옆으로 딱 붙어 섰다.

"이, 이게 어떻게 된 일이야? 어?"

한껏 높아진 성해의 목소리가 미세하게 떨리고 있었다. 분명 그날 이후로 발작은 없었다. 기억이 온전치 못했고 돌아올 보이지 않아 한편으로는 안심하고 있었는데 또다시 이런 모습으로 마주하고 있으니 억장이 무너지는 것 같았다.

슬은 괜찮다고 말하고 싶었지만 목소리조차 나오지 않았다. 그저 가만히 성해와 그 뒤에 서 있는 태승을 번갈아 바라볼 뿐이다. 옆에서 당직 선생에게 자초지종을 묻던 재연이 태블릿에 나와 있는 슬의 상태를 확인하며 옆에 섰다.

"슬아, 지금은 좀 어때? 좀 나아졌어? 괜찮으면 고개만 좀 끄덕여 볼래?"

나지막하게 묻는 재연을 향해 슬이 고개를 끄덕였다. 통증은 미약해졌고 이명도 사라진 상태였다.

"머리가 좀 어지럽지? 지금 들어가고 있는 진정제 때문일 수도 있고 아님 두통 때문일 수도 있는데, 그건 좀 더 지켜봐야지 알 수 있을 것 같아. 그러니까 며칠만 입원해 있자."

재연은 침착하게 슬에게 설명을 한 뒤에 당직 선생에게 입원 절차를 밟으라고 지시하며 멀어졌다.

"이게 대체 어떻게 된 일이야? 어? 네가 왜 또, 또 왜……."

성해가 절망에 가까운 표정으로 다그치다가 등 뒤로 한 발짝 멀리 떨어져 있던 태승을 보고는 놀랐다.

"자, 자네가 어떻게 여기에 있는 건가……?"

자신을 보며 놀라는 성해를 향해 깍듯이 허리 숙여 인사하던 태승이 죄스러운 표정을 지었다. 느릿하게 두 사람을 바라보던 슬의 두 눈동자가 불안정하게 떨리고 있었다.

* * *

원장실 한가운데에 있는 티 테이블을 두고 마주 앉아 있던 두 사람 사이로 무거운 적막이 흘렀다. 누구도 먼저 그 침묵을 깨트릴 수가 없어서 입을 굳게 다물고 있는데 성해의 입에서 그만 실소가 터져 나왔다.

"허허, 참."

사람의 인연이란 참으로 알 수가 없는 것이었다. 그날 태승과 슬의 사이가 어쩐지 심상치 않아 보인다 싶었는데 그런 일이 있었다니.

그날 회장님을 모시고 나갔던 사람이 슬이었고, 태승이 회장님을 찾으러 갔다가 두 사람이 만났고, 그러다 서로 사귀는 사이가 되었다니. 참으로 무섭고 기막힌 인연이었다. 내심 슬의 짝으로 태승이 어떨까 생각했지만 그것도 곧 잠시뿐이었다. 태승의 그늘이 슬에게까지 드리울 것 같아 그런 생각은 하지도 말자고 스스로를 되뇌었는데 결국 이렇게 되다니. 성해는 자꾸만 실소가 터져 나와서 참느라 혼이 났다.

"그건 그렇고. 슬이 어쩌다 저런 상태가 되었나? 그전까지만 해도 발작은 일으킨 적이 없었어. 조금씩 좋아지고 있는 상태였는데 왜 갑자기 저렇게 된 거지?"

성해의 머릿속은 온통 물음표로 가득해 있었다. 완전히 치유가 된 것은 아니지만 슬의 병은 조금씩 호전되어 가고 있었고, 한 달에 한 번 통원 치료와 6개월에 한 번 정기 검진만 하면 될 정도로 경과도 좋아졌다. 그런데 통증이 이 정도로 심하게 왔다는 것은 그만한 전조 증상이 있었다는 것을 뜻했다. 심한 두통과 과호흡은 대개 기억의 조각들이 떠올랐을 때 나타날 수 있었다.

"……그 전에 원장님께 묻고 싶은 것이 있습니다."

"그게 뭔가."

대답 대신 대뜸 궁금한 것이 있다는 그의 말에 성해도 은근 긴장이 되었다. 뭔가 알고 있는 것이라도 있을까 싶어 성해의 입술이 바짝바짝 타들어 갔다.

"도대체 그날 무슨 일이 있었던 겁니까?"

태승의 시선이 날카롭게 성해의 얼굴에 꽂혔다. 성해는 온몸이 딱딱하게 굳어지는 것을 느꼈다. 그의 눈빛 또한 불안정하게 흔들리고 있었다.

"무, 무슨 소린가. 그날이라니! 설마 슬이, 슬의 기억이 되살아나기라도 난 거야? 정말 그래?"

성해가 흥분하며 난데없이 소리를 질렀다. 그 반응에 태승은 그날 확실히 무슨 일이 생기긴 했다는 것을 확신할 수 있었다. 성해 또한 그날의 일을 알고 있는 것이 분명했다.

"그날 대체 무슨 일이 있었던 겁니까? 대체 무슨 일이 있었기에 슬이 씨는 기억을 잃고 원장님은 그날 일에 대해 쉬쉬하는 겁니까? 대체 그날 슬이 씨가 왜 죽으려고 한 겁니까?"

"그, 그걸 어떻게!"

그날 일은 자신과 윤건, 그리고 재연만이 아는 일이었고, 그래야만 했다. 성해는 태승이 알고 있다는 사실에 너무 놀라 경악하며 물었고, 이윽고 태승의 입이 먼저 열렸다. 자신이 먼저 답하기 전에는 성해에게서 아무것도 듣지 못할 것 같아서였다.

"제가 구했으니까요. 바다에 빠져 있는 슬을 구한 사람이 바로 저니까요."

쿵―. 성해가 경악에 가까운 표정을 지으며 자리에서 굳었다. 아무런 말도, 아무런 생각도 할 수가 없었다. 그저 입을 벌린 채 멈춰 있을 수밖에 없었다.

숨이, 숨이 막힌 것처럼 답답했다. 성해에게도 하루아침에 주검이 되어 나타난 30년 지기 친구와 그의 하나뿐인 딸의 자살 시도는 다시 떠올리고 싶지 않을 만큼 끔찍하고 괴로운 기억이었으니 말이다.

"어, 어떻게 이런 일이. 어떻게. 어떻게……."

온몸에 소름이 돋았다. 그날 바다에 빠졌던 슬을 구한 사람이 바로 태승이었다니. 어떻게 이런 일이 있을 수가 있나. 도무지 믿기지 않는 사실에 성해의 동공은 지진이 일어난 듯 흔들렸다.

"3년 전, 그 바닷가에 저도 있었습니다. 할아버지의 병명을 듣고 처음 함께 갔던 바닷가였어요."

태승은 천천히 그날의 일을 회상하며 설명했다. 그의 말이 이어지는 동안 성해는 놀라움을 감추지 못했고 종국엔 얼굴이 파래졌다. 슬이 자살기도를 했었다는 건 알지만 그 과정까지는 몰랐던지라 그는 한동안 말을 잇지 못했다.

그날 이후 슬이 한 말은 내내 태승의 머릿속을, 심장 속을 울리고 또 울렸다. 태승이 굳이 생각하지 않아도 문득문득 떠올랐고, 여자의 공허한 눈빛은 눈앞에 둥둥 떠다녔다. 그래도 여자를 구한 것에 후회는 없었다. 바다를 하염없이 바라보며 서 있던 여자의 뒷모습은 마치 살려 달라고 외치는 것 같았으니까.

그런데 정작 여자는 죽기를 바라고 있었다. 또다시 이 세상을 살아야 하는 건가, 어떻게 살아야 하지 같은 허무함, 허망함이 여자의 눈에 담겨 있었다. 그 눈으로 원망하듯 자신을 바라보고 있으니 괜한 짓을 한 건가 싶었지만 지금 생각해 보면 백 번, 천 번 잘한 일이었다. 더군다나 어쩌면 이렇게 만나려고 슬을 구했던 걸지도 모른다는 생각이, 아니 확신이 들었다.

"바다에 뛰어든 슬은 살려는 의지가 전혀 없었습니다. 자신을 구한 저를 오히려 원망하는 눈으로 바라보고 있었거든요. 그러면서 저에게 했던 말이 있었습니다."

'날…… 왜 살렸어요?'

'당신은…… 나를 살리지 못……해요……. 아무도 나를 살리지 못해…….'

'……좋겠다, 당신은. 반짝반짝 빛나서.'

슬이 했던 말을 떠올린 태승의 미간이 순식간에 구겨지며 깊은 골이 만들어졌다. 태승은 그때 생각만 해도 아찔해졌다. 그때 자신이 그녀를 구하지 못했다면…… 그랬다면……. 그의 눈에서 절망이 쏟아졌다. 차마 성해에게 슬이 했던 말을 그대로 할 수 없어 이를 악문 뒤 잠시 호흡을 멈췄다가 다시 말을 이었다.

"그때 슬이 씨는 죽기를…….."

심장이 무언가에 억눌린 듯한 통증이 일어 그가 잠시 입을 다물었다.

숨을 크게 내쉬던 태승은 다시 말을 이어 갔다.

"죽기를 바라고 있었습니다. 최소한의 원초적 본능마저 없었던 상태였어요."

"하아, 하. 하, 슬아······."

작은 탄식을 내지른 성해가 이맛살을 구기며 눈물을 흘렸다. 그때의 감정이 다시금 울컥울컥 치솟고 있었다. 인간에게는 누구나 원초적 본능이라는 것이 있다. 살고 싶다는 의지, 살려 달라는 구조 요청. 위급한 상황에서라면 그 본능은 더더욱 강해졌다.

그러나 슬은 그런 본능마저 없던 상태였다. 정말 죽기를 작정한 사람인 것처럼 위급한 상황에서도 아무런 반응을 보이지 않았다. 죽음을 원해서 들어간 걸 확인시켜 주듯.

"대체 무슨 일이 일어났던 겁니까? 왜 그랬던 건가요, 원장님."

성해는 이제 더는 감출 수가 없겠다는 생각이 들었다. 감출 이유도 없다. 태승은 슬의 남자 친구이기 전에 죽으려는 그녀를 살린 사람이기도 하고 최초 신고자이기도 하다.

물론 슬의 애인이라 해서 딱히 마음에 들었던 것은 아니다. 성해는 처음부터 슬이 몸도, 마음도 튼튼한 남자를 만나기를 원했으니까 말이다. 하지만 이 두 사람은 보통 인연이 아니었다. 죽으려는 슬을 기필코 뭍 위로 당겨 놓은 사람이 바로 태승이기 때문이다.

"지금부터 내가 하는 말을 잘 듣게. 아주 길고 고통스러운 이야기가 될 테니."

눈물을 닦아 낸 성해가 의미심장한 말과 함께 깊은 심호흡을 했다. 이 말을 하기 위해서는 마음의 준비가 필요했다. 그런 성해를 보며 태승도 덩달아 긴장했다. 그녀가 어떤 일로 죽으려 했는지, 왜 기억을 잃게 됐는지, 이제 와 기억이 떠오르는 이유는 무엇인지 알아야 했다.

성해가 벌게진 눈으로 태승의 깊은 눈을 응시하며 천천히 이야기를 시작했다.

"내 30년 지기 친구이자 슬의 아버지인 석현은 사고사가 아니네."

"……그럼 무슨."

"<u>스스로 목숨을</u>…… 끊었어."

그 말에 놀란 태승이 눈을 더 크게 떴고, 그의 동공은 거세게 흔들렸다. 그 말을 하는 자체가 괴로웠던 성해는 눈시울을 붉히며 떨리는 목소리로 말을 이었다.

"손목 자상에 의한 과다 출혈. 그것이 그 녀석의 사인(死因)이야."

그녀의 아버지가 죽은 원인이 사고사(事故死)가 아니라는 말에 혹시나 했지만 그 말이 사실이었을 줄은 몰랐다. 그가 자살로 죽었다니. 충격에 빠진 태승도 말을 잇지 못했다.

"그리고……."

충격적인 일이 또 있다는 듯 성해가 입을 열자 그 얼굴을 보던 태승이 자신도 모르게 "설마." 하고는 입을 벙긋거렸다.

"최초 신고자가 바로……."

여기에서 말을 멈춘 성해도, 태승도, 그 누구도 선뜻 입을 열지 못했다. 방 안에는 적막만이 흘렀으며, 그것이 확인시켜 준 진실은 너무도 끔찍하고 참담했다.

마른침을 꿀꺽 삼켜 낸 성해의 목울대가 꿀렁거렸다. 이제는 그런 작은 소리가 다 들릴 정도로 실내가 고요했다.

한참의 시간이 흐르고서야 태승이 입을 열었다. 그 적막을 깨고 겨우 뱉어 낸 한마디는……

"그럼…… 자살 시도도……."

차마 성해가 고개를 들 수 없어 그 상태로 작게 주억거렸고 모든 사실을 알게 된 태승이 숨을 크게 내쉬었다. 순간 숨을 참았었는지 그의 호흡 소리가 거칠어져 있었다.

"기억, 기억은 어떻게 된 겁니까?"

"PTSD(외상 후 스트레스 장애)로 인한 해리성 기억 상실증. 지금 슬의 상태일세."

"하."

그 말을 듣던 태승이 탄식하며 고개를 푹 숙였다. 시야가 흐릿해지며 눈물이 흘러 뺨을 타고 흘러내렸다. 절망이다 못해 참담한 심정이었다. 아니, 말로는 형용할 수 없는 감정들이 휘몰아치는 것 같았다.

애써 담담한 척하려 했지만 그럴 수가 없었다. 어느 날 문득 찾아온 아버지의 죽음, 그 참혹한 죽음을 눈앞에서 목도한 딸. 사랑하는 아버지의 죽음을 목격한 이후 한 차례의 자살 시도, 그리고 찾아온 외상 후 스트레스 장애와 해리성 기억 상실증.

이것만으로도 눈앞이 뿌예질 만큼 아찔한데 그 이후 시작된 이야기가 태승을 더욱 절망케 했다.

* * *

"수사는 그렇게 종결됐어. 한 대학 교수가 학생들의 돈을 취업이라는 목적으로 갈취한, 그런 파렴치한 사람으로 낙인까지 찍힌 채."

세상에. 이럴 수는 없다. 어떻게, 어떻게 이런 일이. 더 큰 충격에 빠진 태승이 급기야 머리를 감싸 쥐었다.

"아무것도 할 수 있는 게 없었어. 집에서 금품까지 나온 상황이라 수사는 그렇게 종결됐지. 그리고 슬은 기억을 잃었어. 3년 전의 일들 전부, 싹 다."

참담해도 이렇게 참담할 수가 있을까. 절망이 끝도 없이 이어져 탄식도, 그 어떤 말도 할 수가 없었다. 말하는 것을 잊어버린 사람처럼 아무런 말도 할 수가 없었다.

"기억을 잊은 슬 앞에서 난 그 어떤 말도 할 수가 없었네. 아니, 하지 않았단 말이 더 적확한 표현이지. 입을 닫았어, 진실을 밝힐 생각도 없이. 죽은 친구보다 그 친구가 남긴 딸을 더 지켜야 했으니까."

기억을 잃은 것을 다행이라고 해야 할까, 탄식해야 할까. 도무지 감이 오지 않았다. 그 어떤 상황에서도 단 한 번도 흔들려 본 적 없던 태승이었지만, 이 절망스러운 비극 앞에서는 어떤 결정도 할 수가 없었다.

"비겁한 변명이지. 비겁한 변명이야."

스스로를 향한 성해의 비난은 계속해서 이어졌다. 그때까지 아무 말도 하지 못하던 태승이 입을 열었다.

"……그럼 지금 상태는……."

"단정할 순 없지만 기억이 돌아오고 있는 것 같아."

그의 심장이 또 쿵, 하고 내려앉았다. 잃은 기억이 돌아오고 있다…….

"3년 동안 그 어떤 기미도 보이지 않았어. 그런데 왜 이제 와 기억이 돌아오고 있는 건지……."

사실 성해는 기억이 돌아오길 바라면서도 돌아오지 않길 바라고 있었다. 슬이 기억을 잃은 그 순간부터 지금까지 쭉 그 생각에는 변함이 없었다. 끔찍한 기억이라면 차라리 잃어버린 채 사는 것이 더 나았다. 해리성 기억 상실증 역시 그 끔찍한 기억에서 벗어나 편해지고 싶은 일종의 방어 기제에 속하니까 말이다.

"잃은 기억이 돌아오는 이유에는 무엇이 있습니까?"

"어떤 계기가 있지. 예를 들어 기억을 잃기 전에 들었던 말을 듣거나, 기억을 잊은 장소엘 다시 갔거나, 과거를 기억나게 할 누군가를 만났거나……."

성해가 말을 잇다 말고는 태승을 보았다. 슬의 기억을 되살리는 그 요인들에 대해 말하다 보니 놓치고 있던 결정적인 것을 바로 눈앞에서 찾은 것이다.

'과거를 기억나게 할 누군가를 만났다…….'

"류 사장."

그녀의 기억이 다시금 돌아오고 있는 이유. 그 이유가 바로 태승, 본인
이었다.

5. 내가 너를 놓을 수 있을까?

맞은편에 앉아 있는 태승의 얼굴을 본 성해가 더는 말을 잇지 못했다.

사랑하는 여자가 애써 잊은 기억을 되돌아오게 만든 장본인이 자신이었다는 결론에 다다른 남자의 얼굴이 이토록 절망적일 수는 없었다. 흩어진 기억의 파편들이 제자리로 돌아오고 있다. 슬의 잃어버린 기억이 자신 때문에 되돌아오고…… 있다.

다시 병실로 돌아온 태승은 쉽게 그 안으로 들어가지 못했다. 밖에서 문에 난 창을 통해 안을 넌지시 바라보고만 있을 뿐이었다. 다행이 슬은 잠든 듯했다. 그 모습을 바라만 보다가 발걸음을 옮기지 못하고 앞에 놓인 보호자석 의자에 앉았다. 그러고는 방금 들은 성해의 말을 떠올렸다.

3년 전, 바다 앞에 서 있던 슬의 심정이 고스란히 전해지는 것 같았다. 아버지의 참담한 죽음과 그 죽음을 둘러싼 무성한 소문들. 한순간에 아버지를 잃은 것도 무서웠을 텐데 죽은 아버지에게 꼬리표처럼 붙은 해괴한 소문들까지. 어린 그녀가 감당할 수 있는 것이 아니었다.

그때 슬은 죽을 작정이었던 것이다. 이 세상에 살아갈 의지도, 의미도 없어진 슬이 할 수 있는 선택은 그것뿐이었을 것이다. 그렇게 바다로 뛰어들었는데 다시 뭍으로 끌려오게 되었으니 그런 원망을 했던 거겠지. 원망과 공허로 가득 찼던 슬의 눈동자가 다시금 떠올라 태승의 눈시울이 붉어졌다. 가슴이 저려 왔다.

그때의 어둠이 또다시 그녀에게 다가오고 있다. 어쩌면 그때보다 더한 폭풍우가 올지도 모른다. 기억이라는 폭풍은 그녀의 마음을 갈가리 찢어 놓을 것이다. 찢기다 못해 마음이 온전히 남아 있지 못할 것이다. 그러기 전에 막아야 한다. 잊은 기억이 다시 돌아오기 전에 싹을 치워 내야 한다. 그러나 기억 폭풍을 몰고 온 그 싹은 바로 태승이었다.

고통을 참을 수 없어진 그가 아린 가슴을 부여잡은 채 눈물을 흘렸다.

* * *

잠을 자다 눈을 떴을 때, 점차 선명해지는 시야 속에 태승의 얼굴이 보였다. 손을 꼭 잡고 기도하듯 눈을 감고 있는 그의 얼굴을 보자 마음이 안정되는 것 같았다.

누가 머릿속에서 망치질을 하는 것 같던 고통도, 귀에서 삐- 경고음을 울려 대던 이명도 없어졌다. 드디어 여느 날과 같은 평화가, 안정이 찾아들었다. 그와 함께 있는 것만으로도, 그가 곁에 있는 것만으로도 슬은 괜찮았다. 이대로 잃은 기억이 되돌아온다 해도 그와 함께 있다면…… 견딜 수 있지 않을까?

"깼어요? 이제 좀 괜찮아요?"

태승은 태어나 처음 기도라는 것을 해 봤다. 더는 그녀가 아프지 않게 해 달라고. 애써 잊은 기억이 돌아오고 있는 것이라면 조금만 더 천천히, 조금만 덜 아프게 해 달라고. 더는 고통스럽지 않게 해 달라고…….

그렇게 눈을 떴을 때, 눈앞엔 옅은 미소를 지은 채 저를 바라보고 있는 슬이 보였다.

"……안 잤어요?"

슬이 잠시 창밖으로 시선을 돌리자 바깥엔 짙은 어둠이 깔려 있었다. 밤이 깊은 걸 보니 대략 10시쯤 된 듯하다. 진정제 때문인지 깊은 잠에 드느라 미처 태승을 신경 쓰지 못했다. 그 미안함에 물으니 그가 고개를 저었다.

"괜찮아요, 나는. 아무렇지도 않으니까 졸리면 더 자요."

그러면서 태승이 이불 위로 슬을 다독였다. 그 모습을 보던 슬이 물었다.

"괜찮다는 사람이 눈은 왜 그렇게 빨개요?"

태승의 눈이 붉게 충혈되어 있었다. 슬은 그가 단지 피곤해서 그럴 것이라 생각할 뿐, 그가 자신 때문에 울었다는 짐작은 전혀 하지 못했다. 얼른 그 시선을 피해 고개를 돌린 태승이 눈가를 닦아 내고는 웃어 보였다.

"이런 건 모른 척해 주는 건데."

혹시라도 슬이 알까 봐 장난처럼 핀잔을 주었다. 그러자 슬도 미소 지으며 고개를 끄덕였다.

"알았어요. 내가 특별히 모른 척해 줄게요."

슬은 그런 태승을 보며 배시시 웃었고, 태승도 그런 슬의 손을 만지작거리며 웃었다.

"태승 씨."

그녀의 부름에 그가 표정으로 "응?" 하고 묻자 슬이 미안한 표정을 지었다.

"오늘 내 걱정…… 많이 했죠?"

"……."

"미안해요. 너무 놀라게 해서."

이렇게 또 한 번 발작하게 될 줄은 몰랐다. 그와 첫 식사를 했을 때도,

회식 자리에 가는 길에서도 이따금씩 심한 두통이 일곤 했지만 그의 앞에서 이런 모습까지 보인 것은 처음이었다. 그래서 그를 걱정시킨 것이 미안했다. 지금 그는 할아버지만으로도 힘들 텐데…….

"또. 내가 이제 그런 말 하지 말라고 했을 텐데."

태승이 살짝 인상을 쓴 채 말했다.

"이제 나한테 미안하다는 말, 못난 모습 보여 준다는 말, 이런 말 하지 마요. 나한테 못난 모습 같은 거 없어요. 되는대로, 있는 대로 다 보여 줘요. 난 아무렇지도 않으니까. 그런 모습까지도 나한테는 다 예쁜 모습이니까."

전부터 해 주고 싶었던 말이었다. 때때로 슬은 그에게 자책하는 말을 했다. 그러나 사실 태승에게 있어 슬의 못난 모습이란 없었다. 처음부터 지금까지 슬은 그에게 태양이었다.

"알았어요. 이제 다신 그런 말 안 할게."

"약속."

그가 새끼손가락을 내밀었다. 약속의 의미였고 다시는 그런 약한 말로 누구에게나 마음을 보이지 말라는 뜻이기도 했다. 자신이 없는 그 순간에도. 태승이 손가락을 걸며 약속하자고 하니 슬은 괜스레 웃음이 났다. 약속은 하지 않고 웃기만 하는 그녀에게 그가 한 번 더 손가락을 내밀었다.

"약속하자니까요."

"알겠어요. 해요, 약속."

다 큰 남자가 새끼손가락 하나의 의미를 믿다니. 그에게 순수한 면이 있다는 것을 또 한 번 발견하게 된 슬은 마냥 기쁘기만 했다. 하지만 태승은 손가락에 손가락을 얽으며 환하게 웃는 그녀를 보는 것이 그저 기쁘지만은 않았다. 가슴이 아팠다. 아프고 저려서 마음속 깊은 곳에서부터 울컥해졌다.

손가락을 거는 것에 이어 복사와 사인까지 하는 슬을 더는 두고 볼 수 없던 태승이 그녀를 당겨 안았다. 그녀를 제 품에 가두고 더 깊이, 깊숙이 끌어안았다. 아무것도 모르는 슬만이 그에게 안겨 행복한 웃음을 지었다.

내내 웃음과 잔잔한 행복이 끊이지 않던 병실에 고요가 찾아왔다. 태승이 베드에 누워 깊은 잠에 든 슬의 머리를 가만가만 쓰다듬고 있는데, 그의 주머니에서 휴대폰이 울렸다. 재호의 전화였다.

"어. 나야."

—사장님, 어디세요? 댁이세요?

"아니."

—그럼 어디신지 말씀해 주세요. 지금 찾아뵐게요. 알아보라고 하시던 거 알아봤어요.

"……그래. 문자로 행선지 찍어 줄게."

—네.

재호와의 짧은 전화 통화를 마친 태승의 얼굴이 어두워졌다. 재호가 전에 찾아보라고 했던 석현의 죽음에 관련된 것과, 박중열 사장에 대한 조사를 마친 모양이다. 슬의 아버지에 관한 것은 이미 성해에게 들어 알고 있는 내용이겠지만 확실한 조사가 더 필요했고, 박중열, 그의 고모부에 대한 뒷조사는 이제부터가 시작이었다.

곤히 잠든 슬의 이부자리를 봐 주고 이마에 살짝 입을 맞춘 태승이 조용히 병실을 빠져나왔다.

병원과 가까운 거리, 아직 문을 닫지 않은 카페에서 재호와 태승이 마주했다. 재호는 태승에게 먼저 슬의 아버지에 대한 조사 결과를 전했다.

"명성 대학교 경제학 교수로 부임해 오신 건 10년 정도 됐고, 학교에서도 평판이 아주 좋으셨다고 해요. 따르는 제자들도 많았고, 3년 전에는 명성 대학교 총장 선출 임명 후보로도 뽑히셨을 정도로 학생들이나 교수들 사이에서도 인정받고 계시던 분이셨더라고요."

"총장 선출?"

가만히 이야기를 듣던 태승이 고개를 갸웃하며 되물었다. 성해에게서는 듣지 못한 이야기였다.

"네. 그런데 돌연 3년 전 그 사건이 터지면서 돌아가셨다고 들었습니다."

사건이라면 아마도 뇌물 수수 사건을 말하는 것 같았다.

"여기 그때 기사입니다."

재호에게서 건네받은 기사에는 석현이 학생들의 돈을 갈취하고 임직원들로부터 청탁을 빌미로 뇌물을 받아 왔다고 적혀 있었다. 그러다 총장 선출 임명 후보가 되면서 자격 요건을 심사하던 중에 이런 뇌물 수수 의혹이 발견되어 이를 견디지 못하고 자살을 선택한 파렴치한 교수로 낙인 찍혀 있었다.

그런데 이상한 점은 기사와 달리 석현의 평판이 매우 좋았다는 것이다. 학생들도 모자라 재직하던 교수들까지도 석현을 따르는 사람들이 많았다는 것이 기사에 적힌 것과는 전혀 달랐다.

그래서 그는 의문을 갖기 시작했다. 이 기사로만 봤을 때, 석현은 분명 학생들을 가르치는 교수로서 하지 말아야 할 것을 했고 그로 인해 극단적인 선택까지 하면서 자신의 죄를 외면한 나쁜 선생이었다. 하지만 이것은 기사에서 말하는 석현 모습일 뿐, 사실을 따져 볼 필요가 있었다. 기사가 왜곡된 것인지 아닌지 분명히 해야 할 석연치 않은 점들이 있었다.

"더 파 볼까요? 저도 영 찜찜해서…….”

재호도 슬의 아버지 사건을 조사하면서 이해할 수 없는 것들이 너무 많았다. 교수들과 학생들 사이에서 평판이 좋았던 교수가 돌연 뇌물 수수 의혹과 함께 자살을 선택했다는 것에 놀랐고, 그 사실 여부를 떠나 아버지의 죽음을 목격한 사람이 그의 딸, 슬이란 것에 또 한 번 놀랐다.

끔찍한 사고를 당하거나 그 사고를 목격한 사람은 그것이 트라우마로 남아 기억을 잃기도 한다고 하던데, 그래서 슬도 기억을 잃은 건가. 재호는 그런 충격적인 사건이라면 당연 그럴 수 있다고 생각했다. 더구나 남도 아니고 아버지가 아니던가.

"더 파 봐. 그때 당시에 이 기사 작성했던 기자도 알아보고. 윤석현 교수가 낙마하고 나서 최대 수혜를 입은 사람도 알아봐. 내 짐작으로는 그다음 선출됐던 총장이 아닐까 하는데…… 그 총장에 대해서도 조사해 봐."

"네. 알겠습니다. 그런데…… 윤 주임님은 괜찮으신 거죠?"

처음 이 카페에 도착했을 때부터 창밖에 보이는 명성 대학 병원 건물이 신경 쓰였다. 왜 하필 이곳에서 만나자고 한 걸까. 회장님이 이곳에 계시는 거였다면 자신이 모를 리 없었을 텐데 설마 윤 주임님이 여기에 입원하신 건가. 눈치 빠른 재호의 물음에 태승은 선뜻 대답하지 못했다.

"글쎄……."

태승은 저 멀리 창밖에 보이는 흰 건물을 바라보며 중얼거렸다.

"그걸 나도 모르겠다."

지금 그녀가 어떤 마음이고 무슨 생각을 하는지 처음으로 알 수가 없었다. 자신이 모르는 곳에서 어떤 얼굴을 하고, 어떤 생각을 하고 있을까. 다 알면서 모르는 척을 하는 것은 아닐까. 겁이 난다. 그녀가 이 모든 사실을 알게 될까 봐.

"그리고 저…… 사장님."

재호는 이 와중에 또 하나의 진실을 알려야 하는 것이 스스로도 몹시 싫었지만 그도 반드시 알아야 할 일이라 말을 꺼내지 않을 수 없었다. 조심스러운 부름에 그가 재호와 시선을 마주했다. 그러고는 한참을 망설이다가 또 하나의 노란 서류 봉투를 건넸다.

"박중열 사장의 뒤를 캐다가 수상한 정황이 하나 목격되어서요."

"그래?"

그럴 줄 알았다는 듯 태승은 서류 봉투를 받아 들었다. 그의 표정에는 변화가 없었다. 하지만 그 서류 속에는 또 하나의 엄청난 대형 폭탄이 들어 있었고, 이미 조사하면서 모든 사실을 접하게 된 재호는 초조함에 입술만 잘근잘근 물어뜯고 있었다.

노란 봉투 속에는 흰 종이 여러 장과 함께 사진들이 들어 있었고, 종이보다도 그 사진을 먼저 집어 든 태승의 눈이 살짝 커졌다.

"저도 정말 깜짝 놀랐습니다. 이걸 어떻게 보여 드려야 할지 도무지 감이 안 와서……."

자신이 변명할 일이 아닌데도 이상하게 꼭 죄를 지은 기분이 들어서 재호가 어줍잖은 변명을 했다. 그러나 태승의 귀에는 아무것도 들리지 않았다. 오직 사진 속에 찍힌 어떤 여자와 비밀스러운 만남을 하고 있는 박중열 사장의 얼굴만이 보일 뿐이었다.

첫 번째 사진에 이어 두 번째, 세 번째, 마지막 다섯 번째 사진에도 화려하게 치장한 어린 여자와 껴안고 은밀한 스킨십을 나누고 있는 박중열의 모습이 이어졌다. 두 사람의 표정과, 그리고 둘이서 은밀히 나누는 스킨십은 그들이 보통 사이가 아님을 뜻했다.

"그 서류들은 박중열 사장의 내연……녀인 김해라의 신상 정보와 박중열 사장이 여태껏 써 왔던 법인 카드 내역서, 그리고 개인 통장 및 차명 계좌 내역들입니다."

사진에 이어 그다음 서류들을 설명하던 재호가 '내연녀' 호칭에서 머뭇거렸다. 재호뿐만 아니라 다른 누가 봐도 이들은 틀림없는 내연 사이였다. 태승은 박중열 사장에게 약점이 있을 거라곤 짐작했지만 어디까지나 돈 문제 관해서였을 뿐 여자 문제일 거라고는 짐작도 못 했었다. 그 결점이 하필이면 여자, 그것도 치정이라니. 혜명에게 또 이 사실을 어떻게 알리나 싶어져 피로감이 몰려오는 듯했다.

"여자 쪽에 빚이 많은 듯합니다. 그 빚을 탕감까지 해 준 것으로 보면 분명 보통 사이는 아닌 것 같고요. 한남동에 아파트 한 채가 있는데 지금은 김해라 씨 소유로 되어 있지만 서류에 보면 명의 이전이 되었더라고요. 본래 박중열 사장 개인 소유 아파트로……."

"……하아."

그가 한숨을 쉬며 마른세수를 했다. 한남동에 있는 중열의 아파트는 고모와 결혼할 당시에 할아버지가 선물한 것이었다. 그 아파트를 자신의 내연녀에게 선물했다니. 기막힌 진실 앞에서 그는 할 말을 잊었다.

"법인 카드 내역은 깨끗한 편이었습니다. 대부분 회사 경영 자금으로 쓰인 것들이고, 그 외에 딱히 문제가 될 소지는 보이지 않았습니다."

그 와중에 철저하게도 회사 돈에는 손을 대지 않은 모양이다. 하지만 문제는 언제고 다른 곳에서 터지기 마련이며, 그가 모르는 의외의 복병이 있을 수 있었다. 혹여나 여자의 빚을 탕감해 줬다는 것에 그 복병이 있을지도 모를 일이었다.

"빚 탕감 쪽으로 알아봐. 분명 자기 돈으로 해 주진 않았을 거야. 무슨 돈으로 그 여자 빚까지 청산해 줬는지 그쪽을 파 보면 확실한 증거가 나오겠지."

이어서 차명 계좌와 개인 통장 내역까지 살펴보던 태승이 말했다.

"그리고 나머지는 장 변호사님께 의뢰하고."

"예. 알겠습니다."

"늦은 시간까지 고생 많았다."

"아닙니다. 제 할 일인데요, 뭘."

"가 봐."

"네."

재호는 카페 앞 주차장에 세워 놓은 차로 향하며 굳이 태승에게 같이 돌아갈 것을 요구하지 않았다. 내일은 중역 회의가 있는 날이니 태승이 이를 준비하기 위해서는 집으로 가야 했으나, 슬이 이곳에 있는 한 그가 자리를 옮기지 않을 것을 알기 때문이다.

　문득 뒤를 돌아본 재호는 점점 멀어져 가는 그의 뒷모습을 한동안 바라보고 서 있었다. 3년을 넘게 홀로 고군분투하며 외롭게 살아가던 태승이 이제야 편해졌다고 생각했다. 그가 웃음을 되찾기 시작한 것은 순전히 슬을 만나고서부터였다. 그런 만큼 두 사람이 행복한 결실을 맺길 바랐는데 하필이면 슬이 그런 아픔을 가지고 있어 재호는 안타까웠다. 그러면서도 이 둘의 깊은 인연이 어쩔 수 없는 필연, 언젠간 반드시 만날 운명임을 인정할 수밖에 없었다.

* * *

　태승이 재호를 만나러 간 사이에 슬의 병실로 윤건이 찾아왔다. 잠들었다가 누군가 들어오는 인기척에 깨어난 슬이 걱정스러운 표정으로 서 있는 윤건을 보고는 반가워했다.

　"오빠?"

　윤건은 슬이 쓰러져 응급실에 실려 왔다는 소식을 아버지의 전화로 전해 듣고 그 길로 냅다 달려왔다. 그렇기에 옷도, 신발도 제대로 갖추고 온 게 없었다.

　"오빠…… 옷이 그게 뭐야. 신발은 어디다 흘리고 왔어?"

　여름이 가고 가을이 오면서 제법 바람도 쌀쌀해지고 기온도 큰 폭으로 떨어졌다. 완연한 가을에서 이제는 초겨울 날씨를 띠고 있는 이 계절에 윤건의 복장은 하나도 어울리지 않았다.

　"나 때문에 놀라서 이러고 온 거야? 그래도 옷이라도 걸치고 오지 ……."

　슬은 윤건을 타박하면서도 걱정했다. 매사에 자신 때문에 하던 일도 제치고 달려오는 윤건은 슬에게 있어 오빠 그 이상의 존재였다. 여기까지 숨 가쁘게 뛰어온 건지 그의 이마에 땀방울도 송골송골 맺혀 있었다.

"걱정하지 마. 나 이제 아무렇지 않아. 잠깐, 아주 잠깐 어지러웠던 것뿐……."

자신을 안심시키려 그렇게 말하는 슬에게 윤건이 버럭 성을 냈다.

"넌 이 와중에도 웃고 있어?"

윤건은 참고 참았던 무언가가 울컥하고 터지듯 소리치고는 고개를 돌려 뜨거워지는 눈시울을 애써 외면했다. 언제고 슬은 자신보다 자신을 걱정하는 주변 사람들에게 더 신경을 썼다. 자신이 슬픈 것보다 주변 사람들이 아프고 힘든 것에 더 마음 아파했다. 이번에도 그래서일 것이다. 윤건은 걱정되어 달려온 자신을 보며 애써 미소 짓고 진심을 다해 걱정하는 슬이 바보 같아서 미련해서 속이 상했다. 소리 지를 것까지는 없었는데, 해 놓고 보니 마음이 더 찢어졌다.

"미안해. 내가 또 오빠한테 잘못했네. 미안해, 오빠. 그러니까……."

슬이 말을 잇기도 전에 저벅저벅 걸어온 윤건이 그녀를 와락 안아 버렸다.

더는 감출 수가 없었다. 감추고 싶지 않아졌다. 이제 더는 이 아이를 혼자 둘 수가 없다. 자신이 이 아이를 사랑하고 있었다는 사실을 자각한 그 순간부터 몇날 며칠을 고민했다. 고백할까 말까 몇 번을 망설였다. 그 망설임에는 슬과 함께했던 모든 추억이 한낱 감정으로 물거품이 되어 버릴까 하는 겁도 있었다.

그런데 이제 더는 참을 수 없을 것 같았다. 아니, 이제는 그러지 못하겠다. 이 아이를, 이 아이의 아픔을 외면할 수도, 두고 볼 수도 없었다. 이제는 제가 이 아이 곁에 있어야겠다.

"오, 오빠. 나 숨, 숨 막혀."

얼마나 꽉 안았는지 슬이 괴로워하자 윤건은 그제야 슬을 놓아주었다.

슬은 그의 낯선 행동이 영 이상했지만 이 모든 것을 다 자신을 걱정하는 오빠의 마음이라 생각했다.

"오빠, 내 걱정 많이 했구나. 미안하다니까. 너무 걱정하지 마. 아저씨도, 선생님도 모두 괜찮다고 했어. 곧 퇴원도 할 거고."

슬은 하얗게 질려 있는 윤건에게 괜찮다는 말로 그를 안심시키려 했다. 괜찮다고, 괜찮으니까 그렇게 얼어 있을 필요가 없다고. 하지만 윤건은 슬을 걱정하는 마음도 있긴 했지만 이 마음을 어떻게 전하면 좋을지, 그 고민이 더 먼저였다.

"오빠, 나 좀 봐. 이제 나 괜찮다니까."

"……슬아."

내내 침묵을 지키던 윤건이 나지막하게 슬을 불렀다.

"응, 나 진짜 괜찮아."

슬이 제 앞에 서 있는 윤건을 올려다보며 대답했다. 윤건은 강아지처럼 순한 눈으로 자신을 올려다보고 있는 슬을 보자 심장이 다시금 세차게 뛰었다.

"왜 말을 안 해? 괜찮은 거야?"

슬은 사람을 불러 놓고도 아무런 말없이 자신만 내려다보고 있는 윤건이 이상해 재차 그를 불렀다. 그제야 그가 입을 열었다.

"슬아……."

"응, 오빠. 말해. 듣고 있으니까."

윤건이 뛰는 심장을 간신히 부여잡은 채 떨리는 목소리로 슬의 이름을 다시 부르려는 순간, 문이 열리며 태승이 병실 안으로 들어왔다. 슬의 시선이 자연스레 열린 문으로 향했고, 윤건도 그쪽으로 고개를 돌렸다. 문 앞에 서 있는 태승을 발견한 윤건의 눈썹이 꿈틀했다.

왜 저 사람이 여기에 있는 걸까?

태승도 제 여자 앞에 서 있는 윤건을 보고는 딱딱하게 굳어 버렸다. 그때도, 지금도 윤건의 눈은 슬을 향해 있었다.

"왜…… 당신이 여기 있는 겁니까?"

놀라움에 윤건이 묻자 슬이 그를 대신해서 답했다.

"내가 오빠한테 말도 못 했네. 인사해. 여기 내 남자 친구야."

설마 했지만 진짜일 줄은 몰랐다. 순간 윤건의 머리 위로 검은 먹구름을 동반한 비가 쏟아지며 천둥 번개가 치는 듯했다. 충격에 휩싸인 윤건의 앞으로 태승이 다가와 오른손을 내밀었다. 윤건의 시선이 천천히 아래에서 위로 옮겨졌다.

"처음 뵙겠습니다. 류태승입니다."

멍하니 자신을 바라보는 윤건의 눈빛을 태승도 피하지 않고 똑바로 응시했다. 한 여자를 사이에 두고 연적이 되어 버린 두 남자의 신경전은 팽팽히 이어졌다.

잠시 후, 정신을 차리고 보니 텅 빈 병실 안에 슬만 남아 있었다. 윤건이 먼저 "오빠가 음료라도 사 올게." 하더니 나갔고, 뒤를 이어 태승이 "슬의 오빠분이신데 혼자 가게 할 순 없지."라며 급히 따라 나갔다. 슬은 영문도 모른 채 그 두 사람을 지켜만 보았다.

* * *

날이 더욱더 추워졌다. 낮과 밤의 기온이 무려 10도 이상 차이가 났다. 환절기에 접어든 날씨는 유독 바람이 매섭게 불곤 한다. 차디찬 바람이 옥상에 서 있는 두 사람에게로 나부꼈다. 태승을 등지고 서 있던 윤건이 이내 뒤를 돌아 그와 마주 봤다.

"어떻게 된 일입니까?"

속은 부글부글 끓었지만 목소리에서는 그 어떤 동요도 없었다. 어릴 적부터 항상 제 마음을 감추고 좀처럼 속을 드러내지 않던 윤건의 성정은 지금이라고 달라지지 않았다. 어른들은 그런 윤건에게 성숙하다고 칭찬했지만 사실 그의 속은 항상 텅 비어 있었다. 그는 어렸을 때부터 바빴던 아버지를 대신해 동생들을 챙겨야 했다. 가끔씩은 투정도 부리고 싶고, 이기적이고 싶었지만 그럴 수 없었던 것은 장남이라는 무게 때문이었다. 어쩌면 요즘 말하는 착한 아이이고 싶었던 걸지도.

그래서일까? 슬을 그냥 놓쳐 버린 것이?

"왜 당신이 슬의 옆에 있는 겁니까? 아니, 슬이 왜 병원에 와 있는 건지 그것부터 설명해요."

윤건은 어떻게 두 사람이 만나게 됐는지가 가장 궁금했지만 그보다 슬이 왜 병원에 와 있는지가 더 먼저였다. 그러자 태승이 천천히 입을 열었다.

"기억이…… 돌아오고 있는 것 같습니다."

태승의 미간이 살짝 구겨졌다. 이 말을 하는데 왜 자신이 죄인이 된 기분이 드는 걸까? 그는 자신도 모르게 당황해하는 윤건 앞에서 주눅이 들었다. 본능적으로 이 남자가 슬에게 오빠가 아닌 남자로 다가가려고 했다는 것을 알아차렸으면서도 이제 그는 윤건에게 경고조차 할 수 없는 입장이 되었다.

"기억?"

순간 윤건은 자신이 잘못 들은 줄 알았다. 이 남자의 입에서 어떻게 기억이란 단어가 나올 수 있을까. 설마 슬이 3년 전의 기억을 몽땅 잃고 아버지에 대한 사고마저도 다르게 기억하고 있단 사실을 알고 있단 건가? 그렇담 그 사실을 어떻게 아는 거지?

윤건이 태승을 다그쳤다.

"기억이라니? 대체 무슨 말을 하는 겁니까?"

이때까지도 윤건은 이성을 놓지 않고 있었다. 이런 순간에서도 그는 침착했다.

"아버지에 대한 기억이 점차 떠오르고 있는 것 같습니다. 원장님께서도 알고 계시고요."

"기억이, 기억이 돌아오고 있다고? 3년 동안 아무 기억도 할 수 없었던 슬이 이제야 기억을 떠올리고 있다고? 대체 왜? 왜……."

그런데 이제 그 이성의 끈이 점점 짧아지며 윤건의 귀에서는 경종이 울리고 있었다. 3년의 기억이 이제야 떠오르게 된 이유가 설마 이 남자 때문은 아닌가 하는 그런 기분 나쁜 추측이 자꾸만 들었다.

태승의 미간이 아까보다도 더 심하게 구겨졌다. 태승이 선뜻 떨어지지 않던 입을 열었을 때, 그는 그녀와의 이별이 머지않았음을 느꼈다.

"저 때문입니다. 저 때문에……."

그의 목소리가 떨려 왔다. 그 한마디가 얼마나 어렵던지 굳게 입을 다문 태승의 얼굴에서 슬픔과 절망이 보였다. 머리도, 가슴도 다 아는 사실을 입 밖으로 내뱉으니 정말로 그녀의 곁에서 사라져야 할 것 같았다.

"그, 그게 무슨 말이야? 슬의 기억이 왜 당신 탓이야? 말해, 말해 봐!"

윤건은 겨우겨우 붙들고 있던 이성이 끊어지자 곧바로 태승의 멱살을 움켜쥐었다. 그러고는 고래고래 소리치며 급기야 태승의 뺨을 주먹으로 퍽 쳐 버렸다.

얼마나 세게 때렸는지 그의 왼쪽 얼굴이 힘없이 돌아가며 입가가 터져 피가 맺혔다. 그런데도 그는 입가에 묻은 피를 닦지도 않은 채 윤건에게 가서 따지지도 않고 가만히 서 있었다.

"그 아이 기억은…… 돌아오면 안 돼. 돌아오면 그 아이가 다쳐. 자신을 또 버릴지도 모른다고. 그때처럼 바다에 몸을 던질 거야. 차디찬 바닷물에 아무런 저항도 하지 않고 목숨을 버릴 거라고! 어떻게 살렸는데, 어떻게 막았는데!"

다시 태승의 멱살을 잡고 흔들던 윤건이 울부짖다가 다리에 힘이 풀려 바닥에 주저앉았다.

윤건은 절망에 소리쳤다. 그때가 다시금 떠올랐다. 슬이 죽어 가던 그 때가.

* * *

응급실에 실려 온 슬은 머리며 옷이며 전신이 물에 젖어 있는 상태였다. 체온이 무려 35도로 내려가 저체온증으로 위급한 상황이었다. 그녀가 구급 차에 실려 와 응급실 베드로 옮겨지는 모습에서 윤건은 슬의 죽음을 보았다.

그는 응급 의학과 닥터로 지내 오면서 하루에도 수십 명의 사람들이 생을 잃는 모습을 봐 왔다. 본디 사람의 생과 사를 결정하는 일은 신이 하는 일이라지만 마지막까지 멎어 가는 숨을 되살리려 노력하는 사람들이 바로 의사들이었다. 수없는 사람들이 죽어 가는 가운데에서도 아주 약한 호흡과 함께 점차 심장이 뛰는 기적이 생기기도 했다.

그런데 생각지도 못한 동생의 죽음을 목도하게 되자, 윤건은 죽음 앞에 무력한 자신을 깨달았다. 생명 줄이 끊어져 가던 사람의 심장이 다시금 되돌아오는 기적은 모두 의사들의 노력과 환자의 의지라 생각했는데, 이 또한 결국 신이 하는 일이었음을 깨우쳤다.

호흡과 맥박, 심정지를 알리는 기계 장치에서 죽었다 깨어나도 다신 듣고 싶지 않은 경고음이 울렸을 때, 윤건은 제세동을 멈추고 베드로 올라가 슬의 심장을 압박하기 시작했다. 그때처럼 절박했던 때는 없었다.

모두가 지켜보는 앞에서 윤건은 땀과 눈물로 신께 애원하고 또 애원했다. 제발 이 아이를 살려 달라, 살려 주시라. 그러면 평생을 봉사하며 살겠다. 그렇게 그는 빌고 또 빌었다. 그런데도 야속한 기계 장치에서는 심정지를 알리는 경고음이 멈추지 않았고, 그 자리에 있는 의료진 전부가 고개를 반대편으로 돌렸다. 이제 겨우 20대, 그 꽃다운 나이에 슬은 스스로 생을 버렸다.

모두가 포기했을 때 기적처럼 슬의 심장이 되돌아왔다.

슬은 살아가려는 의지가 없었다. 아버지의 죽음을 눈앞에서 목격하고, 누구보다 영광스럽던 아버지의 명예가 땅바닥에 추락해 모든 이들의 손가락질을 받게 되자 슬은 이 세상에 그 누구도 자신의 슬픔을, 아픔을, 분노를 알아주는 이가 없다는 것을 깨닫고 바다에 몸을 던졌다. 사람이라면 응당 원초적 본능대로 살기 위해 몸부림쳤을 것인데 그녀는 그마저도 하지 않았다. 완전히 죽기로 작정했던 것이다. 그런 상황에서 슬은 누군가에게 목숨이 건져졌고, 또 누군가로 인해 멎었던 숨을 다시 쉴 수 있었다.

그렇게 저체온증을 이겨 내고 혼수상태에 빠져 있던 슬이 다시 눈을 떴을 때, 그녀에게 기적이 또 하나 날아들었다. 3년 전의 기억을 모두 잃어버린 것이었다. 아버지의 죽음도, 그 죽음을 목도하던 자신도, 하물며 아버지와 함께했던 3년간의 추억들도 전부. 누군가는 기억도, 추억도 전부 잃었는데 어떻게 기적이라 할 수 있느냐 의아해 하겠지만 윤건과 성해만은 이를 기적이라 불렀다.

신이 가엾은 슬에게 기적을 선물한 것이라고.

* * *

"기억을 잃은 슬에게 아버지와 나는 기적이라고 했습니다."

어느 정도 진정이 된 윤건과 태승이 옥상 한쪽에 마련된 벤치에 나란히 앉아 이야기를 이어 갔다. 슬이 기억을 잃게 된 지난 3년간의 일들과 기억을 잃고 난 이후에 일들에 대해서.

"웃기게도 슬이 다시 살아난 것보다도 기억을 잃게 된 걸 더 기적이라 표현했어요. 기억도, 추억도 모두 잃은 건데도……."

태승은 윤건이 하는 이야기를 가만히 들었다. 그러면서 머릿속으로 슬의 마음을 떠올려 봤다. 모든 것을 잃은 슬이 그때 당시 어떤 심경이었을지,

이들이 하는 말처럼 기억을 잃은 자신을 기적이라 생각했을지.

"그럼에도 우리는 슬이 기억을 떠올리지 않길 바랍니다. 지금도, 앞으로도."

기억이 없다는 것은 추억을 잃는다는 뜻만이 아니다. 하얗게 텅 비워진 그곳에 무엇이 있었는지, 있기는 했던 건지 그조차 떠오르지 않아서 그 무엇으로도 채울 수 없다는 뜻이다. 지금도, 앞으로도, 어쩌면 영원히. 기억이 돌아오지 않으면 슬은 평생을 가슴 한쪽을 채우지 못한 채 반쪽짜리로 살아갈 수도 있다. 그런데도 슬은 행복할 수 있을까. 웃을 수 있을까.

"저도 같은 생각입니다."

그럼에도 불구하고 태승도 이들의 생각과 같았다. 반쪽짜리 가슴을 가진 채 살아갈 슬의 미래가 마냥 긍정적일 수 없다는 것을 알면서도 그 역시 슬이 기억하지 않기를 바랐다.

그녀가 평생 그렇게 살아간다 해도 자신의 의지로 돌아오려는 기억을 막을 수 있다면 태승은 할 것이다. 백 번이고 천 번이고 끝끝내 막아설 것이다. 단, 제 힘으로 할 수 있는 일이라면…….

"그럼…… 이제 슬의 운명은 당신 손에 달렸겠네요."

윤건이 자리에서 일어나며 말했다.

"당신의 다음 선택이 뭔지 지켜볼 겁니다. 슬의 행복을, 안녕을 바란다면 당신이 잡고 있는 손을 놓아주세요. 부탁합니다."

정중히 제게 고개 숙여 부탁하는 윤건에게 태승은 안 된다, 그럴 수 없다 할 수 없었다. 슬의 한쪽 가슴은 저로도 채울 수 없기에. 그럴 바에야 기억이 영원히 봉인된 채 지금처럼 살아갈 수 있기를 바랐다. 아무것도 기억나지 않는다면 슬은 지금처럼 웃을 수 있을 것이다. 행복하지는 않아도 웃을 수는 있을 것이다.

윤건이 떠나고 홀로 남은 태승은 하염없이 흐르는 눈물을 닦아 내지도 않고 흘려보냈다. 지금도 이렇게 가슴이 아픈데, 아파서 죽을 것 같은데 그 여자 손을 놓을 수 있을까? 생각만 해도 가슴이 저리고 아린데…… 어떻게, 어떻게……. 눈앞에 모든 것들이 뿌옇게 흐려졌다.

* * *

옥상을 나와 엘리베이터를 기다리고 있는 윤건의 마음도 좋지만은 않았다. 누군가를 사랑하는 일보다 더 어려운 것이 헤어지는 일이니까. 그 일을 해 달라고 말하는 자신이 야멸치다고, 매정하다고 생각하나 이 남자보다 슬의 마음이 더 중요했다.

그리고 그 일을 태승은 할 수 있을 것 같았다. 아마 그는 할 것이다. 짧은 만남이었지만 슬을 사랑하는 마음이 얼마나 큰지 보였다. 그래서 아마 이 일이 아니었더라면 태승을 인정했을지도 모르겠다. 그런데도 윤건은 그에게 헤어져 달라고 했다. 슬의 마음을 더 생각해 한 말이었지만 그 말속에 약간의 질투심도 없지 않아 있었다.

윤건은 엘리베이터에 올라 슬이 있는 병실 층 버튼을 누르며 속으로 생각했다.

자신이 얼마나 쩨쩨한 남자인지를.

* * *

"왜 이렇게 안 오지?"

시계 초침을 몇 번이고 되돌아보며 초조함을 숨기지 못한 채 입술만 잘근잘근 씹으며 문만 바라보던 슬이 스르르 열린 문틈 사이로 들어오는 윤건을 보았다.

"오빠, 그 사람은?"

자신보다도 태승을 먼저 찾는 슬이 야속해져 순간 윤건의 미간이 살짝 찌푸려졌지만 이내 그가 섭섭하다는 말투로 툴툴거렸다.

"이제 오빠는 눈에 보이지도 않다 이거지?"

"아니, 그 뜻이 아니라…… 근데 왜 그 사람은 안 와?"

슬이 문 쪽을 바라보다가 시선을 자신에게 돌리자 그 눈을 슬쩍 피한 윤건이 벗으려던 외투를 다시 입으며 말했다.

"곧 올 거야. 응급실 다시 내려가 봐야 해. 혼자 있을 수 있지?"

"응. 걱정 마. 얼른 가 봐. 그리고 곧 그 사람도 올 거고. 내 걱정은 너무 하지 않아도 돼."

"알았어. 이따 또 올게."

슬의 머리를 몇 번 쓰다듬던 윤건이 문으로 몇 발자국 다가가려던 때, 태승이 안으로 들어왔다. 태승과 또다시 마주친 윤건이 그의 시선을 피하며 먼저 자리를 벗어났다.

"왜 이렇게 늦었어요?"

태승을 보자마자 슬이 환하게 웃었다. 윤건이 나간 문을 슬쩍 돌아보던 태승이 다시 고개를 돌려 슬과 마주 보며 웃었다.

"잠깐 통화하느라."

"아. 그랬구나. 할아버지는 뭐라…… 어? 입술이, 입술이 왜 그래요?"

고개를 주억거리던 슬이 태승의 터진 입술을 보고는 놀라 물었다. 괜찮다고 자꾸만 고개를 피하려는 태승의 손을 잡아 제 옆자리에 앉힌 슬이 터진 입술을 보며 눈살을 찌푸렸다.

"어떻게요. 상처 났어요. 대체 어쩌다 이런 거예요? 넘어진 것 같지 않은데, 누구랑 싸웠어요?"

분명 누군가한테 얻어터져 생긴 상처 같은데……라고 되짚던 슬이 무언가 생각난 듯 버럭 물었다.

"설마 우리 오빠가 이런 거예요?"

"괜찮아요. 아무렇지도 않아."

"좀 봐 봐요. 으, 얼마나 아팠을까. 왜 사람을 패고 그래?"

입술이 살짝 터져 피가 맺히고 굳어 있는 모습에 슬의 심장이 철렁했다. 윤건이 이래 놨을 줄은 생각도 못 했는데. 그동안 그와의 관계를 말하지 않고 몰래 만났다는 것에 화가 난 건가 싶었다. 아님 아저씨한테 무슨 말이라도 들은 건가? 어쨌거나 이 잘생긴 얼굴에 상처까지 내다니!

슬은 일순간 화가 났다가도, 동생 걱정에 그랬을 오빠 마음을 이해하려다가도, 또다시 화가 뻗쳤다. 순간순간 표정이 확확 바뀌는 슬의 얼굴을 가만히 보고 있던 태승이 애틋해진 감정을 참지 못하고 손목을 끌어당겨 입을 맞추었다.

갑작스레 맞닿은 입술 사이로 그의 따스한 숨결이 스며들자 슬의 눈이 한껏 놀라 커졌다가 이내 다시 스르륵 감겼다. 한데 그다음은 없이 입술만 맞대고 있는 것이 뭔가 좀 이상했다. 따뜻했던 입술이 떨어지자 슬며시 눈을 뜬 슬이 태승과 눈을 맞추고는 물었다.

"왜…… 왜 울어요?"

마주한 그의 두 눈이 울고 있었다. 분명 그는 눈물을 흘리지 않았다. 그런데도 슬은 느낄 수 있었다. 그의 눈이, 마음이 울고 있다는 것을.

"내가 걱정돼서 그래요? 나 괜찮아요. 하나도 안 아파. 그러니까 울지 마요."

슬은 걱정스러운 표정을 하고 그의 뺨을 쓰다듬었다. 태승이 자신 때문에 아프거나 울지 않기를 바라는 마음이 그 손길에 가득 담겨 있었다. 태승은 지금 그녀가 본인이 어떠한 상황인지도 모르고 오히려 자신을 걱정하는 것이 마음 아팠다. 아파서 자꾸만 심장에서 피가 새어 나온다. 그 피가 눈물이 되어 온 마음을 적셔 온다.

"울지 말라니까요. 이제 다신 걱정 안 시킬게. 당신 울지 않게 할 테니까 울지 마요."

태승은 눈시울이 붉어진 채 슬의 눈과 코, 입술을 차례차례 바라보았다.

어느 한 곳 모난 곳 없이 다 예쁜 슬이 원망스럽긴 처음이었다.

그랬더라면 널 놓기 쉬웠을 텐데, 기억에서 지우기 쉬웠을 텐데. 넌 왜 다 예뻐서, 태양처럼 빛나서 왜 이리 사람 가슴을 찢어 놔. 슬아⋯⋯, 나의 슬아.

"태승 씨⋯⋯ 혹시 무슨 일 있던 거예요? 오빠가 무슨 안 좋은 말이라도 한 거예요?"

"⋯⋯아니. 아니에요. 그냥⋯⋯ 그냥 윤슬 씨가 너무 좋아서."

"내가 좋아서 운다고? 정말 그런 거예요?"

"응. 그런 거야. 네가 너무 예뻐서⋯⋯."

슬이 무슨 대답이 그러냐고 타박할 수도 없게 태승이 다시금 다가왔다.

그는 태양처럼 빛나는 슬의 눈과, 코와, 입술을 눈에 담다가 슬의 뒷목을 끌어당겨 입을 맞추었다. 그러고는 처음보다 더 뜨겁게, 더 아프게 숨결을 나누었다. 슬의 입술과 맞닿아 있는 태승의 입술이 파르르 떨렸다.

그 어떤 결정 앞에서도 흔들리지 않았던 그가, 그 어떤 역경도 다 헤쳐 올 만큼 강인한 그가 제 품에 반도 되지 않는 여리고 약한 그녀 앞에서 세차게 흔들렸다. 이 지랄 같은 운명 앞에 이번에는 태승이 서 있었다. 그녀가 없는 세상, 그에게 더는 아무 의미도 없었다.

* * *

작게 울리는 휴대폰 알람 소리에 맞춰 태승이 눈을 떴다. 시계를 보자 현재 시각은 5시. 아직 해가 뜨지 않은 어스름한 새벽이었다. 그 새벽에 잠에서 깨어난 태승의 옆에는 새근새근 아기처럼 자고 있는 슬이 있었다.

어젯밤, 슬은 그의 곁에서 잠에 들었다. 아니, 정확히 말하자면 슬이 병실 한쪽에 있는 소파에서 자려는 그를 기어코 끌어와 제 옆에 눕히고는, 태승의 팔을 베고 누워 잠에 든 것이다. 이곳이 병원임에도 슬은 아랑곳

하지 않고 그와 함께 잠에 들었다.

　태승도 다른 때였다면 스스로 소파로 갔을 테지만 어제만큼은 그러지 않았다. 그저 슬이 하고 싶은 대로, 하고자 하는 대로 따랐다. 슬이 가라면 가고, 오라면 오는 순한 강아지가 되려 했다. 단 하루만이라도 슬을 안고, 머리카락을 쓰다듬으며, 그녀가 새근새근 내쉬는 숨소리를 들으며 잠들고 싶었다.

　"잘 자네, 나의 슬."

　언제부터였을까. 네가 나의 슬이 된 게. 할아버지 곁에 있는 네가 3년 전 그때의 너라는 걸 기억해 냈을 때부터였을까. 아니면 너를 처음 만났던 그 바닷가 앞에서부터였을까. 대체 언제부터 이 지독한 운명이 시작된 걸까. 아니, 우리의 만남은 운명이었을까, 만나선 안 될 악연이었을까. 그 무엇이 됐든 미안해, 슬아. 너에게 끝까지 함께할 운명이 되지 못하고 떠나서. 너에게 악연으로 남아서. 정말 미안해.

　그가 곤히 잠든 슬의 얼굴을 내려다보며 속으로 할 수 없는 말을 되뇌는데, 슬이 뒤척이며 그의 품에 더욱더 파고들었다. 그러면서 편안한 표정으로 더 깊은 잠에 빠져들었다. 그런 그녀의 모습을 보는데 태승의 가슴이 사무치게 아파 왔다. 이 얼굴을 더는 볼 수 없음에, 더는 사랑한다고 말할 수 없음에 심장이 쿡쿡 찔리는 고통이 일었다. 미치도록 그리울 것이다. 이때가, 지금 이 순간이.

　슬의 반듯한 이마에 입을 맞춘 그가 귀에 대고 속삭였다.

　"사랑해, 슬아."

　태승이 이번에는 슬의 입술에 아주 살포시 입을 맞추었다. 그의 눈에서 차오른 눈물이 방울방울 맺혀 그의 뺨으로, 또 슬의 뺨으로 톡톡 떨어졌다. 그때마다 슬의 미간이 살짝살짝 찌푸려졌으나 태승은 보지 못하고 베드에서 내려와 겉옷을 챙겨 조심히 병실 밖으로 나갔다.

　그렇게 동이 텄고 간호사가 링거를 교체하러 오는 소리에 슬도 잠에서 깨어났다. 부신 눈을 비비며 제일 먼저 옆자리를 살폈지만 태승은 온데간데없이 사라지고 없었다. 놀란 슬이 벌떡 일어나 주변을 샅샅이 뒤지다가 뭔가 생각나 간호사에게 물었다.

"혹시 오늘이 무슨 요일이에요?"

"월요일이죠. 어제가 일요일이었으니까."

"아…… 오늘이 월요일이면 회사에 갔겠네."

그제야 슬은 그가 출근했음을 알고는 안심할 수 있었다. 꿈인지 현실인지 모르겠지만 꿈에서 그의 목소리를 들은 것도 같았다. 다 쉰 목소리로 분명 자신에게 뭐라고 속삭였는데 도저히 기억나는 것이 없었다. 그런데 이상하게 자꾸만 불안한 마음이 든다. 오늘이 그의 할아버지가 참석하시는 중역 회의가 있는 날인데……. 부디 아무 일이 없어야 하는데…….

* * *

유일 그룹 본사 앞으로 여러 대의 검은 세단들이 줄지어 섰다. 뒷좌석 문이 차례로 열리며 유일 그룹 이사들이 하나둘씩 아스팔트에 발을 딛자 주변에 있던 기자들이 카메라 셔터를 누르기 시작했다. 번쩍이는 플래시 사이에서 이사들은 하나같이 근엄한 표정을 지으며 비서들이 나란히 서 있는 회사 로비로 걸어 들어갔다.

그 중에는 류일만 회장의 사위이자 태승의 고모부인 박중열 이사도 있었다. 그는 마치 대신들을 거느리는 황제 같은 모습으로 모든 이들의 시선을 한 몸에 받으며 걸어 들어갔다.

그때 멀리서 검은색 최고급 승용차 한 대가 들어와 건물 앞 중앙에 정차했다. 그러자 이사들을 찍던 기자들은 멈춰 선 차 쪽으로 일제히 돌아섰다. 길을 걷던 중열과 다른 이사들도 마찬가지로 뒤를 돌아 차를 확인하고는 양쪽으로 길을 갈랐다. 검은색 최고급 승용차는 다름 아닌 유일 그룹의 총수 류일만 회장의 전용 차였기 때문이다.

이사들은 과연 그 차에서 류일만 총수가 내릴지 기대 반 걱정 반으로 초조하게 지켜봤다. 이미 회사 내에서는 류일만 회장의 병세가 심상치 않다는 것이 공공연한 사실이 된 만큼, 류일만 회장이 모습을 드러낼지가 이번 중역 회의의 관건이었다.

중열은 그때 봤던 일만의 상태라면 오늘 그의 참석은 불투명하다고 생각했다. 아무도 모르게 쉬쉬하고 있지만 혜명이 했던 말까지 더해 살펴본다면 류일만 회장은 분명 예사로운 상태는 아니었기 때문이다. 정확하게는 일만의 여생이 그리 길지 않다고 봤다.

차 뒷좌석 문을 뚫어질 듯 노려보고 있는 중열의 곁으로 유일 리테일 김영호 사장이 다가왔다.

"과연 저 뒷좌석에 회장님이 내리실까요?"

전에 태승이 참석했던 경영 현안 보고 자리에서 무리수를 뒀다가 태승에게 한 방 먹고, 중열에게 두 방 맞았던 영호는 어느새 중열과 한편이 되어 있었다.

"그건 지켜보면 알겠지만 이젠 저 노인네가 있든 없든 상관없어. 어차피 이 회사는 나, 박중열의 차지가 될 테니까."

중열은 그야말로 허상에 가득 차 있었다. 눈에서부터 야망과 독기가 그득그득했다. 그 희번덕거리는 눈을 옆에서 보던 영호가 속으로 생각했다. '욕심 많은 인간…… 쯧쯧.' 영호는 이제 야욕을 숨김없이 드러내는 중열이 가증스러우면서도 한편으로는 두려웠다. 박중열은 회사를 제 손에 넣기 위해서 무슨 짓이든 할 사람이었다. 그러다 다시 앞에 정차해 있는 차 뒷좌석에 시선을 두었다.

반면 모든 이들의 시선이 고정되어 있는 차 뒷좌석에서는 태승과 일만이 있었다. 그들의 예상처럼 일만의 상태는 좋지 않았다. 그는 언제라도 정신을 놓을 수 있는 시한폭탄과도 같았다.

태승은 집에서 일만이 깨어 있는 모습을 보고는 컨디션이 좋아 보여 한 시름을 덜었었는데 시간이 갈수록 일만의 상태가 좋지 않아 걱정이 되었다. 이제라도 집에서 쉬는 게 좋지 않겠냐 했지만 일만은 부득부득 중역 회의에 참석할 뜻을 굽히지 않았고, 그렇게 해서 여기 이 자리까지 온 것이었다. 태승은 일만이 잡고 있는 손뿐만 아니라 이마에서도 땀을 흘리는 것을 보며 돌아갈 것을 부탁했다.

"할아버지, 그만 집으로 돌아가시는 게 좋겠어요."

"아니. 아니다. 가야지. 가야 해."

"지금 이 상태로는 무리예요. 지금 갔다가 쓰러지기라도 하시면 더 상황이 안 좋아질 거예요."

"지금 그냥 돌아간다고 해도 상황은 더 나빠질 게다. 내가 가서 자리라도 지키고 있어야 아직은 이 류일만이 뒷방 늙은이가 아니라고 그놈들 앞에서 보여 줄 수 있지 않겠니? 더는 넘보지 말라고. 특히 네 고모부에게서 이 회사를 지킬 수 있지 않겠어?"

"그래도……."

일만이 태승의 손을 다른 손으로 다독였다.

"너라도 곁에 있어 참으로 다행이구나, 태승아."

일만의 굳은 의지를 꺾을 수 없던 태승이 희미하게 웃어 보인 뒤 먼저 차에서 내렸다. 반대쪽 문에서 내린 태승이 긴 다리로 단숨에 일만이 타고 있는 좌석 문 앞으로 걸어왔다. 그러자 기자들의 셔터 누르는 소리가 더 커졌다. 태승이 차 문을 열다 말고 건물 안에서 자신들을 숨죽여 지켜보고 있는 중열의 눈을 말없이 노려보았다. 중열은 어린 조카의 시선을 느끼며 속으로 중얼거렸다.

'건방진 새끼.'

그러면서도 뒷좌석 문고리에 가 있는 조카의 손에서 시선을 떼지 않았다.

달칵, 문이 열리자 일만이 한 발, 두 발 차례로 땅을 딛고 섰다. 모든 이들의 시선이 집중된 순간 사위에는 셔터 소리만이 가득했다. 이사들의 시선 역시 야윈 류 회장에게 향했다. 그 모습을 보고 누군가는 안도를, 누군가는 분노를 표했다. 영호는 중열에게만 들릴 작은 목소리로 욕을 읊조렸고, 이에 중열이 작게 경고했다.

"경거망동하지 마."

그러고는 영호를 지나쳐 부리나케 일만과 태승의 곁으로 다가갔다. 영호는 그런 중열을 보며 이를 바득바득 갈았다.

"장인어른 오셨습니까?"

"자네도 왔는가."

"그럼요. 중역 회의인데 제가 참석해야죠. 그래야 장인어른도 직접 모시죠. 그만 들어가시죠. 몸도 불편하신데 제 손이라도."

중열이 일만에게 손을 내밀었으나 일만은 못 본 척 혼자 앞서 걸어갔다. 태승도 그런 일만을 뒤따라 걸어갔다. 겸연쩍어진 중열이 욕을 중얼거리며 안으로 들어갔다.

드디어 시작된 중역 회의는 장장 한 시간을 넘어 두 시간 째 이어지고 있었다. 류 회장은 그동안 자신이 자리를 비웠던 기간만큼 회사 경영 현안에 대한 보고를 들었고, 앞으로의 경영 안에 대해 논의했다.

그런데 놀라운 것은 6개월을 넘게 경영 일선에서 물러나 있던 일만이 경영 현안에 대해 꿰고 있었다는 것이다. 그는 지적할 부분은 지적하고 칭찬할 부분은 칭찬하며 중역 회의를 순조롭게 이끌었다. 그 모습을 본 대다수의 이사들은 일만의 병환이 깊다는 소문은 뜬소문이었다며 결론지었다.

이에 심히 상심한 중열이 내내 일만을 주의 깊게 살피다가 잠시 휴식을 취하자고 제안을 해 왔고 이윽고 회의가 잠시 멈추었다. 휴식 시간에도 다른 이사들은 일만에게 다가와 인사를 하고 안부도 물어 왔다. 그들을 상대하던 일만이 지친 숨을 내쉬자 태승이 다가와 물었다.

"괜찮으세요, 할아버지?"

"어…… 그래. 화장실, 화장실이 가고 싶구나."

"네. 저와 같이 가세요."

"아니. 아니다. 혼자 다녀올 수 있다. 그러니 넌 여기 남아 있거라. 자리를 지켜."

"그래도……."

"다녀올 수 있다니까. 너까지 움직이면 더 의심받아."

기어코 태승을 떼어 낸 일만이 화장실을 가기 위해 자리를 뜨자 이어 중열도 자리에서 일어났다. 중열은 여전히 자신의 촉을 믿고 있었다. 분명 자신이 봤을 땐 류일만 회장은 어떠한 병환을 앓고 있다. 그렇지 않고서는 6개월간 자리를 떠날 양반이 아니었다.

그런데 그런 그가 장장 6개월을 회장직에서 떠나와 몇 시간씩 내리 잠만 자며, 자주 깜빡깜빡한다니. 혜명이 해 준 이야기를 종합해 보면 분명 석연치 않은 점이 있었다. 그 점이 무엇인지 꼭 알아야 했다.

복도로 나와 화장실 쪽으로 걷는 일만의 뒤를 중열이 쫓았다. 화장실로 가는 줄 알았던 일만이 갑작스레 멈춰 서서 잠시 벽을 짚더니 돌연 앞을 향해 걷기 시작했다. 대체 어디를 가는 건가 싶어 열심히 그 뒤를 따라가는데 일만이 별안간 회사 밖으로 나가 버렸다. 놀란 중열이 그 뒤를 쫓아갔으나 일만의 모습은 더 이상 보이지 않았다.

"대체 어딜 간 거야, 이 노인네."

화장실에 간다더니 갑자기 무슨 일이라도 생긴 걸까? 주변을 두리번거려 봐도 일만은 사라지고 없었다.

* * *

일만이 나가고 중열이 그 뒤를 쫓아갔던 그 시각, 중역 회의장에서 일만을 기다리고 있던 태승은 시간이 꽤 흘렀음에도 일만이 보이지 않자 걱정이 되어 화장실에 가 봤다.

"할아버지. 할아버지!"

하지만 화장실은 텅텅 비어 있었고 근처를 살펴보아도 일만의 머리카락 하나 보이지 않았다. 그러자 태승의 표정이 심각해졌다. 일만이, 일만이 사라져 버린 것이다.

"여기도 없어요."

마지막 칸까지 모두 확인한 재호의 표정도 심각했다. 이어 태승은 바로 옆에 있는 여자 화장실로 들어갔다. 안에 누가 있든 없든 문을 벌컥 열고 들어간 뒤 태승은 사색이 된 얼굴로 칸마다 확인했으나 이곳에도 일만은 없었다.

"대체, 대체 어디에!"

그가 대체 어디로 간 건지 몰라 미칠 것 같아진 태승은 한참을 중얼거리다 퍼뜩 CCTV를 생각해 내고는 보안실로 내려갔다. 보안실 문을 벌컥 열고 들어온 태승을 보자 직원들이 모두 일어나 그에게 고개를 숙였다.

"사장님, 오셨습니까?"

"15층 회의실 복도 CCTV 재생시키세요."

태승은 직원들의 인사를 받을 겨를도 없이 급히 외쳤고 이에 당황한 직원들이 우물쭈물하자 그가 버럭 소리쳤다.

"어서!"

"아, 예!"

그제야 정신 차린 직원들이 회의실 복도 CCTV를 화면에 띄웠다. 화면에서는 일만이 화장실이 아닌 엘리베이터 쪽으로 나가는 모습과 그 뒤를 쫓아가는 중열의 모습이 찍혀 있었다. 중열의 얼굴을 화면에서 본 태승이 책상을 쾅 내리쳤다.

"박중열……."

그 이름을 되뇌던 태승이 다시금 명령했다.

"1층 복도 화면 띄우세요."

곧 직원이 새로 화면을 띄우자 밖으로 나가는 일만과 그 뒤를 쫓아 나가는 중열이 그대로 담겨 있었다. 그 모습을 보던 직원들은 영문을 몰라 하고 있었으며 오직 재호와 태승만이 표정을 구겼다.

"회사 바깥 CCTV 있습니까?"

"네. 있습니다."

직원은 사태의 심각성을 깨닫고는 얼른 바깥 화면을 띄웠다. 일만은 또다시 그때처럼 택시에 몸을 실었고, 그 택시가 떠난 다음 한발 늦게 중열이 밖으로 나왔다. 주변을 두리번거리는 중열 역시 일만이 빠져나갔단 사실을 모르는 것 같았다.

"택시 번호 확대하세요."

화면을 확대하자 선명하지는 않지만 택시 번호를 알아볼 수 있었다.

"택시 번호 따서 당장에 위치 추적해."

재호에게 명령한 태승이 문을 쾅 열고는 밖으로 나갔다. 그 뒤를 따르던 재호가 그에게서 수상한 낌새를 느끼고서는 그의 앞을 가로막았다.

"어디 가시려고요?"

"비켜."

"사장님."

"비키라고 했어!"

재호와 태승의 언성이 점점 높아졌다. 그 소리가 회사 로비에 울렸다. 태승은 화가 쉽게 가라앉지 않았다. 박중열 그 인간을 당장에 데려다 죽지 않을 만큼 패고 싶은 것을 간신히 눌러 참느라 꽉 쥔 손바닥이 하얗게 질려 있었다.

"이성을 찾으세요. 여긴 회삽니다. 회의실에는 이사들이 있고 박중열

이사도 있어요."

침착한 목소리의 재호가 정신 차리라 말했다.

"지금 가서 수습하셔야 할 건 사장님이세요. 이대로 회장님 찾아가셨다가는 다 알게 될 겁니다. 그걸 바라시는 겁니까?"

"유재호."

그가 낮게 불렀다. 그런데도 재호는 물러서지 않았다.

"돌아가세요. 회장님은 제가 찾아보겠습니다."

"유재호!"

그의 목소리가 로비를 또 한 번 울렸다. 재호를 바라보는 태승의 표정에서 분노가 이글이글 타올랐다. 재호 역시 지지 않고 눈을 부릅떠 응시했다.

"제가 꼭 찾아 모시고 오겠습니다."

태승이 격해진 숨을 크게 몰아쉬었다. 속이 터질 것 같았다. 미간을 구기며 한참 동안 끓는 화를 다독이지 못하던 태승은 겨우 마음을 다잡고는 간절히 부탁했다.

"부탁한다, 재호야."

"다녀오겠습니다."

태승에게 짧은 목례로 인사를 한 재호가 부리나케 로비를 빠져나갔고 그 뒷모습을 보던 태승이 벽을 짚고 서서 숨을 한 차례 더 내쉬었다. 이제야 정신이 든 태승이 로비가 아닌 엘리베이터를 잡아탔다.

15층으로 올라가는 태승의 얼굴에서 아까의 초조함과 걱정, 불안 같은 감정은 사라져 있었다. 프로는 평정심을 잃지 않는다. 그 어떤 상황에서도 반드시. 마찬가지로 태승도 평정심을 잃지 않을 것이다. 냉혹한 승부의 세계와 다름없는 그의 세계도 평정심을 잃는 순간 모든 것이 무너질 것이다. 그는 할아버지가 이루신 모든 것들을 반드시 지켜 내야 했다.

"슬아……."

태승이 셔츠 속에서 무언가를 꺼내 쥐고는 주문처럼 슬의 이름을 되뇌었다. 이 순간에서도 생각나는 사람이라고는 그녀뿐이었다. 그녀의 손을 놓겠다 다짐했으면서, 그 마음을 먹은 것이 오늘임에도 태승은 슬의 이름을 부르고 또 불렀다. 슬은 어느새 그에게 주문과도 같은 사람이 되었다.

땡, 엘리베이터가 15층에서 멈추고 문이 열리자 그가 손에서 쥐고 있던 물건을 놓았다. 셔츠 사이로 은색의 펜던트가 달랑거리며 매달려 있었다.

슬을 구했던 그 바다에서 태승이 목에 걸고 있던 목걸이였다. 태양 빛에 반사되어 슬의 눈을 부시게 했던 바로 그것. 슬이 봤던 그 무언가는 태승의 목걸이였다. 다만 그녀가 기억하지 못할 뿐…….

제3부

상처의 충돌

1. 너를 위한 선택

대회의실 안은 이사들이 술렁거리는 소리로 가득했다. 나갔다가 다시 돌아온 중열도 어수선한 분위기에 어리둥절하다가 가운데 자리와 그 오른편 자리까지 텅 비워져 있는 것을 보고는 씩 미소를 지었다.

갑자기 사라진 장인에 이어 조카 녀석까지 자리에 없는 것으로 보아 필시 그 노인네에게 무슨 일이 생긴 것이 분명하다. 하늘은 스스로 돕는 자를 돕는다고 하더니. 정말 그 말이 맞았다. 지금껏 노력해 지금 이 자리까지 올랐던 제게 하늘이 상을 내려 주는 것이 틀림없었다. 혼란스러워하는 이사들 속에서 중열만이 누런 이를 드러내며 야비하게 웃고 있었다.

"대체 이게 어떻게 된 일입니까? 류일만 회장은요?"

김영호 사장이 어리둥절한 표정으로 중열에게 다가와 물었다. 그러자 중열이 어깨를 으쓱하며 고개를 갸웃했다. 그 또한 그들이 어디에 있는지는 모르지만 굳이 알고 싶지도, 알아야 할 이유도 없었다. 중열은 오히려 그들이 사라져 준다면야 내 쪽에서는 환영이지 뭐, 이런 표정을 짓고 있었다. 그런 중열을 보며 영호는 간사한 놈이라고 욕하면서도 류 라인보다는 박 라인이라며 속으로 줄타기에만 관심이 있었다.

소란스럽던 장내가 황당함과 불쾌감으로 뒤바뀌었고, 실내 공기 또한 쾌쾌하고 텁텁해졌다. 급기야 이사들이 하나둘 자리를 뜨기 시작했다. 더이상은 여기에 머물러 있어야 할 이유가 없어졌기 때문이다. 회의의 중요 인사인 회장이 갑자기 자리를 비운 것으로도 모자라 이 일에 대해 해명하고 해결해야 할 주재자 역시 자리에 없으니. 이내 이사들은 화를 내기 시작했다.

"대체 이게 무슨 경우야? 살다 살다 별일을 다 보겠네."

"가자고. 가요. 바쁜 사람 불러다 놓고 뭐 하자는 짓인지. 회장님도 참 나."

그렇게 이사들이 한둘씩 회의장을 벗어나기 시작할 무렵 내내 이 상황을 묵묵부답으로 지켜보고 있던 중열이 기다렸다는 듯 나섰다.

"이사님들, 잠깐만 기다리시죠. 화들 가라앉히시고 잠시 앉아 보시죠."

금방이라도 자리를 박차고 나갈 것처럼 굴던 이사들이 중열의 한마디에 발걸음을 멈추고는 돌아보았다. 그중에는 다시 자리에 앉는 이사들도 있었다. 그 모습들을 보며 중열은 속으로 쾌재를 불렀다. 하늘에 이어 이사들도 자신의 편이라는 것을 알았다. 회사의 지분을 나눠 갖고 있는 주요 이사들이 제 편을 든다면 자신은 천군만마를 얻은 셈이 된다.

"아무래도 회장님께 일이 생긴 듯 보입니다. 제가 가문을 대신해서 중역 회의에 참석해 주신 이사님들께 죄송하단 말씀을 드립니다."

중열은 속으로는 이렇게 된 상황이 매우 만족스러웠지만 표정만큼은 그 어느 때보다도 진중했다. 정중하게 모든 이사들 앞에서 사과의 의미로 목례를 하니 이사들의 목소리 톤이 점차 낮아졌다.

"크흠. 뭐, 박 사장님께서 그리 정중히 사과를 하시니 할 말은 없다만 그래도 무슨 상황인지는 이야기를 해 줘야죠. 우리도 바쁜 사람들 아닙니까?"

"그렇죠. 바쁘신데 중역 회의에 참석해 주셨단 거 잘 알고 있습니다. 그래서 거듭 사과 말씀 드립니다."

"됐습니다. 사과는 한 번으로 족합니다. 솔직히 사과할 사람은 따로 있으니……. 쯧쯧."

이사들 중 한 명이 오른편의 빈자리를 흘겨보며 혀를 끌끌 찼다. 갑자기 사라져 이 사태를 만든 류일만 회장보다도 이사들의 눈총을 받는 이는 따로 있었다. 바로 이 기업의 후계자인 태승이었다. 물론 확정적인 것은 아니나 그 누구보다 유력한 차기 계승 후보인 그가 갑작스런 사태에 대해 미흡하게 대처한 것은 이사들의 눈살을 받기 쉬웠다.

"아직 경험이 많이 부족하지 않습니까. 너그러이 이해해 주시죠."

중열이 한 번 더 고개 숙여 사과하며 누그러진 목소리로 이사들을 달랬다. 그러자 노발대발했던 이사들의 목소리가 다시금 잦아졌다. 중열은 어느덧 이사들은 물론 분위기까지 좌지우지하고 있었다.

눈을 가늘게 뜨고 그 모습을 지켜보던 영호가 속으로 읊조렸다. 가히 대단한 사람은 대단한 사람이었다. 중열은 분명 태승의 역성을 들고는 있지만 교묘히 그의 부족한 경험을 내세워 자신의 역량을 어필하고 있음이 틀림없었다. 역시 노련한 사람이었다.

"회의도 다 끝난 것 같은데 그만 일어나죠. 앉아 있어 봤자 더 볼일도 없을 듯싶은데."

이사들 중 한 명이 그렇게 말하자 너도나도 자리에서 일어났다. 중열도 더 이상은 막지 않았다. 이사들을 다독이는 일도, 이 상황에 대해 설명하는 일도, 그러면서 자신을 어필하는 일도 끝났으니 더는 볼일이 없어 간다는 사람들을 말릴 이유도 없었다. 그저 느긋하게 앉아 나가려는 이사들을 두고만 보고 있었다.

바로 그때, 회의실 문이 열리며 태승이 들어왔다. 그러자 나가려고 몸을 일으켰던 이사들의 시선이 일제히 태승에게로 쏠렸다. 웅성거리던 것도 잠시,

태승이 들어오자 이사들의 움직임이 일순간 멈추며 분위기가 급속도로 얼어붙었다.

정말이지 살얼음판이 따로 없었다. 야생 동물들이 우글거리는 세렝게티 초원에 초식 동물 한 마리가 갑작스럽게 뛰어든 것도 모자라 그를 잡아먹으려 숨죽여 그 기회를 엿보고 있는 것 같은 분위기라 태승도 긴장하지 않을 수 없었다. 여기에서 삐끗하기라도 한다면 허기짐과 노여움 가득한 야생 동물들에게 살점 하나 남기지 않고 모두 뜯어 먹힐지도 모른다. 정신을 바짝 차려야 이 거친 야생에서 살아남을 수 있다.

"크흠, 아주 일찍도 오셨습니다, 류 사장."

중열에게도 불쾌한 기색을 숨기지 않던 강 이사가 뚱한 표정으로 비꼬았다.

"죄송합니다. 이사님들을 모셔 놓고 큰 실례를 범했습니다."

태승이 강 이사를 비롯한 이사들을 향해서 허리 숙여 정중히 사과했다. 하지만 여전히 이사들의 표정은 얼음장처럼 차가웠다.

"회장님은 대체 어디를 가신 겁니까? 갑자기 사라지시다니요. 설마 회장님 심신에 무슨 안 좋은 일이라도 생긴 겁니까?"

태승의 사과에도 꼿꼿하던 강 이사가 송곳 같은 질문을 하자 다른 이사들이 술렁이기 시작했다. 순식간에 회의장은 소란스러워졌고 중열은 이 상황을 유유자적 즐기고 있었다.

"먼저 이사님들께 한 번 더 사죄의 말을 드립니다."

태승이 허리를 90도로 숙이며 또다시 정중히 사과했다. 그러자 화를 내던 강 이사도 떨떠름한 표정으로 일단 자리에 앉았다. 무슨 일인지는 알아야 이 자리를 박차고 나가든 말든 할 것이 아닌가 하는 생각에서였다.

가장자리에 선 태승이 잠시 이사들 한 명 한 명의 눈을 맞추기 시작했다. 방금까지만 해도 화를 내며 쏘아붙이던 강 이사와, 팔짱을 끼고 거만하게 앉아 노려보고 있는 김영호 사장과, 입가에 살짝 미소를 머금은 채

이 상황을 즐기고 있는 모습의 박중열 사장까지. 차례차례 눈을 맞추던 태승이 드디어 입을 열었다.

"회장님께서는 약 두 시간 동안 진행되던 회의가 힘드셨던 것 같습니다. 쉬는 시간을 빌어 휴식을 취하시다가 몸에 무리가 올 수 있다는 판단에 집으로 모셔 드렸습니다."

무엇보다도 중요한 건 할아버지의 상태를 잘 숨기고 이 상황을 수습하는 것이었다. 절대 중열에게 유리하게 돌아가면 안 됐다. 태승은 자존심도 던지고 깊이 고개를 숙였다.

"그럼 소문에서처럼 회장님의 건강이 많이 안 좋다는 겁니까?"

"그 소문이 사실이라면 차기 회장 선출을 서둘러야 할 텐데요."

"회장님 건강이 어떻게 안 좋은 겁니까?"

류일만 회장의 건강 이상설은 꾸준히 제기되어 왔던 안건이었다. 임원들 사이에서 일만의 사망설까지 나돌았을 정도이니 말이다. 하지만 오늘 일만이 중역 회의에 참석하면서 류 회장을 싸고 돌던 소문들은 잠잠해질 수 있었다. 그런데 불과 몇 시간 만에 이러한 일이 생기니 창립 일원인 이사들은 그때 퍼졌던 이야기들이 뜬소문이 아닌 게 아니냐고 의문을 품을 수밖에 없었다.

이거 점점 흥미진진해지는데? 중열이 이사들의 질문 세례를 받고 있는 태승을 보며 조롱 섞인 미소로 지켜보았다.

"소문은 소문일 뿐 다 그릇된 말입니다. 회장님의 건강이 좋지 않은 것은 사실이나 어디까지나 노환으로 인한 기력 상실일 뿐 그 외적인 문제는 없습니다."

태승은 술렁이는 이사들에게 또 한 번 단언했다. 일만에게 꾸준히 제기되어 왔던 추측들은 그저 루머일 뿐이라며 일축했다. 곧 이사들의 언성이 잦아졌다.

"회장님께서는 그동안 경영 일선에서 물러나 계셨을 뿐 경영 현안에 대한 보고는 빠짐없이 받아 오셨습니다. 게다가 일주일 앞으로 다가온 유일 플레이스 오픈 기념식과 관련한 보고도 받으시고 지시도 내리셨습니다. 그 결과 유일 플레이스 오픈 기념식의 준비는 차질 없이 진행되고 있고요."

그러자 이사들이 태승의 말에 동조하기 시작했다. 두 시간 전에 봤던 일만은 도저히 경영 일선에서 한동안 물러나 있던 사람이라고 볼 수 없었다. 그가 이제껏 진행되어 왔던 프로젝트나 경영 현안에 대해 모두 꿰뚫고 있었다는 것은 조금 전에 자신들의 눈과 귀로 똑똑히 들었으니 반박을 할 수도 없었다. 이사들의 표정이 차츰차츰 누그러들기 시작하자 그들의 눈을 보던 태승도 잠시 긴장을 내려놓을 수 있었다.

"그럼에도 오늘 이 자리에서 이사님들께 저질렀던 실수와 미흡했던 대처는 모두 저의 불찰임을 인정합니다. 거듭 사과드리겠습니다."

태승이 머리를 조아리자 뻣뻣하게 세우고만 있던 이사들도 고개를 돌리며 난처해했다.

"사과는 한 번이면 족합니다. 일부러 그런 것도 아니고. 회장님이 어서 빨리 완쾌되셨으면 하네요, 류 사장."

"나도 아까는 미안했습니다. 하루 빨리 회장님의 완쾌를 바랍니다."

"젊은 사람이 실수도 할 수 있는 거지. 그만 돌아갑시다. 류 사장도 바쁜 사람이야."

"조만간 좋은 곳에서 모시겠습니다."

"그래요. 그래."

이사들이 자리를 털고 일어나 출입문을 향해 걸음을 옮기면서 태승에게 악수를 건넸다. 한 명 한 명 성심성의껏 이사들을 배웅한 태승의 얼굴이 아까보다도 더 질려 있었다. 그런데도 그는 한 치의 흐트러짐 없는 모습으로 마지막까지 이사들에게 인사했다.

이내 마지막 한 사람만이 텅 빈 회의실에 남아 있었다. 그의 고모부이자 인정할 수밖에 없는 유력한 왕위 계승자인 중열이었다.

문이 닫히고 태승의 시선이 앉아 있는 중열에게 가 닿았다.

"다 가고 우리 둘만 남았네."

중열이 능글맞게 중얼거렸다.

"이제 좀 솔직해져 볼까?"

"……."

대답 없는 태승을 향해 중열이 계속해서 말을 이었다.

"회장님께 무슨 일이 있는 거야? 우린 가족인데, 가족은 알아야 하잖아. 대체 뭐냐고."

화장실을 간다던 사람이 갑자기 회사 밖으로 나가고, 그러다 사라졌다는 것은 보통 일이 아니었다. 일만이 여전한 류일만 회장이었다면 회의를 하다 말고 밖으로 나가 자취를 감출 양반은 더더욱 아니었기에 중열은 이 상황이 도무지 이해되지 않았다. 머릿속은 이미 의문투성이었는데, 일만과 같이 사라졌다 돌아온 조카 녀석은 평온한 얼굴로 사태를 수습하고 있었다. 그 모습이 아무래도 수상했다. 꼭 뭔가를 숨기고 있는 것 같다는 생각이 자꾸 들었다.

"분명 회장님은 화장실을 가신다고 나가셨는데, 그러다 사라지셨어. 이일이 보통 일인가?"

중열의 추궁이 계속 이어지는데도 태승은 별다른 말을 하지 않고 있었다. 그저 중열이 무슨 말을 하나 지켜보고만 있을 뿐이다.

"난 자꾸 조카가 뭔가를 숨기고 있단 생각이 들어서 말이야."

"……숨기는 거 없습니다. 단 한 톨도."

태승이 두 주먹을 불끈 쥐었다. 지금도 충분히 이자를 칠 명분이 있었다. 그런데도 태승은 그렇게 하지 않았다. 그에게 주먹질을 한다는 건 이일이 보통 일이 아니라는 것을 인정하는 꼴이 되기 때문이다. 주먹 쥔 손이 부들부들 떨렸지만 온 힘을 끌어 모아 분노를 억눌러야 했다. 오히려 태승은 중열에게 자신을 대신해서 이사들의 화를 풀어 주려 한 일에 대해 고마움을 전했다.

"저를 대신해 이사님들을 중재해 주신 일, 감사드립니다, 박중열 사장님."

그가 허리를 숙여 정중히 인사하자 오히려 중열의 표정이 확 구겨졌다. 한동안 말없이 태승만 노려보던 중열이 하, 어이없는 웃음을 터트리곤 그를 지나쳐 회의실을 나갔다.

쾅! 세게 닫힌 문짝이 잠깐 동안 흔들리다 멈췄고 그제야 태승도 무너지듯 데스크에 기대앉았다. 마른세수를 하는 그의 얼굴엔 피곤이 덕지덕지 묻어 있었다.

* * *

흰 벽과 브라운 톤의 목재 가구들이 어우러진 상담실에서 재연과 슬의 긴 상담이 이어졌다. 슬은 순간순간 기억이 떠올랐던 것과 자꾸만 같은 꿈을 반복해 꾸는 것에 대해 이야기했다. 잠잠하다가도 순간 튀어 오른 한 조각의 기억들이 머릿속을 엉망으로 만들고, 귀에는 이명이 들리면서 끔찍한 통증이 시작되는 증세에 대해서도 말을 전했다.

슬이 하는 말을 묵묵히 듣던 재연의 표정은 갈수록 좋지 않았다. 분명 기억의 잔상이 조금씩, 조금씩 떠오르고 있음이 틀림없었다.

"그리고 또 기억나는 게 있니?"

기억을 더듬던 슬이 무언가 생각난 듯 입을 열었다.

"남자가 보여요. 그리고 뭔가 반짝였어요. 그게 뭔지는 잘 기억이 안 나는데, 빛이 나는 것 같았어요. 햇빛이 반사되는 것같이 그런 물체가 제 눈을 찔렀는데……."

슬이 그 뒤에 기억나는 게 없는지, 아님 기억이 나지 않는지 말끝을 흐렸다.

"그런데 선생님."

슬의 기억 속 빛과, 그 빛에 반사되어 비친 물체를 속으로 되뇌던 재연이 슬과 눈을 맞췄다.

"혹시 제가 기억하지 못하는 순간 중 물에 빠진 적이 있었나요?"

슬은 말을 하면서도 부들부들 떨리는 손을 다른 쪽 손으로 꼭 잡았다. 꿈이었지만 자신이 전에 겪었던 일처럼 생생했다. 그 꿈을 꾸고 나면 늘 식은땀에 얼굴과 목이 젖었고, 심지어는 누군가 제 목을 조르는 것 같은 느낌도 받았다. 꿈속에서의 자신은 의지와 상관없이 바다 속으로 뛰어들었고 최소한의 몸부림이나 저항도 하지 않았다. 그저 가만히 가라앉기를 바라는 사람처럼 기다리고 있었다.

그런 꿈을 한 번이면 몰라도 계속해서 반복해 꾼다는 것도 예삿일이 아니란 생각이 들었지만, 이 꿈이 현실처럼 느껴지자 자신이 정말 그랬을지도 모른다는 생각도 들었다.

"이상해서요. 제가 느끼기에도 꿈이 아닌 것 같았어요. 꿈을 꾸고 나면 정말 물에 빠졌던 사람처럼 하루 종일 기운도 없고 기분도 안 좋고. 그런데 생각을 해 봐도 기억이 나지를 않고……. 그렇게 생각하고 생각하다 결론을 낸 게 이건 꿈이 아니라 진짜 내가 겪은 일이 아닐까 하는 거였어요……."

재연은 혼란스러워하는 슬을 보며 아무런 말도 해 줄 수가 없었다. 의사로 살아오면서 그동안 수없이 많은 환자들과 대면해 왔다. 하지만 이렇게 입을 다물 수밖에 없게 된 것은 처음이었다. 자살 시도를 하고 그 일조차 까맣게 잊은 슬에게 무슨 말을 해 줄 수 있을까.

의사로서는 해야 할 말이 많았지만 그녀에게 연민을 느끼고 있는 한 사람으로서는 차마 입을 열 수가 없었다. 그녀의 말에 긍정도, 부정도, 그 어떤 말도 하지 못한 채 앞에 놓인 식은 찻잔만 보고 있을 뿐이었다.

그때, 문이 열리며 간호사가 들어왔다. 다음 환자가 기다리고 있다는 말이었다. 재연은 속으로 다행이라 여기며 슬에게 말했다.

"또 이야기하자. 그때는 여러 검사도 더 해 보고. 그러고 나서 이야기
하자."

"네, 선생님."

"바로 병실로 올라가. 밖에서 원장님 계실 거야."

"네, 그럴게요."

슬이 환히 웃으며 상담실을 나가자 곧바로 재연의 표정이 확 어두워졌
다. 기억이 돌아오고 있는데, 정작 슬은 아무것도 모르고 있으니 앞으로
어떤 고통이 찾아올지 가늠조차 되지 않아 걱정이었다. 그리고 그 고통을
슬이 잘 견뎌 낼 수 있을지도 의문이다.

* * *

"아저씨."

슬이 밖으로 나오자 정말로 성해가 그녀를 기다리고 있었다. 보호자 좌
석에 앉아 있던 성해가 슬을 보고 자리에서 일어나 가까이 다가갔다.

"괜찮니? 머리는 안 아파?"

"네. 이제 하나도 안 아파요."

"그래. 다행이다."

성해는 그동안 노심초사하는 바람에 주름이 하나 더 늘어날 판이었다.
그는 하루에도 열두 번씩 슬의 상태를 살피고 또 살피느라 병원 일은 뒷
전이었다. 덕분에 윤건만 성해의 일까지 두 배로 하느라 얼굴 보기가 힘
들어졌다.

"바로 올라가자."

슬이 자신의 링거 폴대를 끌며 앞장서 걷는 성해를 잠시 멈춰 세웠다.

"아저씨, 저 잠깐 회사에 전화 좀 하고 갈게요."

"그럴래? 혼자 괜찮겠어? 옆에 있어 줄까?"

"아니요. 아저씨도 일하셔야 하잖아요. 저 때문에 일까지 미루시는 건 제가 너무 죄송해서요. 그리고 윤건 오빠도 저 때문에 더 바쁘고……."

"윤건이 그 녀석이 바쁜 건 어쩔 수 없는 일이고. 네가 이렇게 고생을 하는데 내가 돕고 싶은 건 당연한 거지. 아빤데."

"그래도 제가 너무 죄송해서요."

한마디 더 덧붙이고 싶었지만 성해는 입을 꾹 다문 뒤 부드럽게 고개를 끄덕였다. 슬의 마음을 편하게 해 주는 것이 최고로 좋은 약이라는 것을 잘 알기에 슬이 하자는 대로 따라 줄 생각이다.

"그래. 알았다. 전화하고 곧장 병실로 가야 한다?"

"네. 그럴게요. 어차피 갈 곳도 없는 걸요."

"그래. 무슨 일 있음 연락하고."

"네. 알겠어요, 아저씨."

차마 발걸음이 떨어지지 않아 몇 번이고 뒤를 돌아보는 성해를 배웅하고 슬은 잠시 병원 건물 밖으로 나와 송에게 전화를 걸었다. 또다시 병가를 내게 되어 미안한 마음이었다. 송 팀장에게도 미안했고 팀원들에게도 미안했다. 지금이 딱 점심시간 때라 이따 할까도 생각했지만 망설이지 않고 통화 버튼을 길게 눌렀다. 신호음이 몇 번 가지 않고 곧바로 송이의 명랑 쾌활한 목소리가 흘러나왔다.

─언니! 괜찮은 거예요? 갑자기 병가라고 해서 얼마나 놀랐는데요. 정말 괜찮은 거죠?

오랜만에 듣는 송의 목소리에 절로 기분이 좋아진 슬도 밝게 대답했다.

"응. 괜찮아. 잠깐 검사를 받아야 할 게 있어서. 회사에는 별일 없어?"

─별일이라면 송 팀장님이 걱정하면서도 은근 고소해한다는 거? 그거 말곤 없어요.

"그래. 송 팀장님도 그렇고 팀원들한테도 진짜 미안해. 송 팀장님께도 죄송하다고 말 전달해 드리고. 검사 끝나서 퇴원하면 곧장 복직할 거야. 곧 유일 플레이스 오픈식이라 정신없을 건데 이럴 때 일손이 줄어들게 되어 진짜 미안."

—괜찮아요. 어차피 거의 끝마무리 중이라 그 전에는 오시는 거죠?

"그럼 당연하지."

송에게 이것저것 전해 듣고 나니 마음이 한결 편안해졌다. 무엇보다도 회사에 별일이 없는 것처럼 보여서 그나마 다행이었다. 그러다 휴대폰 너머로 옥신각신 다투는 소리가 들리더니 익숙한 민지의 목소리가 흘러 들어왔다. 슬의 얼굴이 또 한 번 밝아졌다.

—야, 윤슬! 너 진짜 이럴 수 있어? 타 팀 됐다고 송이한테만 전화하고. 아주 친구는 눈에 보이지도 않냐?

"미안해. 사정이 있었어."

—무슨 사정이 그렇게나 많아? 사정이 있는데 다른 사람한테는 연락하고 나한테는 안 하냐? 진짜 섭섭해, 너 이러면.

"미안해. 진짜 미안해."

—그래, 뭐. 네가 괜히 그럴 애도 아니고. 곧 병문안 갈게. 그렇지 않아도 내일 연차라 너한테 가 보려고 했어. 전해 줄 말도 있고.

"응? 전해 줄 말? 무슨 말인데?"

뜬금없는 소리에 슬이 놀라 묻자 민지가 전화로 할 이야기가 아니라고 대답했다. 하지만 슬도 그렇고 옆에 있는 송이도 그렇고, 궁금함에 끈질기게 물으니 민지가 목소리를 한 톤 낮춰 말했다.

—오늘 본사로 중역 회의 파견 갔었는데, 한바탕 발칵 뒤집어졌었어. 회장님이 갑자기 사라지셔서.

"뭐? 사라져?"

휘둥그레진 슬이 소리쳤다. 그러자 민지가 휴대폰을 귀에서 멀리 떼어 냈다가 다시 붙이고는 물었다.

—왜 이렇게 놀래?

"사라지셨다며? 어디로? 아니, 왜?"

놀란 것도 놀란 거지만 일만이 그때처럼 사라졌다는 것은 정신을 놓았다는 뜻일 가능성이 농후했다. 그래서 다그쳐 물으니 민지가 이어서 대답했다.

―사장이 와서 회장님이 사라지신 게 아니라 잠깐 어지러우셔서 집에 모셔다 드렸다는데, 모르지. 진짜 사라지셨는지도. 하여튼 회의실 분위기 장난 아니었다니까. 나는 밖에서 대기하고 있긴 했지만 밖에서도 이사들이 술렁거리는 소리 다 들리고, 나오면서도 자기들끼리 중얼거리는 소리 엿들으니까 그렇다더라고.

"사라지셨다니……."

슬은 휴대폰을 내려놓으며 멍하니 중얼거렸다. 그럼 그 사람 지금 어떻게 하고 있으려나? 완전 패닉 상태일 것 같은데, 이 일을 어떻게……. 속으로 생각하던 슬이 냅다 병실로 올라가는 엘리베이터를 탔다. 막 복도를 지나던 윤건이 슬의 뒷모습을 보고는 그녀를 부르려다 무언가 다급해 보이는 표정이 의아해 그 자리에 가만히 서서 그 움직임을 보고만 있었다.

손목에 꽂힌 주사바늘을 멋대로 뽑아 낸 슬이 살갗이 따끔거리는 것도 잊은 채 캐비닛을 열어 옷을 주섬주섬 꺼내 입었다. 슬은 베이지색 니트와 청바지 위에 코트를 반만 걸친 채로 병실을 뛰쳐나와 곧장 택시를 잡아탔다. 분명 일만이라면 그곳에 있을지도 모른다. 그의 아들이자 태승의 아버님과 어머님이 행복한 신혼을 보냈던 바로 그 신혼집 말이다.

* * *

뒷수습을 모두 마친 태승이 큰 보폭으로 빠르게 걸어가 차에 올라탄 뒤 급히 시동을 걸었다. 무서운 속도로 도로 위를 맹렬히 질주하는데, 전화 하나가 걸려 왔다. 그 전화를 받아 든 그의 목소리가 낮게 가라앉아 있었다.

"어. 어떻게 됐어?"

―회장님 휴대폰 추적한 곳으로 왔는데 안 계세요. 근데 계속 한곳만 잡히는 게 이상해서…….

그 소리에 태승이 차를 몰다가 길가에 세워 놓고는 휴대폰 애플리케이션을 켜 일만의 위치를 확인했다. 지도 위에서 이동도 하지 않고 한곳에만 머무르고 있는 것이 아무래도 휴대폰을 그곳 어딘가에 흘린 것 같았다. 그가 후회의 한숨을 내쉬며 다시 차를 출발시켰다.

"일단 거기에서 벗어나. 영등포에 계실지도 모르니까 그쪽으로 빨리 출발해."

―예, 알겠습니다.

"해 떨어지기 전에 찾아야 해. 알았지, 재호야."

―네. 알고 있습니다. 전속력으로 달릴게요.

"그래. 고맙다."

그가 핸들을 꼭 부여잡으며 탄식했다. 조금만 더 신경을 썼더라면, 내가 조금만 더 주의를 기울였더라면 이런 일 따위는 없었을 건데. 태승의 입에서는 줄곧 그때 그 찰나의 실수를 후회하고 또 후회하는 말만 흘러나왔다. 속력을 더 높여 운전하는 그의 차 뒤로 경찰차가 따라오고 있었지만 상관없었다. 그에게는 오직 할아버지를 찾아야 한다는 생각만이 절실했다.

"대체 어디 계세요, 할아버지."

하필이면 오늘 강력한 한파가 기승을 부리고 있었다. 얼마 전까지만 해도 날도 따뜻했고, 그렇게 기온이 낮지도 않았는데. 날이 점점 추워지는 만큼 그의 속이 점점 더 타들어 가고 있었다.

* * *

"아저씨 속도 좀만 올려 주세요. 빨리 가야 하거든요? 제발 조금만 더 빨리 가 주세요."

슬은 택시 기사에게 미안한 마음이 들긴 했지만, 교통 법규를 생각하면서 앉아 있을 수만은 없었다. 이렇게 추운 날에 일만이 사라졌다. 아무리 외투를 걸쳐 입었다 한들 밖에 오래 서 있다가는 큰일 날 수 있었다. 특히 나이가 많으신 분들에게 이런 추위는 목숨까지 앗아 갈 수 있을 만큼 위협적이었다. 택시 안은 이렇게나 따뜻한데 이 맹렬한 추위 속에서 오들오들 떨고 있을지도 모르는 일만을 생각하니 애가 탔다.

서울에서 영등포까지 넘어오는 데 족히 40분은 지체한 것 같았다. 목적지에 도착하자마자 차에서 내린 슬이 주변을 두리번거리며 일만을 찾기 시작했다. 택시를 타고 이곳에 오면서 태승에게 끊임없이 전화를 걸었지만 그는 내내 통화 중이라 받지를 않았다. 분명 그도 자신만큼 할아버지를 애타게 찾고 있으리라.

슬은 일단 일만부터 찾자 싶어 눈에 불을 켜고 할아버지를 찾아다녔다.

"할아버지! 할아버지!"

회장님이라고 부르다가는 자칫 누가 알아볼 수도 있어 슬은 회장님 대신에 할아버지라는 호칭을 썼다. 주택 앞은 텅 비워져 있었고 폐허가 된 집만 덩그러니 놓여 있을 뿐이었다. 이 집 대문 앞에 서 있을 줄 알았던 일만이 보이지 않자 불안해진 슬이 집 근처를 샅샅이 뒤지고 다녔다.

"할아버지! 어디 계세요? 할아버지!"

목청이 터져라 부르고 불러도 그는 대답은커녕 그림자조차 보이지 않았다. 해는 벌써 중천을 넘어가고 있었고, 날은 점점 더 추워져 매서운 바람에 손과 발이 시렸다.

몇 시간째 이 동네를 배회하고 돌아다니던 슬이 더는 목소리도, 걸을 힘도 사라지자 울컥 울음을 터뜨렸다. 이렇게 추운데, 대체 회장님은 어디에 계신 거야? 할아버지……, 할아버지.

다시 힘을 내 일어나야 하는데 온몸이 꽁꽁 얼어서 꼼짝도 할 수가 없는 상태가 되었다. 그때, 바로 뒤에서 호통 치는 소리가 들려왔다.

"다 큰 처자가 바닥에나 주저앉아 있고 말이야. 그럼 못 써!"

어디선가 많이 들어 본 소리에 휙 뒤돌아본 슬이 앞에 서 있는 일만을 보고는 자리에서 벌떡 일어났다.

"할아버지!"

이 목소리가 얼마나 반갑고 또 서러운지 슬은 두 눈이 그렁그렁해져서는 냅다 뛰어와 일만을 와락 안았다.

"할아버지! 대체 어디에 계셨던 거예요? 제가 얼마나 찾았는데, 진짜 큰일 나는 줄 알았다고요!"

"이거 왜 갑자기 안고 난리야? 내가 뭐 죽기라도 했을까 봐?"

일만은 자신을 끌어안고 울먹이는 슬을 타박했다. 그때나 지금이나 일만은 여전히 호락호락한 할아버지는 아니었다. 그런 사소한 것 하나도 고마워진 슬이었지만 이렇게 감동하고 있을 때가 아니었다. 슬은 그를 안고 있던 팔을 풀어내고 주머니에서 휴대폰부터 꺼냈다.

"일단 집에 가세요. 지금 할아버지 손자가 애타게 찾고 있으니까."

그렇게 말하며 휴대폰을 켜자 10통의 부재중 전화가 찍혀 있었다. 윤건과 성해가 번갈아 전화한 걸 보면 그들도 자신이 병원에서 뛰쳐나온 걸 알게 됐다는 뜻이다. 일단 일만을 먼저 데려다줘야겠다는 생각에 태승에게 전화를 걸려던 순간 일만이 휴대폰을 휙 빼앗아 갔다.

"할아버지! 얼른 주세요. 지금 태승 씨가 얼마나 걱정하고 있는지 알고 그러세요? 빨리 전화를 해서 알려야 그 사람 걱정이 줄어들 것 아니에요. 얼마나 애타게 찾고 있을지 걱정도 안 되세요?"

그 어느 때에도 침착하던 슬이 걱정하는 손자 생각은 않고 행동하는 일만의 태도에 버럭 화를 냈다.

"연락하지 마. 내가 치밀하게 그 녀석 혼을 좀 내 주고 있는데, 네가 뭐라고 끼어들어?"

"혼을 내다니요?"

황당해진 슬이 되물으니 일만이 휴대폰을 꺼 자신의 안주머니에 쏙 넣은 후 답했다.

"그건 네가 알 거 없고. 그러는 윤슬, 너는 여기 왜 왔어? 그리고 내 손자 녀석은 어떻게 알고?"

일만은 그때 만났던 슬을 정확히 기억하고 있었다. 그때나 지금이나 일만의 눈에 슬은 달덩이처럼 참 예쁘고, 볼수록 참해서 자꾸만 누군가가 떠올랐다. 나긋나긋하고 참한 말투를 지녔으며, 웃어른들을 공경할 줄 알고, 무엇 하나 모자라는 법이 없었던 제 며느리가. 일만은 그녀와 닮은 슬을 볼 때마다 괜히 애틋했다.

"저야 할아버지 찾으러 왔죠. 여기 계실 것 같아서……."

"내가 여기 있는 줄은 또 어떻게 알고."

"기억 안 나세요? 여기에서 할아버지 처음 뵀잖아요. 할아버지랑 할아버지 손자분이랑."

고개를 끄덕이던 일만이 갑자기 눈을 가늘게 뜨고는 반박했다.

"나랑은 병원에서 처음 봤지. 고새 그것도 잊어버렸어? 기억력이 나쁘네, 윤슬은."

"아. 맞다. 기억력 좋으시네요, 할아버지는."

다른 사람이 이 모습을 본다면 일만이 알츠하이머를 앓고 있을 거라고 생각도 못 할 것이다. 그는 현재의 기억은 흐릿할지라도 과거의 기억은 오롯이 다 기억하고 있으니까. 심지어 슬도 깜빡 속을 정도이니 말이다. 기억이 온전치 않은데도 일만의 기개는 웬만한 이삼십 대 청년들을 뛰어넘을 정도다.

"추우니까 일단 가자."

"어디를요?"

"내가 잘 아는 곳이 있어. 내 아들이랑도 자주 갔던 곳이기도 하고."

일만은 슬의 손을 슬쩍 잡고는 천천히 그녀를 이끌었다. 슬은 일단 그가 가려고 하는 길을 같이 따라가 그곳 사람들에게 부탁해 휴대폰을 빌려 태승에게 연락해야겠다는 생각을 했다. 일만은 여느 할아버지와 달리 머리가 아주 비상한 데다 눈치도 빠른 편이니 쉽지는 않겠지만 이렇게라도 해서 태승에게 알려야 했다.

순순히 일만을 따라 간 곳은 의외의 장소였다. 조금 외진 곳에 자리 잡은 동네 빵집이었다. 일만은 그 안으로 익숙한 듯 들어갔다.

"뭐 해, 안 따라오고? 추워!"

멍하니 서 있는 슬에게 일만이 한바탕 호통을 쳤다. 그제야 정신이 번쩍 든 슬이 일만을 뒤따라 빵집 안으로 들어갔다. 빵집은 바깥에서 본 모습보다 실내가 훨씬 더 아늑했으며, 방문객도 몇 없었다.

그렇게 안을 둘러보고 있는데 카운터에 자리한 가게 주인으로 보이는 사람이 목례를 했다. 그에 슬도 얼결에 같이 인사를 했다. 그러고는 일만이 앉아 있는 창가 자리로 가 앉았다. 곧이어 주문을 하지도 않았는데 따뜻한 코코아 두 잔과 소보로빵 여섯 개가 접시에 같이 나왔다.

외투를 벗으며 주위를 살피는 슬에게 일만이 코코아를 건넸다.

"빵집 처음 와 봐? 뭘 그렇게 두리번거려? 코코아나 마셔."

슬은 그 잔을 두 손으로 꼭 감싸 쥐자 추위로 꽁꽁 얼었던 몸이 노곤해짐을 느꼈다. 하아, 이제 좀 한기가 가신다. 온기가 전해지니 온몸이 녹는 듯 나른해졌다. 그 모습을 이상한 눈으로 바라보던 일만이 퉁명스레 쏘아붙였다.

"왜 이렇게 이상한 얼굴을 하고 있어? 그만 멍 때려, 윤슬. 넌 멍 때리면 하나도 안 예뻐."

일만의 퉁명스러운 말에도 아랑곳하지 않은 슬이 배시시 웃으며 물었다.

"그럼 그 말은 제가 평소에도 예쁘다는 말이네요?"

그러자 일만이 입술을 삐죽 내밀었다가 고개를 끄덕였다.

"그럼 그동안 여기에 쭉 계셨던 거예요?"

"그래. 네가 여기까지 오지만 않았어도 이리 귀찮지는 않았을 건데."

일만은 번거롭다며 툴툴댔지만 슬은 안도했다. 이 추운 날에 밖에서 오지 않는 아들을 기다리고 있지는 않았을까 내심 걱정했는데 따뜻한 곳에서 몸을 녹이며 잘 먹고 있었다니 안심이었다.

어서 빨리 이 소식을 태승에게도 알려야 하는데, 휴대폰이 할아버지 안주머니에 있으니 일을 어쩜담. 고민으로 슬의 얼굴빛이 어두워지자 그새 일만이 그 모습을 보고는 걱정되어 한층 누그러트린 목소리로 물었다.

"표정이 왜 그래, 윤슬?"

일만이 아까보다 낮아진 목소리로 조심스럽게 물으니 이때를 놓치지 않은 슬이 더욱더 시무룩해진 표정으로 말을 이었다.

"아니요. 할아버지 손자분이요. 엄청 걱정하고 계실 거 생각하니까 걱정이 되어서."

"그걸 왜 네가 걱정을 해? 우리 손자한테 관심 있어?"

대뜸 묻는 말에 깜짝 놀란 슬이 아무런 말도 하지 못하고 금붕어처럼 입모양만 벙긋거리니 일만이 코코아를 마시다 말고는 놀라 되물었다.

"진짜야? 진짜 관심 있어?"

"……."

슬은 묵묵부답이었고, 이는 곧 긍정을 뜻했다. 일만이 환한 미소를 지으며 고개를 끄덕거렸다.

"우리 손자 놈이 얼굴이 좀 반반하지. 다 나를 닮은 거야. 우리 일한이도 그렇고."

그런데 일한이라는 이름이 나오자 밝았던 일만의 표정이 살짝 어두워졌다. 그러면서 일만은 빵집 내부를 둘러보며 말을 이었다.

"여기가 우리 아들이랑 자주 왔던 곳이야. 그 애가 이 소보로빵을 정말 좋아했거든."

그러고는 빵을 집어 한 입 크게 베어 물었다. 그 모습을 슬이 물끄러미 바라보았다. 이 빵집은 다름 아닌 할아버지와 태승의 아버지가 함께 만든 추억이 깃든 곳이었다. 할아버지는 이곳에 와서 아들과 함께했던 소중한 추억을 떠올리고 있었던 것이다. 그 기억이 아마 회의실에서 번쩍 생각났을 것이고, 현재의 기억을 잃은 할아버지는 곧장 이곳에 와야 한다는 생각에 사로잡혔을 것이다.

덕분에 회의장은 발칵 뒤집혔고, 태승은 지금도 할아버지를 찾아 온 동네를 돌아다녀야 했지만. 이 추운 날씨에 태승의 손도, 발도, 얼굴도 꽁꽁 얼었겠지. 그 생각을 하니 초조해진 슬의 심장이 빨리 뛰었다.

"할아버지, 저 잠시 화장실 좀."

"빨리 다녀와. 하필 이런 중요한 이야기를 하고 있는 이 시점에 꼭 초를 쳐야겠어?"

"죄송해요. 얼른 다녀올게요. 그때까지 여기 계셔야 해요."

마지막까지 신신당부를 한 슬이 화장실을 가는 척하며 카운터 주인에게로 가 휴대폰을 빌려 밖으로 나왔다. 그의 번호쯤은 이미 외워 뒀던 터라 번호를 눌러 태승에게 전화를 걸었다.

* * *

영등포로 넘어온 태승이 주변을 이 잡듯 샅샅이 뒤지고 있을 때, 그의 주머니에 있던 휴대폰이 울렸다. 화면에 뜬 열한 개의 숫자가 모르는 것이라 혹시나 싶어 얼른 받아 드니 어딘가 낯설지 않은 목소리가 들려왔다. 바로 윤건이었다.

"네. 류태승입니다."

—정윤건입니다. 혹시 슬이랑 같이 있습니까?

"아니요. 슬 씨를 왜 찾는 겁니까?"

병원에 있어야 할 사람을 왜 나한테서 찾는 걸까? 궁금해지던 찰나에 윤건의 다급한 목소리가 흘러나왔다.

―슬이 없어졌어요. 주삿바늘도 뽑은 채 사라졌단 말입니다!

"네? 그게 무슨 말입니까? 왜 슬 씨가 사라져요? 병원 안은 찾아본 겁니까?"

순간 태승은 귀를 의심했다. 슬이 사라졌다니, 대체 무슨…… 심장이 철렁 내려앉는 것 같았다.

병원에도 없다는 윤건의 말에 자제심이 사라진 태승이 버럭 소리쳤다.

"대체 병원에선 무얼 한 겁니까? 환자가 사라졌는지도 모릅니까? 관리를 어떻게 했길래!"

전화를 뚝 끊어 버린 태승이 얼른 슬에게 전화를 걸었다. 하지만 신호음만 갈 뿐 그녀는 전화를 받지 않았다. 그래도 그는 포기하지 않았다. 두 번째도 역시 길어지는 통화 연결음에 전화를 끊으려는 순간, 신호음이 뚝 끊어지며 웬 남자 목소리가 들려왔다.

"당신, 누구야? 대체 뭐야? 당신이 왜 슬 씨 전화를 받아? 누구냐고, 당신!"

숨도 안 쉬고 다급히 묻는 목소리에 일만이 인상을 팍 구기며 오히려 소리쳤다.

―내가 누구면 뭐! 네가 어쩔 건데?

"뭐야? 당장 윤슬 바꿔. 바꾸라고 당장!"

"그러는 넌 누군데? 누군데 우리 슬이를 찾아?"

태승은 '우리'라는 단어에 화가 머리끝까지 차오르는 것이 느껴졌다. 슬이 사라진 것도 모자라 웬 남자 놈이 전화를 받고, 거기다 우리라고 칭하기까지 하니 매우 성이 치민 것이다. 슬이 분명 나쁜 놈에게 납치를 당했을 거라 확신한 태승이 이를 악물었다. 일만이 사라졌을 때와 맞먹는

크기의 분노와 당황, 심장이 지져지는 것 같은 초조함에 그는 곧바로 뒤돌아 차가 정차해 있는 곳까지 단숨에 달려갔다.

"너 당장 있는 곳 대. 어디야? 지금 어디 있어?"

─어디긴 어디야? 그리고 너 몇 살이야? 몇 살인데, 반말을 처하고. 그리고 슬이는 남자 친구 있어! 네가 뭔데 애인도 있는 앨 건드려? 어?

그런데 어쩐지 뭔가 이상한 구석이 있었다. 제 또래 정도일 줄 알았던 상대가 목소리를 듣자 하니 70대 노인 같다는 거다. 대체 이게 무슨 일인가. 슬이 왜 노인과 같이 있는 걸까?

아까는 일만을 찾는 것도 마다하고 달려갈 기세였는데 흥분을 차츰 가라앉히고 보니 분명 어디서 많이 들어 본 목소리 같다는 생각이 들었다. 천천히 논리적으로 접근해 가던 태승이 설마 하며 물었다.

"설마 할아버지십니까?"

일만이 자신을 70대 노인 취급하는 태승을 크게 나무랐다.

─내가 왜 할아버지야? 이래 보여도 어엿한 50대 초반 남성이구만!

하지만 태승은 전화기 너머의 남성을 자신의 할아버지라 확신할 수 있었다. 정신을 놓을 때마다 일만은 늘 아들을 찾으려 영등포 신혼집으로 향했고, 자신을 50대 초반이라 말하곤 했으니까.

이마를 문지르던 태승이 순간 다리에 힘이 풀려 비틀거렸다. 벌써 네 시간이 넘도록 일만을 찾아다니느라 몸이며 다리며 얼굴까지 성한 곳이 없을 지경이었다. 설상가상으로 슬이 사라졌다는 소식까지. 마치 롤러코스터를 대여섯 번은 타고 내린 것처럼 머리가 어지러웠다.

"어디 계세요, 지금?"

몸을 추스른 그가 운전석에 오르며 물었다. 일만은 끝까지 가르쳐 주지 않으려 했지만 태승이 열심히 그를 설득한 끝에 겨우 그들이 있는 곳을 알아낼 수 있었다. 일만이 가르쳐 준 빵집은 1킬로미터도 채 떨어지지 않은 곳에 위치했다. 그곳에 그들이 있다.

갑자기 사라졌던 일만과 같이 사라진 윤슬까지. 반나절 만에 보는 그들을 한시라도 빨리 만나기 위해 차의 속력을 높였다.

* * *

"받아라. 제발 전화 좀 받아."

벌써 몇 통을 걸었는지 모르겠다. 휴대폰 너머에서는 신호음만 이어질 뿐 상대의 목소리는 흘러나오지 않았다. 오늘 하루 내내 태승은 전화를 걸 때마다 통화 중이거나 부재중이거나 둘 중 하나였다. 누구와 그리 통화를 많이 하는 것인지.

애가 타서 발을 동동거리다 포기한 슬이 휴대폰을 내려놓곤 한숨을 푹 쉬었다. 그러다 문자라도 남길까 싶어 다시 휴대폰 화면을 켜는데 멀리서 들려오던 발소리가 점점 가까워졌다. 그 소리에 고개를 든 슬은 깜짝 놀라 하마터면 휴대폰을 떨어트릴 뻔했다.

"태, 태승 씨?"

전화를 걸어도 받지 않았던 사람이 바로 앞에서 걸어오고 있으니 믿기지 않았다. 그러면서도 다시 만난 그가 반가웠고, 또 한편으로는 왜 전화를 안 받아서 사람을 이리 애태웠는지 서러워서 눈물이 날 것 같기도 했다. 슬은 복잡한 감정이 북받쳐 올라 쉽게 그를 부르지도, 말을 잇지도 못하고 있는데, 다가와 자신을 안아 줄 것 같던 태승이 자신을 쳐다보지도 않고 휙 지나쳐 가니 그녀는 순간 당황했다.

빵집 안으로 들어온 태승은 창가 자리에 앉아 태연히 소보로빵을 먹고 있는 일만을 발견하고는 빠르게 다가갔다.

"일어나세요."

빵을 먹다 말고 위를 올려다본 일만이 태승을 알아보고도 못 본 척 빵만 뒤적거렸다. 한 번 더 일어나라 말했지만 그가 못 들은 척까지 하자

참을 수 없어진 태승이 버럭 소리쳤다.

"일어나세요, 당장!"

때마침 빵집 안으로 들어온 슬이 그 소리에 놀라 눈을 크게 떴다. 이렇게 화를 내는 그의 모습을 본 적이 없었기 때문이다.

"누가 이리 큰소리를 내?"

그제야 일만이 반응하자 태승이 그의 손을 잡고 자리에서 강제로 일으킨 후 빵집 밖까지 끌고 나갔다. 70대 노인이 30대 손자의 힘을 감당할 수 있을 리는 없었다. 힘없이 끌려가던 일만이 이내 고래고래 소리를 지르기 시작했다. 때리기도 하고 안 간다고 떼를 쓰기도 했지만 태승은 꿈쩍도 하지 않았다.

"태승 씨. 태승 씨 잠깐만요. 잠깐만요."

걱정이 된 슬이 뒤따라가며 그를 불렀지만 태승은 대답도 하지 않고 걸어가 재호가 타고 온 차 뒷좌석에 일만을 억지로 태웠다.

"집으로 모셔."

"네, 알겠습니다."

태승과 그 뒤에 서 있는 슬, 그 두 사람을 번갈아 보던 재호가 눈치껏 운전석에 올라 차 문을 걸어 잠그고는 이곳에서 빠져나갔다. 차가 출발하자 일만이 문을 열려고 했지만 차 문은 이미 잠긴 터라 일만은 꼼짝 못한 채 그대로 언덕을 내려갔다.

차츰 멀어지는 차를 바라보고 있던 태승이 뒤를 돌아봤다.

"이제 내가 보이나 보네. 계속 불러도 대답도 안 하더니."

이제야 자신을 쳐다보는 그에게 슬이 서운한 기색을 내비쳤다. 종일 그에게 전화하고 그를 부르며 기다렸건만, 그가 대답 한번, 눈길 한번 주지 않고 차갑게 자신을 지나쳐 가자 슬은 순간 심장이 쿵 하고 내려앉는 것 같은 기분을 느꼈다. 마치 태승에게 자신이 투명 인간이라도 된 것 같아서 너무 무서웠다.

"화가 난 건 알겠는데 할아버지를 이런 식으로 모셔 가는 건 아니지 않아요?"

태승은 대답하지 않고 가만히 그녀를 노려보기만 했다. 자신이 어떤 기억을 잊었는지, 지금 어떤 기억들이 되살아나고 있는지, 어떠한 상황에 처해 있는지 아무것도 모르는 그녀가 답답하고, 화나고, 짜증났다.

"아예 나랑은 말 안 할 거예요?"

아까부터 불러도 대답도 안 하고, 물어도 씹으니 슬도 점점 화가 났다.

"태승 씨."

"타요. 더 묻지 말고."

태승이 또 대꾸하지 않고 제 할 말만 하자 슬은 오기가 생겨 그가 열어 준 문으로 타지 않고 반대로 돌아서 걸어갔다. 그러자 태승이 따라와 슬의 손목을 붙잡았다.

"타라는 말 안 들려요?"

"이거 놔요. 내 부름에 답도 안 하고 물어도 쳐다보지도 않으면서 왜 타래요?"

붙잡힌 손목을 비틀어 빼낸 슬이 다시 돌아서서 걸었다. 그런 그녀를 보던 태승이 낮게 한숨을 쉬고는 따라와 다시 붙잡았다.

"가면서 얘기해요. 나도 할 말이 없지는 않으니까."

"이거 놓으래도요. 내 말이 우스워요, 이제?"

"왜 이래요, 정말!"

슬이 다시 그를 벗어나려고 하자 그녀의 양어깨를 붙잡은 태승이 소리쳤다.

"당신 여기 있으면 안 되는 거 몰라? 병원에 있어야 할 사람이 왜 이러고 돌아다니고 있는데? 대체 무슨 생각인 거냐고!"

그동안 쌓이고 쌓였던 감정들이 터지며 그의 언성이 높아졌다. 매 순간순간이 살얼음판을 걷듯 조심스러웠다. 행여나 자신 때문에 기억이 더 떠오르진 않을까 노심초사했다. 그녀와 헤어지기 싫어서 오히려 그녀의 기억이 영원히 잠들었으면 싶다가도, 또 어느 날에는 기억을 반쯤 잃은 채 살아가는 게 더 불행하지 않을까 생각했다. 하루에도 몇 번이고 마음이 오락가락해 미칠 것 같았다. 그런데 슬아, 너는 왜 이렇게 몰라. 왜 이렇게 걱정시켜. 왜 이렇게 사람을 미치게 해.

태승은 차마 할 수 없는 말을 속으로 씹으며 격앙된 마음을 애써 억눌렀다.

"병원부터 가."

잡고 있던 슬의 어깨를 놓은 그가 손을 잡고 그녀를 이끌었다. 하지만 그 마음을 알 리가 없는 슬은 이런 상황이 이해되지 않았다. 그가 왜 소리를 지르는지, 아무리 화가 났다지만 왜 이리 큰소리를 내는 건지 알아야 했다. 대체 그에게 무슨 일이 있었던 건지.

"아니요. 여기에서 이야기해요. 그 전까지는 병원 안 가요."

"……윤슬."

"태승 씨 지금 이상해요. 너무 이상해. 내가 할아버지 찾으러 온 것 때문에 이러는 거 아니잖아요. 그것 때문에 이렇게 화를 내는 거 아니잖아. 다른 이유 있는 거죠? 나는 모르고 당신은 아는 그런 이유. 그게 뭐예요? 대체 뭔데요? 나한테 말해 봐요."

어제부터 이상했다. 아니, 자신이 병원에 실려 갔던 그날부터 그의 태도가 조금씩 바뀌었다. 설령 그의 태도는 변한 것이 없었고 슬 자신의 기분 탓이었다고 해도, 그의 낯빛이 내내 어둡고 슬펐던 게 마음에 자꾸 걸렸다. 생선 가시가 목구멍을 찌르는 것처럼 내내 신경 쓰이고 거치적거렸다.

"말해요. 지금도 나한테 할 말 있다면서요. 그게 뭔지 지금 당장 여기에서 말해요. 말하라고!"

이제는 슬의 언성도 조금 전의 태승처럼 커졌다. 이미 해는 자취를 감춰 버린 상태였고 하늘엔 초승달만 떠 있었다. 텅 빈 골목 앞에 자동차 헤드라이트 불빛만이 두 사람을 비추고 있을 뿐이다. 그런 어둠 속에 두 사람이 내몰려져 있었다. 빛이라고는 하나도 없는 절망이라는 어둠 속에서 말이다.

"말해요. 나한테는 뭐든 다 말해 준다며. 말할 거라며."

슬이 슬픈 눈빛을 하고 있는 태승을 어르고 달랬다. 당신 마음에 있는 그 찜찜한 무엇을 내게 말해 달라고, 그럼 다 받아 주고 위로해 주겠다고.

하지만 태승은 아무런 말도 할 수가 없었다.

슬이 너에게 기억이라는 판도라 상자가 열려 버렸다고. 그 상자에는 오만 끔찍한 기억들이 들어 있는데, 그 모든 기억들은 네가 잊은 것들이고 이제 그 기억들이 너에게로 돌아갈 준비를 하고 있다고. 그러니 넌 그 끔찍했던 고통 속에 혼자 남겨지게 될 것이고, 그 기억이 널 또다시 고통 속으로 내몰 것이라고. 그리고 그 모든 기억들이 그 누구도 아닌 바로 자신을 다시 만나고부터 열리기 시작했다고. 태승은 그 말을 차마 할 수 없었다.

그의 모든 고통을 함께 나누고 공감해 주겠다는 슬에게 이 말 말고는 해 줄 수 있는 말이 없다는 것을, 태승은 그제야 깨달았다. 자신이 그녀를 위해 해 줄 수 있는 일은 하나였다. 바로 이별이다.

2. 너를 잃는 것, 세상을 잃은 것

"……헤어져요, 우리."

그 말을 내뱉은 그의 눈시울이 붉어지며 눈물이 두 뺨을 타고 흘러내렸다. 주위의 모든 것들이 고요해졌다. 헤어짐을 말하는 그의 모습은 예상에 없던 것이라 그녀는 정신이 멍했다. 그러다 후드득 빗방울이 한두 방울씩 떨어지는 소리가 들렸다. 이 빗방울은 곧 소나기가 되었고, 비는 태승과 슬까지 적셨다. 두 사람은 피할 생각도 못한 채 억수같이 쏟아지는 비를 모두 맞고 서 있었다.

태승의 말 한마디가 거센 빗줄기보다도 더 아팠고, 더 쓰렸고, 더 아렸다. 마음이 꼭 비와 함께 녹아 사라지는 듯했다. 빗방울에 녹아내려 땅바닥까지 흐른 마음이 아프다고 절규하고 있었다.

먼저 정신이 든 태승이 멍하니 서 있는 슬을 차에 태웠다. 두 사람은 차만 탔을 뿐 아무런 말도 하지 않았다. 그저 와이퍼만이 거센 빗줄기를 닦고 또 닦을 뿐이다.

"닦아요."

태승은 조수석 서랍에서 꺼낸 수건을 슬에게 내밀었다. 그러나 슬은 그걸 받을 생각조차 하지 못하고 있었다. 하루 24시간 내내 가동되던 두뇌가 일순간 정지한 듯했다.

"닦으라니까."

슬이 시선을 앞에만 둔 채 아무 말도 하지 않고 받지도 않으니 그가 한번 더 권했다.

"……아까 그 말…… 뭐예요?"

자신의 두 귀로 듣고도 의심했던 말이었다. 그의 입에서 그 말이 나올 줄은 생각도, 아니 상상도 해 본 적이 없어서 당황을 넘어 황당하기까지 했다. 항상 곁에 있어 줄 거라고 했던 사람이 헤어지자니, 그게 대체 무슨 말일까? 정말 내가 아는 그 말뜻이 맞나? 왜 이제 와 헤어지자고 하는 걸까? 머릿속이 뒤죽박죽 더 엉망이었다.

"나한테 뭐랬어요? 그 말 진짜 아니죠? 나한테 괜히 힘들어서…… 힘들어서 한 말이죠?"

"……."

"태승 씨!"

눈을 부릅뜬 슬이 태승을 다그치듯 물었다. 그러자 그가 눈을 마주치지 않고 답했다.

"……아직도 나를 몰라요?"

슬의 심장이 쿵 하고 내려앉았다. 그를 알아서 문제다. 그가 허튼소리를 할 사람이 아니라는 게 정말 큰 문제다. 그래서…… 그래서…….

"내가…… 내가 속상하게 해서 그렇죠? 말도 안 하고 혼자 막 돌아다니고 아프고 그래서 그런 거죠? 그래서…… 힘들어요?"

"……슬이 씨."

"말해 봐요. 이유가 있을 거잖아요. 나한테 갑자기 말도 안 되는 말을 하고 있다는 게 이상하잖아. 어제까지만 해도 내 곁에 있어 주던 사람이, 날 걱정해서 울던 사람이 헤어지자고 하니까. 이제 와 떠난다니까."

슬은 그야말로 패닉이었다. 그가 가볍게 말하는 것이 하나 없는 사람이라는 것을 안다. 그런 사람이 이별을 이야기하니 정말 이별인 것 같아서, 정말 이별할 것 같아서 너무 두려웠다. 그러다 못해 슬은 부정하기 시작했다.

"이제 걱정 안 시킬게요. 내가 이제부터 걱정 안 하도록 잘할 게요. 그러니까 다시 정정해요. 틀린 말 했다, 실수했다 해 줘요. 네?"

급기야 애원까지 하는 슬의 말을 더 이상 참고 들어 줄 수 없어 태승이 고개를 돌리고 서둘러 벨트를 맸다.

"벨트 매요. 데려다 줄 테니까."

"아니요. 아니, 내 말 아직 안 끝났어. 대답하고 출발해요. 그 전까지는 안 가요. 못 가."

"윤슬 씨."

"내가 다 해 줄 게요. 힘들어서 그런 거라면 내가 뭐든 도울게요. 할아버지 때문에 힘든 거면 내가 뭐든……."

슬이 어떻게 해서든 되돌리고 싶어 애걸하니 태승은 가슴이 무너질 것 같아 버럭 화를 내며 물었다.

"뭘 해 줄 수 있는데요? 위로? 난 그런 위로보다…… 힘이 필요해요. 나를 도울 수 있는 힘. 나의 할아버지를 그들로부터 무사히 지켜 낼 수 있는 힘. 그런 힘이 필요한데, 윤슬 씨는 날 걱정만 시키잖아."

"……."

예상하지 못한 태승의 말에 슬은 끝도 없는 절망 속에 빠졌다. 태승의 말은 곧 자신이 그에게 더는 힘이 될 수 없다는 말이었다. 힘이 되어 주겠다면서 오히려 걱정만 끼치는, 그래서 힘들다는 뜻이었다.

그는 지친 걸까? 사실 슬, 자신은 벌써 여러 번 그를 힘들게 했었다.

지금도 병원에 입원했으면서 갑자기 사라져 그를 놀라게 하고 걱정하게 만들었다. 할아버지 일만으로도 벅찬 사람인데, 그런 사람에게 또 걱정만 시킨 거다. 이별의 말은 어쩌면 자신으로부터 시작된 것일지도 모른다.

그걸 깨닫고 나니 슬은 더 이상 아무런 말도 할 수가 없었다. 무거운 침묵만이 차 안에 가라앉았다. 순식간에 조용해진 슬이 이상했지만 태승도 그 적막을 먼저 깨지 않았다.

태승에게 이별은 가볍지 않다. 모든 것을 다 가진 것처럼 보이지만 그가 가진 것은 딱 하나였다. 바로 슬. 그 하나가 바로 그의 세상이었고 그의 전부였다. 그런 하나를, 그는 오늘 놓을 결심을 했다. 세상에 단 하나, 그의 세상이자 전부인 사람. 그런 사람의 손을 놓는 일이기에 그의 이별은 결코 가볍지 않다.

"……병원으로 가요."

메마른 입술로 슬이 겨우 침묵을 깨트렸다. 아까보다 많이 차분해진 목소리였지만 태승이 모르는 게 있었다. 무릎 위에 놓인 두 손이 그 어느 때보다 창백하다는 것을, 차분한 목소리 뒤에 진짜 목소리는 울부짖고 있다는 것을.

골목을 빠져나온 차가 명성 대학 병원을 향해서 부드럽게 달리고 있었다. 달리는 차 안은 무거운 정적이 흘렀고 그 누구도 입을 열지 않았다. 태승도 운전에만 집중했고 슬도 고개를 반대편 창으로 돌린 채 꼼짝도 하지 않았다.

빗줄기는 거칠었고 세상은 어둠에 잡아먹힌 것처럼 온통 시커멨다. 그 까만 하늘을 바라보는 슬의 눈에서 눈물이 흘러내렸다. 그녀는 소리 없이 흘러내린 눈물이 더 아프고, 더 애통하고, 더 비참하다는 또 하나의 사실을 깨달았다.

30분을 침묵 속에 달리던 차가 명성 대학 병원 앞에 천천히 멈춰 섰다. 하지만 그 누구도 차에서 먼저 내리지도, 내리라고 하지도 않았다. 그저 두 입술을 꾹 다물 뿐이었다. 그러다 이번에는 태승이 먼저 입을 열었다.

"잠깐만 있어요."

먼저 내려서 트렁크에 있는 우산을 꺼내려던 그보다 한 박자 더 빨리 슬이 내렸다.

"슬 씨. 윤슬 씨!"

재빨리 벨트를 풀고 차에서 내린 태승이 우산을 꺼내 쓰고는 앞서 걷는 슬에게로 달려갔다. 하지만 이미 슬은 내리는 비를 모두 맞은 상태였다. 아까보다 더한 추위가 몰려들어 가만히 있어도 몸이 저절로 떨렸다. 그런 데도 슬은 그 비를 모두 맞고 길을 걸어갔다.

"쓰고 가요."

태승도 그 모든 비를 맞고 달려와 슬 쪽으로 우산을 씌워 주었다. 하지만 슬은 그의 손을 뿌리치고 다시 걸어갔다.

"쓰고 가라고요!"

슬을 다시 붙잡은 태승이 그녀의 손에 우산을 꼭 쥐여 주었다. 이번에도 슬은 그가 건네준 우산을 떨어뜨린 채 앞으로 걸어갔다.

"윤슬, 윤슬! 이 비를 다 맞고 갈 작정이야? 그래?"

"……."

태승이 무섭게 소리치자 슬이 그의 눈을 똑바로 응시하며 물었다.

"헤어지자 말한 사람이 내가 우산을 쓰고 가든 말든 무슨 상관인데요?"

차갑게 쏘아붙인 슬은 태승의 팔을 휙 뿌리쳤다. 그러고는 쏟아지는 빗줄기를 모두 맞으며 걸어갔다. 내심 그가 잡아 주기를 바랐다. 한데 끝끝내 자신을 붙잡는 소리는 들려오지 않았다. 그는 한참을 그 자리에 꼼짝도 않고 서서 점점 작아지는 슬의 뒷모습을 바라보고만 있었다.

병원 로비로 들어와서야 슬은 자리에 멈춰 섰다. 머리카락에서부터 신발까지도 빗물이 뚝뚝 떨어져 그녀가 서 있는 주변으로 물웅덩이가 생겨났다. 그 웅덩이를 멍하니 보고 있던 슬이 그제야 눈물을 흘리기 시작했다. 빗물

인지 눈물인지 알 수 없는 물이 뺨이며, 입이며, 턱 아래로 흘러 바닥에
고인 물구덩이로 떨어졌다. 그의 앞에서 소리 없이 흘렸던 눈물을 그가 없
는 곳에서도 왈칵 터뜨렸다. 슬은 어린아이처럼 바닥에 쪼그려 앉아 서럽게
울고 또 울었다.

"흐흑. 흑. 으윽. 윽. 흐윽."

흐느낌은 곧 말로 다할 수 없을 만큼의 큰 통증으로 다가왔으며, 슬은
가슴을 치며 오열했다. 그와 헤어진 지 하루도 채 되지 않았는데 벌써 그
가 보고 싶고 그리워서 숨이 막혔다. 앞으로 어떻게 버틸까, 버틸 수나 있
을까. 어쩌다 이렇게 사랑하게 된 걸까. 정말 끝인 걸까. 정말 끝인가. 아
니, 끝이 맞나? 의심과 확신 사이를 왔다 갔다 하며 슬은 한참을 목메어
울었고, 그러다 연락을 받고 황급히 뛰어온 윤건의 등에 업혀 응급실로
실려 갔다.

가까스로 차에 탄 태승 역시 정신이 없기는 마찬가지였다. 고작 100미터
밖에 되지 않는 거리였지만 정신이 혼미해서 어떻게 차까지 걸어왔는지 모
르겠다. 억수같이 내리는 빗줄기에 젖지 않은 곳이 없었고, 몸은 오한이라도
든 것처럼 떨렸으며, 이마는 이미 불덩이 같았다. 그런데도 울 힘은 남아
있는지 힘없이 핸들에 머리를 기댄 태승의 눈에서 눈물이 흘러내렸다. 끝도
없는 절망과 회한이 밀려들었다. 하나를 잃었을 뿐인데 그 하나가 그에게는
세상이었다.

할아버지를 지켜야 한다는 사명으로 3년을 살아왔고, 그러다 돌덩이 같
던 제 심장을 뛰게 해 준 한 여자를 만났다. 그 여자는 별보다도 더 반짝
였고, 태양보다도 더 뜨거웠다.

매 순간 자신을 떨리게 하고, 웃게 하고, 자신에게 모든 것을 다 주고도
아깝지 않을 사랑을 주었던 여자였다. 그런 여자를 그녀를 위한다는 그
알량한 명분으로 놓았다. 아프지 않기를, 그 지옥 속을 걷지 않기를 바라
며 먼저 손을 놓은 건 저인데 왜 이리 아플까. 왜 이리 처참할까.

그가 한 선택은 결국 스스로를 끝도 없는 절망으로 내몬 것이었다. 그럼으로써 사랑하는 그녀에게 아픈 기억이 닿을 수 없도록 기꺼이 자신을 방패로 쓴 것이다.

하지만 그런다고 해서 이미 돌아오기 시작한 기억을 멈출 수 있을까? 순리는 절대 거스를 수 없는 것이다. 그렇기에 순리라고 하는 것이다. 정해진 운명도 이와 같다. 그 역시 거스를 수도, 막을 수도 없는 것. 다만 운명은 계속해서 모진 시련을 주며 질문하고 또 질문한다. 너는 어떤 선택을 할 것인지, 이 운명에 맞설 것인지, 주저앉을 것인지.

과연 태승은 운명이 던지는 질문에 어떤 대답을 할까? 그리고 슬은 또 어떤 대답을 할까?

* * *

응급실에서 병실로 자리를 옮긴 슬의 곁으로 의사들이 붙어 있었다. 곧이어 서류 정리를 하고 온 윤건이 후배들을 물리치고는 자신이 직접 슬의 팔목에 주삿바늘을 꽂았다.

"슬아, 윤슬."

윤건이 나직하게 슬의 이름을 불렀다. 하지만 슬은 대답하지 않았다. 정신을 잃어서 대답하지 못한 것이 아니라 대답하지 않은 것이다. 지금은 아무것도 듣고 싶지도, 말하고 싶지도, 보고 싶지도 않았다. 그저 어디든 혼자 있고 싶었다.

슬이 정신을 차렸다는 것을 윤건도 알고 있었다. 열이 좀 높았지만 혈압과 맥박을 가리키는 숫자만은 정상치였다. 그럼에도 입을 열지 않는 것은 혼자만의 시간이 필요하단 뜻일 것이다. 아무래도 류태승, 그 사람이 슬에게 이별을 고한 것 같다.

잠든 척 누워 있는 슬을 내려다보던 윤건이 더는 그녀를 부르지 않고 병실 밖으로 조용히 나갔다. 발자국 소리가 멀어지자 슬의 눈꺼풀이 파르르 떨렸다.

세상에 혼자가 된 기분이었다. 겨우 그 사람이 갔을 뿐인데, 그 사람 한 명 갔다고 이렇게 허전할 수가 없다. 세상의 모든 불이 꺼져 버린 듯 캄캄했다. 아빠도 갔고, 이제는 그 사람마저 갔다. 아빠는 어쩔 수 없는 사고였지만, 그 사람은 왜 갑자기 변한 걸까? 힘이 없는 사람이라서 나를 떠난 거면 힘 있는 다른 여자한테 간다는 뜻일까?

감은 눈에서 눈물이 흘러내렸다. 그러다 기어코 울음이 터졌다. 슬의 흐느낌은 밤새도록 계속되었다.

* * *

한밤중이라 도로를 오가던 차들도 없이 도로가 한산했다. 텅 빈 도로 한쪽에 차 한 대가 헤드라이트 불빛을 환하게 켜 놓은 채 정차해 있었다.

태승은 간신히 병원을 벗어나 집으로 돌아가던 길에 하마터면 사고가 날 뻔했었다. 그의 몸에 열이 오르고 눈앞이 혼미해져 시야 확보가 어려워진 탓에 차가 일직선으로 달리지 못하고 휘청거렸다. 더 이상은 운전할 수 없겠다 싶어 갓길에 차를 세워 둔 후 지금 이 시간까지도 벗어나지 못하고 있었다. 휴대폰이 바로 안주머니에 있었는데도 그는 그걸 꺼낼 힘도, 생각도 하지 못하고 있었다. 정신을 차리려 해도 마음대로 되지가 않았다. 정말 딱 죽을 것 같았다.

조금만 쉬었다가 가면 괜찮아지겠지 싶어 태승은 시트에 기댄 채 휴식을 취했다. 벌써 동이 터 오를 시각에 가까워진 것도 모르고 말이다. 시야가 흐릿해지다 못해 암흑이 되어 꺼져 갈 무렵. 안주머니에서 휴대폰이 요란하게 울렸다. 그 소리에 겨우 눈을 뜬 그가 없던 힘을 끌어 모아 힘겹게 휴대폰을 꺼냈다. 전화를 건 상대가 누구인지 확인하지 않고 받아

들자 익숙한 목소리가 들렸다. 재호였다.

―사장님, 사장님? 괜찮으세요? 집이십니까?

재호는 늦은 시각이라 망설이다가 전화를 걸었는데, 어쩐지 그의 목소리는 안 들리고 거친 호흡 소리만 들려오자 깜짝 놀라 또 한 번 그를 불렀다.

―어디세요? 설마 아직도 밖이세요? 제가 지금 가겠습니다. 어디세요?

"……재호야."

―사장님, 목소리가 왜 그래요? 어디 아프세요?

그의 목소리가 다 죽어 가자 재호가 놀라 물었다. 어느덧 재호는 옷장에서 주섬주섬 옷을 꺼내 입고 있었다. 당장이라도 달려 나갈 기세였다.

"……하아."

재호를 한 번 더 부르려던 태승의 얼굴이 왼쪽으로 점점 더 기울어졌다. 귓가로 가져갔던 손도 스르륵 내려갔고, 들고 있던 휴대폰도 바닥에 떨어졌다. 눈꺼풀이 추를 매달아 놓은 것처럼 점점 더 무거워졌다. 이제는 눈이 감기는 것을 버틸 수 없었다. 졸음이 몰려들면서 눈앞이 핑 돌아 어지러움이 극도로 심해졌다.

이렇게 아프니까 그 여자 얼굴이 떠오르지 않았다. 열이 오르고 눈앞이 새까매질 정도로 정신이 아득해지니 슬의 얼굴이 떠오르지 않았다. 그래서 태승은 이 편이 훨씬 낫다고 생각했다. 그 정신에서도 말이다.

그러다 다시 정신을 차리고 나면 당연하다는 듯 또 그 여자 얼굴이, 목소리가 떠오르겠지? 회사에서 오다가다 마주칠 날도 있겠지? 그럼 나 이제 어떻게 살아? 그 여자의 얼굴을 보고, 목소리를 들으면서 아무것도 할 수 없을 텐데 그거야 말로 가장 큰 고통 아닌가? 고통스럽기 싫은데, 그러니 오래오래 잠들고 싶다. 이대로 아주 잠들었으면…….

그의 고개가 완전히 옆으로 쓰러졌고 힘겹게 뜨고 있던 눈꺼풀도 완전히 닫혀 버렸다. 바로 옆에서 지나쳐 가던 차량 한 대가 정차하더니 다가와 그를 발견할 때까지도 태승은 아무것도 들을 수도, 볼 수도 없었다. 그저 깊고 깊은 잠에 빠져들고 있었다. 아프니까 슬에 대한 어떠한 생각도 할 수 없으니 이게 더 낫다고, 차라리 이대로 영원히 잠들고 싶다고도 했는데 꿈은 그 반대인 모양이다.

꿈을 꾸었다. 아주 지독히 슬프고도 잔인한, 그러면서도 찬란한 꿈.

* * *

이틀 뒤, 아침이 밝자마자 슬은 퇴원하기 위해 짐을 쌌다. 캐비닛을 열어 전에 입고 왔던 옷과, 여기에서 쓰던 수건과 편의점에서 샀던 칫솔, 치약도 모두 꺼내 가방에 넣었다. 하나둘 챙기다 보니 가방의 양옆이 불룩하게 솟아 있었다. 더는 들어갈 여유 공간이 없었다. 천으로 된 가방이라 찢어지지는 않아도 더 집어넣었다가는 모양이 이상해질 것 같아 이쯤에서 짐 싸기를 그만하기로 했다. 어차피 더 챙겨 갈 것도 없었다.

똑똑, 윤건이 병실 문에 노크를 하며 안으로 들어왔다. 굳이 노크하지 않아도 제 오빠라는 사실을 모르는 것도 아닌데 그는 매번 문을 두드렸다.

"퇴원 수속은 다 됐고, 옷도 다 챙겼고. 이제 가기만 하면 되는 건가?"

윤건은 슬이 퇴원하는 것이 좋은지 환하게 웃고 있었지만 슬은 웃을 수 없었다. 마치 웃음을 잃어버리기라도 한 사람처럼.

윤건이 슬이 싸 놓은 가방을 보고는 물었다.

"가방이 왜 이렇게 빵빵해? 어디 이민이라도 가?"

겨우 일주일 정도 입원해 있었을 뿐인데 그동안 이것저것 갖다 놓은 것들이 많았던 모양이다. 그렇지 않고서야 저 트레이닝 백이 가득 찰 수가 없었다.

"이건 뭐야?"

슬이 윤건의 손에 들린 커다란 쇼핑백을 가리키며 물었다. 그러자 윤건이 그 안에서 두툼한 패딩 한 벌을 꺼내 슬에게 손수 입혀 주었다.

"아버지가 사셨대. 퇴원 기념으로."

화이트 컬러에, 종아리 아래까지 내려올 만큼 길이가 긴, 요즘 유행하고 있다는 롱 패딩이었다. 슬은 그가 건네주는 것을 받아 입어 보았다. 윤건은 자신이 사다 준 것도 아니면서 롱패딩이 찰떡처럼 잘 어울리는 슬의 모습을 보며 흡족한 미소를 띠었다.

"어때? 마음에 들어?"

슬이 고개를 끄덕였다. 아저씨가 사다 준 거라면 무엇이든 다 좋았다. 슬에게는 언제나 좋은 것만 주려고 하는 분이고, 실제로도 좋은 것만 주셨던 분이다. 그래서 슬은 성해에게 늘 고마웠고, 늘 미안했다.

"그리고 이건 내 선물."

퇴원이 생일도 아니고 선물이 줄줄이 이어지니 기분이 좀 이상했다. 정말 아팠다가 병이 다 나아서 퇴원하는 것 같은 기분이었다. 슬은 사실 그렇게 많이 아프지도 않았고 어디 다친 것도 아니어서 입원해 있는 내내 자신이 꼭 나일론 환자라도 된 것 같았다. 그래서 괜히 간호사들의 눈치도 보곤 했었는데, 입원 같지 않은 입원을 마치고 퇴원하는 날에 연달아 선물까지 받게 되니 오묘했다.

"이게 뭔데?"

"휴대폰."

슬이 윤건의 손에 들린 최신형 휴대폰을 보고는 표정이 딱딱하게 굳어졌다.

"너 휴대폰 잃어버린 것도 몰랐지? 상담 받으러 갈 때 보니까 휴대폰이 없더라고. 그래서 내가 최신형으로 사 왔어. 할부로 긁은 거니까 꼬박꼬박 갚아."

슬의 얼굴을 보지 못한 윤건이 계속해서 농담을 했다. 윤건은 슬이 휴대폰을 잃어버린 줄로 알고 있지만 사실 그녀는 일부러 찾지 않고 있었다.

휴대폰이 지금 어디에 있고, 누구의 손에 있고, 또 누가 가져다줄지 다 알고 있었기에.

"뭐 해, 안 받고?"

슬이 아무런 행동도 취하지 않자 이상하게 느낀 윤건이 한 번 더 권했다. 그런데도 슬은 휴대폰을 받지 않고 가방만 챙겼다.

"안 받을래."

"왜?"

"……."

윤건이 재차 묻는데 슬은 대답은 않고 가방만 꾸렸다. 이미 캐비닛에 있던 물건이며 없던 물건까지 싹 다 긁어서 챙겼으면서도 슬은 가방을 쌌다가 풀었다가를 반복했다.

"왜 안 받는데?"

"……."

"윤슬."

슬이 끝까지 입을 열지 않자 윤건의 표정도 싸늘히 굳어 갔다. 화기애애했던 병실 안이 순식간에 얼어붙었다. 언제나 사이좋기만 했던 두 사람 사이에 어색한 기류가 흐르고 있었다.

"휴대폰 필요하잖아. 내가 아까 할부 갚아야 한다고 해서 삐쳤어?"

농담처럼 우스갯소리로 넘어가려 해 봤지만 슬은 묵묵부답이었다. 그러자 윤건은 느낌이 이상해 짐 챙기는 것에만 몰두하는 슬에게서 가방을 휙 빼앗아 갔다.

"챙길 게 뭐가 있다고 아까부터 가방만 싸고 있는 건데?"

윤건이 버럭 성을 내자 슬도 똑같이 언성을 높였다.

"줘. 주라고!"

"야, 윤슬!"

"빠트린 게 있단 말이야. 빠트린 게 있다고. 빠트린 게 있는 것 같은데……

분명 뭘 빠트렸는데, 그런데…… 왜 없지?"

바락바락 화를 내며 윤건에게서 가방을 빼앗으려던 슬이 한순간에 무너졌다. 분명 무언가를 잃어버렸다. 아주 큰 무언가를 잃어버렸다. 다른 물건은 챙기지 않아도 그 하나는 꼭 챙겨야 하는데, 그래야 하는데……. 그 하나가 없었다. 더욱이 이제는 그 하나를 찾지도, 찾을 수도 없다. 그 사실이 슬을 가만히 있지 못하게 했다.

"오빠, 나 이제 어떻게 해? 그 사람이 없어. 늘 내 옆에 있어 주겠다고 했던 사람이 없어. 그 사람만은 꼭 내 옆에 있어 줄 것 같았는데, 그래서 내가 그 사람을 사랑했는데……. 아직도 사랑하는데 없어. 꼭 돌아올 것만 같은데 내 착각인가 봐. 돌아오라고 휴대폰도 안 찾은 건데……."

슬이 윤건의 손을 잡고 흔들다가 무너지듯 주저앉아 흐느껴 울었다. 먹던 사탕을 다시 뺏긴 아이처럼 서럽게 울었다.

누구나 사랑을 하고 누구나 이별을 한다. 만남이 있으면 헤어짐도 있고 헤어짐이 있으면 또 다른 만남이 있다. 이것은 변하지 않는 사실이고 진리이다. 하지만 사랑을 하다 헤어지는 일에는 항상 그 자리에 상처가 남는다. 그 상처가 회복되지 않는 한 또 다른 만남은 이루어지지 않는다. 이루어졌다 한들 놓치거나, 아니면 그저 스쳐 지나가도록 놓아두기 일쑤다.

이 또한 자연스러운 일인데 슬은 이런 헤어짐이 자연스럽지 않았다. 갑작스러운 사고로 인사 한마디 없이 사라진 아빠도, 말도 안 되는 이유로 자신의 손을 놓은 태승도 모두 예상에 없던 일들이라 더 아프고 더 슬펐다. 지치지도 않고 눈에서 눈물이 계속 흘렀다.

슬이 흐느낄 때마다 윤건의 심장도 같이 내려앉았지만 그가 할 수 있는 일은 그저 다독이는 것뿐이었다. 울지 말라고 위로하는 그 한마디만이 그가 할 수 있는 전부였다.

* * *

파도가 하얗게 부서지는 바닷가. 또 그 꿈이다.

바위가 많은 그 바닷가 앞에 신발이 가지런히 놓여 있다. 슬은 파도치는 바다를 헤엄쳐 더 깊고 더 먼 곳으로 나아간다. 그때마다 태승은 단한 번의 망설임도 없이 달려가 바다로 뛰어든다. 헤엄치고 또 헤엄치자바다 깊은 곳으로 서서히 가라앉고 있는 슬이 보인다.

뜬눈으로 그녀를 발견한 태승은 또 한 번 주저하지 않고 슬에게로 다가가고 또 다가간다. 그는 잡힐 듯 잡히지 않던 슬의 손목을 움켜쥐고 슬을세상 밖으로 끌고 나간다. 그런데 눈을 번쩍 뜬 슬이 그에게서 벗어나려발버둥 친다. 놀란 태승이 다른 손으로 그녀를 붙잡으려다 슬의 손을 놓쳐 버리고 만다. 슬은 점차 더 깊고 어두운 곳으로 가라앉고 태승이 입만벙긋거리며 소리치고 또 소리친다.

"……돼, ……아, 안 돼!"

꿈이 얼마나 생생하고 끔찍한지 태승이 외마디 비명을 내지르며 벌떡몸을 일으켰다. 허억, 허억, 헉. 숨을 몰아쉬던 그가 곧 주변을 둘러보다꿈이라는 것을 깨닫고는 안심했다. 그는 모르지만 꼬박 이틀 만이었다. 차에서 쓰러져 집으로 와 꼬박 이틀 만에 깨어난 것이다.

"네. 오늘도 힘들 것 같아요. 일단 처리해야 할 일이 있으면 부사장님께연락드리고……."

회사에서 걸려 온 전화를 받다가 방으로 들어오던 재호가 태승이 깨어나 앉아 있는 모습을 보고는 서둘러 전화를 끊었다.

"괜찮으세요? 열은? 열은 어때요?"

곁으로 후다닥 달려온 재호가 그의 이마에 손을 얹어 보았다. 이틀 전만해도 39도의 고열에, 입술은 메말랐고, 편도선이며 임파선이 모두 부어 있어 그의 주치의마저도 입원을 권유할 정도로 심각했다. 그래서 오늘까지 깨어나지 않으면 어쩔 수 없이 입원하자고 할 참이었는데 이리 눈을 떴으니 얼마나 다행인지. 재호의 입에서 기다렸다는 듯 잔소리가 쏟아졌다.

"그렇게 비를 맞으시니까 고열에, 쓰러지기까지 하시죠. 회장님 찾느라 몇 시간을 골목 구석구석 돌아다니는 것도 모자라 비까지. 대체 제정신이십니까? 박사님이 뭐라고 하셨는지 아세요? 고열에, 임파선염, 편도선염 그것도 모자라 탈수 증세까지. 영양 실조도 약간 있다고 하셨어요. 몸만 좋으면 뭐 해요? 식스 팩이면 뭐 하냐고? 밥도 안 먹고 매일같이 일만 하는데!"

재호는 그동안 쌓인 게 많았는지 잔소리 중간에 쓴소리도 섞어 가며 울분을 토해 냈다. 분명 잔소리는 잔소리인데 묘하게 기분이 나쁜 잔소리라 듣는 태승의 미간이 꿈틀거렸다. 하지만 별다른 말은 하지 않았다. 아니, 할 수가 없었다. 목 안이 잔뜩 부어서 침을 삼킬 때마다 따끔거리는 통증이 꽤 클 만큼 입을 여는 게 고통스러웠기 때문이다.

"눈뜨셨으니까 미음이라도 한 술 뜨고 약 드세요. 그래야 빨리 일어나시죠. 아니, 근데 비는 왜 그렇게 맞으신 거예요?"

지나가던 사람이 차 안에서 쓰러져 있는 태승을 발견하고 그가 손에서 놓은 휴대폰을 대신 받아 들어 위치를 설명해 준 덕분에 재호가 그곳까지 찾아갈 수 있었다. 그날 태승의 모습은 비를 맞은 그 상태 그대로였다. 재호는 도통 이해할 수가 없었다. 대체 무슨 일이 있었기에 비를 맞은 채 쓰러져 있던 건지, 슬과 무슨 일이 있었던 건지. 궁금증이 재호의 머릿속을 가득 채웠다.

"혹시…… 두 분 싸우셨어요?"

은근슬쩍 물었으나 그에게서 돌아오는 대답이 없었다. 하긴 싸웠다고 해도 비를 맞으면서 싸울 일은 대개 큰일일 텐데 그럴 만한 일이 없었으니 아니겠지. 재호는 속으로 그렇게 생각하며 고개를 저었다. 그러다 무언가 생각난 듯 놀라 물었다.

"설마 헤어지셨어요?"

자신이 물으면서도 재호는 아니라고 단언했다. 헤어질 이유가 없기도 했지만 무엇보다 태승이 슬을 얼마나 사랑하는지 알고 있었기 때문이다.

재호는 옆에서 그를 보필하는 동안 단 한 번도 태승이 그렇게 편하게 웃는 모습을 본 적이 없었다. 적어도 지난 3년 동안은 말이다. 가장 최측근으로서 지켜본 그는 매일매일 전장에서 전쟁을 치르는 장군이었고, 전장을 벗어나서도 항상 긴장감을 유지하고 있어야 했다. 언제 어느 때 적이 쳐들어올지 몰라 매일 칼을 들고 갑옷을 입은 채 항시 대기하고 있었다.

그러던 어느 날부터 태승이 웃기 시작했다. 가장 편안한 얼굴로 미소를 짓고, 손에서 떨어트려 놓지 않았던 칼과 방패, 언제나 입고 잠들었던 갑옷도 벗어 두기 시작했다. 위기에서도 그는 늘 용맹했지만 마음 붙일 여자가 생기니 더욱더 두려운 게 없어졌다. 그랬던 그가 비를 맞고 쓰러지고 병이 나 누워 있다니. 이건 이별 후유증의 증상과 정확히 맞아떨어졌다. 이별 후유증.

"왜요? 왜 헤어지셨는데요?"

이유가 다급해진 재호가 답을 재촉하니 태승이 인상을 쓰며 누우려다 도로 일어나 침대 밖으로 나갔다. 그러나 곧바로 휘청거리며 다시 침대에 주저앉았다.

"아직은 안 돼요. 적어도 내일까지는 누워 있어야 한다고 박사님이 그러셨어요."

"……회장님은?"

목소리에서 쇳소리가 나왔다. 한 마디, 한 마디 할 때마다 목 안을 손톱으로 긁는 것 같은 통증 때문에 고통스러웠고, 일어날 때면 머리가 띵하고 어지러웠으며, 몸도 무거웠다.

"아래층에 계세요. 회장님도 형 아픈 거 알고는 별다른 말씀도 안 하시고 여기 와 앉아 며칠 계시다 가셨어요."

"며칠?"

"이틀이요. 형 이틀 동안 내리 잠만 잤어요."

이틀이면 오늘이 수요일인가? 아차 싶은 얼굴을 하고 있는 그에게 재호가 위로했다.

"회사는 걱정하지 마세요. 부사장님께서 대행하고 계시니까."

알고 있다. 그분이라면 알아서 잘해 주실 거라고. 하지만 불과 이틀 전, 이사들 앞에서 그런 불미스러운 일이 있었는데 또다시 회사 사장이란 사람이 아파서 결근했다고 한다면 앞으로의 계획에 차질이 생길 수도 있다. 그들의 귀에, 특히 고모부의 귀에 들어간다면 그에게 어떠한 빌미를 줄 수도 있다. 자신은 어떻게 해서든 할아버지를 지키고 이 회사도 지켜야 한다, 그들의 손에서. 제가 이 일을 핑계로 어떤 손을 놓았는데, 그런 사람들에게 회사를 넘겨줄 수는 없다. 보란 듯 지켜 낼 것이다.

일어나기조차 힘들어 자꾸만 쓰러질 것만 같은데도 그는 기어코 일어나 방을 나섰다. 뒤에서 지켜보는 재호는 그야말로 죽을 맛이었다. 물가에 내놓은 어린아이처럼 걱정되어 말리고 싶은 마음이 굴뚝같았지만 그의 똥고집은 아무도 꺾을 수 없다. 한번 한다면 꼭 하고야 마는 그 끈질김이 그를 여기까지 데려온 원동력이라는 것을 그 누구보다 잘 알고 있었다.

태승이 계단 난간 핸드레일을 버팀목 삼아 1층으로 내려가자 주방에서 저녁을 만들고 있던 남희가 그를 보고는 놀라 다가왔다.

"류 사장, 괜찮은 거야? 뭐 하려고 내려와? 얼른 들어가 눕지 않고."

가까이에서 본 태승의 얼굴이 말도 아니었다. 열이 40도 가까이 끓은 탓에 입술이 다 텄고 하루 사이에 얼굴은 반쪽이 되어 있었다.

이 집에서 태승과 일만을 모시고 살아온 지 어언 3년, 이제 곧 4년째가 되어 가는 동안 남희는 단 한 번도 태승이 앓아눕는 모습을 본 적이 없었다. 늘 자기 관리를 꼼꼼히 하는 사람이라 그동안에도 감기 한번 든 적

없이 건강했는데 요 며칠 회장님 일로 신경을 많이 쓰더니 쓰러지기까지 하고. 그동안 챙겨 주지 못한 것 같아 미안해진 남희가 오랜만에 팔을 걸어붙이고 사골을 우리던 중이었다. 이 집안의 모든 음식 맛은 일만에게 맞추어 왔지만 오늘만큼은 태승의 입맛에 맞춰 준비하고 있었다.

"괜찮아요, 이모님. 할아버지는……?"

그럼 그렇지. 태승이 아픈 몸을 이끌고 왜 내려왔을까? 당연히 일만 때문이겠지. 할아버지를 향한 손자의 사랑이 어찌 이리도 클까 싶어서 잠깐 태승이 가여워진 남희가 꽉 닫힌 일만의 방을 물끄러미 보았다.

"안에 계셔. 오늘은 아무 말씀도 안 하시네. 태승이 네 방만 왔다 갔다 하시고는."

태승이 잠들어 있는 동안에도 일만은 몇 번이고 2층을 오르락내리락 했었다. 그는 고열 때문에 끙끙 앓는 손자 곁에서 한동안 떨어지지 않았다. 남희가 가져다준 물수건으로 손자의 이마에 맺힌 땀과, 손과, 얼굴을 닦고 또 닦아 주었다. 열이 내려야 뭐라도 먹일 텐데. 오른 열이 쉬이 떨어지지 않았고 입술은 다 트기 시작하자 일만도 애가 타서 어젯밤에는 태승의 주치의에게 전화를 걸어 날벼락 같은 호통을 치기도 했다. 오늘 아침에도 그는 날이 밝자마자 2층으로 올라가 태승의 이마를 짚어 보고 얼굴을 쓰다듬으며 내내 마음 아파했다.

일만이 지난 이틀 동안 어땠는지 전해 주는 말을 듣고만 있던 태승이 일만의 방 앞으로 걸어갔다. 분명 그는 태승이 아픈 게 본인의 탓이라 생각하고 있을 것이다.

일만의 방 앞에 선 태승이 똑똑, 노크를 했다. 그러고는 한 차례 목소리를 가다듬고서 천천히 문을 열었다. 책상에 앉아 창가를 내려다보고 있던 일만이 문 열리는 소리에 뒤를 돌아보고는 나지막하게 물었다.

"태승이니?"

예의 모습을 한 일만이 태승에게 손을 내밀었다. 아픈 손자가 마음에 걸려 밤새 잠 한숨 이루지 못해 피곤한 상태였음에도 그는 자리를 털고 일어나 제 곁으로 다가오는 손자를 반갑게 맞이했다.

"몸은 어때? 괜찮은 게야?"

일만의 손을 잡고 몸을 낮춘 태승이 그와 시선을 마주했다.

"네, 이제 괜찮아요."

고개를 끄덕이던 일만이 잠시 말을 멈춰 마음을 가다듬고는 이어서 물었다.

"이 할아비 때문에 우리 손자, 많이 힘들지?"

태승이 말을 잇지 못했다. 아니라고 했어야 하지만 아닌 게 아니었나 보다. 그 한마디에 코끝이 찡해지며 순식간에 눈물이 차올라 목이 메었다. 할아버지가 그 마음을 알아주고 다독여 주니 감정이 더욱더 격해지고 있었다. 태승이 잔뜩 젖어 든 눈으로 일만을 보며 고개를 끄덕였다.

"······네, 저 힘들어요, 할아버지."

처음으로 마음을 내비친 순간이었다. 힘들어도 참고 견디며 내색하지 않았던 그가 처음으로 할아버지께 고하는 진심이었다. 아픈 일만에게 힘들다, 아프다, 괴롭다 이런 소리는 하고 싶지 않았는데, 오늘은 괜찮다, 견딜 수 있다, 걱정하지 말라는 말이 나오지가 않았다.

그런 말을 하기에는 지금 이 순간이 너무 힘들었다. 그 여자가 마음에 남아서, 자꾸 걸려서 미칠 것 같았다. 마음이 견디기가 힘이 들어서 이렇게라도 말하지 않으면 정말 죽을 것 같았다.

이래서 말하기 싫었는데, 한번 자기감정에 솔직해지니 모든 것이 끝도 없이 터져 나왔다.

"할아버지, 저 정말······ 정말 힘들어요."

시야를 흐트러뜨리던 눈물이 더는 차오를 공간이 없어 똑 떨어져 뺨을 타고 흘러내렸다. 틈 하나 없이 견고하게 쌓아 올렸던 태승의 세상이 무너져 내렸다. 일만의 무릎에 얼굴을 파묻은 태승이 어깨를 들썩이며 참았던 울음을 터트렸다.

흔들리는 태승의 어깨를 쓰다듬는 일만의 눈에도 눈물이 고였다. 마음이 아팠다. 이 여린 어깨로 모든 것을 짊어지고 있는 손자가 안쓰럽고 짠해서 가슴이 미어졌다. 자신이 손자에게 못할 짓을 한 건 아닌가 싶어서 일만도 소리 없는 눈물을 흘리며 태승의 어깨를 다독이고 또 다독였다.

할아버지의 무릎을 끌어안은 그가 소리 내어 흐느꼈다. 그러면서 마음으로 다시는 그 누구 앞에서도 울지 않겠다고 다짐했다. 우는 것은 오늘뿐이다.

* * *

"죄송합니다. 그동안 빠진 날만큼 더 열심히 하겠습니다."

오랜만에 출근한 슬이 목요일 오전 회의에서 건주를 비롯해 여러 팀원들에게 허리 숙여 진심으로 사과했다. 팀원들은 출근하자마자 괜찮다며 오히려 건강은 좋아졌냐며 안부 인사를 건네고 훌훌 털어 낸 상태였지만 건주만은 예외였다. 일전에 건주와 껄끄러운 일이 생긴 후 제대로 된 인사도, 일도 하지 못한 상황인지라 슬은 꼼짝없이 건주에게 혼이 나야 했다.

역시나 건주는 내내 삐딱한 시선으로 슬을 위아래로 훑어보며 직설적으로 나무랐다.

"그렇게 몸이 아프면 복직을 왜 한 거지, 윤 주임? 벌써 이번이 몇 번째야? 지난번에도 그러더니 이번에도. 인사 평가 계속하고 있는 거 알긴 아는 거야?"

팀원들이 모두 보는 앞에서 혼나고 있는 슬의 속도 좋지 않았지만 이번 일에서만큼은 할 말이 없었다. 복직하고 나서 결근만 몇 번째인가. 매년 연말마다 평가되는 인사 평판 역시 좋지 못할 거라는 것도 잘 알고 있었다. 아마 승진 기회가 내후년에야 돌아오지 않을까 싶다. 그 인사 평가 점수를 매기는 사람이 직속 상사인 송건주 팀장이기도 하니까 잘해야 내 후년이 될지도 모른다. 승진 기회가 내내 없을 수도 있지만.

"이번 일은 나도 두고 볼 수는 없어. 아랫사람이 일을 똑바로 해야 나한테도 타격이 없지. 그래서 내가 윤 주임한테 일 하나를 맡겨 볼 생각이야. 우리 회사 브랜드들 가운데 유일하게 적자를 기록하고 있는 브랜드가 있어. '마마 가든'이라는 곳인데, 가맹점 수도 얼마 안 되고 계속 적자를 기록하고 있어서 본사에서도 곧 폐점할 거라고 하고. 지금 사장 결정만 앞두고 있다고 하더라고."

건주가 웃으며 말을 이어 갔다. 그러나 이 회의장에서 건주 말고는 아무도 웃을 수가 없었다. 모두가 입을 모아 하나만을 바라고 또 바랐다. 제발 그곳만은 피해 가게 해 달라고. 하지만 건주는 팀원들의 뜻과는 반대로 말하고 있었다.

"그래서 내가 기회를 달라고 했지. 내년 상반기 안에 가맹점 수를 현재에서 10개 이상 늘려 보겠다고 이야기했고, 난 거기 총책임자로 윤 주임을 넣을까 하는데, 윤 주임 생각은 어때?"

처음부터 그녀의 작전은 이것이었다. 폐점 직전까지 간 브랜드를 소생시키는 일. 그 일의 총책임자는 바로 슬, 자신. 이것을 해내지 못하면 아웃. 정말 도 아니면 모인, 그야말로 모험인 일에 슬은 뒤로 물러날 수도 없었다. 이미 뒤는 끝도 없는 낭떠러지라 앞으로 나아가는 방법밖에는 없었다. 지금 이 결정에 'no'를 한다면 아마 슬은 자신의 발로 이 회사를 떠나게 될 수도 있었다. 승진의 기회 따위는 오지 않고 만년 주임이 될 수도 있는 이 시점에서 슬이 할 수 있는 거라곤 승낙밖에 없었다.

"네, 해 보겠습니다."

슬과 건주를 숨죽여 지켜보던 팀원들이 경악했다. 불가능에 가까운 일을 하겠다고 하니 당연한 반응이었다. 건주는 그럴 줄 알았다는 듯 씩 웃으며 마음에도 없는 말로 격려했다.

"그래. 그럴 줄 알았어. 윤 주임은 잘할 거야. 그럼 팀은 알아서 꾸리고, 이번 주는 유일 플레이스 오픈 앞두고 있으니까 그 준비에 집중하고. 오늘 회의는 이것으로 끝. 각자 자리로 돌아가 일들 하도록."

건주는 한껏 풀이 죽어 있는 팀원들을 제쳐 두고 홀로 홀가분한 표정을 한 채 회의실을 나섰다. 팀원들만 남은 회의실 안은 무겁고 텁텁한 공기로 가득 찼다. 앞으로 남은 날들이 불 보듯 뻔히 보여서 한숨만 나왔다. 슬은 이 무거운 분위기를 어떻게든 한껏 돌려 보려 했다.

"모두들 이러고 있지 말고 얼른 나가서 커피 한 잔씩 하죠. 내가 쏠게요. 먹고 싶은 걸로 다 골라 봐요."

하지만 이미 전의를 상실한 팀원들의 귀에 그런 격려의 말이 들릴 리가 없었다. 이번 일을 성사시키지 못하면 팀이 해체가 될 수도 있고 누군가는 해고가 될 수도 있다. 그런 중대한 결정을 단독으로 결정한 건주도, 슬도 팀원들은 이해할 수가 없었다.

"하아. 진짜 송 팀장님 우리한테 무슨 억하심정 있대요? 왜 그러는 거예요, 진짜?"

보다 못한 주승이 툴툴거렸다. 이어서 주연도 한숨을 푹푹 쉬었다.

"이번 일 잘못되기라도 하면 우리 팀 완전 끝이야, 끝."

윤호 역시 이번 일을 비관적으로 생각하고 있었다. 그런 팀원들의 말을 옆에서 듣고 있으려니 슬의 마음도 편치 않았다. 무엇보다 단독으로 결정한 것이 마음에 걸렸다.

하지만 언제나 긍정으로 똘똘 뭉쳐 있는 송만은 달랐다.

"그런데 우리가 성공할 수도 있는 거 아니에요? 시간도 넉넉하고 오히려 우리가 이기면 송 팀장님한테 한 방 먹일 수도 있는 거고."

"그 반대가 될 수도 있는 거지, 김송."

제발 한심한 소리 좀 그만하라며 윤호가 툭 쏘아붙였다. 그러나 송은 왜 질 것부터 생각하느냐며 처음으로 선배들에게 자신 있게 목소리를 높였다.

"저는 할래요. 해 볼래요. 이런 기회 아니면 제가 성장할 기회를 또 언제 가져 보겠어요? 그리고 경기도 해 봐야 아는 거예요. 송 팀장님이 이길지, 우리가 이길지는 아무도 몰라요. 여기 있는 선배님들도 그렇고 저도 그렇고. 해 보지 않으면 아무도 몰라요. 골리앗도 다윗을 상대로 자신이 죽임을 당할지 몰랐고, 다윗도 마찬가지였어요. 이런 것처럼 붙어 보지 않으면 몰라요. 누가 골리앗이 될지, 또 누가 다윗이 될지는 해 봐야 아는 거라고요."

길고 짧은 것은 대봐야 아는 일은 맞다. 이 싸움에서 누가 이길지는 아무도 모른다. 설령 이들이 진다고 해도 이들에게는 훗날 이 싸움이 자양분이 될 수도 있다. 실패했다고 해서 교훈이 없는 것은 아니니까. 패배가 있기 때문에 성공했을 때의 성취감이 배가 되는 것이다. 다소 어이없긴 했지만 막내의 패기 있는 말에 선배들은 약간 부끄러워졌다. 그러면서도 아무도 자신들이 질 것이라는 말은 더 이상 하지 않았다.

그때 슬이 말했다.

"그래도 강요하지는 않을 거예요. 팀을 꾸리라고 했으니까 원하는 사람한테만 기회를 줄게요. 그리고 결과가 무엇이든 모든 책임은 내가 질 거예요. 그러니까 충분히 생각하고 나중에 개인적으로 말해 주면 좋겠어요. 이번 프로젝트에서 빠져도 개인적 감정은 없을 테니까 걱정 말고 편하게 생각하고 알려 줘요."

슬이 말을 끝내자마자 송이 손을 번쩍 들며 대답했다.

"전 할 거예요. 무조건. 그리고 무엇보다 전 저희가 이길 거라고 봐요."

송은 결의 가득한 표정으로 남은 선배들 들으라는 듯 선전포고했다. 슬은 그런 송이 고마웠고 기특했다. 하지만 다른 팀원들은 여전히 고민하느라 선뜻 손을 들지도 못했다.

그런 그들에게 부담 갖지 말라고 했지만 그렇다고 신경이 안 쓰이는 것은 아니었다. 팀이라고 했지만 달랑 슬과, 송 단둘이었으니까 이대로 팀이

꾸려질까 하는 불안한 마음이 내심 생기기도 했다.

그러다 그들에게도 생각할 시간이 필요하겠거니 싶어 송과 슬은 먼저 회의실을 나왔다. 슬의 팔에 팔짱을 낀 송이 뒤돌아 꽉 닫힌 회의실 문을 불안한 눈으로 지켜보았다.

"아무도 안 나오는 건 아니겠죠?"

아까의 그 패기는 어디로 가고 그녀는 다시 소심쟁이 송으로 돌아와 있었다. 그런 송의 모습을 보며 슬이 웃음을 터트렸다. 그날 이후 아주 오랜만에 웃어 보는 것이었다.

"조금 전에 패기 가득 김송은 어디 가고 또 소심해졌어?"

"아니, 전 당연히 선배들도 손 들 줄 알고……."

"그렇다고 해도 어쩔 수 없지. 이 일은 모두에게 중대한 일이니까. 서운해도 괜찮아. 어차피 이 프로젝트의 총책임자는 나니까. 송이 너도 부담 갖지 말고 다시 생각하려면 다시 생각해도 괜찮아."

그러자 송이 도리질을 치며 슬의 팔을 꼭 붙들었다.

"아뇨. 전 언니 곁에 꼭 붙어 있을 거예요. 죽어도 같이 죽고, 살아도 같이 살죠, 뭐."

송이 배시시 웃자 슬도 따라 웃었다. 비록 팀원은 송, 딱 한 명이었지만 어쩐지 천군만마를 얻은 기분이었다.

"커피나 마시러 갈까?"

"좋아요!"

슬과 송이 사무실을 나와 1층 카페테리아로 내려갔다. 아이스아메리카노를 나란히 들고 다시 사무실로 가려는데, 마침 회사 로비를 가로지르고 있는 태승과 마주쳤다. 1층에 내려와 있던 모든 사원들이 태승을 보며 고개를 숙였고 그 사이에서 오직 슬만이 딱딱하게 굳어 있었다. 거침없이 앞으로 나아가던 태승도 걸음을 멈추고 자신을 뚫어질 듯 바라보는 슬과 시선을 맞추었다.

"어? 사장님이다!"

서로를 뚫어질 듯 바라보는 둘 사이에서 송이 태승에게 친근하게 인사를 건넸다. 송을 비롯한 마케팅 1팀 식구들에게 태승은 그저 어렵고 불편한 사장과 부하 직원 사이만은 아니게 되었다. 아메리카노도 직접 배달 오고 또 이 앞전에는 회식까지 함께한 사이였으니까 말이다.

"사장님, 이제 출근하시는 거예요?"

송이 아무렇지 않게 태승에게 출근하는 거냐고 물으니 주변에 있던 다른 사원들이 고개를 갸우뚱했다. 일개 사원이 사장과 거리낌 없이 대화를 주고받는 것이 평범하진 않았기에 그들 시선에는 썩 이상해 보일 법했다.

"네. 그럼."

전과 달리 딱딱하게 대답한 태승이 슬의 시선을 외면한 채 임원용 엘리베이터가 있는 곳으로 걸어갔다. 아까 내내 태승을 쳐다보던 슬의 시선도 그의 움직임에 따라 옮겨 갔다.

* * *

사무실로 돌아가는 길에서도 슬은 제대로 송의 말에 집중할 수가 없었다. 아까 로비에서 그의 얼굴을 본 뒤로 머릿속에서 태승이 떠나지를 않았다. 단 며칠 사이에 그의 얼굴이 훨씬 핼쑥해져 있었다. 어디가 아팠던 걸까? 그날 비를 그렇게 맞았는데 안 아플 리가 없었겠지. 많이 아팠나? 먼저 헤어지자고 했던 사람이 아프면 어떻게 해? 하면서 머릿속으로 내내 그의 욕을 했다가 걱정을 했다가를 반복했다.

"미안한데, 송. 먼저 들어가 있어. 나 화장실 좀 들렀다 갈게."

슬은 송을 먼저 사무실로 들여보내고 화장실로 방향을 틀었다. 그에게 무슨 일이 있었는지 도저히 궁금증을 참을 수 없어 일전에 받아 놓은 재호의 번호로 연락이라도 해 볼 요량이었다. 주머니를 열심히 뒤적이던 슬이 그제야 휴대폰이 없다는 사실을 깨닫고는 허탈해했다.

정신 차리고 일만 하겠다고 다짐했던 것이 바로 몇 분 전이었다. 건주의 말도 안 되는 제안을 허락한 데에는 미친 듯이 일에만 매달려 아무 생각도 하지 않으려는 다짐도 있었다. 그랬는데, 그와 마주치니 다 잡아 놓은 정신이 그새 흐트러져 버렸다. 겨우 그의 얼굴만 봤을 뿐인데……

"미쳤다, 윤슬. 너 어떡하려고 이러니, 정말."

슬이 화장실 벽에 등을 기대고 서서 자신을 책망했다.

* * *

"이건 뭡니까?"

태승은 그가 자리를 비운 이틀 동안 진행됐던 회의의 결과를 보고받는 자리에서 '마마 가든' 마케팅 전략을 다시 재설계해 보겠다는 건주의 자료를 본 뒤 질문했다.

"아, 마케팅 1팀 송건주 팀장이 제출한 '마마 가든' 마케팅 전략 기획안입니다. 근 몇 년간 이 브랜드로 골치를 좀 썩지 않았습니까? 그래서 내년 상반기를 기준으로 다시 소생시켜 보겠다고 해서 받아 놓은 자료입니다."

'마마 가든'은 벌써 적자 기록 1위를 달성하고 있는 브랜드였다. 다른 브랜드들 가운데 유일하게 가맹점으로만 운영되고 있는 브랜드라 어쩌면 그 이유가 컸다. 그래서 추후에 이를 어떻게 하면 좋을지, 폐점을 해서 다시 새로운 브랜드로 출범시킬지를 놓고 고민하고 있던 찰나였다. 그런데 이에 대한 해결 방안을 송 팀장이 팀장으로 있는 마케팅 1팀에서 기획한다니까 관심이 가기도 했다. 무엇보다 그 팀에는 슬이 있었다.

"가능하다고 합니까?"

"일단 송 팀장은 가능하다고 보고 있습니다. 그 자료에서도 그렇게 나왔고요. 한데 저희가 생각하기로는 불가능하다 판단됩니다. 이미 적자를 기록하고 있는 브랜드에다, 손해를 감수하고서라도 이 브랜드를 소생시켜야 한다는 의미도 없고요."

"책임자는 당연 송 팀장이 할 테니까 일단 믿어 보도록 하죠. 기회를 주는 것도 나쁘지 않을 것 같고."

"아, 책임자는 같은 팀으로 있는 팀원이 할 거라고 합니다."

"같은 팀원?"

느낌이 이상해서 물으니 범영이 대답했다.

"윤슬 주임이 총책임자로 전략 기획부터 실행까지 전부 담당한다고 들었습니다."

"윤슬 주임이요?"

별안간 태승이 인상을 구긴 채 재차 물었다. 이 불가능한 일의 책임자가 슬이라고 했다. 분명 마케팅 1팀 윤슬 주임이라고. 만약 이 프로젝트가 실패로 끝난다면 그 모든 책임은 슬이 질 것이 분명했다.

송 팀장은 이 점을 노린 것이다. 실패할 것을 예측하고 그 모든 책임을 슬에게 떠넘겨 결국 스스로 회사를 떠나도록 만드는 것. 슬에게 억하심정이 있는 그녀로서는 슬이 매 순간 거슬렸을 것이다. 더욱이 요 며칠 결근도 하지 않았던가. 그러니 송 팀장은 이 불가능한 프로젝트를 맡으라고 했을 것이고 더 이상 거절 명분이 없던 슬은 자신이 어떤 계략에 넘어갔는지 알면서도 하겠다고 했을 것이다.

태승이 입술을 비틀어 깨물었다. 그때 그 일로 송 팀장에게 중징계를 내릴 것을 그냥 그렇게 조용히 넘어간 자신을 후회했다.

"무슨 문제라도 있습니까, 사장님?"

"아니요. 일단 알겠습니다. 유일 플레이스 오픈 일정은 차질 없이 잘 진행되고 있습니까?"

그 이후 꽤 오랫동안 회의가 진행됐으나 집중이 되지를 않았다. 계속해서 슬의 얼굴만 떠올랐다. 송 팀장이 파 놓은 함정에 빠졌다는 것을 알면서도 기꺼이 하겠다고 나선 슬이 걱정되었다. 그 여자라면 이 일이 잘못되었을 때, 분명 모든 책임을 떠안고 회사를 그만둘 것이다. 절대 그 누구에게도 이 일에 대한 책임을 떠맡기려 하지 않을 것이다.

그래서 태승의 마음이 조급했다. 그렇다고 '마마 가든'을 멋대로 폐점시킬 수도 없었다. 이미 그녀가 결정한 일이었다. 이것을 무르기엔 그럴 만한 명분이 적었다. 이미 자신의 입으로 믿어 보겠다고 했으니 말이다. 이 프로젝트의 총책임자가 슬이든 송 팀장이든 한번 내뱉은 말은 도로 주워 담을 수도 없으니 가슴이 꽉 막힌 듯 답답해졌다.

"수고 많으셨습니다."

"네. 몸조리 잘하십시오, 사장님."

"네, 부사장님."

범영이 나가고 사무실 중앙을 왔다 갔다 하던 태승이 이번에는 책상 끄트머리에 엉덩이를 걸치고 앉아 사무실용 전화기를 들었다가 놓았다. 전화를 걸려다가도 멈추고, 다시 전화를 걸려다가도 멈추길 반복한 끝에 전화기를 내려놓았다. 송 팀장과 슬, 두 사람을 같이 부르려던 마음도 같이 접었다. 결정 난 것을 되돌릴 구실은 없었지만, 이를 핑계로 두 사람을 불러낸다면 슬의 얼굴은 볼 수 있을 것이다.

그럼에도 불구하고 그는 아무것도 하지 않기로 결심했다. 둘은 이미 끝난 사이였고 그 끝을 다른 누구도 아닌 자신이 냈으니까. 자신부터 한없이 차갑고 냉정해져야 슬도 더 빨리 그를 잊을 수 있을 것이다.

도로 책상 앞에 앉은 태승은 무섭게 일에 집중했다.

* * *

다들 퇴근하는 가운데 슬만 남아 사무실을 지키고 있었다. 집에 가서도 멍하니 앉아 있을 바에야 일하는 게 나을 것 같다는 생각에서 비롯한 것이었다. 시간 가는 줄 모르고 자료를 보다 문득 시계를 보니 10시였다.

"벌써 10시네."

서둘러 정리를 마친 슬이 엘리베이터를 타고 로비로 내려왔다. 정문을 향해서 또각또각 걸어가던 슬이 걸음을 차츰 멈추었다. 일기 예보에서도 듣지 못했던 비가 내리고 있었기 때문이다. 하필이면 우산도 없는데. 슬은 원망스러운 눈으로 하늘을 올려다보았다. 택시 정류장까지 걸어가려면 이 비를 맞고 갈 수밖에는 없었다.

어쩔 수 없겠다 싶어서 가방을 가림막 삼아 뛰어가려는데 별안간 우산 하나가 슬의 앞으로 내밀어졌다. 고개를 들자 바로 옆에서 태승이 우산을 건네고 있었다. 오늘 점심때도 보긴 했지만 이렇게 가까이에서 얼굴을 보는 것은 그날 이후로 처음이라 슬의 동공이 살짝 흔들렸다.

"……받아요."

우산은 안 받고 쳐다만 보고 있으니 태승이 한 번 더 우산을 내밀었다. 모른 척하려 했지만 그럴 수가 없었다. 헤어지자고 했고 헤어졌지만 헤어지지 않은 것과도 같았다. 이게 무슨 말인가 싶겠지만 그들의 현재가 그러했다.

비서도 먼저 퇴근시키고 홀로 사무실을 지키던 태승의 발걸음이 향한 곳은 마케팅 1팀, 슬이 있는 사무실이었다. 그녀가 이 시간까지 설마 남아 있을까 싶었지만 저절로 발길이 닿은 그곳엔 혼자 남아 일하고 있는 슬이 있었다. 태승은 그 뒷모습을 바라보며 한참을 서 있다가 슬이 나오는 시간에 맞춰 로비로 내려온 참이었다. 헤어지자고 했던 사람도, 떠났던 사람도 태승이었지만 여전히 슬의 곁에 맴돌고 있는 사람도 그였다.

그가 건넨 우산을 그저 바라보기만 하던 슬이 손을 내밀어 그것을 받아 들었다. 그러자 그는 조금의 미련도 없다는 듯 돌아서 건물 안으로 다시금 들어갔다. 눈 한번 마주치지 않고 냉정히 뒤돌아 가는 그가 야속해서

부를까 말까 망설이던 슬이 그를 불러 세웠다.

"잠깐만요."

텅 빈 로비가 곧 슬의 목소리로 가득해졌다. 며칠을 끙끙 앓으면서도 듣고 싶던 목소리였다. 악몽 같던 꿈이었지만 그 꿈에서조차 그녀가 그리웠다. 꿈에서 깨면 달아날까, 혹여나 사라질까 두렵기까지 했던 그녀가 또다시 자신을 부르고 있다. 앞으로 가야 하는데, 돌아보면 안 되는데……. 그런데도 두 다리는, 이 심장은 그녀의 목소리에 반응한다.

가까스로 감정을 추스른 태승이 뒤를 돌아 정문 앞에 서 있는 그녀를 바라봤다. 슬은 그가 건네준 우산도, 챙기려면 챙길 수 있던 자존심도 미뤄 둔 채 또 한 번 그를 붙잡았다.

"나 좀…… 데려다 줄래요?"

* * *

비 오는 빗길을 달리고 있는 검은 세단 안, 그 전과는 확연히 달라진 무거운 분위기에도 운전석과 조수석에 앉은 두 사람은 그런 분위기 따위 아랑곳없어 보였다. 하지만 서로가 서로를 의식하고 있는 것은 자명했다.

슬은 내내 창밖으로 지나쳐 가는 풍경에만 시선을 두었고, 태승도 운전에만 몰두해 있었다. 차 안에는 정적만이 흘렀다.

"……이 길 말고요."

길고 길던 적막이 슬의 한마디에 깨졌다. 이게 무슨 말인가 싶어 태승이 고개만 살짝 돌려 슬을 쳐다봤다. 그러자 슬이 눈길 한번 주지 않고 말을 이었다.

"태승 씨…… 아니, 사장님 집으로 가 주세요."

"그게 무슨 말입니까? 어디를 가자고요?"

슬이 이제 자신을 '태승 씨'라 부르지 않는다는 것에 미처 신경을 쓰기도 전에 자신의 집으로 가자는 뜬금없는 말에 태승이 놀라 물었다.

"연남동 말고 사장님 집이요."

"윤 주임 집이 아니라 내 집에 가겠다는 말입니까?"

'윤슬'이나 '슬'이라고 부르지 않고 '윤 주임'이라고 부르는 그 낯선 목소리에 슬이 고개를 돌려 그와 시선을 마주했다. 헤어졌으니 호칭을 정리하는 것은 당연한 것인데도 슬은 그 생소한 호칭이 가슴 아팠다. 더는 그와 관계없는 사이가 된 것 같아서, 이제 정말 남인 것 같아서. 괜스레 눈물이 날 것 같아 고개를 돌린 슬이 끄덕였다.

"볼일이 있어요, 사장님 집에."

태승이 정면만 바라보고 있는 슬의 옆얼굴을 뚫어져라 쳐다보다가 차선을 바꿔 갓길에 세웠다. 차가 정차했는데도 슬은 어떤 동요도 하지 않았다. 그러나 태승은 오만 생각이 다 떠오르는지 한층 더 복잡한 표정을 짓고 있었다.

"지금 이게 뭐 하는 겁니까?"

그의 표정은 물론 목소리에서도 화를 참고 있는 것이 느껴졌다. 슬이 대체 무슨 생각을 하고 있는지 모르겠어서 답답했다. 또 자신이 얼마나 참고 있는지 아무것도 모르면서 겨우 추스른 감정을 또다시 엉망으로 만드는 슬이 원망스러웠다.

얼마나 노력하고 있는데, 너를 보내기 위해서 얼마나 참고 있는데. 정문에서 비 내리는 하늘을 올려다보고 있는 널 집까지 데려다주고 싶은 걸 억지로 참아 가며 겨우 건넨 게 우산 하나인데. 그런 날 보며 스스로 얼마나 비웃었는지…….

그는 차마 할 수 없는 말을 삼키며 잔뜩 화가 난 얼굴로 대답 없는 슬에게 싸늘하게 말했다.

"이럴 거면 내려요. 더는 예의 차릴 필요도 없는 것 같으니까."

태승의 입에서 나온 '예의'라는 단어가 비수가 되어 슬의 심장에 꽂혔다.

데려다 달라는 자신의 말에 응해 준 그에게 아직은 미련이 있어서라고 생각하려 했는데 그조차 부정당한 것 같았다.

슬이 원망스러운 시선으로 그를 보았다. 단지 휴대폰을 빌미로 그와 얼굴 한 번 더 보고, 시선 한 번 더 맞춰 보고, 목소리 한 번 더 들어 보려고 했던 것뿐인데……. 그에게는 그저 헤어진 전 여자 친구에 대한 예의일 뿐이었다면 더는 붙잡을 이유도, 필요도 없었다. 다시 고개를 정면으로 돌린 슬이 싸늘히 대답했다.

"휴대폰은 택배로 보내 주세요. 실례가 많았습니다."

그대로 차 문을 열고 내린 슬이 뒤에서 오는 택시를 붙잡아 탔다. 쌩하니 지나쳐 간 택시의 뒷모습을 망연히 바라보고 있던 태승이 이제야 자신이 오해했다는 사실을 깨닫고는 핸들을 쾅 내리쳤다.

슬이 또다시 저를 흔들어 놓으려고 일부러 그런 거라고 생각했다. 그런데 휴대폰을 찾으려고 자신의 집으로 가자고 했던 말을 다르게 받아들여 마치 헤어진 전 남자 친구에게 매달리는 자존심도 없는 여자로 만들었다. 그것도 모자라 굳이 하지 않아도 될 말로 상처까지 줘 버렸다.

그러지 않아도 됐는데. 그렇지 않아도 상처 많은 여자에게 상처 하나를 더 얹어 줬으니. 마른세수를 한 태승이 전보다 더 괴로운 표정을 지었다.

3. 뒤늦은 후애(後愛)

한편, 집으로 되돌아가는 택시 안에서 슬은 터지는 울음을 참지 않았다.

"흐흑, 흐흐흑."

그녀는 여기가 택시 안이고 앞에 운전석에는 기사가 있다는 사실도 잊은 채 흐느껴 울었다. 이제 정말 끝이라는 게 실감이 나서, 그와 정말 아무것도 아닌 사이가 되었다는 게 믿기지 않아서 가슴이 너무 아팠다.

다음 날, 슬은 퉁퉁 부은 얼굴로 아침 출근길 버스에 올랐다. 간밤에 잠한숨도 이루지 못하고 나왔더니 얼굴이며 눈이며 붓지 않은 부분이 없었다. 사람 아닌 몰골로 출근하려니 회사에 가기도 싫고, 또 그 사람 얼굴은 어떻게 봐야 하나 걱정도 됐다. 이제 마주쳐도 사장과 직원 그 이상도 아니니 신경 쓸 것도 없지만…….

창밖에만 시선을 둔 채로 멍하니 서 있는데 또다시 태승의 얼굴이 떠올랐다. 생각하지 않으려 해도 자꾸만 떠올랐고, 그럴 때마다 가슴 언저리가 묵직하게 아려 왔다. 한숨만 푹푹 쉬며 있으니 어느덧 버스가 회사 앞에 도착했다. 오늘처럼 회사로 가는 발걸음이 무거운 것은 또 처음이었다.

"어? 언니, 눈이 왜 이렇게 부었어요? 어제 혹시 울었어요?"

사무실로 들어오면서 눈이 마주친 송이 슬에게 다가와 물었다. 송이 보기에도 슬의 눈이 많이 부어 있나 보다. 슬은 힘없이 웃어 보이며 고개를 가로저었다.

"아, 이거 어제 말씀하셨던 자료들이에요. 전년도 이벤트 기획했던 기획안들인데 윤호 선배님이 주셨어요. 도움이 될 거라고."

송이 건네준 자료를 받아 든 슬이 고개를 돌려 대각선 방향에 앉은 윤호를 바라보았다. 슬의 시선을 감지한 윤호가 괜히 헛기침을 하며 자리에서 일어나 슬과 송이 있는 자리에서 굳이 반대로 나갔다. 그런 윤호에게 슬이 웃으며 감사를 전했다.

"고마워요, 윤호 씨."

이 프로젝트는 절대 안 될 거라며, 실패하면 끝이라고 가장 비관적으로 생각했던 사람이 바로 윤호였다. 하지만 바로 어제, 송이 했던 말을 곰곰이 떠올려 보던 윤호는 다른 사람이라면 안 될 일도 왠지 슬이 하면 성공할 것 같은 예감이 들었다.

그래서 윤호는 퇴근 후 곧장 이불 속으로 들어가 눕기부터 하는 평소와 달리 노트북 앞에 앉아 지난 마케팅 기획 자료들부터 모으기 시작했다. 시안을 몇 개 참고용 자료로 뽑아 출근하자마자 송에게 건네줬다. 슬에게 직접 주면 좋겠지만 어제 일도 그렇고 그녀를 마주하는 게 쑥스러워 대신 송에게 전해 주며 은근슬쩍 이 팀에 합류하겠다는 뜻을 밝혔다.

슬의 고맙다는 인사에 귀까지 벌게진 윤호가 수줍게 고개를 끄덕이며 탕비실로 사라졌다. 은근 귀여운 구석이 많은 후배였다. 덕분에 힘이 생긴 슬이 컴퓨터를 켜고 그 앞에 앉아 윤호가 건네준 자료를 훑어봤다.

퇴근 시간이 가까워질 무렵 종일 자료를 살펴보던 슬이 기지개를 쭉 켰다.

그러자 각자 자신의 일에 몰두해 있던 팀원들도 고개를 들어 슬이 있는 자리로 시선을 돌렸다. 피곤할 법도 했다. 마케팅 전략 기획안을 작성하기 위해서는 그 수많은 자료들을 살펴야 했으니까. 심지어 슬은 점심도 샌드위치로 대강 때웠다. 출근해서 지금까지 엉덩이를 붙이고 앉아 하루 종일 일만 했으니 온몸이 뻐근함에 아우성칠 수밖에.

기지개를 쭉 켜는 슬의 곁으로 송이 다가왔다.

"오늘도 야근하실 거예요?"

"음, 아마도 그래야 할 듯싶은데. 송이 씨는 먼저 퇴근해도 돼. 난 좀더 찾아볼 것도 많고 해서."

"그럼 먹을 거라도 사다 드릴까요?"

"아니야. 구내식당 저녁도 하니까 거기 가서 먹으면 돼."

송은 오늘도 먼저 퇴근하려니 여간 미안했던 모양인지 이것저것 필요한 게 없느냐 물었고 슬은 계속 괜찮다고 했다. 그러다 슬은 그녀가 미안해서 그런다는 것을 알고는 커피 한 잔 사다 주지 않겠냐 했고 그제야 송은 환하게 웃으며 냅다 날아갔다 오겠다며 사무실을 빠져나갔다. 슬은 그런 송이의 뒷모습을 보며 미소 지었다. 참 착하고 성심이 맑은 아이였다.

송이 슬의 커피를 사러 사무실을 나간 사이에 어느덧 퇴근 시간이 되었다. 그러자 팀원들도 제각각 하던 일을 마무리 짓고 서둘러 가방을 챙겨 자리에서 일어났다. 하지만 슬은 아직 남은 일들이 있어 오늘도 야근을 할 생각이었다. 그때 주연이 다가와 책상 위로 젤리 하나를 놓아두었다.

"드시면서 하시라고요. 머리 써야 할 때 단 게 좋대요."

프로젝트를 같이하고 싶은 마음은 없지만 그래도 응원한다는 주연의 진심이 담긴 젤리였다. 슬에게 주연은 처음부터 친해지기 어려운 팀원이었으나, 주연이 다른 팀원을 감싸는 슬에게 감동해 친해졌다가 이번 일로 다시금 멀어진 사이였다. 그런 주연이 젤리를 건넨 것이 의외이기도 하고, 그녀가 신경을 안 쓰는 것도 같으면서 실은 신경 쓰고 있다는 게 보여서 슬도 웃으며 그 젤리를 고맙게 받았다.

"고마워요. 주연 씨 마음 충분히 알았어."

"주임님의 승리를 진심으로 바랄게요. 그럼."

주연도 자신의 마음을 비춘 게 부끄러웠는지 쏜살같이 사무실 밖으로 뛰쳐나갔다. 윤호도 그렇고 주연이도 그렇고, 다들 자기 마음을 내보이는 일에 영 서투른 것 같았다.

모든 팀원들이 퇴근해 텅 빈 사무실에 다시금 홀로 남은 슬이 일에 몰두했다. 사실 기획안을 내야 할 날짜가 정해져 있는 것도 아니고 내일 와서 해도 되지만 어차피 집에 가 봤자 태승만 떠올리고 있을 것 같아 하지 않아도 될 야근을 나서서 하고 있는 것이었다. 지금도 그의 얼굴이 문득문득 떠올랐다. 이럴 때 일이라도 하고 있어야 그나마 생각을 덜할 수 있었다.

또다시 하염없이 그의 생각을 할 것 같아져 슬이 자세를 고쳐 앉고는 일에 집중했다. 그 무렵 사무실 창밖 너머엔 태승이 서 있었다. 그는 오늘도 어제처럼 창밖에 서서 일에 몰두해 있는 슬의 뒷모습을 바라보고 있었다. 한 손에는 슬의 휴대폰을 들고서.

그녀는 벌써 이틀째 야근 중이었다. 어제도 밤늦게 퇴근하더니 오늘도 야근할 작정인가 보다. 저녁은 먹었을까, 피곤하지는 않나, 어제는 잘 들어갔을까. 태승도 여전히 슬이 궁금하고, 걱정이 되었다. 잠은 잘 잤을까? 요즘도 계속 악몽을 꿀까? 내가 보고 싶을까? 그런 터무니없는 생각을 하며 한참을 밖에서 서성였다.

그는 어젯밤 슬에게 상처를 주고 그녀를 그렇게 보낸 이후 잠 한숨 이루지 못했다. 뜬눈으로 새벽까지 지새우다 이른 아침 출근해 점심도 거른 채 일에만 몰두했다. 지금의 슬처럼.

여전히 두 사람의 마음은 서로를 향해 있었다.

"여기서 뭐 하세요, 사장님?"

슬의 뒷모습을 보며 휴대폰을 어떻게 전해 줄까 고민하고 있던 찰나에 등 뒤로 송의 목소리가 들려왔다. 좋아하는 여학생을 몰래 보다 들키기라도 한 소년처럼 화들짝 놀란 태승이 크게 뜬 눈을 깜빡거렸다.

"뭐 하고 계신 거예요?"

송이 뜨거운 아메리카노를 든 채 대체 사장님이 왜 여기에 있냐는 듯한 말투로 물었다.

"아…… 아무것도. 아무것도 아닙니다."

예기치 못한 송의 등장에 심히 당황한 태승이 말을 더듬었다.

"아무것도 아닌 게 아닌 것 같은데. 누굴 보고 계셨던 거예요?"

"아닙니다. 그럼."

태승이 서둘러 자리를 벗어나려다 아차 싶어져 뒤를 돌아 송이에게 휴대폰을 내밀었다.

"윤 주임한테 전해 줘요."

커피를 들고 있지 않은 송이의 다른 손에 슬의 휴대폰을 쥐여 준 그가 조금 빠른 걸음으로 뒤돌아 걸어 나갔다. 어쩐지 급하게 자리를 벗어나는 것 같은 태승의 모습에 의문을 품은 송이 방금까지 그가 서 있던 자리로 가서 까치발을 들고 창밖을 들여다보았다. 그런데 창밖에서 보이는 사무실 안엔 슬밖에 없었다. 그럼 사장님이 여태까지 바라보고 있었던 사람이 언니라는 건가? 대체 왜?

고개를 갸웃 기울이며 생각하던 송이 무언가 떠오른 듯 입을 떡 벌렸다. 설마 사장님이 언니를? 속으로 대박, 대박을 외치며 송이 서둘러 사무실 안으로 들어갔다.

"언니, 언니!"

갑작스럽게 들려온 인기척 소리에 돌아본 슬이 뜨거운 커피를 들고 달려오고 있는 송을 보고는 기겁을 했다.

"왜 뛰어와? 그러다 손 데이면 어쩌려고."

"그게 중요한 게 아니에요. 지금 밖에 사장님이 계셨는데……."

송에게서 커피를 받아 든 슬이 사장님 소리에 멈칫했다. 그가 여기에 왔다니 조금 놀랐지만 이제는 저와 상관없는 사람이었다. 그래서 슬은 최대한 아무렇지 않은 목소리로 물었다.

"그런데?"

"그런데 창밖을 보고 계셔서 내가 여기에서 뭐 하시는 거냐고 물으니까 막 당황하시면서 저한테 언니 휴대폰 주더니 가시더라고요. 그래서 대체 뭘 보셨나 해서 봤더니 언니를 보고 계셨더라고요. 근데 좀 이상하잖아요. 언니를 왜 창밖에서 보고 있었을까, 곰곰이 생각을 해 봤더니 사장님이 혹시 언니를 좋아하시는 것은 아닐까 했어요. 생각해 보면 이상했던 점이 한두 개가 아니었거든요. 그때도 아메리카노 직접 사 들고 오셔서 막 언니 어디 갔냐고 콕 집어 물어보기도 했고."

송은 여태껏 태승의 행동이 수상쩍었던 부분을 언급하며 호들갑스럽게 떠들어 댔다. 사장이 아메리카노를 들고 직접 마케팅 1팀 사무실에 왔던 것도 상당히 이례적인 일이라서 인상적이었는데, 그때도 슬을 보기 위해 왔던 게 아닌가 싶은 생각이 들었다. 또 회식하러 왔던 것도 그렇고.

지금 보니 수상했던 부분이 한두 개가 아니었다. 사장이 모든 직원들과 친밀하게 지내는 사람이었으면 몰라도 태승은 그런 사장은 아니었기 때문이다. 1년에 얼굴을 한두 번 볼까 말까 할 만큼 높고도 먼 사람인데 두 번씩이나 특정 사무실에 찾아오는 것도 이상했다. 그땐 왜 의심하지 않았을까?

"제 말이 틀림없어요. 분명 사장님은 언니한테 흑심을……!"

한껏 도취된 송의 말을 칼 같이 끊어 낸 슬이 말했다.

"줘."

"네?"

대뜸 달라고 하는 슬의 말에 송이 놀라 물었다.

"달라고. 휴대폰."

"아. 여기요."

송은 그제야 제 손에 슬의 휴대폰이 쥐어져 있다는 사실을 깨닫고는 슬에게 내밀었다. 그러자 슬은 휴대폰만 달랑 받고 다시 자리에 앉아 타자기를 두들겼다. 어쩐지 분위기가 싸해진 게 영 이상했다. 자신이 예상했던 것과 슬의 반응이 너무나도 달라 그 모습을 보던 송이 샐쭉해져서는 뒷머리만 긁적이다가 가방을 챙기며 슬그머니 물었다.

"언니는 안 궁금하세요? 아까 제 말……."

또다시 송의 말을 끊어 낸 슬이 단호히 답했다.

"안 궁금해."

"……."

"나하고는 상관없는 사람 이야기, 궁금하지 않아. 하나도 안 궁금하고 듣고 싶지도 않으니까 그만 가. 커피는 잘 마실게. 휴대폰도 고맙고."

"언니……. 알겠어요. 내일 봬요."

송은 차가운 슬의 말에 내심 서운함을 느꼈지만 더는 묻지 않고 사무실에서 나갔다. 이제 진짜 사무실에 혼자 남게 된 슬이 작은 한숨과 함께 머리를 감싸 쥐었다. 송이에게 화를 내려던 것은 아니었는데, 태승의 이야기에 괜히 예민해지고야 말았다. 그럴 일이 아니었는데도 어제 일 이후로 그에 관한 것이라면 그 어떤 것도 듣고 싶지도, 떠올리고 싶지도 않았다.

이제야 비로소 그와 헤어졌다는 것이, 그를 잊어야 한다는 것이 실감이 났다. 그러기 위해서는 그와 관련된 모든 것에 관심을 끊어야 한다. 같은 회사에서 근무하고 있기 때문에 그의 소식을 아예 안 들을 수도, 보지 않을 수도 없지만 되도록 그와 멀어져야 했다. 그런 상황에서 그가 여기에 와서 자신을 쳐다보고 있었다는 이야기는 그저 괴롭고 아픈 이야기일 뿐이었다.

"하아."

하지만 이미 틀려 버린 것 같다. 그가 여기 왔었다는 사실만으로도 감정이 쉽게 누그러지지 않았다.

* * *

자신의 사무실로 돌아온 태승이 어둠이 짙게 내리깔린 창밖 야경을 바라보며 생각했다. 이제 더는 그녀를 볼 핑계가 없었다. 하물며 같은 회사에서 근무하고 있는 사이라고 해도 이제 더는 보면 안 될 것 같았다. 이제 정말 그녀를 놓아야 할 것 같았다. 하지만 정말 그럴 수 있을지는 모르겠다. 평생 잊지 못한 채 그녀를 가슴에 안고 살아갈지도 모르겠다. 아니, 웃기게도 자신이라면 그럴 가능성이 100퍼센트였다.

"하."

별안간 그가 실소를 터트렸다. 슬이 아픈 기억을 떠올리지 않았으면 해 그녀를 떠났으면서 갖은 핑계를 대 가며 그녀를 보려고 하는 자신이 우스웠다. 굳은 그의 얼굴엔 깊은 시름이 가득했다.

똑똑, 밖에서 노크를 하고 안으로 들어온 재호가 창가에 서 있는 그에게 인사했다. 이 늦은 시간까지 그가 회사에 머무른 이유는 그녀를 보기 위해서도 있었지만, 요 며칠 내내 슬의 아버지에 관해 조사하러 다니느라 외근 중인 재호의 연락을 용이하게 받기 위해서임도 있다.

"그때 당시 윤석현 교수님이 돌아가시고 막 바로 취임했던 총장은 부총장이었던 이성찬이라는 사람이더라고요. 윤 교수님과는 대학 동기이고 두 분이 막역하게 친했던 사이는 아니었고요."

"부총장이었다고, 이 사람이?"

서류에 붙어 있는 사진을 가리킨 태승이 물었다. 그는 이상하게도 부총장이었다는 사람이 마음에 걸렸다. 사진을 봤을 때도 어딘가 모르게 낯이 익었다. 무어라 설명할 수는 없지만 자신이 아는 누군가와 묘하게 닮아 보이기도 했다.

어쨌거나 학교에서 부총장으로서 총장을 보필해 왔던 사람이 그다음 총장으로 선출이 되는 것은 인지상정인 일이었을 것이다. 이성찬, 이 사람도 자신이 총장이 될 거라 믿어 의심치 않았을 것이다. 그런데 엉뚱한 사람이 총장 임명 후보에 올랐으니 분명 다른 마음을 먹었을 수도 있다.

"네. 총장 선출 당시가 부총장 임기가 2년째로 끝나는 날이었다고 하더라고요. 그리고 윤 교수님 돌아가신 그다음 날 바로 총장으로 선출됐고요. 임명식은 따로 진행하지 않았다고 합니다."

"이 사람 이전 총장에 대해서는?"

"깊게 파 보지는 않았는데 양강필 교수였습니다. 현재는 퇴직해서 고향에 내려가 사신다고 들었어요."

"그럼 양강필 교수 찾아가서 부총장이었던 당시 이성찬에 대해 더 알아봐. 분명하지는 않지만 짚이는 게 있어서 그러니까. 아마 이 사람과 윤 교수님 사건이 관련이 있는 거라면 부총장이었던 그때 당시에도 트러블이 있었을 거야."

"네, 알겠습니다."

"기자는 만나 봤어?"

"아…… 그게. 제가 봤을 때는 이 기자도 연관이 없지는 않은 것 같습니다."

재호는 말하기 곤란하다는 듯 대답하며 돌연 이 기자도 이들과 한패일 수도 있겠다는 추측을 내놓았다. 그 근거를 물으니 뜻밖에 대답이 돌아왔다.

"신문사에 전화를 해 봤더니 퇴직을 했다고 하더라고요. 그것도 3년 전에."

"뭐?"

"그리고 현재는 행방이 묘연합니다. 같이 근무했던 다른 기자들도 모르겠다고, 언젠가부터 연락이 끊겼다고 하더라고요."

"3년 전에 퇴사를 해서 연락이 끊겼고 지금도 행방이 묘연하다……."

아무래도 어림짐작했던 것이 더 수상해졌다. 틀림없이 큰 무언가가 감춰져 있는 것 같다는 생각이 들면서, 그 큰 무언가가 단순히 부총장이었던 이가 총장이 되고 싶어 꾸민 짓 같지만은 않다는 생각이 들었다.

그렇다면 무엇이 이 관계들의 연결고리가 되었을까. 깊이 고민해 보지 않아도 알 수 있었다. 그것은 바로 학교로 들어가는 자금, 즉 돈이었을 것이다.

돈이 아니라면 총장과 부총장, 그리고 행방이 묘연해진 기자, 어쩌면 이 사건을 덮어 줬을지도 모를 경찰까지 연결될 수가 없었다. 그들을 연결시킨 것은 분명 돈이었을 것이다. 그렇다면 윤 교수님은 이들 사이에 있었던 모종의 커넥션을 알고 있기라도 했던 걸까? 그럼 윤 교수님의 자살도 의심할 수밖에 없다. 윤 교수님의 자살이, 자살이 아니라면…….

하아. 태승의 미간이 좁아지며 그의 얼굴이 하얗게 질렸다. 이 추측이 제발 아니기를 빌고 싶었다. 거기까지 간다면 슬은 앞으로 이 세상을 어떻게 살아갈 수 있을까? 그녀가 버틸 수 있을까? 그가 셔츠 자락 사이에서 은색 펜던트 목걸이를 꺼내 부여잡고는 습관처럼 슬의 이름을 불렀다. 슬아…… 너를 어떻게 해야 하는 거니.

윤 교수의 죽음이 타살이 아닌 자살이길 바라야 한다는 이 상황이 어이가 없었다. 자살이든 타살이든 슬이 상처받는 것은 매한가지인 일인데 이를 밝혀야 하는 건가? 굳이 알아내야 하는 건가? 이런 생각도 했다.

하지만 슬의 기억이 영원히 돌아오지 않는다는 보장이 있지 않는 한 슬도 알아야 할 권리가 있었다. 타살이라면 더더욱 밝혀서 이런 일을 꾸민 범인에게 응당 죗값을 치르게 해야 한다. 그리고 그 일은 다른 누구도 아닌 제가 해야 했다. 그래야 슬을 지킬 수 있을 테니까.

"기자는 내가 알아볼게. 넌 양강필 교수 알아보고."

"네, 알겠습니다."

재호를 뒤로하고 서둘러 사무실을 빠져나온 태승의 발이 로비가 아닌 마케팅팀 사무실로 향했다. 하지만 사무실은 이미 텅 비워져 있었고 다시 달려 나온 태승이 엘리베이터를 기다릴 새도 없이 계단을 빠르게 내려와 로비로 달려갔다.

사방을 두리번거리며 슬을 찾는데 그의 뒤에 슬이 서 있었다. 슬은 로비 중앙에서 애타는 표정으로 자신을 찾는 듯 두리번거리는 그를 보자 가슴이 철렁했다. 하지만 애써 태연자약한 표정을 지으며 그쪽으로 다가갔다.

바로 뒤에서 구두 굽 소리가 들리자 뒤를 돌아본 태승과, 그를 향해서 걸어오고 있는 슬, 두 사람의 시선이 허공에서 얽혔다. 태승은 그녀를 보자마자 달려가 안고 싶었지만 건들기만 해도 폭주하려는 마음을 애써 누른 채 그녀가 가까이 다가오기만을 기다렸다. 선뜻 발을 옮길 수가 없었다. 자신이 그녀에게 얼마나 많은 상처를 주었는지 알기에.

그래서 기다렸다. 슬이 어제처럼 또 한 번 자신에게 손을 내밀어 주기를. 그렇담 그 손을 잡고 그녀를 으스러질 듯 안아 줄 텐데, 그리고 다시는 놓지 않겠다 말할 수 있을 텐데…….

태승은 가까워지는 그녀의 발걸음 소리를 들으며 서 있었다. 드디어 그의 앞에 슬이 걸음을 멈추었다. 이곳의 공기가 한순간에 무거워졌다가 가벼워진 것 같았다. 그녀가 또 한 번 손을 뻗어 줄 것 같았다. 슬아, 나의 슬아…….

하지만 슬은 그럴 생각이 없었다. 더는 그를 보며 설레어하지도, 슬퍼하지도, 그리워하지도 않을 것이다. 드디어 그를 보내기로 마음먹은 것이다. 그녀는 이제야 비로소 확실히 깨달았다. 그와의 이별은 예정된 것이었음을.

"휴대폰…… 잘 받았습니다. 그동안 고마웠어요. 사장님 덕분에 제 인생이 잠시나마 따뜻했습니다. 정말…… 고마웠어요."

눈시울이 붉어지며 그의 모습이 흐릿해지던 순간 슬은 눈물을 들키지 않으려 고개 숙여 감사의 인사를 전했다. 동시에 슬의 눈에서 떨어진 눈물이 바닥을 적셨고, 이별을 말하는 슬의 모습에 충격을 받은 태승도 그 자리에서 움직이지 않았다. 세상이 멈춰 버린 듯했고, 그의 세상에 희미하게나마 남아 있던 불씨가 바람에 훅 꺼져 버린 듯 암흑이 찾아왔다.

숙였던 고개를 바로 든 슬이 천천히 그를 지나쳐 앞으로 걸어 나갔다. 그 모습이 마치 슬로우 모션 같았다. 태승이 뒤도 돌아보지 않고 지나가는 그녀를 잡지도 못한 채 멍하니 보고만 있었다. 그러다가 문득 뒤를 돌아보았을 땐 이미 슬은 가고 없었다.

아무도 없이 텅 빈 회사 로비에 오도카니 서 있던 태승은 이제야 깨달았다. 자신이 했던 이별은 일방적 회피였고 비겁한 도망이었다는 것을. 그리고 이제야 친짜 이별이 찾아왔다는 사실을 말이다.

한없는 슬픔과 회환, 절망과 사무치는 그리움에 그가 소리 없는 눈물을 흘렸다. 흐느끼며 우는 그의 목소리만이 공허한 공간을 울리고 또 울렸다.

그럼에도 시간은 잘만 흘러갔고 대망의 유일 플레이스 오픈식 날이 밝아왔다.

* * *

유일 플레이스 오픈식을 앞두고 마지막 최종 리허설을 위해 마케팅 1, 2팀, 기획 1, 2팀, 사보 팀 등 여러 팀들이 모여 있었다.

"플래카드 조금만 더 위로 올릴게요. 네, 조금만 더요. 수평이 안 맞아서요."

각자의 자리에서 오픈식 준비가 한창일 때, 플래카드와 배너, 현수막 체크를 하던 슬이 수평이 맞게 잘 걸려 있는지를 꼼꼼히 확인했다.

"네. 좋아요. 배너는 입구 쪽에 잘 보이도록 놓아 주시고, 서민우 셰프님 최종 리허설 하실 거니까 대기실에서 모셔 와 주세요."

모두가 분주한 가운데 갑자기 소란이 일었다. 기획팀 쪽이었다. 오늘 행사의 중요한 프레젠테이션 자료를 두고 왔다는 소리와 건주가 소리치는 소리가 함께 들려와 현장에 있던 모든 사람들의 이목이 집중되었다.

"그 자료가 회사에 있는 게 확실해?"

"아마도? 그러게 내가 잘 챙기라고 그렇게 말했는데!"

아침에 사무실에서 나올 때도 막내에게 꼭 잘 챙기라고 말했던 그때가 또 떠올랐는지 민지가 소리치려 하자 슬이 침착한 목소리로 말했다.

"일단 나도 가 볼게. 가서 찾아볼게. 혹시 모르니까 백업해 둔 파일이 있는지 여기서 찾아봐. 알겠지?"

"알았어."

슬이 연신 고개를 끄덕이는 민지를 다독인 후 윤호와 함께 차에 올라 빠르게 회사로 향했다. 다행히 행사가 열리는 호텔에서부터 회사까지는 20분 거리로, 행사 시작 전까지는 다녀오기에 충분한 시간이었다.

회사로 달려가는 차 안에서 입술을 잘근잘근 깨물던 슬이 주머니에서 휴대폰을 꺼내 먼저 USB를 가지러 갔다는 기획팀 막내의 전화번호를 눌렀다. 바로 전화를 받은 막내의 목소리는 울기 직전이었다. 아무래도 회사에 없는 모양이었다. 일단 침착하라며 짐작 갈 만한 곳을 다시 한번 더 찾아보라고 한 뒤 전화를 끊은 슬이 운전 중인 윤호에게 말했다.

"조금만 더 빨리 가죠. 러시아워까지 덮치면 큰일 나니까."

"네. 그럼 좀 더 빨리 가겠습니다."

어느덧 슬의 머릿속에는 발표 자료가 들어 있는 USB를 찾아야 한다는 생각으로 가득 찼다. 불과 오늘 현장에 나오기까지만 해도 태승의 생각이 넘쳤는데 대형 사고 덕분에 그 생각을 잠시 미뤄 둘 수 있어서 다행이라고 해야 할지, 그저 입술만 꾹 깨무는 슬이었다.

* * *

한편, 태승도 사무실에서 오픈식을 위한 준비에 한창이었다. 그의 개인 재단사인 안 실장까지 와서 그가 입을 옷을 직접 맞춰 주고 있었다. 이번 핫 트렌드이기도 한 벨벳 턱시도를 입은 그의 모습은 어느 누구라도 손뼉을 칠 만큼 아주 잘 어울렸다. 패션의 완성은 얼굴이라고 하던데, 역시 그 말이 맞는 것 같기도 하다.

"브라보. 역시 나의 영원한 뮤즈, 우리 류태승 사장님."

밀라노에서 오래 유학 생활을 했던 안 실장은 특유의 제스처로 태승을 찬양했다. 그만큼 태승의 슈트 핏은 독보적이었다.

"근데 자기, 이 펜던트 목걸이 숨기지 말고 보여 주면 안 될까? 이 벨벳 턱시도랑 펜던트가 어울리지 않을 것 같으면서도 잘 어울리는데."

아직 채 잠그지 못한 셔츠 사이로 은색의 펜던트가 얼핏얼핏 모습을 드러냈다. 아주 오래 전부터 그의 목에는 늘 이 목걸이가 걸려 있었다. 어릴 적 엄마에게 받은 선물이었기에 태승은 목걸이를 목숨처럼 소중히 여겼다.

안 실장이 가리킨 은색 펜던트 목걸이를 한 손에 잡고 매만지다가 다시금 옷깃 사이로 잘 감춘 태승이 단추를 마저 채웠다.

"그만 가자."

그들의 뒤로 잠시 물러나 있던 재호가 그를 따라 사장실 밖으로 나갔다. 곧 안 실장도 그들을 뒤따라 나섰다. 코너를 돌아 엘리베이터에 올라 1층 로비로 내려오니 주변이 한산했다. 근무 시간이기도 했고 이번 행사와 관련된 팀들은 모두 행사장에 있어 그런 듯했다.

앞만 보며 걸어가던 태승은 눈으로는 혹시나 있을지도 모를, 그래서 마주칠지 모를 슬을 찾고 있었다. 하지만 어디에도 그녀가 보이지 않자 단념한 채 막 정문으로 발걸음을 옮기려 했다. 그 찰나에 멀지 않은 곳에서 아주 익숙한 목소리가 들려왔다.

슬은 발표 자료가 들어 있는 USB를 찾아 홀가분한 마음으로 사무실에서 내려와 로비를 가로지르며 윤호와 함께 활짝 웃고 있었다. 점점 더 가까워지는 슬의 목소리에 뒤를 돌아본 태승과 슬이 정면에서 마주쳤다. 그날 이후 아주 오랜만에 서로의 눈을 마주 보게 된 두 사람의 심장이 덜컥 내려앉았다.

"어? 안녕하세요, 사장님."

태승을 본 윤호가 반갑게 인사를 건넸다. 그는 아주 짧게 윤호를 보다가 다시 고개를 슬에게 돌렸다. 슬은 시선을 내리 깐 채로 살짝 목례를 한 후 그를 비켜 지나갔다. 그사이에도 태승의 시선은 슬에게서 떨어지지 않았다. 검은 정장을 입고 긴 머리를 한데 올려 묶은 모습까지도 사랑스러워서 눈을 뗄 수가 없었다. 여전히 슬은 예뻤다. 태승은 그녀가 자신의 심장을 뛰게 하는 여자라는 사실을 또 한 번 깨달았다.

"윤 주임."

태승은 자신을 지나쳐 가려는 그녀를 다급히 불러 세웠다. 그의 부름에 잠시 걸음을 멈춘 슬이 두 눈을 꼭 감았다가 떴다. 그의 목소리를 듣는 것만으로도 여전히 아프고 힘이 들었다. 이런 식으로라도 마주치지 않았으면 했는데, 그럴 수가 없으니 괴로웠다. 세상에 아무렇지 않은 척하는 일만큼 어려운 일은 없다는 생각이 들었다.

걸음은 멈췄지만 슬은 차마 고개를 들어 그를 볼 수 없어 시선을 바닥에 둔 채 말했다.

"오늘 차질 없이 준비 중이니까 이따 뵙겠습니다."

슬이 눈 한번 마주치지 않고 인사하자 태승도 그녀를 따라 고개를 숙였다. 슬은 그대로 뒤돌아서 정문을 빠져나갔고 그는 그런 슬의 뒷모습을 바라만 보고 있었다. 점점 멀어져 가는 슬의 뒷모습이 꼭 다시는 닿을 수 없는 사람처럼 느껴져 한쪽 가슴이 욱신거렸다.

"가시죠, 사장님."

보다 못한 재호가 태승을 재촉해 그를 정문에 대기해 둔 차에 태웠다. 창밖을 바라보는 그의 표정이 한층 더 굳어 있었다. 마찬가지로 창밖 풍경에 시선을 둔 슬의 표정도 어두웠다.

* * *

오전 9시 30분. 식이 시작하기까지 30분 정도가 남았을 때 USB를 가져온 덕분에 행사는 차질 없이 척척 준비가 되었고, 오픈 행사에 참석할 귀빈들도 하나둘씩 도착해 빈자리를 채우고 있었다. 이 추운 겨울에 행사를 야외가 아닌 실내에서 진행하여 날씨 걱정은 하지 않을 수 있었다.

입구에서 속속들이 도착하고 있는 귀객을 맞이하는 것도 마케팅 1팀의 일이었다. 특히나 슬은 현장을 진두지휘하면서도 귀빈들을 영접하며 이번 행사에 맞춰 기획팀이 준비한 행사 식순 표를 나눠 주고 있었다. 바쁘게 정신없이 일하고 있는 와중에 슬쩍 다가온 주승이 슬에게 몰래 초콜릿 하나를 건넸다. 이럴 때는 당이 떨어지면 큰일 난다며 얼른 까서 먹으라고 챙겨 주기까지 했다. 그런 주승의 너스레에 굳었던 표정이 풀어졌다.

"그나저나 오늘 오픈식 끝나면 여기 호텔 라운지에서 뒤풀이 있다는데 가실 거죠, 주임님?"

"글쎄요. 뒷정리까지 하려면 힘들 것도 같고."

"무슨 소리 하시는 거예요. 당연히 가야죠. 저희가 주인공인데, 저희가 가야죠."

"일단 오픈식이나 빨리 끝내고 생각해요."

슬은 사담은 제쳐 두고 다시금 귀빈을 맞아들이며 준비에 차질이 있는지 없는지도 체크했다.

한창 슬이 일에 바빠 정신없이 이리 뛰고 저리 뛸 때, 화려한 차림새로

늦지 않게 도착한 혜명이 중열의 팔에 팔짱을 낀 채 행사장 내부로 들어오고 있었다.

"어머, 행사장이 꽤 크네. 오픈식이라고는 했지만 이렇게 규모가 클 줄은 몰랐는데. 꽤 준비를 했나 보네."

조카가 준비했다는 오픈식이 내심 마음에 들었던 모양인지 혜명이 샐쭉한 표정으로 내부를 두리번거리며 살폈다.

그런 혜명의 반응과는 다르게 중열은 여유가 가득한 얼굴이었으나 속으로는 불만이었다. 고작 이런 행사 따위로 기업의 이미지를 반등시킬 수는 없을 거라며 자신하지만 한편으로는 불안하기도 했다. 규모가 이렇게 클 줄은 몰랐기 때문이다. 태승의 고모부 자격으로 온 자리였지만 이 기업의 차기 회장 자리를 넘보고 있는 라이벌이었기에, 이번 행사가 차질 없이 진행되는 그 자체가 그에게 불안 요소였다.

무슨 일이 일어나기를 바라며 내부로 입장하자 모든 이들의 시선이 이들에게로 꽂혔다. 입구에서 손님들이 자리에 잘 착석할 수 있도록 안내하던 슬도 모든 이들의 이목을 한 몸에 받고 있는 중열과 혜명, 이 두 사람을 향해 고개를 돌렸다. 특히나 고운 얼굴에 화려한 치장을 하고 서 있는 혜명이 가장 눈에 띄었다.

참 아름답다고 생각하며 무심코 시선을 아래로 옮겼는데, 혜명의 원피스 사이로 검은 스타킹에 올이 나가 있는 모습이 보였다. 이를 어쩌나 싶어 계속 혜명을 보고 있는데, 주변을 둘러보고 있던 혜명의 시야에 슬이 들어왔다. 아까부터 따가운 시선이 느껴진다 했더니, 웬 새파랗게 어린애가 자신을 보고 있었다. 그것이 거슬렸는지 혜명의 미간이 확 구겨졌다.

'쟨 뭔데 나를 빤히 봐?'

슬의 위아래를 훑어보며 시선을 돌린 혜명이 중열의 팔을 꼭 붙잡았다.

"여보."

하지만 중열은 혜명이 뭘 하든 전혀 신경 쓰이지 않았다. 그저 왜 태승과 장인어른 둘 다 이 행사장에서 보이지 않는지, 또 태승이 숨기고 있는 장인어른의 비밀은 무엇인지가 궁금할 뿐이다. 내연녀가 있음에도 혜명의 곁에 있는 이유는 딱 하나였다. 혜명의 재산, 곧 자신의 차지가 될 그 재산 때문이었다.

"장인어른께서는 안 보이시네? 태승이랑 같이 오시나?"

"응. 아버지가 피곤하시다고 하셔서. 아마 오늘 오픈식에는 참석하지 않으실 거예요."

"아, 그래? 요즘 들어 많이 피곤해하시네. 자주 깜빡하시기도 하고."

"깜빡?"

"요즘 자주 깜빡하시더라고. 지난 중역 회의 때도 그렇고. 잘 좀 지켜봐. 아니면 병원에 모시고 가 보든지. 요즘 우리가 너무 신경을 안 썼어. 태승이 녀석만 믿고 있었는데, 당신이라도 신경을 써야지."

"알았어요. 자주 들여다볼게."

혜명은 그저 남편이 자신의 아버지를 신경 써 주는 것이 고마워서 살갑게 웃으며 중열의 손을 꼭 붙잡았다. 그의 시커먼 속은 전혀 눈치채지 못한 채 말이다.

"그나저나 태승이가 안 보이네?"

태승을 찾으려 두리번거리고 있는 혜명의 앞으로 슬이 검정 스타킹을 든 채 다가왔다. 깜짝 놀란 혜명이 인상을 확 구기며 물었다.

"뭐죠?"

"이게 필요할 것 같아서요."

슬이 아무도 보지 못하도록 조용히 스타킹을 건네자, 혜명은 그 물건을 확인한 후 화들짝 놀라며 자신의 다리 상태를 살폈다. 그러고는 검은 스타킹에 올이 나가 있는 모습을 보고 서둘러 주변을 살폈다. 그러더니 허둥지둥 행사장을 빠져나갔다. 끝까지 혜명을 따라 나온 슬이 화장실까지 그녀를 안내해 주었다.

혜명과 슬이 나간 그때, 행사장에 도착해 귀빈들과 인사를 주고받던 태승이 어느덧 자리에 착석해 있는 중열과 마주했다. 태승은 악수를 건네는 중열의 손을 맞잡은 후 여유 있는 미소를 지었지만 속으로는 이 잡은 손조차 경멸하고 있었다. 그는 이미 중열의 검은 속내를 다 알고 있는 상태에서 그의 얼굴을 보려니 역겨워서 당장 손부터 씻고 그를 내쫓고 싶었다. 하지만 아직 때가 아니었다.

"축하한다, 태승아. 아주 자랑스럽구나."

"감사합니다. 축하해 주셔서."

"아주 노력한 게 보여. 준비도 아주 차질 없이 잘했더구나."

"와 주셔서 감사합니다."

"그럼. 당연히 가족인데 와야지."

내내 억지웃음을 잘 짓고 있던 그의 얼굴이 '가족'이라는 단어 앞에서 살짝 굳었다.

'가족……이라.'

그 입에서 가족이라는 단어가 나오니 표정이 잘 감춰지지 않았다. 순간적으로 그에게 험한 말을 쏟아부으려다 겨우 참아 낸 태승이 중열을 지나쳐 다른 귀빈들과 인사를 나눴다.

이어서 오픈식이 시작됐고, 전문 사회자가 사회를 맡아 매끄럽게 식을 진행했다. 식이 시작되고 밖에서부터 사회자의 목소리가 쩌렁쩌렁 울리니 그 소리를 들은 혜명이 재빨리 슬이 건네준 스타킹으로 갈아 신고 화장실 칸막이에서 나왔다.

"고마워요, 정말. 하마터면 행사장에서 큰 웃음거리가 될 뻔했어."

"아닙니다. 식이 시작된 것 같은데, 제가 자리까지 안내해 드리겠습니다."

그대로 화장실을 나가려는 슬을 혜명이 잡아 세웠다.

"잠깐만, 아가씨."

"네?"

"이름이 뭐예요? 고마워서 답례를 좀 하고 싶은데."

"아…… 답례를 바란 건 아니라서 괜찮습니다. 마음만 감사히 받겠습니다."

"아니, 그러지 말고 이름이라도 좀 알려 줘요. 내가 또 도움이 될 수도 있으니까."

"네? 도움이요?"

그게 무슨 말인가 싶어서 물으니 의미심장한 미소를 띤 채 혜명이 한 번 더 재차 슬의 이름을 물었다.

"자꾸 여러 번 묻게 하지 말고. 이름. 이름이 뭐예요?"

* * *

"다음은 오늘 유일 플레이스를 오픈하기까지 가장 많이 고생하셨던 유일 퍼스트 대표, 류태승 사장님의 기념사가 있겠습니다."

테이프 커팅식이 끝나고 사회자의 호명에 단상에 오른 태승이 귀빈들 앞에 섰다. 태승은 짧게 목례를 한 뒤 담담한 표정과 말투로 담백한 기념 사를 이어 갔다.

"유일 플레이스 오픈까지 약 3년이라는 시간이 걸렸습니다. 저에게 있어서는 큰 프로젝트나 다름없었던 만큼 많은 수고와 노력이 필요했던 일이었습니다. 올 한 해가 가기 전에 성공적으로 오픈식을 치를 수 있다는 것만으로도 뜻 깊고 감회가 새롭습니다."

차분한 목소리로 말하는 기념사에는 그만의 진심이 담겨 있었다.

태승의 머릿속에 이날이 오기까지의 많은 시간이 스쳐 지나갔다. 그에게 3년이라는 길면 길고 짧으면 짧은 시간 동안 정말 많은 일들이 있었다. 그 많은 일들 중에서도 가장 기억에 남고 앞으로도 영원히 잊지 못할 일이 바로 슬, 그녀를 만난 일이었다. 그녀가 아니었다면 심장이 뛸 일도,

가슴이 아파 울 일도, 때론 뜨겁고, 때론 차가우며, 때론 아프기도 한 감정도 느낄 일이 없었을 것이다.

이렇게 이 자리에 올라 귀빈들과 국민들, 그리고 직원들의 얼굴을 한 명 한 명 내려다보니 더 절실히 깨달은 것이 있었다. 이 많은 사람들 앞에서도 단 한 명, 단 한 사람의 얼굴만 보인다는 사실과, 자신은 윤슬, 그녀가 있어야만 살아갈 수 있다는 사실이다.

"유일 퍼스트의 시초는 유일 식품이었습니다."

다시 운을 떼기 시작한 태승의 시선은 줄곧 한곳에만 고정되어 있었다. 그러나 슬은 기념사를 읊는 그를 쳐다보지도 못하고 내내 땅에만 시선을 붙박아 두고 있었다. 그가 보기 싫어서가 아니라 그를 보면 눈물이 날 것 같아서였다.

"유일 식품으로 시작해 대한민국을 대표하는 지금의 유일 퍼스트를 있게 한, 그 초석을 만들어 주신 유일 식품의 전 류일한 대표님께 이 모든 영광을 돌리고 싶습니다."

태승의 입에서 그 이름이 나올 줄은 몰랐던 슬이 퍼뜩 고개를 들어 그를 바라봤다. 아버지의 이름을 꺼내는 그의 얼굴이 벅차 보여 자신도 모르게 눈물이 났다.

태승은 너무도 오랜만에 아버지 이름을 불러 봤다. 많은 귀빈들 앞에서 처음 아버지 이름을 말하는데, 코끝이 찡해지며 가슴이 먹먹해졌다. 할아버지의 뜻을 받잡으려 한 것도 있었지만 그가 유일 식품으로 복귀한 이유는 전적으로 아버지 때문이었다.

아버지가 일군 기업을 이제는 아들이 더 크게 키우고 싶었다. 그리고 오늘, 아버지의 명성에 적어도 누가 되지는 않은 것 같아서 뿌듯했다. 이 자랑스러운 모습을 일한에게 보여 주고 싶었다. 갑작스레 떠난 부모님의 자리를 더 큰 사랑으로 채워 주신 일만에게도. 마냥 어리기만 했던 손자가 이렇게 컸다고, 이제는 걱정 마시라고, 더 효도하겠다고. 그러니 제발 오래오래 곁에 머물러 달라고.

"감사합니다."

마지막 인사를 하는 태승의 목소리가 살짝 떨렸다. 진심 다한 기념사와 함께 수많은 사람들 앞에서 고개 숙인 태승에게 많은 이들의 뜨거운 박수 갈채가 쏟아졌다. 환호 소리는 한동안 멈추지 않고 계속 이어졌고, 그를 바라보던 슬도 눈시울을 붉히다 못해 울컥 눈물을 쏟았다. 그가 자랑스럽기도, 안쓰럽기도 해서 참을 수 없었다. 얼굴을 감싼 채 울던 슬이 이대로는 안 될 것 같아 서둘러 화장실로 도망쳤다.

슬이 잠시 자리를 비운 그때, 귀빈들과 악수하면서도 눈으로는 사라진 그녀를 찾아 두리번거리고 있는 태승의 곁으로 오랜만에 만나는 친구들이 다가왔다. 슬과 식사하던 자리에서도 마주쳤었던 그 친구들이었다. 외모는 물론 재력, 체력 등등 여러 부분에서 그보다 열세하지만 그들도 꽤나 명성 있는 집안의 자제들이기 때문에 이 자리에 오는 것 자체가 그리 이상한 일은 아니었다.

오늘 오픈식에 이들도 참석할 것이라고 예상은 했지만 막상 이들과 마주치니 슬이 걱정되었다. 그녀가 이들과 맞닥뜨리기라도 한다면 정말 곤란한 일이 생길 것 같았다. 회사에 날 소문을 걱정하는 것이 아니었다. 이들이 그때처럼 또다시 슬에게 무례한 짓이라도 하지 않을까 그것이 걱정이었다.

"오픈식이 아주 끝내준다, 태승아."

유일 리테일 김영호 사장의 아들인 유석이 태승의 어깨를 툭 치며 대견하다는 듯 말했다.

"고맙다, 와 줘서."

유석은 그나마 이들 중에서 생각이란 것을 하고 사는 놈이라 괜찮았지만 문제는 이 세 명이었다. 작은 키가 늘 콤플렉스인 명우와, 진지함이라고는 없이 여자관계가 지극히 문란한 바람둥이 현수, 그리고 유일 그룹과 어깨를 나란히 할 수는 없지만 조금씩 반등하고 있는 명성 그룹의 차남이자 늘 태승에게 열등감을 가지고 있는 정우까지. 하필이면 제일 문제 많은 세 놈이 왔으니 한 시라도 빨리 녀석들을 내보내야 한다는 생각이 절실해졌다.

"우리도 내년쯤엔 이런 식품관을 만들까 생각 중인데, 네 녀석 머리는 도무지 따라갈 수가 없다, 류태승."

칭찬을 하는 것 같으면서도 묘하게 신경을 긁는 말투였다. 그 말에서 비꼬는 것 같은 느낌이 들었지만 태승은 크게 동요하지 않았다.

"사업 들어가면 말해. 투자는 못 해도 조언은 해 줄 테니까."

그러자 정우가 피식, 조소하며 걱정을 빙자해 비아냥댔다.

"조언? 그래, 고맙다. 그런데 군이 서민층을 타깃으로 잡을 필요가 있었나? 오늘 시식단으로 참여한 사람들도 다 서민층인 것 같던데. 이왕 돈 들여 만든 거 부유층들을 대상으로 했으면 더 많은 수익을 거둬들였을지도 모를 것 같은데."

"넌 밥 먹는 데 서민 따로 있고 부자 따로 있나 보네? 배고픈 건 다 똑같아. 사람이라면 누구든."

그러나 태승은 조금의 물러섬도 없이 정우의 말을 맞받아치며 할 말을 잃게 만들었다. 깝죽거리다 한 방 언어맞은 정우의 표정이 확연히 굳어졌다. 이에 태승은 여유롭게 웃으며 그들에게 다시 한번 인사를 건넨 뒤 자신을 기다리고 있는 또 다른 손님들에게로 섞여 들었다.

반면 정우는 서서히 표정을 일그러트리며 자신을 지나쳐 간 태승을 노려보다가 행사장을 박차고 나갔다. 정우가 태승과 대립하고 있을 때부터 그의 눈치를 보던 명우와 현수도 그 뒤를 따라 나갔다. 잔뜩 성질이 난 표정으로 어떻게 하면 저 새끼를 이길 수 있을까 이를 바득바득 갈며 나오는데, 무심코 돌린 시선 끝에 어디선가 많이 본 듯한 여자가 있었다. 순간 정우는 눈을 번뜩이며 바삐 걸음을 옮기고 있는 여자를 돌아봤다. 옆

모습밖에 보이지 않았지만 분명 낯이 익은 얼굴이었다.

"어디서 봤더라?"

2.0의 시력을 가진 정우가 그 여자를 뚫어져라 쳐다보며 기억을 더듬었다. 그러다 언젠가 레스토랑에서 마주쳤던 여자의 얼굴이 떠오르며 당장이라도 자신을 한 대 칠 기세로 여자를 보호하던 태승도 함께 떠올랐다. 어떻게 하면 저 새끼를 짓밟을 수 있을까, 그 고민이 끝나기 무섭게 아주 알맞은 먹잇감이 굴러 들어온 셈이었다. 슬을 바라보던 정우는 눈을 매섭게 뜨며 비열하게 웃었다.

* * *

100명의 시민들로 구성된 시식단의 시식회 및 시음회까지 성황리에 끝마치고 모든 귀빈들까지 돌아가고 나니 이제야 오픈식이 끝났다는 것이 실감이 났다. 오늘 하루 종일 리허설에 이어 행사 진행까지 도맡아 했던 마케팅팀과 기획팀, 사보 팀까지 여러 팀원들이 긴장이 풀린 듯 바닥에 주저앉아 한숨 돌리고 있었다. 대충 자리를 정리하던 슬도 빈 의자에 엉덩이를 붙이고 앉았다.

"오늘 진짜 수고 많았어. 새벽부터 나와서 리허설하랴, 준비하랴, 진행하랴."

이번 행사의 책임자였던 건주가 와서 모든 팀원들을 격려했다.

"정리 대충 마무리되는 대로 3층에 있는 연회장에서 뒤풀이가 있을 예정이니까 전원 빠짐없이 참석하도록."

건주의 말이 채 다 끝나기도 전에 모든 팀원들이 환호성을 질렀다. 그러다 아직 말이 끝나지 않았다는 듯 환호를 잠재운 건주가 이어서 말했다.

"사장님께서도 오늘 뒤풀이에 참석해 격려해 주신다고 하니까 그렇게 알고. 이따 보자고."

건주가 행사장을 나가자 환호하던 팀원들이 언제 그랬냐는 듯 힘 빠진 목소리로 중얼거렸다.

"그냥 집에나 보내 주지."

"아님 돈으로 주든가."

그러면서 자기들끼리 키득거리며 주변을 정리했다. 뒤풀이도 일의 연장선이기 때문에 팀원들의 기운 없는 목소리가 어느 정도 이해는 갔다. 슬역시 당장에라도 집으로 달려가 쉬고 싶었기 때문이다. 하지만 일개 사원이 회식에 빠지고 싶다고 빠질 수 있을까. 일단은 행사장 정리가 우선이라 팀원들과 함께 부랴부랴 뒷정리를 서둘렀다.

* * *

오후 7시, 연회장에서의 뒤풀이가 시작되었다. 1200석 규모의 연회장 안에는 흥을 돋우는 음악과 함께 호텔 최고의 셰프가 직접 요리한 맛있는 음식들이 뷔페식으로 준비되어 있었고, 곳곳에 놓인 원형 테이블 위에는 각종 술이 놓여 있었다. 일반 회식과 달리 초호화 고급 호텔에서 이루어지는 뒤풀이에 모든 사원들의 눈이 휘둥그레 해졌다.

곧 사원들은 맛있는 음식을 먹고 흘러나오는 비트에 몸을 맡긴 채 호강스러운 뒤풀이를 즐겼다. 슬도 간밤에 일로 약간 소원해졌던 송과 오해를 풀고 같이 샴페인을 나눠 마셨다. 민지도 이들의 곁으로 와서 함께 술잔을 기울이며 쌓인 수다를 떨었다. 뒤풀이 현장은 더욱더 무르익어 갔고 때마침 재호와 함께 현장에 도착한 태승이 모든 사원들의 뜨거운 환영을 받으며 연회장 중간에 섰다.

재호가 샴페인 잔을 태승에게 건네주자 다른 사원들도 제각각 잔을 들었다. 슬도 손에 샴페인 잔을 들어 보였다. 연회장 중간에 서서 넌지시 슬의 얼굴을 응시하던 태승이 모든 사원들을 향해서 말했다.

"오늘 정말 수고 많으셨습니다. 여러분들의 노고가 아니었다면 오늘의 오픈식이 성황리에 끝마치기는 어려웠을 겁니다. 최선이 아닌 최고를 보여 주셔서 감사드리며 다 같이 건배하시죠. 유일 플레이스의 성공적인 오픈을 축하하며, 건배!"

"건배!"

태승의 건배사와 함께 모든 사원들이 잔과 잔을 맞부딪친 후 샴페인을 마셨다. 그러고는 잔을 비운 재호가 사원들에게 공표하듯 외쳤다.

"아, 그리고 이번 행사 준비를 도맡아 했던 마케팅팀과 기획팀, 사보 팀에게 사장님께서 부상으로 내일 하루 특별 휴가를 주셨습니다. 그러니 오늘 마음껏 먹고 마시고 즐기시면 되겠습니다."

그러자 모든 사원들이 사장님 최고라며 환호를 했고, 뒤풀이가 이루어지는 연회장 분위기가 아까보다 더 뜨거워졌다. 다시금 파티 분위기가 된 연회장에 음악 소리가 더욱더 커졌고 맛있는 음식을 먹고 술을 마시다 보니 모든 사원들의 표정도 한껏 풀어져 있었다. 슬과 태승 또한 전과 달리 한결 부드러워진 표정으로 뒤풀이를 즐겼다.

내심 두 사람이 화해했으면 싶었던 재호가 약삭빠르게 슬에게 다가가 샴페인을 건넸다. 재호가 얼결에 잔을 받아 든 슬의 곁으로 태승마저 불러내 건배를 제안했다.

"오랜만인데, 같이 건배할까요, 윤 주임님?"

"아…… 네. 그래요."

이 상황이 굉장히 어색했지만 재호의 건배 제안을 무시할 수 없어 슬이 두 사람 잔에 자신의 잔을 부딪쳤다.

그때 슬의 안주머니에 있던 휴대폰이 울렸다. 잠시 재호와 태승에게 양해를 구하고 연회장 밖으로 나온 슬은 휴대폰 너머 상대방에게 다시 물었다.

"네, 누구시죠?"

하지만 아무런 소리도 돌아오지 않자 슬이 잘못 걸려 온 전화라고 생각해 끊으려던 순간, 누군가의 낯선 목소리가 들려왔다.

―윤슬 씨 휴대폰 입니까?

"네. 맞는데, 누구세요?"

―반갑습니다. 전에도 뵌 적이 있는데, 저 태승이 친구, 박정우입니다.

'태승 씨 친구, 박정우……? 누구지?'

슬은 왜 태승의 친구가 자신에게 전화를 걸었을까, 궁금했다.

"아, 네. 그런데요? 저한테 볼일이라도 있나요?"

―볼일…… 있죠. 앞으로도 자주 뵐 것 같기도 하고.

"저를요?"

그 의미심장한 말에 슬은 저도 모르게 긴장되었다. 반면에 정우는 여유가 가득한 목소리로 말했다.

―지금 만났으면 해요. 할 이야기가 아주 많거든요.

슬은 다짜고짜 만나 이야기하자는 정우가 기막혔다. 그가 자신을 언제봤다고 이렇게 무례하게 구는 건지 어이가 없었다. 전화번호는 또 어떻게알아낸 것인지도 모르겠고. 어쨌거나 자신은 의문투성이의 남자를 굳이만날 이유가 없었다.

"아…… 저기 할 이야기가 많다는 말은 또 뭐고, 왜 만나자고 하는 건지도 잘 모르겠는데, 죄송하지만 저는 모르는 사람과는 만날 생각도, 나눌이야기도 없습니다. 더군다나 이렇듯 무례하게 구는 사람에게 낼 시간도없고요. 그럼 끊겠습니다."

슬이 단박에 싹 잘라 거절하니 이런 반응쯤은 예상하기라도 했다는 듯남자가 픽 웃었다. 그 목소리가 슬의 신경을 거슬리게 했다. 이 남자 대체누구지? 내가 태승 씨 친구를 전에 만난 적이 있던가?

―아무래도 저를 기억 못 하나 봐요. 그때 레스토랑에서 잠깐 봤었는데.

"레스토랑이요?"

레스토랑……? 레스토랑……. 남자가 내뱉은 단어를 곰곰이 떠올려 보던 슬이 이제야 생각난 듯 물었다.

"아…… 그때 그분들?"

―이제 기억이 났나 보네요. 네, 맞습니다. 그때 봤었어요. 윤슬 씨와 태승이. 둘이 같이 있었죠, 그날도. 그리고 오늘도.

묘하게 기분 나쁜 말투와, '그날'과 '오늘'을 강조해 말하는 모습이 썩 듣기 좋지 않았다. 슬의 머릿속에 그때 만났던 친구들 중에서도 인상이 좋지 않았던 남자가 떠오르며 혹시 이 남자가 그때 그 남자가 아닐까 하는 생각이 들었다. 한참이 지나도록 슬이 대답하지 않자 정우가 다시 입을 떼었다.

―날 만나지 않겠다고 해도 어쩔 도리는 없죠. 하지만 결국 윤슬 씨는 날 만나러 오게 될 거예요. 그렇지 않으면 내가 뭘, 어떻게 할지 알 수 없을 테니까.

그러면서 바람이 빠지는 듯한 비웃는 소리가 들리는데 순간 슬은 소름이 끼쳤다. 대체 뭘 어떻게 하겠다는 걸까? 딱히 죄를 지은 것도 없지만 이것도 죄라면, 그와 만났다는 것밖에는 없는데. 설마 그 이야기를 어디에 하겠다는 걸까? 하지만 이제 그와 자신은 아무 사이도 아닌데…….

―궁금하다면 25층 스카이라운지로 올라와요. 기다리고 있을 테니까.

"……저기, 박정우 씨."

되도록 그를 만나는 것만은 피하고 싶어 둘러댈 말을 찾는 동안, 스카이라운지에서 기다리겠다는 말을 끝으로 정우는 전화를 뚝 끊어 버렸다. 그대로 휴대폰을 내려놓는 슬의 표정이 꽤나 심각해졌다. 이 사람이 전화를 했다는 것은 이곳에 왔다는 뜻이고, 이곳에서 자신과 그 사람을 봤다는 뜻이다. 그래서 전화를 한 거겠지.

그런데 대체 할 말이라는 게 무엇인지 도통 감도 오지 않았다. 그때 딱 한 번 봤을 뿐인데 설마 우리 사이를 다 알고 있는 걸까? 하긴 의심할 만도 하지. 근데 자기가 뭔데 우리 사이를 의심하고 말고야? 슬은 호텔 로비에서 정신 사납게 왔다 갔다 배회하며 만날까 말까를 한참 동안 고민했다.

끊긴 휴대폰을 내려다보던 정우는 삐죽삐죽 새어 나오는 웃음을 참지 못했다. 지루하고 심심하던 파티가 드디어 파티다워질 수 있겠다는 생각이 들면서 그 자식 때문에 좋지 않았던 기분이 싹 풀렸다.

인맥을 통해서 알아본 바로는 윤슬이라는 여자는 이 회사 마케팅 1팀 주임이고, 태승이 자식과는 사장과 일개 부하 직원일 뿐이었다. 그런데 그 둘이 사적으로 식사를 한다는 것은 일반적이지 않았다. 그렇다는 것은 곧 이 두 사람이 심상치 않은 사이라는 것이고, 이것이 알려지면 태승에게도 큰 타격이 있을 것이다.

자신을 보기 좋게 엿 먹인 태승에게 크게 한 방 입힐 수 있는 절호의 기회를 정우가 놓칠 리 없었다. 주머니에 두 손을 찔러 넣은 정우는 하늘에 박힌 수많은 별들을 올려다보며 중얼거렸다.

"그렇게 작작 나대라고 했잖아, 태승아."

그런 정우의 모습 뒤로 푸른 조명을 받은 수영장 물이 일렁이고 있었다.

4. 돌아온 기억, 돌아온 그

　겨울의 찬바람이 쌩쌩 부는 스카이라운지에서 슬을 기다리고 있던 정우의 시야로 한 여자가 들어왔다.

　올 블랙 슈트 차림을 하고 머리까지도 올백으로 묶어 올린 여자는 그때 만났을 때와는 또 다른 느낌이었다. 아까 행사장에서 보긴 했지만 순식간에 지나치는 모습을 본 터라 여자를 가까이에서 보는 것은 지금이 처음이었다. 백옥 같은 피부와 대조되는 차림의 블랙 슈트가 지나치게 잘 어울렸다. 이런 여자는 처음이라 정우의 눈빛에서 더 큰 호기심이 어렸다. 류태승이 여자 보는 눈 하나는 정확하다고 칭찬해 줘야 할 만큼 윤슬이라는 여자는 미인 중 미인이었다.

　"박정우 씨?"

　매서운 겨울바람이 살갗을 스치고 지나가는데 한기가 느껴졌다. 오늘 밤부터 시작해 내일까지 한파가 온다고 하더니 바람이 이리 차가운 것이 이번 기상 예보는 틀리지 않을 모양인가 보다.

이 추운 날, 만나자고 한 곳이 하필이면 스카이라운지고, 또 주변에는 파란 불빛을 받고 있는 풀장이 있다니. 여기에서 만나는 것 자체가 슬에게는 공포였지만 풀장 근처로 가게 될 일은 없을 것 같아서 난간에 기대어 자신 쪽으로 돌아보고 서 있는 박정우라는 남자에게 다가갔다.

"가까이에서 본 건 그날 이후로 처음이네요. 정식으로 인사하죠. 전 박정우라고 합니다. 태승이와는 15년 지기 절친이고 현재는 명성 식품 대표직을 맡고 있습니다."

그의 친구라는 사람이 명함을 건네자 마지못해 그것을 받아 든 슬은 굳이 인사하고 싶지 않았으나 예의상 자신도 소개했다.

"네. 윤슬이라고 합니다."

"그때도 봤지만 무척 미인이시네요."

슬의 인사를 받자마자 정우가 건넨 첫 마디는 칭찬이었다. 그 칭찬은 그냥 인사치레로 하는 말은 아니었다. 그도 꽤나 반반하게 생긴 얼굴이라 많은 여자들이 다가왔었다. 하지만 그 여자들 중에 이토록 미인은 없었다. 이런 일만 아니었다면 한번 만나 보고 싶을 정도로 슬은 예뻤다. 한번 꼬셔나 볼까, 하는 그런 생각이 들 만큼.

뜻하지 않은 사람에게 뜻하지 않은 칭찬을 들으니 오히려 기분이 상한 슬이 살짝 고개를 숙였다.

"나를 보자고 한 이유가 뭐예요? 무슨 할 말이 있다는 거죠?"

여자는 거침이 없었다. 그런 칭찬을 들었으면 얼굴을 붉히든 호감을 보이든 했을 텐데 그런 겉치레는 하지 말자는 듯 슬은 용건부터 물었다. 정우는 이것부터 보통내기의 여자는 아니라는 생각이 들었다. 그래서 정우도 슬에게서 관심을 거두었다.

"여기 왔다는 것은 대충 예상한 거 아닌가요? 내가 무슨 말을 할지."

슬은 애매하게 뭉뚱그리는 남자의 말이 마음에 들지 않아 미간을 찌푸렸다. 이 추운 날씨에, 보기만 해도 몸서리쳐질 것 같은 풀장이 있는 곳에 뭘 한다고 올라왔을까 후회되는 순간이었다. 겨우 그깟 전화 한 통, 무시했으면 되는 일이었는데. 슬이 인상 쓴 채로 짜증스럽게 대답했다.

"제가 잘못 온 것 같네요. 무시했으면 되는 전화였는데, 이만 돌아가 볼게요."

굳은 표정과 불쾌감이 섞여 든 목소리에서 정우를 향한 슬의 적대심이 느껴졌다. 이는 정우도 알아챌 정도였다. 슬은 한 번도 예의에 어긋나는 행동을 해 본 적이 없는 사람이었다. 늘 사람들에게 친절했고, 명분이 없으면 화나 짜증을 내지 않았다. 평소 마음이 쉽게 흔들리지도, 동요되지도 않는 사람이건만 지금의 슬은 평소의 그녀와 아주 많이 달랐다.

누구에게나 친절하지만 그 친절은 친절한 사람에게만 한정된 것이었다. 착하고 선한 사람, 따뜻한 마음씨를 가진 사람들에게만 쓰는 마음이었다. 가는 말이 고와야 오는 말도 곱듯, 그렇지 않은 사람들에게는 성심성의껏 대할 이유가 없었다. 이토록 무례하며 이간질이나 하려고 드는 인간에게는 따끔한 지적과 호통이 답이었다. 그래도 태승의 친구라는 이유로 겨우 참고 있는 중이었다.

"슬이 씨는 모르죠? 그놈이 얼마나 나쁜 놈인지, 교묘하게 사람 속을 얼마큼 뒤집어 놓는지."

스카이라운지를 돌아서 나가려는 슬을 붙잡은 정우의 한마디는 어이없게도 태승의 험담이었다.

"그 자식은 늘 그랬어요. 남들보다 뛰어난 걸 숨기지도 않았어요. 한마디로 지 잘난 맛에 사는 놈이죠. 학교 다닐 때도 다른 친구들을 얼마나 무시했는지 알아요? 선생도 아니면서 훈계하고 사람 깔보고. 고결한 척하면서 다른 친구들과는 어울리려고도 하지 않았어요."

정우는 한 마디, 한 마디 태승을 험구하며 인상을 잔뜩 구겼다. 마치 자신이 당했던 일들을 고백하듯이. 그간 당해 왔던 일들이 떠올라 괴롭다는 얼굴로 한 글자, 한 글자에 모든 분노를 끌어 모았다.

"특히 사람을 깔보는 듯한 말투와 눈빛, 그 표정이 얼마나 사람을 미치게 만드는지 윤슬 씨는 알고 있어요?"

정우가 고개를 돌려 슬을 쳐다봤다. 그때 레스토랑에서도 느꼈지만 박정우라는 사람은 태승에게 큰 열등감을 갖고 있는 듯했다. 그 열등감이 너무 커져서 이제는 걷잡을 수 없어진 것 같기도 했다.

처음에는 그가 없는 자리에서 아무에게나 그의 험담을 하는 정우가 어이없었는데, 이제는 그냥 가엾기만 했다. 그가 했던 모든 행동들이 어쩌면 친구를 위한 일이었을지도 모르는데, 그 일을 자기 방식대로 곡해하고, 분노하고, 그 감정들을 차곡차곡 쌓아서 지금까지 미워하고 있는 정우가 불쌍하기도 했다. 하지만 왜 이런 말들을 자신이 듣고 있어야 하는지는 여전히 의문이라 더는 듣고 싶지 않았다.

"글쎄요. 내가 왜 그걸 알아야 하는지 모르겠네요. 이 정도면 다 들은 것 같으니까 이만 내려가 볼게요."

다시 돌아서려는 순간 정우가 슬을 붙잡았다.

"그런 새끼랑 왜 만나는 거예요?"

순간 슬의 미간이 확 구겨졌다. 제 앞에서 서슴없이 그의 욕을 하는 것부터 이미 짐작하고있었지만, 눈앞의 남자는 정말 무례했다.

"내가 그 사람을 만나든 안 만나든 당신이 상관할 바 아닌 것 같은데요."

슬은 화가 났지만 최대한 감정을 억눌렀다. 어차피 이 남자의 목표는 자신이 아닌, 태승이었다. 어떻게든 그에게 한 방 먹여 주고 싶어 하는 것 같은데 거기에 놀아날 수는 없다. 그럴 마음도 없고. 무시하면 그만이라고 생각했다.

"설마 윤슬 씨를 향한 그 자식 마음이 진심이라고 생각하는 건 아니죠?"

그 말에 슬의 걸음이 멈추자 고개를 돌려 그 모습을 보던 정우의 입꼬리가 비틀렸다. 어째 일이 원하던 대로 술술 풀릴 것 같다. 역시 사람의 마음이란 유리 같아서 조금만 건드려도 곧잘 금이 가고 쉽게 깨져 버린다. 그게 난 참 재미있단 말이지.

피식, 새는 웃음을 억지로 참으려니 정우의 미간이 자꾸만 움찔거렸다.

"내가 들은 게 있는……."

"이보세요, 박정우 씨?"

더 이상 참을 수 없던 슬은 정우가 하려는 말은 무시한 채 그를 불렀다. 그러자 정우가 하려던 말을 멈추곤 슬을 바라보았다. 또 무슨 말로 자신을 흥미진진하게 하려나 정우의 표정에 기대감이 역력한 게 모두 드러나 보여 슬은 오히려 그가 더 애잔했다. 어지간히 속이 많이 비틀린 사람 같았다.

"나한테 백날 이래 봤자 우스워지는 건 그쪽이에요. 이제 나와 그 사람은 아무 상관도 없는 사람이고. 그리고 이건 내가 못 들어 주겠어서 하는 말인데, 적어도 그쪽보다 우리 사장님 성품이 훨씬 나은 것 같은데. 적어도 이렇게 유치하지는 않거든요."

담담하고도 단호한 슬의 지적에 정우의 얼굴이 일그러졌다. 어쩐지 묘하게 거슬린다 생각했는데 이 여자도 그 자식하고 똑같은 부류였다. 분명하고도 당당한 태도와 거기에 걸맞은 행동으로, 마치 너와 나는 다르다는 걸 알려 주는 듯해 정우의 기분이 한층 더 나빠졌다. 이제 말만으로는 흥미가 생기지 않았다. 목표 역시 바뀌었다. 그 자식보다는 이쪽이 좀 더 재미있을 것 같았다.

"괜히 올라왔네."

걸음을 했다는 것 자체가 실수였다는 듯 돌아선 슬의 앞을 정우가 막아섰다. 또다시 길이 가로막히자 이번에는 슬도 화를 참지 않았다.

"이봐요! 나랑 대체 뭐 하자는 거예요? 저리 안 비켜서요?"

정우는 자신에게 버럭 성을 내는 그녀를 보자 알 수 없는 희열이 제 속에서 마구 끓어오르는 것이 느껴졌다. 얼마 만에 느껴 보는 생생한 감정인지. 그래, 이것이 처음부터 원하던 것이었다.

"사실 내 계획은 두 사람이 사귄다고 아는 기자들에게 뿌리는 것이었는데, 둘이 이미 헤어졌다고 하니까 그건 무의미한 일 같고. 또 윤슬 씨 이렇게 보니까 참 재미있는 사람 같아서 생각이 달라졌어요."

"뭐, 뭐라고요?"

방금 전까지만 해도 측은지심이 들었던 사람에게서 이제는 위협마저 느껴졌다. 꼭 무슨 짓을 저지를 것만 같은 눈이라 그 눈을 마주 보고 있기가 무서워졌다. 최대한 두렵지 않은 척, 무섭지 않은 척을 해 보려고 했지만 그가 한사코 앞으로 다가오는 바람에 슬이 주춤주춤하며 뒤로 물러났다.

"내가 이러는 게 유치하다면서요. 근데 내가 정말 유치한가? 이거 장난하는 거 아닌데."

"박정우 씨!"

점점 더 가까이 오는 정우 때문에 점점 뒷걸음질 친 슬이 그만 다가오라며 소리쳤다. 이제 더 물러날 곳도 없이 바로 뒤가 풀장이었다. 풀장 속에 물이 푸른 조명 빛을 받아 일렁이고 있는데 보는 것만으로도 속이 뒤집어질 것 같았다. 앞에 있는 박정우도 겁났지만 저 물이 더 공포였다.

"이러지 말아요. 이런다고 당신 마음이 풀릴 것 같아? 내내 사는 게 지옥이었을 텐데 굳이 지옥을 또 만들 필요는 없잖아요?"

"지옥? 그렇지. 내가 사는 게 지옥이긴 했지. 근데 그 지옥을 누가 만들었을까? 그 새끼 때문에 내가 지옥에 살고 있는 건데, 그놈도 똑같이 지옥을 만들어 줘야지."

극한의 분노 때문에 정우가 이성을 점점 잃기 시작했다. 그때 당했던 모든 일들이 떠오르면서 감정까지도 끓어올랐는지 정우의 표정이 더욱더 사악해져 갔다.

"그, 그게 무슨 말이에요? 지옥을 만든다니?"

그가 말한 계획이 무엇인지 이제야 알 것 같아서 침착하려 애쓰던 슬이 말을 더듬었다.

"당신을 망가트리는 거. 둘이 헤어졌다지만 사실 난 그게 잘 안 믿기거든요. 그래서 한번 보려고. 당신이 내 손에 망가지는 걸 그 자식이 보면 어떤 얼굴을 할까 궁금하기도 하고. 아마 그 자식한테 그보다 더한 지옥은 없을 거야."

사람이 어떻게 그런 생각을 할 수 있을까 싶어서 슬의 생각 회로가 잠시 오작동을 일으켰다. 그 순간, 정우가 슬에게 손을 뻗었다.

그 찰나 그 모습을 목격한 누군가가 있었다.

* * *

흥겨운 음악 소리 대신 사람들의 먹고, 마시고, 즐기는 소리로 가득 찬 연회장에서 태승은 사원들에게 둘러싸여 있었다. 그는 슬이 지금 누구에게 붙잡혀 있는지도 모른 채 그들의 이야기를 듣고 있는 중이었다. 사실 그들의 말은 태승의 귀에 전혀 들어오지 않았고, 그는 아까부터 보이지 않는 슬을 찾아 연회장을 둘러보며 대답만 해 주고 있는 중이었다. 와중에 휴대폰이 울려 꺼내 보니 전화가 오고 있었다. 유석이었다.

보통 때처럼 전화기를 받아 들었는데, 유석의 목소리가 심상치 않았다.

―태승아, 큰일 났다. 아무래도 박정우가 큰 사고를 칠 것 같아.

"그게 무슨 말이야? 사고라니?"

―여기 25층 스카이라운지인데, 박정우 이 자식이 어떤 여자를 붙잡고 뭔 짓 할 것 같아. 눈이 돌았어, 이 새끼.

"여자라니, 누구?"

태승은 유석이 말하는 여자가 설마 슬일까 싶어 물었다. 이유 모를 불안함이 계속 커져 갔다.

　—전에 레스토랑에서 너와 같이 있었던 여자…….

　유석의 말이 채 끝나기도 전에 태승은 들고 있던 샴페인 잔도 떨어뜨리고 자리를 박차고 달려 나갔다. 쨍그랑, 하는 소리와 함께 연회장 분위기도 한순간에 아수라장이 되어 버렸다. 윤슬이라는 이름을 부르다 말고 반은 실성한 사람처럼 연회장 밖으로 달려 나가는 태승의 모습을 보고, 재호와 송, 민지도 함께 따라 나섰다.

　가까스로 엘리베이터를 잡아 탄 그가 25층 버튼을 연달아 마구 눌러 댔다. 하늘이 노래졌고 심장이 미친 듯이 뛰어 댔다. 손발이 떨렸고 슬이 어떻게라도 됐을 까봐 미칠 것 같았다. 만에 하나 슬을 손끝 하나라도 건드렸다면 박정우를 죽여 버릴 것이다. 25층으로 올라가는 짧은 몇 초가 수년처럼 느껴졌다.

　위층에 가까워지면 가까워질수록 들끓는 마음과 달리 정신은 차게 식어가고 있었다. 지금 이 상태가 오히려 더 위험한 상태였다. 모든 이성이 단전에서부터 끓어오르는 분노에 파묻혀 아무것도 보이지 않는 상태였으니까 말이다.

　엘리베이터가 어느덧 25층 스카이라운지에서 멈춰 섰다. 문이 열리자마자 뛰쳐나간 그가 스카이라운지로 통하는 유리문 앞에서 유석과 마주쳤다. 안절부절못하고 있던 유석은 태승을 보자마자 이 사태에 대해 말을 늘어놓았다.

　"문이 잠겼어. 내가 들어가려고 했는데 도대체 문이 안 열린다."

　설상가상으로 문이 잠겨 있어 유석도 어찌하지 못하고 있었다. 손잡이를 잡고 앞뒤로 무자비하게 흔들었는데도 꼼짝을 하지 않았다. 태승이 유리문으로 비쳐 보이는 두 사람의 모습을 보고는 주먹으로 문을 내리치기 시작했다.

　'쾅쾅쾅쾅쾅쾅!'

주먹으로 꽉 잠긴 유리문을 부술 듯이 치는데 그 소리를 들은 슬이 문쪽으로 시선을 돌렸다. 문밖 태승의 모습을 본 슬의 눈가에 눈물이 맺혔다.

"대체 이게 뭐 하는 짓이에요? 문까지 잠그고!"

문까지 걸어 잠근 줄은 몰랐던 슬이 고함을 질렀다. 이 남자는 정말 자신을 어떻게 할지도 모른다. 그것이 실감되자 슬은 서서히 공포에 질려 갔다. 그제야 문밖의 모습을 본 정우가 킬킬 웃기 시작했다. 그 얼굴이 광기로 가득 차 있어서 슬의 얼굴이 점점 더 하얗게 변해 갔다.

"정말 재미있어지네. 문까지 잠겼을 줄은 몰랐는데. 하늘이 돕나 봐?"

"뭐, 뭐라고요?"

정우가 슬을 보다가 시선을 옮겨 유리문 너머 어떻게든 안으로 들어오려 애쓰고 있는 태승을 노려봤다.

"잘 지켜봐, 류태승. 네 여자가 어디까지 망가지는지!"

그 말이 얼마나 무섭던지 슬의 두 눈이 커졌다. 그녀는 어떻게 해서든 이 자리에서 벗어나고자 박정우와 자신 사이에 빈틈을 찾아내 그쪽으로 파고들었다. 하지만 옆으로 피해 가려던 슬의 손목이 곧바로 정우에게 잡혀 버렸다.

"이거 놔요! 놓으라고!"

그의 손아귀에 놓인 제 손목을 비틀어 빼내려는데 그러면 그럴수록 그가 손목을 으스러트릴 듯 잡고 놓아주지 않아 슬이 괴로운 신음을 흘렸다.

"아흑."

슬이 아파하는데도 정우의 눈에는 오로지 눈이 뒤집힌 태승밖에 보이지 않았다.

'그래, 내가 원하는 네 모습이 바로 이거야. 이성을 잃고 미친놈처럼 발버둥 치는 널 보고 싶었어. 원래 네 모습이잖아, 그게.'

정우는 유리문에서 시선을 떼지 않고, 태승이 커져 가는 분노를 가누지 못해 문을 거세게 내려치는 것을 지켜보았다. 그러고는 붙잡고 있는 슬의 손목을 더 조였다. 뼈가 다 으스러질 것 같은 고통에 슬이 신음하며 그녀의 눈망울에 맺힌 눈물이 뚝 떨어졌다.

"이, 이거 놓으…… 으흑."

조금만 더 힘을 줬다가는 정말 손목뼈가 아스러질 것 같았다. 손목 하나 잡혔을 뿐인데 슬은 꼼짝도 할 수 없었다. 오히려 힘이 더 빠져나갔다. 손을 빼내려 하면 할수록 더 큰 고통이 뒤따라 그마저도 할 수가 없었다.

다리에 힘이 풀려 주저앉는 슬의 모습을 밖에서 본 태승은 순간 어마어마한 힘으로 문을 퍽 쳤다. 그러자 그 힘에 못 이긴 한쪽 유리문이 와장창 소리를 내며 산산조각 났고, 그 소리가 얼마나 큰지 유석이 자신도 모르게 몸을 웅크렸다.

"슬아!"

유리문을 깨고 안으로 들어간 태승이 슬의 이름을 불렀다. 슬이 그쪽을 향해서 돌아본 그때, 정우가 그녀를 확 밀어 버렸다. 힘없이 밀쳐진 슬이 그대로 풀장 속 가득 채워진 물에 빠졌고, 이를 본 태승은 단 한 번의 주저함도 없이 곧바로 물속으로 뛰어들었다.

슬은 사방 천지에 보이는 것이라고는 물과, 저 멀리 아래의 풀장 바닥밖에 없어서 팔과 다리를 마구 휘저었다. 숨을 쉬고 싶어 입을 벌리면 자꾸만 입 안으로 물이 들어와 숨이 턱턱 막혔다. 살기 위해서, 살고 싶어서 발버둥을 치는데 그럴수록 온몸에 힘이 빠져나갔고 점점 더 아래로 가라앉는 것 같았다.

그러다 언젠가도 느껴 봤던 이상한 느낌이 슬을 휘감았다. 그때도 이렇게 몸이 내려앉는 것 같은 느낌이 들었었다. 그때는 몸부림치지도 않았다. 그저 물에 몸을 내맡긴 채로 끝을 알 수 없는 깊이의 물속으로 가라앉았었다. 이대로 죽음이 닥치기만을 기다렸었다. 왜 그랬을까? 그때의 나는 대체 왜 죽으려고 했던 걸까?

그런 의문이 들던 때쯤, 머릿속에서 강렬한 통증이 일었다. 누군가 자신의 머리를 두 손으로 잡고 양쪽에서 미는 것 같은 통증이 느껴져 슬은 나오지도 않는 소리를 질렀다. 그 통증 때문에 발버둥 치던 슬이 까무룩 정신을 놓았다.

그리고 슬은 꿈을 꾸었다. 아주 길고, 잔인한 꿈. 그날의 모든 일들이 머릿속에 파노라마처럼 재생되었다. 예기치 못했던 아빠의 죽음과 그 죽음을 목격했던 자신, 텅 비워져 있던 장례식장, 벌레 보듯 자신을 쳐다봤던 명성 대학교 총장의 얼굴, 하얗게 부서지던 파도와 물결이 일렁이던 바다, 그 아래 몸을 던져 투신했던 자신, 그런 저를 뭍으로 끌고 와 제 이름을 부르며 숨을 불어 넣던 그의 얼굴.

그간 잊고 있었던, 끔찍한 기억으로부터 벗어나기 위해 발악하던 자신이 스스로 지웠던 기억들이 쏟아져 들어오며, 뒤죽박죽으로 엉켜 있던 기억의 실타래가 풀리기 시작했다. 괴로운데 그 괴로움보다는 공포가 더 크게 밀려들었다. 끔찍하기만 한 기억을 이대로 영원히 잊고 싶은데 기억은 자꾸만 저를 찾는다. 잊지 말라고. 마치 기억해서 강해지라는 듯.

* * *

풀장이긴 했지만 아주 깊은 곳이었다. 태승이 정신을 잃은 슬의 손을 잡아채고 헤엄쳐 물 밖으로 슬을 꺼냈다. 때마침 달려온 재호가 풀장에서 슬을 끌어 올리고 있는 태승을 도와 무사히 그녀를 밖으로 옮겼다. 뒤이어 온 민지와 송이 물에 잔뜩 젖어 죽은 듯 누워 있는 슬과, 풀장에서 올라와 슬의 흉부를 압박하고 있는 태승을 보고는 경악을 금치 못했다.

태승은 슬의 코를 잡고 입을 벌려 숨을 크게 불어 넣었다. 그러고는 흉부를 압박하며 심폐 소생술을 했다. 3년 전 그때처럼 태승은 또 한 번 멎어 가는 슬의 심장을 살리는 중이었다.

"슬아, 제발, 제발 눈을 떠."

그는 자세를 고쳐 잡고 아까보다 더 크게 숨을 불어 넣었다. 다시 흉부를 눌러 가며 그때보다도 더 간절히 슬의 이름을 불렀다.

"슬아. 윤슬! 제발, 제발 숨 쉬어!"

슬의 심장을 압박할 때마다 태승의 젖은 셔츠 사이로 빠져나온 은색의 펜던트 목걸이가 달랑거렸다. 머리며 옷이며 온통 다 물에 젖어 그의 몸에 한기가 가득했지만, 그는 매서운 추위에도 불구하고 슬만을 살리려 애썼다. 그런데 어째서인지 슬의 숨이 좀처럼 돌아오고 있지 않았다. 그는 절망적인 표정으로 슬의 이름을 목 놓아 부르다가도 애원했고, 악에 받쳐 소리치다가도 다시 간절히 그녀를 불렀다.

"슬아, 제발. 제발!"

그가 슬에게 숨을 밀어 넣기를 몇 번째, 옆에서 그 모습을 보고 있는 사람들마저도 흐느끼기 시작했다. 민지는 아예 바닥에 주저앉아 오열했고, 송은 그런 민지를 안은 채 흐느껴 울었다. 담요를 가져온 재호는 차게 식어 가는 슬의 몸을 덮어 주고 온몸을 주물렀다. 그런데도 슬의 입술은 새파랗게 질려 가고 있었다. 청색증이 나타날 정도로 슬의 심장이 서서히 멈춰 가고 있었다.

이대로 죽을 작정인가, 그런가. 그런 건가. 슬의 입술에 다시금 숨을 불어 넣는 태승의 뺨에서 눈물이 뚝뚝 떨어졌다.

"흐윽, 안 돼. 안 돼, 슬아. 제발 눈 떠. 눈 뜨고 나를 보라고……."

슬의 흉부를 압박하는 태승의 손에서 점점 힘이 빠졌다. 이대로 포기할 수도, 그렇다고 심폐 소생술을 계속할 수도 없어 태승은 슬의 가슴에 손을 올려놓은 채 허망하게 오열했다. 그의 눈에서 처절한 눈물이 흘렀다. 이렇게 보낼 수는 없는데, 이대로 너를 보낼 수가 없는데, 이렇게 가면…… 이렇게 가면 나는 어떡하라고. 내가 널 어떻게, 어떻게…….

"흐으윽. 흐윽."

태승은 숨을 쉬기 어려울 만큼의 통증이 가슴에서부터 느껴져 통곡하기 시작했다.

그때, 눈이 벌게져 오열하는 그에게 믿기지 않는 기적이 찾아들었다. 새파랗게 변해 가던 슬의 입술 색이 점차 돌아온 것이다. 멎어 갔던 심장엔 혈액이 돌기 시작하면서 슬의 두 눈이 파르르 떨렸다. 그러더니 천천히 눈꺼풀을 들어 올린 슬이 자신의 흉부를 압박하던 그 자세 그대로 눈을 감고 눈물만 뚝뚝 흘리고 있는 태승을 바라봤다. 슬은 가슴이 저릿할 정도로 우는 그의 얼굴을 가만히 쳐다보다가 천천히 입을 열었다.

"……태, 승…… 씨."

슬의 목소리를 들은 태승은 정신이 번쩍 들어 고개를 들었다. 슬이 눈을 떠 자신을 바라보고 있었다.

"슬아!"

그녀의 이름을 부르고 또 불렀던 탓에 태승의 목소리가 잔뜩 갈라져 있었다. 그것조차 마음이 아픈 슬이 천천히 손을 들어 올려 태승의 뺨을 어루만졌다.

"……태승, ……씨."

슬의 머리를 자신의 무릎에 받쳐 안은 태승이 제 뺨에 닿은 손을 잡고 입을 맞췄다. 다시는 이 손을, 이 따스한 온기를 느낄 수 없게 될 것 같아 너무 무서웠다. 슬이 또 이렇게 자신을 놓아 버릴까 봐, 그때처럼 스스로를 포기할까 봐 너무 두렵고 무서웠다.

"미안해. 미안해……."

태승은 그 말밖에 해 줄 수 없었다. 알량한 명분으로 그녀의 손을 놓았던 자신이 미치게 원망스럽고 저주스러웠다. 이대로 슬이 갔더라면 아마 그는 평생을 자신을 책망하며 살았을지 모른다. 아니, 어쩌면 괴로움에 못 이겨, 그리움에 못 이겨 스스로를 저버렸을지도 모른다. 그런데 슬이 이렇게 두 눈을 뜨고 살아 있다니, 그것만으로도 숨을 쉴 수 있을 것 같았다.

이제야 숨이 쉬어졌다.

"⋯⋯다, 당신이었어요?"

슬이 그를 올려다보는데 그 순간 그의 목에서 은색의 펜던트가 매달린 채 달랑거리고 있었다. 그 모습을 본 슬의 시야가 일순간 흐려지며 물속에서부터 정신을 잃고 꿨던 꿈이 떠올랐다. 그때도 그는 지금처럼 자신을 살리기 위해 흉부를 압박하며 끊임없이 자신을 부르고 또 불렀었다.

저 멀리에서도 그의 목소리가 들려왔었다. 꿈을 통해 모든 진실을 봤고, 그 진실들이 기억이 되어 돌아왔다. 그 실상을 전부 알게 된 슬은 견딜 수 없어 또 스스로를 놓으려 했었다. 또다시 그 진실에서 도망치고자 했다.

그런데 그의 목소리가, 눈물이, 애원이 자꾸만 슬의 걸음을 붙잡았다. 그래서 가려다가도 멈추고 가려다가도 또 멈추었다. 그렇게 돌아보다 보니 이곳에 돌아와 있었고, 눈을 뜨니 울부짖고 있는 가엾은 그가 있었다.

흐느끼며 자신을 부르고 있는 그의 목소리가 가슴을 찢어 놓았다. 그리고 절대 잊을 수 없던 은색의 펜던트를 본 순간 견고히 쌓아 놓았던 벽이 모두 허물어졌다. 살기 싫어 모든 것을 저버리고자 했던 자신을 뭍으로 끌고 나온 사람이자 또다시 그 벽 뒤로 숨으려던 자신을 살린 사람.

그런 사람을 잊고 산 채 3년을 지나 다시 만났다는 것은 운명이 아니고 무어라 말해야 할까? 한때는 악연이라 생각했던 남자, 하지만 운명이었던 남자. 슬의 눈에서 뜨거운 눈물이 흘러내렸다.

"미안해요."

당신을 잊어서, 나를 살린 당신에게 평생 잊을 수 없는 상처를 남겨서, 또다시 세상으로부터 도망치려던 나라서⋯⋯. 슬은 그 모든 말을 차마 하지 못한 채 흐느껴 울었다.

서럽게 우는 슬을 품에 꼭 끌어안은 그도 눈물을 흘렸다. 말하지 않아도 다 알고 있다. 자신을 기억해 낸 슬이 하려고 했던 그 모든 말을 굳이 듣지 않아도 눈을 보면 알 수 있었다. 그 모든 말들을 가슴으로 품어 낸 그가 슬의 귓가에 대고 속삭였다.

"사랑해, 슬아."

기억하지 않기를 바라서 슬에게 이별을 고했지만 그 모든 것들은 결국 태승 자신을 위한 회피였고 도망이었다. 슬이 떠난 후에야 자신의 어리석음을 깨달았고 되돌리려 했지만 또다시 그녀를 놓칠 뻔했다.

인간은 일생을 살면서 늘 후회를 한다고 했다. 후회 없는 삶은 없으며, 후회의 연속인 삶을 산다고. 그래서 인간은 후회하지 않기 위해 단 한 순간이라도 원 없이 사랑하고, 미워하고, 상처받으면서도 또다시 사랑해야 한다고 했다.

그는 단 몇 개월 동안 원 없이 사랑도 했고, 이별도 했고, 후회도 했다. 특히 사랑하는 사람을 잃을지도 모른다는 공포는 다시는 느끼고 싶지 않은 것이었다. 그런 후회를 남기지 않기 위해서라도 매 순간순간 최선을 다해 살아야 한다는 것을, 사랑해야 한다는 것을 깨달았다.

그리고 진정 사랑하는 사람을 위한 길은 곁에서 함께 있어 주는 것, 또 안아 주고 사랑해 주는 것이라는 걸 깨달았다. 사랑해서 떠나는 일은 그 사람을 위한 길이 아니다. 오히려 사랑하는 이에게 더 큰 상처를 주는 일이다.

사랑한다면 끝까지 지켜 주는 것이 진짜 '사랑'이다.

그는 슬의 곁에서 슬의 방패가 될 것이다. 끝까지 지켜 낼 것이다. 슬이 다시 살고 싶도록, 삶을 원하게 되도록 만들 것이다. 그런 다짐을 하며 태승은 슬의 목덜미에 더 깊이 얼굴을 묻었다.

* * *

슬과 민지, 송을 태운 구급차가 명성 대학 병원으로 빠르게 달려갔다.

겨우 눈을 떴던 슬은 체온 때문에 다시금 정신을 잃었고, 구급차 안에서도 긴박한 상황은 계속 이어졌다. 사경을 헤매는 슬의 곁에서 민지와 송은 애타는 마음으로 구급대원들의 처치를 지켜보았다. 현장에 남은 태승은 처리해야 할 일들이 있어 그 일을 끝내면 곧바로 병원으로 갈 예정이었다.

병원에 도착한 슬이 응급실에서 처치를 받는 동안에도 민지와 송은 놀란 마음을 좀처럼 진정시키기 어려웠다. 최근에 슬과 가까워진 송도 충격이었지만, 그녀와 오랜 친구 사이로 지내 온 민지는 더 큰 충격을 받았다.

그동안 슬에게 어떠한 일이 있었는지 자세히 알지는 못하지만 그녀는 아버지 사고로 정말 많이 힘들어했었다. 그 때문에 회사도 휴직하고, 그동안 상담도 받고, 치료도 받아 온 것으로 알고 있다.

3년이 지나 다시 복직하겠다고 해서 다행이라고, 이제야 괜찮아진 것 같다고 생각했는데 왜 슬은 그 높은 곳에서 알지도 못하는 남자에게 위협을 당하고 있던 걸까? 도대체 슬에게 무슨 일이 있었던 걸까? 슬과 류 사장은 언제부터 만나고 있던 걸까? 민지는 그동안 자신이 슬에게 무심했던 것 같아서 마음이 더 괴로웠다.

"슬아…… 슬아."

체온이 낮은 슬이 그에 따른 적절한 치료를 받고 있는 중이라 다가가지도 못하고 민지와 송은 곁에 서서 발만 동동 구르고 있었다. 그런 그녀들의 곁으로 윤건이 달려왔다. 슬을 구급차에 태워 보낼 때, 태승이 윤건에게 전화를 걸어 상황을 설명했기 때문이다. 윤건을 알아본 민지가 그제야 안심하며 울먹였다.

"슬아. 슬아?"

그녀의 이름을 부르며 슬의 눈동자를 체크하던 윤건이 바이털 사인을 확인했다. 체온이 35도로 떨어진 상태였고, 낮아진 체온 탓에 호흡이며 맥박 등이 느려지고 있던 상황이었다. 그야말로 초응급인지라 일단 슬의 체온부터 올려야 했다. 윤건이 주변 의사들에게 이것저것 지시를 내린 후 곁에 와 있는 민지에게 말했다.

"대충 상황은 전해 들었어. 여기는 우리가 맡을 테니까 그만 돌아가 봐."

아까 내내 우느라 마스카라가 모두 번져 버린 민지가 그를 다그치며 물었다.

"슬이는? 슬이는 어떤데? 왜 정신을 못 차리고 있는 건데?"

"체온이 많이 낮아진 상태라 아직 정신을 못 차리고 있는 거야. 곧 눈 뜰 거니까 너무 걱정은 하지 말고."

"대체 이게 무슨 일인데? 슬이 저기 누워 있는데 오빠는 왜 이렇게 담담해? 난 하나도 이해가 안 되는데, 이게 대체 무슨 일인지 진짜 하나도 모르겠는데 집에 가라고? 오빠 같으면 그럴 수 있어?"

답답해진 민지가 급기야 버럭 소리쳤다. 한눈에 봐도 슬은 위급해 보였다. 아까는 숨이 멎기까지 했었다. 입술이 새파랗게 질린 채 다시는 뜨지 않을 것처럼 두 눈이 꼭 감겨 있었다. 처음 보는 친구의 모습에 민지는 눈물이 멈추지 않았다. 그런 모습을 다 본 이 상황에서 편한 마음으로 집으로 돌아갈 수는 없었다.

"네가 여기 더 있다고 슬이 당장 깨어나는 건 아니야. 네가 봐도 심각한 상황이라는 건 알 테니까 더 이상 소란 피우지 말고 가. 가서 기다려."

"오빠!"

민지는 이런 상황에서 담담하고 냉정하게 딱 잘라 말하는 윤건이 야속했다. 그러나 윤건의 마음도 속상하긴 마찬가지였다. 3년 전에도 이미 한 번 겪어 본 일이지만 좀처럼 익숙해지지가 않았다.

그저 참고 있는 것뿐이다. 가족을 잃을지도 모른다는 공포가 온몸을 감싸고 돌지만 냉정하고 침착해야 한다. 그래야 자신의 맡은 바를 끝까지 책임질 수가 있다. 다 죽어 가는 슬의 곁에서 아무런 힘이 되어 주지 못했던 3년 전과는 적어도 달라야 한다. 오빠이고 가족이기 전에 자신은 의사이니까.

송과 민지가 가고 난 뒤, 휴대폰 액정에 뜬 성해의 전화번호를 한참 동안 쳐다보던 윤건이 통화 버튼을 눌렀다. 이런 소식은 이제 그만 들려 드리고 싶은데 왜 자꾸 이런 일이 생기는 건지, 윤건의 마음이 더 착잡해졌다.

* * *

호텔에 남은 태승은 아직 처리해야 할 일이 있었다. 이런 극악무도한 짓을 저지르고 나 몰라라 도망쳐 버린 박정우를 아직 잡지 못했다. 젖은 옷차림으로 계속 돌아다닐 순 없어서 옷만 겨우 갈아입고 나온 태승은 얼음장같이 차가운 표정으로 CCTV 화면에 시선을 고정했다. 의도적으로 슬을 불러 들여 위협한 것도 모자라 아예 풀장으로 밀어 버린 박정우의 모습을 보면서 태승은 이를 악물었다.

호텔 관계자는 이번 사건에 대해 어쩔 줄 몰라 하며 연신 사과를 했지만 지금 태승의 눈에는 그 누구도 보이지 않았다. 관계자의 신고를 받고 온 경찰들과 직원들, 재호까지도 건물을 다 뒤지고 있지만 태승은 알고 있다. 박정우는 이 호텔에 없다는 것을.

그런데도 움직이지 않고 있는 이유는 그의 행적을 가르쳐 줄 만한 사람의 전화를 기다리고 있는 중이기 때문이다. 그가 달아나 숨어 버린 곳, 그곳으로 가 직접 박정우를 잡아 올 생각이다. 그때 태승은 딱 타이밍 좋게 걸려 온 전화를 받고 성큼성큼 밖으로 걸음을 옮겼다.

부아아앙- 부아아앙- 최고치의 속력으로 서울 도심을 내달리는 차 한 대, 그 차를 직접 운전하는 태승은 무표정한 얼굴로 속력을 더욱 높일 뿐이었다. 신호도 무시한 채 달리던 태승이 차를 멈춘 곳은 경기도 양평에 위치한 한 별장 앞이었다. 이 별장에 박정우가 숨어 있다.

별장 안으로 들어온 태승은 거실부터 시작해 온 방 안의 불을 모두 켰다. 하지만 불이 나간 것인지 의도적으로 누군가 스위치를 내려 버린 것인지, 실내에는 전등이 켜지지 않았다. 어두운 실내를 슥 한번 훑어 본 태승의 시선이 자연스럽게 2층으로 향했고, 곧 그는 계단 위로 올라 갔다.

평상시와 다름없는 걸음걸이와 속도, 어떻게 보면 원수를 잡으러 온 사 람치고는 굉장히 여유가 있는 태도였다. 그는 조급함도 없이 박정우가 분 명히 이곳에 있을 거라는 확신에 차 있었다. 하지만 2층에도 박정우는 없 었다. 이 방, 저 방문을 열며 그를 찾았지만 텅 빈 방뿐이었다.

그제야 태승은 이를 악물며 거칠게 읊조렸다. 박정우의 친구이기 전에 그 새끼의 똘마니 노릇을 하는 현수가 준 정보는 틀린 것이 분명했다. 태 승이 빠르게 계단을 내려왔다. 그 순간 현수한테 다시 전화를 걸려던 태 승의 등 뒤로 정우의 목소리가 들려왔다.

"누구한테 하려고? 현수? 아님 명우?"

목소리를 듣고 뒤를 돌아본 태승에게 검은 그림자가 다가와 섰다. 한 손에는 독한 양주병을 든 채 이미 잔뜩 취기가 올라 있는 박정우였다.

"내가 여기 있다는 걸 굳이 현수 새끼한테 물은 이유에는 네 놈의 또 다른 의도가 숨어 있다는 걸 알고 있었지."

두 동공이 풀린 채 흐리멍덩한 표정으로 조금씩 걸어오는 박정우를 보며 태승의 표정이 점점 더 차게 식어 갔다.

"나더러 더 도망쳐 보라는 뜻이라는 걸 내가 모를 줄 알고?"

"……."

"현수한테 전화가 왔었어. 내가 여기 있다는 걸 알려 줬다고. 눈이 돌아서 협박하는데 감당이 안 됐다고. 킥."

이 상황에 대해 주절주절 말을 늘어놓던 정우가 별안간 킥킥 대며 웃기 시작했다.

"현수 그 자식한테 했다는 협박이야 뭐 뻔하지. 여자 문제가 복잡한 놈이니까. 그럼 나한테 할 협박은 뭘까? 굉장히 궁금해지네."

현수에게 박정우가 이곳에 있다는 정보를 얻기까지는 오래 걸리지 않았다. 휴대폰으로 사진 하나를 보냈더니 바로 연락이 왔고, 무어라 묻기도 전에 정우가 있다는 별장 주소를 가르쳐 주었다. 약점을 잡힌다는 것은 이런 것이었다. 굳이 힘을 쓰지 않아도 원하는 정보를 얻을 수 있는 것.

태승은 그저 시간을 아낀 것이다. 이런 놈들을 찾으러 다니느라 슬에게 갈 시간을 늦추고 싶지 않았다. 구급차에 먼저 태워 보낼 때 같이 가고 싶은 마음을 참느라 힘들었다. 한시라도 떨어져 있고 싶지가 않았다, 이제는.

"다른 의도가 있었던 거 맞아. 현수한테 전화했던 것도 너한테 연락할 걸 알아서였어. 그런데 협박할 생각은 없어."

태승과 대면할 때만 해도 여유로웠던 정우의 얼굴에서 웃음기가 싹 거둬졌다. 두 사람이 말없이 서로를 노려보며 내뿜는 살기에 실내 공기마저도 차가워졌다.

고요한 정적이 꽤 이어졌다. 그 적막을 먼저 깬 사람은 태승이었다.

"협박도 상대를 봐 가면서 하거든, 나는."

"……뭐?"

그의 한마디로 상황이 뒤바뀌었다. 여유는 태승이, 불안과 초조는 정우에게로 돌아가 있었다. 한순간에 입장이 뒤바뀌어 버리자 그제야 정우는 자신이 벌인 일이 잘못되었음을 알았다. 자신이 알고 있는 태승의 본모습을 간과했다.

"아무것도 안 할 거야. 너한테는."

무감한 표정과 나른한 말투, 그 속에 담긴 차가운 진심이 정우의 눈빛을 흔들었다. 여태껏 그의 친구라는 감투를 쓰고 지내 오면서 한 번도 보지 못한 표정이라 정우는 목이 탔다. 저 새끼한테 저런 모습이 있을 거라고는 생각지 못했다.

지렁이도 밟으면 꿈틀한다고 했던가. 하지만 사실 단 한 번도 태승은 꿈틀한 적이 없었다. 왜? 그는 지렁이가 아니었으니까. 그는 태초부터 왕족, 정우 자신은 그 축에는 끼지도 못할 졸부. 졸부가 감히 왕족이 노는 물에 끼어 진흙탕을 만들었으니 자신에게 남은 것은 처절한 응징뿐이었다.

"그게 무슨 뜻이야? 나한테는 아무것도 안 할 거라니?"

존심도 없이 그 뒷말에 붙은 글자가 신경 쓰여 물으니 태승은 답이 없었다. 답답하고 초조하고 불안해진 정우가 버럭 고함을 질렀다.

"그게 무슨 말이냐고, 류태승!"

"이미 알고 있잖아. 내가 어떻게 할지."

"이 새끼가!"

이성을 잃은 정우가 빠르게 다가와 태승의 멱살을 잡았다. 그러자 태승도 확 가까워진 정우의 눈을 똑바로 쳐다보며 낮게 읊조렸다.

"그러니까 건드리지 말았어야지. 그랬더라면 적어도 네 회사, 네 가족은 지킬 수 있었을 거 아니야. 시작은 너였어. 잊지 마."

흔들림 없는 눈으로 낮게 경고한 태승이 제 멱살을 틀어쥐다 천천히 힘을 빼는 정우의 손을 확 치워 냈다.

"지금도 난 많이 참고 있는 거야. 당장에라도 널 죽이고 싶은 걸 간신히 참아 내고 있는 중이라고. 그러니까 적당히 해, 박정우."

한 번도 그를 친구라고 생각해 본 적은 없지만 그렇다고 해서 선을 넘은 적은 없었다. 늘 자신에게 열등감을 갖고 있는 못난 사람이었고, 자신의 관심 밖이라 신경 끄고 살았는데 그 선을 넘은 사람은 정우였다. 그런 사람에게 지금처럼 인내심을 발휘하고 있는 것은 태승에게도 어려운 일이다.

"인과응보. 앞으로 일어날 모든 일들은 다 네 탓이라는 걸 잊지 마라."

마지막 경고까지 남겨 둔 다음 돌아선 태승의 표정도 좋지만은 않았다. 물론 앞으로 일어날 일을 감당해야 하는 정우가 걱정되어서는 아니었다. 한 대만이라도 때릴 걸 하는 후회와, 병원에서 자신을 기다리고 있을 그녀에 대한 걱정 때문이었다.

이런저런 생각을 하며 거실을 지나쳐 현관으로 다다랐을 즈음에 완전히 실성한 정우의 웃음소리가 들려왔다. 웃는 것까지는 괜찮은데 하필 그 웃음 뒤에 붙은 말이 태승의 발목을 붙잡았다.

"그 여자는?"

뒤를 돌아보자 킬킬거리며 웃고 있는 정우의 모습이 보였다. 이미 제정신이 아닌 사람의 모습이었다. 이성을 잃은 놈이 지껄이는 말에 휘둘리고 싶지 않은데 이미 그 새끼의 입에서 슬의 이름이 나온 이상 가만 놓아둘 수가 없었다. 태승이 주먹을 불끈 말아 쥐었다.

"그 여자는 어때? 죽지는 않았다……!"

죽지는 않았다지라고 말하려는 순간, 정우에게 가까이 다가간 태승이 단단한 주먹을 그의 얼굴에 꽂아 버렸고, 거실은 순식간에 아수라장이 되어 버렸다. 한 대로 끝나지 않은 태승의 주먹이 또 한 번 정우의 얼굴을 쳤고, 어마한 힘에 밀린 정우가 식탁 위로 넘어졌다. 그 덕에 양주병이 깨져 유리 파편이 바닥에 여기저기 튀었으며, 식탁으로 널브러진 정우의 멱살을 잡고 그를 끌어 올린 태승이 반대쪽으로 그를 쓰러트렸다. 맞기만 하던 정우도 반격하며 태승의 얼굴을 쳤고 이내 격한 몸싸움이 벌어졌다. 말릴 사람도 없어서 둘 중에 한 명이 쓰러져야만 끝이 날 것 같은 싸움이었다.

태승은 태어나 처음으로 누군가를 죽이고 싶다는 생각을 했다. 슬이 이 자식에게 위협을 당하고 물에 빠져 허우적거리는 모습을 보면서 여기가 지옥이라 생각했다. 그동안 버티기 힘들 만큼 힘들었어도 이를 악물고 참았는데 숨이 멎어 가는 그녀를 보는 순간 모든 것을 놓고 싶단 생각이 들었다.

너 하나도 지키지 못하는 내가 누굴 지킬 수 있을까? 널 잃을지 모르는 상황에서야 내가 널 얼마나 사랑하는지를 알게 된 나를 얼마나 죽이고 싶던지. 널 잃으면 난 내 자신조차 사랑하지 못할 것이다.

슬이 스스로를 놓을지도 모른다는 생각을 하며 간절히 빌었다. 제발 살아 달라고. 믿지 않고 찾지도 않았던 신에게 빌고 또 빌었을 때, 가슴이 찢어지는 것 같은 심정이 무엇인지를 뼈저리게 깨달았다. 그래서 태승은 용서할 수가 없다. 자신에게서 세상 전부를 빼앗으려 했던 박정우를 용서할 수가 없다.

"내가 적당히 하랬지. 가만 참아 줄 때 닥치고 있었어야지!"

박정우를 눕혀 사정없이 얼굴을 내려치는 태승의 눈에서 좀처럼 분노가 가시지 않았다. 태승의 숨이 점점 차올랐고, 완전히 뻗어 버린 박정우의 얼굴은 이미 피투성이에, 만신창이였다. 그런데도 그는 주먹질을 멈추지 않았다.

반은 정신이 나간 사람처럼 주먹질하는 사이에 현관문이 열리며, 거실에서 벌어진 몸싸움에 경악한 재호가 버럭 소리쳤다.

"사장님! 아니, 형! 태승이 형!"

재호와 함께 대동한 경찰들도 거실 상태를 보고는 황급히 뛰어 들어왔다.

"이거 놔. 이거 놓으라고!"

"형, 그만해. 이제 그만해도 돼. 형! 그만해!"

재호와 경찰들에게 붙잡히고도 악에 받친 태승은 별장이 떠나가라 소리쳤다. 이미 박정우는 실신한 상태였고 주변은 양주병이 깨져서 난리도 아니었다. 난장판인 거실처럼 쓰러져 있는 박정우의 얼굴도, 격노하여 소리치는 태승의 얼굴도 엉망이었다. 사태는 진정되었지만 조사는 남아 있었다. 슬에게 돌아갈 시간이 조금 더 늦어질 것 같다.

* * *

"36도 7분. 체온은 정상으로 돌아왔어요."

응급실에서 병실로 올라온 슬의 상태는 다행히도 안정적이었다. 체온이 본래 정상 체온으로 돌아왔고, 불안정했던 호흡과 맥박도 정상 궤도에 들어왔다. 이제 깨어나는 것은 시간 문제였다.

하지만 정작 큰 문제는 의식을 찾게 된 뒤였다. 모든 일을 기억해 낸 슬이 과연 감당할 수 있을지, 뒤늦게 돌아온 기억이 어떤 혼란과 결과를 가져올지 아무도 모를 일이라서 지켜보는 성해와 윤건, 재연의 표정이 어두웠다.

"깨어나지 않아도 문제, 깨어나도 문제. 하아."

누구보다도 슬을 걱정한 성해가 애타는 마음을 가눌 길이 없어 한숨을 쉬었다. 지난 3년 동안 이런 날이 올 것을 대비해 마음을 단련해 왔건만 막상 일이 벌어지고 보니 아무 소용이 없는 일이었다.

그동안 슬의 기억을 되찾아 보려 노력하면서도 한편으로는 돌아오지 않기를 바랐는데 그 바람이 무참히 깨져 버렸으니. 기억이 돌아온 것을 마음껏 기뻐할 수 없는 이 상황이 그저 안타깝고 통탄했다.

"기억이 돌아왔으니 전보다 더 괴롭고 힘들 거예요. 3년도 더 지난 일이지만 기억이 모두 돌아온 슬에게 있어 시간은 아무 의미가 없어진 거니까. 하지만 마냥 숨긴다고 되는 일도 아니었어요. 언젠가는 알게 될 일이었고 예견된 일이었으니까."

표정을 잔뜩 구긴 채 잠이 든 슬의 얼굴을 바라보던 재연이 담담히 말했다. 지난 3년 간 슬의 외상 후 스트레스 장애를 치료해 왔던 담당의로서 냉정히 전한 말이었다.

어차피 슬의 기억은 예견된 일이었다. 십수 년을 살아온 어른의 지혜로도 불변의 법칙은 있었다. 세상에 영원한 비밀은 없다는 것. 잘못이든 아니든 언젠간 밝혀지게 된다는 것. 그러니 아직까지 세상이 돌아가는 것 아니겠는가.

"그걸 알지만⋯⋯."

"일단 좀 지켜보시죠, 아버지."

"그래. 알았다."

재연과 성해가 나가고 병실에 혼자 남은 윤건이 슬의 곁에 앉았다. 가만히 잠든 슬의 얼굴을 보던 윤건의 표정도 어두웠다. 이런 일이 벌어지지 않을 거라고 생각한 것은 아니지만 이런 식으로 기억이 돌아오길 바랐던 것은 아니다.

적어도 윤건은 슬의 기억이 돌아오지 않길 바랐던 사람이다. 그래서 조금이라도 그녀의 기억에 단서를 줄 만한 사람을 떼어 놓으려 했었다. 한데 그마저도 틀려 버렸다. 애초부터 슬에게서 그 사람을 떨어뜨려 놓을 순 없었다. 인정하기 싫지만 인정해야만 하는 순간이, 지금이었다. 슬에게 가장 필요한 사람, 있어야 할 사람은 자신도, 아버지도 아닌 바로 그 사람, 태승이다.

문득 그가 올 시간이 지난 것 같아 휴대폰 시간을 확인하니 시계는 어느덧 새벽 1시를 가리키고 있었다. 연락이라도 해 볼까 싶던 순간 먼저 전화가 걸려 왔다.

"네. 윤건입니다."

─슬은 좀 어떻습니까? 깨어났습니까?

굳이 보지 않아도 표정을 알 것 같은 목소리였다. 착 가라앉은 목소리에서 슬의 걱정만이 묻어났다.

"아직입니다. 체온이나 혈압, 맥박은 모두 정상으로 돌아왔습니다. 의식은 곧 차릴 겁니다."

─네. 다행이네요.

그 말이 끝일까 싶어 윤건이 물었다.

"어딥니까? 깨어나면 찾을 것 같은데."

그러자 한참 후에 대답이 들려왔다.

―좀 많이 늦을 것 같습니다.

"왜요?"

―지금 경찰섭니다.

"경찰서요?"

놀란 윤건이 되물어 보다가 그가 경찰서에 간 이유는 딱 하나일 것이라 짐작했다.

"찾은 겁니까? 슬이를 이렇게 만든 사람?"

―……네.

"어느 경찰서입니까?"

윤건은 지금 당장이라도 뛰쳐나갈 기세로 벌떡 일어났다.

"여기 일은 제가 해결하겠습니다. 슬이 곁에 조금만 더 있어 주세요."

이곳으로 오려는 윤건에게 슬을 부탁하고 전화를 끊은 태승이 얼굴을 손으로 쓸어내렸다. 앞선 사건이 있어 정당방위이긴 했지만 상대방이 정신을 잃은 상태라 적법한 절차가 필요했다. 그 절차를 밟는 동안에도 태승은 한 가지 생각뿐이었다.

그는 은색의 펜던트 목걸이를 만지며 속으로 슬의 이름을 불렀다. 그리고 그의 목소리를 꿈에서 들은 슬이 뒤를 돌아보았다.

* * *

정신을 잃고 쓰러진 슬은 꿈을 꾸었다. 같은 꿈을 반복되는 것이 아니라 이어지는 꿈이었다.

아빠의 죽음과 그 죽음을 목격하고, 그것으로도 모자라 아빠의 명예마저 더럽혀졌다. 그 명예를 되찾고자 명성 대학교 총장을 만났지만 별

소용없이 사건은 자살로 종결되었다. 그리고 큰 상실감과 허탈감에 빠져 버린 자신은 바다에 몸을 던졌다. 슬은 그 지난 3년간의 일들을 차례로 꾸었다.

꿈속에서조차 이 모든 것이 현실처럼 느껴져 슬은 고통스러웠다. 그런데도 꿈은 계속 이어졌고 이 꿈을 제 의지로 막을 순 없었다. 무엇보다 꿈에서 깬다 한들 이것이 한여름 밤에 꾸는 꿈은 아닐 테니 깨어나도 이 고통에서는 벗어날 수가 없다. 그걸 알고 있어서일까. 슬은 고통스러운 이 꿈에서 나갈 수가 없었다.

하얗게 부서지는 파도를 보며 가까이 다가가고 있는 자신을 막을 수도 없었다. 아직도 자신은 도망치고 싶은 걸까? 모든 기억으로부터, 끔찍한 현실로부터?

"……슬아."

그런데 아까부터 들리는 그의 목소리가 발목을 붙잡는다. 깨어나라고, 이제는 무서워하지 않아도 된다고.

무섭게 철썩이는 파도에 휩쓸려 죽기만을 소원하고 있는 내 손을 잡아 준 사람, 죽어라 목 놓아 울부짖으며 심장을 뛰게 만든 사람. 두 번의 목숨을 빚진 사람. 그리고 어느덧 사랑하게 되어 버린 사람. 그런 사람이 현실에서 나를 기다리고 있다. 더 이상 숨지 말고 당당히 세상을 바라보라고. 또 한 번 내게 손을 내밀고 있다.

철썩이는 파도를 보고 있는 슬의 발이 멈칫했다. 그녀는 스스로 제동을 걸고 있다. 그리고 문득 뒤를 돌아봤을 때, 정말 그 사람이 있었다. 제게 손을 내밀어 잡으라는 듯이 자신을 바라보고 있었다.

"태승 씨?"

꿈속이라 입이 벌어지지 않았지만 슬은 그의 이름을 소리 내 부르고 있었다. 그러자 그는 웃으며 또 한 번 손을 내밀었다. 어서 이 손을 잡으라고.

꿈속에서의 슬은 잡으려 하지 않을 거라고 생각했다. 아무리 그 사람이 내민 손이라도 선뜻 잡지 않을 거라고 생각했었다. 그런데 저는 한 번의 망설임도 없이 선뜻 손을 맞잡았다. 그리고 눈을 떴다. 꿈에서 현실로 돌아온 순간이었다.

5. 살려 줘서 고마워요

태승은 캄캄한 취조실 안에서 한두 시간 정도의 조사를 받고도 풀려날 때까지 또 기다려야 했다. 박정우의 살인 미수 건과 태승의 폭행 건은 각각 따로 조사가 필요하다고 했다. 이 모든 사건을 만든 장본인은 박정우였지만 그가 쓰러져 누워 있으니 태승 먼저 조사를 받은 것이다.

장 변호사가 도착해 상황을 모두 정리하는 중이었지만 폭행 건은 상대방의 합의가 필요했다. 박정우의 합의가 있을 때까지는 꼼짝 없이 취조실에 묶여 있어야 한다는 말이다. 아무도 없이 텅 빈 취조실에서 눈을 감고 있는 태승에게 어느새 안으로 들어온 재호가 종이컵을 내밀었다.

"사장님, 여기 물이라도 드세요."

감고 있던 눈을 떠 왼쪽으로 고개를 돌린 태승의 얼굴 역시 엉망이었다. 입가는 터져서 피가 맺혀 굳어 있었고 이마에도 작은 상처가 나 있었다. 그 상처들을 본 재호가 인상을 찌푸렸다.

"연고라도 갖고 올까요?"

"병원에서는 연락 없어?"

태승에게 자신의 상처보다도 더 걱정인 것은 슬이었다. 아직 소식이 없는 걸 보니 슬이 깨어나지 않은 모양이다.

"다시 연락해 보겠습니다."

고개를 돌린 태승의 얼굴빛이 다시금 어두워졌다. 이럴 줄 알았으면 혼자 구급차에 태워 보내지 않는 건데. 보고 싶다, 윤슬. 다시 눈을 감는 태승을 가만히 내려다보던 재호가 조심히 물었다.

"그런데 박정우, 그 개자식이 합의를 해 줄까요?"

한동안 말이 없던 태승이 감은 눈을 뜨지 않고 대답했다.

"할 거야. 안 할 수가 없을 거거든."

재호는 그의 말을 도통 알아들을 수가 없었지만 태승은 알고 있었다. 그리고 정말 정우의 합의 소식이 들려왔고 그는 동이 다 터서야 취조실을 나올 수 있었다. 취조실을 나오자마자 태승은 곧장 병원으로 달려갔다.

* * *

긴 잠에서 깬 슬은 소식을 듣고 달려온 성해와 눈물의 상봉을 했다. 매일은 아니어도 자주 만나는 사이에서 상봉이라고 하기에는 다소 무리가 있는 듯싶었지만 슬의 기억이 돌아오고 나서 처음 얼굴을 보는 것이기에 오랜만에 상봉이라 칭해도 무방했다. 병실로 들어오는 성해의 얼굴을 보자마자 슬도 울음을 터트렸고 이미 병실에 들어왔을 때부터 눈물이 그렁그렁했던 성해도 슬을 껴안고 한참을 울었다.

"슬아."

"아저씨, 죄송해요. 정말 죄송해요."

기억이 돌아오자 3년 전의 일이 바로 어제 일처럼 생생했다. 아빠가 돌아가시고 삼일장을 치른 얼마 뒤에, 온몸이 젖어 싸늘히 식어 버린 모습으로 나타난 자신을 본 성해의 심정이 어땠을지 쉬이 짐작조차 가지 않아 슬은 너무 미안했다. 눈도 똑바로 마주 볼 수 없을 만큼 죄스러워서 떨어지지 않는 입으로 연신 죄송하다는 말만 쏟아 냈다.

"아니다. 아니야. 내가 널 지켜 주지 못했어. 더 신경 썼어야 했는데, 그랬더라면…… 으흑."

다시 울음이 터진 성해가 슬을 끌어안았다. 이렇게 살아 있으니 그것만으로도 되었다. 기억이 돌아와 또다시 패닉 상태가 되어 버릴까 봐 얼마나 노심초사했는지. 다행히도 슬은 생각했던 것보다 훨씬 안정적으로 보였다. 지난 3년간의 일이 바로 어제 일처럼 생생할 텐데도 우려하던 일은 일어나지 않았다. 그것만으로도 성해는 너무 다행이었다.

"흐흐흑. 흐흑."

아빠처럼 다정하게 자신을 다독이는 성해의 품이 따뜻해서 슬은 눈물을 하염없이 흘렸다. 아빠가 돌아가신 모습이 기억 속에서 너무도 선명하다. 빨갛고 뜨거운 피를 흘리며 쓰러져 있는 그의 모습이 너무도 생생한데 그 일이 벌써 3년도 더 지난 일이라니 믿기지 않았다.

기억을 잃었던 그때는 왜 기억을 잃은 건지, 왜 기억나지 않았는지, 혹은 스스로 기억을 지운 건지 온통 의문이었지만 기억을 되찾은 지금은 알고 있다. 내 스스로가 그때의 기억이 너무도 고통스러워 지운 것이라는 것을. 그리고 이제야 기억해 낸 이유를.

눈물겨운 상봉이 끝나고 잠시 잠들었던 슬이 창 너머로 들어오는 햇살에 눈을 떴다. 창가에 바로 보이는 새벽 푸른빛에 아침이 왔다는 것을 알고는 문득 주변을 둘러봤다. 병실에는 자신 말고는 아무도 없었다.

어제부터 그의 모습이 보이지 않았다. 어제도 기다렸고, 새벽에도 기다렸고, 아침이 밝은 지금도 기다리고 있었다. 그런데도 그가 나타나지 않았다. 제게 오는 길이 너무나도 먼 것일까? 오고 있기는 한 걸까? 오는 동안 무슨 일이 생긴 걸까?

어깨에 카디건 하나만 걸치고 병원 입구 앞까지 폴대를 끌고 나온 슬은 무작정 그를 기다렸다. 언제일지는 모르겠지만 곧 그가 올 것 같은 느낌이 들었다. 당장에라도 달려와 자신을 꼭 안아 줄 것 같았다. 그래서 기다렸다. 자신은 몇 분이고 몇 시간이고 그가 올 때까지 기다릴 수 있었다.

차디찬 겨울바람이 매섭고 시렸다. 얇은 카디건 하나에 의지하려니 너무 추웠다. 코까지 빨개질 지경이었다. 이렇게 날씨도 추운데 그는 어디에서 무얼 하고 있는 걸까? 옷은 따뜻하게 입고 다녀야 할 텐데. 슬은 그보다도 더 얇게 입은 자신은 이미 안중에도 없었다. 머릿속이 온통 그에 대한 걱정들로 가득했다.

꽤 오랜 시간이 지나도 그의 머리카락 하나 보이지 않자 병원 밖에서 한참을 서성이던 슬이 미련 담은 눈길로 주변을 슥 한 번 둘러보았다. 텅 빈 병원 앞, 주차된 차들만 있었다. 아무리 기다려도 그가 올 기미가 보이지 않아 슬은 결국 발길을 돌렸다. 돌아서는 발걸음에도 아쉬움이 잔뜩이었다.

그런데 그때 멀리에서부터 달려오는 한 사람이 있었다. 긴 코트 자락을 휘날리며 빠르게 뛰어오는 한 사람, 바로 태승이었다. 태승은 슬과 헤어졌던 그날부터 시작해 하루도 빠지지 않고 달려오고 싶었다. 그 마음을 애써 억누르느라 속이 시커멓게 타 버렸다. 슬이 자신을 보고도 못 본 척 지나쳐 가던 날에는 그녀를 잡고 돌려 세우고 싶은 것을 참느라 힘들었고, 사무실 앞에서도 숨죽여 지켜보는 것밖에 할 수 없어서 괴로웠다.

생각해 보면 태승은 슬의 곁에서 떠난 적이 없었다. 단 하루도, 단 1초도 그녀의 곁에서 떠나지 않았다. 쉬지 않고 그녀라는 행성 주변을 맴돌고 또 맴돌았다. 그 행성이 아니라면 공전할 수 없는 또 다른 소행성이라도 된 듯 그는 그녀의 주변에 항상 머물렀다. 3년이 지나 다시 만나게 됐던 것도 그 때문이 아니었을까?

빠른 속도로 뛰어온 태승이 이제 막 안으로 들어가려 문을 여는 슬의 어깨를 와락 안았다.

"하아. 하아."

갑자기 누군가가 자신을 껴안은 탓에 깜짝 놀랐던 것도 잠시, 제 어깨에 얼굴을 깊이 파묻으며 거칠게 호흡하는 이가 누구인지 알게 된 슬의 눈에 눈물이 점점 차올랐다. 굳이 돌아보지 않아도 알 수 있었다. 제 어깨에 둘러진 이 단단한 팔과 등 뒤로 느껴지는 넓은 가슴팍, 그리고 풍겨 오는 향기까지. 모두 그였다.

"……내가, 너무 늦었지?"

그녀의 어깨를 끌어안은 팔에 힘을 주어 더 꽉 당겨 안은 태승이 떨리는 목소리로 물었다. 그의 목소리에서 진동을 느낀 슬이 제 어깨에 둘러진 그의 손등을 감싸며 고개를 끄덕였다.

"빨리 오고 싶었는데, 더 일찍 오고 싶었는데……."

벅차오르는 감정에 그가 말끝을 흐렸다. 그의 눈에서도 차올랐던 눈물이 흘러내렸다. 이제야 살 것 같았다. 그녀를 안고 그녀의 숨소리를 들으니 이제야 안심이 되고 숨이 쉬어졌다.

"……미안해."

그가 사과하자 슬이 고개를 저으며 뒤돌아서 태승과 시선을 마주했다. 어제도 보고, 그저께도 보고, 3년 전에도 봤는데 왜 이렇게 오랜만에 보는 것 같을까. 3년도 더 된 일이 바로 어제 일처럼 생생히 느껴져서 그런 걸까? 잔뜩 눈물 고인 눈으로 그를 한참 바라보던 슬이 손을 들어 그의 뺨을 쓰다듬었다.

"사과를…… 해야 할 사람은 나예요. 고맙다고, 살려 줘서 고마웠다고 인사를 해야 할 사람도 나고요. 3년 전에도, 지금도."

말을 멈춘 슬이 아까보다도 더 애틋해진 눈을 하고 그의 반대쪽 뺨도 쓰다듬었다. 그때도, 지금도 이 남자는 자신을 살리려 바다로 뛰어들었다. 운동 신경이 뛰어나다고 하지만 파도가 덮쳐 위험이 닥칠지도 모를 일이었다. 그런데도 그는 망설임 없이 바다로 뛰어들어 저를 살렸고, 바로 어제도 숨이 멎어 가는 제 심장을 다시 뛰게 했다.

그런 사람에게 자신은 왜 살렸느냐며 책망했고 원망했었다. 순수한 눈으로 살아서 다행이라고 말하는 사람에게 오히려 탓하는 말을 쏟아 냈었다. 그 말을 흘려들었더라면 좋았을 텐데, 그는 기억하고 있었다. 그 말을 잊어버렸다면 3년이 지나 다시 만났을 때, 그런 표정을 짓지는 않았을 것이다.

다시 만났을 때, 그는 혼란스러운 눈으로 슬에게 물었었다.

'당신 뭐야? 대체 누구야? 내가 묻잖아. 당신 대체 누구냐고!'

그때 당시의 슬은 그를 기억하지 못하니 그가 왜 그런 표정을 짓는 것인지 알 수 없었지만 지금은 안다. 그는 3년 전에 제가 했던 말을 기억하고 있었다는 것을. 그래서 그렇게도 혼돈스러운 표정을 짓고 있었다는 것을.

"미안해요. 내 말이 당신한테 상처가 될 줄은 몰랐는데, 잊지 그랬어요. 그냥 흘려듣지 왜 기억했어요?"

제 얼굴을 하염없이 쓰다듬으며 떨리는 목소리로 묻는 그녀에게 태승이 대답했다.

"기억하지 않을 수 없었어. 네 말이 여기에 남았었으니까."

태승이 제 왼쪽 가슴 부근을 두드렸다.

"내가 반짝반짝 빛난다며 말과는 다르게 책망하던 네 눈이 아팠던 것 같아."

태승은 단 하루도 그녀가 했던 말을 잊은 적이 없었다. 내내 생각한 것은 아니지만 문득문득 생각이 났고 그러면 왼쪽 가슴이 찌르르 아팠었다. 왜 그 말이 심장을 울렸던 건지, 왜 마음이 아렸던 건지는 정확히 모르겠지만 삶을 포기하고 싶을 만큼 절망스러워 보이는 여자의 모습에서 자신의 모습을 봤던 것이 아니었을까 생각했다.

"미안해요. 그리고 이제야 하는 말인데……."

슬이 말끝을 흐리다 목멘 목소리로 말을 이었다.

"살려 줘서 고마워요."

모든 기억이 돌아오고 난 후에 깨어났을 때, 그에게 가장 먼저 해 주고 싶은 말이었다. 아빠가 돌아가시던 날의 모습이 생생한 것처럼 그에게 원망의 말을 쏟아 냈던 기억도 선명했다. 그것이 바로 어제 일처럼 느껴져 슬은 마음이 아팠다. 상처를 주려고 했던 말은 아니었지만 자신이 한 말이 그의 가슴에 남았으니 상처가 된 걸 수도 있다.

눈물로 반짝이는 슬의 눈동자를 바라보던 태승의 눈시울도 붉어졌다. 3년이 지나 다시 되돌아온 말은 원망이나 책망이 아닌 진심 어린 사과와 감사였다. 그것만으로도 태승은 괜찮았다. 그날이 아니었더라면 그녀와 만나지 못했을 테니까. 그날 그곳을 지나지 않았더라면 윤슬이라는 여자를 만나지 못했을 테니까. 그랬더라면 지금쯤 자신은 그 누구를 사랑하지도, 그 누구에게도 사랑받지도 않으며 하루하루를 무의미하게 살아갔을 것이다. 그것만큼 끔찍한 일은 없었다. 그래서 태승은 그녀를 만난 지금이 너무나 행복했다.

"나도 이제야 하는 말인데……."

바람에 날려 흐트러진 슬의 머리카락을 정리해 주던 태승이 손길을 거두고 두 뺨을 그러쥐며 다정히 말했다.

"사랑해, 슬아."

천천히 고개를 숙인 태승이 슬의 입술 위로 자신의 입술을 포개었다. 부드럽게 맞닿은 입술 사이로 서로의 숨결이 느껴졌다. 그 어떤 말보다도 더 진한 감정이 서로에게 전해지는 중이었다.

슬의 뺨을 감쌌던 태승의 손이 어느덧 아래로 내려가 그녀의 허리를 끌어안았고, 좀 더 깊이 입술을 물었다. 그러자 슬도 태승의 품에 안겨 까치발을 든 채 열심히 입술을 움직였다. 말랑한 혀가 입 안을 능숙히 헤집는데 순간 눈물이 날 것 같았다. 바로 앞에서 느껴지는 그의 숨소리와 입술 새로 들어오는 그의 숨결이 이상한 안도감을 주었다. 그를 보고 만지고 키스하는 이 순간이 믿기지 않기도 했다. 다시는 볼 수 없을 것 같았던 그가 앞에 있기 때문일까?

버겁도록 집요한 그의 키스를 받아 내던 슬의 뺨 위로 투명한 눈물이 흘러내렸다. 그 흐르는 눈물은 곧 태승의 뺨에 닿았고, 그가 입술을 떼고 그녀를 바라보았다.

"슬아……."

의아한 표정으로 바라보는 그에게 슬이 아니라며 고개를 저었다. 그러다 알 수 없는 감정이 북받쳐 그녀는 그의 목을 끌어안고 엉엉 울었다. 그런 그녀를 꼭 안아 주는 그의 얼굴에도 만감이 교차했다.

"괜찮아. 괜찮아. 다 괜찮아."

태승은 그녀를 안고 한참 동안 다독여 주었다. 그의 따스한 위로와 넓은 마음, 언제까지나 아껴 줄 거라는 믿음이 슬의 마음에 천천히 새겨졌다. 그간에 설움을 토해 내기라도 하듯 목 놓아 울던 슬이 차츰 안정을 되찾자 그녀는 그의 품에서 나와 그를 올려보았다.

"태승 씨."

울어서 퉁퉁 부어 버린 눈이 되었는데도 태승의 눈에는 마냥 예쁘고 사랑스러웠다.

"다 울었어?"

슬이 고개를 끄덕이자 그가 옅은 미소를 지어 보이며 뺨에 흐른 눈물을 손으로 닦아 주었다.

"우는 것도 힘들어. 더 울고 싶으면 내일 울어."

그러면서 울지 말라고 말하는데 어째 좀 이상한 생각이 드는 슬이었다. 전에도 간혹 반말과 존댓말을 섞어 가며 하긴 했지만 아까부터 말이 짧아진 그가 조금 낯설게 느껴지기도 했다.

"태승 씨."

"응?"

"근데 왜 자꾸 반말해요?"

술 먹으면 반말하는 버릇이 있었던 것 같은데, 지금은 술을 먹은 것도 아니라서 더 어색하게 느껴졌다. 그래서 물으니 그가 피식 웃으며 대답했다.

"왜? 이상해?"

"아니. 그냥 좀 어색해서……."

괜히 민망해진 슬이 말끝을 흐리자 태승이 또 한 번 웃더니 별안간 슬의 허리를 확 끌어당겼다. 그 덕분에 코앞에 그의 입술만 보일 정도로 거리가 가까워져 슬은 자신도 모르게 숨을 꾹 참았다. 그러자 태승이 그녀를 내려다보며 장난스럽게 말했다.

"숨 쉬어도 돼. 아무것도 안 할 거니까."

"뭐라고요?"

슬이 장난치는 그를 올려다보며 눈을 흘겼다. 그러다 웃음이 터져 소리 내어 웃던 슬의 눈동자에 다시금 긴장이 어렸다. 웃음기 가득했던 그가 진지한 얼굴과 그윽한 눈길로 자신을 바라보고 있었기 때문이다. 크게 달라진 것도 없는데 이상하게 그의 눈을 마주 보기가 어려웠다. 달라진 거라고는 존댓말을 하던 그가 자신에게 말을 편히 하는 것? 그것밖에는 달라진 게 없는데 자꾸만 심장이 떨렸다. 이렇게 안겨 있어서 그런가.

말도 하지 않고 가만히 내려다보는 그의 시선이 얼마나 뜨겁던지 땅만 내려다보고 있는 슬의 얼굴이 다 화끈거릴 정도였다.

"슬아."

그가 나직하게 슬의 이름을 불렀다. 그런데도 슬은 땅에만 시선을 두고 있었다.

"슬아."

그러자 그가 또 한 번 그녀를 불렀고, 이번에도 그녀는 태승의 눈은 마주 보지 못하고 대답만 했다.

"네?"

여전히 고개를 숙이고 있는 슬의 얼굴을 바라보던 그가 슬을 다시 한번 불렀다.

"슬아……."

이번에는 슬이 고개를 들었고 그와 두 눈을 마주하기도 전에 태승의 입술이 먼저 다가왔다. 입술이 맞닿으면서 그가 그녀를 한 번 더 끌어당겼고 그의 품에 온전히 안긴 슬도 아까보다 더 적극적으로 그를 받아들였다. 윗입술과 아랫입술을 교차해 빨던 그가 슬의 입 안으로 혀를 넣으며 몸을 바짝 붙여 왔다. 그러자 슬도 그의 목에 두 팔을 두르고서 혀를 얽으며 진하게 입술을 빨았다.

시간이 멈춘 것처럼 세상이 두 사람을 제외하고 정지한 것만 같았다. 아침 시간이라 곧 병원 앞에도 많은 사람들로 북적일 테지만 상관없었다. 그렇게 슬과 태승은 모든 것들이 얼어붙은 공간 속에서 온전한 둘만의 시간을 가졌다. 떨어져 있다가 다시 만난 그 3년이라는 긴 시간만큼 아주 오래도록.

* * *

슬을 병실로 데려다준 뒤, 태승의 발길이 닿은 곳은 성해가 있는 원장실 앞이었다. 문을 두드리고 안으로 들어가자 업무를 보고 있던 성해가 반가이 그를 맞이했다.

"어! 어서 와."

자신을 웃는 얼굴로 환영해 주는 성해에게 태승이 깍듯이 고개 숙여 인사했다.

"그렇지 않아도 기다리고 있었어. 일단 여기 앉게."

보고 있던 서류도 내려놓고 태승을 맞이한 성해가 바로 앞 소파로 그를 데리고 가 앉혔다.

"차는?"

"괜찮습니다."

"그래도 따뜻한 차 한 잔 정도는 해. 어제오늘 힘들었을 텐데."

사양하는 그에게 뭐라도 주고 싶었던 성해는 비서에게 차를 내올 것을 요청했고, 곧이어 따뜻한 녹차 두 잔이 각각의 앞에 놓였다.

"윤건이 통해서 대충 상황은 전해 들었어."

녹차 한 모금을 마신 성해가 먼저 운을 뗐다. 어제는 경황이 없어서 사고가 있었다는 사실만 듣고 나머지는 기억이 나지 않았다. 슬에게 사고가 있었고, 그 일이 계기가 되어 잊었던 기억이 전부 되돌아왔다는 사실에 충격받아 무슨 사고였는지는 알아볼 정신이 없었다.

마찬가지로 태승도 경황이 없었던 탓에 오늘에서야 성해에게 어제 사건에 대한 정황을 알리고 사과를 표하며, 그간 자신이 조사해 왔던 슬의 아버지 사고에 관한 소식을 전하기 위해서 그를 찾은 것이었다. 하지만 막상 입을 열려고 하니 도무지 말이 나오지 않았다. 어찌됐건 이번 사고도 역시 자신 때문에 벌어진 일이라 슬에게 있어 아버지 같은 분에게 사실대로 말하는 것은 여간 어려운 일이 아니었다.

태승이 망설이고만 있는데 눈치로 대충 상황을 꿰뚫은 성해가 먼저 그의 마음을 헤아려 주었다.

"어차피 지나간 일, 캐물어서 뭐 하겠나. 여기까지만 하지."

"아닙니다. 그래도 말씀을 드려야……."

아니라고 사실대로 말하려는 태승에게 성해가 딱 잘라 거절했다.

"됐어. 차라리 안 듣는 게 마음 편할 것 같아서 그래. 그리고 내가 아니더라도 자네가 가만 놔두지도 않았을 것 같은데."

그러면서 성해는 고갯짓으로 태승의 입가에 아물지 못한 상처를 가리
켰다.

"아……. 죄송합니다. 면목이 없습니다."

제 입가에 맺힌 딱지를 살짝 매만지던 태승이 고개를 푹 숙였다. 입이
열 개, 백 개라도 할 말이 없었다. 성해에게 있어 슬이 얼마나 소중한 존
재인지 너무 잘 알고 있다.

성해에게 슬은 딸, 그 이상의 존재나 다름없었다. 또 슬에게 있어서도
성해가 얼마나 큰 존재인지를 옆에서 모두 지켜봐 온 만큼 잘 알고 있다.
두 사람이 서로를 생각하는 마음이 얼마만 한지까지 다. 그래서 태승은
더 성해의 얼굴을 볼 수가 없었다.

"사실 면목이 없는 건 나 아닌가? 두 번이나 내 딸의 목숨을 살려 준
은인인데 말이야."

"아닙니다. 저는 그런 말을 들을 만큼 잘한 게 없습니다."

성해는 제 앞에서 고개도 들지 못하고 있는 태승의 손을 잡고 그를 끌
어당겼다. 두 손에 태승의 손을 포개어 잡은 성해가 놀란 눈을 하고 있는
태승을 바라보며 진심을 가득 담아 고마움을 전했다.

"고마워. 정말 고마워."

그때 하지 못한 말까지 담은 진심이 태승의 마음에도 전해졌다.

훈훈했던 순간도 잠시, 태승은 본래 하고 싶었던 말을 꺼내 놓았다. 3
년 전, 명성 대학교 경제학 교수로 부임해 총장 임명 후보로까지 내정됐
던 윤석현 교수의 뇌물과 관련한 자살 사건이었다. 태승이 자신이 찾은
자료를 꺼내 올리며 어쩌면 윤 교수의 사건이 조작됐을지도 모른단 의견
을 내놓았다.

"당시 윤 교수님께서는 총장 임명 후보로 내정이 되어 있던 상황이었습
니다. 대학 총장 선출에서는 대부분 임명제로 치러진다는 것을 아실 겁니
다. 명성 대학교에서도 물론 임명제로 진행이 됐고 윤 교수님 내정이 확

실시 되었었죠. 그런 상황에서 갑자기 뇌물 수수 의혹이 불거졌고 그 일로 윤 교수님께서는 극단적 선택을 하게 됐습니다. 저는 이 부분이 가장 의심스럽습니다. 총장 임명 후보가 갑작스러운 비리를 고발당했고 그 일로 극단적 선택을 했다, 기자들 입장에서는 웬 떡이냐 싶었을 것이고 경찰들 입장에선 골치 아픈 사건이었겠죠."

여기까지 말을 마치자 성해의 표정이 눈에 띄게 질려 있었다. 태승의 말을 들으면 들을수록 성해의 머릿속에서도 합리적 의심이 스멀스멀 피어오르고 있었다.

"이 정황들로만 봤을 때는 누구라도 사실 같겠죠. 하지만 이 사건의 본질은 다른 데 있었습니다. 바로 윤 교수님이 살아온 인생입니다. 적어도 윤 교수님이 살아온 삶을 돌아보면 그런 짓을 하고 무책임하게 돌아가실 분이 아닌 걸 알 수 있어요."

태승은 단언했고 성해는 격하게 고개를 끄덕이며 인정했다. 친구인 자신이 보기에도 석현은 자애롭고, 정 많고, 그 누구보다 학교와 학생들을 생각하는 참된 스승이었다.

"하지만 경찰들은 눈앞에 보이는 정황들만 보고 사건을 마무리했습니다. 그럴 수밖에 없었던 건 명백한 증거가 윤 교수님 집에서 나왔기 때문이죠."

태승이 쏘아 올린 신호탄을 시작으로 성해가 그날의 일들을 하나씩, 하나씩 떠올렸다.

"그래. 그랬지. 돈이 나왔었으니까."

"네. 바로 그 부분입니다. 왜 돈을 집에 갖다 놓았을까요? 그 돈이 결국 해가 될 거라는 것을 알고 있었을 텐데. 적어도 그런 짓을 저지른 사람이 돈을 집에 둘 만큼 어리석은 짓을 할까요? 그것도 그렇게 허술한 곳에?"

석현이 죽고 그 방에서 상당한 액수의 금품이 나왔다고 했다. 그리고 자필로 적힌 유서까지 나온 상황에서, 경찰은 이를 뇌물 수수 의혹을 견디지 못한 모 대학 교수의 자살로 사건을 종결시켰다.

기자들은 이를 특종으로 보고 자극적 헤드라인을 내걸어 기사로 내보냈다. 그들에게는 이 사건이 그저 돈을 벌고 싶고, 하루 빨리 끝내고 싶은 사건이었던 것이다. 하지만 남은 가족들에게는 그들의 안일하고 무책임한 행동들이 상처로 남았다. 이 사건의 본질은 그 누구도 생각하지 않았다.

성해의 안색이 하얗다 못해 새파랗게 변해 갔다.

"그래. 그랬지. 그랬어. 내 친구가 그렇게 했을 리 없지. 그런 나쁜 짓을 저지르고도 무책임하게 회피할 친구가 아니지. 절대 그럴 리 없지. 그래. 그랬어. 절대 그럴 놈이 아니지."

고개 숙여 몇 번을 읊조리던 성해가 눈을 부릅떴지만 통한의 눈물을 막을 수는 없었다. 그는 친구의 죽음을 감당하고, 절대 그럴 리 없다 말하면서도 진실을 밝힐 생각조차 하지 않았다. 그저 그가 남긴 딸을 지켜야 한다는 사명 아닌 사명으로 친구의 오명은 그대로 놓아두었다. 성해는 그런 자신에게 환멸을 느꼈다. 친구라면서 이렇게나 안일했다니. 30년 지기 친구라면서 이럴 수가 있나. 성해는 그 누구보다 자신의 잘못이 크다는 생각이 들었고 그 누구를 미워할 자격도 없다는 생각이 들었다.

"내가, 내가 안일했어. 슬이 경찰서를 뛰어다니는데도 난 돕지를 않았어. 아무것도 하지 않았어. 아무것도. 친구라면서 친구의 누명조차 벗길 생각도 하지 않았어. 석현이 남긴 딸을 지켜야 한다는 의무가 우선이라 친구의 누명은 미뤄 뒀어. 내가, 내가…… 크흑, 크흐흑."

성해는 앞에 태승이 앉아 있다는 것도 잊은 채 회한의 눈물을 흘렸다. 아내를 잃고 힘들어하던 때도, 3년 전 그때도 성해는 친구의 마음을 보듬어 주지 못했다. 자신이 힘들 때는 늘 석현이 있었는데도 정작 성해는 단 한 번도 친구를 위로해 준 적이 없었다.

대체 자신은 석현에게 무엇이었을까? 친구가 맞긴 했을까? 친구라면서 정작 왜 친구가 아프고 힘들 적에는 위로해 주지 못했을까? 지금이라도 무엇이든 다 해 주고 싶은데, 그러고 싶은데…… 이제는 그럴 수조차 없다. 그게 아파서, 참으로 후회스러워서 가슴이 갈기갈기 찢기는 것 같았다.

태승은 눈물을 쏟아 내는 성해의 곁에서 가만히 침묵을 지키다 그의 울음이 서서히 잦아들 때쯤 다시 말을 이었다.

"윤 교수님께서 돌아가시고 바로 그다음 날, 총장 임명식이 거행됐습니다. 그때 임명됐던 사람은 이성찬 총장으로, 그때 당시 부총장이었습니다. 부총장 입장에서는 자신이 아닌 윤 교수님이 내정됐다는 것이 이해되지 않았을 겁니다. 대개는 부총장이 총장으로 임명되는 것이 인지상정인 일이었으니까요."

어느덧 울음을 멈추고 진지하게 듣던 성해가 그때 당시를 떠올렸다. 총장 임명 후보로 내정됐다는 소식을 들었을 때, 석현은 그다지 기뻐하는 내색이 없었다. 그때는 그저 쑥스러워서 그러는 거라고 생각했었는데 돌이켜 보니 다른 이유가 있어서 마음껏 기뻐하지 못했던 것이 아닌가 하는 생각이 들었다.

"그럼 자네 말은 이성찬 총장이 이런 짓을 벌였다는 건가?"

성해는 자신이 말하고도 너무 어이가 없고 기가 막혀서 설마 했다. 물론 아직까지는 합리적 의심일 뿐이다. 그렇다는 증거도 없었다. 그러나 아예 말이 안 되는 일도 아니었다.

"아직은 의심하는 단계입니다. 결정적인 근거도 없고요. 그래서 여쭤보고 싶었습니다. 그때 당시 총장 임명됐을 때, 윤 교수님께서 병원장님께 했던 말은 없었는지……."

"나한테 했던 말……?"

곰곰이 그때 당시를 회상하던 성해가 말을 이었다.

"기분이 좋아 보이지 않았어. 총장 임명 후보가 됐다는 건 사실상 확정된 거나 다름없었으니까. 그런데 축하한다는 내 말에도 좀처럼 기뻐하지 않았어. 그때는 그저 쑥스러워서 그런 거라고 생각했는데."

대수롭지 않게 넘어갈 일이 아니었는데 그때의 성해는 잘됐다며 앞으로 네가 원하던 교육 방식으로 학생들을 잘 이끌어 나가면 되겠다고 대답했었다. 그 친구에게 다른 일이 벌어지고 있다는 것을 전혀 짐작도 하지 못한 채 말이다.

"아, 석현이는 학교 운영에 관한 고민이 많았어. 자기 소관 밖이었는데도 꾸준히 관심을 가졌고, 한때 논란이었던 대학 등록금 인상 문제에 있어서도 학생들과 같이 목소리를 내 줬지. 그 일로 징계까지 당했는데도 그 녀석은 개의치 않았어."

한번 생각의 물꼬를 트니 끝도 없는 이야기가 쏟아져 나왔다. 그동안 잊고 살았던 석현과의 추억들까지 전부 다. 잠시 성해의 얼굴에 잔잔한 미소가 떠올라갔다가 사라지며 그 자리에 어둠이 드리워졌다.

"이제 와 생각하니 석연치 않은 것투성이네."

학교 입장에서는 당연히 석현을 좋게 볼 수 없었을 것이다. 학교는 학생들을 가르치는 교육 기관이기도 했지만 그만큼 비리가 넘치는 곳이기도 했다.

특히 대학교 등록금 인상 문제는 한 학기에 수백만 원의 돈을 내는 만큼 학생들에게 가장 민감한 사안이었는데, 그때 당시 명성 대학교에서는 학생들 사이에서 등록금이 인상될 거라는 소문이 돌았다. 이러한 소문이 점차 사실화되기 시작하자 학생들 사이에서는 극심한 반발이 시작됐고 이어 시위로까지 이어졌었다.

그때 학생들 사이에서 같이 한목소리를 내 줬던 윤 교수가 있었다. 다른 교수들은 학교의 눈치를 보느라 제 할 말을 하지 못했으나 평소 학생들과의 교류가 많았던 윤 교수는 학생들 사정을 뻔히 아는 상황에서 본인들의 입장만 생각하는 학교에 대한 불만이 많았었다. 이를 바꾸기 위해 많은 노력을 기울였으나 뜻대로 되지 않았고, 학생들이 등록금 인상 반대

시위를 벌이자 그는 그 시위에 동참하기로 결심했다. 모든 교수들이 외면할 때 석현이 자신들의 편에 서 주니 학생들의 기세는 등등해졌고, 그 힘에 못 이겨 결국 명성 대학교의 등록금은 동결되었다.

이 사건 이후로 학생들 사이에서 윤 교수는 존경받는 교수로 등극했으나 학교에서는 미운털이 박히게 되었다. 이러한 사실은 윤 교수가 억울한 누명을 썼을 가능성에 힘을 실어 주었다.

"원장님께서도 같은 명성 대학교 출신이라고 들었는데요."

"그렇지. 내 모교지."

"그럼 그때 당시 총장이셨던 양강필 교수에 대해서 아시는 것은 없으십니까?"

"양강필 교수? 흐음."

한참을 생각하던 성해는 이윽고 고개를 저었다. 양 교수에 대해서는 아는 것이 없었다. 안면도 없었고 들은 것도 없었다.

"그 교수는 왜?"

"원장님 말에 따르면, 학생들 편에 앞장섰던 윤 교수님을 학교에서 좋게 볼 리 없었음에도 불구하고, 양강필 총장은 윤 교수님을 총장 임명 후보로 내정했습니다. 그 점이 의아해서요."

태승이 하는 말을 가만 듣고만 있던 성해도 이 의문에 대해 고개를 끄덕였다.

"나도 의문이네. 그럼에도 왜 석현이를 임명하려고 했을까?"

두 사람이 각자 생각에 잠기는 바람에 오고가던 대화가 끊겼다. 생각은 각자였지만 석현과 성해 둘 다 같은 의문을 품고 이에 대해 끊임없이 반문하고 있었다. 그 이유는 양 총장만이 알고 있을 것이다. 그 대답을 듣기 위해서라도 양 총장을 찾아야 한다. 그렇다면 이 석연치 않은 사건의 실마리를 찾을 수 있을 것이다.

"슬이는 봤는가?"

성해는 침묵을 깨고자 슬의 이야기를 꺼냈다. 그가 슬보다 자신을 먼저 찾아왔을 리 없다는 것을 알면서도 슬의 이야기로 대화 주제를 돌린 것은 암울한 분위기를 바꾸고 싶었던 것도 있고, 그때 이후로 둘의 사이가 어땠을지도 짐작이 가 떠보고 싶기도 했다.

"네. 만나고 오는 길입니다."

"그럴 줄 알았지."

어두웠던 그의 표정이 살짝 밝아졌다. 그때보다도 더 밝아 보이는 태승의 표정에 다시금 둘 사이가 좋아졌다는 사실을 알 수 있었다.

"걱정했는데 생각보다 의연한 듯해서 천만다행이야. 기억이 돌아오고 나면 또다시 그때처럼 패닉이 올 줄 알았거든."

태승도 그 마음 백번 이해한다는 듯 묵묵히 성해가 하는 말을 들었다.

"아직 남은 치료가 있긴 하지만 기억은 돌아왔고 상태도 생각했던 것보다 더 좋고, 그리고 또 그 누구보다 슬이를 아껴 주고 사랑해 주는 자네가 있기도 하고."

태승이 그 말에 바닥에만 두고 있던 시선을 들어 올려 성해를 바라보았다.

"이 모든 일이 자네로부터 시작됐듯 이 모든 일의 끝도 자네가 끝낼 수 있을 거라는 생각이 들어. 그리고 그 끝이 왠지 나쁘게 끝날 것 같지도 않아. 꼭 해피 엔딩을 이루게."

다시 태승의 손을 잡은 성해가 진심을 다해 하고 싶은 말을 전했다. 슬의 기억을 되살아나게 만드는 것이 자신이라는 사실을 알았던 그때, 그당시 태승의 표정이 내내 잊히지 않았었다. 사람의 얼굴이 그렇게까지 질릴 수 있다는 것을 그때 처음 알았다. 절망에 휩싸여 아무 말도 하지 못하고 가만 앉아 있다가 나가는 태승의 축 쳐진 뒷모습을 보며 성해는 괜한 말을 한 것 같아 마음이 편치 않았었다. 그래서 성해는 꼭 이 말을 해주고 싶었다.

성해의 작은 바람이 바람을 타고 태승에게로 와 심장에 고스란히 새겨졌다. 태승도 그냥 하는 말이 아닌, 정말 꼭 그렇게 하겠다는 의지를 가득 담아 대답했다.

"네. 꼭 그렇게 하겠습니다."

이 모든 일의 시작이 불가항력으로 정해진 것이라면 그 끝과 그 끝의 엔딩만큼은 제 손으로 정할 것이다. 그 어떤 불가항력적인 일이 다시금 닥친다고 해도 자신과 슬의 운명은 스스로 만들어 나갈 것이다.

* * *

그가 성해를 만나러 간 사이, 병실에 있던 슬도 재연과의 상담을 위해 아래층으로 내려갔다. 두 다리를 다친 것도 아니었고 정신도 또렷했기에 굳이 누군가가 동행하지 않아도 되건만 기어코 윤건이 병실까지 올라온 바람에 그와 함께 상담실로 내려왔다. 그동안에도 숱하게 왔던 곳이고 상담도 수차례였지만 이상하게도 이 공간이 낯설게 느껴졌다.

자신도 모르게 주변을 두리번거리자 재연이 슬의 긴장을 알아차리고는 웃으며 농담했다.

"병원 밖에 그 사람, 근사하던데?"

"네? 아…… 네."

무슨 소리인가 싶어 되묻던 슬은 재연의 말뜻을 알아차리고는 작게 웃었다. 그러다 설마 병원 앞에서 그 사람과 키스하던 모습도 봤을까 문득 걱정이 됐다. 그때는 누가 보든 말든 눈에 보이는 것이 없었다지만 지금와 생각해 보니 병원 앞에서 키스는 너무도 대범한 행동이었다.

"걱정 마. 아무것도 못 봤어."

"네? 아, 선생님."

역시나 다 보셨구나. 슬의 얼굴이 홧홧하게 붉어졌다. 그래도 이 공간

에는 재연과 자신 둘뿐이라 다행이었다. 오빠라도 있었더라면 더 낯 뜨거
웠을 거다.

"긴장한 것 같아서 농담한 거야."

재연은 슬의 상태를 그녀의 표정과 동작만으로도 전부 파악하고 있었
다. 정신 건강 의학과 최고 권위자다웠다.

"사고가 있었다는 건 알고 있니?"

"네, 기억나요."

"힘들겠지만 그때 상황에 대해 말해 줄 수 있어?"

고개를 끄덕인 슬은 차분히 사고 당시 상황과 떠오른 기억들에 대해 하
나씩 대답해 나갔다.

"꿈을 꾸는 것 같았어요. 물에 빠져서 허우적거리고 있는 것이 꼭 제가
꿨던 꿈과 같다고 느껴졌어요. 그 순간 머릿속에서 누군가가 뇌를 헤집는
것 같은 고통이 느껴졌고 억지로 기억들을 집어넣는 것 같았어요. 그리고
눈을 떴을 때, 그 사람이 있었고요."

"그럼 떠오른 기억들에 대해서도 말해 줄 수 있겠니?"

이번에는 재연이 다른 것을 물었다. 그런데 이전 질문에 대해서는 술술
대답하던 슬이 이번 질문에서는 말문부터 턱 막혀 왔다. 기억이 돌아오기
전에는 어떻게든 기억을 되돌리고 싶었지만, 막상 모든 기억이 돌아오고
나서는 깊이를 알 수 없는 어둠으로 하염없이 떨어지는 것만 같은 기분이
든다. 떠오른 모든 기억이 종일 머릿속을 떠다니고 하나씩 튀어 올라 자
신을 엉망으로 만들어 버렸다. 그런 상태가 벌써 이틀째 지속되고 있다.
다만 내색하지 않을 뿐이다. 내색하면 성해와 윤건, 재연 그리고 그 사람
까지 전부 고통 속으로 내모는 일밖에 되지 않을 테니까.

"슬아."

말하고 싶지만 말로 내뱉는 순간 끝도 없이 추락해 버릴 것만 같아서
벌어졌던 슬의 입술이 도로 다물어졌다.

"……죄송해요."

괜히 미안한 마음이 들어 슬이 손가락만 꼼지락거렸다. 그러나 재연은 그럴 줄 알았다는 듯 괜찮다는 미소를 지어 보였다. 이 또한 치료의 단계였고 첫 시작일 뿐이었다. 상처를 내보이는 일은 그 누구라도 쉽지 않기 때문이다. 그 무엇보다 기억이 돌아왔으니 그것만으로도 이미 대단한 성과였다.

"죄송할 건 없어. 늘 말했듯 네가 하고 싶을 때, 그때 하면 돼. 지금이 꼭 아니어도 돼."

"네. 감사합니다, 선생님."

"그래. 오늘은 차 마시자."

꽃무늬 찻잔에 녹차 티백을 넣고 따뜻한 물을 부어 슬의 앞에 가져다 놓은 재연이 제 찻잔에 든 차를 한 모금을 홀짝였다. 슬도 아주 조금은 무거웠던 마음을 내려놓고 티백에서 우러난 녹차의 향긋함을 맛보았다.

상담을 마치고 밖으로 나오자 보호자석에 앉아 있던 태승이 자리에서 일어났다. 태승을 본 슬의 얼굴에 미소가 번졌다.

"아, 이분이 병원 밖 그분?"

때마침 슬과 함께 나온 재연이 물었고 그 덕분에 슬의 두 뺨이 발그레해졌다.

"안녕하십니까. 처음 뵙겠습니다. 류태승이라고 합니다."

"반가워요. 원장님께 몇 번 들었는데 이렇게 보는 건 처음이네요. 표재연이에요. 슬의 주치의고요."

"네, 저도 알고 있습니다. 잘 부탁드리겠습니다."

"그래요. 그럼 이야기 나눠요."

짧은 인사를 마친 재연이 먼저 자리를 비켜 줬고, 끝까지 예의를 지키던 태승은 재연이 가고 나서야 슬에게 다가갔다.

"괜찮아?"

고개를 끄덕인 슬이 태승의 입가에 난 상처를 가리켰다.

"여긴 괜찮아요?"

병원 밖에서부터 나 있던 상처였다. 아마도 박정우, 그 사람과 몸싸움으로 생긴 상처겠지. 평소라면 바로 달려왔을 사람이 새벽까지 오지 않는 것을 보며 분명 그 사람을 좇아갔을 거라고 짐작했었다.

"아무렇지 않아."

"그래도 아플 것 같아."

피딱지가 굳어 있는 자리에 찢긴 상처가 꽤 많이 쓰라렸을 것 같다. 슬은 자신에게까지 그 통각이 느껴지는 듯해 인상을 구기며 손을 뻗어 상처 난 자리를 쓰다듬었다. 그러자 그가 손을 떼어 내더니 그대로 자신의 손을 포개어 손가락 사이사이에 손가락을 끼웠다.

"하나도 안 아파."

"패 줬어요?"

슬이 손깍지를 낀 손을 내려다보다가 물으니 그가 당연하다는 듯 대답했다.

"응. 패 줬어."

다시 생각해도 괘씸했다. 사람을 협박하는 것도 모자라 풀장으로 밀어 버리다니. 나쁜 새끼.

"죽지 않을 만큼 패 주지."

본심이 튀어나온 슬의 말에 그가 피식 웃었다.

"죽지 않을 만큼 패 줬어."

"잘못은 지가 해놓고 때리기까지 한 거예요?"

잘못한 새끼가 반항한다고 사람을 때리기까지 한 것에 슬은 화가 났다. 지가 잘못해 놓고 왜 애먼 사람을 때리고 난리야? 나쁜 놈. 생각하면 생각할수록 분해서 씩씩대자 그가 주먹을 말아 쥔 다른 쪽 손을 보여 주었다.

"난 겨우 한 대지만 그 새끼는 이 주먹으로 몇 대나 맞았어."

그가 내보인 크고 단단한 주먹을 보자 오히려 그의 명복을 빌어 줘야겠다는 생각이 들었다. 더 이상 그 일에 대해서는 말하지 않기로 한 슬이 제 손가락 사이사이에 끼워진 그의 손가락과 손등을 다른 손으로 마주 잡고는 한 발, 두 발 걸어갔다. 태승도 그녀의 옆에서 폴대를 끌고 따라 걸었다.

"출근 안 해도 괜찮아요?"

"이따 잠깐 다녀와야 해."

"이따 언제?"

"점심때쯤?"

"그 후에 또 언제 올 건데요?"

"본가 들렀다가 저녁 늦게 와야 할 것 같은데."

"흐응. 그럼 그때까지 나 혼자 있으라고요?"

두 사람은 여느 날과 다를 바 없이 평온한 시간을 보내며 스스럼없는 대화를 이어 갔다. 언제 그런 일이 있었냐는 듯 평소와 같은 하루가 되었다.

그런 그들의 모습을 뒤에서 지켜보던 윤건의 입가에 씁쓸함이 번져 갔다. 어제부터 오늘 새벽까지도 내내 좋지 않았던 슬의 표정은 그 사람을 만난 뒤부터 확 바뀌어 있었다. 지금도 그 사람의 손을 잡고 걸으며 슬의 시선은 내내 그 사람에게만 고정되어 있다. 누가 봐도 사랑에 푹 빠진 여자의 얼굴이었다.

윤건은 그런 슬에게 자신은 더 이상 그 어떤 힘도 되지 못할 거라는 생각이 들었다. 저 남자만이 슬의 고통과 슬픔을 이해해 주고 동시에 행복과 안식까지도 줄 수 있겠다는 생각을 했다.

그렇다면 이제 한 가지 역할만 남았다. 슬의 오빠 역할이다.

* * *

슬은 새벽까지 잠을 설친 탓에 눈이 자꾸만 감겨 왔다. 그가 옆에 있어 마음이 편해졌는지 한꺼번에 졸음이 몰려들었고, 깜빡 잠들었다가 깨어 보니 그가 옷을 입고 있는 모습이 보였다.

"가려고요?"

회사에 간다고 했었던 것 같아 물으니 태승이 옷을 입다 말고 돌아보았다.

"깼어? 회사에 가 봐야 할 것 같아서. 처리해야 할 일도 있고."

"그동안 일이 많이 쌓였겠다."

그가 자리를 비운 것은 겨우 하루밖에 되지 않았지만 유일 플레이스 오픈 이후이니 일이 많이 쌓였을 것은 당연지사였다. 그런데 슬은 아직 자각하지 못하고 있었다. 유일 플레이스 오픈보다 더 큰일이 회사를 들썩이게 만들고 있다는 사실을 말이다.

"그보다는 회사에 우리에 관한 소문이 파다할 것 같은데?"

"소문이라뇨?"

놀란 슬이 되물었다가 어젯밤 일을 떠올리고는 기대고 있던 등을 떼고 상체를 벌떡 일으켰다.

"아, 맞다!"

어제 그 난리를 피웠으니 회사에 소문이 나는 것은 당연히 일도 아니었다. 그날 사고 현장 목격자만 해도 유일 그룹 사람들이었으니까 말이다. 그렇다는 것은 회사 사람들까지도 다 알게 됐다는 뜻이다. 미처 그 생각을 하지 못한 슬이 경악한 표정을 지으며 그제야 휴대폰을 찾았다.

"휴대폰! 휴대폰 어디 있어요?"

"그 옆 테이블 위에."

슬은 태승이 가리킨 자리에 곱게 놓인 휴대폰을 들어 곧바로 액정을 건드렸으나 이상하게도 켜지지가 않았다. 꺼졌나 싶어서 전원 버튼을 눌러 봐도 먹통인 게 고장 난 것 같았다. 그때 풀장에 빠졌을 때 휴대폰도 같이 빠지면서 물이 들어갔나 보다.

"휴대폰도 안 되네. 어떻게 해요, 회사."

"회사 일은 걱정하지 마. 내가 알아서 해결할 테니까."

"어떻게 해결할 건데요?"

태연하게 옷매무새를 다듬고만 있는 그에게 물었다.

"네? 어떻게 해결할 건데요?"

똥 마려운 강아지처럼 어서 빨리 대답하라고 종용하는데도 태승은 태연했다.

"사실대로 하면 되지."

너무도 간단한 대답이었다. 사실대로 하면 된다는 말은 곧 우리 사이를 회사에 공표라도 하겠다는 뜻이 아닌가?

그렇게 되면 우리 팀 사람들은 물론 회사 사람들 모두가 연애 사실을 알게 될 것이고, 그렇다면 저는 회사를 어떻게 다닌단 말인가. 더구나 비밀리에 부쳤던 사내 연애가 탄로 난다면 평사원과의 연애로 그의 이미지가 추락할지도 몰랐다. 그의 부와 명예가 있는지라 신문 일면에 날 수도 있다.

그렇게 온 세상 사람들이 알게 되어 주변에서 수군거리는 것은 참을 수 있어도 저 때문에 그의 이미지가 바닥으로 곤두박질치는 일은 두고 볼 수 없었다. 그것만은 막고 싶은데 그는 이미 마음의 결심이라도 한 사람처럼 태연자약해 오히려 슬이 더 불안했다.

"설마 인정할 건 아니죠?"

그런데 사람 마음이 참 간사한 게, 그가 막상 사실대로 말하지 않겠다는 대답을 하게 되면 그건 그것대로 서운할 것 같았다. 그래서 슬은 자신도 모르게 그의 입술에 온 신경을 집중했다.

"설마라니. 당연히 그렇게 할 건데."

태승의 이번 대답도 간결했다. 너무 간결해서 이 일이 정말 가벼운 일처럼 느껴질 지경이었다.

하지만 이 일은 절대 간단하게 마무리될 수가 없었다. 그는 유일 퍼스트를 대표하는 사장이고 언젠가는 유일 그룹 전체를 이끌 사람이 될 것이다. 그런 사람이 평사원과 연애를 하고 있으며, 그 연애설을 사실이라고 인정한다면 그날에는 상승하던 주가가 폭락할 수도 있었다. 하물며 이사들 전체가 안 될 일이라며 들고 일어날 수도 있다.

무엇보다 그의 가족들이 반대할 것이 뻔했다. 더욱이 류 회장은 자신이 윤슬이라는 것만 알고 있을 뿐, 그녀가 그의 회사에서 일하고 있고 손자와 연애하고 있다는 사실도 몰랐다. 아마 이 사실을 알게 된다면 그는 슬이 자신을 속였다고 생각할지도 모른다.

슬은 다른 누구도 아닌 일만에게만큼은 그런 오해를 사고 싶지는 않았다. 세상에 공표한대도 일만에게 가장 먼저 알리고 싶은데 지금 상황에서 그럴 수도 없고, 또 일만의 기억도 온전치 않아 마음이 무거웠다.

"표정이 왜 또 그래?"

슬의 얼굴에 어두운 그림자가 드리우자 태승도 걱정스러운 표정을 지어 보였다.

"다른 건 고사하더라도 회장님한테만큼은 오해받고 싶지 않아요."

태승은 누구보다 자신의 행복을 바랄 사람이 할아버지라는 걸 알고 있었다. 이번에도 당연히 일만이 자신을 축복해 줄 것이라 믿었다. 하지만 슬이 이런 생각을 하고 있을 줄은 몰랐던 일이라 살짝 놀랐다.

"그럼 어떻게 할까?"

태승이 몸을 반쯤 일으켜 앉은 슬의 옆에 앉으며 물었다. 그러자 슬은 그런 게 무슨 질문이냐는 듯 황당한 표정을 지었다.

"당연히 부정해야죠. 아니라고 해야 당신도 편하고, 회사 내에 퍼진 소문도 잠잠해지니까."

"아니라고 하라고? 우리 사이를?"

오히려 당황한 사람은 태승이었다. 태승은 거짓말을 하고 싶지 않았다.

더군다나 자신이 편하자고 사랑하는 여자의 존재마저 숨기는 것 자체가 싫었다.

"그래야 없던 일이 되니까."

"없던 일로 하고 싶은 거야? 아예 없었던 일로?"

"그래야죠. 소문이라도 나면 당신한테 좋을 게 없으니까……."

당연히 그래야 하는 일인데 자꾸만 반문하는 그 때문에 슬의 목소리가 점차 작아져 갔다. 빤히 바라보는 그의 갈색 눈동자와 낮게 가라앉은 목소리가 꼭 자신을 책망하는 것처럼 들렸다. 무슨 잘못이라도 한 걸까 싶어 그의 눈치만 보는데 태승이 손을 뻗어 슬의 손을 잡았다.

"너를 숨기고 너와의 사이를 부정하는 일이 가장 힘든 일인데, 나한테는."

태승은 가만히 제 손에 잡힌 슬의 작은 손을 쓰다듬었다. 전부터 느낀 거지만 슬의 손은 참 작았다. 마주 닿은 손바닥도, 제 손가락 두 마디 정도 되는 길이의 손가락도 너무 가녀리고 여려서 잡을 때마다 부러질까 걱정도 됐다. 요 며칠 계속되는 좋지 않은 일들로 그렇지 않아도 자그마했던 여린 손이 더 야위어 있었다. 잡으면 오동통했던 손이 더 얇아진 듯해서 신경이 쓰였다.

"그럼 어떻게 하려고요?"

불안해진 슬의 목소리가 살짝 떨려 왔다. 그는 처음부터 부정할 마음이 없었다. 누구보다도 그를 잘 아는 슬로서는 태승이 어떤 선택을 할지 예상이 되어서 행여나 자신으로 인해 그가 다치지는 않을까 우려했다.

그는 걱정스러운 표정으로 자신을 보는 슬의 손을 끌어당겨 품에 안았다. 그러자 일렁거렸던 슬의 마음이 가라앉는 듯했다. 두 팔로도 다 감싸지지 않을 만큼 넓은 태승의 가슴은 언제나 포근하고 편안했다. 지금도 불안했던 마음이 이리 쉽게 진정되는 것을 보면 말이다. 그의 가슴팍에 머리를 기대고 눈을 감으니 곧 부드러운 태승의 목소리가 귓가를 울렸다.

"그냥 지켜봐. 내가 널 어떻게 지키고 우리 사이를 어떻게 지켜 내는지."

그러면서 그가 슬의 어깨를 양팔로 감싸 끌어안았다. 그러자 고개를 끄덕인 슬도 그의 따스한 품을 더 깊숙이 파고들며 생각했다.

아빠를 잃고 세상을 잃었을 때, 이 사람을 만나지 못했다면 어땠을까, 나는 과연 어떤 삶을 살고 있었을까? 이 사람 손에 구해지지 않았더라면 이미 나는 죽은 사람이었겠지? 다행이다, 이 사람이 구원해 주어 살아 있을 수 있음에, 사랑을 하고 사랑을 받고 사랑을 줄 수 있어서.

* * *

예상보다 더 늦게 회사로 출근한 태승이 로비로 들어서자 마침 카페테리아에 모여 있던 직원들의 시선이 일제히 그에게로 집중되었다. 그는 어디를 가나 많은 이들의 이목을 끄는 사람이었다. 재벌 삼세이면서 유일그룹에서 가장 핵심인 계열사를 이끄는 사장이자, 유일 기업 후계자로 대한민국 사람이라면 그를 모르는 사람들이 없었으니 당연했다.

게다가 쓸데없이 잘생긴 외모와 모델 뺨을 치고도 남을 만큼의 큰 키, 길쭉하게 뻗은 팔과 다리, 넓은 어깨까지 몸매도 남달라서 그에 대한 뉴스 기사가 뜰 때마다 늘 수천 개의 댓글이 달렸다. 그는 사내 여직원들뿐 아니라 대한민국의 여심을 훔친 완벽한 남자였다.

화려한 타이틀과 외모 때문에 많은 이들의 시선을 받아 왔건만 이번에는 조금 달랐다. 불과 몇 달 전만 해도 태승은 결혼 적령기에 접어든 여성들이라면 한 번쯤 꿈꿔 볼 만한 남자였다. 하지만 지금 그를 바라보는 직원들의 눈에는 흥미와 질투, 호기심 등이 섞여 있어 시선이 닿는 곳마다 따가웠다.

"사장님!"

연락을 받고 부리나케 달려온 재호가 직원들의 술렁거림을 느끼고는 난감한 표정을 지었다.

"지금 오시면 어떻게 해요. 제가 방금 통화로 잠잠해질 때까지는 출근하지 마시라고 했는데."

"출근 안 한다고 가라앉을 분위기 아닌 것 같은데."

"그래도 이렇게 직원들 눈총받는 것보다는 낫잖아요."

"전혀."

태승이라고 직원들 시선이 신경 쓰이지 않는 것은 아니다. 로비에서부터 임원 전용 엘리베이터로 오기까지 겨우 100미터 남짓한 거리를 걷는데도 따라붙는 시선들이 어찌나 뜨겁고 집요한지, 처음으로 100미터가 1킬로미터처럼 느껴질 정도였다.

하지만 그렇다고 해서 숨기는 것은 그의 방식이 아니었다. 숨긴다고 숨겨질 것도 아니고, 이미 의심받기 시작한 이상 입 닫고 있다고 해서 가라앉지도 않을 것이다. 그럴수록 의심은 증폭되어 갈 것이고, 엉뚱한 곳에서 소문이 돌 수도 있다. 그러기 전에 해결하는 것이 이후 일어날 일들에 대해서도 대비할 수 있어 좋았다.

"그럼 긍정도, 부정도 하지 마세요. 다행히 회사 내에서만 소문이 파다할 뿐이지 기자들은 냄새도 못 맡고 있으니까."

그를 오랫동안 봐 온 재호도 이번 일에 대해서는 플랜 비를 세울 수가 없었다. 언제나 그의 행동을 예상하고 대응해 온 그의 오른팔이자 조력자인 재호에게도 이번 일은 쉽게 풀 수 없는 난제에 가까웠다. 그를 둘러싼 스캔들 중에 여자 문제는 단 한 번도 없었기 때문이다. 특히나 평사원과의 열애설에 대해서는 어떻게 대비해야 할지 난감했다. 재호는 슬과 태승의 사랑을 묵묵히 응원해 왔지만, 이렇게 아무런 준비도 없이 갑작스레 소문이 회사 내로 퍼지자 당황스럽긴 마찬가지였다.

"아니. 난 내 방식대로 처리할 생각이고 타협할 생각은 추호도 없으니까 괜한 일로 힘 빼지 말고 넌 윤 교수님 일에 집중해 줬으면 좋겠다."

"사장님, 아니 형."

답답해진 재호가 한마디를 더 덧붙이려 하자 그가 먼저 그의 어깨를 짚으며 다독였다. 더는 말하고 싶어도 할 수가 없게 된 재호가 입을 다물었다.

이번 일로 태승이 쌓아 온 모든 것들이 흔들릴 수도 있다. 이 스캔들이 유일 퍼스트 내에서만 끝난다면 좋겠지만 유일 그룹 전 계열사로 알려질 것은 당연하고, 박중열 이사에게는 좋은 건수가 될 수도 있다. 그가 이번 스캔들을 빌미로 태승의 자리를 흔들 수도 있고, 다른 이사들을 설득해 회장님께 경영 승계를 건의도 할 수 있다. 그러면 틀림없이 이번 스캔들로 덫을 만들 것이다.

한낱 비서인 자신도 앞일에 대해 어느 정도 예상이 가는데 태승도 당연히 고민을 했을 것이다. 그렇다면 더는 말하지 않고 지켜볼 수밖에, 묵묵히 그가 가는 길을 같이 따를 수밖에.

한숨을 푹 쉰 재호가 체념한 듯 말했다.

"기자들 부르겠습니다."

"아니. 기자들 말고 사보 팀장님 내 방으로 모셔."

"사보 팀장님이요?"

"어. 우리 회사 사보 팀장."

재호는 당연히 언론사 관계자를 부를 거라고 예상했지만 뜻밖에도 태승은 사내 사보 팀장을 불러 달라고 했다. 일단 알겠다고 대답한 뒤 재호가 돌아서 엘리베이터 버튼을 눌렀다. 곧이어 엘리베이터가 도착했고 먼저 안으로 탑승한 태승이 타려던 재호를 막았다.

"사보 팀장님 모셔 와. 곧장. 난 잠깐 김상철 이사님 좀 뵙고 갈 테니까."

이번에는 또 뜬금없이 김상철 이사를 만나러 간다고 하니 태승의 행보를 도통 이해할 수가 없었다. 태승이 순간 멍해져서 가만히 있는 재호를 엘리베이터 닫힘 버튼을 눌렀다. 복도에 홀로 멀뚱히 서 있던 재호가 또 한 번 한숨을 푹 내쉬고는 할 일을 하러 다른 쪽 엘리베이터 버튼을 눌렀다. 입사 이래 처음으로 퇴사 욕구가 강렬히 일었다.

한편, 김상철 이사의 방 앞에 선 태승이 문고리를 잡다 말고 3년 전에 일만이 했던 말을 떠올렸다.

'태승아, 혀 중에서 가장 조심해야 할 혀가 무엇인지 아느냐? 바로 세 치 혀다. 세 치밖에 안 되는 혀를 놀리는 사람. 그런 사람을 구별할 수 있는 혜안을 가져야 네가 짊어질 무게를 조금은 덜어 낼 수 있을 것이다.'

그때는 그 말을 제대로 이해할 수 없었다. 그러나 지금은 안다. 세 치밖에 안 되는 혀를 놀리는 사람, 입 안에 사탕처럼 구는 사람을 멀리하라는 뜻이다. 적어도 그런 사람은 회사의 번창이 아닌 자신의 사리사욕을 채우느라 정신이 없을 테니까.

손잡이를 잡고 돌리자 문이 열렸고, 사무실 안으로 들어가자 한창 업무를 보고 있던 김상철 이사의 놀란 얼굴이 보였다. 놀란 김 이사가 자리에서 일어남과 동시에 문이 닫혔다. 그 순간, 언젠가 태승이 재호에게 물었던 물음이 떠올랐다.

'회장님 편에 서 줄 이사들은 몇이나 될 것 같아? 반대로 박중열 이사 편에 서 줄 이사들은 몇이나 될까?'

〈다음 권에서 계속〉

순수함은 없는 결혼

밀혜혜 지음

감정이 아닌 돈 때문에 한 결혼.
무엇도 로맨틱하다고 할 수 없는 시작이었다.
이제는 모든 문제가 해결됐으니 서로를 놓아줄 때였다.
그리고 그는…… 다른 사람을 사랑하고 있다.

"보내 줄게. 이제 그 사람한테 가."

* * *

"저희는."
"……."
"절대로 이혼할 일 없어요."
우형은 선혜를 흔들림 없이 봤다.
"다시 한번 말씀드릴게요."
"……."
"평생 제 아내로 사셔야 해요. 다른 선택지는 없어요."

동아